混血王子的背叛

哈利波特

J.K.羅琳 J.K.ROWLING◎著

皇冠編譯組◎譯

Harry Potter™ and the Half-Blood Prince

by

J.K.ROWLING

獻給麥肯琪，我美麗的女兒
我把紙和墨這對雙胞胎獻給她

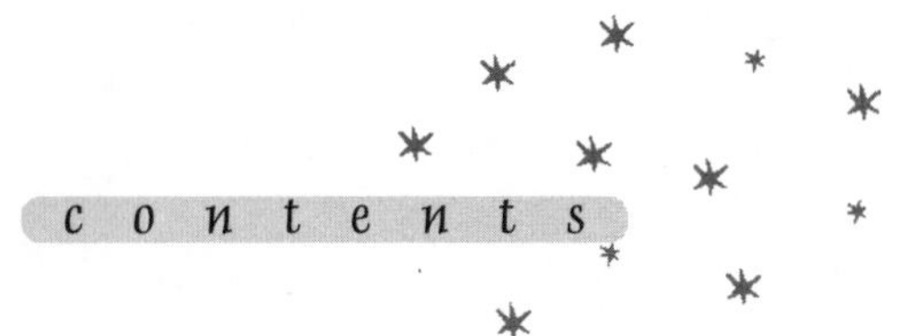

contents

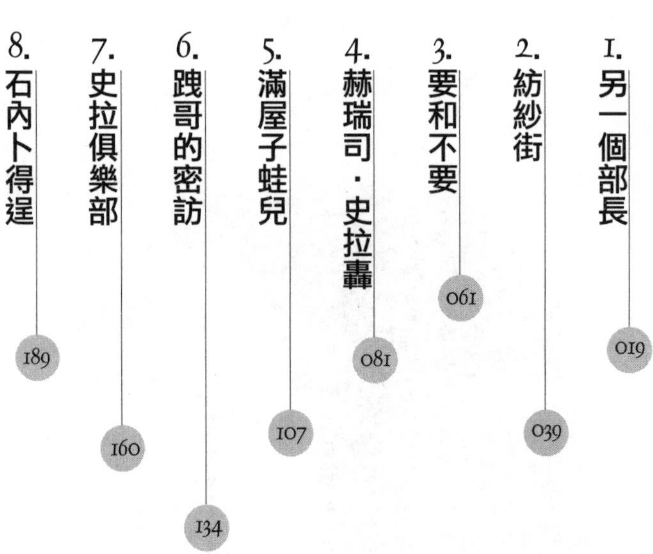

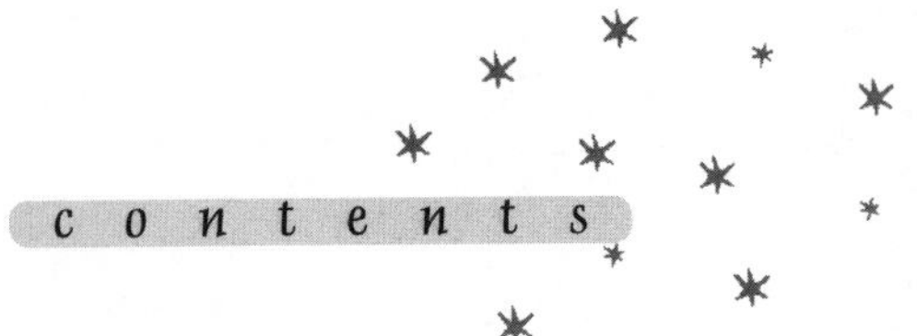

contents

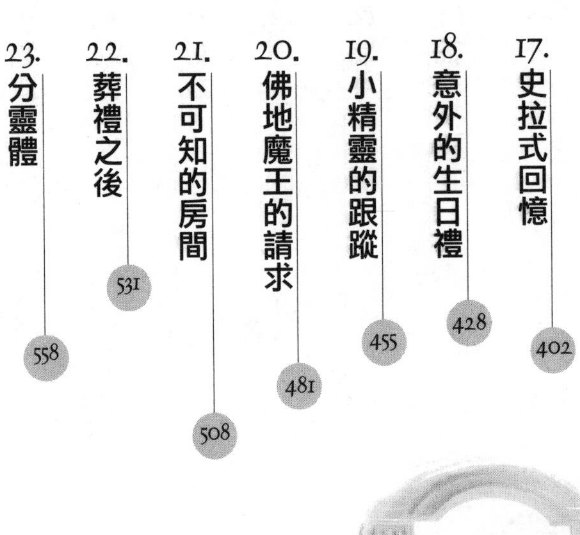

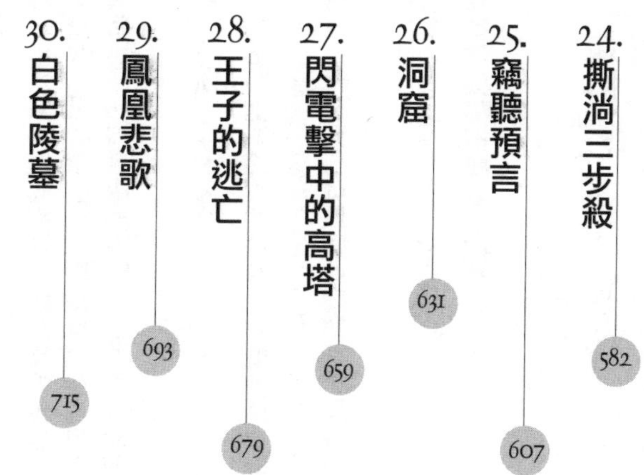

哈利波特 *Harry Potter*

本書主角，十六歲，是個瘦弱、戴眼鏡的黑髮少年，額頭上有一個閃電形的傷痕。他是魔法學校六年級的學生，也是霍格華茲的風雲人物。自從他聽到『預言』的內容之後，發現自己是『被選中的人』，而和佛地魔的關係則是『兩者無法同存於世』……

阿不思．鄧不利多 *Albus Dumbledore*

霍格華茲魔法與巫術學校的校長，巫師國際聯邦梅林勳爵士團第一級大魔法師，巫師協會會長，最高獨立異議人士。眾人公認他是當代最偉大的巫師，戴著半月形的眼鏡，銀白色的鬍鬚長到可以塞進腰帶裡，是令人敬仰的長者。

麥教授 *Minerva McGonagall*

霍格華茲魔法與巫術學校的副校長，黑髮女巫。對學生極為嚴厲，專門教授變形的魔法。

盧夫．昆爵 *Rufus Scrimgeour*

新任的魔法部部長。外表像是一頭老獅子，有一頭變得灰白斑駁的黃褐色長髮和濃密眉毛，細框眼鏡後是一雙銳利的黃眼睛。雖然他走路的姿態有點兒跛，但仍帶有一種從容不迫的優雅風度。

赫瑞司・史拉轟 *Horace Slughorn*

霍格華茲魔法與巫術學校的新任魔藥學老師。是個胖得不得了的禿老頭子，有著一雙凸眼，以及海象一般粗密的銀鬍鬚。愛慕虛榮，喜歡和名人、成功人士、重要人士來往，非常享受能影響這些人的感覺，但自己卻從不覬覦權力寶座。

佛地魔 *Voldemort*

魔法世界裡的大壞蛋。本名湯姆・瑞斗，有一段悲慘的童年，從小即發現自己的魔法能力，在進入霍格華茲魔法與巫術學校之前，常常把孤兒院的其他孩子嚇壞了。他的法力高強，想要統治整個魔法世界，並用壞魔法殺害了許多不服從他的巫師，令人聞之色變。

榮恩 *Ron Weasley*

哈利在魔法學校結交的好友，是來自古老魔法家族的么子。

妙麗 *Hermione Granger*

出生於麻瓜家庭，是魔法學校裡的高材生，和哈利、榮恩是學校裡的三人組。

奈威・隆巴頓 *Neville Longbottom*

古老魔法家族的獨子，由奶奶一手養大。父母親因為遭到食死人的攻擊而發瘋，長期住在聖蒙果魔法疾病與傷害醫院療養。五年級時曾加入哈利所領導的ＤＡ聚會。

跩哥・馬份 *Draco Malfoy*

跋扈的富家子弟，跟哈利在霍格華茲魔法學校裡是死對頭。

張秋 *Cho Chang*

霍格華茲魔法學校七年級的學生，是雷文克勞學院魁地奇球隊的搜捕手，喜歡龍捲風隊，和哈利曾經是一對戀人。

天狼星・布萊克 *Sirius Black*

哈利波特的教父。是不為人知的化獸師，可以隨心所欲變成一隻大黑狗。因為遭到食死人的攻擊而跌入魔法部的一座古老拱門，消失在紗幕之後，令哈利傷心不已。

衛斯理一家人 *The Weasleys*

是個古老的魔法家族。亞瑟和茉莉是爸爸、媽媽，育有查理、比爾、派西、弗雷、喬治和榮恩六個兒子，以及女兒金妮，都擁有一頭火焰般的紅髮。亞瑟、茉莉、查理和比爾都是鳳凰會的成員；派西卻和家人分道揚鑣，成為魔法部長的助理。

德思禮一家人 *The Dursleys*

威農姨丈、佩妮阿姨與他們的兒子達力，是完全不能接受魔法的『麻瓜』家庭。

海格 *Rubeus Hagrid*

霍格華茲魔法學校的鑰匙管理員。毛茸茸的大個子，外表粗野，心地卻很柔軟、善良，是魔法學校的奇獸飼育學老師。

露娜・羅古德 *Luna Lovegood*

霍格華茲魔法學校雷文克勞學院的學生，父親是《謬論家》雜誌的編輯。她有一頭凌亂而骯髒的及腰金髮，眉毛很淡，眼珠凸出，讓她看起來好像始終處於驚嚇狀態，很明顯的散發出一種怪裡怪氣的氣質。

怪角 *Kreacher*

布萊克老宅的家庭小精靈。看起來很老了，有個肥厚的尖鼻子，只有在腰際圍著一條看起來像褲襠布的髒抹布。最大的願望是能像他的祖先一樣，將頭掛在牆上一整排鑲嵌著縮乾頭顱的飾板上。

蒙當葛・弗列契 *Mundungus Fletcher*

一個身披破爛外套、滿臉鬍碴的矮胖男人，有著短短的外八字腿，一頭凌亂四散的薑黃色長髮，和佈滿血絲垂垂垮垮的眼睛。愛貪小便宜，最喜歡做不法的交易。

費太太 *Arabella Doreen Figg*

本名阿拉貝拉・多琳・費，是哈利在水蠟樹街的怪鄰居，養了一堆貓，家裡總是有貓騷味。每次德思禮一家出門時，就會將哈利寄放在費太太家。

呱啦 *Grawp*

被藏在禁忌森林的巨人，只會講巨人話。他有十六呎高，頭上長滿了羊齒蕨類顏色的濃密小鬈髮，有兩隻雪橇般大的骯髒腳板。

瘋眼穆敵 *Alastor Mad-Eye Moody*

鳳凰會的成員之一，也是魔法世界最有名的退休正氣師。。有著一頭如鬃毛般的深灰色長髮，臉和雙手的皮膚上處處是傷疤，一隻眼睛小而漆黑晶亮，另一眼則是鮮藍色的魔眼。

路平教授 *Remus J. Lupin*

雷木思・路平，鳳凰會的成員之一。不太重視外表，有著一頭開始泛白的淺褐色頭髮，總是穿著一套補釘斑斑的巫師長袍。他在擔任霍格華茲的黑魔法防禦術老師時教哈利學會了護法咒。

小仙女・東施 *Nymphadora Tonks*

鳳凰會的成員之一。擁有隨意改變髮色和外型的能力，擅長隱藏與喬裝，是天生的變形師，也是魔法部的正氣師。但是動作很粗魯，常常打翻東西。

金利・俠鉤帽 *Kingsley Shacklebolt*

鳳凰會的成員之一，也是魔法部的正氣師。他是位高大的黑人巫師，擁有一副低沉的嗓音，在麻瓜首相的辦公室執行秘密任務。

美心夫人 *Madame Maxime*

波巴洞魔法學校的校長，有一張橄欖色的漂亮面孔，身材和海格一樣高大。

魯休思・馬份 *Lucius Malfoy*

跩哥・馬份的父親，是追隨佛地魔的食死人之一，和前任的魔法部部長康尼留斯・夫子私交很好，常以金錢賄賂魔法部官員。因為闖入魔法部而被監禁在阿茲卡班監獄中。

混血王子的背叛

哈利波特

重要人物介紹

水仙・布萊克 *Narcissa Black*

跩哥・馬份的母親，也是天狼星・布萊克的堂妹。

雷斯壯夫婦 *The Lestranges*

被關在阿茲卡班監獄的食死人，罪嫌是對法蘭克與愛麗絲・隆巴頓施虐，導致他們發瘋。貝拉・布萊克是天狼星的堂妹，嫁給一樣出身魔法家族的道夫・雷斯壯，夫婦倆都是佛地魔最忠誠的追隨者。貝拉是水仙的姊姊，也是布萊克老宅的家庭小精靈怪角唯一想要服侍的主人，在魔法部的攻擊事件中，殺害了天狼星。

康尼留斯・夫子 *Cornelius Fudge*

前任的魔法部部長，是一位圓圓胖胖的矮小巫師，捍衛著魔法界的安全。因為對佛地魔和食死人種種恐怖攻擊事件無能為力，而被魔法界大眾一致要求撤換，目前擔任魔法部的顧問，負責和麻瓜首相聯絡。

石內卜教授 *Professor Severus Snape*

鳳凰會的成員之一。原本在霍格華茲魔法與巫術學校教授魔藥學，新學期開始，終於如願以償的成為黑魔法防禦術的老師。他非常厭惡哈利，手臂上有食死人的標記，但不知為了什麼，鄧不利多校長非常信任他。

崔老妮教授 *Professor Trelawney*

霍格華茲魔法與巫術學校的占卜學老師。人很瘦，戴著一付大眼鏡，脖子上掛著數不清的鍊子和珠串，傳授如何從茶渣和水晶球裡預測未來。

翡冷翠 *Firenze*

和崔老妮教授同為霍格華茲魔法與巫術學校的占卜學教授。有一頭白金色頭髮和美得驚人的藍眼睛，頭和上半身是個男人，腰部以下則是奶油色的馬身，是個神秘的人馬。平常棲息在禁忌森林裡，卻因為接下教職而被人馬族群逐出森林。

催狂魔 *The Dementor*

前任的阿茲卡班監獄獄卒，全身罩著斗篷，會吸走人們的希望、幸福與生存的渴望，而魔法界最恐怖的刑罰『催狂魔之吻』也由牠們負責施行。當佛地魔復活之後就重新和他會合，危害整個世界，並且因為催狂魔的大量繁殖，導致七月盛夏的日子裡，竟彌漫著一片冰寒的霧氣。

多比 *Dobby*

霍格華茲魔法與巫術學校的小精靈。有一雙蝙蝠似的大耳朵，和一對跟網球一樣大、鼓凸凸的綠色眼珠。原本是馬份家的小精靈，因為被哈利波特解救，而過著自由的日子，在學校裡常常找機會幫助哈利波特。

1. 另一個部長

時近午夜，首相獨自坐在辦公室裡，閱讀一份冗長的備忘錄，但眼前的字句輕輕滑過他的腦海，完全沒留下半點痕跡。他在等一個遠方國家的總統打電話來，他一邊想著那個討厭鬼到底什麼時候才會打電話來，一邊還得努力忘記這個漫長難熬的星期所發生的種種不愉快，壓根兒沒心情考慮到其他事情。他越想專心閱讀眼前的文字，政治對手那副幸災樂禍的嘴臉就越清晰的浮現在眼前。這個死對頭今天才剛上了新聞，不僅一一列舉上星期發生的所有災禍（好像怕大家忘了似的），同時還把所有責任全都賴到政府頭上。首相一想到這些指控，就忍不住氣得心跳加速，這簡直是一派胡言。橋要倒塌政府又有什麼辦法呀？那些誣賴橋樑偷工減料的人實在太無法無天了。這座橋才建不到十年，連最好的專家都百思不解，想不通橋爲什麼會啪的一聲剛好斷成兩截，害

十幾輛車掉落底下的深水裡。而且，怎麼有人膽敢妖言惑眾，聲稱那兩起媒體大幅報導的駭人謀殺案，是警方人力不足造成的？再說，難道政府有辦法預知西英格蘭會出現讓人民生命財產造成重大損失的詭異颶風嗎？還有，他手下的次長賀伯・郭離這星期突然心性大變，說要多花點時間跟家人相處，這也是他的錯嗎？

『全國彌漫著一片愁雲慘霧。』死對頭下了結論，毫不掩飾的咧嘴一笑。

不幸的是，他說得一點兒也沒錯。首相自己也有同感，人民的日子似乎越來越不好過了。甚至連天氣都壞得離譜，七月盛夏竟彌漫著一片冰寒的霧氣……這不對勁，這不正常……

他把備忘錄翻到第二頁，但一看到這頁比上一頁還要長，就知道這是件吃力不討好的工作，於是索性放棄。他舉起雙手伸了個懶腰，悲傷的打量辦公室。這個房間相當漂亮，華麗的大理石壁爐正對著一列觀景長窗，但此刻窗戶緊閉，好阻擋住屋外不合時節的寒氣。首相微微打了個哆嗦，起身走到窗前，望著窗玻璃外的濛濛薄霧。就在他背對著房間的時候，聽到背後響起一聲輕咳。

他嚇得呆住了，鼻子緊貼著黑玻璃中自己驚恐的倒影。咳嗽聲很耳熟，他以前就聽過。他異常緩慢的轉過身來，望著空盪盪的房間。

『是誰？』他說，努力讓語氣聽起來勇敢一些。

在那一剎那，他心裡還抱著一絲渺茫的希望，但願不要再聽到任何聲音。但馬上就有人出聲回話，嗓音乾脆果斷，像是在唸演講稿似的。其實一聽到咳嗽聲，首相就已經知道，聲音是來自遠處角落一幅髒兮兮的小油畫，說話的是畫中一名戴著銀色長假髮，長得活像是隻蛤蟆的矮男人。

『通告麻瓜首相。我們得緊急聚會。請立刻回應。你誠摯的，夫子。』畫中男子帶著詢問的表情望著首相。

『呃，』首相說，『聽著……我現在不太方便……我正在等一個電話，你知道……是其他國家的總統——』

『這可以再安排。』畫像立刻表示。首相的心沉了下來。他怕的就是這個。

『但我眞的很希望能跟——』

『我們會安排讓這位總統忘記打電話，改成明天晚上打電話給你，』那個矮男人說，『請立刻跟夫子先生會面。』

『我……喔……好吧，』首相虛弱的說，『好，我這就跟夫子會面。』

他趕緊調整領帶，快步走向書桌。他才剛回到座位，換上一副自以爲輕鬆自在的表情，大理石壁爐下的空爐柵中就忽然冒出鮮綠色的火焰。一名圓圓胖胖的矮男人出現在火焰中，像陀螺般滴溜溜轉個不停，首相靜靜望著這幅奇景，努力不露出一絲驚慌或害怕的神情。幾秒後，那名男子已經爬了出來，站在壁爐前那張精緻的古董地毯上，把沾在他細條紋長斗篷袖子上的煙灰拍掉，他的手裡拿著一頂檸檬綠色的圓頂禮帽。

『啊……首相，』康尼留斯．夫子大步走向前跟他握手，『真高興再見到你。』

首相實在無法誠心說出同樣的問候，乾脆什麼也不說。見到夫子他可一點兒也高興不起來，夫子每次現身的怪樣就已經夠嚇人的了，而且多半都會帶來一些糟糕透頂的壞消息。況且，夫子這次還露出一副憂心忡忡的喪氣樣。他變得更瘦、更禿，氣色更灰敗，還掛著一張眉頭緊鎖的苦瓜臉。首相曾在其他政客臉上看過同樣的表情，這絕對不是個好預兆。

『有什麼我可以效勞的嗎？』他說，敷衍的跟夫子握握手，指著書桌前最硬的一張椅子請夫子坐下。

『眞不知道該從何說起，』夫子喃喃的說，拉過椅子坐下來，把他的綠色圓頂禮帽擱在腿上，『這禮拜眞不好過，太不好過了……』

『你也碰到不少麻煩吧？』首相用生硬的語氣問道，希望能藉此暗示對方，他自己已經有夠多事情要煩心的了，不用夫子再來雪上加霜。

『是啊，當然啦，』夫子說，疲憊的揉了揉眼睛，悶悶不樂的望著首相，『首相啊，我這禮拜過得跟你一樣慘。伯樂代橋……波恩和旺司命案……更別說是西英格蘭的一團亂……』

『你——呃——你的——我的意思是說，你們那邊的人——跟這些——這些事情有關嗎？』

夫子用相當嚴厲的目光盯著首相。

『當然跟他們有關啦，』他說，『難道你不曉得發生了什麼事嗎？』

『我……』首相呑呑吐吐的說。

就是因爲夫子這種態度，首相才非常討厭跟他碰面。再怎麼說，他畢竟是堂堂首相，被人當成一個無知學童看待，心裡當然不舒服。而且，打從他當上首相的第一個夜晚，跟夫子首次碰面開始，夫子就一直對他不假辭色。往事歷歷浮現在他眼前，彷彿昨天才發生的一樣，他想他到死都不會忘了那個夜晚。

當時他獨自站在這個辦公室，在經過多年的夢想與努力之後，他終於成功來到這裡。就在他細細品嘗成功的滋味時，就像今晚一樣，他聽到背後響起一聲咳嗽，他轉過身來，發現那幅醜陋的小畫像在對他說話，宣稱魔法部長就要來拜訪他。

可想而知，那時他以爲漫長的選戰和競選的壓力終於把他給逼瘋了。光是看到一幅畫像跟自己說話，就差點把他嚇得半死，這還不算什麼，接著又從壁爐裡跳出一個自稱是巫師的人要跟他握手，更是嚇得他魂飛魄散。他呆愣著完全說不出話來，只能任由夫子和藹的對他解釋，世界上現在還祕密住著許多女巫和巫師，但首相完全不用替他們操心，因爲魔法部會負責處理魔法界的所有事務，並避免讓非魔法族群發現他們的行蹤。夫子表示，這是一件非常艱鉅的工作，他們從制定飛天掃帚使用規範，到避免龍群發狂作亂（首相還記得，他在聽到這裡時，兩腿發軟，抓緊書桌），大小瑣事全得留心。夫子說完之後，首相仍呆若木雞，夫子則像慈父般拍拍他的肩膀。

『別擔心，』夫子說，『你八成永遠都不會再見到我。這麼說好了，我只有在我們這邊發生非常嚴重的事情，嚴重到有可能影響麻瓜——我是指非魔法族群——的事情時，我才會來打擾你。否則我們大家就井水不犯河水，各過各的。我得說，你的反應比上一任首相好太多了。他竟然還想把我從窗口扔出去，以為我是在野黨派來搗亂的冒牌貨。』

聽到這裡，首相好不容易可以發出聲音了。

『所以你——你眞的不是冒牌貨？』

他還抱著最後一絲希望。

『不，』夫子柔聲說，『不，我不是什麼冒牌貨。你看。』

他把首相的茶杯變成一隻沙鼠。

『可是，』首相屏息說，望著茶杯考慮接下來該說什麼才好，『為什麼——為什麼從來沒有人告訴我？——』

『魔法部長只會現身在現任麻瓜首相面前，』夫子說，把魔杖塞進外套，『我們認為這是最好的保密方式。』

『可是，』首相淒聲抱怨，『為什麼之前的首相沒警告過我？——』

這句話讓夫子放聲大笑。

『我親愛的首相，你會把這件事告訴任何人嗎？』

夫子咯咯笑著往壁爐裡撒了一些粉，接著就踏進翡翠綠色的火焰，在一陣嘶嘶聲中消失無蹤。首相動彈不得的杵在原地，心裡很清楚，他這輩子絕對不會對任何人透露這件事，畢竟天下雖大，又有誰會相信這種怪事兒？

過了好一陣子，他才漸漸不再感到害怕。有段時間，他甚至說服自己相信，夫子只不過是他在那場有如疲勞轟炸的競選活動中，由於睡眠不足而導致的幻覺罷了。爲了不讓自己再想起這次不快的聚會，他設法把一切會喚起記憶的東西全都清掉。他把沙鼠送給他那喜出望外的姪女，並吩咐私人祕書把那幅通報夫子來訪的醜矮子畫像處理掉。讓首相驚恐莫名的是，不論用什麼方法，就是沒辦法把畫像取下。他請來好幾個木匠，一、兩個建築工人，一個藝術史學家和財政部長，結果他們全都無功而返，怎樣都不能把它從牆上撬下來，這下首相終於死了心，只希望在他的任期之內，那個怪玩意兒千萬別再亂動亂說話。但他有時會從眼角瞥見畫像中的人在打呵欠或是揉鼻子，有一、兩次，那怪物甚至還離開畫框，留下一片空盪盪的泥褐色畫布。但他現在已訓練自己，盡量不去看那幅畫像，每當有怪事發生時，他都會堅定的告訴自己，那只不過是眼睛的錯覺罷了。

然後，在三年前，一個跟今夜十分相似的晚上，首相獨自待在辦公室裡時，畫像又再次宣告夫子即將到訪，才一會兒，這位魔法部長就突然從壁爐裡跳出來，他看起來神情慌亂，渾身濕答答的。首相還來不及質問他幹嘛把羊毛地毯滴得到處是水，夫子就開始大吼大叫，說了一大堆亂七八糟的鬼話，內容提到某個首相從來沒聽說過的監獄，一個叫做『顛浪心』．布萊克的人、某個發音好像是霍格華茲的東西，和一個名叫哈利波特的男孩，讓首相聽得一頭霧水。

『……我剛從阿茲卡班趕過來，』夫子氣喘吁吁的說，順手把他圓頂禮帽帽簷上的一大堆積水倒進口袋。『就在北海正中央，你知道吧，路程很不好走的……催狂魔全都在騷動——』他打了個寒顫，『——牠們以前從來沒讓任何人逃出去過。但不管怎樣，我必須先趕來見你，首相。布萊克是知名的麻瓜殺人犯，而且他可能打算去跟「那個人」會合……哎呀，你甚至連「那個人」是誰都不曉得！』他絕望的盯著首相，過了好一會兒才開口說，『好吧，坐下，坐下來，我最好先跟你把事情說清楚……喝點兒威士忌吧……』

首相被人指使在自己的辦公室坐下，還要拿自己的威士忌來招待他，實在氣憤難當，但儘管如此，他還是乖乖的坐了下來。夫子掏出魔杖，平空變出兩個裝滿琥珀色液體的大玻璃杯，把其中一個杯子推到首相手中，然後拉了一把椅子。

夫子整整說了一個多鐘頭。但死都不肯說出某個特定的名字，只是把它寫在一張羊皮紙上，塞進首相沒握著威士忌酒杯的空手裡。最後夫子終於起身準備離去，首相也同樣站了起來。

『所以你認為那個……』他低頭瞄了一眼左手中的名字，『佛地——』

『那個不能說出名字的人！』夫子厲聲吼道。

『抱歉……所以你認為「那個不能說出名字的人」還活著是吧？』

『嗯，鄧不利多是這麼說的，』夫子說，把細條紋斗篷繫緊在脖子上，『但我們一直都找不到他。照我看來，要是沒人支助他的話，他根本不足為慮，所以我們該擔心的人是布萊克。你會發佈警告是吧？非常好。就這樣，但願我們兩個永遠不用再碰面了，首相！晚安。』

但事與願違，他們兩個還是又碰面了。不到一年，夫子就愁容滿面的突然出現在內閣會議室裡，通知首相『鬼弟七（至少發音聽起來是這樣）世界盃大賽』出了點兒小狀況，有幾名麻瓜『牽涉在內』，但首相完全不用擔心，就算有人看到『那個人』的標記重新出現，其實也不代表什麼，夫子很確定，這只不過是個個案而已，『麻瓜連絡處』正在修改他們的所有記憶。

『喔，我差點兒忘了，』夫子又補充說明，『為了舉辦三巫鬥法大賽，我們正從國外進口三隻外國龍和一頭人面獅身獸，這只是件例行公事，但「奇獸管控部門」告訴我，根據規則手冊，我們把高危險生物輸入這個國家前，必須先向你報備。』

『我——什麼——龍？』首相語無倫次的問道。

『沒錯，三隻，』夫子說，『還有一頭人面獅身獸。就這樣，祝你有美好的一天。』

首相這時還抱著渺茫的希望，心想總不會有比龍和人面獅身獸更糟糕的消息了吧，但是他錯了。還不到兩年，夫子就又突然從爐火中蹦出來，而他這次帶來的噩耗是，阿茲卡班的囚犯集體脫逃。

『集體脫逃？』首相嘶聲重複。

『不用擔心，不用擔心！』夫子喊道，一腳已經踏入爐火中，『我們馬上就會逮住他們——只是想告訴你一聲。』

首相才剛回過神來，喊道：『等等，先別走！』夫子就已踏入綠色火花中失去蹤影。

不論媒體和反對陣營怎麼詆毀謾罵，首相終究不是個笨蛋。他注意到，雖然夫子在他們初次會面時，再三保證，不太可能會來煩他，但他們現在卻經常見面，而且夫子每次現身時，神情都變得更加狼狽慌張。首相雖不願再想到那個魔法部長（他總是在心裡稱夫子為『另一個部長』），但還是常常暗自擔心，生怕夫子下次現身時會帶來更糟糕的壞消息。因此，對他來說，當他看到夫子蓬頭垢面、神情焦躁的再次從火中走出來，還大驚小怪的嫌他搞不清狀況時，這還真的是這整個悲慘星期中最倒楣的一件事。

『我哪會知道你們——呃——魔法界發生了什麼事啊？』首相厲聲吼道，『我忙著治理國事，而且我已經有夠多事情要擔心的了，用不著——』

『我們擔心的是同樣的事，』夫子打斷他的話，『伯樂代橋不是因爲老舊才斷裂的，西英格蘭其實並沒有出現颶風，那些命案的兇手也不是麻瓜。而賀伯・郭離的家人還是離他遠一點比較安全，我們目前正安排把他轉送到「聖蒙果魔法疾病與傷害醫院」，預計今晚就會執行。』

『你這是……我恐怕……你說什麼？』首相大聲咆哮。

夫子深深吸了一口氣，然後說：『首相，我很遺憾必須告訴你，他回來了。「那個不能說出名字的人」回來了。』

『回來了？你說「回來」是指……他還活著嗎？我是說——』

首相仔細回想他們三年前那段可怕的談話內容，當時夫子告訴他，魔法界有一個人人畏懼的巫師，曾犯下上千件駭人聽聞的罪行，然後在十五年前突然神祕的銷聲匿跡。

『是的，還活著吧，』夫子說，『怎麼說呢——我不曉得——一個殺不死的人，能說他是還活著嗎？我實在是搞不懂，鄧不利多又不肯好好解釋清楚——但不管怎樣，他確實是擁有一個身體，可以走路、可以說話，還可以殺人，所以在我看來，我們的結論就是，沒錯，他還活著。』

首相實在不知道該如何回應這個話題，但他這時又犯了他那愛裝萬事通的老毛病，於是努力搜索枯腸，想要胡亂找一個上次談話的細節來應急。

『顛浪心・布萊克跟那個——呃——「那個不能說出名字的人」在一起嗎？』

『布萊克？布萊克？』夫子心煩意亂的說，用手指飛快的轉動他的圓頂禮帽，『你是說天狼星・布萊克？梅林的鬍子啊，沒有。天狼星已經死了。我們其實是——呃——冤枉了布萊克。他是無辜的。他也沒有加入「那個不能說出名字的人」的陣營。不過，』他把手中的圓頂禮帽轉得更快，又接著辯解，『當時所有證據全都指向他——我們有五十多個目擊證人——但不管怎樣，就像我說的，他已經死了。事實上他是被謀殺的，就死在魔法部的大樓裡。當然，我們會開始調查……』

首相驚訝萬分的發現，他居然對夫子感到一絲同情，但這個念頭只是一閃而過，接著就完全被一種沾沾自喜的情緒所掩蓋，沒錯，他是對魔法不太在行，不曉得該怎樣突然從壁爐裡蹦出來，但在他的治理之下，政府部門可從來沒出過任何一件謀殺案……至少目前還沒有……

首相趕緊偷偷的摸木頭書桌去晦氣，夫子則繼續說下去，『但布萊克現在已經完蛋了。我要說的是，我們在打仗，首相，所以我們必須採取一些必要措施。』

『打仗？』首相緊張的重複道，『你這麼說是不是太誇張了點兒？』

『「那個不能說出名字的人」已經跟那些一月時逃出阿茲卡班的黨羽重新會合，』夫子說話的速度越來越快，圓頂禮帽也轉得飛快，看起來就像是一團檸檬綠色的光影，『他們在公開露面後，就開始肆無忌憚的到處作亂。伯樂代橋——就是他的傑作。首相，他威脅說，要是我擋了他的路，他就要對麻瓜大開殺戒——』

『老天爺，原來全都是你的錯，才害這些人死掉，害我得成天應付什麼鋼筋生鏽、接縫腐蝕，和天曉得是啥的鬼問題！』首相氣憤的說。

『我的錯！』夫子的臉脹得通紅，『難道你在面對這種威脅時，會願意屈服嗎？』

『也許不會，』首相說，站起身來，在房中大步徘徊，『但我會先盡全力逮捕那名威脅犯，免得他犯下這類令人髮指的暴行！』

『你眞以爲我沒有盡全力嗎？』夫子激動的問，『魔法部所有正氣師全都努力搜尋他的蹤跡，設法逮捕他的手下，直到現在都不敢鬆懈，但我們現在的對手可是魔法界有史以來最厲害的巫師，差不多有三十年的時間，從來沒有人能逮得住他！』

『所以你是打算告訴我，西英格蘭的颶風也是他的傑作囉？』首相說，他每往前跨一步，胸中的怒氣就多上一分。找到了這一切悲慘災難的罪魁禍首，卻不能向社會大眾公佈眞相，這實在太令人火大了，這幾乎比人民把一切罪過賴到政府頭上還要糟糕。

『那不是颶風。』夫子難過的表示。

『什麼？』首相怒吼道，氣得火冒三丈，暴跳如雷，『樹木連根拔起，屋頂整片掀開，路燈東倒西歪，這麼嚴重的災情——』

『那是「食死人」，』夫子說，『「那個不能說出名字的人」的黨羽。還有……我們懷疑有巨人牽涉在內。』

首相猛然收住腳步，活像撞上一堵隱形牆。

『你說啥牽涉在內？』

夫子露出一臉苦相，『他上次為了達到最佳威嚇效果時，就派了巨人上場。「誤報局」已開始不眠不休的工作，我們還派出一組「除憶師」，負責修改所有目睹眞相的麻瓜的記憶，另外也把「奇獸管控部門」的大部分成員，全都派到索美賽得郡四處搜尋，但並沒有發現巨人的行蹤——這眞是一場大災難。』

『這還用你說！』首相憤怒的表示。

『我必須承認，魔法部的士氣相當低落，』夫子說，『出了這麼多禍事，然後又失去了愛蜜莉．波恩。』

『失去了誰？』

『愛蜜莉．波恩。「魔法執行部門」的主管。我們認為她是被「那個不能說出名字的人」親手殺害的，因為她是一位法力高強的女巫，而且——而且所有證據都顯示出，她頑強奮戰到最後一刻。』

夫子清清喉嚨，似乎費了好一番工夫，才勉強停止轉動他的圓頂禮帽。

『但我在報上看過那件謀殺案，』首相說，他暫時忘了生氣，『我們的報紙。愛蜜莉．波恩……報紙只說她是一名獨居的中年女子。這是一樁——一樁難纏的命案，沒錯吧？新聞登得很大哩。你知道，警方全都束手無策。』

夫子嘆了一口氣，『嗯，他們當然會束手無策。她是在一間反鎖的密室中被殺害的，不是嗎？我們倒是很確定兇手是誰，可是也無法把他逮捕到案。然後還有伊美玲．旺司，這你大概不知道——』

『喔，我知道！』首相說，『事實上，命案現場恰好就在這附近。報紙還把它當作重大事件報導：首相官邸後院發生無法無天的慘案——』

『好像這些還不夠我們傷腦筋似的，』夫子說，根本沒在聽首相說話，『催狂魔又成群結隊到處撒野，隨便亂攻擊別人……』

若是在過去那段美好的歲月，這句話肯定會讓首相聽得一頭霧水，但現在他已經變聰明了。

『催狂魔不是在阿茲卡班看守囚犯嗎？』他小心翼翼的問道。

『以前是，』夫子疲憊的說，『但現在不一樣了。牠們已經離開監獄，去跟「那個不能說出名字的人」會合。坦白說，這對我們的確是嚴重的打擊。』

『可是，』首相這下是真的開始感到害怕了，『你不是告訴過我，牠們這種生物會吸走人的希望和快樂嗎？』

『一點兒也沒錯。而且牠們正在繁殖，所以現在才會起霧。』

首相雙腿發軟，倒坐在最近的椅子上。一想到有些隱形生物正飛掠過城鎮與鄉村，把失意和絕望散播給他的選民，就讓他虛弱得快要昏過去了。

『現在你給我聽好，夫子——你得想點兒辦法才行！這是你身爲魔法部長的責任！』

『我親愛的首相，在出了這麼多事之後，你想我還能繼續擔任部長嗎？我三天前就被炒魷魚了！過去兩個禮拜中，整個魔法界全都在瘋狂叫囂逼我辭職。在我全部的任期裡，我還沒見他們這麼團結過！』夫子說，勇敢的擠出一個笑容。

首相頓時無言以對。雖然他對自己目前的困境感到忿忿不平，但他仍相當同情面前這個垂頭喪氣的人。

『我眞的非常遺憾，』首相最後終於擠出話來，『我可以幫什麼忙嗎？』

『首相，你眞好心，但不用麻煩了。我今晚是被派來通知你目前的最新狀況，並爲你介紹我的接班人。我本來以爲他早就該到了，但當然啦，他現在忙得很，有太多事情需要處理了。』

夫子回過頭來，望著那幅戴著銀白色長鬈假髮的醜矮子畫像，他正忙著用羽毛筆挖耳朵。

畫像和夫子四目交接，開口說：『他再過一會兒就到了，他才剛寫完給鄧不利多的信。』

『祝他好運，』夫子說，第一次流露出怨恨的語氣，『過去兩個禮拜，我每天都寫兩封信給鄧不利多，但他完全不爲所動。要是他肯說服那個男孩，我說不定到現在還是……別提了，也許盧夫．昆爵比較有可能說動他吧。』

夫子悶不吭聲的開始發愣，顯得十分落寞，但沒多久畫像就打破沉默，用明快的正式語氣通報。

『通告麻瓜首相。懇請緊急會面。請立刻回應。魔法部長盧夫．昆爵。』

『好，好，沒問題。』首相心煩意亂的應道，當他看到爐柵中的火焰又再次變成翡翠綠色時，他幾乎不為所動。爐火轟然升起，火焰中出現另一名快速旋轉的巫師，才一會兒，他就跳到了爐前的古董地毯上。夫子站起身來，首相遲疑了一會兒，也跟著站起來，看著那位新來的訪客挺起身子，拍掉黑色長袍上的煤灰，然後打量四周。

首相心中立刻閃過一個愚蠢的念頭：這個盧夫．昆爵，怎麼看起來活像是一頭老獅子。他那頭黃褐色的長髮和濃密的眉毛都已變得灰白斑駁，細框眼鏡後是一雙銳利的黃眼睛，雖然他走路時有點兒跛，但仍帶有一種從容不迫的優雅風度。他給人的第一印象就是精明強悍，首相可以理解，在當前這個危險的時刻，為何魔法界會選昆爵做他們的領袖而不是夫子了。

『你好。』首相禮貌的問候，伸出手來。

昆爵敷衍的跟他握了握手，目光飛快掃過室內，接著就從長袍掏出魔杖。

『夫子把一切都告訴你了嗎？』他問道，大步跨到門前，用魔杖敲了敲鑰匙孔，首相聽到門鎖喀噠一聲鎖上。

『呃——是的，』首相說，『如果你不介意的話，我不想把門鎖上。』

『我寧願不要被打擾，』昆爵不耐煩的說，『或是被人看到。』他又補上一句，用魔杖指著窗戶，窗簾迅速拉上。『好，嗯，我很忙，我們就直接談正事吧。首先，我們得注意你的安全問題。』

首相挺起胸膛，擺出一副雄赳赳、氣昂昂的架式，『不勞你費心，我認爲我目前安全得很，但還是多謝——』

『這個嘛，我們可不這麼認爲，』昆爵打斷他的話，『要是麻瓜首相受到「蠻橫咒」控制，麻瓜的處境就不太樂觀了。外面辦公室那位新來的祕書——』

『你休想要我解雇金利．俠鉤帽！』首相氣沖沖的說，『他辦事非常有效率，完成的工作是其他人的兩倍以上——』

『那是因爲他是個巫師，』昆爵說，臉上沒有一絲笑容，『是名受過嚴格訓練的正氣師，是我們派他來保護你。』

『等等，你說什麼！』首相表示，『你不能隨便把你們的人派到我的辦公室，我要用誰由我自己決定——』

『你不是對俠鉤帽很滿意嗎？』昆爵冷冷的問道。

『是很滿意——我是說，以前——』

『那還有什麼問題？』昆爵說。

『我……好吧，只要俠鉤帽的工作表現繼續保持得很……呃……傑出就行了。』首相胡亂找了個台階下，但昆爵好像根本就沒在聽他說話。

『至於賀伯・郭離——你的次長，』他繼續說下去，『就是扮鴨子娛樂大眾的那位。』

『他怎麼啦？』首相問道。

『他顯然是中了一個不太高明的「蠻橫咒」，』昆爵說，『他的腦袋被弄糊塗了，但他還是可能會造成危險。』

『他只不過是呱呱叫了幾聲而已！』首相虛弱的說，『只要好好休息一陣子……也許放輕鬆喝個幾杯……』

『目前「聖蒙果魔法疾病與傷害醫院」的治療師團隊正在診斷他的病況，目前爲止，他已經企圖勒死三名治療師，』昆爵說，『我們最好先讓他暫時離開麻瓜社會。』

『我……嗯……他會恢復的吧，對不對？』首相擔心的問。昆爵只是聳聳肩，往壁爐走去。

『好了，我要說的就是這些。首相，我會跟你保持聯絡，告訴你事情的進展——對了，我恐怕會忙到沒空親自過來，但我會派夫子通知你。他已經同意留在魔法部擔任顧問。』

夫子想要硬擠出笑容，但不太成功，只露出一副牙痛似的怪相。這時昆爵已把手伸進口袋裡摸索那種會把火焰變綠的神祕粉末。首相絕望的盯著這兩名巫師，過了一會兒，按捺了一整個晚上的話終於忍不住脫口而出。

『喔，看在老天的分上——你們是巫師欸！你們會魔法欸！你們應該可以打敗——呃——任何東西啊！』

昆爵緩緩轉過身來，帶著難以置信的神情跟夫子互望了一眼，而夫子這次倒是露出挺像樣的笑容，用溫和的語氣說：『問題是，我們的對手也會魔法呀，首相。』

話一說完，兩個巫師就一前一後踏入鮮綠色的火焰中，沒有了蹤影。

2. 紡紗街

數公里外，彌漫在首相窗外的冰寒霧氣，飄送到一條污穢河流的上空，河岸邊雜草叢生，垃圾滿地。荒廢的磨坊遺留下一根高聳的巨大煙囪，看起來十分陰森不祥。除了烏黑河水的淙淙低語之外，周遭一片死寂，也看不見任何生命的跡象，只有一隻瘦巴巴的狐狸悄悄溜下河堤，滿懷希望的嗅著草叢中幾張吃剩的炸魚薯條包裝紙。

就在這時，突然很小的啵的一聲，河邊平空冒出了一個披著斗篷的纖細人影。狐狸停止動作，機警的盯著這新出現的怪象。那人影似乎先花了點兒時間辨別方位，接著就輕快的大步往前走去，長斗篷沙沙響著拖過草叢。

過了不到一秒，就又聽到一聲較響亮的啵聲，又出現另一個罩著連帽斗篷的人影。

『等一下！』

刺耳的喊叫聲驚動了原本低伏在灌木叢中的狐狸。牠從藏身處跳出來，衝上河堤。一道綠光閃過，狐狸尖叫一聲，倒在地上，死了。

第二個人影用腳趾把那頭動物翻過來。

『只是隻狐狸呀，』斗篷帽下傳來一個充滿不屑的女人嗓音，『我還以為是正氣師呢——仙仙，等一下！』

綠光閃過時，她追逐的對象曾稍稍停下來回頭張望，但現在又開始爬上狐狸藏身的那道河堤。

『仙仙——水仙——聽我說——』

第二個女人趕上那纖細的人影，抓住她的手臂，卻被她用力甩開。

『回去，貝拉！』

『妳必須聽我說！』

『我聽妳說過了，我已經作了決定。不要管我！』

名叫水仙的女人爬到了河堤頂端，這裡有一條舊欄杆，將河流與一條狹窄的鵝卵石街道區隔開來。另一個女人貝拉立刻跟著爬上來。兩人並肩站在一起，望著街道對面那堆殘破荒涼的磚房，在漆黑的深夜裡，它們的窗口顯得黯淡無光。

『他住在這兒？』貝拉用輕蔑的語氣問道，『這兒？住在這個麻瓜糞坑裡？我們這種身分的人可從來沒踏進——』

但水仙根本沒在聽貝拉說話，她已經悄悄從腐鏽欄杆的缺口鑽過去，快步穿越馬路。

『仙仙，等一下！』

貝拉趕緊跟上去，她的斗篷在背後迎風飄蕩。她看到水仙踏入那堆磚房中的一條小巷往前狂奔，然後再彎進另一條幾乎一模一樣的街道。街邊有幾盞路燈已經壞了，兩個女人的身影忽明忽暗的奔過一片片光亮與漆黑。就在水仙跑到另一個轉角時，貝拉終於趕上追逐的對象，一把抓住水仙的手臂，硬把她轉過來面對自己。

『仙仙，妳千萬別這麼做，妳不能信任他呀——』

『黑魔王不是很信任他嗎？』

『黑魔王是……我認爲……是判斷錯誤，』貝拉喘著氣說，她環顧四周，好確定附近沒有任何人影，在那一瞬間，她斗篷帽下的雙眼閃出一道光芒，『不管怎樣，我們絕不能跟任何人提到這項計畫。這是背叛黑魔王的——』

『放開我，貝拉！』水仙厲聲喝道，從斗篷下掏出魔杖，威脅的指向貝拉的臉龐。但貝拉卻放聲大笑。

『仙仙，我可是妳的親姊姊耶，妳該不會——』

『現在我什麼事都做得出來！』水仙用歇斯底里的語氣低聲說，她揚起魔杖，揮刀似的劈了下來，又一道綠光閃過。貝拉就像被火燒到似的，立刻放開她妹妹的手臂。

『水仙！』

但水仙已急急衝向前方，貝拉一握拳趕緊跟上去，但現在她刻意保持一段距離，就這樣她們兩人逐漸深入這座荒涼的磚房迷宮。水仙匆匆踏上一條叫做『紡紗街』的街道，巨大的磨坊煙囪在一旁巍峨聳立，看起來就像一根帶有警告意味的巨人手指。水仙經過一排封上木板的破窗戶，她的腳步聲在鵝卵石上幽幽迴盪，終於，她跑到最後一棟房子前方，樓下的房間簾幕低垂，隱隱透出一絲閃爍不定的幽微燈光。

她在貝拉趕到前敲響大門，貝拉氣得暗暗詛咒了一聲。她們一起站在門前等待，微微喘著氣，吸入夜風吹送過來的河水污臭味道。過了幾秒，她們聽到門後出現一些動靜，接著大門開了一條細縫。她們透過門縫，看到一名男子正盯著她們瞧，他長長的黑髮如簾幕般披垂而下，圈住一張蠟黃的臉孔和一對漆黑的眼睛。

水仙往後掀開斗篷帽。她的皮膚蒼白得彷彿在黑夜中微微發光，金色的長髮在身後迎風飛揚，讓她看起來有些像是溺死的人。

『水仙！』男人說，把門稍稍打開了一些，讓燈光照在她和她姊姊身上，『真是太令人驚喜了！』

『賽佛勒斯，』她用緊張的語氣輕聲說，『我可以跟你談談嗎？我有急事。』

『當然可以。』

他後退一步，讓她走進屋內。她那仍然罩著斗篷帽的姊姊，也不請自來的跟著進入。

『石內卜。』她在經過他身邊時沒好氣的打了聲招呼。

『貝拉。』他回應，啪的一聲關上大門，薄唇扭出一絲嘲諷的笑意。

他們直接踏入一個狹小的客廳，這裡給人的感覺有點像是黑漆漆的鋪墊精神病房。四面牆全被書籍遮住，大多是有著黑色或褐色皮封面的舊書，天花板上懸掛著一盞燭燈，昏黃的燭光在房中灑下一圈光暈，一張毛絨磨光的沙發、一把陳舊的扶手椅，和一張搖搖晃晃的餐桌，就侷促的擠在這圈光暈中。這地方帶有一種荒廢的氣氛，似乎不常有人在這兒居住。

石內卜請水仙坐到沙發上。她脫下斗篷擱在一旁，然後坐下來，兩手交握擱在腿上，低頭盯著自己那微微顫抖的白皙雙手。貝拉緩緩脫下斗篷帽。她的妹妹金髮白膚，但她卻是一頭黑髮，有著厚重的眼瞼和寬壯的下顎，她走過去站在水仙背後，目光一直緊盯著石內卜不放。

『那麼，有什麼事需要我幫忙嗎？』石內卜問道，坐到兩姊妹對面的扶手椅上。

『這兒……這兒沒有其他人吧？』水仙輕聲問。

『當然沒有。對了，蟲尾在這兒，但人渣應該不算數吧？』

他用魔杖指了指背後那面書牆，砰的一聲，一扇隱形門突然敞開，露出一道狹窄的樓梯，上面站著一個呆若木雞的矮男人。

『蟲尾，你想必已經知道，我們有客人來了。』石內卜懶洋洋的說。

矮男人弓著背慢慢走下最後幾級階梯，踏入客廳。他有一對濕潤的小眼睛，和尖尖的鼻子，滿臉掛著討人厭的假笑。他用左手輕撫著右手，他的右手看起來好像套著一隻閃亮的銀色手套。

『水仙！』他用一種像是吱吱叫的聲音說，『還有貝拉！眞是迷人——』

『兩位要是口渴的話，可以叫蟲尾去替我們倒些飲料，』石內卜說，『然後他就可以回他房間去了。』

蟲尾畏縮了一下，好像剛才石內卜拿東西扔他似的。

『我又不是你的僕人！』他吱吱叫，不敢正視石內卜的眼睛。

『眞的嗎？我還以爲你是黑魔王派來協助我的呢。』

『來協助你，沒錯——但我可不是來替你倒飲料和——和打掃屋子的！』

『我眞沒想到，蟲尾，原來你渴望做些較危險的工作，』石內卜柔聲說，『這很容易安排，我會跟黑魔王說——』

『我要是想的話，我自己可以跟他說！』

『你當然可以啦，』石內卜冷笑道，『但現在你得先替我們送飲料，就拿家庭小精靈釀的酒過來好了。』

蟲尾遲疑了一會兒，似乎想再開口爭論，但接著他就轉過身去，穿越另一扇隱形的門。他們聽到一陣乒乒乓乓的聲響，和叮叮咚咚的玻璃碰撞聲。才幾秒鐘的時間，他便端著盤子回來，盤中放著一個髒兮兮的瓶子和三個玻璃杯。他把盤子粗魯的放到搖搖晃晃的餐桌上，急匆匆的快步離去，砰的一聲甩上排滿書籍的門。

石內卜往三個玻璃杯中注入血紅色的酒，把其中兩杯遞給那對姊妹。水仙輕聲道謝，而貝拉什麼也沒說，只是繼續怒目瞪視石內卜。這似乎並沒有讓他感到不安，反倒覺得挺有趣的。

『敬黑魔王。』他說，舉起玻璃杯一飲而盡。

兩姊妹跟著照做，石內卜再替她們倒酒。

水仙在喝第二杯酒時，用急促的語氣說：『賽佛勒斯，我很抱歉這樣突然跑過來，但我非見你不可，現在就只有你能幫我了──』

石內卜比了個手勢，阻止她再說下去，再次舉起魔杖，指著那扇隱密的樓梯門。門後傳來一陣巨響和一聲慘叫，接著就聽到蟲尾奔上樓梯的慌亂腳步聲。

『不好意思，』石內卜說，『他最近養成了偷聽的壞習慣，我不懂他這麼做是爲了什麼……水仙，妳剛才說到？……』

她顫抖著深深吸了一口氣，又從頭開始說。

『賽佛勒斯，我知道我不應該到這兒來，他們說我不能對任何人透露這件事，可是——』

『那妳就該乖乖閉上嘴！』貝拉厲聲吼道，『特別是在現在這個人面前！』

『現在這個人？』石內卜嘲諷的重複道，『請問這話是什麼意思，貝拉？』

『意思是我根本不信任你，石內卜，你心裡清楚得很！』

水仙發出一聲嗚咽般的聲音，把臉埋進掌心裡。石內卜把玻璃杯放到餐桌上，重新窩回座位，兩手搭在椅子扶手上，笑嘻嘻的望著貝拉氣沖沖的面孔。

『水仙，我看我們還是讓貝拉一次把話說清楚，免得她老是打岔，挺煩人的。好吧，請妳繼續說下去，貝拉，』石內卜說，『妳爲什麼不信任我？』

『理由多得很！』她大聲說，從沙發後大步走向前，把玻璃杯重重摔到桌上。『多到不曉得該從何說起！當黑魔王失勢的時候你人在哪裡？在他失蹤期間，你爲什麼從來沒有設法找過他？你待在鄧不利多身邊這麼多年究竟做了什麼？你爲什麼要阻撓黑魔王取得魔法石？當黑魔王復活時，你爲什麼沒有立刻回到他身邊？幾個禮拜前，在我們爲了替黑魔王取回「預言」而奮戰時，你又在哪兒？還有，石內卜，這五年來你隨時有機會殺了哈利波特，可是爲什麼他到現在還活著？』

她停頓了下來，胸膛劇烈的起伏，面頰脹得紅通通的。她背後的水仙呆坐不語，仍然用手摀著臉。

石內卜微微一笑。

『在我回答妳之前——喔，是的，貝拉，我會回答妳的問題！妳可以把我的話，轉告給那些在背後說我壞話，誣指我背叛黑魔王的人！不過，在我回答妳之前，換我先來問妳一個問題。難道妳以為，妳剛才問的每一個問題，黑魔王從來不曾質問過我嗎？難道妳真的認為，要是我的回答不能讓黑魔王感到滿意的話，我現在還能坐在這兒跟妳說話嗎？』

她遲疑了一會兒。

『我知道他很相信你，但是——』

『妳認為他判斷錯誤？還是我設法矇騙過他？妳真以為我騙得過黑魔王，騙得過有史以來最厲害的巫師，法力最高強的「破心者」？』

貝拉一言不發，但臉上卻首次出現一絲困窘的神情。石內卜並沒有乘勝追擊。他先拿起酒杯啜了一口，才繼續說下去：『妳剛才問我，黑魔王失勢的時候我人在哪裡？我奉他的命令待在「霍格華茲魔法與巫術學校」，因為他希望我能在暗中監視阿不思·鄧不利多。我想妳該曉得，是黑魔王命令我接下這份工作的吧？』

她不自覺的輕輕點了一下頭，然後張開嘴巴，但石內卜卻比她快了一步。

『妳問我，為什麼在他失蹤期間，我從來沒設法去找過他？我的理由就跟艾福瑞、牙克厲、卡羅家、灰背，還有魯休思一樣，』他朝水仙點了點頭，『和其他許多沒去尋找他下落的人完全一樣。我以為他已經完蛋了。我並不感到光榮，我錯了，但事情就是如此……要是他不肯原諒那些當時對他失去信心的人，他恐怕就沒剩多少追隨者了。』

『他還有我啊！』貝拉激動的說，『我可是爲他在阿茲卡班蹲了好多年的苦牢哇！』

『是的，的確非常令人敬佩，』石內卜用厭煩的語氣說，『當然啦，妳待在監獄裡對他沒多大用處，但這個動作本身的確很令人感動——』

『動作！』她氣得尖叫，盛怒中的她看起來有點瘋狂，『在我飽受催狂魔折磨的時候，你卻安安穩穩的待在霍格華茲，扮演鄧不利多的寵物！』

『話不能這麼說，』石內卜平靜的表示，『妳知道，他不肯讓我教「黑魔法防禦術」。大概是怕這或許會，啊，這麼說好了，會讓我故態復萌……讓我受不住誘惑而走回老路。』

『這就是你爲黑魔王做的犧牲？不能教你最愛的一門課？』她嘲諷道，『那你何必還要繼續待在那兒？難道是爲一個你以爲已經死去的主人繼續監視鄧不利多嗎？』

『並不算是，』石內卜說，『但黑魔王很高興我沒有拋下這份工作，等他回來時，我可以提供他這十六年來關於鄧不利多的完整情報，這份歡迎禮物可是比老在那兒回想阿茲卡班有多難熬要有用得多……』

『但你待在那兒——』

『沒錯，貝拉，我是待在那裡，』石內卜說，首次流露出一絲不耐的神情，『我寧可從事我喜歡的工作，也不願被關進阿茲卡班。妳知道，他們那時正在四處搜捕食死人。在鄧不利多的保護之下，可以讓我逃過監獄之苦，我利用了這個方便的機會。我再重複一次：黑魔王對於我留在霍格華茲這件事，並沒有半句怨言，所以我想不通妳還有什麼好說的。』

『妳接下來想知道的是，』他緊接著說下去，嗓門稍稍變大了些，因爲貝拉很明顯的想要插嘴，『我爲什麼要阻撓黑魔王取得魔法石。答案很簡單。他當時不知道該不該信任我。他當時也跟妳一樣，以爲我已經從忠貞的食死人，變成鄧不利多的爪牙。他當時的狀況很不好，非常虛弱，附在一個差勁的巫師身上。他不敢在過去的盟友面前現身，生怕這個盟友會出賣他，把他交給鄧不利多或是魔法部。我很遺憾他當時沒有信任我。要不然他早在三年前就可以恢復法力了。那時我只看到貪婪卑劣的奎若想要偷取魔法石，而且我承認，我那時的確是盡全力在阻止他。』

貝拉撇著嘴，活像剛吞下一大罐苦藥。

『但在他回來的時候，你並沒有返回他的身邊，在你感到「黑魔標記」開始灼痛時，你爲什麼沒有立刻飛奔到他面前——』

『一點兒也沒錯。我在兩個鐘頭之後才出現，我是奉鄧不利多之命回到他身邊。』

『奉鄧不利多之命？——』她用狂怒的語氣說。

『妳想想看！』石內卜說，又露出不耐煩的神情，『拜託妳用大腦想一想！就因爲我多等了兩個鐘頭，短短兩個鐘頭，就可以讓我繼續待在霍格華茲做內應，就因爲我讓鄧不利多相信，我是奉他之命返回黑魔王的陣營，我後來才能爲你們提供鄧不利多和鳳凰會的情報！貝拉，妳仔細想想，「黑魔標記」在好幾個月前就開始變得越來越清晰，我早就知道他快要回來了，所有的食死人都知道！我有足夠的時間來考慮我該怎麼做，籌劃我下一步的行動，我大可像卡卡夫一樣逃走，不是嗎？

『一開始，黑魔王確實對我遲到的事感到不悅，但我可以向妳擔保，在我向他解釋，雖然鄧不利多以爲我站在他們那一邊，但我仍然對黑魔王忠貞不二時，他所有的不滿全都煙消雲散。是的，黑魔王原本以爲我已永遠離開他，但是他錯了。』

『但你到底發揮了什麼作用？』貝拉譏笑道，『你又提供給我們什麼寶貴的情報啦？』

『我的情報是直接傳達給黑魔王，』石內卜說，『要是他不想告訴妳——』

『他什麼事都會告訴我！』貝拉立刻氣沖沖的大聲說，『他說我是他最忠貞、最可靠——』

『是嗎？』石內卜說，尾音微微上揚，表示他一點兒也不相信，『你們在魔法部吃過大敗仗後，他仍然這麼認爲嗎？』

『那又不是我的錯！』貝拉紅著臉說，『在過去，黑魔王總是把他最珍貴的東西託付給我——要不是魯休思——』

『妳竟敢——妳竟敢怪罪我丈夫？』水仙抬頭望著她的姊姊，用怨毒的語氣低聲說。

『現在怪誰都沒用，』石內卜順口說道，『反正做都已經做了。』

『但你卻什麼也沒做！』貝拉狂怒的說，『什麼也沒做，當我們其他人在冒險犯難的時候，你又再度缺席，不是嗎，石內卜？』

『我奉命繼續隱身幕後，』石內卜說，『難道妳不同意黑魔王的看法，難道妳以爲，我加入食死人的陣營跟鳳凰會作戰，不會引起鄧不利多的注意嗎？還有——對不起——妳剛才說什麼冒險犯難……你們面對的不過是六個青少年，我沒說錯吧？』

『你明明知道，沒多久就有一半的鳳凰會成員趕來支援他們！』貝拉厲聲吼道，『還有，既然都提到了鳳凰會，你還是不肯透露他們總部的地點，不是嗎？』

『我不是「守密人」，我無法說出那地方的名稱。我想妳該了解這個魔法的運作方式吧？黑魔王對我所提供的鳳凰會情報非常滿意。也許妳已經猜到了，這些情報讓我們得以逮到伊美玲・旺司，取了她的性命，同時也幫助我們除掉了天狼星・布萊克，但在我看來，妳才是立下這份功勞的最大功臣。』

他微微點頭，舉杯向她敬酒。但是她的態度並沒有因此而軟化。

『石內卜，你還沒回答我最後一個問題，哈利波特！過去五年來，你隨時可以殺了他。但你並沒有下手。爲什麼？』

『妳跟黑魔王討論過這件事嗎？』

『他……最近我們……是我在問你耶，石內卜！』

『要是我殺了哈利波特的話，黑魔王就無法用他的血獲得重生，擁有無人能敵的力量——』

『你少往自己臉上貼金了，講得好像你早就料到那男孩對他有用似的！』她冷笑道。

『我並沒有這麼說，我對他的計畫一無所知。我剛才說過，我以爲黑魔王已經死了。我只不過想解釋，爲什麼黑魔王對哈利波特仍活在世上這件事並不感到遺憾，至少在一年前是如此……』

『但你爲什麼到現在還不下手？』

『妳還不明白我的意思嗎？只有靠鄧不利多保護，才能讓我逃過阿茲卡班！難道妳沒想過，我若是殺死鄧不利多最鍾愛的學生，他很可能轉過來對付我嗎？但除此之外，還有些別的原因。妳別忘了，波特剛進霍格華茲就讀時，就有許多關於他的傳聞，謠傳他就是個偉大的黑巫師，所以他才能在黑魔王的攻擊下死裡逃生。事實上，許多黑魔王的老黨羽都認爲，他或許可以讓我們重整旗鼓再度團結起來。因此在他踏進城堡的那一刻，我承認我對他相當好奇，完全沒有殺害他的意思。

『當然，我很快就發現，他根本沒什麼特殊天分。他純粹是靠運氣，還有多虧他那些比他聰明的朋友，才能每次遇到困境時都化險爲夷。他這個人平庸得很，就像他父親一樣驕傲自大得令人厭惡。我用盡各種方法，想把他趕出霍格華茲，我認爲他根本沒資格待在那裡，但要我殺害他，或是眼睜睜看著他被人殺害？我要是在鄧不利多的地盤上冒這個險就太笨了。』

『你是要我們相信，這些年來鄧不利多從來沒懷疑過你？』貝拉問，『他完全不曉得你眞正效忠的主人是誰，他仍毫不保留的信任你嗎？』

『我表現得很稱職，』石內卜說，『而且妳忽略了鄧不利多最大的弱點：他必須相信人們最善良的一面。在我剛結束我的食死人生涯，到霍格華茲任教時，我對他捏造了一個故事，說我對自己的行爲後悔莫及，然後他敞開雙臂擁抱我──不過，就像我剛才說的，他盡量不讓我接觸「黑魔法」。鄧不利多一直是個偉大的巫師──噢，沒錯，他確實是，（貝拉冷笑了一聲）黑魔王自己也承認這一點。不過，我很樂意奉告，鄧不利多年紀大了。上個月跟黑魔王的決鬥，已削弱了他的力量。他那時受了重傷，一直都沒有痊癒，因爲他的反應比以前慢多了。但這麼多年來，他一直都對賽佛勒斯．石內卜深信不疑，而這正是我在黑魔王眼中最有價值的地方。』

貝拉仍是滿臉不高興，但她顯然不曉得該怎樣再對石內卜展開致命一擊。

石內卜趁她沉默不語之際，轉過來對她妹妹說：『那麼……妳是來找我幫忙的嗎，水仙？』

水仙抬頭望著他，臉上充滿了絕望。

『是的，賽佛勒斯。我──我想現在就只有你可以幫助我，我已經走投無路了。魯休思被關進監獄而……』

她閉上雙眼，斗大的淚珠從眼瞼下溢了出來。

『黑魔王禁止我說出去，』水仙繼續說下去，她仍然緊閉雙眼，『他不想讓任何人知道這個計畫。這是……最高機密。可是──』

『既然他下了禁令，妳就不該說出來，』石內卜立刻表示，『黑魔王的話就是鐵律。』

水仙倒抽了一口氣，彷彿被他當頭澆了一盆冷水。貝拉在踏入這間屋子後，首次露出滿意的神情。

『看吧！』她得意洋洋的對她妹妹說，『甚至連石內卜都這麼說，叫妳不要說，妳就該乖乖閉上嘴！』

但石內卜卻站起來，大步走到狹小的窗戶前，掀開窗簾窺視無人的街道，然後再猛然拉上窗簾。他轉身望著水仙，皺起眉頭。

『我剛好知道這個計畫，』他壓低聲音說，『黑魔王只跟少數人提過這個機密，而我就是其中之一。儘管如此，若不是我知悉內情的話，水仙，妳就是犯了背叛黑魔王的重罪。』

『我就想你一定知道！』水仙略微鬆了口氣，『他這麼信任你，賽佛勒斯……』

『你知道這個計畫？』貝拉說，滿意的神情瞬間消失，換上一臉憤慨的怒容，『你知道？』

『一點兒也沒錯，』石內卜說，『但水仙，我能幫妳什麼忙呢？如果妳以為我能說服黑魔王改變心意，恐怕是癡心妄想，這絕對辦不到。』

『賽佛勒斯，』她輕聲的說，淚水滑下她蒼白的面頰，『我的兒子……我唯一的兒子……』

『跩哥應該感到驕傲才對，』貝拉冷漠的表示，『黑魔王賜給他莫大的榮耀。我可要為跩哥說句話：他並沒有企圖逃避這項任務，他似乎很高興能有機會證明自己的能力，興奮的滿心期待──』

水仙傷心得哭了出來，用哀求的目光凝視著石內卜。

『那是因為他才十六歲，根本搞不清楚狀況！為什麼，賽佛勒斯？為什麼偏偏是我兒子？那實在太危險了！這根本就是在報復魯休思所犯的錯，我心裡清楚得很！』

石內卜什麼也沒說。他別過頭去，不願看她流淚，但似乎又覺得這樣很失禮，他無法裝作沒聽到她的話。

『這就是他選擇跩哥的原因，對不對？』她固執的追問，『就爲了懲罰魯休思？』

『要是跩哥成功的話，』石內卜說，仍然不肯看她，『他就會享有我們無法企及的榮耀。』

『但他不會成功的！』水仙抽抽噎噎的說，『他怎麼可能成功，甚至連黑魔王自己都？——』

貝拉倒抽了一口氣，水仙似乎突然失去了勇氣。

『我只是說……從來就沒有人成功過……賽佛勒斯……求求你……你是，你一直都是跩哥最喜歡的老師……你是魯休思的老朋友……我求你……你是黑魔王最寵愛的心腹，他最信任的顧問……你可不可以跟他說，說服他？——』

『沒有人能說服黑魔王，我也不會笨到去向他開口，』石內卜斷然表示，『我承認黑魔王是對魯休思很生氣。魯休思應該負責完成任務，結果他卻讓自己和許多同黨被捕，也沒有成功取回預言。是的，黑魔王很生氣，水仙，他確實非常生氣。』

『那麼我沒說錯，他選擇跩哥完全是爲了要報復！』水仙哽咽的說，『他根本不要他成功，他只想讓他被殺死！』

石內卜沒有回答，這似乎讓水仙失去了最後一絲自制力。她站起來，踉踉蹌蹌的走到石內卜面前，一把抓住他的長袍前襟。

她的臉孔緊貼到他面前，眼淚滴落在他的胸膛上，她喘著氣說：『你可以去做。賽佛勒斯，你可以代跩哥去做。你會成功的，你一定會成功，這樣你就可以獲得我們無人能及的獎賞——』

石內卜抓住她的手腕，把她的手扯開。他低頭望著她那沾滿淚水的臉龐，緩緩說：『我想，他是打算讓我在最後執行任務。但他下定決心要讓跩哥打頭陣。妳該曉得，萬一跩哥成功的話，我就可以在霍格華茲多待一陣子，進行我有用的監視工作。』

『換句話說，他根本就不顧跩哥的死活！』

『黑魔王非常生氣，』石內卜平靜的重複道，『他沒能聽到預言。水仙，妳跟我一樣清楚，他向來不輕易原諒別人。』

這下她完全崩潰了，倒在他腳邊，伏在地上呻吟哭泣。

『我唯一的兒子呀……我唯一的兒子呀……』

『妳應該感到驕傲才對啊！』貝拉冷酷無情的說，『我要是有兒子的話，我會很樂意讓他們爲黑魔王壯烈犧牲！』

水仙輕輕發出一聲絕望的尖叫，用力扯著她的金色長髮。石內卜俯身抓住她的手臂，把她攙起來，扶她坐回沙發上。接著又替她倒了一杯酒，塞進她的手裡。

『水仙，夠了。把這個喝下去。聽我說。』

她稍微平靜了一些，她顫巍巍的啜了一口，把酒潑到了自己身上。

『我或許可以……幫助跩哥。』

她身體坐直，臉色慘白如紙，眼睛瞪得大大的。

『賽佛勒斯——喔，賽佛勒斯——你會幫助他？你會照顧他，不讓他受到傷害嗎？』

『我會試試看。』

她拋下玻璃杯，杯子滑過桌面，而她也從沙發上滑下來，跪倒在石內卜面前，用雙手握住他的手，吻了一下。

『你要是肯保護他的話……賽佛勒斯，你可以發誓嗎？你願意立下「不破誓」嗎？』

『「不破誓」？』石內卜臉上沒有一絲表情，看不出他心裡在想什麼，但貝拉卻發出一陣得意的咯咯怪笑。

『妳沒聽到嗎，水仙？喔，我相信，他會試試看……不過就是一般的空話，隨口敷衍妳，根本就不會展開行動……喔，這當然是奉黑魔王的命令啦，想也知道！』

石內卜連看都沒看貝拉一眼。他的黑眼珠緊盯著水仙那對盈滿淚水的藍眼睛，她仍然緊握著他的手。

『當然可以，水仙，我會立下「不破誓」，』他平靜的說，『也許妳姊姊會願意當我們的「束約人」。』

貝拉的嘴巴張得大大的。石內卜蹲下來，跪在水仙面前。在貝拉驚愕的凝視下，他們握住彼此的右手。

『妳得用魔杖才行，貝拉。』石內卜冷冷的說。

她抽出魔杖，臉上仍帶著驚愕的表情。

『而且妳必須靠近一點兒。』他說。

她向前跨一步，站在他們兩人旁邊，用魔杖尖端抵住他們交握的手。

水仙開口。

『賽佛勒斯，在我的兒子跩哥努力實現黑魔王的願望時，你願意在一旁守護他嗎？』

『我願意。』石內卜說。

魔杖尖端噴出一線明亮的火舌，像一根火紅的鐵絲纏繞住他們的手。

『那麼你願意，盡你的全力保護他，不讓他受到傷害嗎？』

『我願意。』石內卜說。

魔杖射出第二條火舌，跟原先的火舌連結在一起，形成一根發光的美麗鎖鏈。

『還有，若是有需要的話……要是跩哥看來會失敗的話……』水仙輕聲說（石內卜的手動了一下，但並未抽出手），『你願意完成黑魔王交給跩哥的任務嗎？』

接下來有好一陣子沒人說話。貝拉用魔杖抵著他們交握的手，瞪大眼睛靜靜觀看。

『我願意。』石內卜說。

火光染紅了貝拉震驚的臉龐，魔杖射出第三條明亮的火舌，跟其他兩條火舌交織在一起，就像是一條繩索，一尾狂怒的蛇，圈圈纏繞住他們緊握的手。

3. 要和不要

哈利波特發出響亮的鼾聲。他已經在臥室窗前的椅子上枯坐了將近四個鐘頭，望著窗外越來越黑的街道，最後終於撐不住昏睡過去。他的臉頰貼著冰涼的窗玻璃，眼鏡歪向一邊，嘴巴張得開開的。他呼出的氣息在窗戶上形成一層霧氣，在街燈刺眼的橙色光芒中微微閃爍，人造光洗去了他臉上的所有色彩，使他那張頂著凌亂黑髮的臉龐看起來活像個幽靈。

房間裡散置著各式各樣的物品和垃圾。貓頭鷹羽毛、蘋果核和糖果紙扔了滿地，床上縐巴巴的長袍旁亂七八糟的放了一堆符咒書，桌燈下的光暈中攤著一疊凌亂不堪的報紙。其中一張的標題怵目驚心的寫著：

哈利波特是『被選中的人』？

魔法部日前所發生的神祕騷動依舊傳聞不斷，據說當時有人目睹『那個不能說出名字的人』再次現身。

『上面不准我們多說，不要再問我了。』一名拒絕透露姓名的除憶師，昨晚離開魔法部時氣急敗壞的表示。

儘管如此，我們根據來自魔法部高層的消息管道，證實這場騷動是發生在傳說中的『預言廳』。

雖然魔法部的發言巫師至今仍不肯承認有所謂的『預言廳』存在，魔法界仍有越來越多人相信，那些目前正因非法侵入罪與意圖偷竊罪而在阿茲卡班服刑的食死人，潛入魔法部的目的是想要偷取一個預言。這個預言的內容不明，但魔法界盛傳該預言與哈利波特有關，他是唯一曾在『索命咒』攻擊下死裡逃生的人，此外他也在事發當晚到過魔法部。有些人甚至替波特冠上『被選中的人』的封號，他們相信預言已指明，只有他才能替我們除掉『那個不能說出名字的人』。

如果眞有預言存在的話，該預言目前仍下落不明，不過（接第二版，第五欄）

旁邊擱著另一張報紙。上面的標題是：

夫子下台，昆爵上任

一張巨大的黑白照片佔了大半版面，照片中的男人有著一頭獅鬃般的濃髮和一張飽經風霜的臉孔，照片裡的男子正朝著天花板揮手。

盧夫・昆爵，魔法執行部門正氣師局的前任主管，已接替康尼留斯・夫子繼任爲魔法部長。這項任命獲得魔法界大眾的熱情擁戴，但謠傳在昆爵上任後的幾個鐘頭內，這位新任魔法部長和新近復職的『巫審加碼首席魔法師』阿不思・鄧不利多之間的嫌隙就已浮上檯面。

昆爵的屬下坦承，他在就任後，確實曾立即與鄧不利多會面，但他不願就此事發表任何意見。阿不思・鄧不利多是（接第三版，第二欄）

旁邊是另一張摺起來的報紙，一眼就能看到標題是『魔法部保證維護學生安全』的報導。

新上任的魔法部長盧夫・昆爵今日表示，魔法部已採取嚴格的新措施，以確保今秋返回『霍格華茲魔法與巫術學校』就讀的學生安全無虞。

部長表示，『基於某些明顯的原因，魔法部將不會透露這項嚴密新安全計畫的詳細內容』，但一位消息靈通的人士證實，這些措施包括防禦性魔法符咒，一個由解咒術組成的複雜魔法陣，和一支專門維護霍格華茲學校安全的正氣師特遣部隊。

新任部長對於維護學生安全所表現出的強硬立場，似乎讓許多人放下心來。傲古．隆巴頓太太表示，『我的孫子奈威——對了，他是哈利波特的好朋友，六月的時候他們還在魔法部並肩作戰，合力對抗食死人——』

但接下來的文字全被擱在報上的大鳥籠遮住了。鳥籠中有一頭美麗的雪鴞。她琥珀色的眼睛倨傲的打量房間，不時旋過頭來盯著她呼呼大睡的主人。有一、兩次，她不耐煩地張開鳥喙，喀噠喀噠啄了幾聲，但哈利實在睡得太熟了，根本就沒聽見。

房間正中央擺著一個巨大的行李箱。箱蓋打開著，看來是要準備裝進行李，但箱子裡卻幾近全空，只在箱底零星的堆了些舊內衣、糖果、空墨水瓶和斷裂的羽毛筆。箱子旁邊的地板上躺著一份紫色的傳單，上面寫著：

魔法部印製發行

保護你的家庭與親人

避開黑暗勢力侵襲

魔法界目前遭受到一個自稱為『食死人』的團體威脅。遵守下列簡單的安全守則，可以保護你自己、你的親人和你的家庭免於受到攻擊。

第一、建議各位不要單獨出門。

第二、入夜之後必須特別小心。可能的話，盡量在天黑以前回到屋內。

第三、檢查住家周圍的保全設備，確定家中所有成員都會施展『屏障咒』與『滅幻咒』等緊急措施，倘若家中有未成年者，則必須再加上『隨行現影術』。

第四、和親朋好友約定暗號，以防食死人利用『變身水』喬裝假扮。（參閱第二頁）。

第五、若是家人、同事、朋友或鄰居出現怪異的行為舉止，請即刻通報『魔法執行組』，他們可能已遭到蠻橫咒的控制。（參閱第四頁）。

第六、住家或是其他任何建築出現『黑魔標記』時，**千萬不可進入**，並立刻通報『正氣師局』。

第七、有未經證實的消息顯示，食死人目前可能在使用『行屍』（參閱第十頁）。若是看到或遇見任何一名行屍，請火速向魔法部報案。

哈利咕噥了幾句夢話，貼在窗戶上的臉頰往下滑落了一、兩吋，他的眼鏡更歪了，但他仍然沉睡不醒。哈利幾年前修好的鬧鐘放在窗台上，發出響亮的滴答聲，顯示出還差一分鐘就要十一點了。哈利的手垂放在鬧鐘旁，下面壓著一張爬滿細長歪斜字跡的羊皮紙。打從哈利在三天前收到這封信開始，他大概已經看了至少上百遍，原本緊緊捲成紙軸的羊皮紙，現在已幾乎完全壓平了。

親愛的哈利：

如果可以的話，我週五晚上十一點會造訪水蠟樹街四號，護送你前往『洞穴屋』，你被邀請到那兒度過剩下的假期。

如果你願意的話，在我們前往『洞穴屋』途中，我很樂意請你協助我辦件事情。等我們見面時我會跟你解釋清楚。

請把回信交給這隻貓頭鷹。期待週五跟你碰面。

你最誠摯的

阿不思．鄧不利多

這封信他看得都會背了，但是打從傍晚七點開始，他就坐在視野絕佳，可以看清水蠟樹街兩端景象的臥室窗前，每隔幾分鐘就忍不住再瞄這封信一眼。他心裡明白，反覆閱讀鄧不利多的信根本毫無意義，哈利已依照囑咐，寫了一個『好』字交給送信來的貓頭鷹，現在不管鄧不利多會不會來，他除了枯等以外什麼也不能做。

但哈利並沒有收拾行李。跟德思禮一家人才一起住了短短兩個星期，就可以脫離他們的魔掌，實在是好到難以置信。他的心裡七上八下，總覺得某個環節會出差錯——他寫給鄧不利多的回信可能會在中途遺失，鄧不利多說不定有事耽擱不能來接他，搞不好那封信根本就不是鄧不利多寫的，而是有人在開玩笑、惡作劇，或是設下的陷阱。要是哈利收拾好行李，結果卻發現是空歡喜一場，只好再把箱子裡的東西歸回原位，那他可絕對受不了。他爲這場可能的旅程所做的唯一準備，就是把他的雪鴞嘿美安安穩穩的關進籠子裡。

鬧鐘的分針指向十二，而就在這一剎那，窗外的街燈分秒不差的突然熄滅。

突如其來的黑暗像鬧鐘似的，讓哈利猛然驚醒。他急忙扶正眼鏡，移開黏在窗上的臉頰，再將鼻子貼在窗戶上，凝神望著下方的人行道。一個高瘦的人影裹著迎風飄揚的長斗篷，踏上了門前花園小徑。

哈利彷彿被電擊似的跳起來，把椅子都撞翻了，他開始急忙把地上所有他搆得到的東西全都抓起來，扔進行李箱。正當他把一堆長袍、兩本符咒書，和一包馬鈴薯片拋越整個房間時，門鈴響了。

樓下客廳傳來威農姨丈的吼叫聲：『都已經幾點啦，是誰這麼晚還跑到別人家裡來啊？』

哈利一手握著黃銅望遠鏡，一手拎著一雙運動鞋，整個人愣在原地。他完全忘了先提醒德思禮一家人，說鄧不利多可能會來接他。他慌得要命，卻又忍不住想放聲大笑。他連忙爬過行李箱，一把拉開房門，正好聽到一個低沉的嗓音說：『晚安。想必你就是德思禮先生。哈利應該已經告訴你，我會過來接他吧？』

他一步跨兩級的快速衝下樓梯，在最後幾級樓梯前又猛然收住腳步，根據長期以來的經驗，他知道還是離姨丈遠一點比較保險。一個高瘦的男人站在大門口，他有著長及腰部的銀白色頭髮與鬍鬚，扭曲的鼻梁上架著一付半月形眼鏡，身上穿著黑色的長旅行斗篷，頭上戴著一頂尖帽。威農·德思禮的黑鬍鬚幾乎就跟鄧不利多一樣濃密，他穿著一件深褐色睡袍，緊盯著這個不速之客，似乎是無法相信自己的小眼睛。

『瞧你這副目瞪口呆、難以置信的模樣，哈利想必沒有告訴你我要來，』鄧不利多愉快的說，『不過，我們就假裝你已經熱情邀請我到你家好了，在這種不安定的時候，可萬萬不能在門口逗留太久。』

他敏捷的跨過門檻，關上大門。

『我好久沒上這兒來了，』鄧不利多說，俯下他那彎曲的鼻子盯著威農姨丈，『我必須說，你的紫君子蘭長得真是茂盛。』

威農·德思禮什麼都沒說。哈利知道他絕不會沉默太久——他姨丈太陽穴上的脈搏越跳越快，眼看著就要到達危險的爆發點——但鄧不利多身上似乎有種特質，讓他嚇得

連大氣都不敢喘一口。這也許是因爲鄧不利多的外表帶著濃濃的巫師味兒，但也可能是因爲，甚至連威農姨丈都能夠感覺到，眼前這個人可不是好惹的。

『啊，晚安，哈利，』鄧不利多露出非常滿意的神情，透過他的半月形眼鏡抬頭望向哈利，『好極了，好極了。』

這句話似乎刺激到了威農姨丈。在他看來，任何望著哈利還能說出什麼『好極了』的人，跟自己是絕對合不來的。

『我並不想無禮——』他開口說，但他的語氣卻無禮得很。

『——遺憾的是，就算心裡不想，但往往表現出來仍是無禮至極，』鄧不利多一臉嚴肅的接口說道，『所以你最好還是什麼都別說。啊，這一定是佩妮吧？』

廚房門敞開，哈利的阿姨出現在門口，她戴著橡膠手套，睡衣外罩了件家居睡袍，看樣子她正在做睡前例行的廚房清潔工作。她的長馬臉露出震驚的神情。

『阿不思・鄧不利多，』威農姨丈並沒有替他引見，鄧不利多只好自我介紹道，『我們通過信。』哈利覺得他用這種方式提醒佩妮阿姨，他曾經寄給她一封會爆炸的信，實在是挺奇怪的，但佩妮阿姨並沒有出言反駁，『這是妳兒子達力吧？』

達力這時正把頭探出客廳大門偷看。只見一顆碩大的金髮腦袋瓜，從彩色條紋睡衣領子冒出來，活像是個沒身體的大頭怪，他又驚又怕的張大嘴巴。鄧不利多等了一會兒，看德思禮家有沒有人會開口說話，但等了老半天，他們硬是一聲不吭，於是他微微一笑。

『那就假設你們已經邀請我進客廳囉？』

達力慌慌張張的趕緊退到一旁讓鄧不利多過去。哈利手裡仍抓著望遠鏡和運動鞋，連忙跳下樓梯，跟著鄧不利多走進客廳。鄧不利多安坐在最靠近爐火的扶手椅上，興致盎然的打量周遭環境。他看起來跟這個地方非常不搭調。

『我們不是——我們不是要離開了嗎，校長？』哈利不安的問道。

『是的，我們的確是要離開，但有幾件事得先商量一下，』鄧不利多說，『而我可不想在外頭商量事情。看來我們只好在你阿姨、姨丈家多叨擾一會兒了。』

『什麼，你還要多待一會兒？』

威農．德思禮走進客廳，佩妮跟在他背後，達力也躲在他們後面溜了進來。

『是的，』鄧不利多簡短答道，『還要一會兒。』

他抽出魔杖，動作快得連哈利都沒看清楚，他隨手彈了一下魔杖，沙發咻的一聲竄到德思禮一家三口的膝蓋窩下，把他們撞倒在沙發上跌成一團。他又彈了一下魔杖，沙發咻的一聲竄回原位。

『這樣會舒服一點兒。』鄧不利多愉快的說。

當他把魔杖塞回口袋的時候，哈利看見他的手變得又黑又皺，好像被火燒焦了似的。

來。

『校長──你的手是？──』

『待會兒再說，哈利，』鄧不利多說，『請坐。』

哈利坐在另一張扶手椅上，刻意不看德思禮一家人，他們似乎已嚇得說不出話來。

『我本來以爲你會招待我用些飲料，』鄧不利多對威農姨丈說，『但現在看來，我要是還這麼樂觀的話就太笨啦。』

他第三次輕彈魔杖，一個佈滿灰塵的瓶子和五個玻璃杯出現在半空中。瓶子一歪，在每個杯子裡倒進滿滿的蜂蜜色液體，然後杯子就各自飄到房中每個人的面前。

『羅梅塔夫人用橡木桶釀的上等蜂蜜酒。』鄧不利多說，舉杯向哈利敬酒，哈利握住他的杯子啜了一口。他從沒喝過這樣的飲料，覺得好喝極了。德思禮一家人先是害怕的互瞄了一眼，接著就打定主意，完全不理會他們的玻璃杯，但這並不容易，因爲這些杯子不停的在他們的腦袋邊磨磨蹭蹭。哈利忍不住覺得，鄧不利多好像玩得挺開心的。

『聽我說，哈利，』鄧不利多轉頭望著他說，『現在有個難題，我希望你能替我們解決。而所謂我們，就是指「鳳凰會」。但首先我必須告訴你，我們在一個禮拜前找到了天狼星的遺囑，他把所有東西都留給了你。』

坐在沙發上的威農姨丈連忙轉過頭來，但哈利並沒有看他，也不曉得該說些什麼，只隨口應了聲：『喔。好。』

『用最直接的說法，』鄧不利多繼續說下去，『就是你在古靈閣銀行的戶頭又多了不少存款，另外你也繼承了天狼星所有的私人物品。這份遺產造成了一些問題——』

『他的教父死了？』沙發上的威農姨丈大聲問道。鄧不利多和哈利轉過頭來望著他。那杯蜂蜜酒固執的在威農姨丈腦袋邊撞來撞去，他則拚命揮手想把它推開，『死了？他的教父死了？』

『是的，』鄧不利多回答。他沒有問哈利，爲何不把這件事告訴德思禮一家人。『我們的問題是，』就像剛才完全沒人打岔似的，繼續對哈利說下去，『天狼星同時也把古里某街十二號留給你。』

『他繼承了一棟房子？』威農姨丈瞇起小眼，滿臉貪婪的問道，但根本沒人理他。

『你們可以繼續把那兒當總部，』哈利說，『我不在乎。就給你們用好了，我其實不太想要那棟房子。』要是可以的話，他永遠不想再踏進古里某街十二號一步。哈利覺得自己一輩子都忘不了天狼星被關在那個他渴望逃離的地方，獨自在充滿霉味兒的黑暗房中徘徊的淒涼身影。

『你眞是太慷慨了，』鄧不利多說，『不過，我們已經暫時撤離那棟建築。』

『爲什麼？』

『這個嘛，』鄧不利多說，不理會威農姨丈的怒聲詛咒，現在那杯固執的蜂蜜酒靈活的敲打他的頭頂，『按照布萊克家族的傳統，房子只能傳給直系子孫，傳給下一個姓布萊克的男人。天狼星的弟弟獅子阿爾發已先他而死，而他們兩人都沒有子嗣，因此天狼星是他們家族最後一個直系子孫。他的遺囑雖然清楚表明，他希望把這棟房子留給你，但那個地方很可能早被施下某種咒語或是魔法，以免任何血統不純的外人變成它的主人。』

哈利腦海中閃現出一個鮮明的畫面，彷彿看到古里某街十二號門廳中那幅天狼星母親的畫像在尖叫咒罵。『我敢說一定有。』他說。

『是有可能，』鄧不利多說，『要是眞有這類魔法存在，那麼這棟房子的繼承權，就很可能會傳給天狼星在世上最年長的親人，也就是他的堂妹，貝拉・雷斯壯。』

哈利不由自主的跳了起來，原先擱在他腿上的望遠鏡和運動鞋滾落到地板上。貝拉・雷斯壯，殺害天狼星的兇手，要繼承他的房子？

『不行。』他說。

『嗯，很明顯的，我們大家都不想讓她得到這棟房子，』鄧不利多平靜的表示，『但目前情況非常複雜。比方說，我們並不曉得，我們當初爲了不讓人偵測到這個地方所施的魔法，在天狼星交出繼承權之後是否還能繼續發揮效用。貝拉也許隨時可能出現在大門口。因此在情勢明朗之前，我們自然得先全部撤離。』

『但你要怎樣才能查出，我到底能不能繼承那棟房子？』

『幸好，』鄧不利多說，『有一個簡單的測試方法。』

他把空玻璃杯放到椅子旁的小桌上，但他還來不及做出任何動作，威農姨丈就大吼道：『你趕快把這鬼玩意兒趕走好嗎？』

哈利回過頭來，德思禮一家三口全都用手抱著頭，玻璃杯就在他們頭頂上蹦蹦跳跳，把酒濺得到處都是。

『喔，眞抱歉，』鄧不利多彬彬有禮的說，再次舉起魔杖。三個玻璃杯立刻消失，『不過，你知道的，應該把酒喝完才不至於失禮。』

威農姨丈似乎氣得想要反唇相譏，但他什麼也沒說，只是縮回椅墊上，跟佩妮阿姨與達力挨在一塊兒，用他的小豬眼緊盯著鄧不利多的魔杖。

『你知道，』鄧不利多回過頭來，繼續對哈利說下去，就好像威農姨丈剛才根本沒說過話似的，『你要是眞的繼承這棟房子，那麼你也同時繼承了——』

他第五次輕彈魔杖。砰的一聲，出現了一名家庭小精靈，他有著肥厚的大豬鼻，一對蝙蝠似的大耳朵，和一雙血紅的大眼，身上圍著一條髒兮兮的破布，蹲伏在德思禮家的絨毛地毯上。

佩妮阿姨發出一聲令人寒毛直立的尖叫，在她的記憶中，從來沒讓這麼骯髒的東西進過家門，達力趕緊把他那雙粉紅色的大肥腳從地上抬起來，舉得都快比頭還要高，好像怕那個怪物會爬上他的睡褲，而威農姨丈怒吼道：『那是什麼鬼東西啊？』

『怪角。』鄧不利多回答。

『怪角不要，怪角不要，怪角不要！』家庭小精靈用絕不輸給威農姨丈的大嗓門哇哇怪叫，粗糙的長腳丫跺個不停，用力扯著自己的耳朵，『怪角屬於貝拉小姐，喔，是的，怪角屬於布萊克家族，怪角要去找他的新女主人，怪角不要跟著那個波特小鬼頭，怪角不要，怪角不要，不要，不要啊——』

『如你所見，哈利，』鄧不利多大聲說，蓋過了怪角持續不斷的『不要，不要，不要』的叫聲，『怪角顯然不太願意讓你當他的主人。』

『我不在乎，』哈利又說了一次，嫌惡的望著那個扭動身軀、連連跺腳的家庭小精靈，『我不想要他。』

『不要，不要，不要，不要——』

『你寧可讓貝拉．雷斯壯當他的主人？你忘了他去年都住在鳳凰會總部？』

『不要，不要，不要，不要——』

哈利望著鄧不利多。他知道絕對不能讓怪角去跟貝拉．雷斯壯住在一起，但一想到要當這個小精靈的主人，對這個曾經背叛過天狼星的生物負起責任，就令他感到厭惡至極。

『給他一個命令，』鄧不利多說，『你若是他的主人，他就必須服從命令。不是的話，那我們就得再想點兒別的辦法，以防他去投奔他合法的女主人。』

『不要，不要，不要，**不要！**』

怪角的聲音已變成淒厲的尖叫。哈利一時間只想得出這個命令：『怪角，閉嘴！』

那一瞬間，怪角看起來就像快窒息似的，他一把抓住喉嚨，眼珠子暴突出來，嘴巴仍在拚命動個不停。他慌亂的張口吞了幾口氣，接著就撲倒在地毯上（佩妮阿姨發出一聲嗚咽），對著地板狂敲狂踢，惡狠狠的發了一場大脾氣，但從頭到尾沒發出半點兒聲響。

『好，這讓事情變得容易多了，』鄧不利多高興的說，『看來該做的事天狼星全都做了。你是古里某街十二號和怪角的合法擁有人。』

『我——我得讓他待在身邊嗎？』哈利驚駭莫名的問，而怪角就在他腳邊不停打滾。

『這倒是不用，』鄧不利多說，『讓我給你一個建議，你可以把他派到霍格華茲，讓他在廚房工作。這樣其他家庭小精靈就可以盯著他。』

『好耶，』哈利鬆了一口氣，『好耶，就這麼辦吧。呃——怪角——我要你到霍格華茲，跟其他家庭小精靈一起在廚房工作。』

怪角此刻正四腳朝天的平躺在地上，從他那張上下顛倒的臉上，他拋給哈利一個無比憎恨的眼神，接著又是一聲響亮的砰，隨即失去蹤影。

『好，』鄧不利多說，『另外還有鷹馬巴嘴的事情。天狼星去世之後，一直都是海格在照顧他，但現在巴嘴是你的了，所以說，你要是想再做些別的安排——』

『不用，』哈利立刻表示，『他可以待在海格身邊，我想這樣巴嘴會比較快樂。』

『海格一定會很高興的，』鄧不利多笑吟吟的說，『他看到巴嘴的時候簡直快要樂壞了。對了，我們已經說好，為了巴嘴的安全著想，暫時替他取了個新名字，叫做「枯翅」，我想魔法部絕對看不出他就是那頭被他們判過死刑的鷹馬。好了，哈利，你的行李都整理好了吧？』

『呃，這個嘛……』

『不確定我真的會出現，是吧？』鄧不利多一下就猜中了。

『我現在就去——呃——打包。』哈利慌忙說道，趕緊把掉在地上的望遠鏡和運動鞋撿起來。

他花了十多分鐘，才把他要帶的東西全都找齊，最後他終於把隱形斗篷從床底下抽出來，把變色墨水裝上瓶蓋，再費力把塞了大釜的箱子關起來。然後他一手拖著行李箱，一手拎著嘿美的鳥籠下樓。

他失望的發現，鄧不利多沒有在玄關等他，這表示他還得再回到客廳。

客廳裡靜悄悄的沒人說話，鄧不利多輕輕哼著歌，一派輕鬆自在，但室內的氣氛簡直比凝固的奶油還要凝滯厚重，哈利說話時根本不敢看德思禮一家人，『校長——我已經準備好了。』

『好，』鄧不利多說，『那麼現在就只剩下最後一件事，』他轉身再次對德思禮一家人說：『你們應該知道，哈利再過一年就到達法定年齡——』

『不對。』佩妮阿姨說，這是她在鄧不利多來訪後第一次開口。

『對不起？』鄧不利多彬彬有禮的問道。

『不對，沒那麼快。他比達力小一個月，達兒要到後年才滿十八歲。』

『啊，』鄧不利多愉悅的說，『但在我們魔法界，滿十七歲就算是法定成年人了。』

威農姨丈咕噥著說：『荒唐至極。』但鄧不利多沒理他。

『聽我說，你們知道，那個叫做佛地魔王的巫師已經回到這個國家。魔法界已經正式開戰。佛地魔過去曾多次設法謀殺哈利，因此哈利現在的處境，甚至比十五年前更危險，當時我把他留在你們家的門階上，附了一封信解釋他的父母慘遭殺害的事情，希望你們能把他當作自己的孩子一樣呵護照顧。』

鄧不利多停下來，雖然他的語氣仍十分輕鬆平靜，臉上也完全看不出一絲怒意，但哈利卻感到他身上透出一股森森寒氣，同時他也注意到，德思禮一家人又靠得更緊了。

『你們並沒有照我的話去做，你們從不曾把哈利看作自己的兒子。他在你們家受盡冷落，甚至還常常遭到虐待。唯一值得慶幸的是，他至少不會像坐在你們中間的那個可憐孩子一樣，受到這麼可怕的傷害。』

佩妮阿姨和威農姨丈兩人直覺的轉過頭來，似乎以爲他們會看到另一個不是達力的人擠在他們中間。

『我們——虐待達兒？你在說什麼鬼？——』威農姨丈憤怒的開口說，但鄧不利多豎起一根手指，阻止他再說下去，威農姨丈像是被揍了一拳似的，立刻安靜下來。

『我在十五年前所施展的魔法，最主要的作用，是只要哈利還把這棟房子當成他的家，就可以得到有力的保護。不論他在這裡過得多麼悲慘，不論他是否受到歡迎，不論他受到多麼惡劣的待遇，你們至少還勉強讓他在家裡擁有一個棲身之處。這個魔法將會在哈利滿十七歲，換句話說，也就是在他成年那一刻失效。我只要求你們做到這一點：請你們在哈利十七歲生日之前，允許他再回到這棟房子一次，讓這份保護力量維持到他成年那一天。』

德思禮一家全都悶不吭聲。達力微微蹙起眉頭，似乎還在想自己到底哪裡受了虐待。威農姨丈看起來活像是喉嚨被卡住了似的，而佩妮阿姨卻奇怪的脹紅了臉。

『好，哈利……我們該走了，』鄧不利多終於開口說，站起身來，整了整他的黑色長斗篷，『我們下次再見了。』他對德思禮一家人說，但看來他們這輩子永遠都不想再見到他，鄧不利多脫帽行了個禮，接著就昂首闊步走出客廳。

『再見。』哈利匆匆跟德思禮一家道別，跟著走了出去。鄧不利多在哈利的行李箱旁停下腳步，嘿美的鳥籠就擱在箱子上面。

『我們不用把這些礙手礙腳的東西帶在身邊，』他說，又再次掏出魔杖，『我先把它們送到「洞穴屋」去。不過，我希望你帶著隱形斗篷……以防萬一。』

哈利費了一番工夫，才把隱形斗篷從行李箱裡拿出來，一邊還設法避免讓鄧不利多看到箱子裡有多亂。等他把隱形斗篷塞進外套內袋，鄧不利多就揮動魔杖，行李箱、鳥籠和嘿美隨即消失。接著鄧不利多又揮了一下魔杖，大門頓時敞開，迎面而來的是霧氣濛濛的涼爽黑夜。

『好了，哈利，現在就讓我們踏入黑夜，去追逐冒險——這個善變的妖婦吧。』

4. 赫瑞司・史拉轟

儘管過去幾天，哈利清醒時的每一分鐘都殷切盼望著鄧不利多真的會來接他，然而，當兩人一塊從水蠟樹街出發時，他還是覺得怪得可以。自從出了霍格華茲大門，他就一直沒有機會跟校長好好說一次話，而在學校裡，他們之間總是隔著一張桌子。上次面對面談話的情景不斷浮現在哈利的腦海，害得哈利尷尬不已，那次他不但大吼大叫，甚至還摔壞了不少鄧不利多的寶貝。

不過鄧不利多卻是一副輕鬆自在的模樣。

『魔杖準備好，哈利。』他快活的說。

『可是出了學校不是不准使用魔法嗎，校長？』

『萬一遭遇攻擊，』鄧不利多說，『我特准你使用巫咒反制術或解咒術，不過今

晚應該不用擔心會有人攻擊。』

『為什麼，校長？』

『因為你跟我在一起。』鄧不利多簡潔的說。『這就行了，哈利。』

他突然在水蠟樹街另一頭停下。

『你的現影術還沒考吧？』他說。

『還沒，』哈利說。『不是要十七歲才能考嗎？』

『沒錯，』鄧不利多說。『那你可得緊緊抓牢我的手臂了。麻煩你抓我的左手，你也看見了，目前我揮動魔杖的右手有點不太靈光。』

哈利抓住鄧不利多伸出的左前臂。

『很好，』鄧不利多說，『我們走吧。』

哈利感覺鄧不利多的手臂從他手裡溜走，他趕緊再用力抓牢：下一秒鐘，他只看見一片黑，壓力從四面八方而來，他不能呼吸，他的胸膛似乎被鐵箍箍住，他的眼珠被擠進頭顱內，他的耳鼓也被往裡推，推到腦殼裡，然後——

他大口大口的吞進夜晚的冷空氣，睜開淚如雨下的眼睛。他感覺自己好像剛從一條很窄的橡皮管硬鑽了出來。幾秒鐘後他才發現水蠟樹街消失了。他和鄧不利多正站在一個看起來已經荒廢的村莊廣場，廣場中央矗立著戰爭紀念碑，還有幾張長椅。哈利的感官漸漸恢復，這才恍然大悟他剛才經歷了有生以來第一次的現影術。

『你還好吧？』鄧不利多問，擔心的俯視他。『現影術是得花一段時間才能適應。』

『我沒事，』哈利說，一面揉著耳朵，他的兩隻耳朵好像很不甘願離開水蠟樹街似的。『不過我想我還是比較喜歡騎掃帚。』

鄧不利多微微一笑，把旅行斗篷再拉緊一些，說：『這邊走。』

他步履輕捷，經過一家空盪盪的客棧和幾棟屋子。附近教堂有座鐘，時間已將近午夜。

『對了，哈利，』鄧不利多說。『你額頭上的疤……最近還會痛嗎？』

哈利不自覺的將手舉起，撫摸額頭上的閃電形疤痕。

『不會，』他說，『我也覺得很奇怪。佛地魔現在的威力那麼強大，我還以為我的疤會痛個不停才對。』

他抬頭望向鄧不利多，發現他露出滿意的神情。

『我的看法和你不同，』鄧不利多說。『佛地魔終於了解，讓你自由進出他的思想和感覺太過危險，現在看來他是用了鎖心術來對付你。』

『哈，我可一點也不覺得可惜。』哈利說，他一點也不想念那些擾人的夢境，也不想念那種洞察佛地魔內心的能力。

他們轉過街角，經過一個電話亭和一處公車站牌。哈利又轉頭看鄧不利多。

『校長？』

『什麼事，哈利？』

『呃——我們到底在哪裡啊？』

『哈利，這裡呢，是美麗的魔法村巴利．巴柏頓。』

『我們來這裡幹什麼呢？』

『啊，對了，我忘了告訴你，』鄧不利多說。『最近幾年我已經數不清自己說過多少次了，但這次還是一樣，我們又缺了一個老師。所以我們這趟是來勸我一個老同事重出江湖，回霍格華茲任教。』

『我能幫上什麼忙呢？』

『喔，你幫得上忙的。』鄧不利多語焉不詳的說。『左轉，哈利。』

他們走上一條陡峭狹窄的街道，兩旁都是房屋，但是所有窗戶都是黑的。在水蠟樹街籠罩了兩個星期的詭異寒意在這裡同樣感受得到。一想到催狂魔，哈利就忍不住偷偷看了看身後，握緊口袋裡的魔杖。

『校長，我們爲什麼不直接現影在你老同事的房子裡？』

『因爲那就像一腳踹開大門一樣沒有禮貌，』鄧不利多說。『按照規矩，我們必須讓其他巫師有拒絕我們進門的機會。再說，大部分的巫師住宅都有魔法保護，才不會有不速之客現影。比方說像霍格華茲——』

『——無論室內室外都不能施展現影術，』哈利很快接著說。『妙麗跟我說過。』

『她說得一點也沒錯，這裡再左轉。』

教堂的鐘敲了十二下。哈利心裡納悶著這麼晚才來找老同事，為什麼鄧不利多卻不覺得沒禮貌，不過既然兩人聊開了，他有更迫切的問題要問。

『校長，我在《預言家日報》上看到夫子被解雇了……』

『沒錯，』鄧不利多說。他們又轉上一條陡峭的巷道。『我相信你也看到了，他的職位被盧夫・昆爵取代了，他以前是正氣師局局長。』

『他……你覺得他好嗎？』哈利問。

『這是個有意思的問題，』鄧不利多說。『他當然很能幹，比康尼留斯來得果斷強勢。』

『不，我的意思是——』

『我知道你的意思。盧夫是個講究行動的人，而且他的工作生涯裡大半時間都在對付黑巫師，他不會低估佛地魔的能耐。』

哈利等著他往下說，但是鄧不利多對《預言家日報》上關於他們兩人之間的歧異卻一字不提，哈利不敢追問，所以就換了話題。

『呃……校長……我還看到了波恩夫人的消息。』

『對，』鄧不利多平靜的說。『不幸的損失，她是位偉大的女巫。應該是往這上面走吧——噢唷。』

他不小心用了受傷的手來指方向。

『校長，你是怎麼？——』

『現在我沒有時間解釋，』鄧不利多說。『不過這是個很精采的故事，我希望能有時間慢慢說。』

他對哈利微笑，哈利立刻明白自己沒有受到責備，還可以繼續問問題。

『校長——我收到魔法部的貓頭鷹送來一份傳單，是對付食死人的安全守則……』

『我自己也收到了一份，』鄧不利多說，仍然帶著笑容。『你覺得有用嗎？』

『不大有用。』

『我也這麼想。比方說，你就沒有問我最喜歡什麼口味的果醬，好證明我是真正的鄧不利多校長，而不是冒牌貨。』

『我沒有……』哈利開口說，卻弄不清楚自己有沒有受到責備。

『算是給你在將來做個參考，哈利，我喜歡覆盆子口味……只不過，當然啦，要是我是食死人，在假扮成我自己之前，一定會先研究我自己喜歡哪種果醬的。』

『呃……對，』哈利說。『那張傳單上還提到什麼行屍，那到底是什麼？傳單上講得不是很清楚。』

『那是死屍，』鄧不利多平靜的說。『被黑巫師下咒，對他們唯命是從的死屍。

不過自從佛地魔銷聲匿跡之後，行屍有很長一段時間不再出現了……他殺的人多到可以組織一支行屍軍隊。這裡就是了，哈利，就是這裡……』

他們來到一間整潔的小石屋前，小屋有獨立的庭院。哈利忙著思索可怕的行屍，沒多留意別的，可是在接近院門時，鄧不利多忽然停住，哈利煞不住腳，撞了上去。

『喔，天啊，天啊。』

哈利循著鄧不利多的視線看向仔細整理過的小徑，覺得一顆心往下沉。前門掉下來了，掛在那兒晃個不停。

鄧不利多掃視了整條街，四周看來一片荒涼。

『拿出魔杖來，跟著我，哈利。』他輕聲的說。

他打開院門，敏捷前進，靜悄悄的走上花園小徑，哈利緊跟在後。鄧不利多非常緩慢的推開前門，手裡舉著魔杖，準備隨時應變。

『路摸思。』

鄧不利多的魔杖尖端發光，光線照亮了一條狹窄的走道。左邊，又一扇門開著。鄧不利多高舉發光的魔杖，走進客廳，哈利緊跟在後。

映入眼簾的是一場浩劫。一座老爺鐘摔在地上，碎片散落在他們腳邊，鐘面龜裂，鐘擺掉在稍遠的地方，像支脫落的劍。旁邊是一架鋼琴，琴鍵撒落一地。附近是大吊燈的殘骸，兀自閃閃發光。靠墊全都扁掉了，羽毛從上面割開的裂縫露了出來，玻璃瓷器碎片更是散佈在各處。鄧不利多把魔杖舉得更高，讓光線照射四周，壁紙上濺到了某種暗紅色、黏黏的東西。哈利輕輕抽了口涼氣，鄧不利多回過頭來。

『不怎麼好看，是吧，』他沉重的說。『對，這裡出了可怕的事。』

鄧不利多小心翼翼走向房間中央，仔細審視腳邊的殘骸。哈利緊跟著，四處張望，隱約害怕會有什麼東西藏在殘破的鋼琴或翻倒的沙發後面，不過到處都沒看見屍體。

『也許是發生了一場打鬥——然後他們把他給擄走了？』哈利說出他的猜測，盡量不去想像一個人要傷得多重，才能讓半面牆都濺上那些東西。

『我看不是。』鄧不利多平靜的說，看了看一張側翻在地上，塡塞得太肥的扶手椅。

『你是說他？——』

『還在這裡？沒錯。』

才說著話，鄧不利多忽然毫無預警猛的將魔杖往下一刺，戳入肥肥飽飽的扶手椅坐墊，只聽椅子大喊一聲：『哎唷！』

『晚上好啊，赫瑞司。』鄧不利多說，同時直起身來。

哈利的下巴掉了下來。一秒鐘前那還是一張扶手椅，不過一眨眼的工夫，竟然變成一個胖得不得了的禿老頭子蹲在那裡，一面按摩小腹，一面斜眼看著鄧不利多，一雙眼淚汪汪的，充滿痛苦。

『沒必要戳得那麼用力吧，』他不客氣的說，手腳並用的爬起來。『很痛欸。』

魔杖光線照耀著他閃閃發亮的腦袋瓜，他的凸眼，他像海象一樣粗密的銀鬍鬚，還有他栗色天鵝絨外套上擦得晶亮的鈕釦，而在外套底下，他還穿了一件淡紫色絲質睡衣。他的頭頂似乎還碰不到鄧不利多的下巴。

『你是怎麼看出來的？』他喃喃抱怨著，一面搖搖擺擺站起來，還是不停的揉肚子。對於剛才被人發現自己假裝成扶手椅，他似乎一點也不害臊。

『我親愛的赫瑞司，』鄧不利多說，一副覺得很有趣的樣子，『如果食死人真的來過，屋子上頭就會有黑魔標記。』

那名巫師用肥嘟嘟的手拍了一下寬大的額頭。

『黑魔標記，』他嘟囔道。『我就知道少了點什麼……唉，算了，反正時間也不夠。我才剛把我的室內裝潢做完最後的修飾，你們就進來了。』

他重重的嘆了一口氣，鬍子尖端顫動不已。

『你需要我幫忙清理嗎？』鄧不利多很有禮貌的問。

『麻煩你了。』對方回答道。

他們背對背站著，又高又瘦的巫師和矮矮圓圓的巫師，用同樣的揮掃動作舞動魔杖。

家具立刻飛回原來的位置，裝飾品在空中重新組合，羽毛鑽回椅墊裡，撕毀的書自動修復，跳回書架上，油燈盤旋飛向小几，重新點燃，一大團碎成片片的銀色相框，閃亮亮的飛過房間，安穩的落在書桌上，完完整整，一塵不染。屋裡的裂縫破洞個個自動密合，牆壁也把自己給擦乾淨了。

『順便問一下，那是什麼血？』鄧不利多大聲問，好壓過又煥然一新的老爺鐘發出的鐘聲。

『牆上的嗎？龍血。』那名叫做赫瑞司的巫師大喊道。在一陣震耳欲聾的摩擦聲、叮噹聲中，大吊燈又拴回了天花板上。

最後的壓軸是鋼琴的砰然巨響，然後一切歸於平靜。

『對，龍血，』這位巫師聊天似的說。『我最後的一瓶，現在的價格簡直是天價，幸好，還可以再回收使用。』

他腳步笨重的走向一張小几，上面放了一個小水晶瓶。他把瓶子拿起來，對著光線，檢查瓶裡濃稠的液體。

『唔，有點灰塵。』

他把瓶子放回小几上，又嘆了口氣，這才把視線落在哈利身上。

『喔喔，』他說，大大圓圓的眼睛飛向哈利的額頭以及額上的閃電形疤痕。『喔喔！』

『這一位，』鄧不利多說，上前來介紹兩人認識，『是哈利波特。哈利，這位是我的老朋友、老同事，赫瑞司．史拉轟。』

史拉轟轉頭看著鄧不利多，表情精明。

『原來你以爲用這招就能打動我？哼，答案是不，阿不思。』

他硬把哈利擠開，很堅定的別過臉，儼然就是個絕對不受誘惑的人。

『至少讓我們坐下來喝一杯吧？』鄧不利多問。『看在老交情的分上？』

史拉轟猶豫了。

『好吧，就一杯。』他不客氣的說。

鄧不利多朝哈利微笑，指了張椅子要他坐，就在剛燃起的壁爐旁，旁邊還有一盞燈光閃亮的油燈。這張椅子完全不像剛才史拉轟僞裝的那張那麼胖。哈利坐了下來，清楚的意識到鄧不利多爲了某種緣故，要讓他越顯眼越好。不用說，等忙著弄玻璃酒瓶、酒杯的史拉轟一轉過頭來，視線立刻就會落到哈利身上。

『哼。』他哼了一聲，馬上撇過頭，彷彿怕眼睛會受傷一樣。『拿去——』他給了鄧不利多一杯酒，鄧不利多早就大剌剌的坐下來了。他接著把托盤往哈利那裡一推，然後坐進沙發的靠墊裡，悶悶不樂的一句話也不說，兩條短腿甚至搆不著地面。

『最近可好啊，赫瑞司？』鄧不利多問。

『不怎麼好，』史拉轟立刻回答。『胸口不舒服、氣喘，還有風濕，不能像以前一樣活動了。唉，也難怪。老了，累了。』

『不過你的動作一定相當快，才能在這麼短的時間內準備出這樣的場面迎接我們，』鄧不利多說。『一定不超過三分鐘吧？』

史拉轟半惱怒半得意的說：『兩分鐘。剛才我在洗澡，沒聽見我的逐客咒發出警告。不過話說回來，』他又嚴厲的加上一句，似乎是再一次把自己武裝起來，『事實就是事實，我已經老了，阿不思。一個又累又老的老頭子，有權利享受安靜的後半輩子，還有一點點的舒適。』

哈利環顧屋內，心想，他的確什麼都不缺。雖然屋子裡東西又多又亂，可是誰也不能說不舒適，有軟椅、腳凳、飲料、書籍、一盒盒巧克力和蓬鬆的靠墊。要是哈利不曉得這是誰的家，他一定會猜屋主是個有錢又神經質的老太太。

『你還沒有我老呢，赫瑞司。』鄧不利多說。

『也許你自己也該考慮退休了，』史拉轟粗魯的說。淺醋栗色眼睛發現了鄧不利多的右手受了傷。『看來你的反應也不如前了。』

『你說得沒錯，』鄧不利多平靜的說，把袖子往後抖，露出燒傷變黑的手指，哈利一看見，後頸立刻像針刺一樣疼痛。『很顯然我是比以前慢了。不過另一隻手……』

他聳聳肩，五指張開，似乎在說年紀大還是有好處，哈利注意到鄧不利多沒受傷的那隻手戴了枚戒指，他從來沒見他戴過。戒指很大，看起來是金的，作工很粗，上頭鑲了一顆很沉的黑寶石，中間有一道裂縫。史拉轟的眼睛也在戒指上徘徊了一陣子，哈利看見他寬大的額頭忽然出現一條小小的皺紋。

『你這麼小心提防外人入侵，赫瑞司……是在防食死人，還是在防我？』鄧不利多問。

『食死人幹嘛要找我這麼一個沒用的老廢物麻煩？』史拉轟質問。

『我以為他們會想要你把你的諸多才藝貢獻在威脅利誘、拷問折磨，和謀殺上面，』鄧不利多說。『你是說真的，他們還沒有來招募你？』

史拉轟帶著惡意瞪了鄧不利多一會兒，然後喃喃說：『我沒給他們機會。這一年來我居無定所，從來不在同一個地方待一個星期以上。從一個麻瓜家搬到另一個麻瓜家──這棟房子的主人現在正在加納利群島度假。這裡非常舒服，等到離開那天我一定會很難過。只要知道了竅門就很容易，這些麻瓜不用「測奸器」，反而用可笑的防盜鈴，只要一個簡單的冷凍咒就能讓防盜鈴失去作用，另外就是小心別讓鄰居注意到你搬了鋼琴進來。』

『真是天才，』鄧不利多說。『可是這種生活對一個一心一意只想要安安靜靜過後半輩子的沒用老廢物來說，不是太累了嗎？要是你回霍格華茲的話──』

『你如果要告訴我，回到那個討厭的學校，我的生活就會更寧靜的話，那就免了，阿不思！雖然我最近都躲躲藏藏的，但我可沒聾！我聽說自從桃樂絲・恩不里居離開之後就有很多很有趣的謠言。你現在就是這樣對待老師的嗎——』

『恩不里居教授和我們的人馬群發生了衝突，』鄧不利多說。『赫瑞司，我相信你會更有常識，知道不該闖入森林裡，當著一群憤怒的人馬罵「卑鄙齷齪的雜種」。』

『原來她做了那種事？』史拉轟說。『白癡女人，我從來沒看她順眼過。』

哈利咯咯笑，鄧不利多和史拉轟都轉過來看他。

『對不起，』哈利急忙說。『只是——我也不喜歡她。』

鄧不利多突然站了起來。

『你要走了嗎？』史拉轟馬上問道，滿臉的希望。

『不，只是想借一下洗手間。』鄧不利多說。

『喔，』史拉轟說，顯然大失所望。『走廊左邊第二間。』

鄧不利多穿過房間，門一關上，客廳內立刻陷入一片沉默。過了一會兒，史拉轟站起來，卻彷彿不太確定該怎麼辦。他偷偷瞄了哈利一眼，又大步走到爐火邊，背對著壁爐，烘烤他寬闊的背後。

『別以爲我不知道他爲什麼把你帶來。』他沒頭沒腦的說。

哈利只是看著史拉轟。史拉轟水汪汪的眼睛掃過哈利的疤痕，這一次也掃視了他整張臉。

『你跟你爸爸長得眞像。』

『對，很多人都這麼說。』哈利說。

『除了眼睛以外，你有——』

『我媽的眼睛，對啦。』哈利實在聽過太多次了，聽得都膩了。

『哼，對。當然，當老師的不該特別偏愛哪個學生，可是她就是我的得意門生，你母親，』史拉轟補上一句，算是回答哈利詢問的表情。『莉莉・伊凡。我教過的學生裡，她可是數一數二的聰明。很活潑，你知道。迷人的女孩。我常跟她說她眞該是我學院裡的學生，她的回答也眞夠火辣。』

『你是哪個學院？』

『我是史萊哲林的導師。』史拉轟說。『嘿，』他很快往下說，看見哈利臉上的表情，連連向他揮動粗胖的手指，『別因爲這樣就敵視我。你也跟她一樣是葛來分多的學生吧？沒錯，通常一家人都會進同一個學院，不過也不是沒有例外。聽過天狼星・布萊克嗎？你一定聽過——這兩年來經常上報——幾個星期前才死了——』

哈利的五臟六腑彷彿被無形的手揪住，用力扭絞。

『他是你父親在學校裡的死黨。布萊克家族每一個人都是我學院裡的學生，但天狼星卻進了葛來分多！可惜啊——這麼一個才華洋溢的孩子。他的弟弟獅子阿爾發成了我的學生，但我眞希望這一對兄弟能都唸史萊哲林。』

他的口氣很像狂熱的收藏家在拍賣會上競標，屬意的東西卻給別人買走了。此時的他顯然陷入了回憶裡，凝視著對面的牆，懶洋洋的轉動身子，讓整個背部都能烤到火。

『你母親的父母是麻瓜。當初我發現之後，我簡直不敢相信。還以爲她是血統純正的巫師後代，她是那麼的優秀。』

『我一個最好的朋友就是麻瓜後代，』哈利說，『而且她還是我們同年級裡最優秀的學生。』

『竟有這種事，眞夠奇怪了。』史拉轟說。

『並不會。』哈利冷淡的說。

史拉轟詫異的低頭看他。

『你可別以爲我有偏見！』他說。『不，不，不！我剛才不是說你母親是我的得意門生嗎？還有一個比她低一年的德克．柯斯維——他現在是妖精聯絡處的處長——他也是麻瓜後代，非常有天分，到現在還會提供我古靈閣的內線消息呢！』

他微微的上下跳動，自滿的笑了起來，還指著餐具櫃上方許多閃亮的相框，裡面擠滿了動來動去的小人。

『全都是從前的學生，全都簽了名。你會注意到有巴拿巴．卡夫，他是《預言家日報》的編輯，總是興致勃勃的聽我對當天新聞的看法。還有在「蜂蜜公爵」工作的安布洛修．胡倫，每年我生日的時候，他都會送一籃子甜食來。只因爲當年我把他介紹給西賽容・哈奇斯，讓他找到了第一份差事！還有後面那個——伸長脖子你就看到了——那是關娜・瓊斯，她是「聖顱島女頭鳥隊」的隊長……任何人聽說我跟頭鳥隊熟到可以直呼名字，而且隨時有免費球票，都覺得不可思議！』

說到這裡，他似乎一下子心情大好。

『這些人都知道你在哪裡，該把東西送到哪裡？』哈利問，忍不住納悶既然一籃籃的甜食、魁地奇球票、想聆聽他的高見的訪客都找得到他，爲什麼食死人到現在還找不出他的行蹤？

史拉轟臉上的笑容倏然消失，快得就像剛才牆上的龍血。

『當然不知道。』他說，俯視著哈利。『我已經有一年跟大家失去聯絡了。』

哈利感覺這句話連史拉轟自己都很震驚，他有一會兒顯得很不安，接著就聳聳肩。

『唉……時局不好，只要是行事愼重的巫師都會保持低調。鄧不利多說得倒容易，可是現在若接下霍格華茲的教職，就等於昭告天下，說我是鳳凰會的一分子！我相信他們都是非常可敬、非常勇敢、非常偉大的一群人，可是我個人對於他們的死亡率可不敢恭維——』

『又不是一定要加入鳳凰會才能在霍格華茲教書啊，』哈利說，實在難掩語氣裡的嘲弄。想到天狼星躲在洞穴裡，靠著吃老鼠維生，他就很難同情史拉轟這種舒適的生活。『大部分的老師都不是鳳凰會成員，而且也全都活得好好的——哦，除非把奎若也算進來，他是自作自受，誰叫他要助紂爲虐幫助佛地魔。』

哈利很肯定史拉轟也是那種不敢聽見有人大聲說出佛地魔之名的巫師，結果不出他所料，史拉轟打了個哆嗦，高聲抗議，但哈利根本不理他。

『只要鄧不利多是校長，教職員就比大多數人安全。他是佛地魔唯一害怕的人，不是嗎？』哈利繼續說。

史拉轟對空凝視了一、兩分鐘，似乎在思索哈利的話。

『不錯，「那個人」從來沒有和鄧不利多單挑過。』他粗聲粗氣的說。『而且既然我不是食死人，「那個人」也不會把我當朋友……既然如此，我還不如待在阿不思身邊，這樣還安全一點……我不能假裝愛蜜莉．波恩的死對我毫無影響……連像她有魔法部的保護都還……』

鄧不利多回到客廳，史拉轟跳了起來，彷彿忘了他還在屋子裡。

『喔，你終於出來了，阿不思，』他說，『你進去好久了，怎麼，拉肚子啊？』

『不是，我只是在看麻瓜雜誌。』鄧不利多說。『我眞喜歡那些編織的花樣。好了，哈利，我們也打擾赫瑞司不少時候了，該走了。』

哈利非常樂意聽命，立刻跳起來。史拉轟似乎吃了一驚。

『你要走了？』

『是啊，我知道什麼時候該認輸。』

『認輸？……』

史拉轟好像動搖了。他扭著肥胖的拇指，坐立不安，一面看著鄧不利多繫好旅行斗篷，哈利拉上外套拉鍊。

『很遺憾你不要這份工作，赫瑞司，』鄧不利多說，舉起未受傷的左手，向他示意道別。『假使你能回來，霍格華茲全體師生一定非常高興。儘管我們的安全設施越來越嚴密，要是你願意來參觀的話，我們隨時都歡迎。』

『啊……喔……非常感激……我呃……』

『那就再見了。』

『拜。』哈利說。

他們剛走到前門，就聽見後面傳來大喊。

『好啦，好啦，我接就是了！』

鄧不利多轉身，看見史拉轟上氣不接下氣，站在客廳的門口。

『你願意重出江湖？』

『對，對，』史拉轟不耐煩的說。『我一定是瘋了，可是我願意。』

『好極了，』鄧不利多說，笑容燦爛。『那麼，赫瑞司，九月一日見了。』

『是啊，你一定會見到我的。』史拉轟嘟囔道。

他們走上花園小徑，史拉轟的聲音又從後面飄來。

『我要加薪，鄧不利多！』

鄧不利多輕聲笑了出來。花園柵門在他們身後關上，他們在夜色和盤旋的霧裡走下山丘。

『做得好，哈利。』鄧不利多說。

『我什麼也沒做啊。』哈利驚訝的回答。

『噢，你做了。你讓赫瑞司知道回到霍格華茲有多大的好處。你喜歡他嗎？』

『呃……』

哈利不確定自己究竟喜不喜歡史拉轟。他覺得他有些地方倒是滿討喜的，不過他似乎有點虛榮，而且無論他嘴上講得多麼好聽，他還是非常驚訝麻瓜後代居然可以成爲優秀的女巫。

『赫瑞司，』鄧不利多開口了，替哈利解除了評論史拉轟的壓力，『喜歡舒適，但他也喜歡和名人、成功人士、重要人士來往。他很享受那種他能影響這些人的感覺，但他本人卻從不覬覦權力寶座，他比較喜歡後座——那裡有更多施展的空間。他以前在霍格華茲會精挑細選得意門生，有時是看上他們的野心，有時是他們的頭腦，有時是他們的魅力，有時是他們的才華。他看人異常神準，看得出哪些學生將來在各行各業中會有傑出表現。赫瑞司組織了一個得意門生的社團，他自己是核心，介紹名人認識，計畫會員間的聯繫，而且總能得到回報，也許是一盒他最愛吃的糖霜鳳梨，也許是推薦妖精聯絡處的下一名新進人員的機會。』

哈利腦中忽然浮現一個很生動的畫面，一隻臃腫的蜘蛛在四周織網，一會兒扯扯這邊，一會兒扯扯那邊，把肥美多汁的蒼蠅拉近一點。

『我跟你說這些，』鄧不利多接著說，『不是要你敵視赫瑞司——喔，我們現在應該稱呼他史拉轟教授了——而是要你小心留意。他一定會想要網羅你，哈利。你會是他的收藏品中的一顆明珠，「那個活下來的男孩」……或是最近他們給你取的新封號：「被選中的人」。』

聽見這些話，一陣寒意籠罩哈利全身，但和周遭的霧氣無關。他想起了幾個星期前聽見的話，對他來說非常恐怖、非常特別的話。

兩者無法同存於世……

鄧不利多不再前進，停在稍早他們通過的教堂前。

『這兒就行了。哈利，抓住我的手臂。』

有過一次經驗，哈利已經知道現影術是什麼滋味了，但他還是覺得很不舒服。等到壓力消失，他又可以呼吸了，他發現自己站在一條鄉間小徑上，鄧不利多在旁邊，前方那棟背光的歪斜建築物，正是他在這個世界上第二喜歡的房子：洞穴屋。儘管剛才恐懼的感覺衝擊全身，但一看見洞穴屋，他還是忍不住精神昂揚。榮恩住在這裡……還有衛斯理太太，她煮的東西是全世界最好吃的……

『要是你不介意，哈利，』鄧不利多說，兩人穿過院門，『分手前我要跟你談一談，私下談。也許就在這裡？』

鄧不利多指著一棟破爛的石頭小屋，那是衛斯理家放掃帚的地方。哈利有些搞不清楚狀況，跟著鄧不利多穿過吱嘎亂叫的門，進入了小屋裡面。小屋的空間狹窄，比一般的碗櫥還要小一點。鄧不利多點亮魔杖尖端，魔杖像火把一樣發出光芒，然後他低頭笑望著哈利。

『我希望你能原諒我提起這件事，哈利，不過我很高興，甚至還有點驕傲，看見你在魔法部發生了那麼多事情之後，還能夠調適得這麼好。我敢說天狼星一定會以你爲榮。』

哈利吞了口口水，發不出聲音。他不認爲自己已經有辦法和別人討論天狼星。聽威農姨丈說『他的教父死了？』已經夠痛苦了，聽見史拉轟隨口說出天狼星的名字，更教他椎心刺痛。

『是很殘忍，』鄧不利多溫和的說，『你和天狼星相處的時間那麼短。原本應該是快樂長久的關係，卻無情的斷然結束。』

哈利點頭，目光緊緊盯著爬在鄧不利多帽子上的蜘蛛。他看得出鄧不利多了解他的感受，鄧不利多甚至可能知道在他的信送達之前，哈利一直躺在德思禮家床上，什麼也不吃，只是瞪著霧濛濛的窗戶，心裡充滿了冰冷的空虛，那種只有催狂魔能帶來的感覺。

『很難相信他不會再寫信給我了。』哈利終於開口，用低沉的聲音說道。

他的眼睛忽然熱了起來，趕緊眨眨眼。他覺得很蠢，居然親口說出來，但離開霍格華茲還有人關心他的狀況，就跟父母親一樣，這些都是他發現有了教父的好處……然而現在貓頭鷹信差永遠不會再為他帶來那種安慰了……

『天狼星對你來說就像你無緣認識的父母。』鄧不利多溫和的說。『這樣的打擊的確太大……』

『可是我在德思禮家的時候，』哈利打岔說，聲音越來越堅定，『我就想通了，我不能把自己封閉起來，也不能——也不能從此一蹶不振。天狼星不會希望看到我這樣子的，對不對？再說，人生太短了……看看波恩夫人，看看伊美玲・旺司……下一個很可能就是我，不是嗎？如果眞輪到我，』他勇猛的說，直視鄧不利多的藍色眼睛，那雙眼睛正在魔杖發出的光芒下閃爍，『我起碼會多拉幾個食死人當墊背，如果可能的話，甚至和佛地魔同歸於盡。』

『你說話的語氣眞不愧是你父母的兒子，以及天狼星的教子！』鄧不利多說，讚許的拍拍哈利的背。『我要脫帽向你致敬——只是我怕弄得你滿身蜘蛛。

『現在，哈利，另一個密切相關的話題……我猜想你這兩個星期來都在看《預言家日報》吧？』

『是啊。』哈利說，心跳稍微快了一點。

『那麼你已經看到了，關於你在預言廳裡的冒險經歷，並沒有太多被披露出來。』

『對，』哈利又說。『現在人人都知道我是那個——』

『不，沒有人知道。』鄧不利多打斷他的話。『世界上只有兩個人知道有關你和佛地魔王的預言，這兩個人現在就站在這間氣味難聞，又滿是蜘蛛的掃帚間裡。不過，的確有許多人在猜測，而且猜中了，佛地魔派遣食死人去偷預言，而且預言跟你有關。

『我想我料得沒錯，你並沒有把預言的內容告訴任何人吧？』

『沒有。』哈利說。

『明智的決定，』鄧不利多說。『不過我倒認爲你應該把預言告訴你的好友，榮恩‧衛斯理先生以及妙麗‧格蘭傑小姐。沒錯，』他接著往下說，哈利則一臉驚愕，『我認爲他們應該知道。你如果連這麼重大的消息都瞞著他們，對他們的傷害就太大了。』

『我不想——』

『——害他們擔心害怕？』鄧不利多說，一雙眼睛透過半月形眼鏡打量哈利。『還是不想承認你自己在擔心害怕？你需要朋友，哈利。你說得很對，天狼星不會想看見你把自己封閉起來的。』

哈利一言不發，但鄧不利多似乎也不需要答案。他自顧自往下說：『另一個有點相關的話題，我希望你今年能跟著我個別上點課。』

『個別上課——跟你？』哈利說，驚訝打破了原本的沉默。

『對，我想該是我在你的教育上推一把的時候了。』

『你要幫我上什麼課呢，校長？』

『喔，東上一點，西上一點囉。』鄧不利多淡淡的說。

哈利滿懷希望的等待答案，但鄧不利多卻不再多說，他只好改問一個有點困擾他的問題。

『要是我跟你上課，那我就不用跟石內卜學鎖心術了嗎？』

『是石內卜教授，哈利——不過，對，不用了。』

『好極了，』哈利說，鬆了口氣，『因為那些課實在——』他停住口，謹慎的把眞正的想法保留起來。

『我想「大失敗」是很貼切的說法。』鄧不利多說，一面點頭。

哈利笑了出來。

『這麼說，從現在開始我不用那麼常見到石內卜教授了，』他說，『除非我的普等巫測拿到「傑出」的成績，不然他不會讓我繼續修魔藥學，不過我知道我考得並不好。』

『成績還沒送來之前，先別作太多猜測。』鄧不利多嚴肅的說。『這倒讓我想起來了，應該今天就會送來。在我們分手前還有兩件事，哈利。

『第一，我希望你從這一刻開始，隨身帶著你的隱形斗篷，就連在霍格華茲裡也一樣，只是以防萬一，你懂我的意思嗎？』

哈利點頭。

『第二，你住在這裡的時候，魔法部會爲洞穴屋提供最嚴謹的安全保護，這些措施給亞瑟和茉莉造成了許多不便──比方說他們所有的郵件都必須由魔法部檢查，然後才能交給他們。但他們一點也不介意，他們唯一擔心的就是你的安全。不過，如果你趁著住在這裡的時候，拿你的小命冒險，那就太對不起他們了。』

『我懂。』哈利急急忙忙說。

『很好，那麼，』鄧不利多一面說，一面推開掃帚間的門，踏入院子裡。『我看見廚房有燈光，我們就別再剝奪茉莉責怪你怎麼會那麼瘦的機會了。』

5. 滿屋子蛙兒

哈利與鄧不利多走近洞穴屋後門，後門仍舊堆滿了舊長靴和生鏽的大釜。哈利聽得見遠處的雞舍裡傳來愛睏的鷄輕柔的咕咕聲。鄧不利多敲了三下門，哈利看見廚房窗戶裡突然人影一閃。

『是誰？』一個緊張的聲音問，他聽出是衛斯理太太。『報上名來！』

『是我，鄧不利多，我把哈利帶來了。』

後門立刻打開，衛斯理太太站在門口，矮小圓胖，穿著綠色的舊睡袍。

『哈利，親愛的！老天啊，阿不思，你嚇了我一跳，你不是說天亮以前不會到嘛！』

『我們很幸運，』鄧不利多說，催著哈利進門，『史拉轟比我預期中好說話。當然多虧了哈利。啊，妳好啊，小仙女！』

哈利左顧右盼，發現儘管時間很晚了，衛斯理太太並不是一個人。一位年輕的女巫師坐在餐桌前，兩手握著大馬克杯，她有張蒼白的心形臉蛋，還有一頭鼠褐色的頭髮。

『哈囉，教授，』她說，『嗨，哈利。』

『嗨，東施。』

哈利覺得她看起來有點憔悴，甚至有點病懨懨的，而且她的笑容也有些不自然。少了她慣有的粉紅泡泡糖色頭髮，她的外表就沒那麼五彩繽紛了。

『我該走了。』她急忙的說，站了起來，拉緊斗篷。『謝謝妳的茶和安慰，茉莉。』

『請別因爲我而離開。』鄧不利多禮貌的說。『我不能留下，我和盧夫・昆爵還有要事商量。』

『不，不，我必須走了。』東施說，不敢直視鄧不利多的眼睛。『晚安——』

『親愛的，週末妳何不過來吃晚飯呢?路平和瘋眼也要來。』

『不了，茉莉……謝謝妳的邀請……再見了，各位。』

東施急匆匆從鄧不利多和哈利面前往外走，下了門階幾步後，就在原地轉身，消失在夜空中。哈利注意到衛斯理太太一臉擔憂。

『那麼就霍格華茲見了，哈利。』鄧不利多說。『好好保重。茉莉，聽候妳的差遣。』

他朝衛斯理太太鞠躬，然後也和東施一樣，在同一個地點消失。衛斯理太太關上後門，抓著哈利的肩膀，帶他到餐桌前，在明亮的燈光下仔細打量他。

『唉，你就跟榮恩一樣，』她嘆道，上下打量他。『你們兩個都是一副被下了伸展咒的模樣，我敢說上次幫榮恩買長袍制服之後，他又長高了四吋。你餓嗎，哈利？』

『嗯，很餓。』哈利說，突然發現自己真的是餓壞了。

『坐吧，親愛的，我來弄點東西。』

哈利剛坐下，一隻臉好像壓扁了的毛茸茸薑黃色貓咪就跳上他的大腿，舒服的窩在那裡，發出呼嚕呼嚕的聲音。

『妙麗也來了嗎？』他開心的問，搔著歪腿的耳後。

『對，她是前天來的。』衛斯理太太說，用魔杖輕敲一個大鐵鍋，鍋子立刻跳到爐子上，發出一聲響亮的哐啷，立刻就沸騰了。『大家都睡了，我們沒想到你來得這麼快。好了──』

她又敲了敲鍋子，鍋子浮在空中，飛向哈利，鍋口傾斜。衛斯理太太一個俐落的動作，把碗滑到鍋子下，及時接住了又濃又燙的洋蔥湯。

『要麵包嗎，親愛的？』

『好呀，衛斯理太太。』

她朝背後揮動魔杖，一條麵包跟一把刀立刻優雅的飛上餐桌。麵包自動切了起來，大湯鍋也落回爐子上。衛斯理太太在哈利面前坐下。

『原來是你說服了赫瑞司・史拉轟接下教書的工作？』

哈利點頭，嘴裡塞滿了熱湯，沒辦法講話。

『他教過亞瑟和我。』衛斯理太太說。『他在霍格華茲是元老，大概跟鄧不利多同時間任教吧。你喜歡他嗎？』

現在哈利的嘴又塞滿了麵包，所以只聳聳肩，頭動了一下，不置可否。

『我知道你的意思。』衛斯理太太說，精明的點頭。『他想做的時候可是會相當有魅力，不過亞瑟也從來就不怎麼喜歡他。魔法部到處都是史拉轟的得意門生，他很擅長把別人推向高處，不過他從來不在亞瑟身上下工夫——大概是覺得他沒有多大出息吧。不過這點正好讓你知道，史拉轟也有看走眼的時候。我不知道榮恩有沒有寫信告訴你——也才是前不久的事情——亞瑟升官了！』

顯然這句話衛斯理太太已經憋了很久。哈利猛吞下一大口滾燙的熱湯，覺得喉嚨一定燙出水泡了。

『太棒了！』他喘著氣說。

『你眞可愛。』衛斯理太太容光煥發，可能是把哈利淚汪汪的眼睛看成是他聽到消息太感動了。『盧夫．昆爵爲了因應目前的局勢，設立了一些新單位，亞瑟掌管的是「僞造防禦咒語暨防護品偵查沒收處」，這是一個很大的單位，亞瑟現在手底下有十個人呢！』

『那個究竟是？——』

『哎，是這樣的，因爲「那個人」的關係，大家陷入一片恐慌，很多希奇古怪的東西都出籠了，都是據說可以抵擋「那個人」和食死人的東西。你可以想像得出來——比方說，號稱是保護魔藥的東西，其實只是肉湯加了一點泡泡莖膿汁，還有些亂七八糟的防禦咒會害你的耳朵掉下來……哎，反正就是像蒙當葛．弗列契那種爲非作歹，一輩子也沒有正正當當的做過一天工作的人，利用現在人心惶惶的時候發財，可是不時就會有些實在很惡劣的東西冒出來。像前幾天亞瑟才沒收了一盒下過咒語的測奸器，幾乎可以肯定是食死人幹的。所以啊，這是非常重要的職務，我跟他說，念念不忘什麼火星塞、烤麵包機那些麻瓜垃圾，簡直就太傻了。』衛斯理太太用嚴厲的表情結束這段話，彷彿哈利說了想念火星塞是很自然的事似的。

『衛斯理先生還沒下班嗎？』哈利問。

『是啊，其實他今天有點晚……他說大概午夜回來。』

她轉身看餐桌末端的一面掛鐘，掛鐘歪歪的放在洗衣籃裡一堆床單上面。哈利立刻就認出來了，那面鐘有九支指針，每支指針上都刻了家人的名字，通常掛在衛斯理家的客廳牆上，不過從掛鐘此刻的位置可以看出，衛斯理太太把掛鐘隨身帶著，每一支指針都指著致命危險。

『這樣子已經有一段時間了，』衛斯理太太說，故意裝出輕鬆的語氣，可惜瞞不了人，『自從「那個人」回來了之後，就一直這樣。我想現在人人都處於致命危險中……我不認爲只有我們家是這樣……不過我也不曉得有誰跟我們一樣有這種鐘，所以也沒法去問。唷！』

她忽然驚呼一聲，指著鐘面。衛斯理先生的指針移向了旅行中。

『他回來了！』

一點也沒錯，一分鐘後後門響起了敲門聲。衛斯理太太跳了起來，趕到門口，一手握著門把，臉貼著木門，輕聲問：『亞瑟，是你嗎？』

『是我，』衛斯理先生疲憊的聲音傳來。『不過如果我是食死人，我也會這樣回答，所以親愛的，問吧！』

『噢，眞是的……』

『茉莉！』

『好嘛，好嘛……你最大的願望是什麼？』

『找出飛機不會掉下來的原理。』

衛斯理太太點頭，轉動門把，不過顯然門外的衛斯理先生也緊緊扭住門把，因爲後門連一條縫都沒有打開。

『茉莉！我也得先問妳問題！』

『亞瑟，這樣實在太蠢……』

『只有我們兩個的時候，妳喜歡我怎麼叫妳？』

即使在昏暗的燈光下，哈利都看得見衛斯理太太滿臉通紅，他自己也忽然覺得耳根和脖子發燙，趕緊大口喝湯，盡量用湯匙撞得碗亂響。

『不倒翁茉莉。』衛斯理太太非常害臊的對著門縫低聲說。

『正確。』衛斯理先生說。『現在妳可以開門讓我進去了。』

衛斯理太太打開門，她的丈夫站在門外，他是一位紅色頭髮逐漸變禿的清瘦巫師，戴著粗框眼鏡，披著風塵僕僕的旅行斗篷。

『爲什麼你每次回來都得先來這一套，我還是看不出有什麼道理。』衛斯理太太說，一面幫先生脫下斗篷，臉頰依然泛著粉紅色。『我是說，食死人在變身成你之前，大可從你嘴裡逼問出來啊！』

『我知道，親愛的，可是這是部裡的規矩，我得以身作則。嗯，好香，洋蔥湯嗎？』

衛斯理先生滿懷希望的轉向餐桌。

『哈利！我們還以爲你明天早上才會到呢！』

碗。

兩人握了手之後，衛斯理先生坐到哈利的旁邊，衛斯理太太也在他面前擺了一個

『謝了，茉莉。今晚眞是辛苦。有個白癡又賣起了變形徽章，宣稱只要掛在脖子上，就可以任意改變形貌，還說有十萬種變化，只賣十個金加隆喔！』

『戴起來到底會怎麼樣呢？』

『其實只會讓你變成很難看的橘色，不過有些人會全身冒出像觸手一般的疣。這些人好像嫌聖蒙果醫院不夠忙似的！』

『聽起來倒像是弗雷跟喬治會覺得好玩的東西，』衛斯理太太遲疑的說。『你確定不是？──』

『我當然確定！』衛斯理先生說。『我們的孩子不會做出這種事，不會趁著人人自危的時候搗亂！』

『原來你就是因爲變形徽章這玩意才回來晚了？』

『不是，我們聽說大象堡被下了逆火咒，幸好魔法執行組在我們趕到之前就找出來了……』

哈利用手壓住一聲哈欠。

『上床。』精明的衛斯理太太立刻說道。『我把弗雷和喬治的房間整理好了，你就睡那裡。』

『那弗雷和喬治呢?』

『喔,他們在斜角巷,睡在他們的惡作劇商店樓上的小房間,店裡太忙了。』衛斯理太太說。『我還是要說,我剛開始很不贊成,可是他們似乎很有生意頭腦!來吧,親愛的,你的行李已經在樓上了。』

『晚安,衛斯理先生。』哈利說,推開椅子。歪腿輕輕從他腿上跳下來,悄悄溜出房間。

『晚安,哈利。』衛斯理先生說。

哈利看見衛斯理太太在離開廚房時瞧了洗衣籃上的掛鐘一眼,全部的指針又指向了致命危險。

弗雷和喬治的臥室在三樓,衛斯理太太朝床頭几上的燈揮了揮魔杖,燈立刻亮了起來,整個房間沐浴在怡人的金色光芒中。小窗前的書桌上擺了一大瓶花,但花香卻掩不住空氣中殘留的一股異味,哈利猜想是火藥的味道。地板上一大片空間堆滿了沒有標記、密封起來的紙箱,哈利的行李箱也在其中。看來這房間似乎被當作臨時倉庫。

嘿美站在大衣櫃頂端,快樂的朝哈利嗚嗚叫,隨即飛出窗外。哈利知道她一直等著要先見到他再出去打獵。哈利跟衛斯理太太道晚安,換上睡衣,爬上其中一張床。枕頭套裡面有個硬硬的東西,他伸手進去摸索,掏出一個黏呼呼的紫橘色糖果,他知道這是『嘔吐糖片』。他忍不住微笑,翻過身立刻就沉入夢鄉。

不到幾秒鐘，至少對哈利來說是如此，他的房門被轟然撞開，聲音之大好像加農砲，哈利驚醒過來，嚇得立刻坐直，他聽見窗簾被唰的拉開，耀眼的陽光好像筆直戳進他的雙眼。他用一隻手擋住陽光，另一隻手忙著摸索眼鏡。

『左母回事？』

『我們都不知道你已經來了！』一個又洪亮又興奮的聲音說，哈利的頭上立刻受到重重一捶。

『榮恩，別打他！』一個女生的聲音斥責道。

哈利摸到了眼鏡，匆忙戴上，不過陽光太強，他還是幾乎看不見。好一陣子他只見到一道長影搖搖晃晃的矗立在他面前，他眨眨眼，榮恩‧衛斯理的五官逐漸清晰，他正低著頭咧開嘴對他笑。

『還好嗎？』

『好得不能再好了，』哈利說，揉揉頭頂，又一頭倒回枕頭上。『你呢？』

『還可以。』榮恩說，拉來一個紙箱，坐在上頭。『你什麼時候來的？媽剛剛才告訴我們！』

『大概半夜一點。』

『那些麻瓜還好嗎？他們對你好嗎？』

『還不是老樣子，』哈利說。妙麗也坐到床邊。『他們不太跟我說話，我反而比較喜歡這個樣子。妳好嗎，妙麗？』

『喔，我很好。』妙麗說，一面仔細打量哈利，彷彿他有什麼不對勁似的。

哈利知道妙麗爲什麼會有這樣的舉動，不過此刻他一點也不想討論天狼星的死，也不想討論什麼悲慘的話題，所以他只說：『幾點了？我錯過早餐了嗎？』

『別擔心，媽會用托盤幫你送上來，她覺得你看起來營養不良。』榮恩說，還翻了個白眼。『最近有什麼新鮮事嗎？』

『沒什麼呀，我不是一直困在我阿姨家嗎？』

『少來！』榮恩說。『你和鄧不利多一起出去了！』

『並沒有你想像的那麼刺激。他只是要我幫他說服一個老教授再回學校教書，他的名字是赫瑞司・史拉轟。』

『喔，』榮恩說，一臉失望。『我們以爲──』

妙麗朝榮恩拋了一個警告的眼神，榮恩立刻改變話題。

『──我們以爲應該就是像這類的事。』

『是嗎？』哈利問，覺得很好笑。

『是……是啊，恩不里居走了，我們當然需要再補一位黑魔法防禦術老師嘛。呃，他是什麼樣的人啊？』

『他長得有點像海象，以前是史萊哲林的導師。』哈利說。『有什麼不對嗎，妙麗？』

她直溜溜的盯著哈利，彷彿在等什麼奇怪的徵兆出現，但被哈利一說，她立刻換上笑臉，可惜沒什麼說服力。

『沒，哪有什麼不對！所以，嗯，史拉轟看起來會是個好老師嗎？』

『誰知道，』哈利說，『再爛也不會比恩不里居爛吧？』

『我就知道有個人比恩不里居還爛，』門口有聲音傳來。榮恩的妹妹沒精打采走進來，一臉的氣惱。『嗨，哈利。』

『妳是怎麼啦？』榮恩問。

『都是她啦，』金妮說，往哈利的床上重重一坐。『她快把我逼瘋了。』

『這次她又做了什麼？』妙麗同情的問。

『是她跟我講話的口氣——好像以為我是三歲小孩！』

『我了解。』妙麗說，降低音量。『她那個人眼裡只有她自己。』

哈利很驚訝，妙麗居然會這樣說衛斯理太太，也難怪榮恩會忿忿的說：『妳們兩個難道就不能五秒鐘不談她嗎？』

『喔，對啦，再幫她說話啊，』金妮馬上頂回去。『誰不曉得你迷她迷得要死。』

這樣子說榮恩的母親似乎不太對，哈利開始覺得他一定漏掉了什麼，便問：『你們是在說？——』

他的問題還沒問完，馬上就得到了答案。房門又一次飛開，哈利反射性的把被子猛扯到下巴，害得妙麗和金妮滑到了地板上。

站在門口的是個年輕女郎，美得令人屏息，房間裡的空氣似乎都被抽乾了。她很高，楊柳一樣瘦，一頭長髮散發出柔和的銀色光芒。彷彿這幅完美的景象還不夠似的，她手上還端著放得滿滿的早餐托盤。

『阿利。』她用沙啞的聲音說。『好久不見！』

她進房來走向他，衛斯理太太也出現了，急急跟在後面，臉色相當不快。

『用不著把托盤端上來，我本來就要端了！』

『一點都不麻煩。』花兒．戴樂古說，把托盤放在哈利膝蓋上，然後猛然低下頭，親吻他兩頰。哈利感覺她的嘴唇碰到的地方燒了起來。『窩一直好想見塔。你還記得窩妹妹佳兒嗎？塔一天到晚都在講阿利波特，塔一定很高興可以跟你再見。』

『喔……她也在這裡嗎？』哈利啞著嗓子問。

『沒有，沒有，傻孩子，』花兒說，發出銀鈴似的笑聲，『窩指的是明年夏天，窩們——咦，你還不知道嗎？』

她的藍色大眼瞪大，責難的看著衛斯理太太。衛斯理太太則說：『我們還沒有時間跟他說。』

花兒再回頭看哈利，銀光閃爍的長髮一甩，打過衛斯理太太的臉。

『比爾跟窩要結婚了！』

『喔。』哈利茫然的說。無法不注意到衛斯理太太、妙麗、金妮三個人都故意迴避彼此的目光。『哇，呃——恭喜！』

她又猛然低頭親了他一下。

『比爾這陣子很忙，忙著工作，窩在古靈閣只是兼差，爲了學好英文，所以塔帶窩過來住幾天，認識認識塔的家人。聽說你要來，窩好高興——這裡除了煮飯餵雞之外，沒有什麼好玩的。好啦，慢慢吃吧，阿利！』

說完，她優雅的一個轉身，像用飄浮似的出了房間，並把門輕輕帶上。

衛斯理太太發了個聲音，聽起來像是『去』！

『媽討厭她。』金妮小聲說。

『我沒有討厭她！』衛斯理太太煩躁的低聲說。『我只是覺得他們就這樣定下終身大事，太草率了點。』

『他們已經認識一年了。』榮恩說，好像站不穩似的，還一直盯著關上的門。

『一年並不算久呀！我當然知道爲什麼會這樣。都是「那個人」又回來害的，大家擔心自己明天就會死掉，所以正常情況下會仔細考慮的事情，現在就胡亂做決定。上次他作亂的時候也是這樣，大家乾脆到處私奔——』

『連妳和爸都是。』金妮狡猾的說。

『對，不過妳爸跟我是天生一對，所以何必浪費時間等待呢？』衛斯理太太說。『可是比爾和花兒……唉……他們兩個到底有什麼共同點？比爾是個勤奮努力、腳踏實地的人，而花兒她──』

『是頭母牛，』金妮說，還一面點頭。『可是比爾也沒那麼腳踏實地，他不是個解咒師嗎，喜歡一點冒險，一點虛榮……我猜他就是這樣給「蛙兒」迷上的。』

『不要這樣叫她，金妮，』衛斯理太太嚴厲的說，哈利和妙麗都笑了出來。『我得去幹活了……蛋要趁熱吃，哈利。』

衛斯理太太憂心忡忡的離開了房間。榮恩仍然一副微微喝醉的模樣，他試驗性的搖搖頭，像狗要甩掉耳朵裡的水一樣。

『她都住在這裡了，你還沒習慣她嗎？』

『習慣是習慣了，』榮恩說，『可是當她出其不意的在你面前冒了出來，就像剛才……』

『眞是可悲。』妙麗氣沖沖的說，大踏步離開榮恩，一直走到牆邊，才轉過來，雙手抱胸。

『你該不會眞的想要她永遠都待在你附近吧？』金妮詫異的問榮恩。看哥哥只聳聳肩，又說：『我敢打賭，只要媽有辦法，她一定會阻止這件事。』

『她又能怎麼辦？』哈利問道。

『她老是請東施過來吃晚飯，我猜她是希望比爾會愛上東施。我也希望他會，我寧可要東施成為我們的家人。』

『是喔，真是好辦法。』榮恩諷刺道。『聽好，只要是心智正常的男人都不會捨棄花兒看上東施的。我是說，只要她不把頭髮鼻子弄得怪里怪氣的，東施長得是不賴啦，可是——』

『她比蛙兒要漂亮多了。』金妮說。

『而且她更聰明，她是正氣師耶！』妙麗在角落說。

『花兒也不笨啊，她不是有資格參加三巫鬥法大賽嗎？』哈利說。

『喔，別連你也被蠱惑了！』妙麗苦澀的說。

『我看你大概是很愛聽蛙兒叫你「阿利」吧。』金妮挖苦的說。

『不是的，』哈利說，一邊後悔剛才開了口。『我只是說，蛙兒——不，不，是花兒——』

『我寧可要東施當我們家的人，』金妮說。『起碼她很好笑。』

『她最近可一點也不好笑。』榮恩說。『我每次看見她，都覺得她越來越像愛哭鬼麥朵。』

『不公平，』妙麗打岔說。『她只是還沒有恢復過來……你知道……我是說，他可是她的表舅啊！』

哈利的心一沉。終於還是談到天狼星了。他拿起叉子，開始把炒蛋劏進嘴裡，希望能夠阻斷要他加入談話的邀請。

『東施和天狼星根本不熟！』榮恩說。『天狼星有一半的時間都在阿茲卡班，在那之前他們兩家根本就沒見過——』

『那不是重點，』妙麗說。『重要的是她怪自己害死了他！』

『她怎麼會那麼想呢？』哈利儘管決心不說話，還是忍不住開了口。

『當時她不是在和貝拉・雷斯壯打鬥嗎？我猜她是覺得，要是她收拾了貝拉，貝拉就不會殺了天狼星。』

『眞傻。』榮恩說。

『這是倖存者的內疚。』妙麗說。『我知道路平一直在勸她，可是她的心情還是很低落，她連變形術都施展不出來了！』

『她什麼？』

『她沒辦法像往常一樣改變形貌。』妙麗解釋道。『我猜她的能力一定是因爲震驚什麼的受了影響。』

『我不知道會有這種事。』哈利說。

『我也不知道，』妙麗說，『可是我猜如果你眞的很沮喪的話……』

門又打開來，衛斯理太太探頭進來。

『金妮，』她低聲喚，『下來幫忙我弄午飯。』

『我在跟他們講話耶！』金妮憤慨的說。

『下來！』衛斯理太太下令，然後縮頭離開。

『她叫我下去只是因爲她不想一個人和蛙兒獨處！』金妮忿忿不平的說，故意模仿花兒那樣把紅色長髮一甩，然後昂首闊步走到門口，高舉著兩手，彷彿是芭蕾女伶。

『你們三個最好也趕快下來。』她說了這句後才離開。

哈利趁著這短暫的安靜，趕緊吃早餐。妙麗正在觀察弗雷和喬治的箱子裡面，不過時不時就會偷瞧哈利一眼。榮恩一面順手拿起哈利的吐司來吃，一面仍作夢似的盯著房門。

『這是什麼？』妙麗終於開口，拿起一個像是小望遠鏡的東西。

『不知，』榮恩說，『不過既然會被弗雷和喬治留下來，就是還不能拿到惡作劇商店賣的東西，所以最好小心點。』

『你媽說店裡生意很好。』哈利說。『還說弗雷和喬治很有生意頭腦。』

『這樣說還太輕描淡寫了。』榮恩說。『他們是賺進大把大把的加隆呢！我眞等不及去看看他們的店了。我們還沒去斜角巷，因爲媽說爲了安全起見，要爸陪著去才行，但他一直都很忙，不過聽起來眞是棒呆了。』

『那派西呢？』哈利問道。衛斯理家的老三和家人失和，斷了來往。『他跟你爸媽說話了嗎？』

『沒。』榮恩說。

『可是他現在知道你爸爸一直都是對的，關於佛地魔又回來的事——』

『鄧不利多說，原諒別人犯錯比原諒別人是正確的要容易得多，』妙麗說。『我聽見他跟你媽這麼說的，榮恩。』

『還眞像鄧不利多會說的那種心理玩意。』榮恩說。

『他今年要幫我個別上課。』哈利聊天似的提起。

榮恩被一口吐司噎到，妙麗則張口結舌。

『你居然還保密！』榮恩說。

『我剛剛才想起來。』哈利老實的說。『昨天晚上在你們的掃帚間，他跟我說的。』

『我的天啊……跟鄧不利多個別上課耶！』榮恩說，一副羨慕的模樣。『可是爲什麼他？……』

他的聲音漸漸消失。哈利看見他和妙麗互換眼神。哈利放下刀叉，雖然只是坐在床上，心卻跳得相當快。鄧不利多要他說……何不就現在說呢？他死盯著叉子，陽光灑落在他的腿上，把叉子照得閃閃發光。然後他開口了：『我不知道他究竟爲什麼要幫我上課，不過我想一定跟預言有關。』

榮恩和妙麗都沒有開口，哈利覺得他們兩個彷彿都凍結了。他繼續說，仍然低頭看著叉子。『你們知道，就是他們想從魔法部偷走的預言。』

『但沒有人知道預言的內容。』妙麗飛快的說。『它摔碎了。』

『不過《預言家》說——』榮恩剛開口，妙麗馬上：『噓！』

『《預言家》說對了。』哈利說，好不容易抬起頭望向他們，妙麗似乎受了驚嚇，榮恩則一臉訝異。『那顆碎掉的玻璃球不是預言的唯一一個紀錄。我在鄧不利多的辦公室聽見了完整的預言，預言最初就是他聽到的，所以他告訴了我。根據預言的說法，』哈利深吸口氣，『我好像就是那個必須殺死佛地魔的人……至少，預言說我們兩個沒有辦法同存於世。』

三個人彼此凝視，半晌沒說話。忽然砰的一聲巨響，妙麗消失在一團黑霧中。

『妙麗！』哈利和榮恩大喊，早餐托盤哐噹一聲掉在地上。

妙麗又從煙霧中出現了，咳個不停，她手裡緊抓著望遠鏡，一隻眼睛變成紫黑色。

『我用力捏了這個——它揍了我一拳！』她喘著氣說。

這下子他們很清楚的看見望遠鏡末端伸出一條彈簧，彈簧上有個小拳頭。

『別擔心。』榮恩說，努力憋著別笑出來。『媽會治，她很會治療小傷——』

『噢，現在先別管這個！』妙麗急忙說。『哈利，喔，哈利……』

她又坐回哈利的床沿。

『我們也猜過，就在從魔法部回來之後……我們當然不想跟你說什麼，可是根據魯休思‧馬份的說法，預言是和你跟佛地魔有關，我們就想到大概是這樣……喔，哈利……』她凝視著他，然後悄聲說：『你害怕嗎？』

『不像一開始那麼怕。』哈利說。『剛聽到的時候，我眞的很害怕……可是現在，我覺得自己好像始終都明白，到頭來我得要面對他……』

『我們聽說鄧不利多要親自去接你，就猜他可能是要告訴你什麼，或是讓你看什麼，跟預言有關的。』榮恩熱切的說。『我們多少猜對了一點，對不對？他要是覺得你根本沒有希望，就不會想給你上課，不會浪費他的時間──他一定是覺得你還有勝算！』

『沒錯。』妙麗說。『不知道他會教你什麼，哈利？眞正的進階防禦魔法，也許……或是非常強大的解咒術……反惡咒……』

哈利沒有眞正在聽。一股暖意逐漸在他心裡擴散，但不是因爲陽光，他胸膛裡緊繃的障礙似乎溶解了。他知道榮恩和妙麗掩飾了心裡眞正的震撼，但此時此刻，有他們兩個陪在他左右，說些鼓勵他的話，而不是躲開，彷彿他有傳染病，是什麼危險人物，其中的意義他完全無法用言語告訴他們。

『……基本上是閃避的魔法。』妙麗總結說。『起碼你知道你今年確定會多學一門課，比我和榮恩多一門。不知道普等巫測的成績什麼時候會送到？』

『應該快了，已經一個月了。』榮恩說。

『等等，』哈利說，又想起了昨晚的部分談話內容，『鄧不利多好像說我們的普等巫測成績今天就會到！』

『今天？』妙麗尖叫。『今天？你爲什麼不——噢，天啊——你應該早點說的——』她一躍而起。『我去看看有沒有貓頭鷹來……』

然而十分鐘後，哈利穿著整齊，拿著空托盤下樓時，卻發現妙麗坐在餐桌前，焦躁萬分，衛斯理太太則是試圖讓她的熊貓眼消退。

『它就是不肯退，』衛斯理太太憂慮的說，一手拿魔杖，一手拿著《治療寶典》，並且翻到了〈瘀傷、割傷、擦傷〉這一章。『以前都很管用啊，我眞是搞不懂。』

『既然是弗雷和喬治的惡作劇，那一定弄不掉的。』金妮說。

『弄不掉也得弄掉啊！』妙麗尖聲說。『我不能帶著黑眼圈過一輩子啊！』

『不會的，親愛的，我們會找出解藥的，別擔心。』衛斯理太太安慰她。

『比爾跟窩說過弗雷和喬治是一對寶！』花兒說，平靜的微笑。

『是啊，我都笑得喘不過氣來了呢。』妙麗不客氣的說。

她跳了起來，開始在廚房繞圈子，十指扭絞在一起。

『衛斯理太太，妳百分之百確定今天早上沒有貓頭鷹來嗎？』

『對，親愛的，有的話我一定會注意到，』衛斯理太太捺著性子說。『現在還不到九點，時間還早呢……』

『我知道我的古代神祕文字研究考砸了，』妙麗激動的說。『我確定至少譯錯了一句。還有黑魔法防禦術也一點都不樂觀。考完之後我以爲變形學考得不錯，可是現在回想起來──』

『妙麗，妳閉嘴好不好，緊張的人又不只妳一個！』榮恩大吼。『等妳拿到了十一個「傑出」的普通巫術等級……』

『不，不，不！』妙麗說，歇斯底里的揮手。『我知道我每一科都考砸了！』

『萬一不及格會怎樣？』哈利問著廚房內的人，不過回答的還是妙麗。

『就得和學院導師討論我們的選擇，我上學期末問過麥教授。』

哈利的胃開始怪怪的，他很後悔早餐吃得太多。

『窩們波巴洞，』花兒自滿的說，『有不同的做法。窩覺得比較好。窩們六年級之後才考試，不是五年級，這麼一來──』

花兒的話被一聲尖叫打斷，妙麗指著廚房窗外。三個清晰的黑點出現在天際，越變越大。

『絕對是貓頭鷹。』榮恩聲音沙啞的說，從椅子上跳了起來，也跟妙麗一樣衝到窗前。

『而且是三隻。』哈利說，也衝到妙麗的另一邊。

『一人一隻，』妙麗害怕得低聲說。『噢，不……噢，不……噢，不……』

她緊緊抓住哈利和榮恩的手肘。

貓頭鷹筆直朝洞穴屋飛來，是三隻漂亮的灰林鴞，飛得越低，就越可以清楚看見每一隻都帶著一個方形大信封。

『噢，不！』妙麗尖叫道。

衛斯理太太從他們三個中間擠過去，打開了廚房窗戶。一，二，三。三隻貓頭鷹從窗戶飛進來，降落在餐桌上，很整齊的排成一列，三隻都抬起了右腳。

哈利走上前，註明給他的信封綁在中間那隻貓頭鷹腿上。他用顫抖的手把信封解下來。榮恩站在他左邊，也在解開他的成績。妙麗在他右邊，因爲手抖得太厲害，使得整隻貓頭鷹都跟著搖晃。

廚房裡誰也沒開口。最後，哈利總算解下了信封，飛快打開，攤開裡面的羊皮紙。

普通巫術等級測驗成績

及格成績：
傑出（O）
超乎期待（E）
合格（A）

不及格成績：
不佳（P）
糟糕（D）
山怪（T）

哈利・詹姆・波特各科表現

天文學A
符咒學E
占卜學P
魔法史D
變形學E

奇獸飼育學E
黑魔法防禦術O
藥草學E
魔藥學E

哈利看了好幾遍，每讀一遍，呼吸就變得更順暢一點。成績還不錯：他早就知道占卜學會不及格，魔法史也不可能過關，因爲他在考試中途崩潰了，可是其他科都過了！他手指按著羊皮紙往下看……他的變形學和藥草學考得不錯，甚至連魔藥學都拿到了『超乎期待』的成績！更棒的是，他的黑魔法防禦術拿到『傑出』！

他抬頭看看身邊。妙麗背對著他，低著頭，但榮恩卻很開心的樣子。

『只當掉了占卜學和魔法史，誰在乎這兩個科目哩！』他開心的大聲對哈利說。『來——交換——』

哈利低頭看榮恩的成績單：沒半個『傑出』……

『就知道你的黑魔法防禦術會拿到最高分。』榮恩說，捶了哈利的肩膀一下。『我們考得還不錯嘛。』

『幹得好！』衛斯理太太驕傲的說，揉亂了榮恩的頭髮。『通過七個普等巫測等級，比弗雷和喬治兩個人加起來還多！』

『妙麗？』金妮怯怯的喊，因為妙麗到現在都還沒有轉過身來。『妳考得怎麼樣？』

『我——還可以。』妙麗很小聲的說。

『喔，少來了，』榮恩說，跨步走到她身旁，一把將她的成績單給搶過來。『哇，十個「傑出」耶，只有黑魔法防禦術是「超乎期待」。』他垂眼看著妙麗，半好玩，半惱怒。『妳真的很失望囉？』

妙麗搖頭，哈利卻笑了出來。

『我們現在是超勞巫測的學生了！』榮恩笑嘻嘻的說。『媽，還有沒有香腸？』

哈利又低頭看成績單。比他想像的還要好。但心裡卻不免有一絲絲遺憾……他想當正氣師的希望徹底破滅了。他的魔藥學成績沒有達到標準，他一直都知道達不到，可是再看一次那個黑色的小『E』，他還是覺得胃在往下沉。

說來也眞是奇怪，雖然第一個告訴哈利他可以成為一名優秀正氣師的是個偽裝的食死人，但從此他卻對這個想法念念不忘，也想不出他還會想做什麼其他行業。再說，自從一個月前聽見了預言之後，成為正氣師似乎就是他的宿命……兩者無法同存於世……如果他能加入那些訓練精良的巫師，矢志找出佛地魔，殺了他，那他不就符合了預言的內容，給了自己最大的存活機會嗎？

6. 跩哥的密訪

接下來幾星期，哈利的活動範圍就局限在洞穴屋的花園裡。大半時間他都在衛斯理家的果園玩二對二魁地奇（他和妙麗對抗榮恩及金妮，妙麗的球技糟透了，金妮打得不錯，所以大致上還算旗鼓相當），而且每天晚上他都要吃下三份衛斯理太太為他準備的每道菜。

本來這段假期該是很快樂平靜的時光，只可惜《預言家》每天都會有失蹤、詭異的意外，甚至死亡的消息。有時比爾和衛斯理先生也會在報紙報導之前，先一步把消息帶回家。讓衛斯理太太不太高興的是，路平帶來了令人毛骨悚然的消息，把哈利的十六歲生日派對破壞殆盡。路平十分憔悴憂鬱，褐色頭髮很多變成了灰絲，衣服比以前更破舊，補丁更多。

『又發生了幾起催狂魔攻擊事件。』他說，衛斯理太太剛好遞給他一大片生日蛋糕。『他們在北方一棟破爛小屋裡，發現了依果．卡卡夫的屍體。小屋的上頭有黑魔標記──其實，我倒很意外他在背棄了食死人之後，居然還能躲過一年，我記得天狼星的弟弟獅子阿爾發只躲了幾天。』

『好了，』衛斯理太太說，皺著眉頭，『我們應該換個話──』

『你聽說了伏林．伏德秋的事了嗎，路平？』比爾問，花兒一直不斷強要他喝酒。

『那個經營──』

『斜角巷的冰淇淋店？』哈利打岔道，胃裡有種不舒服的空洞感。『他常請我吃免費的冰淇淋。他怎麼了？』

『從現場跡象來看，給強行帶走了。』

『爲什麼呢？』榮恩問，衛斯理太太則殺氣騰騰的瞪著比爾。

『誰知道，一定是哪裡得罪了他們。伏林是個好人。』

『說到斜角巷，』衛斯理先生說，『奧利凡德似乎也失蹤了。』

『什麼？那個做魔杖的人嗎？』金妮問，一臉愕然。

『就是他，他的店空了，沒有打鬥的痕跡，誰也不知道他是自己離開的或是被綁架了。』

『那魔杖──需要魔杖的人該怎麼辦呢？』

『只好去找別的製造商了，』路平說，『但奧利凡德的技術最高明，萬一是對方逮到了他，我們就不妙了。』

就在這個陰影籠罩的生日過後一天，霍格華茲寄來的信件和書單送到了。哈利還收到了一份驚喜：他獲選爲魁地奇隊長。

『那跟級長的地位一樣耶！』妙麗開心得大叫。『你現在可以用我們專用的浴室了，還有其他一切特權！』

『哇，我還記得以前查理戴這個的模樣。』榮恩說，翻來覆去的看他的徽章，興高采烈。『哈利，這眞是太酷了，你是我的隊長──哈哈，那還得看你願不願意讓我回隊呢……』

『唉，既然書單來了，就不能再拖延，得去斜角巷一趟了。』衛斯理太太嘆口氣說，低頭看著榮恩的書單。『只要星期六你爸不用上班，我們就去。他不在的話，我可不去。』

『媽，妳眞的以爲「那個人」會躲在「華麗與污痕書店」的書架後面嗎？』榮恩竊笑。

『你以爲奧利凡德和伏德秋是出去度假了嗎？』衛斯理太太立刻開火。『你要是覺得安全措施很可笑的話，那你就別去，我會自己去幫你把東西──』

『不，不，我要去。我要去看弗雷和喬治的店！』榮恩連忙說。

『那你就好好改改你的想法，小伙子，免得我認為你不夠成熟，不讓你跟我們一起去！』衛斯理太太生氣的說，一把抄起九支指針仍然指著致命危險的掛鐘，擺在一疊剛洗好的毛巾上頭。『回霍格華茲也包括在內！』

榮恩轉頭瞪著哈利，一臉難以置信的表情，而衛斯理太太則抱起洗衣籃和搖搖欲墜的掛鐘，氣沖沖走出房間。

『我的天……在這裡連開個玩笑都不行了……』

不過接下來幾天，榮恩非常小心，不再隨便拿佛地魔開玩笑。星期六來臨，衛斯理太太沒有再發作，不過早餐時卻似乎非常緊張。比爾會和花兒留下來看家（正合妙麗和金妮的意），他把一袋鼓鼓的錢包放在桌上推過去給哈利。

『我呢？』榮恩立刻質問，瞪大眼睛。

『那本來就是哈利的錢，白癡，』比爾說。『哈利，我幫你從「古靈閣」先提出來，因為妖精加強了安全措施，現在一般人想要領錢可得花上五個小時的時間。兩天前，阿奇·飛帕被塞了根誠實探針到他的……呃，相信我，這樣比較快啦。』

『謝謝你，比爾。』哈利說，把金幣收進口袋。

『塔真是會幫別人著想。』花兒崇拜的撒嬌說，輕撫比爾的鼻子。金妮背著花兒假裝要吐到麥片碗裡，哈利不小心被玉米片噎到，榮恩連忙替他拍背。

這天天空烏雲密佈，他們走到門口，披上斗篷，以前哈利坐過的魔法部汽車就停在前院等他們。

『眞好，爸又借到了車。』榮恩很感激的說，盡情的伸腿。汽車從洞穴屋平穩的駛出，比爾和花兒在廚房窗口揮手。榮恩、哈利、妙麗、金妮全都舒服的坐在寬敞的後座。

『別太習慣了，這都是爲了哈利。』衛斯理先生轉過頭來說。他和衛斯理太太與魔法部的司機坐在前座，前面的乘客座自動伸展，足足有一張雙人沙發大小。『魔法部給他頂級的保全措施，等我們到了「破釜酒吧」，也會有額外的防護。』

哈利什麼也沒說，他並不怎麼期待在一整營正氣師的保護下逛街購物。他把隱形斗篷裝進了背包，他覺得要是鄧不利多都對隱形斗篷放心，那魔法部當然更可以放心，不過仔細一想，他倒是不很肯定魔法部知不知道他有這件斗篷。

『到了。』才過了一會兒時間，司機就宣布，這是他第一次開口。他在查令十字路放慢車速，在破釜酒吧外停下。『我奉命等你們，你們可能要多久？』

『大概兩、三個小時吧，』衛斯理先生說。『啊，好極了，他來了！』

哈利學衛斯理先生從車窗往外看，心臟猛跳了一下。酒吧外面沒有正氣師，反而是霍格華茲的獵場看守人，高大、黑鬍子的魯霸・海格站在外面。他穿著海狸皮長大衣，一看見哈利的臉，就笑得好開心，渾然忘了經過他身邊，瞠目結舌的麻瓜。

『哈利！』他轟然喊道。哈利剛踏出車門就被他一把抱住，骨頭差點沒給壓碎。

『巴嘴——我是說枯翅——你眞該看看他，哈利。能夠又回到戶外，他好開心——』

『我很高興他很開心。』哈利說，按摩著肋骨，一面咧著嘴笑。『我們不知道原來「你」就是額外的保全！』

『我知道，就好像回到了從前，對不對？本來魔法部要派一票正氣師來的，可是鄧不利多說我一個人就夠了。』海格很驕傲的說，挺起胸膛，兩隻拇指勾住口袋。『我們進去吧——亞瑟、茉莉，你們先請——』

在哈利的記憶中，這是他第一次看到破釜酒吧裡沒有半個客人。只有缺牙又乾癟的老闆湯姆一個人在看店。他們進去的時候，湯姆滿懷希望的抬頭，還沒開口，海格就故作威嚴的說：『今天只是借過，湯姆，你一定能諒解吧。霍格華茲的公事。』

湯姆悶悶的點頭，又回去擦玻璃杯，哈利、妙麗、海格和衛斯理一家穿過酒吧，從後門出去，走進一個擺著垃圾桶的寒冷小後院。海格舉起粉紅色雨傘，輕敲牆上一塊磚，牆面立刻打開變成一道拱門，接連著一條蜿蜒的石子路。他們穿過拱門後就停了下來，並且四處張望。

斜角巷變了，以往五彩繽紛、閃爍生輝的櫥窗，如今卻看不見符咒書、魔藥材料和大釜，櫥窗上貼滿了魔法部的告示，把展示品全部遮擋住了。大部分的深紫色告示都是保全建議，和魔法部這個夏天寄送出去的安全小冊內容一樣，只是尺寸放大了。其他告示上則有人物會移動的黑白照片，都是通緝中的食死人。貝拉・雷斯壯就在最近的一間藥店前門上，對著路人橫眉冷笑。有些商店櫥窗用木板釘死了，其中包括『伏林・伏德秋冰淇淋店』。不過，街上倒是有許多不太整齊的攤販如雨後春筍般冒出來，最靠近他們的一個攤販就擺在『華麗與污痕書店』門口，拉起了骯髒的條紋遮陽棚，前面釘著一張厚紙板，上面寫著：

護身符：狼人、催狂魔、行屍剋星

一個寒酸的巫師兩條手臂掛滿了銀色護身符，對著路人晃動以招徠生意。

『買個給女兒吧，夫人？』他朝衛斯理太太喊，還不懷好意的瞄了金妮一眼。『好保護她漂亮的小脖子？』

『要不是我下班了……』衛斯理先生說，氣沖沖的瞪著小販。

『對，你下班了，所以無論看見什麼都不關你的事，我們在趕時間，』衛斯理太太說，緊張的看著購物清單。『我們最好是從摩金夫人的店開始，妙麗需要新的禮袍。榮恩的長袍制服太短了，腳踝都露出來了。你也需要一件，哈利，你也長得太快了——來吧，大家——』

『茉莉，我們用不著全部的人都到摩金夫人的店去吧，』衛斯理先生說。『何不他們三個跟海格去，我們到華麗與污痕去把所有的教科書都買齊？』

『這樣好嗎？』衛斯理太太焦躁的說，顯然在迅速購物完畢和全體同進同出這兩難之間舉棋不定。『海格，你覺得？——』

『放心吧，他們跟我在一起沒事的，茉莉。』海格安撫道，並輕鬆揮動他那像垃圾桶蓋一樣大的手掌。衛斯理太太的表情並不像真的放下了心，但還是同意分開行動，跟著丈夫和金妮匆匆朝華麗與污痕前進，而哈利、榮恩、妙麗則跟著海格向摩金夫人的店出發。

哈利注意到，和他們擦肩而過的人大部分的表情都和衛斯理太太一樣擔憂焦慮，沒有人停下來聊天。購物人群都自成一個小團體，專注的買東西，似乎沒有人是獨自購物的。

『我們全都進去可能會太擠了，』海格說，停在摩金夫人的店外，低頭從櫥窗往店裡看。『我就在外面站衛兵吧？』

於是哈利、榮恩、妙麗三個人一起走進小小的商店。乍看之下，店裡好像沒人，可是門才一關上，一個擺滿了亮綠色和亮藍色禮袍的貨架後面就傳來熟悉的聲音。

『……不是小孩子了，你都沒注意到嗎，媽，我絕對有能力自己一個人買東西。』

有人發出嘖嘖嘖的聲音，然後哈利聽出是摩金夫人的聲音說：『親愛的，你母親說得對，現在我們都不應該一個人到處亂跑，這跟是不是小孩子沒有關係。』

『哎唷，妳看清楚了再扎不行嗎？』

一名尖臉、白皙、白金色頭髮的青少年從架子後走出來，身上穿著華麗的深綠色長袍，下襬和衣袖邊緣插滿了大頭針。他大步走到鏡子前，照過來照過去，直到過了幾分鐘，才注意到哈利、榮恩、妙麗的倒影出現在他肩膀上方，淡灰色眼睛立刻瞇了起來。

『要是妳聞到了什麼臭味，媽，別懷疑，有個麻種剛剛進來了。』跩哥・馬份說。

『沒有必要講話這麼難聽！』摩金夫人說，從貨架後匆匆走出來，手裡拿著布尺和魔杖。『而且我不准在我的店裡掏出魔杖來，誰都不行！』她又飛快加上一句，因爲只瞧了門口一眼，她就已看見哈利和榮恩全都掏出了魔杖，指著馬份。

妙麗站在他們後面一點，低聲說：『不必，眞的不必，不値得……』

『哼，我就不信你們敢在校外使用魔法。』馬份冷笑道。『誰打黑了妳的眼睛啊，格蘭傑？我得送花給他們。』

『夠了！』摩金夫人厲聲說，扭過頭去尋找支援。『夫人，麻煩妳——』

水仙・馬份從架子後面悠哉遊哉走出來。

『收起來。』她對哈利和榮恩冷冷的說。『要是你們再次攻擊我兒子，我保證這是你們呼吸的最後一口氣。』

『眞的？』哈利說，向前跨了一步，瞪著那張傲慢的臉，這張臉儘管蒼白，還是和她的姊姊十分酷似。哈利現在和她一般高了。『妳是打算找幾個食死人同夥來收拾我們是嗎？』

摩金夫人尖叫一聲，抓緊胸口。

『眞是的，別瞎說——這種話太危險了——把魔杖收起來，拜託！』

但哈利並沒有放下魔杖，水仙．馬份的微笑讓人看得很不舒服。

『看來，身爲鄧不利多的愛徒，讓你變得不知天高地厚了，哈利波特。不過鄧不利多可不會永遠都在那裡保護你。』

哈利嘲弄的環視全店一圈。

『哇……看吶……他現在不在這裡耶！那妳還客氣什麼？搞不好他們還可以在阿茲卡班挪個雙人牢房出來給妳跟妳的窩囊廢老公呢！』

馬份氣憤的朝哈利衝來，卻絆到了過長的袍子。榮恩哈哈大笑。

『不准你對我母親那樣講話，波特！』馬份露牙咆哮。

『沒關係，跩哥。』水仙．馬份說，蒼白纖細的手指按住他肩膀。『在我和魯休思重聚之前，波特就會去見他親愛的天狼星了。』

哈利的魔杖舉得更高。

『哈利，不要！』妙麗呻吟道，抓緊他的手臂，拚命想要往下拉。『仔細想想……你不可以……你會惹上麻煩的……』

摩金夫人愣在當場，不知所措，隨即決定假裝什麼事也沒發生，看是不是如此一來眞的就不會發生什麼，她朝仍死瞪著哈利的馬份彎下腰。『左邊袖子可以再往上提一點，親愛的，只要——』

『哎唷！』馬份大吼，甩掉她的手，『妳的大頭針小心一點，笨女人！媽，我不想買了。』

他把長袍從頭上脫下來，丟在摩金夫人腳前。

『說得對，跩哥，』水仙·馬份說，不屑的瞅了妙麗一眼，『原來這家店專門招待這種垃圾……我看我們還是改去何紳與華邊的店好。』

說完，這對母子就昂首闊步走出了摩金夫人的店，馬份還故意用力撞上榮恩。

『唉，眞是的！』摩金夫人說，撿起掉在地上的長袍，揮動魔杖，魔杖就像吸塵器一樣把灰塵都清理乾淨了。

幫榮恩和哈利試穿的時候，她一直心不在焉，還打算賣給妙麗一件男巫師穿的禮袍，等到終於鞠躬送走他們三個的時候，她一副很開心終於可以看見他們離去的背影似的。

『都買齊了嗎？』海格一見他們來到身邊，開朗的問。

『差不多了。』哈利說。『你看見馬份母子了嗎？』

『看見了。』海格漠不關心的說。『他們不敢在斜角巷興風作浪的，哈利，別管他們。』

哈利、榮恩、妙麗互換了一下眼神，他們還沒來得及糾正海格自我安慰的想法，衛斯理夫婦和金妮就出現了，三個人都拎著幾袋沉重的書。

『一切都還好吧？』衛斯理太太問。『長袍買到了嗎？好，那我們在去弗雷和喬治的店之前，先順路到藥店和「咿啦」──跟緊了……』

哈利和榮恩都沒有在藥店買什麼材料，因爲他們不必再修魔藥學了，但兩人都在『咿啦貓頭鷹商場』買了大盒貓頭鷹核果給嘿美和豬水凫。然後他們就朝弗雷和喬治開的惡作劇商店『衛氏巫師法寶店』出發，一路上衛斯理太太每隔一分鐘就看一次她的手錶。

『我們的時間眞的不多。』衛斯理太太說。『所以我們得很快看一圈，然後就回去坐車。應該快到了，九十二號……九十四號……』

『哇塞。』榮恩猛然停下。

在四周貼滿了無聊告示的商店中間，弗雷和喬治的櫥窗一枝獨秀，像是煙火一樣的引人注目。經過的路人頻頻扭頭回望櫥窗，有些目瞪口呆的人眞的停了下來，一動也不動。左邊的櫥窗展示了各式各樣超炫的商品，有的轉圈，有的彈跳，有的發光，有的又蹦又叫。哈利光是用看的，就快要垂涎三尺了。右手邊的櫥窗貼了一幅巨大的海報，就像魔法部的告示一樣，只不過上面是用鮮黃色字體寫著：

你幹嘛要擔心『那個人』？

你應該要擔心的是『怎麼拉』——

造成全國恐慌的便祕問題！

哈利看了哈哈大笑，卻聽見旁邊有人微微呻吟，轉過頭去，只見衛斯理太太張口結舌瞪著海報，她的嘴唇顫動，默默的唸出『怎麼拉』。

『他們會在睡夢中被人宰了都不知道！』她喃喃說。

『才不會呢！』榮恩說，也跟哈利一樣哈哈笑。『真是太妙了！』

他和哈利帶頭走進店裡，裡面擠滿了客人，哈利根本靠近不了貨架，只好東張西望，抬頭看堆到天花板高的盒子：這就是『摸魚點心盒』，衛斯理雙胞胎在霍格華茲最後一個學期，也是中途休學的一個學期，研發的盡善盡美商品。哈利注意到其中又以『鼻血牛軋糖』最受歡迎，架上只剩下一盒有點壓扁的。大箱子裡插滿了惡作劇魔杖，最便宜的魔杖一揮就會變成橡膠雞，或是一條褲子，最貴的則會出其不意抽打使用者的頭和脖子，還有許多盒羽毛筆，種類繁多，有『自動加墨筆』、『拼字校正筆』、『正確答案筆』。店裡的客人讓出了一塊地方，哈利朝櫃台擠過去，櫃台前亂哄哄的一片，一群十歲的少年圍在那裡，盯著一個小木頭人慢慢爬上階梯，走上一座真正的絞架，絞架下的盒子寫著：『重複使用吊死鬼——拼出來，否則就吊死他！』

『專利白日夢咒……』

妙麗好不容易擠過人潮，來到櫃台旁邊一個大型展示台前，正在唸盒子後的說明，盒子上印了彩色圖案，是一名英俊的青年和一名快要暈倒的少女，兩人站在海盜船甲板上。

『「只要最簡單的咒文，你就能進入超優質、超寫實的三十分鐘白日夢中，輕鬆度過上課時間，而且幾乎無法察覺（副作用包括表情茫然及輕微流口水）。十六歲以下禁止購買。」你知道，』妙麗說，抬頭看哈利，『這個還眞的不是普通的魔法！』

『就衝妳這句話，妙麗，』後面有人說，『免費送妳一盒。』

滿臉笑容的弗雷站在他們面前，穿著一件紫紅色長袍，跟他火紅的頭髮完全不搭調。

『你好嗎，哈利？』兩人握了手。『妳的眼睛又是怎麼了，妙麗？』

『被你那個會打人的望遠鏡害的。』妙麗懊惱的說。

『喔，我的天，我都忘了，』弗雷說。『來——』

他從口袋裡掏出一個小盒子，交給妙麗，妙麗很謹慎的旋開蓋子，裡面是濃稠的黃色藥膏。

『只搽一點就好，一個小時之內瘀青就會不見，』弗雷說。『我們得找出最有效的去除瘀傷藥，誰教我們都是用自己來試驗大多數的產品呢。』

妙麗一臉的緊張。『這東西安全吧?』

『當然嘍!』弗雷振奮的說。『來吧,哈利,我帶你參觀參觀。』

哈利留下妙麗,讓她用藥膏去搽她的熊貓眼,跟著弗雷走向商店後面,他看見那兒有一架子的紙牌繩子惡作劇玩意。

『麻瓜魔術道具!』弗雷開心的說,特別指出來。『針對像我爸那種喜歡麻瓜玩意的怪人。沒多大利潤,不過銷路還算穩定,這些東西大家看著很新鮮……喔,喬治來了……』

弗雷的雙胞胎兄弟熱烈的跟哈利握手。

『帶他參觀嗎?到後面來,哈利,這裡才是我們眞正賺錢的地方——你,敢順手牽羊的話,絕對不會只讓你賠錢了事!』他警告一個小男孩說,小男孩飛快把手從盒子裡縮回,盒子的標籤上寫道:『可食黑魔標記——誰吃誰生病!』

喬治拉開麻瓜魔術道具旁邊的布帘,哈利看見一個比較暗、比較不擁擠的房間,這些貨架上商品的外包裝也含蓄得多。

『我們才剛發展出這個比較正經的路線,』弗雷說。『說來也眞好笑……』

『你不會相信有多少人不懂得怎麼使用屏障咒,甚至一些在魔法部上班的人也一樣,』喬治說。『當然啦,他們沒被你教過,哈利。』

『沒錯……我們本以爲「屏障帽」只是個玩笑,你知道,挑戰你的同伴,要他在你

戴著帽子的時候對你下咒，等咒語被帽子彈開之後再嘲笑他的表情。結果魔法部居然一口氣買下五百頂給部裡的職員！而且訂單還一直像雪片般飛來呢！』

『所以我們就又擴充了產品，像「屏障斗篷」、「屏障手套」……』

『……其實這些東西對不赦咒沒有多大用處，不過倒是可以對付威力比較小的魔法或咒語……』

『後來我們又覺得應該要全面開發黑魔法防禦術的相關產品，因為這才是賺大錢的商品，』喬治興致勃勃的繼續說。『這個超酷。看，「瞬間黑暗粉」，我們是從祕魯進口的，如果想快速脫身，非常方便。』

『還有我們的詭雷剛好走下架子，看，』弗雷說，指著一些模樣古怪的黑色喇叭狀產品，這些東西真的急匆匆的想走掉。『要是你想聲東擊西，只要偷偷丟一個，它就會逃得不見蹤影，還發出很大的聲音。』

『真方便。』哈利說，被深深吸引住。

『給你。』喬治抓了兩個，拋給哈利。

一名留著金色短髮的年輕女巫從布帘後探出頭來，哈利注意到她也穿了紫紅色的員工袍子。

『兩位衛斯理先生，外面有位客人要買惡作劇大釜。』

哈利聽見弗雷和喬治被稱做『衛斯理先生』，覺得很不習慣，不過他們卻覺得稀鬆平常。

『知道了，薇若提，我就來。』喬治立刻說。『哈利，你喜歡什麼就自己拿，好嗎？免費贈送。』

『那怎麼可以！』哈利說，已經掏出錢包要付詭雷的帳了。

『你在這裡不必付錢。』弗雷堅定的說，推開哈利的金幣。

『可是——』

『是你給我們開店基金的，我們可沒忘。』喬治嚴厲的說。『喜歡什麼就拿，只要記得別人問起的時候，告訴他們到哪裡買就行了。』

喬治一陣風似的穿過帘子，去招呼客人，弗雷帶哈利回到前面，只見妙麗和金妮仍在研究專利白日夢咒。

『妳們兩個女生還沒找到我們特別的「神奇女巫」產品嗎？』弗雷問。『兩位小姐，請跟我來……』

在櫥窗附近有一列很鮮豔的粉紅色商品，一大堆吱吱喳喳的女孩興奮的笑個不停。妙麗和金妮都往後退，一臉的提防。

『就是這裡，』弗雷得意的說。『種類最豐富的愛情魔藥。』

金妮狐疑的挑高一道眉。『有用嗎？』

『當然有用，藥效可以持續二十四小時，端賴男生的體重而定——』

『——以及女生的吸引力，』喬治說，忽然出現在她們身邊。『不過我們可不會賣給自己的妹妹，』他又加上一句，突然變得嚴厲起來。『尤其是我們聽說她已經有五個候選人——』

『不管榮恩跟你們講什麼，全都是胡說八道，』金妮平靜的說，彎腰向前從架子上拿了一個粉紅色小罐子。『這又是什麼？』

『十秒鐘除痘保證霜，』弗雷說。『無論是青春痘還是黑頭粉刺，效果絕佳。妳別想轉移話題。妳現在究竟是不是跟一個叫做丁・湯馬斯的男孩交往？』

『是，』金妮說。『而且上次我看到他的時候，他是一個人，絕對不是五個。這些又是什麼？』

她指著一些絨毛圓球，有各種的粉紅色和紫色，全都在一個籠子裡滾來滾去，吐出高頻率的尖叫。

『迷你毛毛球，』喬治說，『迷你版的胖胖球，我們現在繁殖的速度還不夠快。那麼麥可・寇那呢？』

『我把他甩了，他是個窩囊廢，』金妮說，把手指伸進籠子裡，看著迷你毛毛球通通都圍過來。『他們好可愛唷！』

『他們是滿可愛的。』弗雷稍微讓步。『不過妳換男朋友的速度也未免太快了點吧？』

金妮轉過去看他，兩手扠腰，生氣的表情像極了衛斯理太太。哈利很驚訝弗雷居然沒有退縮。

『不關你的事。還有，麻煩你別那麼長舌，』她又忿忿的對榮恩說，他才剛站到喬治的手肘邊，抱了滿懷的商品。『把我的事報告給他們兩個知道！』

『一共是三加隆九西可一納特，』弗雷說，一面檢查榮恩懷中的盒子。『付錢。』

『我是你弟弟耶！』

『你偷的可是我們店裡的東西。三加隆九西可，零頭就算了。』

『我哪有三加隆九西可！』

『那你最好全部放回去，可別忘了要放對架子。』

榮恩掉了好幾個盒子，嘴裡罵著髒話，還對弗雷比了一個很粗魯的手勢，不幸卻被衛斯理太太看見，她偏偏選在這個時候走過來。

『下次再讓我看到，我就下咒讓你的指頭全部黏在一起。』她厲聲說。

『媽，我能不能要一個迷你毛毛球？』金妮立刻問。

『一個什麼？』衛斯理太太謹慎的問。

『看，好可愛唷……』

衛斯理太太走向一邊去看迷你毛毛球，哈利、榮恩和妙麗正好可以清清楚楚看見窗外。跩哥．馬份正一個人匆匆忙忙走在街上，經過『衛氏巫師法寶店』，扭頭看了看，不出幾秒鐘就走過了櫥窗，出了他們的視線範圍之外。

『他媽媽不知道哪裡去了？』哈利說，皺起眉頭。

『看樣子是甩開了他老媽。』榮恩說。

『可是爲什麼呢？』妙麗說。

哈利一語不發，腦筋轉個不停。水仙．馬份才不會讓她的心肝寶貝離開她的視線範圍，馬份一定是使盡了渾身解數才能脫離她的魔掌。深知馬份的爲人，而且討厭他討厭到死的哈利，知道原因絕對不單純。

他四處打量，衛斯理太太和金妮彎著腰在看迷你毛毛球；衛斯理先生很愉快的研究一包麻瓜的撲克牌；弗雷和喬治都在招呼客人；玻璃的另一邊，海格背對他們站著，來回注意街道。

『躲到下面來，快點。』哈利說，把隱形斗篷從背包裡拉出來。

『喔——不太好吧，哈利。』妙麗說，猶豫的看著衛斯理太太那邊。

『快啦！』榮恩說。

妙麗又遲疑了一秒，才躲進斗篷下。沒有人注意到他們消失了，大家都被弗雷和喬治店裡的商品給迷住了。哈利、榮恩、妙麗三個人盡快從門口擠出去，可是等他們走到街上，馬份早已不見蹤影。

『他往那個方向去了，』哈利盡量壓低聲音說，以免在哼歌的海格聽見。『走吧。』

他們快步前進，左右窺探，經過了許多櫥窗和店門，忽然妙麗指著前方。

『那個不就是他嗎？』她低聲說。『左轉嗎？』

『嘿，眞是大意外啊。』榮恩喃喃說。

馬份東張西望，接著閃進夜行巷，消失了蹤影。

『快點，否則會跟丟。』哈利說，加快速度。

『我們的腳會露出來！』妙麗焦急的說，因爲斗篷在他們的腳邊微微飛舞，現在要三個人一齊躲在斗篷下是太勉強了。

『沒關係，』哈利不耐煩的說，『快一點！』

但是充斥著黑魔法的夜行巷卻看似沒有人煙。他們經過時從窗戶偷看，每一家店似乎都沒有客人。哈利猜想目前時局太危險、太敏感，現在來買黑魔法用品等於露出馬腳——至少，讓別人看見了，總會有諸多不便。

妙麗用力捏了他的手臂。

『噢唷！』

『噓！看！他在那裡！』她附在哈利耳朵邊說。

他們來到了哈利在夜行巷裡唯一進去過的一家店，『波金與伯克氏』，這裡販賣各式各樣的邪惡東西。而就在擺滿了骷髏頭、舊瓶子的箱子中間，站著蹺哥．馬份。他背對著他們，就站在當初哈利躲避馬份與他父親的大黑櫃子外面。根據馬份的手勢判斷，他正在很激動的講話。老闆波金先生是個頭髮油膩、彎腰駝背的人，他面對馬份站著，臉上的表情融合了憤慨和恐懼。

『要是能聽見他們在說什麼就好了。』妙麗說。

『我們聽得見！』榮恩很興奮的說。『等等──可惡──』

他懷裡仍抱著幾個盒子，當他在最大的盒子裡面翻找時，又掉了幾個。

『看，伸縮耳！』

『太棒了！』妙麗說，看著榮恩把肉色的細繩解開，把耳朵伸進門底下。『這扇門可不要被下了不動咒──』

『沒有！』榮恩歡天喜地的說。『聽！』

他們的頭靠到一塊，仔細傾聽繩子傳過來的話，馬份的聲音又大又清楚，彷彿打開了收音機。

『……你知道要怎麼修理嗎？』

『大概吧，』波金說，口氣似乎不大願意承認。『我得看過才知道。你何不送到店裡來呢？』

『沒辦法，』馬份說。『那東西不能挪動，我只需要你告訴我該怎麼修理。』

哈利看見波金緊張的舔嘴唇。

『這個嘛，看不見實物，實在是太困難了，也許根本就不可能。我不能打包票。』

『不能嗎？』馬份說，哈利光從他的口氣就知道馬份在冷笑。『也許這玩意能讓你多幾分自信？』

他逼向波金，整個人被櫃子擋住。哈利、榮恩和妙麗換到一邊，看能不能看見他，卻只看見波金一臉的驚駭。

『你敢說出去，』馬份說，『叫你吃不了兜著走。你知道焚銳・灰背嗎？他是我家的朋友，他不時會過來查看，確保你會全神貫注處理這個問題。』

『實在不需要——』

『需不需要由我決定，』馬份說。『我該走了。別忘了把那個東西保管好，我會用到。』

『你看要不要現在就帶走？』

『不，當然不要，你這個笨矮子，我拿著那東西走在大街上成什麼樣子？只要別賣掉就好。』

『當然不敢……先生。』

波金給了他一個大幅度的鞠躬，就跟以前對待魯休思・馬份一樣。

『不准洩漏出去，波金，連我母親也不行，懂了嗎？』

『當然，當然。』波金喃喃說道，又一次鞠躬。

下一刻，門上的鈴鐺叮噹響，馬份神氣活現的走出商店，看來對自己非常滿意。他經過時非常接近哈利、榮恩和妙麗三個人，他們感覺斗篷下襬擺晃了一下。店裡面的波金仍一動也不動，油滑的笑容消失了，反而一臉的擔憂。

『這是怎麼回事？』榮恩低聲說，一面把伸縮耳捲起來。

『誰知道，』哈利說，用力思索。『他想要修理某樣東西……還要把某樣東西留在店裡……他說「那個東西」的時候，你看見他指著什麼嗎？』

『沒有，他被櫃子擋住了。』

『你們兩個留在這裡。』妙麗說。

『妳要？──』

然而妙麗已經鑽出斗篷，對著玻璃整理了一下頭髮，隨即大步走向商店，推開門，鈴鐺又響了起來。榮恩趕緊又把伸縮耳塞到門下，把另一條細繩遞給哈利。

『哈囉，天氣可眞壞啊。』妙麗活潑的對波金說，他沒有回答，只是懷疑的瞧了她一眼。妙麗愉快的哼著歌，在展示的商品堆裡閒晃。

『這條項鍊要賣嗎？』她問，在一個有玻璃蓋的箱子前停下。

『只要妳出得起一千五百加隆。』波金冷冷的說。

『喔，呃，算了，我沒有那麼多錢，』妙麗說，繼續往前走。『那——這個可愛的——呣——骷髏頭呢？』

『十六加隆。』

『所以也是要出售的？不是……爲什麼人保留的？』

波金斜睨她。哈利有種不妙的感覺，他似乎對妙麗的盤算一清二楚。顯然妙麗也覺得自己給識破了，因爲她突然把謹愼小心全拋到了九霄雲外。

『其實是這樣的，剛剛進來的那個男生，跩哥．馬份，呃，他是我的朋友，我想送他一份生日禮物，要是他已經預訂了什麼東西的話，我可不想送他相同的東西，所以……呃……』

依哈利看來，這理由實在太薄弱，波金顯然也認爲如此。

『出去，』他很不客氣的說。『滾出去！』

妙麗用不著他攆第二次，立刻就往門口走，波金緊跟在後面。鈴鐺又響起後，波金用力甩上門，掛起了『打烊』的牌子。

『嗯，是應該試一試啦，』榮恩說，同時用斗篷罩住妙麗。『只不過稍微明顯了一點——』

『好啊，下一次就讓你來示範應該怎麼做好了，大偵探！』她厲聲頂回去。

回程的一路上榮恩和妙麗都在鬥嘴，直到抵達『衛氏巫師法寶店』之後他們才不得不停止，以便神不知鬼不覺的躲過滿臉焦慮的衛斯理太太和海格，他們顯然注意到他們三人失蹤了。一走進店裡，哈利馬上把隱形斗篷收起來，藏進背包裡，在回應衛斯理太太指責他們亂跑的時候，跟榮恩妙麗一塊兒一口咬定他們始終都在店後面，是她自己找得不夠仔細。

7. 史拉俱樂部

暑假的最後一星期，哈利大部分都用於思考馬份在夜行巷的行爲有什麼意義。最令他不安的是，馬份走出店鋪時臉上竟露出那麼滿足的表情。能夠讓馬份那麼開心的事，絕不會是什麼好消息。然而讓他不大高興的是，榮恩和妙麗對馬份的行爲都不像他那麼感興趣，最起碼，幾天之後，他們就對這話題顯得很厭煩。

『是啊，我承認這件事有點蹊蹺，哈利，』妙麗有點不耐煩的說。她坐在弗雷和喬治房間的窗台，兩腳擱在一個硬紙箱上，心不甘情不願的從新買的《古代神祕文字翻譯進階》上抬起頭來。『但我們不是也同意，這件事有很多種可能的解釋了嗎？』

『也許他弄斷了他的光榮之手，』榮恩有點心不在焉的說，他努力要把掃帚裡彎

掉的尾枝扳正。『還記得馬份那隻萎縮的人手嗎？』

『但他說「別忘了把那個東西保管好」是什麼意思？』哈利第N次問道，『在我聽來，似乎波金有另一個壞掉的東西，而馬份兩個都要。』

『你這麼認爲嗎？』榮恩現在試著刮掉掃帚柄上沾的泥土。

『對啊，我是這麼想的。』哈利說。見榮恩和妙麗都不答腔，他又說：『馬份的父親進了阿茲卡班。你認爲馬份會不想復仇嗎？』

榮恩抬起頭，眨眨眼睛。

『馬份，復仇？他能怎麼辦？』

『這就是我要說的，我不知道！』哈利沮喪的說。『但他在搞什麼花樣，我認爲我們應該認眞看待這件事。他父親是食死人，而且——』

哈利忽然停止說話，他眼睛瞪著妙麗身後的窗子，嘴巴張得好大。他剛想到一個驚人的念頭。

『哈利？』妙麗焦慮的問，『怎麼回事？』

『不會是你的疤又開始痛了吧？』榮恩也緊張的問。

『他是個食死人，』哈利一字一句說，『他取代他父親成爲食死人！』

一陣沉默過後，榮恩開始哈哈大笑。

『馬份？他才十六歲，哈利！你以爲「那個人」會讓馬份加入？』

『似乎不太可能，哈利，』妙麗忍著笑意說。『你怎麼會認爲——』

『在摩金夫人店裡，她根本都還沒碰到他，但她要替他把袖子捲起來時，他卻大喊一聲，馬上抽回手臂。那是他的左臂。他已經烙上了黑魔標記。』

榮恩與妙麗互相對望。

『這個嘛……』榮恩道，聽起來完全沒有被說服。

『哈利，我認爲他只是想離開那裡。』妙麗說。

『他拿了什麼我們沒看到的東西給波金看，』哈利堅持往下說。『那東西把波金嚇壞了。那就是黑魔標記，我知道——他要波金看清楚他在跟什麼人打交道，你們也看到後來波金對他多麼必恭必敬！』

榮恩與妙麗又互看一眼。

『我不確定，哈利……』

『是啊，我還是不認爲「那個人」會讓馬份加入……』

哈利很不悅，但他十分有把握自己的判斷沒錯，他抓起一堆骯髒的魁地奇球袍走出房間，衛斯理太太從好多天前就催他們不要等到最後一刻才開始洗衣服和打包行李。他在樓梯口撞見金妮，她捧著一疊剛洗好的衣服，正打算回房去。

『我可不會趁現在進廚房去，』她警告他。『那兒現在是蛙兒的地盤。』

『我會小心不要踩到牠。』哈利微笑道。

果然，他一走進廚房，就發現花兒坐在廚房桌前，聚精會神研究她和比爾的婚禮計畫，衛斯理太太則盯著一堆會自動挑揀清洗的芽菜，看來心情頗差。

『……比爾和窩差不多已經決定，只要兩個伴娘就好，金妮和佳兒站在一起會顯得很漂亮。窩考慮給塔們穿淡金色——粉紅色配金妮的頭髮一定會很可怕——』

『啊，哈利！』衛斯理太太大聲說，打斷了花兒的獨白。『好極了，我要解釋一下明天你們回霍格華茲一路上的安全措施。我們又可以坐魔法部的車子，車站會有正氣師守候——』

『東施會去嗎？』哈利把魁地奇制服遞過去。

『不會，我想不會，亞瑟說她被安排在別的地方。』

『塔太不修邊幅了，那個東施。』花兒用茶匙背面端詳自己的絕世美貌，若有所思道。『很大的錯誤，如果妳問——』

『是的，謝謝妳，』衛斯理太太尖酸的說，再次打斷花兒。『快去收拾吧，哈利，可能的話，我希望行李今晚就能整理好，免得我們像往年那樣，到最後一分鐘還在手忙腳亂。』

事實上，他們第二天早晨出門時，確實比往年順利得多。魔法部的車開到洞穴屋門口時，他們已在那邊等候，箱子都收拾妥當，妙麗的貓歪腿正安全的關在旅行用的籃子裡。嘿美和榮恩的貓頭鷹豬水鳧，還有金妮新養的紫色迷你毛毛球阿洛也都關在籠子裡。

『再見啦，阿利。』花兒嗲著嗓子說，和他吻別。榮恩滿臉希冀的湊上前去，但金妮把腿伸出去，榮恩絆了一跤，跌倒在花兒腳前的泥土裡。他氣壞了，滿臉通紅還沾了泥巴，連再見都沒說一聲就急忙鑽進車裡。

在王十字車站裡沒看見爽朗的海格等著他們，反倒是有兩位面色凝重、蓄著鬍鬚、身穿黑色麻瓜西裝的正氣師，車一停就走過來，守護在他們一行人兩側，一言不發的引導他們進站。

『快點，快點，通過路障，』衛斯理太太說，大家一下子這麼有效率，似乎讓她有點慌張。『最好哈利先走，由——』

她用徵詢的眼光看著一位正氣師，他很快點點頭，抓起哈利的上臂，想帶他走向第九月台和第十月台之間的路障。

『我自己會走，謝謝你。』哈利惱怒的說，從正氣師掌握中抽出手臂。他推著推車直衝向堅固的路障，把沉默不語的同伴丟在一旁，一眨眼，他便站在九又四分之三月台上，紅色的霍格華茲特快車正朝人群上空噴出一陣陣的蒸氣。

不消幾秒鐘，妙麗和榮恩也都來到他身旁。哈利未先請示臉色陰沉的正氣師，就示意榮恩和妙麗隨他沿著月台去找空車廂。

『不行，哈利，』妙麗面帶歉意的說。『榮恩和我必須先進級長車廂，然後在走廊裡巡視一下。』

『哦，對了，我忘了。』哈利道。

『你們最好直接上車，全部都上車，只剩幾分鐘了，』衛斯理太太看著手錶說。『好啦，榮恩，祝你這學期愉快啦……』

『衛斯理先生，可以跟你私下說句話嗎？』哈利道，他決定把悶在心裡的話一吐為快。

『當然。』衛斯理先生說，他有點驚訝，但還是跟著哈利走到別人聽不見他們說話的地方。

哈利已經把整件事仔細想過了，並得出一個結論，如果要跟任何人說，衛斯理先生是最合適的人選，第一，因為他在魔法部工作，最方便做進一步調查。第二，因為他認為衛斯理先生大發雷霆的風險不大。

他們兩人走開時，他看見衛斯理太太和臉色陰沉的正氣師投來懷疑的眼光。

『我們在斜角巷的時候──』哈利剛開始說，但衛斯理先生做了個表情，阻止他往下說。

『是否我即將得知，你、榮恩和妙麗，在你們本來應該待在弗雷和喬治的店舖後面那個房間裡的時候，偷溜到什麼地方去了？』

『你怎麼會──』

『哈利，拜託，弗雷和喬治可是我一手養大的呢。』

『呃……是啊，沒錯，我們是不在後面房間裡。』

『很好，那麼，有什麼壞消息都報上來吧。』

『嗯，我們跟蹤跩哥·馬份，我們用了我的隱形斗篷。』

『你們這麼做是出於任何特殊動機嗎，或只是一時興起？』

『因爲我認爲馬份好像在搞什麼花樣，』哈利不顧衛斯理先生又生氣又好笑的表情說。『他甩開他母親，所以我想知道原因。』

『當然，』衛斯理先生順著他的口氣說。『好吧，你找到原因了嗎？』

『他到波金與伯克氏的店裡，』哈利說，『威脅看店的波金，要他幫忙修理某個東西，他還要波金替他保留另外一件東西。聽起來，這兩件好像是同樣的東西，而且都需要修理，可能是一對。而且……』

他深吸一口氣。

『還有一件事。我們看見摩金夫人要碰馬份的左臂時，他跳得三丈遠。我猜他被烙了黑魔標記。我相信他已經取代他父親成爲食死人了。』

衛斯理先生震驚極了。過一會兒他才說：『哈利，我不太認爲「那個人」會讓一個十六歲的——』

『有誰眞的知道「那個人」會怎麼做或不怎麼做嗎？』哈利憤怒的問。『衛斯理

先生，對不起，但這件事難道不值得調查嗎？如果馬份要修理什麼東西，而且必須威脅波金才辦得到，那東西就可能與黑魔王有關，甚至很危險，不是嗎？』

『老實說，我不這麼認爲，哈利。』衛斯理先生緩慢的說。『你知道，魯休思‧馬份被捕的時候，我們搜索過他的家。我們已經拿走了所有可能有危險的物品。』

『我認爲你們遺漏了什麼。』哈利固執的說。

『好吧，有可能。』衛斯理先生說，但哈利看得出他只是不想爭執。

他們身後哨音響起，幾乎所有的人都已經上車，車門要關了。

『你最好趕快。』衛斯理先生說，衛斯理太太也在高喊：『哈利，快點！』

他急忙跑過去，衛斯理夫婦幫他把行李箱抬到車上。

『聽著，親愛的，今年你到我們家來過聖誕節，已經跟鄧不利多講好了，所以我們很快就會再見面。』衛斯理太太隔著窗戶說，哈利用力把車門關上，火車開始移動。

『好好照顧自己，還有——』

火車逐漸加速。

『——要乖乖的——』

她得小跑步才跟得上。

『——注意安全！』

哈利揮著手，直到火車轉彎再也看不見衛斯理夫婦之後，才轉身去找其他人。他猜榮恩和妙麗一定窩在級長車廂裡，但金妮就在前面不遠的走道上，跟幾個朋友聊天。他拖著行李箱向她走去。

他走近時，所有的人都肆無忌憚盯著他看。他們甚至把臉貼在車廂的玻璃上，只爲了看他一眼。自從《預言家日報》大肆宣揚他就是『被選中的人』以後，他對這個學期必須承受更多的注目已有心理準備，但他還是不喜歡那種站在明亮的聚光燈下的感覺。他輕拍金妮的肩膀一下。

『要去找個車廂坐下嗎？』

『我不行，哈利。我說過要跟丁碰面的，』金妮容光煥發的說。『待會兒見囉。』

『好吧。』哈利道。她走開時，看著她紅色的長髮在身後甩動，他心裡有種不舒服的抽痛。一個暑假下來，他已經習慣有她在旁邊，幾乎忘記了金妮在學校裡跟他、榮恩和妙麗不是一夥的。然後他眨眨眼環顧四周，他周圍有一群彷彿被催眠的女孩。

『嗨，哈利！』身後傳來一個熟悉的聲音。

『奈威！』哈利鬆了一口氣，回頭看見一個圓臉男孩奮力穿過人群，向他走來。

『哈囉，哈利。』奈威身後有個女孩說，她有著一頭長髮，一雙大而迷濛的眼睛。

『露娜，嗨，妳好嗎？』

『很好，謝謝你。』露娜說。她把一本雜誌抱在胸前，封面上的大字宣稱裡面附贈一付迷幻七彩眼鏡。

『《謬論家》賣得還不錯吧？』哈利問說，他去年曾接受這份雜誌的獨家專訪，對它特別有種好感。

『哦，是啊，銷量上升不少。』露娜愉快的說。

『我們去找位子坐。』哈利說，他們三個便沿著車廂，穿過一群群默不作聲，瞪大眼睛看的學生。最後他們終於找到一個空車廂，哈利滿心慶幸，趕快走進去。

『他們連我們都盯著看，』奈威說，他指的是自己和露娜，『因爲我們跟你在一起！』

『他們看你們是因爲當時你們也在魔法部，』哈利一邊把皮箱推上行李架一邊說。『我們那場小冒險全部刊登在《預言家日報》上，你們一定看到了。』

『我看了，本來我以爲事情鬧這麼大，奶奶一定會生氣，』奈威道，『沒想到她很高興。還說我終於有點我父親的樣子了。她還買了一根新魔杖給我，你看！』

他取出魔杖給哈利看。

『櫻桃木加獨角獸毛，』他自豪的說。『我們認爲這是奧利凡德賣掉的最後一支魔杖，他第二天就失蹤了——喂，回來，吹寶！』

他衝進椅子底下，想把他那隻喜歡擅自出來自由活動的蟾蜍抓回去。

『今年還有DA聚會嗎，哈利？』露娜問道，她正從《謬論家》中間摺頁上撕下一付迷幻七彩眼鏡。

『我們已經解決掉恩不里居，所以沒必要了，不是嗎？』哈利一邊說一邊坐下來。奈威從椅子底下爬出來，頭撞到椅子一下。他顯得相當失望。

『我喜歡DA聚會！我跟你們學會好多事情！』

『我也喜歡那種聚會，』露娜平靜的說。『就像擁有很多朋友。』

露娜經常說出類似這種令人不愉快的話，使哈利泛起一種憐憫而尷尬的不安。但他還來不及回應，車廂外就傳來一陣騷動，一群四年級女生在玻璃門外吱吱喳喳說悄悄話並且咯咯傻笑。

『妳去問他！』

『不要，妳去！』

『我來好了！』

其中有個看起來比較大膽的，一個有著黑色大眼睛、戽斗下巴、黑色長髮的女孩，推開門走進來。

『嗨，哈利，我叫羅咪．凡。』她很有自信的大聲說。『你何不到我們車廂來跟我們一塊兒坐？你沒必要跟他們坐一起。』她用大家都聽得見的音量補充一句，指指仍在座位底下摸索吹寶，露出半截屁股的奈威，以及已戴上贈送的迷幻七彩眼鏡，看起來像隻精神錯亂的七彩貓頭鷹的露娜。

『他們是我的朋友。』哈利冷冰冰的說。

『哦，』那女孩顯得很驚訝。『哦，好吧。』

她退出室外，順手把門關上。

『大家以爲你會交比我們更酷的朋友。』露娜說，再次展現她讓人尷尬的誠實本色。

『你們很酷，』哈利簡短的說。『她們當時都不在魔法部。她們沒有跟我並肩作戰。』

『你這麼說眞好。』露娜微笑道，她把鼻梁上的迷幻七彩眼鏡推得更高一點，然後開始閱讀《謬論家》。

『但我們沒有跟他面對面作戰，』奈威一邊說，一邊從椅子底下爬出來，灰頭土臉的，手中捧著看起來已經認命的吹寶。『只有你有。你該聽我奶奶怎麼稱讚你：「那個哈利波特比整個魔法部加起來更有骨氣！」她願意拿任何東西來換一個像你這樣的孫子……』

哈利不自在的笑了笑，找機會趕快把話題轉到普等巫測。奈威報出自己的成績，大聲自問，變形學只拿到『合格』，有沒有可能獲准再上超勞巫測。哈利看著他，卻沒在聽他說話。

奈威的童年跟哈利一樣遭到佛地魔荼毒，但奈威絲毫不知道自己差一點就跟哈利交換命運。預言可能適用於他們之中的任何一個，但是佛地魔基於他不可理解的理由，決定相信命運選擇的人是哈利。

如果當初佛地魔選擇了奈威，就輪到坐在哈利對面的奈威額頭上有道閃電疤痕，肩負預言的重擔……會是這樣嗎？奈威的母親會爲了救他而死，就如同莉莉爲哈利犧牲嗎？當然會……但要是她來不及站在她兒子和佛地魔中間呢？那樣的話，還會有『被選中的人』嗎？奈威現在坐的位子會空著，而沒有疤痕的哈利在月台上就可以跟自己的母親，而不是榮恩的母親吻別？

『你還好吧，哈利？你怪怪的。』奈威問。

哈利嚇了一跳。

『抱歉，我——』

『你中了黑黴氣嗎？』露娜從巨大的彩色眼鏡底下看著哈利，同情的問。

『我——什麼？』

『黑黴氣……看不見，它飄浮在空中，會從你耳朵鑽進去，使你腦袋昏昏沉沉，』她說。『我感覺這兒好像就有一個從附近咻過去。』

她伸出手朝稀薄的空氣拍打，好像在打什麼無形的大飛蛾。哈利和奈威互望一眼，趕快把話題轉到魁地奇上。

車窗外的天氣就如同整個暑假以來那樣彆扭，一路上，寒冷的濃霧與微弱、晴朗的陽光交替出現。放晴的時段，陽光幾乎從頭頂正上方灑下來時，榮恩與妙麗總算進了車廂。

『拜託午餐推車快點來，我餓死了，』榮恩滿懷渴望的說，他一屁股在哈利身旁坐下，揉著他的肚子。『嗨，奈威。嗨，露娜。猜怎麼著？』他轉向哈利說。『馬份沒有盡到級長的責任。他就坐在自己的車廂，跟其他史萊哲林的學生一起，我們經過的時候看見他。』

哈利的興趣來了並且坐直了身體。以馬份的個性，不可能放過展示級長權威的機會，去年他就曾盡情的濫用這種權力。

『他看見你們時有什麼反應？』

『老樣子，』榮恩滿不在乎的用手比了一個粗魯的手勢。『這不像他，不是嗎？哼──他就是──』他再次比同一個手勢，『他為什麼不去對一年級的新生作威作福？』

『不知。』哈利說，但他心思飛馳。這是否代表馬份有比欺侮低年級學生更重要的心事？

『也許他寧可當督察小組，』妙麗道。『也許當過督察再當級長會覺得有點乏味。』

『我不覺得，』哈利說，『我認爲他——』

他還沒來得及引申他的理論，車廂門就再次滑開了，一個氣喘吁吁的三年級女生衝進來。

『我奉命把這些交給奈威．隆巴頓和哈利波——波特。』她眼神才跟哈利接觸，臉頰一下子紅了起來，話也接不下去了。

她手裡拿著兩捲用紫色絲帶繫住的羊皮紙。哈利和奈威困惑的接過分別寫著他們名字的羊皮紙卷，女孩就跌跌撞撞退出車廂而去。

『這是什麼？』榮恩問，哈利展開他的那份。

『一張邀請函。』哈利說。

哈利：

請來C車廂與我共進午餐，如蒙光臨，不勝欣喜之至。

H．E．F．史拉轟教授上

『史拉轟教授是誰？』奈威困惑的瞪著手上的邀請函看。

『新來的老師，』哈利道。『好吧，我看我們非去不可，不是嗎？』

『但他找我要做什麼？』奈威緊張的問，好像要被抓去勞動服務似的。

『不知道，』哈利說，這不完全是事實，雖然他無法證明自己的直覺是對的。『聽著，』出於突如其來的靈感他補了一句，『我們穿隱形斗篷去，這樣在路上可以好好觀察馬份，看他到底在搞什麼鬼。』

然而這點子是無效的，因爲走道上擠滿了正在守望午餐推車的人，穿上隱形斗篷簡直寸步難行。

哈利懊惱的把隱形斗篷塞回袋子，想著若是能穿上它免得被那麼多人盯著看，該有多好，注目的眼光自從他前一次在車上走了一趟以來，似乎又有增加的趨勢。不時有學生從車廂裡衝出來，只爲了把他看得更清楚點。

唯一的例外是張秋，她老遠看見哈利走來，就趕快閃進車廂。哈利經過時，從窗戶看見她正專心一意跟她的朋友毛莉交談，毛莉化了很厚的妝，卻仍然掩蓋不住那橫漫過她臉頰的膿包痕跡。哈利暗暗竊笑，推開人潮繼續往前走。

來到C車廂，他們立刻發現史拉轟教授邀請的不僅他們兩人而已，雖然從史拉轟教授歡迎的熱情程度來判斷，哈利才是他最期待的客人。

『哈利，我的孩子！』一看到他，史拉轟就跳起來說，頓時間，他那個包裹在絲絨衣料裡的大肚子彷彿塞滿了整個車廂。他亮晶晶的禿腦袋和兩大叢銀色八字鬍映著陽光，就跟他背心上的金鈕釦一樣閃閃發光。『眞高興看到你，眞高興看到你！而你一定就是隆巴頓先生囉！』

奈威表情驚懼的點了點頭，史拉轟比個手勢，他們就面對面坐在最靠近門邊僅剩的兩個空位上。

哈利環視其他客人。他認出一個同級的史萊哲林男生，是個皮膚黝黑的高個兒，他的顴骨很高，還有雙細長的鳳眼，另外有兩個哈利不認識的七年級男生，還有擠在角落，坐在史拉轟身旁的金妮，她一副不知道自己怎麼會到這兒來的模樣。

『來，這兒的人你們都認識嗎？』史拉轟問哈利和奈威。『布雷司・剎比跟你們同年級，當然——』

剎比沒有任何認識他們或打招呼的表示，哈利和奈威也一樣，因為葛來分多和史萊哲林的學生基本上是互相敵視的。

『這位是寇馬・麥拉，或許你們曾經碰過面？——沒有嗎？』

麥拉是個鬈髮如鋼絲的大塊頭，他舉起一隻手，哈利和奈威向他點頭回禮。

『——還有這位是馬卡・貝爾比，不知道是否？——』

貝爾比很瘦，顯得很緊張，露出一個壓抑的微笑。

『——還有這位迷人的年輕小姐，她告訴我說她認識你們！』史拉轟介紹完畢。

金妮從史拉轟背後朝哈利和奈威苦笑。

『好極了，眞是太愉快了，』史拉轟心滿意足的說。『有這個機會進一步了解各位。來，請拿張餐巾。我的午餐是自己打包的，我印象中，午餐推車上賣太多甘草魔杖了，可憐老人家的消化系統不適應那樣的東西……雉雞要嗎，貝爾比？』

貝爾比嚇了一跳，接過一個看來像是半隻冷雉雞的東西。

『我才在跟年輕的馬卡說，我有幸教過他的達摩克叔叔，』史拉轟一邊把奶油餐包分給大家，一邊對哈利和奈威說。『傑出的巫師，非常傑出，他獲得梅林勳章眞是眾望所歸。你常跟你叔叔見面嗎，馬卡？』

不幸的是，貝爾比剛咬了一大口雉雞肉，他急於回答史拉轟的問話，猛的往下吞，不料肉卡在喉嚨裡，臉色立刻發紫。

『**路路通**！』史拉轟鎮定的唸道，魔杖指著貝爾比，他的喉嚨似乎立刻就暢通了。

『不……不常見到他，不。』貝爾比喘著氣，眼淚都嗆了出來。

『喔，當然，我想他一定很忙，』史拉轟用疑問的表情望著貝爾比。『我想，他發明縛狼汁恐怕也花了不少功夫吧！』

『我想是吧……』貝爾比說。看起來，在確定史拉轟問完話之前，他再也不敢把雉雞放進嘴裡了。『呃……他跟我爸感情不怎麼好，您知道，所以我眞的不大清楚……』

他的聲音越來越小，因爲史拉轟對他冷冷一笑，就轉向麥拉。

『你呢，寇馬，』史拉轟說，『我剛好知道你常跟你舅舅見面，因爲他有一張你們兩個一塊兒去獵木尾豬的照片，我想那是在諾福克地區吧，照得很不錯。』

『哦，是啊，很好玩，打獵很好玩。』麥拉道。『我們跟柏蒂・奚格和盧夫・昆爵一起去的——是在他當上部長之前，當然——』

『咦，你也認識柏蒂和盧夫啊？』史拉轟笑逐顏開，現在他拿出一小盤派餅分給大家，不知怎麼搞的，貝爾比被漏掉了。『現在告訴我……』

一切正如哈利猜測。每個人受邀來此的理由，似乎都是因爲他們跟某個知名或有影響力的人有關係——除了金妮之外。

在麥拉之後，輪到剎比的身家背景接受調查，原來他有一位以美貌著稱的女巫母親（根據哈利旁聽到的內容，她結過七次婚，每任丈夫都離奇死亡，留給她成堆的黃金）。

接下來是奈威，那十分鐘非常難熬，因爲奈威著名的正氣師父母，被貝拉・雷斯壯率領幾名食死人黨羽用酷刑咒折磨到發瘋。奈威面試結束後，哈利有種感覺，好像史拉轟暫時不打算對奈威下定論，要留待以後觀察他是否承襲了父母的稟賦。

『現在，』史拉轟以跑江湖賣藝人介紹壓軸好戲的架式，在椅子上轉過他龐大的身軀說，『哈利波特！從哪兒開始呢？我們暑假見過一面，但好像只接觸到表層！』

他把哈利好好端詳了一番，好像當他是一隻特別肥美多汁的雉雞，然後說：『「被選中的人」，現在他們都這麼稱呼你！』

哈利沒說話。貝爾比、麥拉和剎比全盯著他看。

『當然，』史拉轟仔細打量著哈利說，『謠言已經流傳了好多年了……我記得那次

——嗯——那個可怕的晚上之後——莉莉——詹姆——而你活了下來——外傳你一定有不尋常的力量——』

剎比輕咳一聲，顯然是暗示他的嗤之以鼻。史拉轟背後爆發出一個憤怒的聲音。

『是哦，剎比，你最天才了……只會裝腔作勢……』

『哎呀，我的天！』史拉轟毫不介意的咯咯一笑，回頭看金妮隔著他的大肚皮怒目瞪著剎比。『你得小心點，布雷司！我經過這位小姐的車廂時，親眼看到她施展最出色的精怪蝙蝠咒！我絕不會惹她！』

剎比只露出輕蔑的表情。

『不管怎麼說，』史拉轟轉回頭對哈利說，『今年夏天謠言傳得更不可開交。當然，我也不知道該相信什麼，《預言家日報》的報導錯誤百出是有名的——但是既然有那麼多人證，應該也無庸懷疑，魔法部確實出了大亂子，而且你處於整個騷動的核心！』

哈利知道，除非厚起臉皮撒謊，不然別想擺脫這一切，於是他點點頭，但仍然一言不發。史拉轟對他微笑。

『眞謙虛，眞是太謙虛了，難怪鄧不利多那麼喜歡——所以你眞的在場囉？但故事其餘的部分——太駭人聽聞了，當然，我不知道該不該相信——就拿傳說中的預言來說吧——』

『我們從來沒聽說過什麼預言。』奈威說，臉頰變得像天竺葵一樣紅。

『沒錯，』金妮也堅決的說。『奈威和我都在場，所有這些「被選中的人」的鬼話，都照例是《預言家》捏造的。』

『你們兩個都在場，是嗎？』史拉轟大感興趣說，看看金妮，又看看奈威，但他們兩人都不爲他鼓勵的笑容所動，緊閉嘴巴不開口。『是的……好吧……《預言家》經常誇大是沒錯，當然……』史拉轟繼續說，口氣有點失望。『還記得親愛的關娜告訴過我，我說的當然是「聖顱島女頭鳥隊」隊長關娜・瓊斯——』

他拐彎抹角扯到一段又臭又長的回憶，但哈利非常明確感覺到，史拉轟跟他還沒完，也不相信奈威和金妮的話。

那天下午就消磨在一則又一則史拉轟教過的顯赫巫師的趣聞軼事中，這些人都很樂意加入所謂的霍格華茲『史拉俱樂部』。哈利等不及想離開，卻想不出一個不失禮的藉口。好不容易火車又駛出一個霧區，見到紅色的落日，史拉轟環視周圍，在暮色中眨眨眼睛。

『哎呀，天快黑了！我都沒注意到已經點燈了！你們最好趕快去換袍子吧，你們全都是。麥拉，你有空一定要來借那本有關木尾豬的書。哈利、布雷司——隨時歡迎你們。妳也一樣，小姐，』他對金妮擠擠眼睛。『好了，你們走吧，你們走吧！』

剎比推開哈利，衝進昏暗的走道時，特別狠狠瞪了他一眼，哈利也還以顏色。

他、金妮、奈威跟在刹比身後，沿著車廂往回走。

『眞高興結束了，』奈威咕噥道。『怪人，不是嗎？』

『是啊，是有一點，』哈利說，他眼睛盯著刹比。『妳怎麼會跑到那裡去，金妮？』

『他看見我對災來耶・史密下惡咒，』金妮道。『你還記得那個參加過DA聚會的赫夫帕夫白癡？他不停的追問我魔法部發生的事情，我實在被他煩死了，只好對他施咒——史拉轟出現的時候，我還以為我會被罰勞動服務，但他只認為咒語施得好，還邀我一起午餐！瘋了，不是嗎？』

『比起因爲某人的母親很有名而請他吃飯，這理由好多了，』哈利皺起眉頭看著刹比的後腦勺說，『或爲了他們的叔叔——』

他忽然打住。他有個新主意，有點莽撞但可能很好的主意……沒多久，刹比就要回到史萊哲林六年級生的車廂，馬份就坐在那兒，以爲他的話除了史萊哲林的那夥人以外不會有別人聽見……如果哈利能跟在刹比後面，不被人看見的混進去，豈不就什麼都看見了也聽見了？沒錯，旅程已接近終點——根據窗外閃過的荒野景色判斷，不到半小時，就要抵達活米村車站了——但既然沒有人把哈利的懷疑當一回事，他只好親自求證囉。

『我們待會兒見。』哈利低聲說，抽出隱形斗篷，往身上一披。

『可是你怎麼?——』奈威問道。

『晚點再說!』哈利悄聲道,便儘可能悄無聲息去追趕刹比,雖然火車的隆隆聲使這種顧慮毫無必要。

現在走道幾乎全空了。幾乎每個人都已經回到車廂去換上校服,並整理自己的物品。哈利雖然在不碰觸刹比的前提下儘可能貼近他,卻還是沒有快到可以趁刹比拉開門時閃進車廂。刹比已經要把門拉上,哈利急忙伸出腳,把門卡住。

『這玩意兒怎麼搞的?』刹比氣沖沖的一再拉著門去撞哈利的腳。

哈利抓住門,用力把它推開,仍握著把手的刹比,一個重心不穩跌倒在高爾腿上,哈利趁著接下來的混亂,衝進車廂內,踩到刹比暫時空著的座位上,往上一跳,爬上行李架。

很幸運的,高爾和刹比怒目相對,吸引了所有人的視線,因為哈利很確定,斗篷一度掀起,暴露了他的腳和足踝,甚至有很可怕的一瞬間,他好像看見馬份的眼神隨著他在空中一閃而過的球鞋往上看,但接著高爾便把門砰的關上,推開刹比,刹比滿面怒容的跌進自己的座位上,克拉回頭看他的漫畫,馬份竊笑著躺回他橫跨三個座位的位子,頭枕在潘西・帕金森大腿上。

哈利很艱辛的蜷縮在斗篷底下,確保全身每一吋都遮掩住,注視著潘西撫摸馬份額前光潤的金髮,一邊摸一邊得意的笑著,以為所有人都巴不得處於她的位置似的。車廂天花板上的燈籠搖搖晃晃，室內光線明亮，哈利甚至可以清楚看到坐在他正下方的克拉手中漫畫的每一個字。

『剎比，』馬份說，『結果史拉轟想幹什麼？』

『只是找關係好的人拍拍馬屁，』仍對高爾怒目而視的剎比說。『不過他找到的人不多。』

這消息似乎沒能取悅馬份。

『他還請了誰？』他問。

『葛來分多的麥拉。』剎比說。

『哦是啊，他舅舅在魔法部官很大。』馬份說。

『——有個叫貝爾比的，他是雷文克勞的——』

『不會吧，他是個廢物耶！』潘西說。

『——還有隆巴頓、波特和衛斯理家那個女的。』剎比報完名單。

馬份忽然坐起，把潘西的手推開。

『他還請了隆巴頓？』

『嗯，我想是吧，因爲隆巴頓有出現啊。』剎比滿不在乎的說。

『隆巴頓有什麼能引起史拉轟興趣的？』

剎比聳聳肩。

『波特，寶貝波特，顯然他想看看「被選中的人」，』馬份不屑的說，『但衛斯理家那個女的！她又有什麼特別的？』

『很多男生喜歡她呢，』潘西說，她用眼角瞟著馬份，觀察他的反應。『你不是也覺得她很漂亮嗎？布雷司，而且我們都知道，你的標準還滿高的！』

『我才不會碰她那種背叛自己血統的小叛徒，管她長什麼樣。』刹比冷酷的說，潘西顯得很滿意，馬份又倒回她腿上，讓她繼續撫摸他的頭髮。

『好吧，我眞同情史拉轟的品味。也許他有點老人癡呆了。眞可惜，我父親常說他年輕的時候是個優秀的巫師。我父親本來是他的愛徒之一。史拉轟可能沒聽說我在火車上，否則——』

『我不認爲他會請你，』刹比說。『我一到之後，他就問我諾特父親的事。顯然他們是老朋友，但當他聽說他在魔法部被捕時，就顯得不怎麼高興，諾特也沒被邀請，不是嗎？我看史拉轟對食死人不感興趣。』

馬份看起來很生氣，但他強迫自己硬發出一聲空洞的笑聲。

『嗯，誰管他對誰感興趣？仔細想想，他算什麼東西？不過是個蠢老師罷了。』馬份誇張的打個呵欠。『我是說，明年我搞不好未必還在霍格華茲，我幹嘛在乎一個過氣的胖老頭喜不喜歡我？』

『什麼意思，你明年未必還在霍格華茲？』潘西停下替馬份梳理頭髮的手，不悅的問。

『呵，世事難料，』馬份掛著一抹得意的笑容說。『我有可能——呃——爭取到更大更好的東西。』

裹著斗篷，趴在行李架上的哈利，心思不斷飛馳。榮恩和妙麗聽了這句話會作何解釋？克拉和高爾都張大嘴巴瞪著馬份，顯然他們從不曾擬過任何計畫，要去爭取更大更好的東西。就連剎比，也讓好奇的表情破壞了他一臉的傲慢。潘西又開始慢慢撫摸馬份的頭髮，但滿臉都是困惑不解。

『你的意思是說——他？』

馬份聳聳肩。

『我媽要我完成學業，但就我個人的看法，我不認爲這年頭那有什麼重要。我是說，你想想看……黑魔王接手的時候，他會在乎誰通過多少普等巫測或超勞巫測嗎？當然不會……一切都取決於爲他做了什麼事，對他表現的忠貞程度如何。』

『你覺得你可以爲他做什麼嗎？』剎比尖銳的問。『你才十六歲，而且資格又不完備？』

『我剛說過，不是嗎？也許他不在乎我的資格。也許他要我做的工作不需要什麼資格。』馬份冷靜的說。

克拉與高爾兩人張大嘴巴坐在那裡，活像一對石像鬼。潘西低頭看著馬份，好像從來沒見過更值得肅然起敬的人物。

『我看見霍格華茲了，』馬份指著漆黑的窗外說，他顯然對自己製造的效果十分得意。『我們得趕快換上袍子。』

哈利正忙著觀察馬份，以至於沒注意到高爾已伸手來取行李，他把行李箱扯下來時，重重撞到哈利的頭部一側。他不由得痛哼一聲，馬份抬頭看一眼行李架，皺起眉頭。

哈利不怕馬份，但他可不想被一群不友善的史萊哲林學生發現他躲在隱形斗篷底下。雖然眼淚盈眶，頭還在抽痛，他掏出魔杖，小心不弄亂斗篷，屏住呼吸等待。讓他鬆了一口氣的是，馬份似乎認爲方才那聲痛呼是出於自己的想像。他跟其他人一樣，穿上長袍，鎖好行李箱，並且在火車放慢速度，搖晃著進站時，把一件簇新的厚旅行斗篷繫在脖子上。

哈利可以看見走道上再次擠滿人，他希望妙麗和榮恩會替他把行李拿到月台上，他被困在這兒，要等車廂清空才能脫身。終於，火車晃動了最後一下，然後完全停住。高爾把門一拉而開，奮力擠進一群二年級生當中，把他們踹到一旁，克拉與剎比緊跟在後。

『妳先走，』馬份對潘西說，她伸出手等著他，好像在期待他來牽她的手。『我要檢查一些東西。』

潘西走了，現在車廂裡只剩哈利與馬份。人群列隊通過，絡繹走下黑暗的月台。馬份走到車廂門口，放下窗簾，這樣走道上的人就看不見裡面。然後他放下行李，再次把箱子打開。

哈利從行李架的邊緣往下看，他的心跳得很快。馬份有什麼要對潘西隱瞞的？他即將看見那件重要得非修理不可、損壞的神祕物品嗎？

『整整──石化！』

毫無預警的，馬份將他的魔杖指向哈利，霎時間他全身麻痺。就像電影裡的慢動作，他從行李架上跌下來，以非常疼痛的方式轟隆一聲摔在車廂地板上，倒在馬份腳邊。

隱形斗篷被壓在哈利身下，他整個身體露了出來，雙腿仍可笑的蜷曲成痙攣似的跪姿，他的每根肌肉都動彈不得，只能仰望馬份，並看見他露出一個神氣的笑容。

『我就知道，』他樂不可支的說。『我聽見高爾的皮箱打到你。而且剎比回來的時候，我好像看見空中有什麼白色的東西閃過……』他的眼光在哈利的球鞋上停留了一會兒。『剎比回來的時候，我猜把門擋住的也是你吧？』

他對著哈利思考了一會兒。

『你沒聽見什麼我會在意的情報，波特。但既然我逮著你了……』

他往哈利的臉上重重一踏。哈利覺得自己的鼻梁斷了，鮮血噴得到處都是。

『這是爲我父親報仇。現在，我們看看……』

馬份把斗篷從哈利不能動彈的身體底下拉出來，覆蓋在他身上。

『我想，要等火車回到倫敦，他們才會發現你，』他冷靜的說。『再見囉，波特

……也許不見。』

馬份刻意又踩了哈利的手指頭之後，才走出車廂離去。

8. 石內卜得逞

哈利完全動彈不得，他躺在隱形斗篷底下，聽著外面走道上的說話聲和腳步聲，只覺鼻血不斷湧出來，又濕又熱的流了滿臉。他當下想著，火車離站前，想必會有人來檢查每個車廂吧？但立刻沮喪的覺悟，即使有人探頭往裡看，也不會看見或聽見他。他唯一的希望是有人走進來並且踩到他。

哈利從來不曾這麼憎恨馬份，此刻他躺在這裡像隻四腳朝天的可笑烏龜，噁心的鮮血流進他張開的嘴巴裡。讓自己淪落到這個地步真是愚蠢……現在最後的腳步聲也漸漸遠去，所有人都在外面黑暗的月台上推來擠去，他聽見行李箱摩擦地面和模糊不清的交談聲。

榮恩和妙麗大概以爲他丟下他們自己下車了。一直要等到他們抵達霍格華茲，在餐廳裡就座，在葛來分多的席次來回搜索好幾遍後，才會發現他不在，那時他無疑已經在回倫敦的半路上了。

他嘗試發出聲音，只要哼一聲也好，但根本辦不到。然後他想到有些巫師，好比鄧不利多可以不出聲施咒語，所以他嘗試召喚從手中掉落的魔杖，在腦海裡一遍又一遍默唸著速速前，魔杖！但什麼事也沒有發生。

他好像聽見環湖的樹林迎風颯颯作響，遠處貓頭鷹嗚嗚啼叫，但沒有搜索人員出動的跡象，或甚至（他有點鄙視自己竟然在期待這種事）詢問哈利波特哪兒去了的慌亂叫聲。一股絕望淹沒他的心頭，想到騎士墜鬼馬車隊轔轔駛向霍格華茲，而馬份坐的那輛車內發出陣陣歡聲笑語，因爲他正興高采烈的對史萊哲林的同學們講述攻擊哈利的經過。

火車震動了一下，哈利的身體被震翻過來變成側躺。現在他眼前的是滿佈灰塵的座位底下，不再是天花板。引擎開始轉動，地板也不斷顫抖。列車即將離站，沒有人知道他還在車上……

然後他覺得身上的隱形斗篷被掀起，上方傳來一個聲音說：『天啊，哈利。』

一道紅光閃過，哈利終於可以動彈，他掙扎坐起身，換了個比較有尊嚴的姿勢，急忙用手背擦掉青腫臉頰上的血跡，然後才抬頭看到手裡拎著隱形斗篷的東施。

『我們得趕快離開這兒，』她說，車窗已經被蒸氣薰得模糊，火車也開始離站。『來吧，我們跳車。』

哈利趕快跟著她衝進走道。東施拉開火車門並跳上月台，隨著火車加速，地面好像在他們腳下滑動。他跟著東施，但落地時踉蹌了幾步，站穩時剛好來得及看見亮晃晃的紅色火車頭全速前進，轉個彎便消失了蹤影。

寒冷的夜風緩和了他鼻子的痛楚。東施望著他，他覺得憤怒而尷尬，竟在這麼可笑的處境下被發現，她默不作聲把隱形斗篷交還給他。

『誰幹的？』

『跩哥．馬份，』哈利咬牙切齒說。『謝謝妳在……呃……』

『不客氣，』東施面無笑容的說。透過暗淡的光線，哈利覺得比起上次在洞穴屋見到她時，此刻她的頭髮又更灰暗，裝扮也更邋遢。『我可以搞定你的鼻子，但是你得站好。』

哈利覺得這不是什麼好主意，他本來打算去看護士長龐芮夫人，因爲提到治療咒時，他還是對龐芮夫人比較有信心，但說這種話似乎有點失禮，於是他只好像樹幹般筆直站好，閉上眼睛。

『復復元！』東施說。

哈利的鼻子一陣灼燙，然後又變得冰涼。他抬起手小心翼翼觸摸，傷口好像已經癒合了。

『多謝！』

『你最好把斗篷披上，我們可以走路去學校。』東施說，仍然面無笑容。哈利披上斗篷，她舉魔杖一揮，魔杖裡鑽出一隻非常巨大的銀色四足動物，向黑暗中直奔而去。

『那是護法嗎？』哈利問，他看過鄧不利多用這種方式送口信。

『是的，我送話到城堡說我找到你了，否則他們會擔心。來吧，我們別浪費時間。』

他們走上通往學校的窄街。

『妳怎麼找到我的？』

『我注意到你沒下車，我也知道你有這件斗篷，我想你可能基於某種原因藏起來。後來我發現那間車廂的窗簾都拉下來時，就決定察看一下。』

『可是妳怎麼會到這兒來？』哈利問。

『現在我被派駐活米村，提供學校額外的保護。』東施說。

『派駐在這兒的只有妳嗎，還是？——』

『不只，波弗、薩維吉、鈍力也都在這兒。』

『鈍力，就是去年被鄧不利多攻擊的正氣師嗎？』

『沒錯。』

他們循著新壓出的馬車軌跡，腳步艱難的踏上黑暗無人的小街。哈利從斗篷底下側眼觀察東施。去年她愛發問（有時問題多得讓人厭煩），很容易就發笑，也喜歡開玩笑。現在她似乎老成了不少，更嚴肅也更果斷。這是魔法部發生的一連串事件造成的嗎？

哈利不安的想到，妙麗曾建議他說幾句話安慰東施，關於天狼星，那完全不是她的錯，但他就是開不了口。天狼星的死他完全沒想到要怪她，她的責任不比任何人大（更不比自己大），但只要能避免，他寧可不談天狼星。所以他們在寒冷的夜風中走著，一路無言，只有東施的長袍拖在身後的地面上窸窸窣窣。

哈利每次都坐馬車去霍格華茲，從來不覺得從活米村車站到學校的路這麼遠。好不容易望見大門兩旁那兩根頂端立有翼豬雕像的高柱子時，他眞是鬆了一口氣。他又冷又餓，也很想擺脫像是整個變了個人、抑鬱苦悶的新東施。但是當他伸手去推大門時，卻發現門上了鎖鍊，牢牢關著。

『阿咯哈姆啦！』他信心十足用魔杖指著掛鎖唸道，但毫無動靜。

『那個咒語對這個鎖無效，』東施說。『鄧不利多親自下的咒語。』

哈利四下張望。

『我可以爬牆進去。』他提議。

『不行，你不可以。』東施面無表情說。『到處都下了反入侵咒。從暑假開始，安全防護已加強了一百倍。』

『好吧，』哈利開始對她這種不幫忙的態度生氣了。『那我就只好睡在這兒，等到明天早上了。』

『有人下來接你了，』東施說。『看。』

遠處城堡腳下，出現一盞搖搖晃晃的燈籠。哈利眞是喜出望外，他覺得就算飛七氣喘咻咻的責備他遲到，嘮叨什麼定期給他上手指箍的刑具包管改善他的守時習慣之類的胡說八道，也都可以忍受。直到那圈明亮的黃色燈光距離他們只有十呎，哈利也掀開斗篷現出身影時，才認出那尖尖的鷹鉤鼻和油膩膩的黑色長髮，心中驀然湧起一股純粹的憎恨，是石內卜。

『嘖嘖嘖，』石內卜冷笑道，他取出魔杖，敲一下掛鎖，鎖鍊就往後退縮，大門嘎吱開了。『你出現了眞好，波特，不過你顯然認爲，換上學校制服會降低你出場時引人注目的效果。』

『我沒辦法換衣服，我沒有我的——』哈利正要爭辯，但石內卜打斷他。

『妳不必等了，小仙女。波特在我手上很——嗯——安全。』

『我的口信本來是要傳給海格的。』東施皺起眉頭說。

『開學晚會海格遲到了，就跟我們這位波特一樣，所以我替他收了信。而且，』

石內卜退後一步，讓哈利通過，『我很有興趣看看妳的新護法。』

他當著她的面，哐噹一聲關上大門，再用魔杖敲一下鐵鍊，它又喀唧喀唧滑回原來位置鎖上。

『我覺得妳還是用舊護法比較好，』石內卜說，聲音中帶有明顯的惡意。『新的看起來很軟弱。』

石內卜舉起燈籠，在光影晃動中，哈利瞥見東施臉上的驚詫和怒火，但很快她又陷入黑暗中。

『晚安，』哈利回頭對她喊道，同時跟著石內卜往學校走去。『謝謝妳……所做的一切。』

『再見，哈利。』

石內卜有一會兒沒說話。哈利覺得體內散發出一波波強烈的恨意，石內卜若沒有被它灼痛，簡直就是不可思議。他打從第一次見面就討厭石內卜，光是石內卜對天狼星的態度，就足以使他萬劫不復，一輩子不可能得到哈利的寬恕。

不管鄧不利多怎麼說，哈利在暑假期間花了很多時間思考，他的結論是，石內卜對天狼星做不實的指控，誣賴他只顧躲在安全的地方，讓鳳凰會其他成員對抗佛地魔，這一點也許就是天狼星死去那晚不顧一切直闖魔法部的導火線。

哈利堅持這觀點，因為如此一來，他就可以盡情怪罪石內卜，這帶給他滿足感，也因爲他知道，若說有哪個人對天狼星之死不覺得遺憾，這個人一定就是此刻在黑暗中走在他身旁的石內卜。

『葛來分多遲到扣五十分，』石內卜說。『還有，我看看，穿麻瓜衣服再扣二十。我想任何學院都不曾在學期一開始就被扣這麼多分——我們還沒開始吃布丁呢。你可能創下紀錄哦，波特。』

哈利胸中洶湧的怒火與恨意已燃燒到白熱的程度，他寧願全身僵直的回到倫敦，也不想告訴石內卜遲到的原因。

『我看你每次開學都喜歡轟轟烈烈的進場，對吧？』石內卜繼續說。『沒有飛行汽車，你就決定在大家用餐中途闖進餐廳，製造戲劇效果。』

雖然哈利快要氣炸了，但他保持緘默。他知道石內卜就是爲這個原因來接他，趁這短短幾分鐘、沒有別人聽見的場合，盡情挖苦和折磨哈利。

他們終於來到城堡的台階，推開巨大的橡木門，剛走進布置著各色旗幟的門廳，就聽見喧譁的笑語和杯盤叮噹聲，穿過通往餐廳的大門傳來。哈利想著不知能否披上隱形斗篷，偷偷摸摸的溜到葛來分多學院的桌位（這張長桌的位置特別不方便，距入口最遠）就坐。

石內卜彷彿讀出了哈利的心思，他說：『不許穿斗篷。你就這樣走進去，讓每個人看見你，我確信這就是你想要的。』

哈利轉過身，大步走進敞開的門，只要能遠離石內卜，做什麼都可以。大廳裡擺了四張長桌，教職員席位於另一端，上空照例點綴著飄浮的蠟燭，把下方的餐盤照得閃閃發光。

但哈利只感覺一片模糊的光影，他走得極快，所以直到他通過赫夫帕夫的桌位時，大家才開始對他行注目禮，等到每個人都站起來想把他看個清楚時，他已經瞥見了榮恩和妙麗，於是急忙沿著長椅向他們跑去，硬在他倆中間擠出一個位子坐下。

『你到哪兒——天啊，你怎麼把臉搞成這樣？』榮恩問，跟附近所有的人一樣瞪大眼睛看著他。

『怎麼，有什麼不對嗎？』哈利說，隨手抓了根湯匙照了照自己扭曲的臉孔。

『你滿臉是血！』妙麗說。『過來一下——』

她舉起魔杖唸道：『哆哆潔！』就把乾掉的血塊都吸掉了。

『謝了，』哈利摸摸變得乾淨的臉孔說。『我的鼻子看起來還好嗎？』

『還好呀，』妙麗焦慮的說。『有什麼不對嗎？哈利，發生了什麼事？我們擔心得要命！』

『等一下再告訴你們，』哈利簡短的說。他清楚的意識到金妮、奈威、丁、西莫都在旁傾聽，甚至葛來分多的幽靈『差點沒頭的尼克』，也飄到了長凳附近準備竊聽。

『但是——』妙麗正要說。

『現在不行，妙麗。』哈利用嚴肅而沉重的語氣說。他眞希望大家都以爲他做了什麼偉大的英雄事蹟，最好是跟一群食死人和一個催狂魔有關。當然，馬份會儘可能把故事散播出去，但總有可能不至於被太多葛來分多的學生聽到。

他伸手到榮恩的另一邊，想撈幾根雞腿和一把薯條，但還沒拿到手，這些食物就都消失了，被布丁取而代之。

『你錯過了分類儀式。』當榮恩埋頭進攻一大塊巧克力蛋糕時，妙麗說。

『分類帽說了什麼有趣的話嗎？』哈利拿起一塊糖漿餡餅問。

『還不是那一套……說什麼敵人當前，要我們團結，你知道的啦。』

『鄧不利多有提到佛地魔嗎？』

『還沒有，但他總是在用餐結束後才講話，不是嗎？再等一會吧。』

『石內卜說，海格遲到了——』

『你見過石內卜？爲什麼？』榮恩在大口呑嚥蛋糕的空檔發問。

『剛好遇到。』哈利輕描淡寫的說。

『海格只遲到幾分鐘。』妙麗說。『哈利，你看，他在跟你招手呢。』

哈利向教職員席望去，對海格微笑，他眞的在招手。葛來分多學院的導師麥教授那份威嚴，海格怎麼也模仿不來，雖然兩人坐在一起時，麥教授的身高不過在海格的手肘與肩膀之間。看見海格的熱情招呼，麥教授露出不以爲然的表情。

哈利驚訝的發現，教占卜學的崔老妮教授坐在海格另一邊，她很少離開塔頂的房間，而且他從沒見過她參加開學餐會。她看起來還是那麼古怪，全身掛著亮閃閃的珠串，拖著好長的披巾，眼睛被眼鏡驚人的放大許多倍。哈利一直認爲她是個江湖郎中，但上個學期結束時，他震驚的發現，促使佛地魔殺死他父母並攻擊他本人的預言，沒想到竟是出自崔老妮之口。這個消息使他更不願意接近她，好在謝天謝地，這學期他退掉了占卜學。

崔老妮那雙燈塔似的眼睛向他的方向轉來，他急忙掉頭，望向史萊哲林的桌位。跩哥．馬份正在刺耳的笑聲和鼓掌聲中，表演鼻子被踹爛的動作。哈利垂下眼瞼，看著面前的糖漿餡餅，心中再次燃起怒火。只要能跟馬份單打獨鬥決一勝負，他願意付出任何代價……

『所以史拉轟教授找你幹嘛？』妙麗問。

『要知道魔法部事件的眞相。』哈利說。

『他和這裡的每個人一樣，』妙麗嗤之以鼻。『火車上大家也一直在追問我們這件事，對不對，榮恩？』

『是啊，』榮恩說。『他們都想知道你是不是眞的是「被選中的人」——』

『就連幽靈也都在談論這件事呢，』差點沒頭的尼克打岔，把他僅有一絲皮肉相連的頭顱轉向哈利這邊，他的腦袋在衣領上搖搖欲墜，險象環生，『我是公認的波特專家，大家都知道我們交情不錯。但我已經向全體幽靈保證，我絕不會爲了情報來騷擾你。「哈利波特知道他可以完全放心跟我吐露祕密，」我告訴他們。「我寧死也不會背叛他的信任。」』

『說了等於沒說，你本來就已經死了嘛。』榮恩一針見血的說。

『這再次證明，你的同情心遲鈍得像一把鈍斧頭。』差點沒頭的尼克惱怒的說，他浮到空中，滑行到葛來分多桌位的另一頭。這時教職員餐桌上的鄧不利多也正好站起身，餐廳裡迴盪的笑語聲幾乎立刻安靜下來。

『祝大家有個最美好的夜晚！』他說，露出誠摯的微笑，張開雙臂好像要擁抱整個大廳。

『他的手怎麼回事？』妙麗倒抽一口氣。

不只她一個人發現這異狀。鄧不利多的右手發黑、萎縮如焦炭，跟他到德思禮家接哈利那晚一樣。大廳裡一片竊竊私語，鄧不利多很清楚這些耳語的焦點，他只是微微一笑，揮了一下金、紫二色的袍袖，把傷處遮掩起來。

『沒什麼好擔心的，』他淡淡的說。『現在……向我們的新生致歡迎之意，也歡迎舊生回到學校！又是一年充實的魔法教育等著你們……』

『我暑假看到他的時候，他的手就這樣了，』哈利悄聲對妙麗說。『我還以爲他應該已經治好了……要不然龐芮夫人也可以幫忙呀。』

『看起來那隻手好像已經廢了，』妙麗帶著作嘔的表情說。『有些傷是治不好的……古老的詛咒……以及沒有解藥的毒藥……』

『……管理員飛七先生要我宣布，全面禁止從一家叫做「衛氏巫師法寶」的商店購買惡作劇道具。

『有興趣加入各學院魁地奇隊的人，照例請向各院的導師報名。我們也在甄選新的魁地奇賽實況播報員，同樣是向學院導師報名。

『我們很高興歡迎本學期的新老師。史拉轟教授，』史拉轟站起身，他的光頭在燭光下閃耀，圓滾滾的肚皮在下方的桌面投下一片陰影，『曾經是我的同事，他答應再次教授魔藥學課程。』

『魔藥學？』

『魔藥學？』

這個詞在大廳裡迴響，大家都懷疑自己聽錯了。

『魔藥學？』榮恩和妙麗異口同聲道，轉頭瞪著哈利。『可是你說──』

『同時，石內卜教授，』鄧不利多把音量提高，壓過底下的議論紛紛，『將接手教黑魔法防禦術這門課。』

『不！』哈利喊得太大聲，許多人轉過頭來看他。他不在乎，他怒目瞪著教職員席。經過這麼多事情，怎麼還可以把黑魔法防禦術交給石內卜來教？多年以來，不是大家都知道，鄧不利多不相信他能勝任這份工作嗎？

『可是，哈利，你說過史拉轟要教黑魔法防禦術的呀！』妙麗說。

『我以爲會是他！』哈利道，他絞盡腦汁，努力回想鄧不利多是什麼時候告訴他這件事的，但仔細想想，他才發現鄧不利多從來沒告訴過他，史拉轟要教哪門課。

坐在鄧不利多右手邊的石內卜，並沒有在自己的名字被提及時站起來，只懶洋洋的揮一下手，回應史萊哲林那桌爆出的熱烈掌聲，但哈利確信他看到那張令他憎恨到極點的臉上，閃過一抹勝利的得意。

『好啊，至少還有一件好事，』他惡狠狠的說。『這個學年結束之前，石內卜會完蛋。』

『這話怎麼說？』榮恩問。

『這份工作受了詛咒，沒有人能撐過一年……奎若就是在任內死掉的。我嘛，我就很期待再看到有人送命……』

『哈利！』妙麗用驚訝而譴責的語氣說。

『他這學年還是有可能回去教魔藥學啊，』榮恩一廂情願的說。『那個史拉轟說不定待不久，穆敵就沒教完一年。』

鄧不利多清清喉嚨。私下交談的不僅哈利、榮恩、妙麗而已，一聽到石內卜終於達成心願的消息，整個大廳淨是嗡嗡的討論聲。鄧不利多對自己剛宣布的消息多麼聳動人心，似乎毫無所覺，也不再提課程安排的事，只停頓了一會兒，直到廳內恢復寂靜，才繼續往下說。

『現在，正如這個大廳裡每個人都知道的，佛地魔和他的追隨者再次肆虐，而且勢力更爲強大。』

隨著鄧不利多的話聲，室內的寂靜變得緊繃而凝重。哈利向馬份瞥了一眼，馬份沒在看鄧不利多，而是用魔杖指揮叉子飄浮在半空中，好像他認爲校長講話不值得聽似的。

『我必須特別鄭重強調，當前的形勢非常危險，我們霍格華茲的每個人必須非常小心謹慎，才能確保安全。城堡的魔法防禦在暑假已經加強，以更強大有力的新方式保護我們，但我們還是必須非常小心，學生或教職員都不得有任何疏忽。

『所以我呼籲大家，一定要遵守老師所設的每一條安全規定，不論你覺得這些規定多麼煩人——尤其是就寢時間不得下床這一條。我拜託大家，如果你發現城堡內外有任何奇怪或可疑的動靜，千萬要立刻向師長報告。我冀望大家，所有的行動都要把自身和其他人的安全，當作第一優先考慮。』

鄧不利多的藍眼睛掃視過每一個學生，然後才又露出笑容。

『現在，全世界最溫暖舒適的床鋪在等著你們，我知道你們最渴望的就是好好休息一晚，準備迎接明天的課程。所以我們就在此道晚安吧。散會！』

照例一陣震耳欲聾的摩擦聲，長凳往後推，數百名學生離開餐廳後向寢室走去。哈利一點也不急於跟上還在目瞪口呆的人群，也不想靠近馬份，讓他有機會重述踩鼻子的故事，因此他假裝繫緊鬆掉的鞋帶，故意留在後面，讓大多數葛來分多學生走在前頭。妙麗已趕到前面執行引導一年級新生的級長任務，榮恩則陪哈利留下。

『你的鼻子到底怎麼回事？』等他們落到向餐廳外移動的隊伍最後面，沒有人聽得到他們交談時，榮恩立刻發問。

哈利把經過告訴他。榮恩沒有笑，這足以證明他們的友誼多麼深厚。

『我就看到馬份對著鼻子比手畫腳。』他悶悶的說。

『好啦，不管它了，』哈利氣憤的說。『你先聽聽他在發現我之前，說了什麼話……』

哈利本來預期榮恩會被馬份的狂妄嚇一跳。但榮恩不爲所動，哈利不禁覺得他眞是水泥腦袋。

『算啦，哈利，他不過是在潘西面前愛現罷了……「那個人」會有什麼任務要交代他做呢？』

『你怎麼知道佛地魔不需要霍格華茲的內線呢？這又不是第一次——』

『我希望你別再提那個名字，哈利。』一個責備的聲音在他們身後響起。哈利回頭一看，只見海格正在搖頭。

『鄧不利多也說這名字的呀。』哈利堅持道。

『是啊，沒錯，但他是鄧不利多，不是嗎？』海格神祕的說。『結果你怎麼遲到了，哈利？我好擔心。』

『我被困在火車上，』哈利說。『你又為什麼遲到呢？』

『我跟呱啦在一起，』海格開心起來。『忘了時間。他在山上有個新家，鄧不利多安排的──很棒的一個大山洞。他現在比住森林裡快樂多了。我們聊得很愉快。』

『真的？』哈利說，他努力避開榮恩的眼神，上回他們見到海格這位同母異父兄弟──一個擅長把樹木連根拔起的壞脾氣巨人時，他的詞彙總共只有五個字，其中兩個他還發音不標準。

『哦，是啊，他真的進步很多，』海格自豪的說。『你們一定會很意外。我打算訓練他做我的助手。』

榮恩發出一聲響亮的『嗤』，但他設法假裝自己在打噴嚏。他們現在已走到前面的橡木門口。

『總而言之，我們明天見囉，午餐後第一堂課。早點來，你們可以跟巴──我是說，枯翅──打招呼！』

他愉快的揮手告別，便出了前門，走入黑暗中。

哈利與榮恩面面相對。哈利看得出來，榮恩跟他一樣心情直往下沉。

『你沒修奇獸飼育學，對吧？』

榮恩搖搖頭。

『你也沒修？』

哈利也搖搖頭。

『還有妙麗，』榮恩問，『她也沒修，是嗎？』

哈利再次搖頭。他根本不願去想，海格發現他最喜歡的三個學生都放棄他教授的科目時，內心會作何感想。

9. 混血王子

第二天早晨吃早餐前，哈利、榮恩和妙麗先在交誼廳見面。哈利希望爲他的理論爭取支持，所以立刻告訴妙麗他在霍格華茲快車上偷聽到馬份說話的內容。

『但他顯然是在潘西面前炫耀，不是嗎？』妙麗還來不及說話，榮恩便立刻插嘴。

『嗯，』妙麗有點不確定的說，『我不知道……馬份這個人本來就喜歡故作重要……但撒這麼大的謊未免……』

『一點都不錯。』哈利說，但他沒再多說，因爲有太多人想偷聽他說話，更遑論盯著他看，或摀著嘴說悄悄話的人了。

『用手指著別人是沒禮貌的行爲。』榮恩叱責一個身材特別矮小的一年級生，這時他們已經走到了畫像洞口前方的隊伍最後。那個正用手擋著嘴，對朋友咕噥什麼有關哈利之事的男孩，頓時滿臉通紅，嚇得從洞口摔了出去。榮恩冷笑一聲。

『我喜歡當六年級，而且這學期開始有空堂，我們有整節課的時間可以坐在這兒休息。』

『我們得利用那些時間K書，榮恩！』在走廊裡，妙麗說。

『是啊，不過今天不必，』榮恩說，『我相信今天可以懶一整天。』

『站住！』妙麗說，她伸出手臂，攔住一個從她身旁走過的四年級生，他手中緊抱著一個檸檬綠色的圓盤。『獠牙飛盤是違禁品，交上來。』她嚴厲的對他說。臭著一張臉的男孩交出狺狺咆哮的飛盤，從妙麗的手臂下鑽過去，跟他的朋友跑開了。榮恩看著他的身影消失後，從妙麗手中搶過飛盤。

『好極了，我一直想要一個。』

妙麗斥責他的聲音被一陣響亮的笑聲掩蓋。文妲・布朗顯然覺得榮恩的話非常有趣。她走過他們身旁還笑個不停，並回頭瞟榮恩，榮恩顯得相當自滿。

餐廳的天花板是安詳的藍色，飄浮著幾縷輕淡的白雲，就跟高高的細格子窗外看見的天空一模一樣。哈利和榮恩一邊忙著吃麥片粥、雞蛋和培根的時候，一邊告訴妙麗他們前一晚跟海格那段尷尬的對話。

『他該不會眞的以爲，我們還會繼續上奇獸飼育學吧！』她擔心的說。『我是說，我們之中有誰表現過……你知道……學習的熱忱呢？』

『但問題就在這兒，不是嗎？』榮恩說，一口吞下整個荷包蛋。『我們是全班最用功的學生，因爲我們喜歡海格。但他以爲我們喜歡的是那門笨課程。你想會有人選那門課的超勞巫測嗎？』

哈利和妙麗都沒有答話，也沒必要。他們很清楚知道，他們同年級沒有人想繼續上奇獸飼育學。十分鐘後，海格離開教職員桌席時，他們迴避他的眼神，沒精打采的回應他愉快的招手。

吃完早餐，他們仍留在原位，等麥教授離開教職員餐桌。今年課程表的安排比往年都複雜，因爲麥教授必須先確認每個人的普等巫測成績是否合格，學生們才能繼續選修超勞巫測等級的課程。

妙麗很快便知道自己可以繼續上符咒學、黑魔法防禦術、變形學、藥草學、算命學、古代神祕文字研究以及魔藥學，於是她毫不拖延，趕緊衝去上第一節的古代神祕文字研究。奈威花了較長的時間選課，麥教授細看他的申請表，然後比對他的普等巫測成績時，他圓滾滾的臉蛋顯得很焦慮。

『藥草學，不賴，』她說。『芽菜教授看到你普等巫測拿到「傑出」，一定很高興你回去。你的黑魔法防禦術拿到「超乎期待」也合格。問題出在變形學。很抱歉，隆巴頓，但「合格」眞的不足以繼續上超勞巫測等級的課程，我不認爲你能適應課業的難度。』

奈威低垂著頭。麥教授透過四方眼鏡盯著他看。

『你到底爲什麼還要繼續上變形學呢？我從來不知道你這麼喜歡這門課。』

奈威可憐兮兮的，咕噥著『我奶奶要的』之類的字句。

『哼，』麥教授哼了一聲。『你祖母也該學學，要以她孫子本來的模樣爲榮，別老想著把他塑造成自己想要的樣子——尤其魔法部發生了那種事以後。』

奈威的臉脹得通紅，困惑的不斷眨眼，麥教授以前從來沒有讚美過他。

『抱歉，隆巴頓，但我不能讓你上我的超勞巫測班，但我看你符咒學拿了個「超乎預期」——何不選修符咒學的超勞巫測？』

『我奶奶說符咒學是愚蠢的選擇。』奈威低聲道。

『你選符咒學吧，』麥教授說。『我會寫信給傲古，提醒她，即使她自己符咒學的普等巫測不及格，也不代表這門課沒價值。』她對露出喜出望外表情的奈威微微一笑，用魔杖輕敲一份空白的課程表，上面立刻列出奈威的新課程，將它交給奈威。

麥教授接著會見芭蒂．巴提，她提出的第一個問題就是，英俊的半人馬翡冷翠是否還繼續教占卜學。

『今年的課程由他跟崔老妮教授共同分擔，』麥教授說，語氣中透著不贊成，大家都知道她瞧不起占卜學這門課。『六年級的課程由崔老妮教授負責。』

五分鐘後，芭蒂垂頭喪氣的去上占卜學。

『然後，波特，波特……』麥教授轉向哈利，翻閱著她的記事簿。『符咒學、黑魔法防禦術、藥草學、變形學……都很好。我必須說，我對你變形學的成績很滿意。等一下，你為什麼不登記繼續上魔藥學？我還以為你立志要成為正氣師？』

『是沒錯，教授，但妳說過必須普等巫測拿到「傑出」才行。』

『那是石內卜教授教這門課的時候說的，但是史拉轟教授很樂意接納普等巫測拿到「超乎期待」的學生。你願意繼續上魔藥學嗎？』

『願意，』哈利說，『但是我沒有買課本，也沒有材料或任何用品——』

『我相信史拉轟教授可以借你一些，』麥教授說。『很好，波特，這是你的課程表。哦，順便告訴你——已經有二十個人報名葛來分多魁地奇球隊。我會把名單交給你，你可以趁有空的時候安排甄試。』

幾分鐘後，榮恩也通過跟哈利修一模一樣的課程，他們兩人一塊兒離開餐桌。

『看啊，』榮恩開心的看著課程表說，『我們現在有空堂……上午休息時間後還有空堂……午餐後也是空堂……太棒了！』

他們回到交誼廳，這兒沒什麼人，只有包括凱娣在內的六個七年級生。哈利一年級加入的葛來分多魁地奇隊，如今只剩下凱娣一位元老隊員了。

『我就知道會輪到你，幹得好，』她指著哈利胸前的隊長徽章高聲喊道。『甄試時通知我一聲。』

『別傻了，』哈利說，『妳不需要甄試，我已經看妳打了五年……』

『你不能一開始就這樣，』她警告道。『你也知道，球技比我好的人很多。從前也有很多支好球隊就是因爲隊長總挑熟人，或引進他們的私交而垮掉……』

榮恩顯得有些不安，開始玩妙麗從四年級生那兒沒收的獠牙飛盤。它在交誼廳裡飛來飛去，張牙露齒想要咬掛幔。歪腿的黃眼睛跟著它打轉，每當它太過靠近她就嘶嘶叫。

一小時後，他們心不甘情不願的離開陽光普照的交誼廳，走下四層樓，去上黑魔法防禦術。妙麗已經在教室門口排隊，捧著一大疊笨重的書，顯得很疲倦。

『古代神祕文字研究的功課好多，』看到哈利和榮恩走到她身旁時，她焦慮的說。『一份十五吋長的報告，兩篇翻譯，我還得在星期三之前看完這堆書！』

『眞不幸！』榮恩打個呵欠。

『你等著瞧，』她忿忿的說。『我打賭石內卜會出很多功課給我們。』

她說話時，教室的門開了，石內卜走進走廊，他蠟黃色的臉孔照例被兩片窗簾似的油膩黑髮框住。隊伍立刻沉默下來。

『進去。』他說。

走進教室時，哈利四下張望。石內卜已經把他的個性融入了這房間，窗簾都被拉上，點上蠟燭，氣氛比往常更陰森。牆上換了一批新圖片，大多是備受痛苦折磨的人，露出血肉模糊的傷口或扭曲成奇形怪狀的肢體。所有人一言不發的就座，瀏覽著那些籠罩在陰影中的駭人圖片。

『我還沒有叫你們拿出課本，』石內卜說，他關上門，走到講桌後，面對全班學生，妙麗趕緊把手上那本《對抗無臉敵人》收回書包，塞進椅子底下。『我有話要告訴你們，我要你們全神貫注。』

他的黑眼睛掃過他們仰起的臉孔，在哈利臉上停留的時間，比其他人稍久一點點。

『到目前為止，這門課已經有五位老師教過你們，我想。』

你想咧……石內卜，誰不曉得你眼睜睜看著他們來了又去，巴望自己能成為下一個。哈利刻薄的想著。

『當然，那些老師各有不同的教學方法和關注重點。在如此混亂的情況下，我很意外你們竟然有這麼多人能通過這門課的普等巫測。如果你們都能跟上難度高出許多的超勞巫測課程，我會更意外。』

石內卜走到教室一側，壓低說話音量，全班學生都轉過脖子，視線緊跟著他。

『黑魔法，』石內卜說，『種類很多，變化多端，不斷推陳出新，但又永恆不變。面對它們就像跟一隻多頭怪獸搏鬥，每砍斷它一根脖子，新長出來的頭就會比先前更兇猛、更狡猾。你們面對的是千變萬化、無法摧毀的敵人。』

哈利瞪著石內卜。把黑魔法當作一個可敬的危險敵手是一回事，但像石內卜這樣用溫存愛憐的口吻談論它，卻是另一回事。

『所以，你們的防禦手法，』石內卜聲音提高了一點：『必須跟你們所要對付的魔法同樣具有彈性和創意。這些圖片，』他匆匆走過幾幅圖片前面，對它們比一下手勢，『相當清楚的呈現了遭受黑魔法攻擊的情形，比方說，酷刑咒（他揮揮手，比向一個顯然在痛苦尖叫的女巫）、催狂魔之吻（一個巫師縮成一團，眼神空洞的倒在牆角）、或遭到行屍圍攻（地上一攤模糊的血肉）。』

『有人看過行屍嗎？』芭蒂尖著嗓子問。『能確定嗎，他有在使用他們嗎？』

『黑魔王曾經用過行屍，』石內卜說。『也就是說，你們最好相信他將來還有可能再用。現在……』

他又繞到教室另一側，向講桌走去，再一次，全班注視著他走動，黑袍在身後飄拂。

『……我相信你們都還沒有使用無聲咒的經驗。無聲咒有哪些優點？』

妙麗的手高高舉起。石內卜好整以暇審視所有人，確定沒有別的選擇，然後才簡短的說：『很好——格蘭傑小姐？』

『敵人沒有預警，不會知道你即將使用什麼樣的魔法，』妙麗說。『這給你一瞬間的優勢。』

『幾乎每個字都是從《標準咒語第六級》上抄下來的答案，』石內卜不屑的說（馬份在角落裡竊笑），『但基本上是正確的。沒錯，能進步到不需要大聲唸出咒語就能運用魔法的人，可以在施咒時佔到出其不意的優勢。當然，不是所有巫師都能做到這一點，這關係到集中精神和心靈力量，而有些人，』他的眼光再次惡毒的停留在哈利身上，『就是做不到。』

哈利知道石內卜在暗示去年他們慘不忍睹的鎖心術課程。他不肯移開眼神，只怒目瞪著石內卜，直到石內卜轉開視線。

『現在你們兩人一組，』石內卜繼續道。『同組的夥伴要設法不出聲對另一個下惡咒，另一個也要同樣默不作聲解除惡咒。開始。』

石內卜並不知道，哈利去年已經教過全班至少半數的人（所有曾經參加過DA聚會的人）屏障咒。不過大家都沒有不出聲施展屏障咒的經驗。

有不少人使用作弊的手段，用小聲唸咒取代大聲說出咒語。照例，上課十分鐘後，妙麗不說一個字，就解除了奈威小聲喃喃唸出的果醬腿惡咒。哈利不滿的想著，換做任何別的通情達理的老師，這樣的成績絕對能爲葛來分多贏得二十分，但石內卜視若無睹。

他們練習時，石內卜在座位間穿梭疾行，看起來越發像一隻在旁徘徊的特大號蝙蝠，觀察哈利和榮恩爲達成任務而奮鬥。

負責對哈利下惡咒的榮恩，臉色脹得發紫，嘴唇抿得死緊，抗拒把咒語唸出聲的誘惑。哈利舉起魔杖，如坐針氈的等著解除似乎不可能出現的惡咒。

『眞可悲，衛斯理，』石內卜看了一會兒說。『來——我示範給你看——』

他把魔杖指向哈利的速度快到哈利只能憑直覺反應，什麼無聲魔咒的事全拋到腦後，他高喊：『破心護！』

他的屛障咒強大到把石內卜打得失去平衡，還撞倒了一張書桌。全班都回過頭來，目瞪口呆看著石內卜站直身軀，怒目而視。

『你還記得我說過，我們練習的是無聲咒嗎，波特？』

『是的。』哈利僵硬的回答。

『是的，先生。』

『你沒有必要稱呼我「先生」，教授。』

這話脫口而出後，他才察覺自己說錯了什麼。好幾個人倒抽一口涼氣，包括妙麗在內。然而在石內卜身後，榮恩、丁和西莫都露出讚許的微笑。

『勞動服務，星期六晚上，我的辦公室，』石內卜說。『我不容忍任何目無尊長的行爲，波特……即使是被選中的人也不可以。』

『太精采了，哈利！』稍後下課的路上，一到達安全地帶，榮恩便咯咯笑著說。

『你眞的不應該那麼說，』妙麗說，對榮恩皺了皺眉頭。『你是怎麼了？』

『他想對我施惡咒耶，如果妳剛才沒注意到的話！』哈利忿忿道。『我上鎖心術的時候已經受夠了！爲什麼他不去找別隻白老鼠換換口味？鄧不利多讓他教防禦術，到底是在搞什麼花樣？你們聽見他描述黑魔法的口吻了嗎？他愛死黑魔法了！所有那些千變萬化，無法摧毀的鬼話——』

『老實說，』妙麗說，『我覺得他的口氣跟你滿像的。』

『像我？』

『是啊，當你告訴我們，面對佛地魔是什麼感覺時就是這樣。你說那不僅得記住一大堆咒語而已，你說那得靠你和你的頭腦還有你的勇氣——石內卜說的不就是這麼回事嗎？追根究柢，無非就是勇敢加上思路敏捷？』

她居然認爲他的話就跟《標準咒語》一樣值得背誦！此舉完全解除了哈利的武裝，他不再抗辯。

『哈利！喂，哈利！』

哈利回頭看，去年葛來分多魁地奇隊的打擊手傑克・洛坡，手持一捲羊皮紙，匆匆向他跑來。

『給你的，』洛坡喘息道。『聽著，我聽說你是新隊長。你什麼時候舉行甄試？』

『還不確定，』哈利說，心裡暗想著如果洛坡還能回到隊上，那眞算他走運。

『我會通知你。』

『哦，好吧。我本來希望會是這個週末——』

但哈利沒在聽，他認出了羊皮紙上傾斜的細長筆跡。洛坡的話才講了一半，他就和榮恩與妙麗匆忙走開，同時攤開那張羊皮紙。

親愛的哈利：

我希望本週六開始我們的個別課程，請於晚間八點來我辦公室。祝你返校的第一天過得愉快。

你最誠摯的
阿不思・鄧不利多

P.S. 我喜歡酷酸果。

『他喜歡酷酸果？』榮恩說，他從哈利背後讀這封信，一臉困惑。

『那是他門外石像鬼的通關密語，』哈利小聲說。『哈！石內卜一定會不高興……我不用替他勞動服務了！』

他、榮恩和妙麗，花了整段休息時間在猜測鄧不利多到底要教哈利什麼。榮恩認爲最有可能是連食死人都不知道，效果驚人的惡咒和魔法。妙麗說這種東西是違法的，她認爲較有可能是鄧不利多要教哈利進階的防禦魔法。

休息時間結束時，她去上算命學，哈利和榮恩回到交誼廳，滿腹牢騷的開始做石內卜出的功課。這次的作業極爲複雜，直到午餐後那節空堂，妙麗來跟他們一起做功課時，還沒完成（不過有她在，速度明顯加快許多）。

下午連續兩堂的魔藥學上課鈴響時，他們才做完作業，趕緊沿著熟悉的老路，走向位於地牢那間本來屬於石內卜的教室。

進入走廊，他們發現，有資格向超勞巫測邁進的人不過十來個。克拉與高爾顯然普等巫測不及格，史萊哲林有四個學生過關，其中包括馬份。四個來自雷文克勞，還有一個赫夫帕夫的阿尼．麥米蘭，哈利一直很瞧不起他那種自大的態度。

『哈利，』看見哈利走近，阿尼神氣活現的伸出手說，『今天早晨上黑魔法防禦術時沒來得及跟你打招呼。我覺得那門課不錯，但屛障咒是老套了，當然，對我們DA的老成員而言……榮恩、妙麗，你們好嗎？』

他們才回答了『很好』，地牢門就打開了，史拉轟的肚子搶先他一步露出門外。他看著學生列隊走進教室，兩撇海象八字鬍彎彎翹在微笑的嘴上，他招呼哈利和剎比時特別熱情。

地牢裡迥異往常，已經充滿了蒸氣和奇怪的氣味。哈利、榮恩和妙麗從一個個冒泡的大釜旁走過，不禁好奇的東聞西嗅。四個史萊哲林的學生佔據了一張桌子，四個雷文克勞的也是如此。

這麼一來，哈利、榮恩和妙麗只好跟阿尼合用一桌。他們挑了一張最靠近一個金色大釜的桌位，那個大釜散發出哈利這輩子聞過最誘人的香味，不知怎麼讓他同時想起糖漿餡餅、掃帚柄的木頭味，和某種他猜是在洞穴屋聞過的花香。

哈利不由自主的緩緩深呼吸，魔藥的蒸氣就像瓊漿玉液灌滿他體內。他心中悄悄湧起一股極大的滿足感，他朝對面的榮恩咧嘴微笑，榮恩也懶洋洋的報以微笑。

『來，來，來，』史拉轟龐大的身軀在許多縷飄忽的蒸氣間晃動。『拿出天秤，各位，還有配藥裝備，還有別忘了你們的《進階魔藥調配學》……』

『教授？』哈利舉手發言。

『什麼事，哈利，我的孩子？』

『我沒有課本，也沒有天秤或任何用品——榮恩也一樣——我們本來以爲不能上超勞巫測的課程，所以——』

『哦，對，麥教授跟我提過……別擔心，親愛的孩子，完全不用擔心。你們今天可以先用儲藏櫃裡的材料，我確信我們可以借你們幾把天秤，此外，我們這兒也留了幾本舊課本，在你們寫信向「華麗與污痕書店」訂購之前，可以暫時先使用……』

史拉轟大步走到角落的儲藏櫃，翻尋了一會兒，取出兩本破破爛爛的李博修・包吉所著的《進階魔藥調配學》，他把書和兩把生鏽的天秤一起交給哈利和榮恩。

『好了，』史拉轟走回講台前，把本來就突出的胸膛挺得更高，背心上的鈕釦好像隨時要迸飛。『我準備幾種魔藥給你們看看，只是爲了提高大家的興趣。諸如此類的藥品，等你們上完超勞巫測等級的課程後，應該都有能力製作。這些魔藥，就算你們還沒有調配過，至少也應該聽說過。有人能告訴我這是什麼嗎？』

他指著最靠近史萊哲林桌位的一個大釜，哈利從座位上稍微抬起身子，看到裡頭沸騰著一種看起來跟普通的水沒有兩樣的液體。

妙麗的手熟練的搶在其他人之前舉起，史拉轟指指她。

『那是吐眞劑，一種無色無味的魔藥，可以迫使喝下的人說出眞話。』妙麗說。

『非常好，非常好！』史拉轟欣喜的說。『現在，』他指著最靠近雷文克勞桌位的大釜繼續說，『這一個相當爲人熟知……魔法部最近發的傳單也都提到過它……誰能？——』

妙麗又是最快舉手的。

『是變身水，教授。』她說。

儘管哈利也認出了第二個大釜裡那慢慢冒著氣泡、泥漿似的物質，但讓妙麗先馳得點，答對這問題而得分，他也毫無怨言，因爲早在他們二年級的時候，她就已經成功調配出這種藥水了。

『好極了，好極了！現在，這兒的……怎麼樣，親愛的？』史拉轟看著妙麗的手再次舉向空中，似乎有點反應不過來。

『是意亂情迷水。』

『確實沒錯。再問下去似乎有點蠢，』史拉轟說，他顯得非常滿意，『但我猜妳應該知道它的作用吧？』

『它是全世界最強大有效的愛情魔藥！』妙麗說。

『完全正確！我猜妳是靠它獨特的珠母光澤認出它的？』

『還有它的蒸氣上升時呈典型的螺旋狀，』妙麗興奮的說，『以及它的氣味，我們每個人聞到的都不同，得看什麼東西對我們有吸引力而定，我聞到的是剛修剪過的青草香、新羊皮紙和——』

她忽然臉蛋飛紅，沒把句子說完。

『我可以請教妳的名字嗎，親愛的？』史拉轟問，對妙麗的尷尬不以爲意。

『妙麗・格蘭傑。』

『格蘭傑？格蘭傑？難不成妳是「最不尋常魔藥調配師協會」的創辦人，那位賀特・達伍—格蘭傑的親戚？』

『不，我想不是，教授。我是麻瓜後代。』

哈利看見馬份湊向諾特，低聲說了什麼，兩人得意的笑起來。但史拉轟並沒有不悅的表示，剛好相反，他微笑著，視線從妙麗移向坐在她身旁的哈利。

『啊哈！「我有一個最要好的朋友是麻瓜後代，她是我們全年級最優秀的學生！」我想這就是你所說的那位朋友吧，哈利？』

『是的，教授。』哈利說。

『好，好，爲葛來分多加實至名歸的二十分，格蘭傑小姐。』史拉轟慈祥和藹的說。

馬份的表情就跟那次妙麗迎面給他一拳時一模一樣。妙麗容光煥發的轉向哈利，小聲說：『你眞的告訴他，我是全年級最優秀的學生？噢，哈利！』

『哼，那有什麼了不起？』榮恩低聲說，不知何故，他看來有點不高興。『妳本來就是全年級最優秀的呀——如果他問我，我也會這麼說！』

妙麗微微一笑，做了個『噓』的手勢，以便聽清楚史拉轟說話的內容。榮恩還是有點悶悶不樂。

『當然，意亂情迷水不能創造眞正的愛情。愛情不可能製造，也無法模仿。不，這種藥水只能引起一種強烈的迷戀或狂熱。它可能是這個房間裡最危險、威力最強大的魔藥——哦，是的，』他嚴肅的朝馬份和諾特點點頭，他們兩個露出不以爲然的笑容。『等到你們的人生閱歷跟我一樣多時，就不會低估一份狂熱愛情的力量了……』

『現在，』史拉轟說，『我們該開始上課了。』

『教授，你還沒有告訴我們這一鍋裡頭是什麼。』阿尼說，他指著放在史拉轟桌上一口小型的黑釜。裡頭的魔藥快樂的翻騰著；它的顏色像融化的黃金，巨大的藥滴像金魚似的在表面蹦蹦跳跳，但沒有一滴濺出來。

『啊哈，』史拉轟又說了一遍。哈利確信史拉轟根本沒有忘記這鍋魔藥，而是在等人發問以製造最戲劇化的效果。『是的，那個。這麼說吧，那個啊，各位小姐各位先生，它是一種妙不可言的小魔藥，叫做「福來福喜」。我想，』他轉過頭，微笑望著剛發出一聲低呼的妙麗，『妳知道福來福喜的作用吧，格蘭傑小姐？』

『它就是幸運水，』妙麗興奮的說。『它能帶給你好運！』

全班同學似乎都把身體坐得更正，現在哈利只看得見馬份的金髮後腦勺，因爲他終於開始全心全意聽史拉轟講話了。

『很正確，葛來分多再加十分。是的，福來福喜是一種很好玩的小魔藥，』史拉轟說。『配製的手續繁複到極點，萬一出了差錯就釀成災害。然而，只要調配正確，好比眼前這一鍋，你就會發現所有的努力都會成功……起碼直到藥效消失爲止。』

『那爲什麼不一直喝它呢，教授？』泰瑞・布特熱切的問。

『因爲如果喝得過量，會造成頭昏眼花、莽撞，還有危險的過度自負，』史拉轟說。『你們應該懂得什麼叫樂極生悲吧……過量就有高度毒性。但少量，而且只偶爾服用……』

『你自己服用過嗎，教授？』麥可・寇那興致高昂的問。

『我這輩子喝過兩次，』史拉轟說。『第一次我二十四歲，第二次是五十七歲。兩湯匙搭配早餐服下，完美的兩天。』

他作夢似的凝望遠方。哈利想，不管他是不是在演戲，效果都很棒。

『那個呢，』史拉轟好像又回過神來，接著說，『我提供作爲本學期的獎品。』

一陣沉默，周圍每種魔藥的氣泡與翻騰聲都似乎放大了十倍。

『一小瓶福來福喜，』史拉轟從口袋裡取出一個有木塞的迷你玻璃瓶，給他們每個人看，並接著說：『足足十二小時的好運。從黎明到黃昏，你想做的每件事都能心想事成。

『但是，我必須警告你們，福來福喜禁用於任何有組織的競賽……例如體育活動、考試或選舉。所以得獎者只能在平常日子使用它……然後你會發現，平常日子將變得非常不平常！

『所以，』史拉轟忽然活潑起來說，『你們要如何贏得我這份妙不可言的獎品呢？好，請翻到《進階魔藥調配學》第十頁。我們還剩一小時多一點，你們就用這點時間好好努力，調配「一飲活死水」。我知道它比你們以前配的任何魔藥都困難，我也不要求任何人配得十全十美，但做得最好的人可以贏得一小瓶福來福喜。動手吧！』

一陣忙亂聲中，每個人都把大釜拖到面前，大家開始在天秤上加砝碼，發出響亮的喀啷聲，但沒有人說話，教室裡專注的氣氛濃稠得簡直像是凝固了。哈利看見馬份熱切的翻閱他那本《進階魔藥調配學》，再明顯不過，馬份迫切渴望一天份的好運。哈利也趕緊把頭埋進史拉轟借他的那本破課本裡。

讓他覺得很討厭的是，他看到前一位書主在書頁上到處塗鴉，每一頁的邊緣都被畫得跟印刷的部分一樣黑。他低著頭解讀各種成分（即使這兒，前一位書主也做了很多註釋，還畫掉一些東西），匆匆走向儲藏櫃去找他需要的物品。他衝回大釜旁時，只見馬份正在以最快的速度切碎纈草根。

每個人都不斷東張西望，想確定班上其他人的進度。魔藥學這門課的優點，也是缺點，就是很難私底下進行，不讓人看到。不到十分鐘，整間教室裡已經充滿了淡藍色的蒸氣。看起來，妙麗當然又是進展最快的。她的魔藥已經很類似書上所謂半完成階段最理想的『均勻、黑醋栗色液體』。

切完草根，哈利再次埋頭看書。眞的很惱人，他必須在前一位書主的鬼畫符底下找尋配方，而那人不知什麼緣故，對切割瞌睡豆的程序頗有意見，並且寫下了另一種做法：

用銀匕首的側面壓扁，比切割更容易釋出汁液。

『教授，我想你認識我祖父阿不拉薩・馬份吧？』哈利抬起頭，史拉轟剛從史萊哲林那桌旁邊走過。

『是的，』史拉轟看也不看馬份一眼說，『聽說他去世了，我很遺憾，雖然當然也不算是意外啦，他那種年紀出龍痘……』

然後他就走開了。哈利重新低頭面對大釜，忍不住偷笑。他看得出，馬份很渴望得到與哈利或利比同等的待遇，甚至，馬份可能滿心期待從史拉轟身上，得到石內卜對自己的那種偏愛。不過，看起來，馬份要贏得那瓶福來福喜，唯有靠他自己的能力了。

瞌睡豆的確很難切，哈利轉向妙麗說：『我可以借妳的銀刀嗎？』

她不耐煩的點點頭，眼睛沒離開大釜，她的魔藥仍然呈現深紫色，然而根據書上所說，現在應該變成淺紫色才對。

哈利用匕首側面壓碎豆子，出乎意料之外，豆子立刻泌出大量汁液，他難以相信萎縮的豆子裡竟能容納這麼多水分。他急忙把所有汁液舀進大釜，更令他吃驚的是，藥汁立刻變成教科書上描述的淺紫色。

他對前一位書主的惱怒頓時煙消雲散，接著他瞇起眼睛看下一行指示。照書上的說法，他必須以逆時鐘方向攪拌，直到藥汁變得跟水一樣透明。但根據前一位書主的補充說明，他應該在每回逆時鐘攪拌七次後，加入一次順時鐘攪拌。這本教科書的舊主人第二次建議也會有用嗎？

哈利依逆時鐘方向攪拌，屏住呼吸，然後順時鐘攪拌一次。效果立時出現。藥汁變成極淺的粉紅色。

『你怎麼做到的？』妙麗問，她滿臉通紅，頭髮在大釜升起的蒸氣中，變得越來越蓬亂，她的魔藥仍是不折不扣的深紫色。

『加一次順時鐘攪拌──』

『不對，不對，書上說是逆時鐘！』她反駁道。

哈利聳聳肩，繼續照他的方式做。攪七次逆時鐘，一次順時鐘，停一下……七次逆時鐘，一次順時鐘……

桌子對面，榮恩發出一連串低聲咒罵，他的魔藥顏色就像甘草汁。哈利四下張望，在他的目視範圍裡，沒有人的藥汁像他一樣顏色轉淡。他覺得士氣大振，這種心情在這個地牢裡可從來沒有出現過。

『時間……到！』史拉轟喊道。『請大家停止攪拌！』

他慢慢一桌一桌走動，對著每個人的大釜端詳。他沒說話，但不時會把藥汁攪拌一下，或嗅一嗅。最後他來到哈利、榮恩、妙麗與阿尼的桌位。他愁眉苦臉看著榮恩大釜裡那種柏油似的東西。他略過阿尼深藍色的藥汁。對妙麗的魔藥，他讚許的點點頭。然後他看見哈利的作品，臉上頓時綻放出無法相信的喜悅。

『無庸置疑的大贏家！』他對著地牢大喊。『好極了，好極了，哈利！天啊，你很顯然繼承了你母親的天分，她是調配魔藥的高手，莉莉就是這樣的人！你成功了，就是你——福來福喜一瓶，我之前承諾過的，要謹慎使用啊！』

哈利將小小一瓶金色的液體放進貼身口袋，看到四個史萊哲林氣惱的表情，帶給他一股錯綜複雜的愉悅，妙麗臉上的失望和榮恩毫無心機的困惑，則令他有罪惡感。

『你怎麼辦到的？』他們走出地牢時，榮恩小聲問哈利。

『運氣好，我想。』哈利說，因爲馬份就在聽得見的距離。

但他們一坐上葛來分多的晚餐桌，覺得安全無虞後，哈利就放心的把一切經過告訴他們。然而隨著他說出的每一個字，妙麗的臉孔繃得越來越緊。

『我想妳認爲我作弊？』他終於說完，對她的反應甚爲惱火。

『嗯，那不完全是靠你自己的實力，不是嗎？』她倔強的說。

『他不過是採用一種跟我們不一樣的配方，』榮恩說。『結果很可能會是一場災難，不是嗎？但他豁出去，結果碰對了。』他嘆了口氣。『史拉轟本來可能會把那本書給我，但他沒有。我拿到一本沒人寫過字的書。而且看第五十二頁的狀況，好像還被人吐過，不過——』

『等一下，』有人在哈利左耳邊說話，他鼻端忽然飄來一陣他從史拉轟的大釜裡聞到的那種花香。他四下一看，發現金妮也加入了他們。『我沒聽錯吧？哈利，你聽從某人寫在一本書裡的指示？』

她看起來既緊張又憤怒，哈利立刻知道她聯想到什麼。

『沒關係的，』他壓低聲音，用肯定的語氣說。『那一點也不像瑞斗的日記，不過是一本有人做過筆記的舊課本而已。』

『可是你按照上面寫的話做？』

『我只是嘗試了書上寫在頁面空白處的幾招祕訣，說眞的，金妮，沒發生什麼怪事——』

『金妮說得有理，』妙麗又開始振振有詞。『我們該檢查一下，確定沒有人搞鬼。我是說，那些奇怪的說明，誰知道呢？』

『喂！』哈利不高興的說，因爲她二話不說便把那本《進階魔藥調配學》從他書包裡抽出來，同時舉起魔杖。

『怪事——快快現！』她用魔杖輕敲封面。

什麼事也沒發生。課本安安穩穩躺在那兒，又破又髒，頁角都捲起來了。

『滿意了嗎？』哈利惱火的問。『還是妳要等著看它會不會翻筋斗？』

『看起來沒問題，』妙麗仍舊懷疑的盯著書說。『我是說，它看起來好像眞的……只是一本課本。』

『很好，那我可以拿回來了吧。』哈利說，一把將書從桌上搶下，不料書從他手裡滑落，攤開落在地上。

趁別人都沒注意時，哈利彎腰把書撿起來，這麼做的時候，他看見封底的下面，有一行潦草的小字，筆跡就跟那幫助他贏得一瓶福來福喜的配藥說明一模一樣。

那瓶福來福喜已經被他用一雙襪子包起來，安全的藏進樓上的行李箱裡。

密密麻麻的小字寫著：

這本書屬於混血王子

10. 剛特的家

接下來幾天的魔藥學，哈利繼續依循『混血王子』的筆記，而不理會李博修·包吉的指示，結果到了第四堂課，史拉轟已對哈利的能力讚不絕口，說他從沒教過如此有天分的學生。

但榮恩與妙麗都不太高興，雖然哈利主動把他的書借給他們看，但榮恩卻看不懂書上潦草的筆跡，又不能一直叫哈利大聲唸出來，那樣會令人起疑。而妙麗則堅決遵守她所謂的『官方』指示，但做出來的結果都不如『王子』的好，因此她的脾氣越來越暴躁。

哈利一直在心中猜測這個混血王子是誰。雖然堆積如山的作業使他無法把整本《進階魔藥調配學》讀完，但他大略翻了一下，發現幾乎每一頁都有王子做的筆記，而

且內容不全和魔藥調配有關，到處都有看似他自己發明的符咒。

『或者是她自己發明的，』妙麗不滿的說。這是星期六的晚上，她在交誼廳無意中聽到哈利指著其中某個符咒給榮恩看。『說不定是個女生，我看筆跡倒更像女生，不像男生。』

『他叫混血王子，』哈利說，『有多少女生會叫王子？』

妙麗似乎答不上來。她蹙著眉頭，從榮恩手上用力抽回她的一篇題爲〈再實體化原理〉的短文，榮恩正上下顚倒的拿著在看。

哈利看看手錶，趕緊將那本破舊的《進階魔藥調配學》塞回書包。

『七點五十五，我得走了，我上鄧不利多的課要遲到了。』

『噢噢噢！』妙麗倒抽一口氣，立刻抬頭，『祝你好運！我們會等你，我們要聽他教你什麼！』

『希望一切ＯＫ。』榮恩說，兩人看著哈利穿過畫像洞出去。

哈利走過空無一人的走廊，可是當他看見崔老妮教授出現在轉角時，他急忙跑到一尊雕像後面躲起來。崔老妮教授口中唸唸有詞，手上拿著一付看起來髒髒的算命撲克牌，邊走邊讀。

『黑桃2：衝突。』她喃喃的說著，從哈利蹲著藏匿的地方經過。『黑桃7：不祥的預兆。黑桃10：暴力。黑桃J：一個抑鬱的年輕人，可能有些煩惱，不喜歡發問的人——』

她忽然停下腳步，正好站在哈利藏身的雕像旁邊。

『這樣不對。』她說，一臉困惑，哈利聽到她重新用力洗牌，並慢慢走遠，留下一陣烹調用雪利酒的味道。哈利一直等到確認她離開了，才匆匆趕到八樓走廊一尊石像鬼站立的地方。

『酷酸果。』哈利說。石像鬼跳到一旁，後面的牆壁滑開，現出一道不斷轉動的螺旋石梯，哈利踏上去，螺旋石梯平穩的帶著他旋轉上樓，來到鑲有黃銅門環的鄧不利多辦公室門口。

哈利敲門。

『請進。』鄧不利多的聲音說。

『晚安，校長。』哈利說，走進校長辦公室。

『啊，晚安，哈利，坐吧。』鄧不利多含笑說。『返校的第一個禮拜過得還愉快吧？』

『是呀，謝謝你，校長。』哈利說。

『你一定很忙，已經開始勞動服務了！』

『呃……』哈利尷尬的說，但鄧不利多的神情並不嚴厲。

『我和石內卜教授說好了，你的勞動服務改到下週六。』

『好的。』哈利說，他心裡有比石內卜的勞動服務更要緊的事。他偷偷環顧四周，尋找蛛絲馬跡看看鄧不利多今晚打算傳授什麼祕技給他。

這個圓形辦公室看起來和以往一樣：精緻的銀色儀器站在細長腿的桌子上，不斷轉動，並噴出煙霧，歷任男、女校長的畫像在他們的畫框內打盹，鄧不利多那隻美麗的鳳凰『佛客使』站在門後的棲枝上，正專注的望著他。怎麼也看不出鄧不利多有騰出空間要教他練習決鬥的跡象。

『哈利，』鄧不利多用談正事的口吻說。『我猜你一定在想，我在這些——說好聽一點——課堂上打算教你些什麼吧？』

『是的，校長。』

『是這樣的，既然你已知道了佛地魔王十五年前企圖殺害你的原因，那麼，我想現在該是時候了，有些資訊我要告訴你。』

他停頓了一下。

『上個學期結束時，你說會把一切都告訴我，』哈利說，他的語氣有著難掩的不滿。『校長。』他補充。

『我是這麼說過，』鄧不利多平靜的說，『我把我所知道的都告訴你了。從現在開始，我們將脫離事實眞相的堅固立場，一起穿越模糊的記憶，進入漫無邊際的臆測叢林。哈利，從現在起，我有可能會錯得離譜，就像主張乳酪大釜的時機已經成熟的韓福瑞・貝契一樣。』

『但你認爲你是對的？』哈利說。

『當然，不過你已經知道，我和別人一樣會犯錯。事實上——原諒我——比起大多數人更聰明的我，我所犯的錯誤可能更嚴重。』

『校長，』哈利試探的說，『你要告訴我的，和那個預言有關嗎？它能幫助我……活下來？』

『它和預言有絕大關係，』鄧不利多漫不經心的說，彷彿哈利問的是明天的天氣，『我也希望它能夠幫助你活下來。』

鄧不利多站起來，繞過書桌，又繞過哈利身邊。哈利急忙從座位上扭過身子，見鄧不利多在門邊的櫥櫃前彎下腰。當鄧不利多直起身子時，手上捧著一個眼熟的淺底石盆，盆緣上鐫刻著奇特的符號。他把『儲思盆』放在哈利面前的桌上。

『你好像有點不安。』

看見儲思盆，這個用來儲存及釋放思想與記憶的怪東西，哈利心中確實有點明白。前一次使用它的經驗雖然使他受益良多，但同時也很不舒服。上次他攪動了裝在裡面的東西，看到許多他作夢也想不到的影像。但鄧不利多只是微笑。

『這一次，你和我一起進入儲思盆……更特別的是，這一次你有我的許可。』

『校長，我們要去哪裡？』

『走一趟鮑伯．歐登的記憶小徑。』鄧不利多說著，從口袋掏出一個裝著銀白色旋轉物質的水晶瓶。

『誰是鮑伯．歐登？』

『他是「魔法執行部門」的雇員，』鄧不利多說。『他在前不久去世了，但在那之前，我先找到他，並說服他把這些記憶交託給我，我們要隨著他去執行一趟任務。請站起來，哈利……』

但鄧不利多在拔出水晶瓶塞時有點困難：他那隻受傷的手似乎僵硬而疼痛。

『我——讓我來好嗎，校長？』

『不要緊，哈利——』

鄧不利多將他的魔杖指向水晶瓶，軟木塞飛了出來。

『校長——你的手是怎麼受傷的？』哈利又問，望著他那變黑的手指，心中大爲不忍。

『現在不是談這件事的時候，哈利，還不到時候，我們現在和鮑伯．歐登有約。』

鄧不利多將瓶子裡的銀色東西倒進儲思盆，它們不斷旋轉、發光，既不是液體也不是氣體。

『你先。』鄧不利多說，指著盆子。

哈利靠上去，深吸一口氣，將臉探進那銀色的物質內。他感覺他的兩腳離開了辦公室地板，他在往下墜、下墜，穿過漩渦般的黑暗，然後刹那間，他被耀眼的陽光照射得猛眨眼睛。他還沒來得及適應，鄧不利多已經在他身邊降落。

他們站在一條鄉間小路上，路兩旁是高大茂密的灌木樹籬，在夏日的陽光下有如勿忘我花一樣明亮鮮藍。在他們前方大約十呎的地方，站著一個矮胖的男人，臉上戴著厚玻璃眼鏡，使他的眼睛縮小成一顆痣般的小點。他正在讀從小路左側的荊棘叢中突出的一個木樁路標。

哈利知道這個人肯定是歐登，他是附近唯一可見的人影，而且他穿著一身奇怪的衣服；通常是一些沒經驗、但偏要裝得像麻瓜的巫師常見的打扮，以他爲例，他身上穿著大禮服，裡面一件直條紋連身泳衣似的襯衫，腿上套著一雙襪套。哈利還沒來得及細看他這身怪異的打扮，歐登已經邁開輕快的腳步走下小路。

鄧不利多與哈利跟在後面，當他們經過路邊的木樁時，哈利抬頭看了一下它上面的兩個路標，一個指向他們來的方向，上面寫著『大漢果頓，五哩』。指向歐登方向的路標則寫著：『小漢果頓，一哩』。

他們走了一小段路，除了樹籬、藍天，以及前面那個身穿大禮服的飄然身影外，其他什麼也沒看到。不久小路迂迴向左拐，忽然就變成下坡路，因此整片山谷的風景頓時意外出現在眼前。

哈利看到一座村莊，無疑是小漢果頓，夾在兩座陡峭的小山間，村裡的教堂與墓園清晰可見。過了山谷，對面的山坡上，有一座漂亮的莊園被一大片翠綠的草地包圍。

由於下坡路陡，歐登的腳步不由自主加快。鄧不利多邁開大步，哈利急忙跟上去。他原以爲小漢果頓一定是他們的最後目的地，因此他不明白爲什麼要從這麼遠的距離出發，正如他們尋找史拉轟那天晚上所想的一樣。但他很快便發現自己猜錯了，他們並沒有要進入村莊。小路曲折迂迴再度向右拐，他們來到轉彎處，瞥見歐登的大禮服外套消失在樹籬中的一個缺口。

鄧不利多與哈利跟著他來到一條狹窄的泥土小徑，小徑兩旁的樹籬比他們先前經過的更高更密。小徑蜿蜒曲折，路面崎嶇不平，坑坑洞洞，也是一路下坡，眼看著要往底下一片黑暗的樹林一直走進去，但隨即又在矮灌木叢邊出現一個缺口，鄧不利多與哈利在歐登背後猛然煞車，只見歐登停下來，抽出他的魔杖。

儘管天上無雲，前頭的老樹仍投下深邃黑暗、清涼的陰影，幾秒鐘後哈利的眼睛才辨識出半隱藏在密密麻麻的樹幹後面的一棟建築。他似乎覺得，選擇在這個奇怪的地點蓋房子，或任由這些樹木錯落生長在屋旁，擋住了光線和山谷的風景，都是個奇怪的決定。

哈利心想裡面不知有沒有人住，它的牆上長滿苔蘚，屋頂也缺了許多瓦片，有些地方連木椽都露了出來。房屋四周長滿了蕁麻，植株的尖端碰到佈滿厚厚灰塵的小窗戶。正當他斷定這裡不可能有人居住時，其中一扇窗子忽然啪的打開，從裡面飄出一縷細細的蒸氣或炊煙，彷彿有人正在煮飯。

歐登悄悄前進，哈利覺得他似乎如履薄冰。當他來到樹下的陰影中時，他又停下來，盯著前門，有人用釘子釘了一條死蛇在門上。

接著一陣窸窣，然後碰的一聲，一個衣衫襤褸的男人從附近一棵樹上跳下來，四平八穩的站在歐登面前，歐登立刻往後一跳，腳下踩到自己的大禮服外套摔了一跤。

『這裡不歡迎你。』

站在他們面前的男子一頭濃密的頭髮，上面沾滿泥土，所以分辨不出到底是什麼顏色。他缺了幾顆牙，兩隻眼睛又小又黑，而且分別瞪向兩邊。他的模樣有點滑稽，但人可不好笑，那種效果令人生畏。哈利不能怪歐登連連倒退幾步之後才開口。

『呃──早安，我是魔法部派來的──』

『這裡不歡迎你。』

『呃──抱歉──我聽不懂你說什麼。』歐登緊張的說。

哈利覺得歐登眞是遲鈍，在哈利看來，這個怪人已經表達得很清楚，特別是他一手揮動魔杖，另一手拿著一把滴著血的短刀。

『我相信你一定聽得懂他說的話吧，哈利？』鄧不利多輕聲說。

『是啊，當然，』哈利說，有點困惑。『爲什麼歐登聽不懂？──』

但是當他的眼睛再度瞥見門上的死蛇時，他恍然大悟。

『他說的是爬說語？』

『很好。』鄧不利多說，含笑點頭。

衣著襤褸的男子正逐漸逼近歐登，一手短刀，另一手魔杖。

『聽我說——』歐登說，但是太遲了：砰的一聲，歐登倒在地上，摀著自己的鼻子，一股噁心的黃色黏液從他指間噴出。

『魔份！』一個聲音大喊。

一個老人從小屋內匆匆趕出，門在他身後砰然甩上，死蛇劇烈晃動起來。這個老人比先前那個更矮，身材的比例更怪，他的雙肩寬大，兩手過長，一對炯炯有神的褐色眼睛、粗短的頭髮和佈滿皺紋的臉，使他看上去就像一隻威風十足的老猴。他來到持刀的男子身邊站住，持刀男子正看著躺在地上的歐登喋喋大笑。

『魔法部，是嗎？』老人望著歐登說。

『不錯！』歐登氣憤的說，摀著他的臉。『你，想必就是剛特先生吧？』

『是的，』剛特說。『他打你的臉，是嗎？』

『是的！』歐登大聲說。

『你要來也應該先打聲招呼吧，不是嗎？』剛特不甘示弱。『這是私人地盤。你這樣擅自闖進來，我兒子當然要自我防禦了。』

『自我防禦什麼，人嗎？』歐登說，掙扎著站起來。

『好管閒事的人、不請自來的人、麻瓜和骯髒的人。』

歐登舉起魔杖指著自己的鼻子，那裡還在大量流出看起來像黃膿的東西，但被魔杖一指立刻止住了。剛特先生從嘴角對魔份說話。

『進屋去，別囉唆。』

有了心理準備後，這次哈利認出了『爬說語』，他聽懂了他說的話，但這句話在歐登聽來只是邪惡的嘶嘶聲。魔份似乎想反對，但他父親對他投以威嚇的眼光，他這才改變主意，用一種怪異的搖擺步伐拖著腳步走進屋內，並重重把門關上，門上的死蛇又再一次可憐的盪來盪去。

『我是來看你兒子的，剛特先生，』歐登說著，一邊把噴在他大衣上的黃色黏液擦拭乾淨。『他就是魔份吧？』

『啊，他是魔份，』老人不在意的說。『你是純種的嗎？』他忽然挑釁的問。

『這個與此無關。』歐登冷冷的說，哈利立刻對歐登生出一股敬佩之心。

但剛特明顯不以爲然。他仔細盯著歐登的臉，以明白的挑釁語氣喃喃說道：『我想起來了，我在村子裡見過像你這樣的鼻子。』

『假如你兒子一天到晚打斷別人鼻子的話，那也難怪了，』歐登說。『我們可以進去繼續談嗎？』

『進去？』

『是的，剛特先生。我說過，我是爲了魔份的事情來的，我們曾經派了一隻貓頭鷹——』

『我不用貓頭鷹，』剛特說，『我不看信。』

『那你就不能抱怨沒有事先接獲警告，通知你有訪客要來，』歐登犀利的說。『我是爲了今天清晨這裡發生的一起嚴重巫師違法事件而來——』

『好吧，好吧，好吧！』剛特大吼。『你想進這間鬼屋子就進來吧，這對你比較好！』

這間屋子似乎有三個小房間。兩扇門通往正廳，那裡是廚房兼客廳。魔份坐在冒煙的火堆旁一張骯髒的扶手椅上，粗大的手指撥弄著一條活生生的蝮蛇，正用爬說語對牠溫柔哼唱著。

嘶，嘶，小小蛇，
在地上慢慢滑，
你要乖乖聽魔份的話，
否則他會把你釘上門。

敞開的窗戶邊發出打翻東西的聲響，哈利這才發現房間內還有別人，一個女孩身穿破舊的灰色連身裙，和她背後骯髒的石牆一個顏色。她站在一座髒污的黑色爐子旁，爐上有一只冒出蒸氣的鍋子。女孩心不在焉的翻弄著架上看起來很髒的鍋碗瓢盆。她的頭髮軟塌塌的沒有光澤，還有一張平庸、蒼白、有些沉鬱的臉。她的眼睛像她哥哥，分別瞪向左右。她的外表比那兩個男人乾淨些，但哈利覺得沒見過比她更沮喪的人。

『我女兒，魔柔。』當歐登用詢問的眼光看著她時，剛特勉強介紹。

『早安。』歐登說。

她沒回答，只是畏懼的瞥了她的父親一眼，便背對著房間繼續把身後架上的鍋碗瓢盆移過來移過去。

『剛特先生，』歐登說，『我直截了當的說，我們有理由相信你兒子魔份昨天深夜在一個麻瓜面前施用魔法。』

震耳欲聾哐嘡一聲，魔柔弄掉一個罐子。

『撿起來！』剛特大聲斥喝她。『是啊，像那些骯髒的麻瓜一樣從地上撿起來，妳的魔杖是用來做什麼的，妳這沒用的垃圾？』

『剛特先生，別這樣！』歐登語氣震驚的說。魔柔原本已經拾起罐子，這時又面紅耳赤的再度放掉手上的罐子，哆嗦著從她口袋掏出魔杖，指著罐子，口中唸出一個倉卒、聽不清楚的咒語，罐子咻的一聲從她腳下的地板飛了出去，並且砸在對面牆上碎成兩半。

魔份喋喋大笑。剛特大聲咒罵：『修好，妳這沒用的笨蛋，把它修好！』

魔柔跌跌撞撞跑過去，但她還沒來得及舉起魔杖，歐登已經舉起自己的魔杖，堅定的說：『復復修！』罐子立時自動修復。

剛特有那麼一瞬間似乎要對歐登叫罵起來，但他馬上有了更好的主意，他選擇嘲笑他的女兒：『幸好有這位魔法部的好好先生在這裡，不是嗎？說不定他會從我手上把妳帶走，說不定他不介意骯髒的爆竹……』

魔柔不發一語，也不向歐登道謝，兩手顫抖著撿起罐子，放回架子上。然後她靜靜的站立著，後背貼著骯髒的窗戶與火爐中間的牆壁，彷彿只盼望能沒入石牆內消失不見。

『剛特先生，』歐登又開口，『我說過，我來訪的目的——』

『我剛才就聽見了！』剛特大聲說。『那又怎樣？魔份給麻瓜一點教訓——那又怎樣？』

『魔份違反了巫師法。』歐登嚴厲的說。

『魔份違反了巫師法。』剛特模仿歐登的語氣，把它誇大得像在唱歌一樣。魔份又喋喋笑了起來。『他教訓一個骯髒的麻瓜，這也違法了嗎？』

『是的，』歐登說，『恐怕是的。』

他從大衣內袋掏出一小捲羊皮紙，展開來。

『那又是什麼，他的判決書嗎？』剛特說，氣憤的提高音量。

『這是傳喚他去魔法部接受聽審──』

『傳喚！傳喚？你以爲你是誰，敢傳喚我兒子？』

『我是魔法執行組組長。』歐登說。

『而你以爲我們是人渣，是嗎？』剛特尖聲說道，伸出一根長著污黃指甲的手指，指著他的胸口。『魔法部隨傳隨到的人渣嗎？你知道你在跟誰說話嗎，你這個骯髒的小麻種，你知道嗎？』

『我認爲我是在跟剛特先生說話。』歐登說，有點謹愼但堅持他的立場。

『那就對了！』剛特大聲咆哮。一時間，哈利以爲剛特對歐登比了個猥褻的手勢，但後來才明白他是在對歐登展示他中指上一枚醜陋的黑寶石戒指，把它在歐登眼前晃來晃去。『看見沒？看見沒？知道這是什麼嗎？知道它的來歷嗎？它在我們家族已經流傳好幾百年了，我們就是這麼古老的家族，而且一直都是純種的！知道有人跟我出了多少價想買它，這個寶石上刻著皮福雷家族紋章的戒指嗎？』

『我不知道，』歐登說，對著這枚距離他的鼻尖只有一吋的戒指眨眨眼，『這已經脫離正題了，剛特先生，你兒子犯了──』

隨著一聲怒吼，剛特衝向他女兒，有那麼一剎那，哈利以爲他的手伸向她的喉嚨是要掐她，但轉眼間只見他抓起她脖子上的一條金鍊子，將她拖向歐登。『看見這個沒有？』他對歐登怒吼，對著他搖動一枚沉重的小金匣，魔柔掙扎著喘不過氣來。

『我看到了，我看到了！』歐登急忙說。

『史萊哲林的！』剛特高聲說。『薩拉扎．史萊哲林的！我們是他最後一支僅存的血脈，你對這個有何話說，嗄？』

『剛特先生，你女兒！』歐登緊張的說，但剛特已經放開魔柔，她跌跌撞撞退後，回到她的角落，一邊揉著脖子大口吸氣。

『所以！』剛特勝利的說，彷彿他已證明一件複雜的事，解決了所有可能的爭議。『不准再用那種口氣對我們說話，好像我們是你鞋子上的泥巴一樣！我們家世代都是純種血統，全都是巫師——絕對絕對超出你所知的範圍！』

說完，他朝歐登腳下吐了一口口水。魔份又笑了起來，魔柔則躲在窗邊，低垂著頭，臉孔藏在她軟塌塌的頭髮下，一語不發。

『剛特先生，』歐登固執的說，『你祖先和你顯赫的家世恐怕與眼前這件事無關，我來是爲了魔份，魔份和他昨晚接觸的麻瓜。我們的情報指出，』他瞥一眼他的羊皮紙，『魔份對一名麻瓜施魔咒或使用魔法，害他長滿蕁麻疹，痛苦不堪。』

魔份喋喋笑。

『安靜，孩子。』剛特用爬說語斥喝，魔份再度安靜下來。

『就算他有又怎樣？』剛特大膽挑釁歐登。『我想你們已經把那個麻瓜的髒臉擦乾淨，消除他的記憶——』

『問題不在這裡，不是嗎，剛特先生？』歐登說。『這是對毫無防衛能力的人無緣無故發動攻擊——』

『啊，我一看到你就知道你是同情麻瓜的人。』剛特不屑的又朝地上吐一口痰。

『這種討論一點意義也沒有，』歐登堅定的說。『從你兒子表現出的態度，看得出他對自己的行爲毫無悔意。』他又瞥一眼手中的羊皮紙。『魔份必須在九月十四日出席聽審會，針對他在麻瓜面前使用魔法的狀況，以及對這位麻瓜造成傷害與痛苦的罪名接受審訊——』

歐登猛然打住。窗外傳來鈴鐺與馬蹄聲，以及人的談笑聲。顯然這條通往村子的蜿蜒小徑十分貼近房子所在的矮樹叢。剛特一愣，睜大了眼睛仔細聽。魔份發出嘶嘶聲，臉朝向聲音來處，一臉飢渴的表情。魔柔抬起頭來，哈利發現她一臉煞白。

『我的天，好醜喔！』一個女孩的聲音忽然迸出，清晰得彷彿她就和他們一起站在屋子裡。『湯姆，你父親不能把它們拆掉嗎？』

『那不是我們家的，』一個年輕人的聲音說。『山谷那一邊全都是我們的，但是這間小屋屬於一個叫剛特的流浪漢和他孩子的。他兒子瘋瘋癲癲的，妳應該聽聽村裡流傳的一些故事——』

女孩笑起來，鈴鐺與馬蹄聲越來越大，魔份一副要衝出椅子的模樣。

『坐著。』他的父親用爬說語警告他。

『湯姆，』女孩又說，聲音清晰得顯然他們已經來到附近，『我也許看錯了——那個門上是不是釘著一條蛇呀？』

『老天爺，妳說得對！』年輕人的聲音說。『一定是那個兒子，我跟妳說過他腦筋有問題。賽西莉雅，親愛的，別盯著它看。』

『「親愛的」，』魔份用『爬說語』小聲說，望著他的妹妹。『他叫她「親愛的」，他不會要妳了。』

魔柔臉色慘白，哈利覺得她快暈倒了。

『什麼？』剛特忽然說，依舊是『爬說語』，他看看他的兒子又看看他的女兒。

『她喜歡看那個麻瓜，』魔份說，他用邪惡的表情盯著他妹妹，妹妹一臉驚惶。『魔份，你說什麼？』

『他每次經過，她都站在花園裡，從樹籬偷看他，對不對？昨天晚上——』

魔柔死命搖頭，哀求，但魔份絲毫不爲所動，『一直站在窗口等他騎馬回家，對吧？』

『站在窗口看麻瓜？』剛特緩緩的說。

剛特一家三口似乎都忘了歐登，歐登對這個突如其來令人不解的嘶嘶聲與爭執既疑惑又焦慮。

『是真的嗎？』剛特陰沉的說，朝滿臉驚惶的女孩逼近一、兩步。『我的女兒——一個純種的薩拉扎．史萊哲林後代——會看上一個骯髒、雜種的麻瓜？』

魔柔死命搖頭，緊緊貼著牆，已經嚇得說不出話來。

『不過我逮到他了，父親！』魔份喋喋笑說。『他路過時我逮到他了，他全身長滿疹子的樣子不好看吧，是不是，魔柔？』

『妳這個噁心的小爆竹，妳這個骯髒的、該死的叛徒！』剛特怒吼，失去控制，他的一雙手扣住女兒的喉嚨。

哈利與歐登同時大叫『不！』歐登舉起魔杖大喊一聲：『嘶嘶退！』剛特被一股力量猛力往後推，從女兒身邊彈開，並且撞翻了一張椅子，仰天倒地。魔份大怒，從椅子上跳起來衝向歐登，他揮舞著沾血的短刀，不分青紅皂白的從魔杖射出魔法。

歐登趕緊逃命，鄧不利多示意他們應該跟著他，哈利從命。魔柔的尖叫一直在他耳邊迴繞。

歐登匆忙逃出，奔上小徑。他兩手護著頭頂，一頭撞上一匹毛色發亮的栗色馬，騎在馬上的是個非常英俊的黑髮青年。他和身旁騎著另一匹灰馬的漂亮女孩見到歐登這副狼狽相都笑了起來。歐登撞上馬身後又拔腿開跑，大禮服外套隨風飄動，從頭到腳沾滿泥土，倉皇的跑回到小路上。

『我想可以了，哈利。』鄧不利多說，他抓住哈利的手臂一拽，轉眼間兩人已經升空，輕飄飄的穿過黑暗，直到四平八穩的兩腳著地，回到已經有點昏暗的鄧不利多辦公室。

『小屋內的女孩後來怎樣了？』當鄧不利多用魔杖點亮另一盞燈時，哈利立刻問，『魔柔，還是叫什麼的？』

『啊，她沒事，』鄧不利多說著，在他書桌後的椅子坐下，並示意哈利也坐下。『歐登施現影術回到魔法部後，十五分鐘內立刻又加帶人手回去。魔份和他的父親企圖反抗，但兩人都被制伏帶走，後來被巫審加碼判刑。魔份早有攻擊麻瓜的前科，因此被判處在「阿茲卡班」監禁三年。魔佛羅除了打傷歐登外，還傷了幾個魔法部的幹員，他被判刑六個月。』

『魔佛羅？』哈利若有所思的唸著。

『是的，』鄧不利多說著，含笑讚許。『我很高興你注意到了。』

『那個老人是？——』

『佛地魔的外祖父，是的，』鄧不利多說，『魔佛羅，他的兒子魔份，還有他的女兒魔柔，是剛特家族的最後一代，那是個非常古老的巫師家族，一向以情緒不穩定和暴力聞名，那是因爲他們代代都習慣近親通婚以繁衍後代的結果。知識不足，再加上喜歡揮霍，使家族財產早在魔佛羅出生之前的幾代便逐漸消耗殆盡。你剛才看到了，他又髒又窮、脾氣又壞，極度自大與驕傲。他把兩件傳家之寶看得和他兒子一樣寶貝，甚至比女兒還寶貝。』

『這麼說，魔柔，』哈利身體往前傾，注視著鄧不利多，『這麼說，魔柔是……校長，這表示她就是……佛地魔的母親？』

『是的，』鄧不利多說。『我們碰巧也驚鴻一瞥看到佛地魔的父親。不知你有沒有注意到？』

『就是魔份攻擊的那個麻瓜？那個騎馬的青年？』

『非常好，』鄧不利多笑著說。『是的，他就是老湯姆．瑞斗，那個英俊的麻瓜經常騎馬經過剛特的小屋門前，魔柔．剛特偷偷的暗戀他。』

『那他們後來結婚了？』哈利不可置信的問，無法想像這兩個人會相戀。

『我想你忘了，』鄧不利多說，『魔柔是個女巫，當她生活在她父親的淫威下時，我不相信她施展得出多少魔法，但是一旦魔佛羅與魔份被關進阿茲卡班，一旦她獨自生活，並且有生以來頭一次得到自由，那時候，我相信她便可以充分發揮她的本事，計畫逃出這段十八年來的悲慘生活。

『你能想到魔柔用什麼方法使湯姆．瑞斗忘了他的麻瓜女友，反過來愛上她嗎？』

『蠻橫咒？』哈利說，『或愛情魔藥？』

『很好，我個人比較傾向推測她使用愛情魔藥，我相信對她而言，這種方法比較浪漫。我猜想這應該不會太難。某個大熱天，當瑞斗獨自騎馬經過時，說服他進來喝口水。總之，在我們剛才所見的那一幕之後幾個月，小漢果頓便流傳起一則驚世駭俗的緋聞。你可以想像，當鄉紳的兒子與流浪漢的女兒魔柔私奔的消息傳開來後，引起了何等的騷動。

『但村民的震驚還不及魔佛羅所受的打擊。他從阿茲卡班出獄返家，原以爲他的女兒會盡責的燒一頓熱騰騰的飯菜在桌上等候他回來，結果他反而發現家裡積了一吋厚的灰塵，還有一張她的道別紙條，說明她的決定。

『從我所能查到的資料顯示，從此以後他絕口不提她的名字或她的存在。她的離家出走帶給他的打擊或許是導致他早逝的原因——也可能是他根本不會自己弄飯吃。阿茲卡班那段日子使魔佛羅的健康大不如前，等魔份回到家時，他早已死了。』

『那魔柔呢？她……她也死了，不是嗎？佛地魔不是在孤兒院長大的嗎？』

『的確，』鄧不利多說。『這裡我們必須做點臆測，不過，事情的發展並不難推論。是這樣的，在他們私奔結婚數月之後，湯姆．瑞斗拋下妻子，獨自一個人出現在小漢果頓自家宅院門前。附近村落謠傳說他自稱被「矇騙」和「迷惑」了。我相信，他的意思是他被施了魔咒，現在這個魔咒解除了。不過我敢說他一定不敢明白說出這些字眼，怕被人說他精神失常。當他們聽了他的敘述後，村民便猜測魔柔當初一定是欺騙湯姆．瑞斗，謊稱她懷了他的孩子，因此他不得不爲這個理由和她結婚。』

『可是她確實懷了他的孩子。』

『是的，但那是在他們結婚一年以後。湯姆・瑞斗在她懷孕期間便離開了她。』

『出了什麼差錯？』哈利問。『爲什麼愛情魔藥不靈了？』

『一樣，還是臆測，』鄧不利多說，『不過我相信魔柔深愛她的丈夫，不忍心繼續用魔法來控制他。我相信是她自己選擇不再給他吃愛情魔藥。也許她是被愛沖昏了頭，以爲現在他會反過來愛她。或者她以爲他會爲了孩子而愛她。如果是這樣，那她兩者都猜錯了。他離開了她，從此以後沒再見過她，也沒去打聽兒子的下落。』

外面天空一片墨黑，鄧不利多辦公室內的燈光似乎比剛才更亮了。

『我想今晚就到此爲止吧，哈利。』一會兒後鄧不利多說。

『好的，校長。』哈利說。

他站起來，但沒有立即離開。

『校長……了解佛地魔的過去很重要嗎？』

『非常重要，我想。』鄧不利多說。

『那它……它和那個預言有關嗎？』

『它和那個預言有絕大關係。』

『好。』哈利說，有點困惑，但很快又恢復信心。

他轉身準備離去，忽然又想起一個問題，於是又轉過身來。

『校長，我可以把你告訴我的事都說給榮恩和妙麗聽嗎？』

鄧不利多想了一下後說：『可以的，我想衛斯理先生與格蘭傑小姐都證明了他們是值得信任的。不過，哈利，我要請你轉告他們不再告訴其他任何人，假如傳出去讓人知道我得知，或略知佛地魔王的祕密，那不太好。』

『不會的，校長，我保證只讓榮恩和妙麗知道。晚安。』

他再度轉身離開，但就在他即將走到門口時，他看見了，在那些安放許多精緻銀色儀器的細腿桌上面，擱著一枚醜陋的金戒指，上面鑲著一粒大大的、有裂縫的黑寶石。

『校長，』哈利說，盯著它。『那枚戒指——』

『什麼事？』鄧不利多說。

『我們拜訪史拉轟教授那天晚上，你戴著它。』

『我是戴著。』鄧不利多承認。

『可是它不是……教授，它不是魔佛羅．剛特秀給歐登看的同一枚戒指嗎？』

鄧不利多點頭。

『是同一枚。』

『可是，為什麼？——它一直都在你這裡嗎？』

『沒有，我是最近才拿到的，』鄧不利多說。『事實上，是我去你阿姨和姨丈家把你帶出來的前幾天才得到的。』

『你的手就是那個時候受傷的嗎，校長？』

『大約是那個時候，是的，哈利。』

哈利猶豫了一下，鄧不利多面帶微笑。

『校長，你是怎麼？——』

『太晚了，哈利！改天你會聽到這個故事。晚安。』

『晚安，校長。』

11. 妙麗伸出援手

正如妙麗所預測，六年級的空堂時段不如榮恩期待的那樣輕鬆愉快，而是必須趕寫大量指定的家庭作業。不但好像每一科天天都在考試，就是課業本身也比以前更艱深。麥教授這幾天所教的東西，哈利幾乎有一半聽不懂，連妙麗都不得不請她再重複解說一、兩遍。不可思議的，也令妙麗越來越憤慨的是，哈利最強的科目居然一下子變成魔藥學，多虧了『混血王子』。

現在到處都要用到無聲咒，不但在黑魔法防禦術課堂上要用，連符咒學和變形學也要。不管是在交誼廳或吃飯時，哈利時不時會看到他的同學脹紅了臉、肌肉緊繃，彷彿吃了過量的『怎麼拉』，但他知道，他們是在努力以不出聲的方式唸咒語。能夠走出戶外進入溫室是令人欣慰的事，現在就連上藥草學時也要面對更危險的植物，但至少在萬一不小心被『毒觸手』從背後偷襲時，他們還可以大聲咒罵出來。

繁重的課業與夜以繼日練習無聲咒的結果，使哈利、榮恩與妙麗一直找不出時間去探望海格。最近都沒見到他坐在教職員餐桌吃飯，還有幾次他們在走廊或校園裡遇見他，他也都奇怪的沒注意到他們，他們向他打招呼他也沒聽到。

『我們一定要去跟他解釋一下。』第二個星期六早上，妙麗望著教職員餐桌旁海格的巨大空椅說。

『今天早上有魁地奇的選手甄試！』榮恩說。『而且，我們還得練習孚立維規定的水水噴咒！再說，要解釋啥？難道要告訴他我們討厭他那無聊的課？』

『我們沒有討厭！』妙麗說。

『那是妳吧，我可沒忘記那些爆尾釘蝦，』榮恩不悅的說。『而且我告訴妳，我們當時可是千鈞一髮。妳沒聽他老是提他那笨頭笨腦的弟弟——我們要是再留下來，就得去教呱啦如何自己繫鞋帶了。』

『不跟海格說話我很難過！』妙麗說，看起來很沮喪。

『魁地奇結束後我們一起去。』哈利安慰她。他也想念海格，但是他和榮恩一樣，他覺得他們最好不要和呱啦有任何瓜葛。『可是那麼多人來參加甄試，可能需要一整個早上。』面對擔任隊長後的第一個挑戰，他感到有點緊張。『我不懂為什麼這個隊忽然一下子變得這麼熱門。』

『喔，少來了，哈利，』妙麗說，口氣忽然變得不耐煩。『受歡迎的不是魁地奇，是你！大家一向對你最感興趣，而且，老實說，你的愛慕者越來越多了。』

榮恩被一大塊燻鮭魚嗆到。妙麗鄙夷的看他一眼，又轉向哈利。

『現在大家都知道你說的是實話，對不對？整個魔法界都已承認你說佛地魔回來了這件事是眞的，而且你確實在過去兩年中兩度和他對抗，並且都逃過一劫。現在大家都叫你「被選中的人」——少來了，難道你還看不出爲什麼大家都對你著迷？』

哈利忽然覺得餐廳變得很熱，儘管天花板看上去依舊寒冷且陰雨綿綿。

『而且，魔法部爲了證明你情緒不穩定又愛說謊，千方百計的迫害你，這些你都忍下來了。那個壞女人命令你用自己的血寫字所留下的記號仍然清晰可見，可是你始終堅持你所說的話……』

『你還可以看到魔法部那些頭腦纏住我所留下的痕跡，看。』榮恩說著，挽起他的袖子。

『何況，過了一個夏天，你又長高了一呎。』妙麗不理會榮恩，結束她這段話。

『我也很高。』榮恩沒頭沒腦的說。

送信的貓頭鷹到了，從佈滿點點雨珠的窗戶衝進來，灑了所有人一身雨水。大多數人都收到比往常更多的郵件，焦急的家長急著接到子女報平安的消息，同時也通知孩子們家中一切平安。自從這個學期開學後，哈利就沒接過信，唯一定期與他通信的人已經死了。他雖然也盼望路平偶爾寫信給他，但截至目前為止都讓他希望落空了。因此，當他發現雪白的嘿美也雜在一群褐色與灰色的貓頭鷹中繞圈子時，他非常驚訝。嘿美帶著一個方形的大包裹降落在他面前，過了一會兒，榮恩面前也落下一個一模一樣的包裹，差點把嬌小而疲憊不堪的貓頭鷹豬水鳧給壓扁了。

『哈！』哈利說，他打開包裹，現出一本嶄新的《進階魔藥調配學》，是從『華麗與污痕書店』寄來的。

『喔，好極了，』妙麗高興的說，『現在你可以把那本塗鴉的課本還回去了。』

『妳瘋了？』哈利說。『我要留著！咦，我想到一個辦法——』

他從書包掏出那本破舊的《進階魔藥調配學》，舉起他的魔杖在上面點了一下，口中唸唸有詞『吩吩綻！』封面立刻脫落。他在新書上也做了個同樣的動作（妙麗顯得震驚不悅），然後他把兩張封面互換，在上面各自點了一下，說：『復復修！』

於是王子的舊書喬裝成新書，而從華麗與污痕書店寄來的新書，看上去卻像二手貨。

『我會把這本新書還給史拉轟，他不會抱怨的，這本書要賣九個加隆哩。』

妙麗緊緊抿著唇，一副憤慨與譴責的模樣，但她的注意力很快就轉移到降落在她面前的第三隻貓頭鷹身上，牠帶來一份當天的《預言家日報》。她匆匆翻開報紙，瀏覽頭版新聞。

『有沒有我們認識的人死了？』榮恩故意用漫不經心的語氣問，每次妙麗翻開報紙，他都要問這個同樣的問題。

『沒有，但是有更多的催狂魔攻擊事件，』妙麗說，『還有一個人被逮捕了。』

『好極了，誰？』哈利說，想到貝拉．雷斯壯。

『史坦．桑派。』妙麗說。

『什麼？』哈利大吃一驚說。

『「史坦．桑派，知名的巫師交通工具騎士公車的車掌，因被懷疑參與食死人行動而被捕。桑派先生現年二十一歲，昨天深夜在他位於克拉潘的住宅所進行的一次臨檢行動中被逮捕拘留……」』

『史坦．桑派，食死人？』哈利說，想起三年前他第一次遇見的這個滿臉青春痘的年輕人。『不可能！』

『說不定他被下了蠻橫咒，』榮恩振振有詞的說。『誰也看不出來。』

『看起來不像，』妙麗說。她還在看報紙。『這裡說，有人聽見他在酒吧裡談論食死人的祕密計畫，因此被捕。』她抬頭，一臉困惑的表情。『假如他被下蠻橫咒，他一定不會到處對人宣揚他們的計畫才對，是不是？』

『聽起來好像他在吹噓自己很厲害，』榮恩說。『他不就是那個和迷拉搭訕時，吹牛說他將來有一天會當上魔法部長的傢伙嗎？』

『是啊，正是他，』哈利說。『我不明白他們在玩什麼花樣，把史坦的話看得那麼認眞。』

『或許他們想表現出他們有在做事的樣子，』妙麗皺著眉頭說。『大家都被嚇壞了——你知道雙胞胎巴提姊妹的爸媽要她們回家嗎？還有艾蘿‧米金已經休學了，她的父親昨晚來接她回去。』

『什麼！』榮恩對妙麗瞪大了眼睛說。『可是霍格華茲比他們家安全多了，一定的啦！我們有正氣師，還有那些額外防護魔咒，我們還有鄧不利多！』

『我不認爲他隨時都在，』妙麗小小聲的說，從《預言家日報》上頭朝教職員餐桌那邊看一眼。『你沒注意到嗎？過去這個星期，他的座位和海格一樣總是空的。』

哈利與榮恩抬頭看教職員餐桌，校長的座位果然是空的。哈利這才想到，自從一個星期前他們的個別上課之後，他就一直沒再見到鄧不利多。

『我想他是離開學校去辦鳳凰會的事，』妙麗低聲說。『我是說……這一切看來挺嚴重的，不是嗎？』

哈利與榮恩沒有吭聲，但哈利知道他們全在想同一件事。前天發生了一件可怕的事，上藥草學時漢娜‧艾寶被叫出去，通知她她的母親被人發現氣絕身亡，從那以後他們就沒再見到漢娜。

五分鐘後，他們離開葛來分多餐桌前往魁地奇球池，他們從文妲‧布朗與芭蒂‧巴提旁邊經過，哈利想起妙麗說，巴提雙胞胎的父母要她們離開霍格華茲，見這對姊妹淘一臉沮喪的聚在一起說悄悄話，他一點也不感到訝異。但令哈利驚訝的是，當榮恩與哈利走在一起時，芭蒂忽然頂了一下文妲，文妲回過頭來對榮恩燦爛的一笑。榮恩眨眨眼，不甚確定的回她一笑，立刻昂首闊步起來。哈利忍住笑，想起自從馬份打斷哈利的鼻梁後，榮恩連走路都不敢挺胸抬頭。妙麗則表情冷漠，穿過冷颼颼的毛毛雨前往球場途中一路保持距離，也沒祝榮恩好運就逕自離開，自己去看台上找位子。

一如哈利所料，甄試用了整整一個早上，葛來分多學院幾乎有一半的學生都出現了，從緊張兮兮抓著挑來的學校破掃帚的一年級生，到個子高大、表情冷酷兇狠的七年級生都有。後者包括一名身材高大、頭髮像鋼絲的男孩，哈利立刻認出他在霍格華茲特快車上見過他。

『我們在火車上見過一面，在老史的包廂裡，』他自信滿滿的說，走出人群與哈利握手。『寇馬・麥拉，守門手。』

『你去年沒來參加甄試嗎？』哈利問，看著麥拉的大塊頭，心想說不定他往那裡一站就能把三個球門都擋住了。

『他們舉辦甄試時我躺在醫院廂房。』麥拉說，有點臭架子。『和人打賭吃了一磅的黑妖精蛋。』

『好，』哈利說。『那……麻煩你在那邊等一下……』

他指著球場邊，離妙麗不遠的地方。他覺得好像看見麥拉臉上閃過一絲不悅，他猜想麥拉大概期待能得到特殊待遇，因爲他們倆都是『老史』的愛徒。

哈利決定從基本測驗開始，他要求所有參加甄試的人十個一組，繞球池飛一圈。這是個不錯的決定，第一組十個都是一年級生，明顯看得出他們以前從沒飛過，只有一個男孩勉強在空中維持了幾秒鐘，連他自己都嚇了一跳，結果害自己當場撞上一根球門柱。

第二組由十個哈利所見過最蠢的女生組成，當他吹哨時，她們只會抱在一起咯咯笑倒在地上。羅咪．凡也在這群人中。當他叫她們離開球池時，她們開開心心的聽命而去，跑去坐在看台上騷擾別人。

第三組才繞半圈球池就追撞成一團。第四組大部分的人連飛天掃帚都沒拿就來了。第五組則是赫夫帕夫學院的學生。

『如果還有誰不是葛來分多學院的同學，』哈利大聲喊道，他眞的有點生氣了，『請現在就離開！』

過了一會兒，兩名矮小的雷文克勞學院學生快速跑出球池，一邊大聲嬉笑。

兩個鐘頭之後，在許多人大聲抱怨、幾個人大發脾氣、一個人摔斷一把『彗星二百六十』，還有幾個人摔斷牙齒的結果下，哈利總算選出三名追蹤手：凱娣．貝爾，她的甄試成績超好，再度回到球隊。另一名新人叫狄梅莎．羅賓斯，最擅長閃避搏格。再一個是金妮·衛斯理，她的成績超越所有角逐者，比他們多進了十七球。哈利雖然很滿意他的選擇，但也對許多抱怨的人吼到嗓子沙啞，現在他還要忍受被那些沒被選上打擊手的人叫罵。

『這是我的最後決定，如果你們還不讓出位子給守門手，我就用魔法對付你們。』他大聲咆哮。

他選出的打擊手沒有一個比得上弗雷與喬治精采，但他還是相當滿意：吉米·皮克斯，個子矮小但肩膀寬大的三年級生，他在一次用力揮棒打擊搏格時，把哈利的後腦勺打出一個雞蛋大的腫包。還有一個叫芮奇·庫特，看起來瘦瘦弱弱，但很有準頭。他們現在和凱娣、狄梅莎及金妮一起坐在看台上，觀看最後一位選手的甄試。

哈利刻意把守門手的甄試留在最後，希望這時候球場上的人少一點，相關人員的壓力也少一點。不幸的是，所有落選的人和許多吃過早飯下樓的人這時候都聚集在看台上，因此看熱鬧的人反而更多。當每一位守門手飛到球門附近時，群眾就同聲歡呼。哈利向榮恩瞥了一眼，他向來容易緊張。哈利原本希望上學期贏得決賽可以治好他這個毛病，但顯然沒有，榮恩臉色有點發青。

前五名參選者沒有一個能救到兩球以上。令哈利大失所望的是，寇馬·麥拉在五次罰球中救了四球。但最後一球時，他居然飛往完全相反的方向，群眾大笑起鬨噓他，麥拉咬牙切齒的回到地面。

當榮恩騎上他的『狂風十一號』時，看起來已經快昏過去了。

『祝你好運！』一個聲音從看台上大聲喊。哈利轉頭去看，以爲見到的會是妙麗，不料是文妲·布朗。接下來她便用兩手摀住臉不敢看，哈利實在很想學她，但他是隊長，必須展現比別人更多的勇氣，於是他轉頭看榮恩接受甄試。

但是他用不著擔心，榮恩一連救了一個、兩個、三個、四個、五個罰球。興奮的哈利強忍著和群眾一起歡呼的衝動，轉頭對麥拉說，很遺憾的，榮恩擊敗他了，結果發現麥拉脹紅的臉幾乎貼著他的臉，便急忙往後退。

『他妹妹沒有認眞打，』麥拉粗暴的說。他的太陽穴有一條青筋在跳動，和哈利在威農姨丈身上看到的一樣。『她給他一個容易救的球。』

『胡說，』哈利冷冷的說。『他差點漏掉那顆球。』

麥拉朝哈利貼近一步，這次哈利穩如泰山站著不動。

『再讓我試一次。』

『不行，』哈利說。『你已經試過了。你救了四球，榮恩救了五球。榮恩是守門手，他是正大光明贏來的。讓開，別擋路。』

他原以爲麥拉會揍他，但他獰笑著大踏步走開了，一面對天發出威脅似的怒吼。

哈利回頭發現他的新隊員都在對他微笑。

『好極了，』他啞著嗓子說。『你們都飛得很好——』

『你的表現太精采了，榮恩！』

這次眞的是妙麗從看台上朝他們飛奔而來，哈利看見文妲和芭蒂手挽著手走出球池，臉色不大好看。榮恩似乎對自己滿意極了，當他對著四周的隊友與妙麗咧嘴笑時，身體似乎也挺得更直了。

敲定下個禮拜四第一次全員練習後，哈利、榮恩與妙麗向其他隊員揮手道別，往海格的小屋走去。雨中的陽光從雲層間探頭探腦，綿綿細雨總算停了。哈利餓壞了，他希望海格那裡能有點東西吃。

『我本來以爲我會失掉第四個罰球，』榮恩興高采烈的滔滔不絕。『狄梅莎那個球眞詭異，妳看見沒，還會旋轉咧——』

『是啊，是啊，你好棒。』妙麗感到有趣的說。

『我反正比那個麥拉強，』榮恩十分得意的說。『妳看見他第五球飛錯方向了沒？一副被人施了迷糊咒的樣子……』

哈利驚訝的發現，妙麗聽了這句話忽然臉一紅。榮恩卻沒注意到，他忙著敘述他的其他罰球的精采細節。

巨大的灰色鷹馬巴嘴被拴在海格的小屋門前。見他們走近，牠的尖銳鳥嘴發出喀喀聲，巨大的頭轉向他們。

『喔，我的天，』妙麗緊張的說。『牠還是有點嚇人，不是嗎？』

『少來了，妳不是騎過牠嗎？』榮恩說。

哈利走上前，彎腰向鷹馬鞠躬，避免視線與牠接觸或眨眼睛。幾秒鐘後，巴嘴也彎身鞠躬。

『你好嗎？』哈利低聲問牠，走上前撫摸牠長著羽毛的頭。『想念他嗎？不過你和海格在一起沒問題的，對不對？』

『喔咿！』有人大聲說。

海格從木屋的轉角大踏步走過來，他身上穿著一件大號的花圍裙，手上提著一袋馬鈴薯。他巨大的獵犬牙牙跟在腳邊，牙牙狂吠一聲衝了過來。

『離牠遠一點！牠會把你們的手指頭——喔，是你們。』

牙牙跳到妙麗和榮恩身上，伸出舌頭想舔他們的耳朵。海格站在那裡看了他們一眼，轉身走回他的木屋，砰的一聲把門關上。

『喔，天哪！』妙麗說，一臉難受的表情。

『不要緊。』哈利繃著臉說。他走到門前，用力捶門。

『海格！開門，我們要跟你說話！』

裡面不作聲。

『你如果不開門，我們就要破門而入囉！』哈利說，抽出魔杖。

『哈利！』妙麗驚慌的說。『你不能——』

『我能！』哈利說。『後退一點——』

但沒等他繼續說下去，如他所料，門立刻打開了，海格站在門口低頭看著他們咆哮，儘管他身上穿著花圍裙，那模樣還是挺嚇人。

『我是老師！』他對哈利怒吼。『是個老師，波特！你好大膽，竟然敢威脅我要破門而入！』

『對不起，教授。』哈利說，特別強調後面那兩個字，一面把魔杖塞回長袍裡。

海格一愣。

『什麼時候你開始改口喊我「教授」了？』

『什麼時候你開始改口喊我「波特」了？』

『喔，非常聰明，』海格咆哮說。『非常有意思，比我還伶牙俐齒，是嗎？好吧，進來吧，你們這些沒良心的小……』

他嘮嘮叨叨的站開讓他們進來。妙麗畏畏縮縮的跟在哈利後面，有點害怕。

『怎麼？』等哈利、榮恩和妙麗在他的巨大木桌旁坐下後，海格沒好氣的說。三人坐定，牙牙立刻把腦袋擱在哈利的膝蓋上，在他的袍子上滴滿口水。『這算什麼？同情我？以爲我孤單寂寞，還是死了？』

『不是，』哈利立刻說。『我們想來看你。』

『我們想念你！』妙麗哆嗦著說。

『想念我？有嗎？』海格哼聲說。『是喔。』

他蹬蹬蹬走來走去，用他巨大的銅壺燒水泡茶，一面喃喃自語。最後他在三人面前重重放下三個水桶般大的馬克杯，裡面裝著深褐色的茶，以及一盤他自己烤的石頭蛋糕。哈利早已餓到甚至不計較海格的烹調技術，立刻拿起蛋糕咬一口。

海格在桌邊坐下來，用力削著馬鈴薯皮，彷彿那些馬鈴薯跟他有仇似的，這時妙麗畏畏縮縮的說：『海格，我們眞的很想上奇獸飼育學。』

海格又哼了一聲。哈利寧可相信有幻形怪在馬鈴薯上，心中暗暗慶幸他們不必留下來吃晚飯。

『眞的！』妙麗說。『可是我們都沒辦法從課程表擠出時間來！』

『是喔。』海格又說。

他們忽然聽到怪異的咯吱咯吱聲，三人都轉頭張望，妙麗輕輕尖叫一聲，榮恩跳起來，慌忙躲到餐桌另一邊，遠離擺在屋內一角的大桶子，他們剛才完全沒注意到這個東西。桶子裡面裝滿有一呎長、黏黏白白的蛆，正不斷蠕動著。

『海格，那是什麼？』哈利問，努力裝出好奇而不是反胃的聲音，但還是忍不住放下了手上的石頭蛋糕。

『只是一些大蛆。』海格說。

『牠們會長成？……』榮恩說，一副恐懼的樣子。

『牠們不會再長了，』海格說。『我是拿來餵阿辣哥的。』說著，他忽然哭了起來。

『海格！』妙麗喊著，跳起來，繞了個大圈避開那桶大蛆，跑到海格身邊，摟住他不斷顫抖的肩膀。『怎麼回事？』

『是……他……』海格嗚咽著說，黑色的大眼睛淚如泉湧，他撈起圍裙擦臉。『是……阿辣哥……我想他快死了……他夏天的時候生了病，而且一直沒有好轉……我不知道該怎麼辦，萬一他……萬一他……我們在一起這麼久了……』

妙麗拍著海格的肩膀，無言以對。哈利明白她的感受。他也曾經見過海格把一隻玩具熊拿給一條毒龍寶寶玩，見過他用棒棒糖和毒刺去哄巨蠍，想盡辦法和他那兇暴的同母異父巨人弟弟講道理，然而，在他喜愛的那些怪物中，最令人難以理解的是：那隻巨大的、會說話的蜘蛛阿辣哥，住在禁忌森林深處，四年前他與榮恩還差點因此喪命。

『有——有沒有我們幫得上忙的地方？』妙麗不理會榮恩在一旁拚命使眼色和搖手，問道。

『我想沒有，妙麗，』海格抽噎的說，拚命忍住淚水。『因爲，他的其他族類……阿辣哥的家族……現在他生病了，他們變得有點怪……有點不安分……』

『是啊，我想我們領教過牠們那一面。』榮恩小聲說。

『……我想現在除了我以外，任何人靠近那地方都不安全。』海格說完，用他的圍裙大聲擤鼻涕，抬頭看他們。『不過，謝謝妳的好意，妙麗……我很感激……』

隨後氣氛變得活潑多了，雖然哈利與榮恩都沒有表明任何意願，打算帶著大蛆去餵那隻會吃人的大蜘蛛，但海格似乎已認定他們願意去，因而滿懷感激，又恢復了他往日的面貌。

『啊，我早就知道你們很難把我的課擠進你們的課程表，』他哽咽的說，爲他們倒更多的茶。『就算你們使用時光器……』

『我們不可能用，』妙麗說。『今年夏天我們在魔法部時，就已經把魔法部所有的時光器存貨都砸爛了。《預言家日報》有報導哦。』

『啊，那，』海格說。『那你們更沒辦法了……我很抱歉我一直在——你們知道的——我一直在擔心阿辣哥……而且我也在想，之前葛柏蘭教授教過你們——』

三人一聽，立刻昧著良心異口同聲說，曾經幫海格代過幾堂課的葛柏蘭教授是個差勁的老師。因此當海格在薄暮中向他們揮手道別時，看起來十分愉快。

『我好餓，』門一關上哈利便說。他們加快腳步穿過黑暗荒涼的空地，當他聽見他的臼齒發出不祥的崩裂聲時，他便把石頭蛋糕扔了。『而且我晚上還要去接受石內卜的勞動服務，我沒多少時間吃飯了……』

當他們走進城堡時，看見寇馬．麥拉正要走進餐廳，但他試了兩次才走進門，第一次他撞上門框被彈回來。榮恩竊喜的哈哈大笑，跟在他後面大步走進餐廳，但哈利抓住妙麗的手臂把她拉回來。

『幹嘛？』妙麗防衛的問。

『妳還問我呢，』哈利不動聲色說，『麥拉剛才好像被人施了迷糊咒，他那時候剛好站在妳坐的位子正前方。』

妙麗滿臉通紅。

『喔，好吧，是我幹的，』她小聲說。『可是你一定有聽到他批評榮恩與金妮時的態度呀！反正，他的脾氣太壞，你也見到他沒被錄取時的反應了——你該不會希望那種人在隊上吧。』

『不會，』哈利說。『不會，我想這是實話，可是那樣做不是不誠實嗎，妙麗？我是說，妳是個級長，不是嗎？』

『喔，住口。』她罵道。哈利嘻嘻笑。

『你們兩個在幹嘛？』榮恩又跑到餐廳門口，一臉狐疑的說。

『沒事。』哈利和妙麗異口同聲的說，急急跟著榮恩走進去。烤牛肉的香味使哈利的肚子餓到發疼，但他們才朝葛來分多餐桌走了三步，史拉轟教授便出現在他們面前，擋住他們的去路。

『哈利，哈利，我正想找你！』他親切的大喊，捻著他的海象鬍尖，挺出他的大肚子。『我正盼望在晚餐前找到你！今晚何不到我房間來吃頓便飯？我們有個小聚會，就是幾個明日之星。我請了麥拉和剎比、美麗的美玲．鮑冰——不知道你認不認識她？她家經營一家大型的藥品連鎖店——還有，當然啦，如蒙格蘭傑小姐賞光，我會非常榮幸。』

史拉轟說完，對妙麗微微一鞠躬。他彷彿無視榮恩的存在，看都沒看他一眼。

『我沒辦法去了，教授，』哈利立刻回答說。『我得去石內卜教授那裡接受勞動服務。』

『喔，天哪！』史拉轟說，一張臉滑稽的垮了下來。『天哪，天哪，我還很期待你來呢，哈利！那，我得去和賽佛勒斯說一聲，說明這個狀況，我相信我能說服他延後你的勞動服務。好，我們稍後見！』

他急急忙忙走出餐廳。

『他不可能說服石內卜的，』等史拉轟走到聽不見的範圍後，哈利便說。『這個勞動服務已經延了一次，石內卜會爲鄧不利多延期，但不會爲其他任何人延期。』

『喔，我眞希望你能來，我可不想自己一個人去！』妙麗焦慮的說，哈利知道她想到麥拉。

『我想妳不會一個人去，金妮說不定也接到邀請。』榮恩不客氣的說，他似乎不高興被史拉轟忽略。

晚飯過後他們回到葛來分多塔，由於大部分學生都吃完飯回來了，交誼廳擠滿了人，但他們還是找到一張空桌坐下來。榮恩自從遇到史拉轟後一直悶悶不樂，抱著手臂對著天花板皺眉頭。妙麗拿起一份被人丟在一張椅子上的《預言家晚報》。

『有什麼新聞嗎？』哈利說。

『沒什麼……』妙麗翻開報紙瀏覽內頁。『喔，榮恩，你看——這裡有報導你爸耶，他沒事！』她立刻又補充一句，因爲榮恩馬上露出緊張的神情。『這裡只是說他去搜過馬份家了。「第二度搜查這名食死人住處的行動，似乎沒有獲致任何成果。僞造防禦咒語暨防護品偵查沒收處的亞瑟·衛斯理說，他的組員這次是根據一項祕密情報展開調查行動。」』

『是啊，就是我提供的！』哈利說。『我在王十字車站告訴他有關馬份和他找波金修理東西那件事！假如不在他家，那他一定把它帶到霍格華茲來了——』

『他怎麼帶進來，哈利？』妙麗放下報紙，一臉訝異說。『我們抵達時都被搜身了，不是嗎？』

『妳有嗎？』哈利說，嚇了一跳。『我沒有呀！』

『喔，你當然沒有，我忘了你遲到……那天我們一進入餐廳，飛七便拿著祕密感應器搜我們的身，任何黑魔法物品都會被查到，我知道克拉就被沒收了一個人頭乾。所以馬份不可能帶任何危險物品進來！』

哈利一時無言以對，他望著金妮玩弄她的迷你毛毛球阿洛，忽然又想到一個有利自己論點的解釋。

『那麼，就是有人利用貓頭鷹送來給他，』他說。『他媽媽或其他人。』

『所有的貓頭鷹也都要檢查，』妙麗說。『飛七拿著那些祕密感應器到處亂戳的時候這樣告訴我們。』

哈利這下眞的啞口無言，馬份似乎不可能把任何具有危險性或黑魔法的物品帶進校園。他抱著一絲希望看向榮恩，榮恩正坐在那裡，抱著雙手，注視著文妲．布朗。

『你想馬份會有什麼辦法？——』

『唉，算了啦，哈利。』榮恩說。

『聽著，史拉轟邀請妙麗和我參加他的無聊聚會又不是我的錯，我們都不想去，你也知道！』哈利火大了。

『既然我沒被邀請參加任何聚會，』榮恩說著又站起來，『那我要去睡了。』

他踩著重重的腳步走向男生宿舍門口，留下哈利和妙麗在後面瞪著他的背影。

『哈利？』新來的追蹤手狄梅莎．羅賓斯忽然出現在他身邊。『我有個口信要傳給你。』

『史拉轟教授嗎？』哈利問，滿懷希望的坐直身體。

『不是……是石內卜教授，』狄梅莎說。哈利的心一沉。『他說你要在今晚八點半到他辦公室接受勞動服務——呃——無論你接到多少聚會的邀請。而且他要讓你知道，你要把爛掉的黏巴蟲挑出來，留下好的在魔藥學課堂上使用，還有——還有他說，不需要戴防護手套。』

『好，』哈利鬱鬱的說。『多謝了，狄梅莎。』

12. 銀杯與貓眼石

鄧不利多在哪裡，他又在忙什麼？接下來的幾個星期，哈利只匆匆見到校長兩次。他幾乎不再出來吃飯了，哈利確信妙麗的猜測是對的，她認為他每次離開學校都要好幾天後才回來。難道鄧不利多忘了他要給哈利上課了嗎？鄧不利多說過這些課和預言有關。哈利當時聽了覺得有人支持他，備感安慰，但現在他卻有點被遺棄的感覺。

十月中旬，這個學期去活米村郊遊的日子到了。由於校園四周的安全措施越來越嚴密，哈利本來懷疑郊遊說不定會被取消，但後來很高興得知活動照舊進行，能夠離開城堡幾個鐘頭總是好的。

哈利在郊遊當天很早便起床，看來是個暴風雪的天氣。他在等候吃早餐之際，拿出他的《進階魔藥調配學》來讀。他平時很少躺在床上讀教科書，誠如榮恩所說，除了本來就是怪人一個的妙麗外，任何人做這種事都是不恰當的。但哈利覺得混血王子的《進階魔藥調配學》一點也不像教科書，他越深究，就越發現內容豐富，它不但提供許多魔藥學的方便捷徑，為哈利贏得史拉轟的無數讚美，同時，在每一頁的空白處，更寫著許多想像力豐富的咒語和魔法，從它們被劃掉又訂正的情形來看，哈利確信這都是王子自己發明的。

哈利已經試過幾個王子自己發明的符咒，有一個魔法會引起腳趾甲急速生長（他曾在走廊上對克拉進行實驗，證明頗具笑果），有一個咒語會把舌頭黏在上顎（他曾經對毫不起疑的飛七使了兩次，結果都令人拍掌叫好），最有用的大概要數嗡嗡鳴咒，這個咒語會使旁邊的人產生耳鳴，這樣上課時就可以盡情聊天而不會被偷聽到。唯一不覺得這些咒語有趣的人是妙麗，要是哈利對旁邊任何人施嗡嗡鳴咒，她就立刻擺出強烈反對的表情，並且拒絕和哈利說話。

哈利坐在床上，歪著身子翻閱這本書，以便更仔細辨讀一個寫得很潦草的符咒，這個符咒似乎費了王子很大的心思，他做了許多刪除與修改，但最後終於在那一頁的角落上潦草寫著：

『倒倒吊』（無）

風雪無情的打在窗上，奈威鼾聲大作，哈利盯著括弧裡的字，無……應該是指無聲咒的意思。哈利有點懷疑他能不能唸出這個特別的咒語，他的無聲咒技巧還不夠好，儘管石內卜在每一節黑魔法防禦術的課堂上都要講述一番。但哈利認爲事實證明，目前爲止，比起石內卜，王子顯然是個更稱職的老師。

他舉起魔杖，沒有特定對準某個目標，只是往上一揮，在心中默默說了一聲『倒倒吊！』

『啊啊啊啊啊啊啊啊！』

電光石火一閃，寢室內立刻驚叫連連，榮恩發出慘叫，把每個人都從睡夢中驚醒了。哈利大吃一驚，嚇得把手上的《進階魔藥調配學》也丟了。只見榮恩上下顛倒吊在半空中，彷彿有個看不見的鉤子將他的一隻腳踝掛起來。

『對不起！』哈利喊著，丁和西莫哈哈大笑，奈威剛才被嚇得跌到床底下，現在從地板上爬起來。『不要動——我把你弄下來——』

他抓起魔藥課本慌亂的翻著，想找到剛才那一頁，好不容易找到了，又在那個咒語底下找到一團擠在一起的小字，哈利心中暗暗祈禱千萬是個解咒才好，便全心全意默唸：『退退降！』

又一陣閃光，榮恩摔在他的棉被堆上。

『對不起。』哈利軟弱無力的重複，丁和西莫還在哈哈大笑。

『明天，』榮恩喃喃自語，『我寧願你開鬧鐘。』

等他們梳洗完畢，穿上衛斯理太太親手織的毛衣，戴著斗篷、圍巾和手套走出去，榮恩所受的驚嚇已經平復，而且覺得哈利的新符咒還滿好玩的，因爲太好玩了，當他們坐下來吃早餐時，他便迫不及待告訴妙麗這件事。

『……後來又一陣閃光，我又掉在床上了！』榮恩笑著說，邊往嘴裡塞進一條香腸。

妙麗聽他敘述這件趣事時臉上毫無笑容，現在更以冰冷、反對的表情對著哈利。

『這個符咒，該不會湊巧又是你那本魔藥學書上的吧？』她問。

哈利對她皺眉頭。

『妳老愛做最壞的結論，對吧？』

『是不是呢？』

『這……是的，那又怎樣？』

『所以你就決定來試試看這個未知的、手寫的符咒，看會發生什麼事？』

『手寫的又有什麼關係？』哈利說，故意避重就輕。

『因爲它有可能是魔法部禁止的符咒，』妙麗說，哈利和榮恩同時翻起白眼。

『而且，』她又說，『我開始懷疑這個王子的性格有點狡猾。』

哈利和榮恩立刻異口同聲叫她閉嘴。

『那只是好玩啦！』榮恩說著，把剩下的番茄醬全倒在他的香腸上。『只是好玩而已，妙麗！』

『把人從腳踝抓起來倒掛？』妙麗說。『誰會吃飽了撐著發明這樣的符咒？』

『弗雷與喬治，』榮恩聳聳肩說，『這是屬於他們那一類的。還有，呃——』

『我爸。』哈利說。忽然想起來。

『什麼？』榮恩和妙麗異口同聲說。

『我爸用過一次這個符咒，』哈利說。『我——路平告訴我的。』

後面這一句不是眞的，事實上，哈利見過他父親對石內卜施用這個符咒，但他從沒告訴過榮恩和妙麗他擅自進入儲思盆這件事。難道這個混血王子是？——

『或許你爸用過，哈利，』妙麗說，『但他不是唯一用過的人，我們見過一票人都用過，你八成忘了。把人吊在半空中，使他們無助的飄浮、昏昏欲睡、束手無策。』

哈利瞪著她，心中一沉，他也想起『魁地奇世界盃比賽』時食死人的行爲。但榮恩過來聲援他。

『那不一樣，』他粗聲的說。『他們是在虐待人，哈利和他爸只是好玩。妳不喜歡王子，妙麗，』榮恩又說，舉著手上的香腸嚴厲的指向她，『因爲他的魔藥學比妳更強——』

『這和那個沒有關係！』妙麗說，脹紅了臉。『我只是覺得，在不了解的情況下貿然施用符咒是件非常不負責任的事。還有，別再「王子」個不停了，好像那是他的頭銜似的，我敢說那一定是個愚蠢的外號，我認爲他根本就不是個好人！』

『我不懂妳爲什麼會這樣想，』哈利激動的說，『假如他是個未成年的食死人，他就不會大剌剌的說自己是「混血」，不是嗎？』

嘴上雖然這樣說，哈利卻想起他的父親是血統純正的巫師，但他暫時不去想這個問題，以後再說……

『食死人不一定都是純正的血統，現在眞正血統純正的人已經不多了。我認爲大多數人都是混血，但謊稱自己是純種。他們只是特別痛恨麻瓜出身的人，你和榮恩要加入的話，他們才高興哩。』

『他們絕不可能讓我變成食死人！』榮恩忿忿的說，手上的叉子往妙麗的方向一揮，上頭的一小塊香腸飛出去，打到阿尼．麥米蘭的頭。『我們全家都是血統的叛逆者！在食死人眼中和麻瓜出身的一樣壞！』

『他們會歡迎我，』哈利諷刺的說。『要不是他們老想殺我，我們可以成爲超級好朋友呢。』

榮恩聽了笑起來，連妙麗都忍不住好笑。金妮這時過來分散了他們的注意力。

『嘿，哈利，有人叫我把這個交給你。』

那是一捲羊皮紙，上面用他熟悉的瘦長斜體字寫著他的名字。

『謝了，金妮……是鄧不利多的下一堂課！』哈利對榮恩和妙麗說，拉開羊皮紙，快速閱讀它的內容。『星期一晚上！』他一時精神大振、快樂起來。『金妮，要不要跟我們一起去活米村？』他問。

『我會和丁一起去——說不定到那邊再和你們碰面。』她回答，揮揮手走了。

飛七如往常一樣站在橡木大門口，核對有家長簽名同意書前往活米村的學生名單。由於飛七拿祕密感應器再三檢查每一個人，因此花的時間比往常更久。

『就算我們把黑魔法物品走私**出去**又有什麼關係？』榮恩看著那支細長的祕密感應器憂慮的說。『應該是檢查我們帶**進來**的東西才對吧？』

他的無禮使他又多被感應器戳了幾下，當他們走進風雪中時他還痛得直不起腰。徒步前往活米村這段路程並不舒適，哈利用圍巾包住半張臉，露在外面的部分很快便又痛又麻。去活米村的路上，只見學生們都彎著腰與強勁的風搏鬥，好幾次哈利都懷疑他們是否寧可舒舒服服的坐在溫暖的交誼廳裡還比較愉快。好不容易抵達活米村，又發現『桑科的惡作劇商店』大門深鎖，哈利確定這趟郊遊注定不好玩了。榮恩用戴著肥厚手套的手指向幸好有開門營業的『蜂蜜公爵糖果店』，哈利與妙麗蹣跚的跟在他身後進入人潮擁擠的店內。

『謝天謝地，』當他們浸浴在充滿太妃糖香味的溫暖空氣中時，榮恩打著哆嗦說。『咱們整個下午都待在這裡吧。』

『哈利，我的孩子！』背後傳來洪亮的聲音。

『噢，不。』哈利喃喃的說。三人轉頭發現是史拉轟教授，他一身巨大的皮草帽和大衣，大衣領與帽子還是一式的花色。他的手上緊緊抓著一大袋糖霜鳳梨，光是他一個人至少就佔去店裡四分之一的空間。

『哈利，你已經錯過三次我的小聚餐會了！』史拉轟說著，和藹的戳戳他的胸口。『不行啊，我的孩子，我絕不允許！格蘭傑小姐喜歡這些聚會，是吧？』

『是的，』妙麗只好回答，『它們眞的──』

『那你爲什麼不來呢，哈利？』史拉轟說。

『啊，教授，我要練習魁地奇。』哈利說。確實，每次史拉轟派人送來繫著紫色蝴蝶結的小邀請卡時，剛好都是哈利排定的練習時間。這個策略是有意使榮恩不覺得被忽略，而且每當他們和金妮一起想像妙麗在麥拉與剎比面前拒絕開口說話的情景時，他們都會大笑。

『我想你這麼認眞，第一場比賽一定會贏！』史拉轟說。『不過，來點小娛樂也無傷。那麼，星期一晚上如何，這種天氣你總不至於要練習吧……』

『不行耶，教授，我有──嗯──那天晚上我和鄧不利多校長有約。』

『又不巧！』史拉轟誇張的大喊。『啊，好吧……你逃不了永遠的，哈利！』

他神氣活現的揮揮手，蹣跚走出糖果店，完全無視榮恩的存在，彷彿他是店裡展示的蟑螂串。

『我眞不敢相信你又躲過一次，』妙麗搖頭說。『聚餐其實沒那麼糟啦……有時甚至還滿好玩的……』這時她瞥見榮恩的表情。『喔，你們看──他們有「高級版羽毛筆糖」──可以持續用好幾個小時耶！』

幸好妙麗改變話題，哈利在這個新上市的特大號羽毛筆糖上用了比平常更多的注意力，但榮恩還是悶悶不樂，當妙麗問他再來想去哪裡時，他只是聳聳肩。

『我們去「三根掃帚」，』哈利說。『可以暖和些。』

他們又把圍巾包住臉離開糖果店。從甜蜜溫暖的『蜂蜜公爵』出來，強勁的風如刀般割在他們的臉上。街道上行人不多，沒有人停下腳步聊天，都在匆匆趕赴各自的目的地。唯一例外的是在他們前方不遠的兩名男子，站在『三根掃帚』外面。其中一個高瘦，哈利瞇著眼，透過被雨打濕的眼鏡認出他是活米村另一家酒館『豬頭酒吧』的酒保。當哈利、榮恩與妙麗走近時，那個酒保拉起斗篷包緊脖子轉身走開了，留下那個較矮的男子翻弄著抱在懷裡的東西。哈利幾乎走到他面前不到一呎的地方才認出他是誰。

『蒙當葛！』

這名身材矮胖、披散著一頭黃髮的跛腳男子嚇了一大跳，掉下一只古老的手提箱，手提箱爆開來，裝在裡面看似舊貨商店櫥窗展示品的東西散了一地。

『喔，阿囉，阿利，』蒙當葛．弗列契故作輕鬆的說。『你忙你的，不耽誤你。』說著急忙收拾地上從手提箱掉出的物品，一副急著想走的樣子。

道。

『你在賣這種東西？』哈利看著蒙當葛從地上抓起一批看起來髒兮兮的東西，問

『啊，賺點生活費，』蒙當葛說。『還給我！』

榮恩蹲下去拾起一只銀器。

『慢點，』榮恩徐徐說道。『這個看起來很眼熟——』

『謝謝你！』蒙當葛從榮恩手上搶回那只高腳杯，塞進手提箱，說道，『那，再見了——哎喲！』

哈利抓住蒙當葛的喉嚨，將他壓在酒吧牆上。他一手掐著他，一手拔出他的魔杖。

『哈利！』妙麗尖叫。

『那是你從天狼星家偷出來的，』哈利說。他幾乎和蒙當葛鼻子貼鼻子，因此聞到一股難聞的陳年菸草與酒精的氣味。『那上面有布萊克家族的徽記。』

『我——沒——什麼？——』蒙當葛斷斷續續說，一張臉慢慢變紫。

『你幹了什麼好事，在他死的那天晚上回去打劫那個地方嗎？』哈利咆哮著。

『我——沒——』

『給我！』

『哈利，不可以！』妙麗尖聲說道。蒙當葛的臉開始變青。

砰的一聲，哈利感覺他的兩隻手迅速脫離蒙當葛的喉嚨。蒙當葛大口喘著氣，抓起掉在地上的手提箱，然後——啪——他用消影術消失了。

哈利使盡力氣大聲咒罵，到處尋找蒙當葛逃往何方。

『回來，你這個賊——！』

『沒用的，哈利。』

東施不知道從哪裡冒了出來，她的鼠灰色頭髮被雨雪沾濕了。

『蒙當葛這時候說不定已經在倫敦了，叫也沒用。』

『他偷天狼星的東西！偷的！』

『沒錯。不過，』東施說，她似乎一點也不驚訝，『你們可別著涼了。』

她目送他們進入『三根掃帚』。哈利一進門，立刻又忍不住大叫，『他偷了天狼星的東西！』

『我知道，哈利，但是請你不要大聲嚷嚷，大家都在看。』妙麗悄聲說。『去坐下，我幫你們叫杯飲料。』

幾分鐘後妙麗捧著三瓶奶油啤酒回來，哈利仍舊氣呼呼的。

『鳳凰會難道管不住蒙當葛嗎？』哈利忿忿不平的小聲對他們兩人說。『他人在總部，難道他們就不能阻止他竊取還沒整理好的東西嗎？』

『噓！』妙麗莫可奈何的說，看看四周，確認沒有人在偷聽。旁邊有兩個魔法師正好奇的注視著哈利，剎比也正懶洋洋的靠在不遠的一根柱子上。『哈利，我也很氣，我知道他偷的都是你的東西——』

哈利被奶油啤酒嗆住了，他竟然一時忘了他已經是古里某街十二號的主人。

『是啊，那是我的東西！』他說。『難怪他怕見到我！我一定要告訴鄧不利多這件事，蒙當葛只怕他一個人。』

『好主意，』妙麗小聲說，很高興哈利終於平靜下來。『榮恩，你在看什麼？』

『沒事。』榮恩說著，急忙將視線從吧台移開，但哈利知道他在偷看那個漂亮的鬈髮女酒保，羅梅塔夫人，他私慕她已久。

『我看「沒事」就是在背地裡偷喝「火燒威士忌」。』妙麗說得尖酸又刻薄。

榮恩不理會她的冷嘲熱諷，故作道貌岸然的喝他的飲料。哈利想著天狼星，又想到他反正非常討厭那些高腳銀杯。妙麗的指頭不停的敲著桌面，兩隻眼睛在榮恩與吧台間瞄來瞄去。

等哈利乾了瓶內最後幾口飲料後，她便說：『今天到此爲止，我們回學校吧？』

另外兩人都同意，這趟郊遊一點都不好玩，而且他們逗留越久天氣越惡劣。於是他們再度將斗篷拉好緊緊裹住，並圍好圍巾、戴上手套，然後跟在凱娣．貝爾和她一個朋友後面離開酒吧，回到大街。當他們在結凍的雪泥中跋涉，往霍格華茲的路上回去時，哈利想起了金妮。他們一直沒遇見她，哈利心想，她肯定與丁躲在『泥腳夫人』的喫茶店卿卿我我，那裡是甜蜜情侶常去的地方。他蹙著眉頭，頂著強勁的風雪埋頭蹣跚前進。

過沒多久，哈利聽見凱娣和她朋友之間的爭執越來越激烈，越來越大聲，強風把她們爭吵的聲音往他的方向送。兩個女生在爲凱娣手上的東西吵架。

『這不關妳的事，琳妮！』哈利聽見凱娣這樣說。

他們走到一個巷子口，風雪又猛又烈，模糊了哈利的眼鏡。就在他舉起戴著手套的手去擦眼鏡時，琳妮出手奪走凱娣手上那包東西，凱娣又伸手去搶，那包東西掉在地上。

就在這一瞬間，凱娣忽然升上空中，她不像榮恩那樣搞笑的以腳踝倒掛在半空，而是優雅的雙手平舉，彷彿要飛上天去。但情況有點不對勁，有點詭異……她的頭髮被強風颳得纏繞在她身上，但她一雙眼睛緊閉，面無表情。哈利、榮恩、妙麗和琳妮都呆立在原地望著她。

凱娣飛到離地六呎的空中後，突然發出一聲恐怖的尖叫。她的兩眼圓睜，無論她是看見什麼，或有任何感覺，顯然都使她感到極端的恐懼與痛苦。她不停的尖叫，琳妮也尖叫起來，抓住凱娣的腳踝，想把她拉回地面。哈利、榮恩與妙麗衝上去幫忙，但就在他們抓住了凱娣的雙腿時，她卻整個人摔在他們身上，哈利與榮恩想接住她，但她奮力掙扎，他們幾乎制不住她。後來他們總算讓她躺在地上，但她仍拳打腳踢尖叫不已，顯然已認不得他們。

哈利看看四周，沒有半個人影。

『在這裡等著！』他在怒吼的風中對其他人大聲說。『我去找人來幫忙！』

他拔腿往學校的方向奔去，他從沒見過任何人像凱娣剛才那樣，更想不出爲什麼會這樣，他在巷子裡匆匆轉彎，迎面撞上一隻看似以兩隻後腳直立的巨熊。

『海格！』他喘著氣，從他摔下去的矮樹叢中掙扎著站起來。

『哈利！』海格說。他的眉毛與鬍鬚上沾滿風雪，身上穿著他那件巨大的、毛茸茸的海狸皮外套。『剛去看呱啦，他現在很乖了，你一定不……』

『海格，後面有人受傷，或者被下了惡咒什麼的——』

『什麼？』海格彎著腰說，在狂風中聽不清哈利說的話。

『有人被下了惡咒！』哈利大吼道。

『惡咒？誰被施了惡咒——不會是榮恩吧？還是妙麗？』

『不是，都不是，是凱娣．貝爾——這邊……』

他們一起沿著巷子跑回去，不一會兒便看見那一小群人圍著凱娣，她仍舊躺在地上扭動尖叫，榮恩、妙麗與琳妮都在設法安撫她。

『退後！』海格大聲說。『讓我看看！』

『她忽然這樣！』琳妮嗚咽著說。『我不知道是什麼——』

海格盯著凱娣看了一下，不發一語，彎腰將她抱在手上，往城堡的方向跑。幾秒鐘後，凱娣的尖叫聲逐漸遠去，只剩下怒吼的風聲。

妙麗跑過去摟住凱娣的朋友，她仍然啜泣不止。

『妳叫琳妮，是嗎？』

女孩點頭。

『這是突然發生的，還是？——』

『就在那包東西扯破的時候。』琳妮啜泣著，指著地上一包被雪沁濕的咖啡色紙袋，包裝紙已經撕破，從裡面透出一束綠光。榮恩彎腰，伸出一隻手，但哈利抓住他的手臂，把他拉回來。

『不要碰它！』

他蹲下去，看得出那是一條華麗的貓眼石項鍊，從紙袋內露出來。

『我見過它，』哈利說，注視著那個東西。『很久以前擺在「波金與伯克氏」的櫥窗內，上面有標籤說它是被詛咒的東西。凱娣一定碰到了它。』他看著琳妮，琳妮不停搖頭。『凱娣是怎麼拿到的？』

『我們就是在為這個爭吵。她從「三根掃帚」的洗手間出來時手上拿著這包東西，說是要送給霍格華茲某個人的意外驚喜，而且她得親自送去給那個人。她說這句話時樣子好怪……喔不，喔不，我敢說她當時一定是遭人下了蠻橫咒而我不知道！』

琳妮又開始啜泣、搖頭。妙麗輕拍她的肩膀。

『她有沒有說是誰交給她的呢，琳妮？』

『沒有……她不肯告訴我……我說她這樣做不對，不要帶去學校，但她不聽……後來我想把它搶過來……然——然——』琳妮傷心得大哭起來。

『我們最好先回學校，』妙麗說，依舊摟著琳妮，『我們回去看看她的情況如何。走吧……』

哈利猶豫了一下，從臉上取下圍巾，顧不得榮恩的驚叫，小心的蓋住項鍊，然後撿起來。

『我們得把這個東西交給龐芮夫人。』他說。

他們隨著妙麗與琳妮走在路上時，哈利一直在思索。等他們一踏入校園，他再也忍不住要一吐為快。

『馬份知道這條項鍊。四年前這條項鍊陳列在「波金與伯克氏」的一只盒子裡，我在躲他跟他爸的時候看見過他在欣賞這東西。這個就是那天我們跟蹤他時他所買的東西！他還記得它，他回去把它買下來！』

『我——我不知道耶，哈利，』榮恩遲疑的說。『一堆人都會去「波金與伯克氏」啊……那個女生不是說凱娣是在女生洗手間拿到的嗎？』

『她說她從洗手間出來時拿著它，她不一定是在洗手間裡面——』

『麥教授！』榮恩警告他們。

哈利抬頭一看，可不是，麥教授正匆匆走下石梯，頂著風雪走向他們。

『海格說你們四個看見凱娣．貝爾——請你們立刻上樓跟我到辦公室！波特，你手上拿著什麼東西？』

『就是她碰過的東西。』哈利說。

『我的天，』麥教授從哈利手上接過項鍊時，面露緊張的說。『不用，不用，飛七，他們和我在一起！』麥教授見飛七手上高舉著祕密感應器拖著腳步從入口大廳趕出來，急忙說道。『立刻將這條項鍊交給石內卜教授，但絕對不可以碰到它，就這樣包在圍巾裡！』

哈利一行人隨著麥教授上樓到她辦公室。濺了風雪的窗戶在風中嘎嘎作響，儘管壁爐內柴火劈啪響著，但是房間內依舊冷颼颼。麥教授把門關上，快步走到桌邊，面對哈利、榮恩、妙麗和仍在啜泣的琳妮。

『怎麼？』她犀利的問。『出了什麼事？』

琳妮欲言又止，忍著淚水斷斷續續告訴麥教授，凱娣如何帶著那包沒有任何標示的東西從『三根掃帚』的洗手間出來，她如何舉止怪異，以及她們如何爲該不該答應遞送不明物品一事而爭吵，吵到最後兩人互搶那包東西，結果扯破了。說到這裡，琳妮傷心得一句話都說不出來。

『好了，』麥教授態度軟了下來，說，『請妳上樓去醫院廂房，琳妮，讓龐芮夫人給妳一點壓驚的藥。』

等她離開後，麥教授又轉向哈利、榮恩與妙麗。

『凱娣碰到那條項鍊後出了什麼事？』

『她升到空中，』哈利搶在榮恩或妙麗前頭說。『然後開始尖叫，接著就崩潰了。麥教授，請讓我見鄧不利多校長好嗎？』

『校長不在，要到星期一才會回來，波特。』麥教授說，有點詫異。

『不在？』哈利氣憤的重複。

『是的，波特，不在！』麥教授不客氣的說。『不過，對於這件可怕的事，如果你有任何想法，都可以對我說！』

哈利猶豫了一下。他對麥教授缺乏信心，鄧不利多雖然在許多方面更具威嚴，但比較不會排斥他的想法，不管那個想法有多瘋狂。然而，這畢竟是生死攸關的事，他也顧不得會被取笑。

『教授，我想是跩哥・馬份給凱娣那條項鍊的。』

站在一旁的榮恩尷尬的揉著鼻子，另一旁的妙麗移動兩隻腳，彷彿有意拉開她和哈利之間的距離。

『那是非常嚴重的指控，波特，』麥教授非常震驚，愣了一下說。『你有任何證據嗎？』

『沒有，』哈利說，『但是……』他把他跟蹤馬份到『波金與伯克氏』，以及偷聽到馬份與波金間的談話這件事全告訴了麥教授。

等他敘述完畢，麥教授有點大惑不解的樣子。

『馬份拿東西到「波金與伯克氏」修理？』

『不，教授，他只是要波金告訴他如何修理，他當時沒有帶在身上。但那不是重點，重點是他當時還買了一樣東西，我想就是那條項鍊──』

『你看到馬份拿著同樣一包東西離開那家店？』

『沒有，教授，他寄放在店裡，叫波金幫他保管──』

『可是，哈利，』妙麗打岔，『波金問他要不要帶走，馬份說「不要」──』

『因為他很顯然不想碰到它！』哈利怒聲說。

『他當時是這樣說的，「我拿著那東西走在大街上成什麼樣子？」』妙麗說。

『他如果戴著一條項鍊會看起來像呆子。』榮恩插嘴說。

『噢，榮恩，』妙麗拿他沒轍，『他一定會包起來的，這樣他才不會碰到它，而且可以很輕易的藏在斗篷裡，這樣就不會被人看到了！我想無論他寄放在「波金與伯克氏」的東西是什麼，一定是會發出聲音或者體積龐大的東西，他知道如果帶著那個東西走在街上一定會引人側目──而且，』她搶在哈利打岔之前更大聲說，『我跑去問波金那條項鍊了，你不記得了嗎？當我進去想查出馬份叫他保管什麼東西時，我看見那條項鍊了，波金還告訴我它的價錢，他並沒有說項鍊已經賣掉或什麼的——』

『那是因爲妳的態度太明顯了，他大概五秒鐘就知道妳想幹什麼，當然不會告訴妳——總之，馬份可以派人去拿，自從——』

『夠了！』妙麗才氣呼呼的張嘴準備反駁，麥教授便說。『波特，謝謝你告訴我這件事，但我們不能因爲他去過這家店，而這條項鍊又有可能從這家店被買走，就指著他說他有罪。對任何人都一樣——』

『——我就是這樣說嘛——』榮恩咕噥說。

『——無論如何，我們今年已加強安全措施，我不相信那條項鍊會有可能進入學校而不被我們知道——』

『——可是——』

『——何況，』麥教授斬釘截鐵說，『馬份先生今天並沒有去活米村。』

哈利張口結舌，彷彿洩了氣的皮球。

『教授，妳怎麼知道？』

『因爲他在我這裡接受勞動服務。他連著兩次沒有完成他的變形學作業。所以，謝謝你告訴我你的疑問，波特，』她邊說邊從他們旁邊走過，『現在我必須上去醫院廂房看看凱娣・貝爾了，各位午安。』

她把辦公室的門打開，他們別無選擇，只好默默的從她身邊出去。

哈利很氣他們兩人站在麥教授那邊。然而，當他們開始討論事情經過時，哈利又忍不住加入交談。

『那你們認爲凱娣要把項鍊交給誰呢？』當他們爬上通往交誼廳的樓梯時，榮恩問。

『天知道，』妙麗說。『但不管是誰，他都僥倖逃過一劫。任何人打開包裹都會碰到那條項鍊。』

『這樣的人不會很多，』哈利說。『鄧不利多——食死人很想除掉他，他肯定是他們的首要目標之一。或者史拉轟——鄧不利多知道佛地魔很想拉攏他，現在他和鄧不利多站在一邊，他們一定很不爽。或者——』

『或者是你。』妙麗說，有點不安。

『不可能，』哈利說，『否則凱娣早就在巷子裡轉身交給我了，不是嗎？我從離開「三根掃帚」後就一直走在她後面。在霍格華茲校園外轉交包裹會比較合理，因爲飛七會搜查進出校園的人。我搞不懂爲何馬份要叫她把它帶進學校？』

『哈利，馬份沒去活米村啦！』妙麗氣得跺腳說。

『那他一定有同夥，』哈利說。『克拉或高爾——仔細想一想，或者是其他食死人，他一定會有比克拉和高爾更好的密友，既然他已加入——』

榮恩和妙麗互相交換眼色，意思是『別跟他多費唇舌了』。

『蒔蘿肉泥餅。』走到胖女士面前，妙麗篤定的說。

畫像應聲打開，准許他們進入交誼廳。廳內座無虛席，還有一股濕衣服的味道，許多人似乎都因爲天氣惡劣而提早從活米村回來，但沒有人因爲害怕或猜疑而竊竊私語，顯然凱娣的不幸消息還沒有傳開來。

『它其實不是一次非常高明的攻擊行爲，眞的，如果仔細想想，』榮恩漫不經心的將一個坐在壁爐邊一張舒適的扶手椅上的一年級生趕走，自己坐下來。『那個惡咒甚至沒能進入城堡裡，不是那種萬無一失的妙計。』

『你說得對，』妙麗說，一腳將榮恩從椅子上踢下來，再度讓給那個一年級生。『完全沒有經過深思熟慮。』

『馬份什麼時候深思熟慮過？』哈利問。

榮恩和妙麗都沒回應。

13. 瑞斗的祕密

次日，凱娣被轉送到『聖蒙果魔法疾病與傷害醫院』，這時她被下咒的消息已傳遍全校，但細節則眾說紛紜，而且除了哈利、榮恩、妙麗與琳妮外，似乎沒有人知道凱娣本人並非計畫中的目標。

『喔，當然，還有馬份也知道。』哈利對榮恩和妙麗說。但無論何時只要哈利提及他認爲『馬份是個食死人』的理論，他們兩人都照例假裝沒聽見。

哈利曾懷疑鄧不利多是否趕得回來上星期一晚上的課，但他一句話也沒說，還是在八點整來到鄧不利多辦公室外面，敲門，然後被叫進去。他看見鄧不利多坐在那裡，神情格外疲憊，他的手依舊灼傷發黑，但他面帶微笑示意哈利坐下。儲思盆還是端坐在

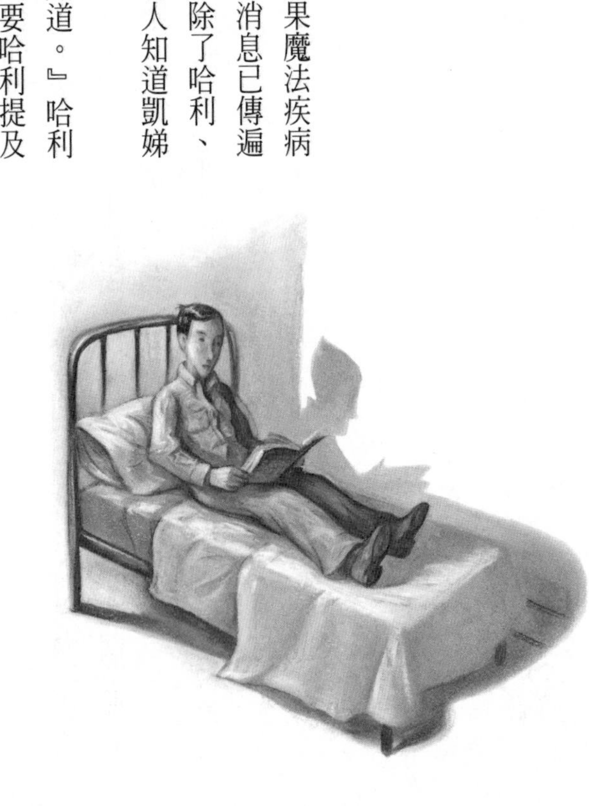

桌上，並且朝天花板投射出銀色的光點。

『我不在的時候你挺忙的，』鄧不利多說。『我相信你親眼目睹了凱娣的意外事件。』

『是的，校長，她好嗎？』

『還是非常不好，不過她算相當幸運，顯然只有一小部分皮膚接觸到那條項鍊，她的手套上有個很小的破洞。要是她戴在身上，或者沒戴手套拿在手裡，她早就死了，說不定當場斃命。幸好石內卜教授有辦法阻止這個詛咒迅速散佈——』

『為什麼是他？』哈利立刻問。『為什麼不是龐芮夫人？』

『沒規矩，』牆上的畫像傳來一聲輕斥，天狼星的高祖父非尼呀・耐吉從枕著睡覺的雙臂抬起頭來。『在我那個時代，是絕不容許學生質問霍格華茲的校務。』

『是的，謝謝你，非尼呀，』鄧不利多安撫的說。『石內卜教授比龐芮夫人懂得更多黑魔法，哈利。總之，聖蒙果醫院的人員每個小時都會向我報告，我希望凱娣能早日完全復元。』

『校長，上個週末你去哪裡了？』哈利問，顧不得這樣問也許有點冒失。非尼呀顯然也有同感，只見他輕噓一聲。

『我現在不能說，』鄧不利多說。『不過，到時候我會告訴你。』

『會嗎？』哈利說，自己也嚇一跳。

『是的，我想會。』鄧不利多說著，從長袍裡掏出一瓶新的銀色記憶，並用他的魔杖將瓶塞打開。

『校長，』哈利試探的說，『我在活米村遇見蒙當葛。』

『啊，是的，我已經知道蒙當葛偷竊你的繼承物，』鄧不利多說，皺了一下眉頭。『自從你在「三根掃帚」外與他相遇後他便消失了。我猜他是不敢面對我。不過你放心，他不會再去偷天狼星的古董遺產了。』

『那個卑鄙的老雜種竟敢偷竊布萊克家的遺產？』非尼呀氣憤的說。於是他走出他的畫框，無疑是去古里某街十二號探視他的畫像。

『校長，』哈利頓了一下說，『麥教授有沒有告訴你，我在凱娣受傷後對她說了什麼？有關跩哥‧馬份的話？』

『有的，她告訴我你的猜疑了。』鄧不利多說。

『那你？——』

『我會採取一切適當措施，調查任何可能涉及凱娣意外事件的人，』鄧不利多說。『不過，哈利，我此刻所關心的是我們的課。』

哈利有點埋怨，如果他們的課是這般重要，爲何第一堂課和第二堂課會間隔這麼久？但他沒有再多談跩哥‧馬份的事，只是看著鄧不利多將新的記憶倒入儲思盆，然後用他手指修長的雙手晃動石盆。

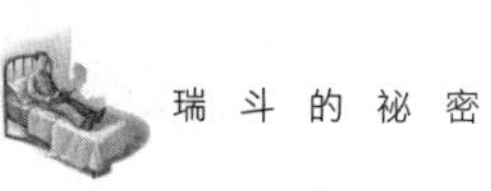

『我相信你還記得，那個英俊的麻瓜湯姆．瑞斗拋棄他的女巫妻子魔柔，回到他的家鄉小漢果頓。我們上次對佛地魔王身世故事的了解就停留在這裡。魔柔當時孤身一人住在倫敦，等待這個日後成爲佛地魔王的嬰兒誕生。』

『校長，你怎麼知道她當時在倫敦？』

『因爲從一個叫加拉塔克．伯克的人得到證據，』鄧不利多說，『此人非常湊巧的，正好是販賣那條項鍊的商店的創始人之一。』

他像哈利以前見過的那樣，攪動儲思盆裡的銀色記憶，有如淘金者在淘洗金沙一樣。攪著攪著，從銀色的物質中冒出一個小老頭，在儲思盆中徐徐旋轉著，散發出的銀光有如幽靈，但是比幽靈更具體些，一頭亂髮完全覆蓋了他的雙眼。

『是的，我們是在一次奇怪的情況下獲得它的。是一名年輕女巫在聖誕節前送來的，喔，那是許多年前的事了。她說她亟需黃金，是呀，看得出來，她身上穿得破破爛爛，又長途跋涉……你知道，她快生了。她說這個小金匣是史萊哲林的。唉，這種話我們聽多了，像什麼「噢，這是梅林的，這是他最喜愛的茶壺」之類的，可是我一細看，上面果然有他的紋章，還有幾個簡單的符咒足夠讓我相信是眞的。當然，這一來它的價値就不菲了。她似乎也沒個概念不知道它應該値多少錢，拿到十個加隆便高興得要命。這是我們有史以來最划算的一樁買賣！』

鄧不利多刻意用力多晃幾下儲思盆，加拉塔克又再度沒入記憶的漩渦中。

『他只給她十個加隆？』哈利氣憤的說。

『加拉塔克．伯克一向以小氣出名，』鄧不利多說。『所以我們知道，魔柔在她臨盆之際孤身一人住在倫敦，亟需黃金，逼得她不得不賣掉她唯一的財產，一個小金匣，也就是魔佛羅珍愛的家族遺物之一。』

『可是她可以使用魔法呀！』哈利不耐的說。『她可以靠魔法取得食物和她所需要的一切，不是嗎？』

『啊，』鄧不利多說。『或許她可以。但我相信──又是我的猜測，不過我確信我的想法是對的──當她丈夫遺棄她時，魔柔就不再使用魔法了。我不認為她想繼續做個女巫。當然，也有可能她的單戀和隨之而來的絕望使她喪失了魔力，這種事是有可能發生的。總之，你會看到，魔柔甚至不願舉起她的魔杖挽救自己的性命。』

『她甚至不願意為她的兒子活下去？』

鄧不利多揚起眉毛。

『你是在為佛地魔王感到難過嗎？』

『不是，』哈利立即說，『但她可以選擇，不是嗎，不像我母親──』

『你母親也可以選擇。』鄧不利多溫和的說。『是的，魔柔．瑞斗不顧她兒子的需要選擇一死，但是不要因此太嚴厲責備她，哈利。她長年飽受苦難，意志力全失，而且她不曾擁有你母親的勇氣。現在，請你站……』

『我們要去哪裡？』當鄧不利多和他一起站在書桌前時，哈利問。

『這次，』鄧不利多說，『我們要進入我的記憶。我想你會發現它不但詳細，而且非常眞確。你先請，哈利……』

哈利貼近儲思盆，他的臉探進清涼的記憶表層，開始墜入黑暗……幾秒鐘後，他的雙腳接觸到堅硬的地面，他張開眼睛，發現他與鄧不利多站在一條喧鬧的古老倫敦街道上。

『那就是我。』鄧不利多愉快的說，指著前頭一個高大身影，他正從一輛送牛奶的馬車前面越過馬路。

這位年輕的阿不思·鄧不利多的長髮與鬍鬚是褐色的。穿過馬路後，他沿著人行道邁開大步走，他身上穿著一套剪裁花稍的赭紅色天鵝絨西裝，引來不少好奇的眼光。

『西裝挺不賴的，校長。』哈利忍不住脫口而出，但鄧不利多只是笑笑，與哈利一起跟隨著年輕的他保持一小段距離，最後穿過一道鐵門，進入一個光禿禿的院子，面對院子的是一棟有點陰沉、四周圍繞著高大欄杆的方形建築。他登上幾級台階來到前門，在門上敲一下，片刻之後，一個穿著圍裙的髒兮兮女孩出來開門。

『午安，我和柯爾太太約好了，我想她是這裡的護士長？』

『喔，』女孩面對鄧不利多與眾不同的穿著顯得有點不知所措。『嗯……等一……柯爾太太！』她轉頭大聲喊。

哈利聽到遠處有個聲音在回應。女孩又轉向鄧不利多。

『請進，她馬上來。』

鄧不利多進入一條貼著黑白瓷磚的走道，這個地方雖然陳舊，倒也收拾得一塵不染。哈利與老鄧不利多跟在後面。前門尚未關上，一名身材瘦削、神情煩惱的婦人朝他們匆匆而來。她的五官深刻，焦慮的神態多過於不近人情，而且她一邊走向鄧不利多，一邊背過頭對另一位穿圍裙的助手說話。

『……還有，把碘酒送到樓上給瑪莎，比利．史塔又在摳他的痂，艾瑞克．華利的床單沾滿膿水——主要還是水痘的關係。』她並非對某個特定對象說話，然後她的視線落在鄧不利多身上，猛然停下腳步，驚訝的表情就像見到一隻長頸鹿跨進她的門檻一樣。

『午安。』鄧不利多說著，伸出一隻手。

柯爾太太只是張大嘴巴。

『我的名字叫阿不思．鄧不利多。我寫了一封信給妳請求一見，妳很仁慈的邀請我今天過來。』

柯爾太太眨眨眼。顯然證實了鄧不利多不是個幻覺，於是她無力的說：『喔，是的，好——好，那——你最好到我辦公室來。是的。』

她帶鄧不利多走進一間又像會客室、又像辦公室的小房間。這個房間和走道一樣陳舊，家具不但老舊而且互不相襯。她請鄧不利多在一張搖搖晃晃的椅子坐下，她自己坐到一張雜亂的書桌後面，緊張的看著他。

『我在信中說過，我來是爲了討論湯姆．瑞斗，以及安排他將來的事。』鄧不利多說。

『你是他的家屬嗎？』柯爾太太問。

『不，我是老師，』鄧不利多說，『我來是爲了讓湯姆到我的學校就讀。』

『是什麼樣的學校？』

『校名叫霍格華茲。』鄧不利多說。

『你爲何對湯姆有興趣？』

『我們相信他有我們正在尋找的天分。』

『你的意思是他拿到獎學金嗎？他怎麼會有獎學金？他又從沒申請過。』

『這個嘛，從他一出生，他的名字就已經登錄在我們學校了。』

『誰幫他登記的？他的父母？』

柯爾太太無疑是個咄咄逼人而難纏的人。鄧不利多顯然也察覺到了，因爲哈利見他從天鵝絨西裝內悄悄抽出魔杖，同時從柯爾太太的書桌上拿起一張空白的紙。

『這個，』鄧不利多說。他把那張紙遞給她，同時揮動他的魔杖，『我想這就可以說明一切。』

柯爾太太移動了一下視線，然後對著那張紙凝神細看了一會。

『看起來一切都很妥當。』她沉著的說，把紙張推回去。這時她的眼光落在顯然幾秒鐘前才出現在桌上的一瓶琴酒和兩只玻璃杯。

『呃──我可以請你喝杯琴酒嗎？』她忽然優雅的說。

『多謝。』鄧不利多含笑說。

談到喝琴酒，柯爾太太很快便證明她不是新手。她給彼此都各斟一大杯後，自己便一飲而盡。毫不掩飾的咂咂嘴，她這才首度對鄧不利多展開笑容，他毫不遲疑立刻善用這個優勢。

『我在想，不知妳能不能把湯姆．瑞斗的事都告訴我？我想他是在這家孤兒院出生的吧？』

『沒錯。』柯爾太太說，又給自己多斟了一些酒。『我還記得很清楚，因為當時我才上任不久。除夕那天，天氣非常冷，下著雪的，你知道。一個天氣惡劣的晚上。這個女孩，不比當時的我大多少，舉步維艱的來到門口。噢，她不是頭一個這樣的例子。我們扶她進來，不到一個小時她就生了，又過一個小時她就死了。』

柯爾太太重重的點頭，又喝了一大口酒。

『她臨死前有沒有說什麼？』鄧不利多問。『譬如，關於孩子的父親？』

『哎，事實上，有的。』柯爾太太說。這時候她似乎興致來了，畢竟手上端著琴酒，又有一個急著想聽她說故事的聽眾。

『我記得她當時對我說：「希望他長得像他爸爸。」而且我得承認，確實該這麼期待，因爲她自己長得並不美——然後她告訴我，要給他取名叫湯姆，這是他父親的名字，以及魔佛羅，這是她自己父親的名字——是的，我知道，奇怪的名字，不是嗎？我們都懷疑她是不是馬戲團出身的——還有她說，孩子姓瑞斗。不久她便死了，沒再多說一句話。

『於是，我們便依照她的遺言爲他命名，對這個可憐的女孩來說，這似乎是件非常重要的事，但是湯姆，或魔佛羅，或任何一個瑞斗家的人，都沒有來打聽過他，一個家屬也沒有，所以他就一直待在這所孤兒院裡。』

柯爾太太幾乎是心不在焉的，又給自己斟了一小杯琴酒，她的顴骨上現出兩團紅暈。然後她說：『他是個奇怪的孩子。』

『是的，』鄧不利多說，『我想他是。』

『他也是個奇怪的嬰兒。怎麼說，他從來不哭。還有，等他長大了一點之後，他變得……很怪。』

『很怪，哪方面？』鄧不利多溫和的問。

『這個嘛，他——』

柯爾太太猛然打住，從她的琴酒杯上對鄧不利多投以一個毫不含糊的犀利眼光。

『你說，他確定可以去你的學校讀書？』

『確定。』鄧不利多說。

『即使我說任何話也不會改變？』

『不會。』鄧不利多說。

『你無論如何都要把他帶走？』

『無論如何。』鄧不利多鄭重的重複說。

她瞇著眼看他，彷彿在決定要不要相信他。顯然她後來決定可以相信了，因為她話說得又快又急：『他把其他孩子都嚇壞了。』

『妳是說，他欺負弱小？』鄧不利多問。

『我想是的，』柯爾太太說，微微蹙著眉頭，『但是很難逮到他。有幾次事件……惡劣的事件……』

鄧不利多沒有催她，但哈利看得出他感興趣。她又喝一大口琴酒，臉頰上的紅暈更深了。

『比利．史塔的兔子……湯姆說不是他幹的，我也不覺得他有那個能耐，可是，兔子不會自己跑去木椽上吊，對不對？』

『我想不會。』鄧不利多平靜的說。

『如果我知道他是如何爬上去做這件事，我一定會跳腳。但我只知道前一天他和比利吵過架。後來——』柯爾太太又灌了一大口，這次溢出一點在她下巴上，『在那次暑期郊遊——你知道，我們每年都會帶他們出去一次，去鄉下或者去海邊——嗯，從此以後愛咪·班森和丹尼·畢夏就不大對勁了，我們問了半天，只知道他們曾經和湯姆·瑞斗一起進入一個洞窟。他發誓他們只是進去探險，可是在那裡面一定出了什麼事，我可以肯定。還有，嗯，還有其他許多事，奇奇怪怪的事……』

她又注視著鄧不利多，儘管她的臉頰緋紅，她的眼神卻穩定不動。

『我想應該沒有多少人會為他的離開感到難過。』

『我相信妳應該明白，我們不會永遠留住他。』鄧不利多說。『他至少，每年夏天必須回來這裡。』

『噢，那總強過拿生鏽的火鉗敲在鼻子上。』柯爾太太輕輕打個酒嗝。她站起來，哈利很訝異的發現，儘管有三分之二的琴酒已經不見了，她仍相當沉著鎮定。『我想你大概會想見見他吧？』

『很想。』鄧不利多說著，也站起來。

她帶他走出她的辦公室，爬上石階，邊走邊大聲發號施令和訓誡她的助手與孩子們。哈利發現，那些孤兒都穿著一式的灰色長衫。儘管他們看起來都受到妥善的照顧，但不可否認，這是個陰森的成長環境。

『到了。』他們轉過第二個樓梯口，在一條長廊的第一扇門前停下來時，柯爾太太說。她敲了兩下，然後推門而入。

『湯姆？你有訪客。這位是鄧多頓——抱歉，登得多先生，他來通知你——嗯，我還是讓他自己說吧。』

哈利和兩位鄧不利多進入房間，柯爾太太把門關上。那是個空盪盪的小房間，除了一座陳舊的衣櫥和一張鐵床外，其他什麼也沒有。一個男孩坐在灰色的毛毯上，伸直了兩條腿，手上捧著一本書。

湯姆．瑞斗臉上絲毫沒有剛特家族的特徵，魔柔死前的遺願實現了。他是他英俊父親的縮小版，十一歲的他身材算高的了，黑頭髮、白皙的皮膚。當他看見鄧不利多與眾不同的外型時，不禁微微瞇起眼睛。房間內有片刻的沉默。

『你好嗎，湯姆？』鄧不利多說，走過去伸出他的手。

男孩遲疑了一下，握住它，兩人互相握手。鄧不利多把一張硬木椅拖到瑞斗旁邊，於是兩人多少有點像醫院的病人與探病的訪客。

『我是鄧不利多教授。』

『教授？』瑞斗重複說，有點警覺。『和「醫生」差不多嗎？你來做什麼？是她叫你來看我的嗎？』

他指著柯爾太太剛剛才走出去的門說。

『不，不是的。』鄧不利多含笑說。

『我不相信，』瑞斗說。『她要叫我看醫生，對不對？老實說！』他的最後三個字鏗鏘有力，幾乎令人不寒而慄。它是一個命令，而且看來他已說過無數次。他雙眼圓睜盯著鄧不利多，後者不發一語，只是愉快的微笑。幾秒鐘後，瑞斗不再瞪著他，但看起來更小心了。

『你是誰？』

『我告訴過你了，我是鄧不利多教授，我在一所名叫霍格華茲的學校工作。我來請你去我的學校讀書——你的新學校，如果你願意的話。』

瑞斗聽了這句話後的反應令人詫異萬分。他跳下床，倒退著拉開他與鄧不利多之間的距離，十分憤怒。

『你騙不了我！你是從療養院來的，對不對？「教授」，是喔——我才不去，懂嗎？那隻母老虎才應該進療養院。我又沒對小愛咪．班森或丹尼．畢夏怎樣，你可以問他們，他們會告訴你！』

『我不是從療養院來的，』鄧不利多耐心的說，『我是老師，如果你安靜坐著，我會把霍格華茲的情形介紹給你聽。當然，如果你不願意去上學，沒有人會強迫你——』

『諒他們也不敢——』瑞斗嗤之以鼻。

『霍格華茲，』鄧不利多繼續說，彷彿沒聽到瑞斗最後那一句話，『是一所給具有特殊才能的人讀的學校——』

『我不是瘋子！』

『我知道你不是瘋子。霍格華茲不是一所給瘋子讀的學校，它是一所魔法學校。』

一陣沉默。瑞斗僵住了，面無表情，但他的眼睛在鄧不利多的兩隻眼睛之間掃視，彷彿要揪出是哪隻眼睛在說謊。

『魔法？』他小聲說。

『對。』鄧不利多說。

『那是……那是魔法，我會的是魔法？』

『你會什麼？』

『各式各樣的。』瑞斗呼出一口氣，一抹興奮的紅暈從他的脖子升上他凹陷的臉頰，看起來好像在發燒。『我不必動手就能使東西移動。我不必訓練動物就可以叫牠們聽我的話，我能使惹毛我的人遭殃。如果我願意的話，我還可以讓他們受傷。』

他的兩腿在發抖，蹣跚的走回床上坐下，注視著他的兩隻手。他低垂著頭彷彿在禱告。

『我知道我跟別人不一樣，』他對著自己顫抖的手指輕聲說。『我知道我很特殊，我一向知道我與眾不同。』

『嗯，你說得很對。』鄧不利多說。他不再微笑，而是專注的望著瑞斗。『你是一個巫師。』

瑞斗抬頭，臉色整個變了。他的臉上有著狂喜，但這並不能使他更好看，相反的，他秀氣的五官似乎變得更粗暴，表情幾乎是殘忍的。

『你也是巫師嗎？』

『是的，我是。』

『證明給我看。』瑞斗立刻說，和他方才說『老實說』一樣的命令語氣。

鄧不利多揚起眉毛。

『如果我證明給你看，你會接受去霍格華茲——』

『那當然！』

『那麼你必須稱呼我「教授」或者「先生」。』

瑞斗的臉上倏然閃過一絲強硬，但很快他便以截然不同的禮貌語氣說：『對不起，先生。我是說——教授，可以請你秀給我看嗎？——』

哈利以爲鄧不利多會拒絕，以爲他會告訴瑞斗，到了霍格華茲自然會有許多時間練習；以爲他會告訴他，這裡到處都是麻瓜，因此要小心一點。然而令他大感驚訝的是，鄧不利多從他的西裝上衣內袋抽出魔杖，指向角落陳舊的衣櫥，隨意一揮。

衣櫥立刻著火。

瑞斗跳起來。哈利不能怪他又驚又怒的大叫，他在這世間所擁有的一切東西一定都存放在裡面。可是當瑞斗轉頭向著鄧不利多時，火焰消失了，衣櫥絲毫未損。

瑞斗看看衣櫥又看看鄧不利多，然後露出貪婪的表情，他指著魔杖。

『我從哪可以弄到一支這個？』

『等時機成熟時，』鄧不利多說，『我想有一些東西想從你的衣櫥出來。』

果然，衣櫥內傳出一個微弱的聲音。瑞斗這時候頭一次顯得很害怕。

『把門打開。』鄧不利多說。

瑞斗猶豫了一下，這才走過去打開衣櫥門。在衣櫥的最上面，一排破舊的衣服上方有個小紙盒在喀喀震動，彷彿有幾隻小老鼠被關在裡面想掙脫出來。

『拿出來。』鄧不利多說。

瑞斗取下喀喀響的紙盒，神情焦躁。

『盒子裡有沒有不屬於你的東西？』鄧不利多問。

瑞斗認真的、盤算似的看了鄧不利多一眼。

『有，我想有，先生。』最後他面無表情的說。

『打開。』鄧不利多說。

瑞斗打開盒蓋，看也不看就把裡面的東西倒在床上。哈利原以爲會是一些更有趣的東西，不料淨是些平常的小東西，一個溜溜球、一枚銀頂針和一把生鏽的口琴等等。一旦離開紙盒，這些小東西立即停止震動，靜靜的躺在薄毛毯上。

『你要把它們還給原來的主人，並且向他們道歉。』鄧不利多沉著的說，將魔杖放回他的上衣裡面。『我會知道它們還在不在。而且我要先警告你，霍格華茲不容許偷竊的行爲！』

瑞斗臉上沒有懊悔慚愧的表情，他依舊冷漠、欽佩的望著鄧不利多。最後，他用平板的聲音說：『是，先生。』

『在霍格華茲，』鄧不利多繼續說，『我們不但教如何使用魔法，更會教如何控制它。你已經——我相信是在不知情的情況下——以我們學校不會教、也不容許的方式，在使用你的魔力。你不是第一個，也不會是最後一個濫用魔力的人，但你應該知道，霍格華茲會開除學生，還有魔法部——是的，還有一個魔法部——也會更嚴厲的懲罰違法者。所有新來的巫師都必須接受這一點，要進入我們的世界，就必須遵守我們的法律。』

『是，先生。』瑞斗又說。

從外表實在看不出他心裡在想什麼，當他把那些偷來的小東西放回紙盒時，臉上毫無表情。等他收拾完畢後，他轉頭對鄧不利多大膽的說：『我沒有錢。』

『這事好辦，』鄧不利多說著，從他口袋掏出一只皮錢袋。『霍格華茲有一筆基金，專爲需要協助的學生購買書籍和長袍。有些符咒書之類的東西你可能需要買二手的，不過——』

『去哪裡買符咒書?』瑞斗插嘴，他沒向鄧不利多道謝便接過那只沉重的錢袋，現在正檢視著一枚厚重的金加隆。

『在斜角巷，』鄧不利多說。『我這裡有一張你要用的書籍與學校用品的清單。我可以陪你找齊——』

『你要陪我一起去?』瑞斗抬頭問。

『是的，假如你——』

『我不需要你陪。』瑞斗說。『我習慣自己做事，我常自己一個人逛倫敦。去這個斜角巷要怎麼走——先生?』接觸到鄧不利多的視線，他立刻又加上一句。

哈利以為鄧不利多會堅持陪瑞斗，但又一次讓他出乎意料。鄧不利多交給瑞斗一只裝著清單的信封，又詳細告訴瑞斗如何從孤兒院去『破釜酒吧』，他說:『雖然四周的麻瓜——就是不會魔法的人——看不見，但是你會看到它。找酒保湯姆——名字很好記，他和你同名——』

瑞斗厭惡的抽搐了一下，彷彿要趕走一隻討厭的蒼蠅。

『你不喜歡「湯姆」這個名字?』

『滿街都是「湯姆」。』瑞斗喃喃的說。接著他彷彿忍不住，彷彿由不得他自己似的，他脫口問:『我父親是個巫師嗎?他們告訴我，他也叫湯姆‧瑞斗。』

『恐怕我並不清楚。』鄧不利多溫和的說。

『我母親不可能會魔法，否則她不會死。』瑞斗更像在自言自語說。『一定是他。那，等我把所有東西都準備好後，我什麼時候去這個霍格華茲？』

『一切詳細情形都寫在你信封內的第二張羊皮紙上，』鄧不利多說。『你要在九月一日出發前往王十字車站。裡面也有一張火車票。』

瑞斗點頭。鄧不利多站起來，再度伸手。瑞斗握手說：『我能跟蛇說話。我在我們去鄉下郊遊時發現的——牠們找上我，對我說悄悄話。這對一個巫師來說算正常嗎？』

哈利看得出來，他刻意把這種特殊才能留到最後一刻才說，有意加深印象。

『這種能力不常見，』鄧不利多遲疑片刻才說，『但也不是沒聽過。』

他的語氣雖然輕鬆，但他的眼睛密切的打量著瑞斗。兩人就這樣面對面站著，大人與小孩，互相注視著對方。然後握著的手放開了，鄧不利多走到門口。

『再見，湯姆。霍格華茲見。』

『我想這樣就夠了。』站在哈利身邊的白髮鄧不利多說，幾秒鐘後，他們在無重力狀態下升空，再一次穿過黑暗，然後四平八穩的降落在現在的辦公室。

『坐下。』鄧不利多在哈利身邊降落後說。

哈利聽命，腦子仍裝滿剛才所見的影像。

『他比我更快相信這一切——我是說，當你告訴他，他是個巫師時，』哈利說。

『海格告訴我時，一開始我還不相信。』

『是的，瑞斗早有心理準備相信自己是——套句他說的話——「與眾不同」。』鄧不利多說。

『那個時候——你就知道了嗎？』哈利問。

『知道我見到了有史以來最危險的黑巫師嗎？』鄧不利多說。『不，我並不知道他長大後會變成這樣。不過，他確實引起我的好奇心。我回到霍格華茲後便刻意密切注意他，畢竟那本來就是我應該做的，因爲他孤苦無依，又沒有朋友。但是當時我就已經覺得，我這麼做並不只爲他著想，也是爲別人著想。

『你也聽到了，對一個這麼年輕的巫師來說，他的能力已經發展到令人驚訝的程度，而且——最有意思，也是最不幸的——他已發現他有辦法掌控它們。誠如你所見，它們都不是年輕巫師慣常會做的隨機實驗，他已經在利用魔法對付他人，去恐嚇、懲罰、控制他們。勒死兔子和誘拐小男生、小女生進去洞窟這些小故事，就是最好的明證……如果我願意的話，我還可以讓他們受傷……』

『而且他還是個「爬說嘴」。』哈利打岔說。

『是的，確實，一種罕見的能力，照說應該與黑魔法有關，然而我們知道，在那些偉大、善良的巫師中也有「爬說嘴」。事實上，他能與蛇交談的能力，還不如他的殘忍、陰險、掌控他人的本性更令我不安。

『時間又在愚弄我們了。』鄧不利多指著窗外暗沉的天空說。『但在我們分手前，我還要提醒你，我們剛才所見的影像中有幾個特點，它們和我們將來見面時所要討論的事有很重要的關係。

『首先，我希望你有注意到，當我提到另一個和瑞斗同名的「湯姆」時，他的反應。』

哈利點頭。

『這表示，他厭惡所有把他與他人相提並論、所有讓他變得平凡的事。早在當年，他就期望自己與眾不同、獨一無二、惡名昭彰。你也知道，他在那次談話之後短短幾年內便捨棄了他的姓名，自創「佛地魔王」這個面具，並隱藏在背後直到今天。

『我相信你也注意到，湯姆・瑞斗很早就相當獨立孤僻，顯然也沒有朋友了吧？他去斜角巷時不要別人的協助或陪伴，成年的佛地魔也一樣。你將會聽到許多他麾下的食死人宣稱他信任他們、親近他們，甚至說他們了解他，他們是被蠱惑了。佛地魔王從來就沒有朋友，我也不相信他曾經想過需要朋友。

『最後——我希望你不要因為太睏了而忽略了這一點，哈利——年輕的湯姆・瑞斗喜歡蒐集戰利品。你看到他藏在房間裡的那個贓物盒。那是他以欺凌弱小的行為，從受害者身上強奪來的，尤其是以令人不愉快的魔法取得的紀念品，可以這麼說。要記住這個蒐集癖的傾向，因為這一點日後將格外重要。

『現在，眞的該上床睡覺了。』

哈利站起來，當他走向門口時，他的眼光落在上次擱著魔佛羅・剛特的戒指的小桌，但戒指已經不在了。

『有什麼問題嗎，哈利？』見哈利停下腳步，鄧不利多說。

『那個戒指不見了，』哈利說著，到處張望，『不過我想你還有口琴什麼的。』

鄧不利多對他一笑，從他的半月形眼鏡上方看他。

『非常機靈，哈利，但那把口琴終究只是一把口琴而已。』

說出謎一般的這句話後，他對哈利揮手，哈利明白這是在叫他回去。

14. 福來福喜

隔天早上第一堂課是藥草學，因爲怕人偷聽到，所以哈利無法在早餐時把他與鄧不利多上課的情形，告訴榮恩和妙麗，但他趁他們一道走過菜圃前往溫室途中，告訴了他們。上個週末的暴風雪總算歇止，但是怪異的迷霧又回來了，他們比平時多花了點時間才找到正確的溫室。

『哇，一想到就好可怕哦，少年時代的「那個人」耶。』榮恩小聲的說。他們選了一棵長著許多瘤瘤的食肉藤，在它四周各自找好位置，然後戴上他們的防護手套，這是他們這個學期的研究主題。『但我還是不明白鄧不利多爲什麼要給你看這些。我是說，是很有意思，但重點是啥？』

『不知。』哈利說著，把護牙套塞進去。『不過他說這很重要，能幫助我活下來。』

『我覺得很有意思。』妙麗熱切的說。『這樣你就可以多了解一些佛地魔的事，否則你要如何找出他的弱點？』

『史拉轟上次的聚會情形如何？』哈利戴著護牙套，用模糊不清的語音問她。

『喔，其實滿好玩的，眞的。』妙麗說，她戴上護目鏡。『我的意思是，他喋喋不休談了一些以前知名的學生，他不停奉承麥拉，因爲他的關係太好了，不過他也弄了很好吃的東西給我們吃，還介紹我們認識關娜・瓊斯。』

『關娜・瓊斯？』榮恩在他的護目鏡下瞪大了眼睛。『那個關娜・瓊斯？聖顱島女頭鳥隊的隊長？』

『是的。』妙麗說。『我個人認爲她有點自大，但——』

『那邊聊夠了吧！』芽菜教授大聲嚷嚷說，表情嚴厲。『你們進度落後了，其他每個人都動手了，奈威甚至已經拔出他的第一個豆莢啦！』

他們轉頭去看，果然，奈威坐在那裡，嘴唇流著血，臉上還有幾道髒髒的抓痕，但他手上抓著一顆葡萄柚大小、還在噁心的規律脈動的綠色物體。

『是，教授，我們現在要開始了！』榮恩說。一等芽菜教授轉過頭去，他又小聲說：『應該用嗡嗡嗚，哈利。』

『不行，不可以！』妙麗馬上說，和往常一樣，想到混血王子和他的符咒，她立刻板起臉來。『來吧……我們最好開始……』

她面有憂色的看他們一眼，他們這才深吸一口氣，把手伸進去。

食肉藤立刻活了起來，長長的、有刺的、荊棘似的藤蔓紛紛射出，張牙舞爪的在空中揮舞。其中一條纏住妙麗的頭髮，榮恩用一把修枝剪把它打回去。哈利計誘，成功的將兩條藤蔓打了個結。在這些觸手狀的藤蔓中間出現一個空隙，妙麗勇敢的探手進去，洞口立刻如陷阱般闔起來咬住她的手肘，哈利與榮恩合力將藤蔓扯開迫使空隙打開，妙麗趕緊抽回手臂，但她手中已抓到了一顆和奈威一樣的豆莢。有刺的藤蔓立刻縮回去，多瘤的植株靜靜的一動也不動，看上去像一截無辜的木頭。

『你知道嗎？以後如果我有我自己的房子，我才不會在院子裡種這種東西呢。』榮恩將他的護目鏡推到額頭上，擦拭臉上的汗水說。

『拿個碗過來。』妙麗說。她手上抓著還在跳動的豆莢，手臂伸得老長，哈利遞了一個給她，她將豆莢扔進碗裡，一臉的噁心。

『別那麼愛乾淨，快把它擠出來，新鮮的最好！』芽菜教授大聲說。

『總之，』妙麗接續剛才被打斷的對話，彷彿被植物攻擊這件事根本沒有發生，『史拉轟還要辦一次聖誕派對，哈利，這次你逃不了了，因爲他特別叫我查清楚你哪天晚上有空，他好在你能來的那天晚上舉行。』

哈利發出呻吟。同時榮恩正用兩隻手捏著碗裡的豆莢想把它擠破。他站著使盡力氣努力擠，忿忿不平的說：『又是一次只有史拉轟的愛徒才能參加的聚會，是嗎？』

『是的，只有「史拉俱樂部」的成員。』妙麗說。

豆莢從榮恩指間飛出去，撞上溫室玻璃又彈回來，打掉芽菜教授頭上那頂補釘的舊帽子。哈利去撿回豆莢，當他回來時，妙麗正好說：『嗳，「史拉俱樂部」這個名字又不是我取的——』

『「史拉俱樂部」，』榮恩用可以和馬份媲美的輕蔑語氣說，『眞是可悲。希望妳有個愉快的聚會，妳爲什麼不去接近麥拉，這樣史拉轟就可以封你們爲史拉王和史拉后——』

『我們可以攜伴參加呀，』妙麗不知什麼原因滿臉通紅，『我本來打算邀請你的，不過假如你覺得那很無聊，那就算了！』

哈利突然希望那顆豆莢飛遠一點，這樣他就不必夾在他們中間。他在兩人都無視他存在的情況下，抓起裝著豆莢的碗，儘可能用最嘈雜最用力的方法試圖打開它，不幸的是，他還是聽到他們所說的每一句話。

『妳要邀請我？』榮恩換了一種完全不同的聲調問。

『是的。』妙麗氣呼呼的說。『不過，假如你希望我接近麥拉……』

一陣停頓，哈利依舊繼續用一把抹鏟死命敲打那顆彈性十足的豆莢。

『不，我不希望。』榮恩用非常細微的聲音說。

哈利沒敲中豆莢，反而敲到碗，把碗敲碎了。

『復復修！』他急忙說，用他的魔杖在破碗上戳一下，碎片立刻彈回來恢復原狀。不過，這一聲響驚醒榮恩與妙麗，提醒他們哈利的存在。妙麗一臉慌亂，立刻胡亂翻著她的《世界食肉樹大全》，尋找擠出食肉藤豆莢的對策。榮恩則一臉心虛，但是看起來很高興。

『哈利，拿來給我，』妙麗急忙說，『上面說我們應該用尖銳的東西戳它……』

哈利將那碗豆莢遞給她，與榮恩兩人把護目鏡戴好，再一次把手探進植株。

他並不感到意外，哈利心想，一面和纏著他的有刺藤蔓搏鬥，他早有預感這種事遲早會發生，但他也說不清那種感覺……他和張秋現在尷尬得不敢直視對方，更別提互相交談，萬一榮恩與妙麗同進同出，然後又分手了呢？他們的友誼還能繼續維持嗎？哈利還記得三年級時他們互相冷戰的那幾個星期，他可不喜歡夾在他們中間做和事老。還有，假如他們沒分手呢？假如他們像比爾和花兒那樣成為一對，他在他們面前不是就尷尬得要死，最後永遠被排擠了嗎？

『逮到你了！』榮恩大喊，從植株中拉出第二顆豆莢，妙麗這時剛好破開第一顆豆莢，頓時碗裡面滿滿一碗蠕動的顆粒，活像淡綠色的蛆。

接下來的課堂上他們沒有繼續談論史拉轟的派對。雖然後來那幾天哈利更仔細觀察了他這兩個朋友，但榮恩與妙麗除了彼此在態度上比往常多了點禮貌之外，似乎沒有任何異狀。哈利猜想他只有等派對那天晚上，在史拉轟燈光柔和的辦公室，以及奶油啤酒的作用下，靜待會有什麼事發生。然而，他眼前還有其他更大的憂慮。

凱娣．貝爾仍在聖蒙果醫院內，毫無出院的跡象，這表示哈利從九月以來如此費心訓練的葛來分多隊少了一位追蹤手。他一直拖延找人遞補凱娣，盼望她能回來，但他們與史萊哲林對壘的開幕賽正逐漸迫近，最後他只好接受她無法及時參賽的事實。

哈利覺得自己沒辦法忍受再一次在眾目睽睽下進行甄試。一天，他懷著與魁地奇無關的沉重心情，在『變形學』下課後將丁．湯馬斯叫到一旁。大部分學生這時都已離開教室，只有幾隻嘰嘰喳喳叫個不停的黃色小鳥還在教室裡飛來飛去，牠們全是妙麗的傑作，沒有人能像她那樣成功的平空變出一群鳥來。

『你還有意擔任追蹤手嗎？』

『什麼？——有，當然有！』丁興奮的說。哈利從丁的肩膀望過去，看見西莫．斐尼干滿臉不悅的將他的書本重重的摔進書包裡，而哈利不想找丁的原因之一，就是他知道西莫會不高興。但從另一方面來看，他必須爲球隊著想，甄試時丁的成績比西莫好。

『那，你就算加入囉。』哈利說。『今晚七點練球。』

『好。』丁說。『太好了，哈利！天啊，我等不及要告訴金妮了！』

他蹦蹦跳跳離開教室，留下哈利與西莫，這是個尷尬的時刻，偏偏有一隻妙麗的金絲雀從他們頂上飛過去時，拉了一坨大便在西莫頭上。

西莫不是唯一對遞補凱娣的人選有微詞的人，現在交誼廳內耳語紛紛，說哈利挑選了他的兩個同班同學參加球隊。哈利在他的求學生涯期間，已經忍受過更多比這更難聽的閒言閒語，因此他不會特別在意，但必須在迫在眉睫的史萊哲林對抗賽中獲勝的壓力，仍然有增無減。假如葛來分多隊獲勝，哈利知道全學院的人都會忘了他們曾經批評過他，並且會信誓旦旦的說他們早知道這是一支了不起的球隊。但假如他們輸了……那，哈利無奈的想，他也只好忍受更難聽的批評……

當天晚上，等哈利看到了的飛行技術後，他沒有理由後悔了，他與金妮和狄梅莎的默契一流。兩位打擊手皮克斯與庫特，也越來越有默契。唯一的問題是榮恩。

哈利一直都知道榮恩是個不穩定的選手，太容易緊張，而且缺乏信心，不幸的，隨著那一季的開幕賽越來越逼近，榮恩缺乏安全感的老毛病更加嚴重了。在被進了六球之後，其中多半由金妮得分，榮恩的技術越來越離譜，最後竟然一拳打在迎面而來的狄梅莎．羅賓斯嘴上。

『這是意外，我很抱歉，狄梅莎，真的抱歉！』當她歪歪斜斜的飛回地面，血滴得到處都是時，榮恩在她後面喊著。『我只是——』

『慌慌張張的。』金妮生氣的說，下來停在狄梅莎身邊檢查她腫起來的嘴唇。『你這蠢蛋，榮恩，看她傷成這樣！』

『我有辦法治療。』哈利說，降落在兩個女孩中間，他用魔杖指著狄梅莎的嘴，說聲：『復復元！』

『還有，金妮，不要罵榮恩是蠢蛋，妳不是這支球隊的隊長——』

『你太忙了，沒空罵他蠢蛋，我想總得有人——』

哈利強忍住笑。

『上去吧，各就各位，出發……』

總括來說，這是他們這學期以來表現最差的一次集訓，但眼看比賽在即，哈利心想還是不要太誠實才是上策。

『幹得好，各位，我想我們會擊敗史萊哲林。』他打氣說。追蹤手和打擊手離開更衣室時都顯得意氣風發。

『我表現得像一袋恐龍大便。』當金妮走出更衣室，用力關上門時，榮恩用茫然的語氣說。

『不，你沒有。』哈利堅定的說。『你是我甄選出來的最佳守門手，榮恩。你唯一的問題是會緊張。』

回城堡的路上，他一直不斷的鼓勵他，等他們回到三樓時，榮恩看上去開心多了。當哈利掀開掛幔抄捷徑上葛來分多塔時，突然撞見金妮與丁正緊緊的抱在一起親吻，兩人彷彿黏得化不開。

哈利的胃裡彷彿有隻軀體龐大、長著鱗片的東西突然甦醒過來，抓著他的五臟六腑，熱血衝上他的腦袋，以致所有的思想都停頓了，代之而起的是一股想把丁狠狠下咒的衝動。他在與這個乍然冒出的念頭搏鬥之際，聽到榮恩的聲音彷彿來自遠方。

『喂！』

丁和金妮立刻分開，四下張望。

『什麼？』金妮說。

『我不希望看到自己的妹妹當眾接吻！』

『在你闖進來以前，這裡是沒有人的走廊！』金妮說。

丁面露窘態。他對哈利笑笑，哈利沒理會。他身體裡面那個乍生的怪獸正在怒吼，叫他立刻把丁從球隊裡開除。

『呃……好啦，金妮，』丁說，『我們回交誼廳……』

『你回去！』金妮說。『我要和我親愛的哥哥說句話！』

丁則帶著一臉急著脫離現場的表情離開了。

『好，』金妮說著，將她的長髮往後一甩，瞪著榮恩，『咱們一次把話說清楚。我要和誰出去或我要和他們做什麼，都不關你的事，榮恩——』

『當然有關！』榮恩說，一樣生氣。『你以爲我喜歡人家說我的妹妹是個——』

『是個什麼？』金妮大喊，抽出她的魔杖。『是個什麼，說呀？』

『他沒別的意思，金妮——』哈利忍不住說，雖然那個怪物在大聲贊同榮恩說的話。

『喔，他有的！』她說，轉身面對哈利。『只因爲他這輩子從沒和人接過吻，只因爲他唯一一次親嘴是跟我們的牡丹姑婆——』

『妳閉嘴！』榮恩怒斥，臉色由紅轉褐。

『不，我偏不！』金妮大吼大叫，失去控制。『我看過你和蛙兒在一起時，你巴不得她每次見到你都在你臉上親一下，眞可悲！假如你有出去約會，自己有機會打個小啵，你就不會那麼在意別人接吻了！』

榮恩也抽出他的魔杖，哈利迅速往兩人中間一站。

『妳知不知道妳自己在胡說些什麼！』榮恩大吼，想繞過哈利給她一擊，哈利這時站在她前面，張開雙手。『只因爲我不會在公共場所——』

金妮尖聲嘲笑，想把哈利推開。

『親過豬水鳧沒有？還是你把牡丹姑婆的相片藏在你枕頭下？』

『妳——』

一束橘色的光從哈利的左手底下射過去，差點擊中金妮，哈利把榮恩推到牆上。

『別亂來——』

『哈利吻過張秋！』金妮大聲說，聽起來好像快哭出來。『妙麗吻過維克多・喀浪，只有你裝得一副很噁心的樣子，榮恩，那是因爲你的經驗只比得上十二歲的小鬼頭！』

說完，她踩著重重的腳步離開了。哈利很快放開榮恩，他的臉上殺氣騰騰。兩人站在那裡，粗重的喘息，直到飛七的貓拿樂絲太太出現在牆角，才解除了緊張氣氛。

『走啦。』當哈利聽見飛七的腳步聲時說道。

他們急忙上樓，進入八樓走廊。『喂，閃邊去啦！』榮恩對一個小女孩吼道，小女孩嚇了一跳，掉下一瓶蟾蜍卵。

哈利沒有注意到玻璃瓶摔破的聲音，他失去方向感，覺得頭暈，被閃電打到大概就是這種感覺。只因她是榮恩的妹妹，他告訴自己。你不喜歡見到她與丁接吻，只因爲她是榮恩的妹妹……

但他心中不由自主出現一個幻象，在同樣冷清的走廊上，換成他自己和金妮接吻……他胸口的那隻怪獸在呼嚕呼嚕叫……但他發現榮恩掀開掛幔，對著哈利抽出他的魔杖，大喊：『背叛了我對你的信任。』……『你是我的朋友。』……之類的話。

『你認爲妙麗眞的有吻過喀浪嗎？』當他們快接近胖女士時，榮恩忽然問道。哈利嚇一跳，有點內疚，立刻將幻象換成一條沒有榮恩闖入的走廊，只有他和金妮兩人單獨──

『什麼？』他有點迷惑。『喔……呃……』

誠實的答案是『有』，但他不想說。榮恩似乎從哈利臉上的表情得到最壞的答覆。

『蒔蘿肉泥餅。』他陰沉的對『胖女士』說，兩人便爬進畫像洞，進入交誼廳。

他們沒有再提起金妮或妙麗。事實上，當天晚上他們幾乎沒有再互相交談，而是各懷心事默默的上床睡覺。

哈利久久不能入睡，望著四柱床的罩篷試著說服自己，他對金妮的情感完全是大哥哥式的。他們一整個暑假不都像兄妹似的一起住、一起打魁地奇、一起開榮恩玩笑，又一起譏笑比爾和蛙兒。他認識金妮很多年了……理所當然應該保護她……理所當然應該照顧她……把丁碎屍萬段，因爲他吻她……不行……他一定要保持這種難得的兄妹之情……

榮恩打了一個大鼾聲。

她是榮恩的妹妹，哈利堅定的告訴自己。榮恩的妹妹。不可以對她有非分之想。他不會爲任何事傷害他與榮恩的友誼。他拍拍枕頭，使它睡起來更舒服，想盡辦法阻止自己的思緒飛向金妮，然後等著入睡。

哈利次日醒來覺得有點頭暈目眩，因爲夜裡作了許多夢，夢中榮恩用一支打擊手的球棒追打他。但是到了中午，他變成寧可現實的榮恩和夢中的榮恩對調，因爲榮恩不但對金妮與丁視而不見，甚至用一副冷冰冰和冷嘲熱諷的態度對待傷心而困惑的妙麗。

更過分的是，榮恩似乎一夜之間變成一個容易發怒、像爆尾釘蝦一樣隨時可能發動攻擊的人。哈利一整天都在設法讓榮恩與妙麗兩人和平共處，但效果不彰。最後，妙麗非常生氣的去睡了，榮恩在惡狠狠的罵了幾個受到驚嚇、盯著他看的一年級生後，也大踏步回男生宿舍。

令哈利沮喪的是，接下來幾天榮恩暴躁易怒的態度並未稍減，更糟的是，他的守門技巧每下愈況，使他的脾氣變得更差。因此在星期六魁地奇開幕賽前的最後一次集訓中，追蹤手瞄準他的每一個球他都未能撲救成功，而且他還對每一個人破口大罵，把狄梅莎．羅賓斯都罵哭了。

『你閉嘴，少惹她！』皮克斯大喊，他的身高大概只有榮恩的三分之二，但手上提著一支很沉的球棒。

『**夠了！**』哈利大吼。他已經看見金妮對榮恩怒目相向，想起她是精怪蝙蝠咒的高手，立刻趕在情況失控前飛上去干預。『皮克斯，去把搏格收好。狄梅莎，振作點，妳今天的表現很好。榮恩……』他等其他隊友都走遠了後才說，『你是我最要好的死黨，可是你再繼續這樣對待他們，我會把你踢出球隊。』

他眞的有那麼一刻以爲榮恩會揍他，但更糟的情況發生了，騎在飛天掃帚上的榮恩彷彿整個人垮了下來，他的鬥志全失，他說：『我退出。我太可悲了。』

『你不可悲，你也不能退出！』哈利厲聲說，抓住榮恩的球袍衣襟。『你只要進入狀況便能救到每一個球，你是心理問題在作祟！』

『你說我心理有問題？』

『是的，我想是這樣！』

他們互相乾瞪眼，一會兒後榮恩無力的搖頭。

『我知道你沒時間另外再找一位守門手，所以我明天還是會上場，不過萬一我失敗了——我們一定會的，我會自動退出球隊。』

哈利說什麼也沒用。晚餐時哈利一直設法提振榮恩的信心，但榮恩只顧著對妙麗鬱鬱不樂生悶氣。晚上在交誼廳哈利仍不放棄，但因爲其他隊員聚在交誼廳一角竊竊私語，並對榮恩投以厭惡的眼光，使得哈利再三說『假如榮恩退出，球隊就完了』的這種話，聽起來很薄弱。最後，哈利假裝生氣了，希望藉此激起榮恩的反抗，進而有助於得分，但這個策略似乎未比鼓勵的方式更好，榮恩依然故我的上床睡覺。

哈利躺在黑暗中久久不能入眠。他不想輸了明天的比賽，不僅因爲這是他第一次當隊長，而且他已下定決心，就算他還無法證明他對跩哥·馬份的懷疑，他也要在魁地奇比賽中擊敗他。但假如榮恩的表現依舊像過去幾天的集訓，他們獲勝的機會就非常渺茫……

要是有什麼東西能使榮恩振作起來就好了……使他鬥志高昂……保證使榮恩一整天都心情愉快的東西……

哈利忽然靈光一現，想到了答案。

隔天早上的早餐依舊和往常一樣熱鬧，當葛來分多隊的每一個球員進入餐廳時，史萊哲林的學生便大聲起鬨噓他們。哈利瞥向天花板，是晴朗無雲的淡藍色天空，這眞是個好預兆。

當哈利與榮恩走近葛來分多餐桌時，穿著紅金兩色衣服的葛來分多學生紛紛大聲歡呼。哈利含笑揮手，榮恩則沉著臉搖頭。

『加油，榮恩！』文妲大聲喊。『我知道你會很棒的！』

榮恩沒理會她。

『茶？』哈利問他。『咖啡？南瓜汁？』

『隨便。』榮恩悶悶的說，咬一口吐司。

幾分鐘後妙麗走到他們身後。她這幾天被榮恩的陰陽怪氣搞得很煩，因此沒有和他們一起下來吃早餐。

『你們倆今天的心情如何？』她試探的說，看著榮恩的後腦勺。

『很好。』哈利說，他正專心的遞一杯南瓜汁給榮恩。『給你，榮恩，把它喝光。』

榮恩正舉杯到嘴邊時，妙麗忽然厲聲說。

『不要喝，榮恩！』

哈利和榮恩都抬頭看她。

『爲什麼？』榮恩說。

妙麗瞪著哈利，彷彿不敢相信她的眼睛。

『你剛剛放了什麼東西在那杯飲料裡面？』

『妳說什麼？』哈利說。

『你聽到我說的話了。我看見了，你剛剛滴了一點什麼東西在榮恩的飲料裡。你現在手上就拿著那個瓶子！』

『我不知道妳在說什麼。』哈利說，急忙把那個小瓶子塞進口袋。

『榮恩，我警告你，不要喝！』妙麗再度警告他。但榮恩拿起杯子，一口乾掉，並說：『別對我發號施令，妙麗。』

她一臉憤慨，並彎下腰來，只讓哈利和榮恩聽得到她的悄悄話，『你們應該爲此被學校開除。哈利，我沒想到你會這樣做！』

『唷，瞧誰在說話，』他小聲頂回去。『最近把誰弄「迷糊」了嗎？』

她猛然起身離開他們。哈利看著她離去一點也不後悔。妙麗從來不明白魁地奇的重要性。他回頭看看榮恩，他正在咂嘴。

『時間差不多了。』哈利愉快的說。

他們往球場走去時，結霜的草地在腳底下發出清脆的聲音。

『幸好天氣不錯，嗄？』哈利問榮恩說。

『是啊。』榮恩說，他的臉色蒼白，好像要吐的樣子。

金妮與狄梅莎已經換上魁地奇球袍，正在更衣室等候。

『情況看來很理想，』金妮說，沒理會榮恩。『你猜怎麼著？那個史萊哲林的追蹤手魏西——他昨天練習時被搏格擊中腦袋，痛得不能上場！還有更棒的——馬份也生病了！』

『什麼？』哈利聽了猛然轉身瞪著她。『他生病了？他生什麼病？』

『不知道，但是對我們有利，』金妮愉快的說。『他們改換哈普上場，他和我同年級，他是個白癡。』

哈利微微一笑，但是當他穿上他的紅色球袍時，他的思緒卻飄離魁地奇。馬份曾經有一次說他受傷不能上場比賽，但是那一次，他早知道整場比賽會延期到更有利於史萊哲林的時間。爲何他現在寧可讓人替代他參加比賽？他是眞的生病嗎，還是裝病？

『太可疑了，不是嗎？』他對榮恩低聲說。『馬份不上場？』

『運氣吧，我說，』榮恩說，開始有點精神了。『還有，魏西也不上場，他是他們最好的得分手，我沒想到——嘿！』他忽然說，守門手的手套套了一半停下來，瞪著哈利。

『什麼？』

『我……你……』榮恩壓低了嗓子，看起來既害怕又興奮。『我的飲料……我的南瓜汁……你該不會？……』

哈利揚起眉毛，只說：『我們五分鐘後就要開始比賽了，你最好趕快把靴子穿上。』

他們走進球池，引來一陣混亂的吼叫和噓聲。球場一邊是深紅色與金色，另一邊是一片綠色與銀色。許多赫夫帕夫和雷文克勞學院的學生也各據一方，在滿場的呼叫與鼓掌聲中，哈利可以清楚的聽到露娜‧羅古德那頂有名的獅頭帽發出的獅吼。

哈利走向裁判胡奇夫人，她已經就位，準備從籃子裡把球放出來。

『兩位隊長，握手。』她說。哈利的手差點被新的史萊哲林隊長烏夸捏碎。『騎上你們的飛天掃帚。聽哨音……三……二……一……』

哨音響了，哈利和其他人雙腳用力一蹬，離開冰凍的地面，升上天空。

哈利在球場四周飛翔尋找金探子，並留意哈普的行蹤，哈普在他底下成Z字形飛行。接著一個與以往的播報員截然不同的聲音出現。

『好，他們出發了，我想我們看到波特今年組成的隊伍都會感到驚訝。許多人認爲，以榮恩‧衛斯理去年擔任守門手的勉強表現，今年或許會退出才對，不過當然，與隊長的私人交情還是有用……』

這幾句話博得史萊哲林那邊觀眾的喝采與鼓掌。哈利騎在他的飛天掃帚上轉身往播報台望去，看到一個高大瘦削、鼻子朝天的金髮男孩站在那裡，對著魔法麥克風說話，那裡過去一度是李・喬丹播報的地方。哈利認出他是災來耶・史密，他極度討厭的一個赫夫帕夫隊員。

『喔，現在史萊哲林首度搶攻了，他們的烏夸向球池俯衝——』

哈利快翻胃了。

『——衛斯理把球救了起來，好吧，我想他有時是有點好運……』

『沒錯，史密，他是有點好運。』哈利喃喃的說，對自己微笑，同時把視線投向那些追蹤手，尋找神出鬼沒的金探子蹤影。

比賽進行半小時後，葛來分多隊以六十比零領先，榮恩果然神妙的救了幾個球，有些距離他的手套只有毫釐之差。而在葛來分多隊得分的六個球中，金妮一人獨得四球。這有效的封住了災來耶的口，因爲他曾對著麥克風大聲質疑，說這兩個衛斯理家的人之所以能進入球隊是因爲哈利喜歡他們，於是他轉而改挑皮克斯與庫特的毛病。

『當然啦，庫特並非天生的打擊手，』災來耶傲慢的說，『通常打擊手的肌肉會再結實一點——』

『砸他一個搏格！』當庫特從哈利旁邊飛過時，哈利對他喊道，但庫特只是咧嘴笑笑，選擇將下一個搏格瞄準剛從哈利對面飛過的哈普。哈利聽到搏格鏘的一聲命中目標後非常高興。

葛來分多隊似乎毫無失誤，他們一次又一次得分，而且在球池另一方，榮恩也一次又一次輕輕鬆鬆救球成功。現在他真正露出笑容了，當觀眾對一次格外出色的救球行動大聲歡呼，並齊聲高唱『衛斯理是我們的王』的老調時，他還假裝從高處在指揮他們。

『他自以為他今天很了不起，不是嗎？』一個不懷好意的聲音說。當哈普故意用力來撞他時，哈利差點從飛天掃帚上摔下來。『你這該死的叛徒……』

胡奇夫人轉身，雖然下面的葛來分多支持者憤怒的大聲叫吼，但是等她回頭察看時，哈普已經逃遠了。哈利的肩膀發疼，但他在後面緊追，決心要撞回來……

『我想史萊哲林的哈普看到金探子了！』災來耶．史密對著麥克風說。『是的，他肯定看到了波特沒看到的東西！』

史密眞是個白癡，哈利心想，難道他沒注意到他們的碰撞嗎？但下一秒，他的胃似乎蹦出來了——史密是對的，哈利錯了。哈普並非隨隨便便飛上去的，他看到了哈利沒看到的東西。金探子正在他們頭頂上加速飛過，在晴朗的藍天中閃閃發亮。

哈利急速升空，風在他耳邊呼嘯，掩蓋了史密的播報或觀眾的叫喊，但哈普仍在他前面，而葛來分多只暫時領先一百分，萬一哈普搶先抓到，葛來分多勢必會輸……現在哈普離它只有一呎，他的手伸出去……

『喂，哈普！』哈利迫不得已大聲喊。『馬份給你多少錢叫你來代替他？』

他不知道他為什麼會說這句話，但哈普果然嚇了一大跳。他伸手亂抓金探子，卻讓它從指間溜走，又越過了它。哈利大手一撈，抓住這個啪噠啪噠動個不停的小球。

『耶！』哈利大吼一聲，轉身俯衝回地面，抓住金探子的手高高舉起。當觀眾驚醒之後，全場歡聲雷動，幾乎淹沒了結束比賽的哨音。

『金妮，妳要去哪裡？』哈利大聲說。他發現自己被困在半空中其他隊友互相擁抱的人陣中，但金妮卻加速掠過他們，直到一聲巨響，她撞上了播報台。當群眾尖叫大笑時，葛來分多隊降落在一堆坍塌的木頭邊，災來耶正無力的在裡面掙扎。哈利聽到金妮愉快的對發怒的麥教授說：『忘記煞車了，教授，抱歉。』

哈利笑著掙脫其他隊友，上去擁抱金妮，但又立刻放開她。他避開她的眼光，拍拍正在歡呼的榮恩的背，彷彿忘了一切的不愉快，葛來分多隊手挽手離開球池，握緊拳頭揮向天空，並朝他們的支持者揮手致意。

更衣室內的氣氛更是高昂。

『西莫說在交誼廳開慶功宴！』丁興奮的高聲說。『走吧，金妮、狄梅莎！』

榮恩與哈利是更衣室內的最後兩個人，當妙麗進門時，他們剛好要離開。她雙手絞著她的葛來分多圍巾，表情沮喪但態度堅決。

『我要和你說句話，哈利。』她深吸一口氣說。『你不該這樣做，你聽到史拉轟說的話了，這是違規的。』

『妳想怎樣，舉發我們嗎？』榮恩問。

『你們兩個在說什麼？』哈利問，轉身去掛他的球袍，免得被他們看到他在偷笑。

『你很清楚我們在說什麼！』妙麗尖銳的說。『你今天早餐時在榮恩的南瓜汁裡摻了幸運魔藥！「福來福喜」！』

『不，我沒有。』哈利說，轉身面對他們。

『有，你有，哈利，這就是爲什麼事情會這麼順利，史萊哲林球員百發不中，榮恩卻救了每一個球！』

『我沒有放啦！』哈利說，笑得更開心了。他把手伸進他的上衣口袋，掏出妙麗上午看見他拿在手上的那個小瓶子。裡面裝了滿滿一瓶的金色魔藥，軟木塞還用蠟緊緊的封住。『我要讓榮恩以爲我放了，所以故意在妳的注視之下做了個假動作。』他望著榮恩。『你救了每一球是因爲你覺得自己很幸運，你是靠自己的實力完成的。』

他又把魔藥放回口袋。

『我的南瓜汁眞的沒有摻東西嗎？』榮恩驚訝的說。『可是天氣那麼好……還有魏西不能出賽……我眞的沒有喝下幸運魔藥嗎？』

哈利搖頭。榮恩張口結舌望著他，一會兒後他轉身面對妙麗，模仿她的語氣。

『你今天早上在榮恩的果汁中加了幸運水，所以他才每一球都救得到！妙麗，妳瞧！

我不需要協助也能救到球！』

『我沒說你不能——榮恩，但連你自己也覺得你的南瓜汁被摻了藥！』

但榮恩已經扛著他的飛天掃帚大步走向門口。

『呃，』哈利說，面對著突然而來的沉默，他沒料到他的計畫會產生這種後果。

『那……那我們上去參加慶功宴吧？』

『你去！』妙麗說，眨著眼睛忍住淚水。『我現在已經受夠榮恩了，我不知道我應該怎麼做才好……』

她也大步衝出更衣室。

哈利緩緩走回城堡，路上有許多人都在向他道賀，但他有很大的失落感，他原本以為一旦榮恩贏了這場比賽，他和妙麗立刻又會變成好朋友。他不知要如何向妙麗解釋，她之所以惹毛榮恩是因為以前她與維克多．喀浪接吻，而不是之前發生的不愉快。

哈利沒在葛來分多隊的慶功宴上見到妙麗，當他抵達會場時，慶功宴已經開始了。他的出現又引來新一波歡呼與鼓掌，大家都圍過來向他道賀。他費了好大勁才擺脫克利維兄弟，他們要求一棒一棒的分析，還有一大群女生圍繞著他，連他說的最不好笑的話她們也要笑，還猛對他拋媚眼，他費了好大功夫才有機會去找榮恩。最後，他終於擺脫羅咪．凡，她一直暗示她想和他一起參加史拉轟的聖誕派對。當他擠在人群中朝飲料桌走去時一頭撞上金妮，迷你毛毛球阿洛騎在她的肩膀上，歪腿則跟在她腳邊滿懷希望的喵喵叫。

『找榮恩嗎?』她一臉賊笑的問,『他在那邊,那個虛僞的傢伙。』

哈利往她手指的方向望去,那裡,在整屋子人眾目睽睽之下,榮恩緊緊抱著文妲·布朗,簡直分不出哪隻手是誰的。

『他看起來好像在啃她的臉,不是嗎?』金妮不動聲色說。『不過我想他的技巧會慢慢進步才對。比賽很精采,哈利。』

她拍拍他的手臂,哈利覺得他的胃一陣緊縮,但她又走開去拿奶油啤酒。歪腿跟在她後面,兩隻眼睛緊盯著阿洛。

哈利轉身離開榮恩,看樣子他一時三刻還不會露臉,剛好就在這時,他看到畫像洞關上,他覺得他似乎看到一頭蓬鬆的褐髮很快的飄出他的視線,他心中一沉。他一個箭步上前,又一次閃開羅咪·凡,推開『胖女士』畫像。外面的走廊似乎空無一人。

『妙麗?』

他在第一間未上鎖的教室裡找到她。她獨自坐在教師桌上,只有一小群嘰嘰喳喳的金絲雀在她頭上繞圈圈,顯然是她平空變出來的。哈利不由得佩服她這種時候還不忘練習咒語。

『喔,哈囉,哈利,』她說,『我在練習。』

『是啊……牠們——呃——眞的很棒……』哈利說。

他不知道該跟她說些什麼。他在想不知她有沒有注意到榮恩，也許她只是因爲慶功宴上人群太吵鬧而離開。正想著時，妙麗開口了，以一種不自然的高八度聲音說：『榮恩在慶功宴上似乎很享受。』

『呃……有嗎？』哈利說。

『別假裝沒看到了，』妙麗說，『他根本連躲都不躲——』

門忽然被推開。驚駭之中，哈利只見榮恩笑著進來，還牽著文姐的手。

『喔。』他說。見到哈利與妙麗猛然停下來。

『哎呀！』文姐說著，吃吃笑著退出教室並隨手把門關上。

教室內有一股可怕的、洶湧翻騰的沉默。妙麗注視著榮恩，榮恩不肯看她，只是虛張聲勢的、又有點尷尬的說：『嗨，哈利！我還在想你跑哪去了！』

妙麗從書桌上滑下來，那一小群金絲雀仍繞著她的頭頂轉圈子，使她看上去像個奇特的、毛茸茸的太陽系。

『你不該把文姐一個人扔在外面，』她平靜的說，『她會以爲你跑哪兒去了。』

她慢慢的、抬頭挺胸的走向門口。哈利瞥一眼榮恩，見他因爲沒什麼壞事發生而鬆了口氣的模樣。

『衝衝攻！』門口忽然傳來尖銳的叫喊。

哈利立刻轉身，發現妙麗一臉憤怒的用魔杖指著榮恩，一小群金絲雀有如巨大的連發金色子彈往榮恩身上撲去，榮恩大呼小叫的用雙手護著臉，但那群小鳥不斷進攻，不放棄任何一處可以啄食、撲抓的地方。

『把塌悶乾走啦！』他大叫，但妙麗懷著報復的怒火看他最後一眼，扭開門出去了。哈利覺得門被用力摜上時，他似乎聽到一聲哽咽。

15. 不破誓

雪花再度翻撲在冰凍的窗上，聖誕節很快就要到了。海格一如往常單槍匹馬運了十二棵聖誕樹到餐廳，冬青編成的花環與一些金光閃閃的飾物已經掛在樓梯扶手上。永不熄滅的蠟燭在一件件冑甲頭盔內閃爍，一大叢一大叢的槲寄生間隔著掛在走廊兩旁。每次哈利路過，一群群女生便故意聚集在槲寄生底下，造成走廊上交通堵塞。幸好哈利習慣性的夜遊已使他熟知城堡內的許多密道，得以在不太困難的情況下，穿行沒有槲寄生的路線到達每一間教室。

榮恩以前常常爲了嫉妒而非怕吵的緣故，相信繞道有其必要，但現在卻只是哈哈大笑。雖然說，比起過去幾個星期來那個鬱鬱不樂、脾氣暴躁的榮恩，哈利比較喜歡他現在這種哈哈大笑愛開玩笑的樣子，但改善後的榮恩也使他付出極大的代價。首先，哈利必須忍受常常出現的文妲．布朗，她似乎覺得一刻不親吻榮恩就是浪費。其次，哈利又一次發現，他最要好的兩個朋友似乎再也不可能彼此交談了。

榮恩的一雙手上仍留有妙麗的小鳥攻勢所造成的抓痕與啄傷。對此榮恩採取自我辯護與懷恨的語氣。

『她憑什麼抱怨，』他對哈利說，『她吻過喀浪。所以現在她知道也有人會想要吻我啦。這是個自由國家，我又沒做錯事。』

哈利沒作聲，假裝專心在看隔天早上的符咒學上課以前要讀的書《第五元素：一場探索》。他決心要繼續與榮恩和妙麗做好朋友，因此大部分時候他都三緘其口。

『我從來沒對妙麗做過任何承諾，』榮恩喃喃自語。『我是說，好吧，我是打算和她一起參加史拉轟的聖誕派對，可是她始終不提……不過是朋友罷了……我可是自由之身……』

哈利翻過一頁《第五元素》，他知道榮恩在看他。榮恩的談話漸漸轉成喃喃自語，在劈啪響著的爐火聲中幾乎聽不清楚，但哈利還是覺得他似乎聽到『喀浪』和『憑什麼抱怨』這幾個字。

妙麗的課程表排得很滿，哈利只有在晚上才有機會和她說上幾句話。這段時間榮恩則隨時隨地都和文妲黏在一起，根本無暇注意到哈利。每當榮恩在交誼廳時，妙麗便拒絕在場，因此哈利通常都和她在圖書館見面，換言之，他們必須以悄悄話的方式交談。

『隨便他愛跟誰接吻就跟誰接吻，』妙麗說。圖書館的平斯夫人就在他們身後的書架徘徊。『我眞的一點也不在乎。』

她拿起羽毛筆在『i』字上用力點下去，因爲太用力而把羊皮紙戳了一個洞。哈利沒作聲，他覺得他的嗓子很快會因爲用得太少而失聲。他又把頭垂低一點，一面讀著《進階魔藥調配學》，一面繼續記下『長青靈藥』的筆記，偶爾停下來解讀王子在李博修·包吉的教科書上所補充的有用註記。

『還有，順便帶一句，』過了一會兒後妙麗說，『你自己要小心。』

『再講最後一遍，』哈利小聲說，他因爲沉默了四十五分鐘，嗓子變得有點沙啞，『我不會交還這本書，我從混血王子學到的東西，比從石內卜或史拉轟課堂上學到的還多——』

『我不是在談你那個無聊的所謂的王子，』妙麗說著，朝他的書厭惡的瞥一眼，彷彿那本書得罪了她，『我說的是剛才不久前的事，我要來這裡以前先去女生洗手間，發現有十幾個女孩在裡面，其中包括那個羅咪·凡，她們在討論要如何偷偷讓你吃下一種愛情魔藥。她們都想讓你帶她們去參加史拉轟的派對，而且她們好像都買了弗雷與喬治的愛情魔藥，恐怕那些藥還眞的管用——』

『那妳為什麼不把它們沒收？』哈利問，以妙麗這麼嚴守規矩的人，卻放掉了這種重要的時機，似乎頗為奇怪。

『她們又沒把這些藥帶到洗手間。』妙麗不悅的說。『她們只是在討論策略。我懷疑混血王子，』她又朝那本書投以厭惡的一瞥，『也沒辦法想出一次可以抵擋十二種不同愛情魔藥的解藥。要嘛就直接邀請某個人陪你去──這樣就可以打消她們以為還有機會的念頭。明天晚上就是派對了，她們著急得很。』

『沒有我想邀請的人。』哈利喃喃的說，他仍然在努力不要再繼續想金妮，但是很難，她還是不停的突然在他夢中出現，他眞慶幸榮恩不會破心術。

『總之，你要小心你的飲料，因為羅咪．凡看起來志在必得。』妙麗表情陰沉的說。

她使勁拉一下一長捲羊皮紙，繼續用羽毛筆在上面寫她正在進行的算命學報告。哈利看著她，思緒飄得老遠。

『慢著，』他緩緩的說，『飛七不是禁止任何人去「衛氏巫師法寶」店裡買東西嗎？』

『誰去理飛七禁止什麼東西？』妙麗問，仍在繼續寫她的報告。

『但我以為所有貓頭鷹都要接受檢查，不是嗎？那這些女生怎麼把愛情魔藥帶進學校？』

『弗雷和喬治把它們僞裝成香水和咳嗽藥水，』妙麗說。『這是他們的「貓頭鷹郵購服務」之一。』

『妳知道得還眞多。』

妙麗用她剛才瞄他的《進階魔藥調配學》課本一樣的厭惡眼光瞪了他一眼。

『今年暑假時他們拿給金妮和我看，瓶子後面都有寫，』她冷冷的說。『我才不會到處在人家的飲料裡下藥……也不會假裝下藥，那一樣惡劣……』

『是啊，哎，算了，』哈利立刻說。『重點是，飛七被愚弄了，不是嗎？這些女生把違禁品僞裝成其他東西偷偷的帶進了學校！那爲什麼馬份不能把那條項鍊帶進學校？——』

『喔，哈利……別又來了……』

『說啊，爲什麼不能？』哈利問。

『唉，』妙麗嘆氣，『祕密感應器能偵測符咒、詛咒和隱藏的符咒，對不對？它們被用來找出黑魔法和黑魔法物品。它們不用幾秒鐘就能偵測出力量強大的詛咒，像那條項鍊一樣，可是放錯瓶子的東西並不會顯示出來——再說，愛情魔藥並不是黑魔法或危險物品——』

『妳說得倒輕鬆。』哈利想到羅咪．凡，喃喃的說。

『——所以——飛七無法察覺它並不是咳嗽藥水，何況他又不是個很強的巫師，我懷疑他能不能分辨——』

妙麗忽然停下來，哈利也聽到了，有人從他們背後黑暗的書架間往他們這邊走過來。他們等了一下，片刻之後，長得像禿鷹的平斯夫人出現在角落，她臉上凹陷的雙頰、羊皮紙似的皮膚，還有她那長長的鷹鉤鼻，被她手上提著的燈映照得令人生畏。

『圖書館要關門了，』她說，『請你們把借閱的任何東西放回原位——你在那本書上做了什麼？你這壞孩子。』

『這不是圖書館的，這是我的！』哈利急忙說，見她伸出爪子般的手撲過來，他立刻從桌上抓起他的《進階魔藥調配學》課本。

『掠奪！』她咬著牙說。『褻瀆！玷污書本！』

『它只是一本寫了字的書而已！』哈利說，抱緊書讓她搶不到。

她看起來一副要抓狂的樣子，妙麗這時已經匆匆收拾好她的東西，便抓住哈利的手臂拖著他離開。

『如果你再不小心，她會禁止你進圖書館的。你幹嘛把那本蠢書帶來？』

『妙麗，她亂罵又不是我的錯。還是，妳想她有沒有偷聽到我們說飛七的壞話？我常懷疑他們兩人之間有點曖昧……』

『喔，哈，哈……』

他們盡情享受終於可以正常說話的感覺，從空無一人、亮著燈的走廊返回交誼廳，一路辯論飛七和平斯夫人有沒有互相暗戀對方。

『廉價飾品。』哈利對著胖女士說，這是新的通關密語。

『你才是。』胖女士淘氣的笑著說，開門讓他們進去。

『嗨，哈利！』哈利剛從畫像洞爬進來，羅咪．凡便說。『喜歡紫羅蘭水嗎？』

妙麗轉頭給他一個『我——就——說——吧？』的眼色。

『不用了，謝謝，』哈利立刻說，『我不大喜歡。』

『那，這些給你好了。』羅咪說，把一個盒子塞到他手上。『巧克力大釜，裡面有摻火燒威士忌。我爺爺寄來給我的，但是我不大喜歡。』

『喔——好吧——多謝了，』哈利說，但接著實在想不出要說什麼，『呃——我只是路過……』

他急忙跟在妙麗後面，尾音越縮越小聲。

『早說吧。』妙麗說得簡潔有力。『你趕快去邀請個什麼人，她們就不會再纏著你了，你——』

但妙麗的神色忽然變得一片慘白，因爲她瞥見了榮恩與文妲同坐在一張扶手椅上纏得緊緊的。

『晚安，哈利。』妙麗說，儘管這時候才晚上七點。她走向女生宿舍，不再多說一句話。

哈利上床時安慰自己，他只要再上一天課，再熬過史拉轟的派對，之後他與榮恩就可以一起回洞穴屋，眼前看來他與妙麗似乎不可能在放假以前和好了，不過這個假期說不定能給他們機會冷靜下來，反省他們的行爲……

但他並不敢抱太大期望，尤其是隔天的變形學課後，他們兩人的關係更惡劣了。他們剛剛上了一堂極爲困難的人體變形，必須站在鏡子前改變自己眉毛的顏色。妙麗毫不留情嘲笑榮恩災情慘重的第一次嘗試，在這次嘗試中，他不知怎的竟給自己變出一對驚人的八字鬍。榮恩也殘酷的報復妙麗，活靈活現的模仿每當麥教授提出問題時，她在座位跳上跳下急著搶答的模樣。這使得文姐與芭蒂大樂，卻使妙麗又傷心得淚水盈眶。

鐘聲一響，妙麗立刻衝出教室，留下一半來不及收拾的東西，哈利覺得當時她比榮恩更需要安慰，便替她把東西收拾好追上去。

當他終於跟上她時，她正好從下一層樓的女廁所出來。露娜．羅古德陪著她，正輕輕拍著她的背。

『喔，哈囉，哈利，』露娜說，『你知道你有一邊眉毛是鮮黃色的嗎？』

『嗨，露娜。妙麗，妳的東西沒拿……』

他把書本遞給她。

『喔，對喔，』妙麗哽咽著說，接過東西立刻轉身，不想讓人知道她用鉛筆盒擦眼淚。『謝謝你，哈利。嗯，我該走了……』

妙麗一邊說著，就匆匆走了，不給哈利安慰她的機會，雖然哈利也想不出該如何安慰她。

『她有點難過，』露娜說，『起初我以爲是愛哭鬼麥朵在裡面，結果發現是妙麗。她說了一些關於榮恩・衛斯理的事……』

『是啊，他們吵架了。』哈利說。

『他有時會說些很好笑的話，不是嗎？』當他們沿著走廊一起走時露娜說。『但他有時也很壞，我去年發現的。』

『大概吧。』哈利說。露娜再度發揮她特有的本領，說出刺耳的實話，哈利從沒見過任何人可以像她這樣。『妳這學期還好吧？』

『喔，還可以，』露娜說，『少了ＤＡ聚會有點寂寞。不過金妮人很好，前天有兩個男生在我們的變形學班上叫我露瘋子，被她制止了——』

『妳今天晚上願意和我一起去參加史拉轟的派對嗎？』

哈利脫口而出，他聽著自己說出這句話，彷彿聽到一個陌生人在講話。

露娜兩隻凸出的大眼驚訝的望著他。

『史拉轟的派對？和你？』

『是啊。』哈利說。『我們要攜伴參加，所以我想或許妳會願意……我是說……』

他急著想把他的意思表達清楚。『我是說，以朋友的身分，妳知道的。不過假如妳不想去……』

他已經有一半希望她不想去。

『喔，不會，我很樂意以朋友的身分和你一道去！』露娜說，哈利從沒見過她笑得這麼開心。『以前從來沒有人，以朋友的身分，邀請我去參加派對！這是爲什麼你染眉毛的原因嗎？爲了這個聚會嗎？我也要染嗎？』

『不用，』哈利斬釘截鐵說，『這是失誤，我會請妙麗幫我改回來。那，我們晚上八點在入口大廳見囉。』

『**啊哈！**』有人從上面尖叫一聲，兩人都嚇了一跳，都沒注意到他們剛剛從皮皮鬼下方走過，只見皮皮鬼頭下腳上倒掛在吊燈上，正不懷好意的對他們笑。

『剝皮邀請露瘋子去參加派對！剝皮愛露瘋子！剝皮愛愛愛愛愛露露露露露露瘋子！』

然後他咻的跑掉了，一路嘎嘎尖叫的喊著：『剝皮愛露瘋子！』

『最好保密。』哈利說。當然，沒多久全校似乎都知道哈利波特要帶露娜．羅古德去參加史拉轟的派對。

『你可以挑任何人！』晚餐時榮恩不敢置信的說。『**任何人！**但你竟然偏偏挑露瘋子．羅古德？』

『不要這樣叫她，榮恩。』金妮停下腳步罵道，她正好從哈利背後經過，要去和朋友會合。『我眞高興你邀請她，哈利，她好興奮。』

說完，她走過去和丁坐在一起。哈利試著爲金妮贊同他帶露娜去參加派對而高興，結果還是高興不起來。妙麗獨自一個人坐在餐桌遠處，撥弄著她的燉肉，哈利注意到榮恩在偷偷的看她。

『你大可以去道歉。』哈利直率的建議。

『什麼，然後再被一群金絲雀攻擊嗎？』榮恩低聲抱怨。

『你幹嘛模仿她？』

『她笑我的八字鬍耶！』

『我也有笑啊，那是我見過最好笑的一件事。』

但榮恩似乎沒聽見，文妲剛好與芭蒂走過來。文妲擠在哈利與榮恩中間坐下後，立刻摟住榮恩的脖子。

『嗨，哈利。』芭蒂說，她和他一樣，對他們兩個朋友的這種行爲都微微感到尷尬與厭煩。

『嗨，』哈利說，『妳好嗎？妳能繼續留在霍格華茲了嗎？我聽說妳爸媽要妳回去。』

『我說服他們暫時打消了這個念頭。』芭蒂說。『凱娣那件事把他們嚇壞了，不過既然沒再出什麼事……喔，嗨，妙麗！』

芭蒂眞心誠意的對她笑，哈利看得出她因為在變形學課堂上嘲笑妙麗而感到內疚。他轉頭去看，見妙麗也對她笑，甚至笑得更燦爛，女生有時眞奇怪。

『嗨，芭蒂！』妙麗說，完全無視於榮恩與文妲。『妳晚上要去史拉轟的派對嗎？』

『沒人邀請我，』芭蒂黯然的說，『雖然我也很想去，聽起來好像眞的很好玩……妳不是要去嗎？』

『是呀，我和寇馬約好八點見，我們——』

這時出現一個彷彿通水管的吸盤從堵塞的水槽拔出的聲音，榮恩露出他的臉。妙麗一派沒看見或沒聽見的樣子。

『——我們要一道去參加派對。』

『寇馬？』芭蒂說。『妳是說，寇馬・麥拉？』

『對啊，』妙麗甜滋滋的說。『就是那個差一點，』她特意加強語氣，『成為葛來分多隊守門手的那個人。』

『那妳現在在和他約會了？』芭蒂瞪大了眼睛問。

『喔——對啊——妳不知道嗎？』妙麗說著，發出了『非常不像妙麗』的咯咯笑聲。

『不知道！』芭蒂說，明顯的對這條八卦新聞感到吃驚。『哇，妳還眞是喜歡魁地奇球員，不是嗎？先是喀浪，然後是麥拉……』

『我喜歡貨眞價實的魁地奇球員。』妙麗糾正她，臉上依然帶笑。『那就再見了……得去準備參加派對……』

說完她就離開了。文妲與芭蒂立刻湊到一起，就她們所聽過有關麥拉的一切閒言閒語，以及她們曾經對妙麗做過的所有猜測，交頭接耳的討論起這段新發展。榮恩一臉茫然，沉默不語。哈利也對女孩這種深沉的報復心默默的沉思著。

當天晚上八點他抵達入口大廳，發現那裡有一大群女生在偷看。當他走向露娜時，每個人似乎都對他投以怨恨的眼神。露娜穿著一套閃閃發亮的銀袍，引來不少旁觀者的竊笑，但除此之外她看起來還不錯。哈利很高興她沒戴她的蘿蔔耳環、她的奶油啤酒軟木塞項鍊，以及她的迷幻七彩眼鏡。

『嗨。』他說。『那我們走吧？』

『好呀。』她快樂的說。『派對地點在哪裡？』

『史拉轟的辦公室。』哈利說，在眾人的注視與耳語下，帶她走上大理石樓梯。

『妳有聽說今天有個吸血鬼要來嗎？』

『盧夫・昆爵嗎？』露娜問。

『我——什麼？』哈利一臉錯愕。『妳是說魔法部長？』

『對啊，他是個吸血鬼。』露娜一副『這本來就是事實』的樣子。『我爸在昆爵剛接任康尼留斯．夫子的職務時，曾寫過一篇很長的報導，但後來被魔法部的人施壓禁止刊登。顯然他們不希望事實被揭發！』

哈利覺得盧夫．昆爵實在不可能是個吸血鬼，但他已習慣於露娜言之鑿鑿的轉述她父親的一些怪異見解，因此他沒答腔。他們這時已經快到史拉轟的辦公室，每走一步，笑聲、音樂聲以及高談闊論的聲音便越大聲。

不知道是它本來的格局就是那樣，還是史拉轟用魔法把它擴大，他的辦公室比一般教授的辦公室大多了。

天花板和四面牆壁都已掛上翠綠、深紅與金色的布帘，看起來彷彿他們置身在一頂巨大的帳棚內，房間內擠滿了人，個個摩肩擦踵，浸浴在紅色的光芒中，這紅光是從垂掛在天花板中央的一盞橢圓形金色吊燈投射出來的，還有許多眞的小仙子在展翅飛翔，每個小仙子都發出燦爛的光點。

嘹喨的歌聲伴隨著遠處角落的曼陀鈴樂聲，幾位咬著煙斗深談的年長魔法師頭頂上都彌漫著一層煙霧，無數的家庭小精靈穿梭在膝蓋叢林中尖著嗓子呼叫讓路，他們捧著盛裝食物的沉重大銀盤遮掩了他們的身形，使他們活像一張張會移動的小餐桌。

『哈利，我的孩子！』哈利與露娜幾乎剛一擠進門，史拉轟便拉大嗓門說。『請進，請進，有好多人我想介紹給你認識！』

史拉轟戴著一頂裝飾著穗帶的天鵝絨帽，來搭配他身上的簡便西裝。他緊緊抓著哈利的手臂，彷彿巴不得和他一起『消影』，毫不遲疑的將他帶進會場中。哈利緊抓著露娜的手，拖著她一起走。

『哈利，來見見埃德．滑波，我以前的學生，《血盟兄弟：與吸血鬼同行的日子》的作者——還有，當然啦，他的朋友桑吉！』

滑波是個戴眼鏡的小個子，一抓住哈利的手便熱情的和他握手。吸血鬼桑吉是高個子，兩眼底下的黑眼圈使他顯得憔悴，他只跟哈利點頭，看起來有點無聊的樣子。一群喧譁的女生站在他附近，好奇而興奮。

『哈利波特，眞高興見到你！』滑波說，透過近視鏡片凝視哈利。『我前天才對史拉轟教授說，我們都在引頸盼望的哈利波特傳記在哪裡？』

『呃，』哈利說，『是嗎？』

『果然如赫瑞司形容的那樣謙遜呀！』滑波說。『不過，說眞格的——』他的態度一變，忽然現實起來，『我將會很樂意親自執筆——大家都好想多了解你的種種，孩子，好想好想哦！假如你同意讓我做幾次訪談，大約談個四、五次吧，這麼一來，我們便可以在幾個月內完成這本傳記。你這邊一點也不麻煩，我向你保證——不信可以問桑吉——桑吉，別亂跑！』滑波說著表情一凜，因爲吸血鬼桑吉正一點一點的移向旁邊那群女生，露出飢渴的眼神。『喏，吃個餡餅。』滑波說，從路過的家庭小精靈手上拿了一個餡餅，塞進桑吉手中，這才將注意力又轉回哈利身上。

『親愛的孩子，你想像不到你可以賺進多少黃金──』

『我一點興趣也沒有，』哈利態度堅決的說，『而且我剛剛看到我的一個朋友，抱歉。』

他拉著露娜擠進人群中，他確實看見一頭蓬亂的褐髮隱約夾在看起來像是『怪姊妹』成員的兩個女生中間。

『妙麗！妙麗！』

『哈利！終於找到你了，謝天謝地！嗨，露娜！』

『妳怎麼啦？』哈利問，因爲妙麗看起來很狼狽，彷彿剛自一叢魔鬼網掙脫出來。

『喔，我剛逃出──我是說，我剛甩開寇馬。』她說。哈利對她投以質疑的眼光，她又加一句，『在槲寄生下。』

『妳活該！和他一起來。』他嚴峻的對她說。

『我想找他最能激怒榮恩，』妙麗沉著的說，『我一度考慮找災來耶·史密，不過整體來說，我想──』

『妳竟然考慮過史密？』哈利說，大爲反感。

『是啊，我考慮過，現在我倒希望我選擇了他。呱啦要比麥拉更像個紳士。我們去那邊吧，這樣可以看到他走過來，他很高……』

三人好不容易擠到房間另一頭，順路又抓了三杯蜂蜜酒，等他們發覺崔老妮教授獨自站在那裡時已經來不及了。

『哈囉。』露娜禮貌的對崔老妮教授說。

『晚安，親愛的。』崔老妮教授說，費了一點勁才認出露娜。哈利又聞到一股烹調用雪利酒的味道。『最近都沒在教室見到妳……』

『沒有，我今年選了翡冷翠的課。』露娜說。

『喔，是嗎。』崔老妮教授用濃濃的酒意忿恨的說。『或者說是駝馬吧，我寧可這樣稱呼他。妳一定會想說，既然我回學校了，鄧不利多校長或許就不要那匹馬了？結果不……我們還教同一科……這是個侮辱，坦白說，眞是侮辱。妳知道……』

崔老妮教授似乎醉到認不出哈利，當她義憤塡膺的批評翡冷翠時，哈利走近妙麗說：『咱們把話說清楚，妳打算告訴榮恩妳有干預守門手的甄試嗎？』

妙麗揚一揚眉。

『你眞以爲我會把姿態擺那麼低嗎？』

哈利狡猾的望著她。

『妙麗，妳都能開口邀請麥拉了——』

『那是兩回事，』妙麗神氣十足的說，『我不打算告訴榮恩守門手甄試上任何可能、或不可能發生的事。』

『好，』哈利激動的說。『因爲他又意志消沉了，我們會輸掉下一場比賽——』

『魁地奇！』妙麗忿忿的說。『男生都只關心那個嗎？寇馬從沒問過任何一個和我本人有關的問題，沒有，我被看成是「寇馬．麥拉創下的連續一百大攔截得分」，自從——喔，糟了，他過來了！』

她動作之快，彷彿利用消影術一般，前一秒鐘她還在，下一秒鐘她已經擠到兩名捧腹大笑的女巫中間消失了。

『看見妙麗沒？』一分鐘後，麥拉從人群中擠過來問。

『沒有，抱歉。』哈利說，立即轉身加入露娜的談話，一時竟忘了她正在和誰說話。

『哈利波特！』崔老妮教授此時才首度注意到他，便以低沉的顫音說。

『喔，哈囉。』哈利不怎麼熱中的說。

『親愛的孩子！』她以極爲忘我的聲音說。『那些謠言！那些傳說！被選中的人！當然囉，我很早就知道了……一直都不是好兆頭，哈利……可是，爲什麼你不回來上占卜學？在所有人當中，這一科對你最重要！』

『啊，西碧，我們總認爲自己的課最重要！』隨著一個洪亮的聲音，史拉轟出現在崔老妮身邊，他滿臉通紅，天鵝絨帽也微微歪向一邊，一手拿著一杯蜂蜜酒，另一手拿著一塊特大的碎肉派。

『但我從沒見過這樣的魔藥學天才！』史拉轟說，用寵愛但佈滿血絲的眼睛看他一眼。『妳知道，天生的，像他的母親一樣啊！我只教過少數幾個這種天賦異稟的學生，我可以告訴妳，西碧——甚至連賽佛勒斯——』

在哈利的驚駭中，史拉轟伸出一隻手臂，似乎平空把石內卜變了出來。

『別偷偷躲起來，過來一起聊嘛，賽佛勒斯！』史拉轟快樂的打著嗝說。『我正談到哈利天賦異稟的魔藥製造天分！當然一部分要歸功於你囉，你教了他五年！』

被史拉轟攬住肩膀動彈不得的石內卜，瞇起他的黑眼睛，從他的鷹鉤鼻往下瞟著哈利。

『怪了，我怎麼沒印象我有教過哈利任何東西。』

『喔，那就更是天分囉！』史拉轟大聲的說。『你應該看看他的成果，第一堂課，一飲活死水——從來沒有一個學生第一堂課就做得比他更好，連你也比不上，賽佛勒斯——』

『眞的？』石內卜不慍不火說，一雙眼睛仍然緊盯著哈利，使哈利有點心慌。他最怕的就是石內卜對他在魔藥學上的新天分展開調查。

『告訴我你還選了其他什麼課，哈利？』史拉轟問。

『黑魔法防禦術、符咒學、變形學、藥草學……』

『簡言之，就是成爲正氣師的必修學科。』石內卜帶著一抹嘲諷說。

『是啊，這正是我的志願。』哈利頂回去。

『你一定會成爲偉大的正氣師！』史拉轟大聲說。

『哈利，我認爲你不該去當正氣師。』露娜忽然出人意料說，每個人都望著她。『正氣師是爛牙根陰謀的一部分，我還以爲這事大家都知道。他們利用黑魔法和牙周病從內部腐蝕魔法部。』

哈利忍俊不住笑了出來，把半杯蜂蜜酒都吸進鼻子裡。眞的，光這句話就值得把露娜帶來。

哈利一面咳嗽，衣服濕了還止不住笑，一面又從他的高腳杯看到更令他精神振奮的一幕：飛七扯著跩哥．馬份的耳朵，將他拖到他們面前。

『史拉轟教授，』飛七齜牙咧嘴的說，鬆弛的下巴在顫動，凸出的雙眼閃耀著偵測到惡作劇的興奮眼神，『我發現這孩子在樓上的走廊鬼鬼祟祟的，他說他應邀參加你的派對，但是遲到了。你有邀請他嗎？』

馬份從飛七手上掙脫，一臉憤怒。

『好吧，我沒被邀請！』他忿忿的說。『我想不請自來，高興了吧？』

『不，我不高興！』飛七說，他臉上的喜悅之情正好和這句話相反。『你麻煩大了，你！校長不是說過，除非得到許可，否則禁止在夜間出來遊蕩，不是嗎，嗄？』

『沒關係啦，阿各，沒關係。』史拉轟揮揮手說。『現在是聖誕節，想參加派對又不犯法。就這一回吧，我們不處罰。你可以留下來，跩哥。』

飛七又怒又失望的表情很可以理解，可是哈利心想，爲什麼馬份卻也一樣不高興？而石內卜注視馬份的眼光又爲什麼好像既生氣又……可能嗎？……又有點害怕？

但哈利還沒來得及牢牢記住他的所見，飛七已經氣呼呼的碎碎念，轉身拖拉著腳步走了。馬份臉上擠出一個笑容，感謝史拉轟的寬宏大量，石內卜臉上又再度恢復莫測高深的表情。

『沒什麼，沒什麼。』史拉轟說，揮手婉拒馬份的感激。『畢竟我認識你爺爺……』

『他非常推崇你的，教授。』馬份立刻說。『說你是他所知道最高明的魔藥調配師……』

哈利盯著馬份，引他好奇的不是拍馬屁，他一直以來就常見馬份這樣拍石內卜的馬屁，眞正引起他好奇的是馬份看上去有點病容。這是他好久以來第一次近距離看馬份，此刻見馬份兩眼底下出現黑眼圈，他的皮膚也有點灰黯。

『我想跟你說句話，跩哥。』石內卜忽然說。

『喔，算啦，賽佛勒斯，』史拉轟又打嗝說，『現在是聖誕節，別太嚴厲……』

『我是他的學院導師，由我決定該不該嚴厲。』石內卜簡明扼要的說。『跟我來，跩哥。』

兩人離開，石內卜走在前面，馬份一臉怨恨。哈利頓了一下，拿不定主意，隨後說：『我馬上回來，露娜——呃——我去去洗手間。』

『好的。』她愉快的說，當他匆匆擠入人群中時，他好像又聽到她與崔老妮教授繼續恢復『爛牙根陰謀』的話題，崔老妮教授似乎眞的很感興趣。

一旦離開會場，要從他的口袋掏出隱形斗篷就容易了，因爲走廊上空無一人。比較困難的是找到石內卜與馬份。哈利在走廊上奔跑，他的腳步聲被他身後史拉轟的辦公室持續傳出的音樂和喧譁聲所掩蓋。

也許石內卜把馬份帶到他在地下室的辦公室……或者護送他回史萊哲林交誼廳……但哈利一路在走廊上奔跑，一路把他的耳朵貼在每一扇門上，直到他懷著一顆雀躍的心，蹲在走廊最後一間教室的鑰匙孔下聽到他們的聲音。

『……不能再出差錯了，跩哥，因爲萬一你被開除——』

『那件事不是我幹的，可以嗎？』

『我希望你說的是實話，因爲這件事不但做得笨手笨腳，而且愚蠢，你已經被懷疑涉入其中了。』

『誰懷疑我？』馬份憤怒的說。『我再說最後一次，不是我幹的，好嗎？那個姓貝爾的女孩肯定有不爲人知的仇家——不要這樣看我！我又不笨，我知道你在對我幹嘛，但那沒用的——我可以制止你！』

談話聲停頓了一下，然後石內卜平靜的說：『啊……貝拉阿姨教你鎖心術了，原來如此。你有什麼心事藏著不想讓你的主人知道，跩哥？』

『我沒有任何事要隱瞞他，我只是不要你多管閒事！』

哈利將他的耳朵往鑰匙孔上貼得更緊……馬份怎麼會用這種口氣對石內卜說話，他一向不是都很尊敬他，甚至喜歡他嗎？

『所以這就是爲什麼你這學期都在躲著我嗎？你怕我干預？跩哥，你也知道，要是我一再通知，卻還有人敢不來我的辦公室──』

『那罰我勞動服務好了！向校長舉發我好了！』馬份冷笑著說。

又一陣沉默。然後石內卜說：『你非常清楚這兩者我都不願意做。』

『那你就不要再一直叫我去你辦公室！』

『聽我說，』石內卜說，他的聲音低到哈利必須把耳朵更用力貼在鑰匙孔上才聽得見，『我是想幫助你。我對你母親發過誓我會保護你，我發了「不破誓」，跩哥──』

『那看樣子你不得不違背了，因爲我不需要你的保護！這是我的任務，他交給我的，我要執行。我已經有一個計畫，一定有效，它只是比我想像中要多花一點時間而已！』

『你的計畫是什麼？』

『不關你的事！』

『如果你告訴我你要怎麼做，我可以協助你——』

『我需要的協助已經都有了，謝了，我不是單獨一個人！』

『你今晚就是單獨一個人，實在是蠢到極點，沒人把風或後援就在走廊上遊蕩。這些都是基本的錯誤——』

『要不是你罰克拉和高爾勞動服務，我會叫他們陪我！』

『聲音小一點！』石內卜罵道，因爲馬份激動得拉高了聲音。『如果你的朋友克拉與高爾想通過他們這次的黑魔法防禦術普等巫測，他們就必須再更用功一——』

『那有什麼要緊？』馬份說。『黑魔法防禦術——不過是個笑話，不是嗎？不過是個動作，好像我們誰都需要保護來對抗黑魔法——』

『它是能讓你成功的關鍵動作，跩哥！』石內卜說。『如果我不知道如何動作，你以爲這些年我會在哪裡？現在聽我說！你太不小心了，晚上到處亂逛，被人家逮到，而且如果你一直依賴像克拉和高爾這樣的幫手——』

『不是只有他們，我還有其他幫手，更高竿的人！』

『那你爲什麼不告訴我，我可以——』

『我知道你要幹嘛！你想搶我的功勞！』

又一陣沉默，接著石內卜冷漠的說：『你說話很孩子氣，我很瞭解你父親被捕入獄讓你很難過，但——』

哈利幾乎只有一秒鐘的閃避時間，他聽見門的另一頭響起馬份的腳步聲，剛好趕在門猛然打開之際及時閃開。

馬份在走廊上邁開大步，經過大門敞開的史拉轟的辦公室，一直走到遠處的轉角才看不見。

哈利屏住呼吸，在石內卜緩緩走出教室時仍保持蹲伏的姿勢。帶著深不可測的表情，石內卜緩緩走回派對會場。哈利依舊蹲在地板上，躲在他的隱形斗篷底下，他的思緒在奔馳。

16. 嚴寒的聖誕節

『這麼說石內卜自願協助他？他眞的自願協助他？』

『你再問一遍，』哈利說，『我就把這顆甘藍芽塞到你——』

『我只是想確認嘛！』榮恩說。他們兩個站在洞穴屋的廚房水槽邊，幫衛斯理太太剝一堆甘藍芽。面前的窗戶外雪花紛飛。

『對啦，石內卜自願協助他！』哈利說。『他說他答應了馬份的母親要保護他，說是發了什麼不破誓之類的——』

『不破誓？』榮恩說，一臉驚訝。『不可能吧……你確定？』

『我確定，』哈利說。『怎樣，有什麼關係？』

『不破誓絕對不能打破……』

『謝了，這點我自己也想得通，萬一打破了會怎麼樣？』

『會死，』榮恩簡潔的說。『我五歲的時候，弗雷和喬治想騙我發這種誓，我差點就上當了。我剛和弗雷手牽手，爸就發現了我們。他發了好大的脾氣，』榮恩說，眼裡閃動著回憶的光芒。『那是我唯一一次看見爸像媽那樣生氣。弗雷說他左半邊的屁股從此之後就跟以前不一樣了。』

『呃，好，先別管弗雷的左屁股——』

『你說什麼？』弗雷說，雙胞胎走進廚房。

『啊，喬治，快看吶，他們在用刀耶，老天保佑啊。』

『再過兩個月多一點點，我就滿十七歲了，』榮恩不悅的說，『到時我就可以用魔法了。』

『不過現在呢，』喬治說，坐在餐桌邊，把腳擱到桌上，『我們還是可以看你正確的使用——哎喲，掛彩了。』

『都是你害的！』榮恩生氣的說，吸吮割傷的拇指。『你等著，等我十七歲——』

『是，是，你一定會展現了不起的魔法技巧讓我們好看。』弗雷打著哈欠說。

『說到了不起的技巧，榮恩，』喬治說，『我們從金妮那兒聽到——當然啦，除非我們的消息錯誤——有位年輕小姐叫做文妲．布朗什麼的，跟你好像那個哦？』

榮恩微微臉紅，回頭去剝甘藍芽，臉色並沒有不悅。

『不關你們的事。』

『唷，態度可眞粗暴啊。』弗雷說。『我看你是會錯意了，我們的意思是……這怎麼可能？』

『什麼意思？』

『她是不是出過什麼意外？』

『什麼？』

『咳，不知她是承受過多麼嚴重的腦部傷害！喂，小心點！』

衛斯理太太走進廚房，正好看見榮恩把刀子擲向弗雷，弗雷只懶洋洋的點了點魔杖，刀子就變成了紙飛機。

『榮恩！』衛斯理太太火冒三丈的說。『下次再讓我看到你丟刀子，你就試試看！』

『下次不會，』榮恩說，『讓妳看到。』他又低聲加了一句，轉身去處理那座甘藍芽小山。

『弗雷，喬治，眞是對不起，可是路平今晚會來，所以比爾得跟你們兩個擠一擠！』

『沒問題。』喬治說。

『查理不回來，所以哈利和榮恩可以睡閣樓，要是花兒睡在金妮房間——』

『——那金妮的聖誕節就——』弗雷喃喃說。

『——每個人都應該會很舒服。起碼，大家都有床睡。』衛斯理太太說，聽起來略略有些憂心。

『派西那個醜八怪是絕對不會露面了吧？』弗雷問。

衛斯理太太轉過身去才回答。

『不會，他大概得在魔法部忙。』

『也可能他是世界上最蠢的蠢蛋。』弗雷說，看著衛斯理太太離開廚房。『反正不是這個就是那個。好吧，喬治，我們也該去忙了。』

『你們兩個又在打什麼鬼主意？』榮恩問。『難道你們就不能幫我們剝這些菜嗎？你們只要揮揮魔杖，我們就自由了！』

『不行，我們可不能那麼做。』弗雷正經八百的說。『這是和人格養成息息相關的家庭教育，學習如何不用魔法來剝甘藍芽，讓你們了解麻瓜和爆竹有多麼辛苦——』

『——如果你要請人幫忙，榮恩，』喬治緊接著說，把紙飛機丟向他，『就不該朝人家擲飛刀。我就透露一點消息給你好了，我們要到村子裡去，那裡有個漂亮妹妹在紙店工作，她覺得我的紙牌魔術很了不起……就跟眞正的魔法差不多……』

『討厭鬼。』榮恩恨恨的說，看著弗雷和喬治走過下雪的庭院。『又花不了他們十秒鐘，不然我們就可以一起去了。』

『我不能去，』哈利說，『我答應了鄧不利多，住在這裡的時候不可以到處亂跑。』

『喔，對。』榮恩說，又剝了幾顆甘藍芽，然後說：『你要把石內卜和馬份的談話告訴鄧不利多嗎？』

『要。』哈利說。『我打算把這件事告訴每一個有能力阻止的人，鄧不利多是第一個。我可能也會跟你爸講。』

『可惜你沒聽見馬份到底在做什麼。』

『我沒辦法呀。問題在於他拒絕告訴石內卜。』

兩人沉默了一、兩分鐘，接著榮恩說：『當然啦，你也猜得到他們會怎麼說吧？爸和鄧不利多和他們所有的人？他們會說，石內卜並不是眞的想要幫助馬份，他只是要查明馬份究竟有什麼居心。』

『那是因爲他們沒聽見他說話，』哈利斷然說道。『沒有人的演技可以那麼好，就連石內卜也一樣。』

『是沒錯……我只是說說而已。』榮恩說。

哈利轉頭看他，皺起了眉頭。

『你相信我的看法吧？』

『我當然相信！』榮恩連忙說。『眞的，我眞的相信！可是他們全都相信石內卜

是鳳凰會的人，不是嗎？』

哈利一言不發，他早已想到最可能反駁他的新證據的是這一點，他彷彿已可聽見妙麗的說法了：

『事情很明顯，他是假裝提議要協助，爲的是套出馬份的話來……』

不過，這純粹是想像，因爲他沒有機會告訴妙麗他所聽見的一切。當時他都還沒回去，她就已經從史拉轟的派對上消失了，至少麥拉是這麼跟他說的，等他回到交誼廳，妙麗已經上床睡覺了。

隔天早晨，他和榮恩一大早就啓程返回洞穴屋，他只來得及祝她聖誕快樂，告訴她等放假回來，有很重要的消息要跟她說。不過他不確定妙麗是否聽見了。那個時候榮恩和文妲就在他身後，沉醉在無聲的道別中。

話說回來，有一點就連妙麗也不能否認：那就是馬份絕對在動什麼歪腦筋，而石內卜知情，所以哈利覺得自己可以理直氣壯的說『我早就告訴過妳了』，就跟他對榮恩講過好幾次一樣。

哈利並沒有機會和衛斯理先生講話，他每天都工作到很晚，而且一直到聖誕夜才放假。

衛斯理一家人和客人都坐在客廳裡，金妮把客廳裝飾得太誇張，坐在裡面彷彿是坐在紙環鏈爆炸後的現場。只有弗雷、喬治、哈利、榮恩知道聖誕樹頂上的天使是花園地精，這個地精還在弗雷去拔聖誕晚餐用的胡蘿蔔時，咬了他的腳踝一口。

此刻，這個被下了失神咒的地精全身漆成了金色，還被套上一件芭蕾短裙，背上黏了小翅膀，此刻正皺眉怒視著他們，他的頭禿得像顆馬鈴薯，腳毛又太多，眞是哈利見過最醜的天使了。

所有的人都在聽瑟莉堤娜．華蓓的聖誕廣播節目，她是衛斯理太太最喜愛的歌手。木製無線收音機裡傳出顫音，花兒似乎覺得瑟莉堤娜很無聊，在角落裡大聲講話，蹙眉不悅的衛斯理太太頻頻用魔杖放大音量，所以瑟莉堤娜越唱越大聲。

在一首曲名是〈裝滿嗆辣愛情的大釜〉的爵士樂掩護下，喬治與弗雷和金妮玩起了爆炸牌。榮恩老是在偷看比爾和花兒，似乎是想偷學幾招。

而身形更瘦削、衣著更襤褸的雷木思．路平則坐在壁爐邊，瞪著爐火，彷彿不曾聽到瑟莉堤娜的歌聲。

喔，來攪拌我的大釜，
只要你做得對，
我會爲你煮又嗆又辣的愛情，
讓你今晚溫暖到心底。

『我們十八歲的時候用這首歌跳過舞呢！』衛斯理太太說，用正在編織的毛衣擦拭眼角。『你記不記得，亞瑟？』

『唔哼？』衛斯理先生應道，一面剝薩摩蜜柑，一面打瞌睡。『喔，對……好美的曲子……』

他勉強坐得更直挺些，轉過頭看著哈利，他就坐在旁邊。

『眞是對不起。』他說，朝無線收音機歪了歪頭，瑟莉堤娜正在和合音齊聲唱。『很快就結束了。』

『沒關係。』哈利說，咧開嘴笑。『魔法部裡很忙嗎？』

『忙翻了。』衛斯理先生說。『要是我們眞有什麼進展的話，我是不會介意的，不過這兩、三個月來我們逮捕的三個人裡面，恐怕沒有一個是眞正的食死人——可千萬別說出去啊，哈利。』他趕緊加上一句，剎那間清醒許多。

『他們還沒釋放史坦・桑派嗎？』

『恐怕還沒。』衛斯理先生說。『我知道鄧不利多想直接向昆爵陳情……我的意思是，眞正和桑派談過話的人都會同意，如果他是食死人，那這顆薩摩蜜柑絕對也是……可是上面的人卻硬想要弄成頗有斬獲的樣子，「逮捕了三人」聽起來比「逮錯了三個人又釋放」要好聽得多……不過，這也是最高機密……』

『我不會說出去的，』哈利說，猶豫片刻，不知該如何開口才恰當。他絞盡腦汁思考，這時瑟莉堤娜・華蓓又唱起一首民謠，曲名叫〈你蠱惑了我的心〉。

『衛斯理先生，我們之前開學時，我在車站跟你說的話，你還記得嗎？』

『我去查過了，哈利。』衛斯理先生立刻說。『我去搜查了馬份家，什麼也沒有，不該在他們家出現的東西，不論是完整的，還是破的，一概沒有找到。』

『我知道，我從《預言家》上看到你去搜查……不過我要說的是另外一件事……一件比較……』

接著他向衛斯理先生道出了馬份和石內卜的對話。哈利說話的時候，注意到路平微微朝他這邊轉頭，聽進了每一個字。等他說完，誰也沒開口，只有瑟莉堤娜感傷的唱著。

噢，我可憐的心去了哪裡？
它因爲一個咒語而離開了我……

『你有沒有想過，哈利，』衛斯理先生說，『石內卜只是假裝——』

『假裝提議協助，其實是想套馬份的話？』哈利飛快的說。『有，我想過你會這麼說，可是誰敢肯定？』

『那不干我們的事。』路平突然開口說道。他已經轉過來，背對著爐火，越過衛斯理先生看著哈利。『那是鄧不利多的事。鄧不利多信任賽佛勒斯，對我們大家來說，這個理由就足夠了。』

『可是，』哈利說，『萬一——萬一鄧不利多看錯了石內卜呢——』

『很多人都這麼說過，而且還說過很多次。問題的癥結在於你相不相信鄧不利多的判斷。我相信，所以我信任賽佛勒斯。』

『可是鄧不利多又不是不會犯錯。』哈利爭辯道。『他自己都說過。而且你——』

他筆直凝視路平的眼睛。

『——你眞的喜歡石內卜嗎？』

『對賽佛勒斯，我既不喜歡也不討厭。』路平說。『沒錯，哈利，我說的是眞心話。』他又說道，因爲哈利擺出懷疑的表情。『或許我們永遠也不可能是推心置腹的朋友，畢竟詹姆、天狼星、賽佛勒斯三個人之間的糾葛太多，他心裡總有積恨難平。可是我不會忘記在我回霍格華茲教書的那一年裡，賽佛勒斯每個月爲我調製縛狼汁，盡心盡力的調製，免去了我每逢月圓就得忍受的痛苦。』

『可是他「不小心」洩漏了你是狼人的消息，害你離開霍格華茲啊！』哈利忿忿的說。

路平只聳聳肩。

『反正早晚也瞞不住。我們兩個都知道他想要我的職位，他只要在縛狼汁裡做點手腳，就可以把我整得更慘，他卻讓我健健康康的，我十分感激。』

『也許是因為有鄧不利多在監視，他才不敢在魔藥裡做手腳！』哈利說。

『你一心一意要恨他，哈利。』路平說，淡淡的一笑。『我能了解，詹姆是你父親，天狼星是你教父，你繼承了一種古老的偏見。無論如何，把你告訴亞瑟和我的話一五一十的告訴鄧不利多，但可別指望他的看法會跟你一樣，更別指望他聽見你的說法後會感到詫異。賽佛勒斯詢問跩哥很可能就是出於鄧不利多的命令。』

……你偷走了我的心

請你還給我！

瑟莉堤娜拉了一個很長的高音，結束了這首歌。收音機裡掌聲如雷，衛斯理太太也跟著激動的鼓掌。

『塔唱完了嗎？』花兒大聲問。『謝天謝地，診是可怕——』

『喝杯睡前酒好不好？』衛斯理先生大聲問，從椅子上跳起來。『誰要蛋酒？』

『你最近都在忙什麼？』哈利問路平。衛斯理先生急急忙忙去拿蛋酒，其他人則伸展四肢，聊了起來。

『喔，我在地下。』路平說。『差不多是真正的地下了。所以我才沒寫信，哈

利，寄信給你會暴露我的身分。』

『怎麼說？』

『我跟我的同胞，我的同類，住在一起。』路平說。『狼人。』他又加上一句，因爲哈利一臉不解。『他們幾乎全部都是佛地魔那邊的人。鄧不利多需要密探，所以我就上場了……還是量身打造的呢。』

他的語氣多少有些苦澀，或許他自己也有所察覺，所以繼續往下說的時候，笑得比較溫暖。『我並不是在發牢騷，這是必要的任務，有誰比我更合適呢？不過，要贏得他們的信任並不那麼簡單。我的身上清清楚楚帶著曾試圖和其他巫師一起生活的記號，而他們卻始終迴避正常社會，住在邊緣地帶，爲了塡飽肚子而偷竊——有時甚至還殺戮。』

『他們爲什麼喜歡佛地魔？』

『他們認爲，在他的統治下，他們可以過得更好。』路平說。『在那裡，要和灰背講道理實在是很難……』

『誰是灰背？』

『你沒聽過他嗎？』路平的雙手在膝蓋上握緊。『焚銳・灰背或許是當今世上最野蠻的狼人了。他認爲他的人生使命就是儘可能咬更多人，傳染更多人，他想要創造夠多的狼人來征服巫師。佛地魔答應用獵物來換取他的服務。灰背對兒童情有獨鍾……他說趁年輕的時候咬，把他們帶離他們的父母養育，教他們仇恨一般的巫師。佛地魔威脅要放任灰背對付別人的兒女，這類威脅通常都十分有效。』

路平頓了頓，又說：『咬了我的人就是灰背。』

『什麼？』哈利說，十分震驚。『你──你是說小時候嗎？』

『對，我父親得罪了他。有很長一段時間，我並不知道咬了我的狼人是誰。我甚至還憐憫過他，我自己體會過變身是多麼痛苦，相信他也是身不由己。不過灰背並不是身不由己。每逢月圓，他就會潛近受害人，確定攻擊的距離夠近。他一切都計畫得很周密，佛地魔就利用他這樣的人來領導狼人。我不敢說我那種獨樹一格的看法有辦法怎樣對抗灰背的影響，他還是堅持我們狼人應當得到鮮血，我們應當要報復正常人。』路平說。

『可是你很正常啊！』哈利憤慨的說。『你只有一點小毛病──』

路平一聽，立刻哈哈大笑。

『有時候你眞的讓我想起詹姆。有別人在場的時候，他老是說「你那個毛茸茸的小毛病」，很多人還以爲我養了隻習慣不好的兔子呢。』

他從衛斯理先生手裡接過一杯蛋酒，道了聲謝，精神看起來稍微好了一點。同時哈利感到一陣興奮，路平最後提起了他父親，反倒讓哈利想起他好久以前就很想問路平的一句話。

『你有沒有聽過一個叫做「混血王子」的人？』

『混血什麼？』

『混血王子。』哈利說，緊盯著他，等待他露出恍然大悟的表情。

『魔法界沒有什麼王子。』路平說，淡淡一笑。『怎麼？難道你想要這個新封號？我還以爲當「被選中的人」你就滿足了呢。』

『才不是跟我有關係呢！』哈利忿忿的說。『混血王子是霍格華茲以前的學生，我拿到了他的舊魔藥學課本，整本書都寫上了咒語，他自己發明的咒語。其中一個是倒倒吊──』

『喔，這個咒語在我唸書的時候很流行。』路平回憶道。『我五年級的時候，有幾個月裡有些人因爲他們的一隻腳給吊在半空中，根本動彈不得。』

『我爸用過。』哈利說。『我在儲思盆裡看到過，他用在石內卜身上。』

他盡量裝出輕鬆的口氣，彷彿這件事壓根就不要緊，但他沒有把握是否達到了預期的效果，路平的微笑彷彿看透了他。

『對，』他說，『但使用的人不只他一個。我說過，這個咒語很流行……咒語都是這樣，今天流行這個，明天又換成別的……』

『可是聽起來，咒語是在你們唸書的那年代發明的。』哈利仍不死心。

『不一定。』路平說。『咒語就跟別的東西一樣會退流行。』他凝視哈利的臉，靜靜的說：『詹姆是血統純正的巫師，哈利，而且我保證，他從來就沒有要我們稱呼他「王子」。』

哈利索性不再假裝。『那會不會是天狼星？或是你自己？』

『絕對不是。』

『喔。』哈利凝視著爐火。『我以為——其實他在我的魔藥學課上幫了很大的忙，那位王子。』

『哈利，那本書有多舊？』

『不知道，我沒查過。』

『查查書有多舊，或許你可以查出那位王子是何時進霍格華茲的。』路平說。

沒過多久，花兒忽然決定要模仿瑟莉堤娜演唱〈裝滿嗆辣愛情的大釜〉，大家一瞥見衛斯理太太的表情，馬上就知道是上床睡覺的時間了。哈利和榮恩一路爬上榮恩的閣樓臥室，裡面加了張行軍床，做為哈利的床鋪。

榮恩幾乎是一沾枕就睡著了，哈利卻打開行李箱，把他的《進階魔藥調配學》拿到床上。他翻開書本，一頁一頁的找，終於在書的最前面找到了出版日期。將近有五十年的歷史。

五十年前他父親本人和他父親的朋友都還沒進霍格華茲唸書呢。哈利覺得很失望，把書本拋回行李箱，關掉燈，翻過身去，想著狼人、石內卜、史坦・桑派和混血王

子，最後終於入睡。他睡得很不安穩，整晚夢到悄悄潛近的陰影，還有被狼人咬了的兒童的痛苦哭喊……

『她一定在開玩笑……』

哈利驟然驚醒，發現床尾多了隻鼓起的長襪。他戴上眼鏡，左右張望。小窗幾乎完全被白雪掩蓋了，而在小窗之前，榮恩筆直坐在床上，檢查一樣東西，看來似乎是很沉重的金鍊。

『那是什麼？』哈利問。

『是文妲送的。』榮恩說，聽來很反胃。『她不會眞的以爲我會戴……』

哈利靠近一點看，立刻捧腹大笑。金鍊的尾端繫著幾個金色大字，寫著『我的甜心』。

『很好啊。』他說。『很有格調。你一定要在弗雷和喬治面前戴。』

『要是你敢告訴他們。』榮恩說，把項鍊塞到枕頭底下，眼不見爲淨。『我就——我就——』

『就怎樣？就對我結結巴巴嗎？』哈利笑嘻嘻的說。『放心啦，我會嗎？』

『她怎麼會以爲我會喜歡那種玩意？』榮恩對著空氣問，臉色頗爲震驚。

『嗯，你仔細想想，』哈利說。『你有沒有透露過類似的意思，讓她以爲你會願意在大庭廣眾下戴著上面有「我的甜心」四個字的項鍊？』

『我們……我們並沒有講過很多話，』榮恩說，『主要是……』

『接吻。』哈利說。

『嗯，對。』榮恩說。猶豫了片刻，又說：『妙麗真的跟麥拉在一起嗎？』

『誰知道。』哈利說。『他們一起參加史拉轟的派對，可是我想過程不大順利。』

榮恩的心情略微好了些，手又探進了襪子裡。

哈利的禮物有一件毛衣，前襟有個很大的金探子，是衛斯理太太親手織的，雙胞胎送了一大盒『衛氏巫師法寶』產品，還有一個微微潮濕、散發霉味的包裹，上面的標籤寫著：『送給主人，怪角敬上』。

哈利瞪著包裹。『你看打開來安全嗎？』他問。

『不可能是什麼危險的東西，我們的郵件都先經過魔法部檢查過。』榮恩答道，不過還是狐疑的盯著包裹。

『我沒想到要送怪角禮物耶！一般人會送家庭小精靈聖誕禮物嗎？』哈利問，小心翼翼的戳了戳包裹。

『妙麗就會，』榮恩說，『不過還是先看看裡面的東西，你再來內疚也不遲。』

片刻後，哈利發出一聲大吼，從行軍床上跳下來。包裹裡裝了一大堆的蛆。

『不錯啊。』榮恩說，爆笑如雷。『想得眞周到。』

『收到蛆也比那條項鍊好。』哈利說，榮恩的笑聲戛然而止。

大家坐下來吃聖誕午餐的時候，人人都穿著新毛衣，只有花兒例外（看來，衛斯理太太不想在她身上浪費毛線），另外衛斯理太太也沒穿毛衣，不過她很得意的戴了一頂新的午夜藍色的女巫帽，帽子閃爍發光，好似鑲了小鑽石，像星星一樣，她還戴了一條華麗的金項鍊。

『是弗雷和喬治送的！漂亮吧？』

『啊，那是因爲我們現在得自己洗襪子，所以越來越感激妳了，媽。』喬治說，快活的揮揮手。『要胡蘿蔔嗎，路平？』

『哈利，你的頭髮裡有條蛆耶。』金妮興高采烈的說，俯身向前，隔著餐桌把蛆給捏起來。哈利覺得脖子上雞皮疙瘩全都起來了，不過和蛆無關。

『多恐怖啊。』花兒說，做作的打了個哆嗦。

『可不是嗎。』榮恩說，『要肉醬嗎，花兒？』

榮恩急著獻殷勤，結果反而把肉醬碗打翻了，比爾及時揮舞魔杖，肉醬往上飛，又乖乖飛回碗內。

等花兒用親吻感謝完比爾之後，她對榮恩說：『你就跟東施一樣糟糕，塔也是一天到晚打翻──』

『我有邀請親愛的東施今天過來，』衛斯理太太很用力的把胡蘿蔔放下，怒瞪花兒說。『可是她不願來。你最近跟她談過嗎，路平？』

『沒有，我最近不太和大家聯絡。』路平說。『東施不是有自己的家人可以一起過節嗎？』

『啊，』衛斯理太太說，『也許吧。可是我覺得她好像打算要一個人過聖誕節。』

衛斯理太太投給路平惱怒的一眼，彷彿都是路平的錯，才會讓花兒而不是東施成爲她未來的媳婦。

哈利看了看斜對面的花兒，她正用自己的叉子餵比爾吃火雞肉，他忍不住想，衛斯理太太其實是在打一場早就一敗塗地的仗。不過，這倒讓他想起了一個和東施有關的問題，和護法有關，還有誰比路平更了解護法呢？

『東施護法的外形變了，』哈利跟路平說。『是石內卜說的。我也不知道究竟怎麼回事。爲什麼護法會變形？』

路平慢條斯理嚼著火雞肉，等到吞嚥下去後才開口，很慢的說道：『有時候……因爲極大的震驚……情緒的起伏……』

『她的護法看起來很大，還有四條腿。』哈利說，突然想到了什麼，連忙壓低聲音。『嘿……難道是？……』

『亞瑟！』衛斯理太太突然叫道，從椅子上站了起來，一手按著心口，盯著廚房

窗外。『亞瑟──是派西！』

『什麼？』

衛斯理先生轉頭看，每個人也都跟著往窗外看，金妮站起身來好看清楚些。一點也不錯，外面那個人確實是派西．衛斯理，正大步穿越下雪的庭院，角框眼鏡在陽光下閃爍。不過，他並不是獨自一個人。

『亞瑟，他──部長也來了！』

完全正確，哈利在《預言家日報》上看過的那個人緊跟在派西身後，微微跛腳，泛灰的頭髮和黑色斗篷上落著片片白雪。大家還來不及開口講話，衛斯理先生跟太太也只來得及交換一眼愕然的眼神，後門就打開了，派西站在門口。

片刻的痛苦沉默，然後派西頗爲僵硬的說：『聖誕快樂，媽。』

『喔，派西！』衛斯理太太叫道，投入了他的懷抱。

盧夫．昆爵停在門口，拄著枴杖，笑望著這溫馨的一幕。

衛斯理太太轉過頭看著他，一面拭淚，一面喜悅的微笑。昆爵說：『請妳原諒我不請自來，派西和我正巧在附近──執行公務──他說什麼都想順道來一趟，見見大家。』

但派西卻完全沒有要跟其他家人打招呼的意思，只是站在那裡，擺出一張撲克臉，表情彆扭，盯著大家的頭頂看。衛斯理先生、弗雷、喬治也都漠然的打量他。

『部長，請進！請坐！』衛斯理太太慌張的說，一面扶正帽子。『吃點活雞，還有補丁——我是說——』

『不，不，不，我親愛的茉莉。』昆爵說。哈利猜在進屋之前，他一定先跟派西問了衛斯理太太的名字。『我不想打擾，要不是派西很想見見大家，我根本就不會來打擾。』

『喔，派西！』衛斯理太太珠淚盈盈的說，踮起腳親吻他。

『……我們只能打擾五分鐘，所以我去院子裡晃一晃，讓你們和派西閒話家常。不，不，我眞的不願意當不速之客！啊，或許有誰願意帶我去參觀一下你們迷人的花園……哈，那個年輕人已經吃飽了，何不就讓他帶我去逛逛呢？』

餐桌的氣氛微微改變。人人都看看昆爵，又看看哈利，昆爵假裝不認識哈利，但似乎沒有人覺得信服，也不覺得部長偏偏挑中哈利陪他參觀花園是很自然的事，因爲金妮、花兒、喬治的盤子都是空的。

『喔，好啊。』哈利對著靜默的大家說。

他並沒有受騙，儘管昆爵嘴巴上說只是剛好在附近，派西又很想家，但他們來此地的理由絕對不是爲了讓派西見見家人，而是爲了讓昆爵能夠單獨和哈利說話。

『沒關係。』哈利靜靜的說，走過路平面前，他也半站了起來。『沒關係。』他又說一句，因爲衛斯理先生張嘴想要說話。

『好極了！』昆爵說，後退了一步，讓哈利走出後門，在前帶路。『我們到花園繞一圈，然後我和派西就得走了。請繼續用餐吧，各位！』

哈利走過後院，朝衛斯理家過分茂盛、白雪覆蓋的花園前進。昆爵一跛一跛的走在他旁邊。哈利知道他曾是正氣師局局長，看起來非常強悍，全身傷痕累累，跟戴著圓頂禮帽、身材圓胖的夫子截然不同。

『眞迷人。』昆爵說，停在花園圍牆邊，眺望著白雪皚皚的草坪以及無法辨識的植物。『眞迷人。』

哈利不發一語，他知道昆爵正盯著他猛瞧。

『我老早就想要見見你了，』昆爵過了一會兒說。『你知道嗎？』

『不知道。』哈利據實回答道。

『是啊，老早就想見了。可是鄧不利多非常的保護你。』昆爵說。『當然，這是很可以預料的，在你經歷過……尤其是在魔法部裡經歷過……』

他等著哈利開口，但哈利卻沒讓他如願，他只好接著往下說：『自從我接任之後，我就一直想找機會和你談談，但鄧不利多卻加以阻撓——不過，我也說過，他的做法絕對可以理解。』

哈利還是一言不發，等著看他葫蘆裡賣什麼藥。

『這些日子來可以說謠言滿天飛！』昆爵說。『當然啦，你我都知道這些都是歪曲的事實……那些預言的傳聞……說你是那個「被選中的人」……』

快講到重點了，哈利心裡想，昆爵來此的真正目的就是這個。

『……我看鄧不利多已經跟你討論過這些事了吧？』

哈利謹慎思索，不知是否該說謊。他望著花床上遍佈的地精腳印，以及一塊磨損的花床，弗雷就是在這裡抓到了現在在聖誕樹上穿著芭蕾短裙的地精。最後，他決定實話實說……或至少先透露一點點。

『對，我們討論過。』

『你們有沒有，有沒有……』昆爵欲言又止。眼角餘光一轉，哈利就看見昆爵瞇著眼在看他，所以他就假裝對冰凍的杜鵑花叢下剛冒出頭的一個地精非常有興趣。『鄧不利多跟你說了什麼，哈利？』

『抱歉，那是我跟他之間的事。』哈利說。

他盡量保持語氣和善，昆爵的口吻也是輕鬆友善。『喔，當然，當然，如果是私下的祕密，我不會強要你洩密……不，不……再說，你究竟是不是「被選中的人」真的有那麼重要嗎？』

哈利得要沉吟思索個幾秒才答覆。

『我不太懂你的意思，部長。』

『哎，當然啦，對你個人來說，絕對是非常的重要。』昆爵笑著說。『可是對於整

個魔法界來說……完全是觀點的問題，對不對？真正重要的，是人們相信什麼。』

哈利沒有回答，他覺得隱隱約約明白了這番話的目的，但他可不會幫助昆爵達成目標。杜鵑花下的地精正在樹根旁挖蟲子，哈利眨也不眨的盯著看。

『大家相信你就是「被選中的人」，你知道的。』昆爵說。『他們認為你是英雄——而你的確是，哈利，無論選中與否！你有多少次和「那個不能說出名字的人」對峙過？』

他不等哈利回答就逕自往下說：『反正重點就在於，你對許多人來說代表了希望，哈利。單是想到有一個人可能有能力，甚至可能是命中注定要來摧毀「那個不能說出名字的人」——當然會讓大家士氣大振。而我也忍不住感覺，一旦你了解了之後，你或許會考慮，把它當成一種責任，來跟魔法部站在一起，給大家一股推力。』

地精終於挖到了一隻蟲，死命的拉扯，想把蟲子從冷凍的地裡拉出來。哈利沉默了好久，昆爵看看哈利又看看地精，說：『很有趣的小傢伙，不是嗎？不過你怎麼說呢，哈利？』

『我不太了解你的意思，』哈利緩緩的說。『「與魔法部站在一起」……那是什麼意思？』

『噢，啊，絕不是什麼麻煩累人的事，我保證。』昆爵說。『比方說，你三不五時來魔法部晃晃，就可以給別人相當正面的印象。當然啦，你到魔法部來的時候，會有相當多機會和接任正氣師局局長的高文・羅巴茲談談。桃樂絲・恩不里居曾跟我說過你希望能夠成為正氣師，這也是很容易就可以安排的……』

哈利感覺怒火開始從胃裡往上冒，原來桃樂絲・恩不里居仍然在魔法部？

『所以，基本上，』他說，彷彿想要澄清一些疑點，『你想要讓大家以為我為魔法部工作？』

『哈利，那會讓大家精神大振，因為想到你也參與其中。』昆爵說，聽來像鬆了口氣，哈利居然一點就通。『「被選中的人」，你知道……一切目的都是在給大眾希望，給他們一種感覺，彷彿精采的事情就要發生……』

『可是如果我在魔法部進進出出，』哈利說，仍盡量保持和善，『看起來不就是很像我百分之百支持魔法部的做法嗎？』

『這個嘛，』昆爵說，微微皺眉，『沒錯，這也是部分原因——』

『不行，我覺得這樣行不通。』哈利愉快的說。『因為我不喜歡魔法部做的一些事，比方說把史坦・桑派關起來。』

昆爵有一刻沒有說話，但表情立刻變得冷硬。

『我並不指望你能理解。』他說，不過並不像哈利一樣能夠完全隱藏聲音裡的怒氣。『目前的局勢很危險，必須要採取必要的措施。你才十六歲——』

『鄧不利多可不止十六歲，他也不覺得應該把史坦關進阿茲卡班，』哈利說。

『你拿史坦當代罪羔羊，就跟你想拿我當護身符一樣。』

兩人凝視彼此，目光嚴厲，許久之後，昆爵終於開口，也不再假裝和氣了。『我懂了。你寧可——像你的英雄鄧不利多那樣——與魔法部保持距離？』

『我不想被利用。』哈利說。

『有些人卻認爲被魔法部利用是你的責任！』

『是哦，也有人認爲在把別人關進監獄之前，你的職責是先調查清楚他究竟是不是食死人，』哈利說，脾氣又上來了。『你的做法就跟巴提．柯羅奇一樣。你們這些人永遠搞不懂，是不是？要嘛給我們夫子那種人，就算有人當著他的面被殺了，他還在假裝天下太平；要嘛就是你這種人，把無辜的人送進監獄，還想假裝你網羅了那個「被選中的人」替你工作！』

『這麼說你不是那個「被選中的人」囉？』昆爵說。

『你剛才不是說是不是都無關緊要嗎？』哈利說，冷笑一聲。『反正對你來說沒差。』

『我不該那樣說的。』昆爵趕緊說。『太不得體——』

『不會，你說得很老實。』哈利說。『是你跟我說的幾句老實話裡面，最老實的一句。你並不在乎我是死是活，但你確實在乎我幫助你，說服大家你贏得了對抗佛地魔的戰爭。我並沒有忘記，部長……』

他舉起右拳，冰冷的手背上還留有白色的疤痕，那是桃樂絲・恩不里居處罰他在自己的手上刻寫我不可以說謊的痕跡。

『我可不記得在我告訴大家佛地魔回來了的時候，你有跳出來幫我講話，去年魔法部可不是我的親密戰友。』

兩人靜靜對立，氣氛冷冽得就像他們腳下冰凍的土壤。地精終於拔出了蟲子，正靠著杜鵑花叢的底部枝幹，開心的吸吮。

『鄧不利多究竟在打什麼主意？』昆爵粗魯的問。『他不在霍格華茲的時候，去了哪裡？』

『不知道。』哈利說。

『就算知道，你也不會告訴我。』昆爵說。『對吧？』

『沒錯。』哈利說。

『好吧，那我就得用別的辦法探查出來了。』

『你大可去查。』哈利漠不關心的說。『不過你好像比夫子聰明得多，所以我看你也從他的錯誤中記取了教訓。他曾試圖干涉霍格華茲。你可能注意到了，現在部長已經不是他了，但鄧不利多仍然是霍格華茲的校長。如果我是你，我就不會去招惹鄧不利多。』

一陣長時間的沉默。

『在我看來，他在你身上花費的心思確實很成功。』昆爵說，金邊眼鏡後的眼神冰冷嚴厲。『你從頭到腳都是鄧不利多的人了，波特？』

『一點也沒錯。』哈利說。『很高興我們把這點弄清楚了。』

他轉過身去，背對著魔法部長，大步走回屋子。

17. 史拉式回憶

新年過後，某天近傍晚時分，哈利、榮恩和金妮列隊站在廚房壁爐前，準備返回霍格華茲。魔法部安排了這個僅有一次的呼嚕網連線，讓學生能夠快速安全的返回學校。爲他們送行的只有衛斯理太太一個人，衛斯理先生、喬治、弗雷、比爾和花兒全都在上班。衛斯理太太在離別的時刻幾乎哭成淚人兒。老實說最近只要一點點芝麻綠豆大的小事，就能讓她一把眼淚一把鼻涕，自從聖誕節那天派西眼鏡上沾滿了蘿蔔泥（弗雷、喬治和金妮都宣稱是自己的傑作），氣沖沖離開洞穴屋之後，衛斯理太太的眼淚就沒乾過。

『別哭了，媽，』金妮說，拍著在她肩頭上哭泣的衛斯理太太。『沒事的……』

『對啊，別擔心我們，』榮恩說，讓母親在臉頰上印了一個濕濕的吻，『也別擔心派西，反正他是頭笨豬，少了他根本也沒差。』

衛斯理太太啜泣得更厲害，摟住了哈利。

『答應我你會好好照顧自己……別惹麻煩……』

『我一向都是如此，衛斯理太太，』哈利說。『妳是知道我的，我喜歡平靜的生活。』

她淚眼汪汪的輕輕笑了幾聲，並向後退。

『要守規矩，你們三個……』

哈利踏入翡翠綠的火焰中，大喊：『霍格華茲！』最後看了衛斯理家的廚房和衛斯理太太含淚的臉一眼，就被火焰吞沒。快速旋轉中，模模糊糊瞥見其他的巫師房間，還沒能仔細看看，影像就飛也似的消失。然後他慢下來，最後在麥教授辦公室的壁爐裡停下。他爬出爐柵，麥教授頭也不抬。

『晚安，波特。麻煩你不要在地毯上留下太多灰塵。』

『是，教授。』

哈利扶正眼鏡，撫平頭髮，這時榮恩也旋轉進來了。等到金妮也抵達後，他們三人魚貫走出麥教授辦公室，朝葛來分多塔前進。哈利從走廊窗戶向外看，太陽已經落在地平線後，校園裡的雪比洞穴屋院子裡的雪還要深。遠處，他看見海格正在木屋前餵巴嘴。

他們來到了胖女士面前，她看來比往常蒼白。『廉價飾品。』榮恩自信的說，大嗓門害得胖女士縮了縮。

『錯。』她說。

『「錯」？怎麼可能？』

『通關密語換了，』她說，『還有，拜託你別大嚷大叫的。』

『可是我們前幾天又不在，怎麼會知？——』

『哈利！金妮！』

妙麗急急向他們跑來，臉色非常的粉紅，穿著斗篷，戴著帽子和手套。

『我幾個小時前先到了，我剛才去看海格和巴——哦，枯翅，』她上氣不接下氣的說。『你們的聖誕節好玩嗎？』

『很好玩，』榮恩立刻說，『發生了不少事，盧夫・昆——』

『我有東西要給你，哈利，』妙麗說，不看榮恩，好像根本沒聽見他說話。『喔，等等——通關密語節制。』

『一字不差。』胖女士用虛弱的聲音說，向前旋轉，打開了洞口。

『她是怎麼了？』哈利問。

『顯然是聖誕節狂歡過度了，』妙麗說，翻了個白眼，帶頭走向擁擠的交誼廳。

『她跟她的朋友紫羅蘭跑到符咒走廊的那幅酒醉修士圖裡去，把裡面的葡萄酒全部喝光了。總之……』

她在口袋裡翻了一下，掏出一捲羊皮紙，上面有鄧不利多的字跡。

『好極了，』哈利說，立刻攤開羊皮紙，發現他跟鄧不利多的課就排在明天晚上。『我有好多消息要告訴他——還有妳。我們坐下來——』

但這時卻有人很大聲的尖叫著『榮榮』，文妲．布朗不知從哪裡冒出來，飛奔進榮恩的懷抱。好幾個旁觀的人暗自竊笑，妙麗發出銀鈴似的笑聲說：『那邊有一張桌子……來不來，金妮？』

『不，謝了，我跟丁說好要碰面。』金妮說，不過哈利卻注意到她的語氣並不怎麼熱中。榮恩和文妲好像是在摔跤比賽裡施展垂直鎖拿術，哈利留下糾纏的兩人，帶著妙麗走向空的桌子。

『妳的聖誕節過得如何？』

『喔，不錯呀，』妙麗聳聳肩說。『沒什麼特別的。「榮榮」家呢？』

『我等一下再告訴妳，』哈利說。『妙麗，妳能不能？——』

『我不能，』妙麗斷然說道。『所以連問都甭問。』

『我是以爲，也許，妳知道，過了聖誕節——』

『哈利，把一大桶五百年份的酒灌下肚的是胖女士，可不是我。所以，你要告訴我的重要消息到底是什麼？』

她的臉色太兇惡，現在不適合跟她爭辯，所以哈利不提和榮恩有關的話題，而是把他偷聽到石內卜和馬份的對話，一字不漏告訴妙麗。

等他說完，妙麗思索了好一會兒，才開口說：『你不覺得？——』

『——他是假意要提供協助，其實是想要套馬份的話？』

『嗯，對。』妙麗說。

『榮恩的爸爸和路平也是這麼想。』哈利不情願的說。『可是至少證明馬份絕對是心懷鬼胎，這點妳可不能否認。』

『是不能。』妙麗緩緩答道。

『而且他是聽從佛地魔的命令，就跟我說的一樣！』

『唔……他們兩個人眞的提到過佛地魔的名字嗎？』

哈利皺起眉頭，盡力回想。

『我不敢肯定……不過石內卜絕對說過「你的主人」這句話，那還會指誰？』

『這也很難說，』妙麗說，咬著下唇。『也可能是他父親？』

她凝望著房間另一端，顯然是在全神思索，甚至沒注意到文妲在搔榮恩的癢。

『路平還好嗎？』

『不太好，』哈利說，接著就把路平奉命混入狼人群，以及所遭遇的困難一古腦說出來。『妳聽過這個叫焚銳．灰背的人嗎？』

『聽過！』妙麗說，聽來像是嚇了一跳。『你也聽過的呀，哈利！』

『何時？魔法史課堂上嗎？妳很清楚我從來沒聽課……』

『不，不，不是魔法史——馬份用他來威脅波金啊！』妙麗說。『在夜行巷的時候，你不記得了嗎？他告訴波金說灰背是他們家的老朋友，他會隨時來檢查波金的進度！』

哈利張口結舌看著她。『我忘了！那不就證明了馬份也是食死人，否則他怎麼能和灰背聯絡，還能叫他做什麼就做什麼？』

『確實很可疑，』妙麗低聲說。『除非……』

『喔，少來了，』哈利懊惱的說，『這個再怎麼講也講不通的！』

『可是……有可能馬份只是虛張聲勢。』

『眞是豈有此理哦，妳啊。』哈利說，一面猛搖頭。『我們早晚會知道誰對誰錯……到時妳說的話就得自己吞回去，妙麗，就跟魔法部一樣。喔，對了，我還跟盧夫．昆爵吵了一架……』

晚上剩下來的時間，他們兩人口徑一致的譴責魔法部，因爲妙麗也跟榮恩一樣，覺得去年魔法部害哈利吃了那麼多苦頭，現在居然還有臉叫哈利幫忙。

新學期在隔天早晨開始，六年級生得到了意外的驚喜，才一夜的工夫，交誼廳佈告欄上就釘了一張大海報。

現影術班

只要你年滿十七歲，或是即將在八月三十一日之前或當天年滿十七歲，都可以報名為期十二週的現影術班，由魔法部現影術教師指導。

欲參加者，請於下方簽名。

費用：十二加隆。

哈利、榮恩也跟著一群人在佈告前你推我擠，等著輪到他們簽名。榮恩在妙麗之後，正掏出羽毛筆來簽名，忽然文妲偷偷溜到他背後，兩手蒙住他的眼睛，用顫音唱道：『猜猜我是誰，榮榮？』哈利轉身看見妙麗扭頭就走，趕緊追上去，一點也不想和榮恩與文妲一起留在後面。但讓他驚訝的是，榮恩竟然在他們距離畫像洞口外一點點的時候也趕了上來，他的兩隻耳朵紅得發亮，表情相當不滿。妙麗一句話也沒說，加快速度和奈威一起走。

『嗯——現影術啊，』榮恩說，一聽他的口氣就知道，他擺明了不准哈利問剛才發生了什麼事。『應該很好玩吧？』

『不知道，』哈利說。『也許要自己來，感覺才會比較好吧。鄧不利多帶我一起的時候，我倒不覺得有多好玩。』

『我忘了你已經試過了……我最好第一次考試就通過，』榮恩說，一臉焦急。『弗雷和喬治就通過了。』

『查理不是沒通過嗎？』

『對，可是查理的塊頭比我大得多。』榮恩兩臂向前伸，裝成猩猩的樣子，『所以弗雷和喬治不敢拿這件事大作文章……起碼不敢當著他的面……』

『我們什麼時候才眞的考試？』

『只要等我們滿十七歲。我三月就十七了！』

『對，不過你不能在這裡現影，城堡裡不行……』

『這不是重點，重點是大家都會知道只要我想要，我就可以現影。』

榮恩不是唯一一個對於可以施展現影術而感到興奮的人。這一整天，許多人都在談論即將展開的課程，談話的重點往往是能夠隨意消失又重現的現影術。

『好酷喔，我們可以就這樣——』西莫彈彈手指，代表消失。『我表哥佛格斯爲了故意氣我就施展現影術，哼，等我學會了就要他好看……他以後別想要再有清靜的時候……』

西莫完全沉浸在喜悅的願景中，所以把魔杖揮動得太厲害，本來這堂符咒學的目標是要製造純淨的泉水，他卻釋放出一股激射而出的水柱，水柱噴到天花板上，又筆直擊中孚立維教授的臉。

孚立維教授魔杖輕點，弄乾了自己，罰西莫唸：『我是巫師，不是拿著棍子亂揮的狒狒。』

『哈利已經現影過了。』榮恩對覺得自己有點丟臉的西莫說。『鄧——呃——有人帶他，算是隨行現影術吧。』

『哇嗚！』西莫低聲驚呼，然後就跟丁、奈威，三個人把臉湊過來，想聽聽現影術的感覺。這一整天裡，哈利被其他六年級學生團團圍住，大家七嘴八舌詢問施展現影術的感覺。哈利告訴他們有多不舒服，但每一個聽了之後都敬畏有加，絲毫沒有退縮之意。到了晚上七點五十分，他仍在詳盡的回答問題，最後他不得不謊稱必須去圖書館還書，才能夠及時脫身，去和鄧不利多上課。

鄧不利多辦公室裡燃著燈，前任校長都在畫框裡微微打鼾，儲思盆也再度出現在桌上。鄧不利多兩手按住儲思盆兩端，右手仍舊焦黑，似乎一點也沒有復元。哈利不禁納悶，可能不下一百次了，不知究竟是什麼原因導致鄧不利多受傷，但他沒有開口問。鄧不利多說過他遲早會知道，再者，他有別的話題想討論。哈利還沒來得及說出石內卜和馬份的事，鄧不利多反倒先開口了。

『聽說你聖誕節期間見過了魔法部長？』

『是的。』哈利說。『他對我不太滿意。』

『是啊。』鄧不利多嘆道。『他對我也不太滿意。我們要努力不要被自己的痛苦淹沒，哈利，要不停的奮鬥。』

哈利露齒而笑。

『他要我告訴魔法界說，魔法部非常的稱職。』

鄧不利多微笑。

『這起先是夫子的主意，你知道。他還在位的時候，想盡辦法要保住自己的職位，所以就想跟你見面，希望你能支持他——』

『就憑去年夫子的表現？』哈利恨恨的說。『就憑他派了恩不里居來？』

『我跟康尼留斯說過他的辦法行不通，但他人雖走了，主意卻沒跟著走。昆爵接任之後幾小時，我們就見過面，他要求我安排跟你會面的時間——』

『原來你們就是爲這點不合！』哈利脫口而出。『《預言家日報》上面有提到。』

『《預言家》偶爾也會報導事實眞相，』鄧不利多說。『就算只是誤打誤撞，也會有碰對的時候。不錯，我們就是爲了這點起爭執。看來，盧夫還是想辦法見到了你。』

『他指控我「從頭到腳都是鄧不利多的人」。』

『眞是無禮。』

『我跟他說「沒錯」。』

鄧不利多開口想說話，又閉上了嘴巴。哈利身後，鳳凰佛客使發出低沉輕柔、音樂般的叫聲。哈利突然發現鄧不利多的藍眼似乎泛著淚光，連忙十分尷尬的盯著自己的膝蓋看。不過等到鄧不利多開口，他的聲音卻相當平穩。

『我非常感動，哈利。』

『昆爵想知道你不在霍格華茲的時候都去了什麼地方。』哈利說，仍死盯著自己的膝蓋不放。

『對，他一直對這件事很好奇，』鄧不利多說，此刻的語氣相當愉快，哈利覺得現在抬頭應該很安全。『他甚至還派人監視我。眞有意思，他派鈍力跟蹤我，實在太不厚道了。我已經被迫給鈍力下過一次咒，這次又下了一次，我感到萬分的遺憾。』

『這麼說他們還是不知道你去了哪裡？』哈利問，希望在這個話題上能挖掘到更多資訊，但鄧不利多只是從半月形眼鏡上緣注視他，微微一笑。

『對，他們還是不知道，而且現在也不是讓你知道的時候。好了，我們應該上課了，除非你還有什麼事？——』

『的確有一件事，校長。』哈利說。『跟馬份和石內卜有關係。』

『哈利，是石內卜教授。』

『是的，校長。我在史拉轟教授的派對上偷聽到他們談話……呃，其實我有跟蹤他們……』

鄧不利多傾聽著哈利的故事，完全不動聲色。等哈利說完，有半晌他什麼也沒說，後來才開口。『謝謝你告訴我這件事，哈利，但我建議你把這件事拋開。我並不認爲這件事有什麼重要。』

『沒什麼重要？』哈利難以置信的說。『校長，你難道不了解？——』

『不，哈利，幸虧我的腦力過人，我了解你說的每一件事。』鄧不利多說，口氣略微尖銳。『我想你甚至應該考慮另一種可能，也就是我或許比你了解的還多。我很欣慰你肯把心事告訴我，但我可以擔保，你所說的事情，都沒有引起我的憂慮不安。』

哈利氣呼呼的沉默坐著，怒視鄧不利多。這是怎麼回事？難道說鄧不利多當眞命令石內卜去查明馬份的陰謀，所以已經從石內卜那裡了解了整件事的來龍去脈？還是說這消息讓他憂心如焚，只是表面上假裝從容？

『這麼說，校長，』哈利說，努力讓語氣保持禮貌鎭定，『你仍然百分之百信任？——』

『我對這個問題一直不厭其煩的回答。』鄧不利多說，但此刻聽起來已經失去耐性了。『我的答案仍舊不變。』

『我可不認爲。』一個挖苦的聲音說，是非尼呀．耐吉，他顯然是裝睡，但鄧不利多不理他。

『好了，哈利，我們不能再浪費時間了。今晚我有更重要的事情跟你討論。』

哈利坐在那裡，很想反抗。要是他抵死不換話題，要是他緊咬住馬份的事不放，又會怎麼樣？鄧不利多彷彿看穿了哈利的心思，搖了搖頭。

『唉，哈利，這種事常常發生，就算是再好的朋友也一樣！我們兩個都認爲自己要說的話比對方想說的話更重要！』

『我不覺得你要說的話不重要，校長。』哈利僵硬的說。

『你說得沒錯，因爲它眞的很重要。』鄧不利多輕快的說。『今晚我要讓你看兩個回憶，兩個都是歷經了重重困難才取得的，其中第二個回憶可以說是我蒐集過最重要的回憶了。』

哈利沒說什麼，心裡仍然在爲剛才的事氣惱，可又看不出爭辯下去會有什麼用處。

『我們今晚見面，』鄧不利多說，聲音嘹喨，『是爲了繼續湯姆・瑞斗的故事，上一次我們看到了他剛進入霍格華茲就讀的情況。你還記得他在得知自己是巫師之後，有多麼的興奮，他拒絕讓我陪伴他到斜角巷，而我則警告他在入學之後不准再有偷竊行爲。

『學期終於開始了，湯姆・瑞斗也開學了，穿著二手長袍，沉默寡言，跟其他的一年級新生排隊等待分類。分類帽幾乎一碰到他的頭，就決定他是史萊哲林的學生。』鄧

不利多接著說，舉起焦黑的右手，朝他上方架上的分類帽揮了揮，古老的分類帽一動也不動。『瑞斗究竟花了多久時間才發現史萊哲林的創始人能夠和蛇說話，我不知道——或許當天晚上就發現了。得知了這點讓他更加興奮，讓他更加自以爲了不起。

『不過，就算他曾在交誼廳用爬說語嚇唬史萊哲林同學或是向他們炫耀，教職員也沒有聽見過任何風聲。他從來沒表現出過分自負或是野心勃勃的樣子。他是一個才華橫溢，外表又很迷人的孤兒，自然從一開學就博取了教職員的好感和憐惜。他彬彬有禮，安靜少言，求知若渴，幾乎所有人對他的印象都極爲良好。』

『校長，難道你沒有跟大家說你在孤兒院找到他的時候，他是什麼樣子嗎？』哈利問。

『不，我沒有。儘管他沒有表現出絲毫悔悟，但也可能他對自己以前的所作所爲感到後悔，決心要改過自新。所以我決定給他一次機會。』

鄧不利多停下來，詢問的看著哈利，因爲哈利張開嘴想講話。從這裡又可以看出鄧不利多輕易相信別人的個性，就算證據擺在眼前，有的人就是不可以信任，他還是老往好處想！說到這兒，哈利倒想起了什麼來……

『可是你不是眞的信任他吧，校長？他跟我說……從日記裡跑出來的瑞斗說「鄧不利多似乎一直都不像其他老師那麼喜歡我」。』

『姑且這麼說吧，我並不會理所當然的以爲他值得信任。』鄧不利多說。『我之前就表明，我決心要密切觀察他，我也的確這麼做了。我不能假裝說一開始我的觀察收穫良多。他對我很有戒心，我敢說他感覺在得知自己的眞實身分時，興奮之下對我透露了太多，所以從此小心翼翼不再多說什麼。但興奮中脫口而出的話卻是無法收回了，而柯爾太太私下跟我說的話也不是他能掩飾得過去的。不過，他倒是有自知之明，不敢像迷住我許多同事那樣來迷惑我。

『他慢慢升上高年級，結交了一夥心腹朋友，我用「心腹朋友」是因爲找不到更好的說法，不過正如我告訴過你，瑞斗對這些人完全沒有感情。這夥人在城堡裡有一種陰沉的魅力。這是一群烏合之眾，有弱者、有梟雄、有惡棍，弱者爲了尋求保護，梟雄想要分享榮耀，惡棍則想依附一個深諳暴虐之道的領袖。換句話說，他們就是食死人的前身，而且在他們離開霍格華茲之後，確實有一些變成了第一代的食死人。

『這個小團體由瑞斗嚴格控制，所以從來沒有人被逮到公然作惡，不過他們在霍格華茲這七年做了不少壞事，但都證據不足，其中最嚴重的一件事，當然就是打開了密室，造成一名女學生死亡。你也知道，海格爲此而蒙受不白之冤。

『我一直沒辦法在霍格華茲找到瑞斗太多的回憶。』鄧不利多說，把焦黑的手放在儲思盆上。『當時認識他的人，幾乎都不願意跟我談他，他們嚇壞了。等他離開霍格華茲後，我費了一番心力，找出那些可以誘使他們說話的人，又搜尋舊紀錄，詢問過麻瓜和巫師證人之後，我終於查出了手上的資料。

『那些我能說服他們鬆口的人告訴我，瑞斗對自己的出身已經到了走火入魔的地步，當然，這點很容易理解。他在孤兒院裡長大，自然希望能了解是誰把他丟在孤兒院裡。他似乎在紀念盃室裡搜尋過老湯姆．瑞斗的資料，也找過舊的學校紀錄裡的級長名單，甚至還翻過各種巫師歷史的書。最後，他不得不承認他父親從未踏入霍格華茲。我相信就是從那個時候開始他拋棄了自己原本的名字，反而自稱「佛地魔王」，並開始調查先前他瞧不起的母系家族──就是那個他原本不認爲是女巫的母親，因爲她竟然屈服於人類的弱點，投向可恥的死亡。

『他只需要查一個名字「魔佛羅」，他從經營孤兒院的人那裡獲知他的外祖父叫魔佛羅。最後，在千辛萬苦研究過有關巫師家族的古老書籍之後，他發現史萊哲林的族譜。就在他十六歲那年夏天，他離開了孤兒院，出發去尋找他姓剛特的親人。現在，哈利，麻煩你站起來──』

鄧不利多起身，哈利看見他又拿著一小瓶水晶瓶，裡面裝滿了不停旋轉、珍珠色的回憶。

『我很幸運能夠蒐集到這個，』他說，把發光的物質倒入儲思盆。『等我們經歷過，你就會了解有多幸運。可以了嗎？』

哈利走上來，到石盆前，乖乖彎腰，一直到臉浸入了回憶的表面爲止。他又再度感覺像落入虛無縹緲之中，然後降落在骯髒的石頭地面上，四周暗得幾乎伸手不見五指。

他花了幾秒鐘才認出這裡是什麼地方，這時，鄧不利多也已降落在他身邊。剛特家髒亂得無法形容，比哈利見過的地方都要髒。天花板覆滿蜘蛛網，地板一層灰塵，餐桌上亂七八糟堆著生垢的鍋子，其間還有發霉腐爛的食物。唯一的光源是一根淌蠟的蠟燭，就放在一個人腳邊，這個人的頭髮鬍鬚長得遮住了他的眼睛嘴巴。他癱在扶手椅中，有那麼一會兒哈利不禁懷疑他是否已經死了。但這時傳來響亮的敲門聲，這個人驚醒過來，右手舉起魔杖，左手還握著短刀。

門吱吱嘎嘎的打開了，站在門口的男孩手裡提著舊式油燈，哈利一眼就認了出來：高個子、蒼白、黑髮、英俊——十幾歲的佛地魔。

佛地魔的眼睛緩緩梭巡簡陋的房屋，看見了扶手椅上的人。有幾秒鐘，兩人對視，那人隨即搖搖晃晃站起來，腳邊眾多的空酒瓶互相撞擊，滾落在地板上。

『是你！』他大吼。『你！』

他醉醺醺的朝瑞斗衝去，兩手高舉著魔杖和刀子。

『站住。』

瑞斗說的是爬說語。那人滑向了餐桌，把發霉的鍋子撞到了地板上。他死瞪著瑞斗。一陣漫長的靜默，兩人都在默默打量對方。最後是那人打破了沉默。

『你會說爬說語？』

『對，我會說。』瑞斗說。他走進房間，任由大門關上。哈利忍不住對佛地魔的無所畏懼產生又恨又羨的感覺。瑞斗臉上的表情只有嫌惡，或許還有些許失望。

『魔佛羅在哪裡？』他問。

『死了。』那人說。『好幾年前就死了，可不是嗎。』

瑞斗皺眉。

『那麼你是誰？』

『我是魔份，不是嗎？』

『魔佛羅的兒子？』

『我就是，怎樣……』

魔份把髒臉上的頭髮撥開，好把瑞斗看得更仔細點，哈利看見他的右手上戴著魔佛羅的黑寶石戒指。

『我還以爲你是那個麻瓜呢，』魔份喃喃說，『你跟那個麻瓜長得可眞像。』

『什麼麻瓜？』瑞斗尖銳的問。

『把我妹妹迷住的那個麻瓜，住在那邊那個大房子裡的麻瓜。』魔份說，突然朝兩人之間的地板上吐了口痰。『你長得就跟他一樣。瑞斗。不過他現在應該老了，不是嗎？現在想想，他比你老得多……』

魔份似乎微微暈眩，搖晃了一下，緊抓著餐桌，以免跌倒。

『他回來了，看吧。』他笨拙的加了一句。

佛地魔凝視著魔份，似乎是在評估。然後他再靠近一點，說：『瑞斗回來了？』

『哈，他離開了她，活該，誰不好嫁，偏要嫁給垃圾！』魔份說，又朝地上吐痰。『在她逃家以前，還把我們給打劫了！小金匣呢？史萊哲林的小金匣呢？』

佛地魔沒有回答。魔份說著說著又勃然大怒起來，亂揮刀子，大聲吼道：『害家族蒙羞，就是她，那個小賤貨！你又是誰，大搖大擺跑來問東問西的？完了，不是嗎……全完了。』

他轉過頭去，微微踉蹌。佛地魔向前進，一走動就有不自然的黑暗籠罩四周，熄滅了佛地魔的油燈和魔份的蠟燭，熄滅了一切……

鄧不利多的手指緊握著哈利的手臂，他們又回到了現在。鄧不利多辦公室柔和的光線在那片濃密的黑暗之後，似乎照花了哈利的眼睛。

『就這樣嗎？』哈利立刻問。『爲什麼會變暗，出了什麼事？』

『因爲魔份再也記不得那一刻之後的事，』鄧不利多說，示意哈利坐回椅子上。『等他第二天早上起來，他發現自己躺在地板上，只剩他一個人。魔佛羅的戒指則不見了。

『在此同時，小漢果頓村有名女僕跑到大街上，尖叫著說大屋裡有三具屍體躺在客廳裡，分別是老湯姆・瑞斗和他的父母親。

『麻瓜有關單位完全摸不著頭緒。據我所知，到今天他們仍不清楚瑞斗一家人的死因，因爲「啊哇呾喀呾啦咒」通常不會留下任何損傷的跡象……但唯一的例外就坐在我面前，』鄧不利多又加上一句，朝哈利的傷疤點了點頭。『但魔法部卻立刻就知道兇手是巫師，他們也知道有個有前科的巫師痛恨麻瓜，他就住在瑞斗家斜對面，這個痛恨麻瓜的人曾經因爲攻擊過被殺害的這家人而坐過一次牢。

『於是魔法部拜訪了魔份，他們不需要詰問他，不需要用上吐眞劑或破心術。他自己當場承認人是他殺的，說出了唯有兇手才會知道的細節。他說，他很驕傲能夠殺掉麻瓜，還說等待這個機會已經好幾年了。他交出了魔杖，立刻就檢驗出曾用來殺害瑞斗一家人。他也絲毫不反抗，就給帶到了阿茲卡班。他只在意一件事，就是弄丟了他父親的戒指。「我弄丟了戒指，他會宰了我。」他告訴逮捕他的人，一遍又一遍。「我弄丟了戒指，他會宰了我。」而這句話顯然就是他說過的最後一句話。他的餘生就在阿茲卡班度過，爲了失去魔佛羅最後的遺物而哀傷悔恨，最後他也和死在阿茲卡班裡的可憐人一樣，埋葬在監獄旁。』

『其實是佛地魔偷了魔份的魔杖去殺人？』哈利說，坐得挺直。

『沒錯。』鄧不利多說。『這點我們沒有記憶可以佐證，不過我想眞實的情況大致不脫我們的揣測。佛地魔對他舅舅下了失神咒，拿走他的魔杖，穿過村子去「那邊的大屋子」，然後殺害了那個拋棄了他女巫母親的麻瓜，同時一不做二不休，也把他的麻瓜祖父母一起殺害，終結了可恥的瑞斗一脈，報復了那個不想要他的父親。然後他趕回剛特家，使用複雜的魔法，把假的回憶移植到他舅舅的腦海裡，把魔份的魔杖放在不省人事的主人身旁，拿走了他戴的戒指，揚長而去。』

『魔份一直都不知道人根本不是他殺的嗎？』

『不知道。』鄧不利多說。『正如我所說，他的自白十分詳盡誇耀。』

『可是他的腦子裡卻一直裝著這段眞正的回憶！』

『沒錯，我施展了相當高明的破心術才把回憶從他的腦海裡釣出來，』鄧不利多說，『魔份既然已經坦承犯罪，誰還會自找麻煩去探測他的內心呢？不過，我在魔份過世前的最後幾週，想辦法去看他，那時，我正在竭力蒐集佛地魔的過去。我費了好一番工夫才抽取到他的記憶。在我發現了他的記憶內容之後，我曾設法用它來讓魔份出獄。不過，在魔法部做出決定之前，魔份就死了。』

『可是魔法部怎麼會沒想到是佛地魔拿魔份當替死鬼呢？』哈利憤怒的說。『他那時不是還不到夠大的年紀嗎？他們不是可以偵查出未成年使用魔法嗎？』

『你說得很對——他們是可以偵測到某處出現魔法，但卻偵測不出使用魔法的是誰，你應該記得魔法部曾爲了有人使用飛行咒而錯怪你，而其實施咒的人是——』

『多比。』哈利生氣的說，想起受到的冤枉，怨恨仍舊難平。『所以如果你未成年，卻在一名成年巫師或女巫家裡使用魔法，魔法部就不會知道？』

『他們自然沒有辦法揪出使用魔法的人。』鄧不利多說，看見哈利憤慨的表情，淡淡一笑。『他們仰賴巫師父母來約束子女在家裡的行爲。』

『簡直是笑話。』哈利很不客氣的說。『看這個現成的例子，看魔份的遭遇就知道了！』

『我同意，』鄧不利多說。『無論魔份這個人是好是壞，他都不該這樣含冤而死，一輩子背負著不曾犯過的罪名。不過，現在時間已經晚了，我要你在離開之前再看一個回憶……』

鄧不利多從長袍內袋裡又拿出一只水晶瓶，哈利立刻閉上嘴巴，想起鄧不利多說過這是他所蒐集到最重要的記憶。哈利注意到，水晶瓶裡的液體很難倒入儲思盆內，彷彿微微凝固住，難道回憶揮發了？

『這個不會很久，』鄧不利多說，終於清空了瓶子。『一眨眼的工夫我們就回來了。再進入儲思盆一次，然後……』

哈利再次落入銀色表面，這一次降落在一個人面前，他一眼就認出他來。是年輕很多的赫瑞司・史拉轟。哈利已經看習慣了他的禿頭，眼前這個稻草色頭髮濃密的史拉轟還眞是彆扭，彷彿他的頭上蓋了層茅草，其實茅草底下已經有一塊加隆大小的不毛之地了。他的鬍鬚沒有現在這麼茂密，而且是薑黃金色的。他不像哈利認識的史拉轟那麼圓胖，不過刺繡精美的外套上那一排金色鈕釦綳得也滿緊的。他的一雙小腳放在天鵝絨軟墊上，人是坐在舒服的扶手椅上，一手握著一小杯葡萄酒，另一手在一盒糖霜鳳梨裡翻揀。

哈利轉頭看，鄧不利多也出現在他身邊。他看見他們站在史拉轟的辦公室裡，史拉轟四周圍坐了六個全都是十五、六歲的男生，座位全都比他的硬，也比較矮。哈利立刻就認出了瑞斗，他的長相最英俊，也是所有男生裡面態度最輕鬆的。他的右手隨意放在椅子扶手上，哈利大吃一驚，發現他戴著魔佛羅的黑寶石戒指。他已經殺死他父親了。

『教授，美思教授真的要退休了嗎？』瑞斗問。

『湯姆啊、湯姆啊，就算我知道也不能告訴你呀。』史拉轟說，朝瑞斗搖了搖沾滿糖霜的手指，卻又眨眨眼，以減輕責罵的味道。『我倒想問問你的消息是打哪兒來的，孩子。比半數的教職員還要消息靈通啊。』

瑞斗微笑，其他男生也跟著笑，朝他拋去羨慕的眼神。

『知道不該知道的事，還懂得討重要人士的歡心，你就是有這種神奇的能力——對了，謝謝你送的糖霜鳳梨，你猜對了，這是我最愛吃的——』

好幾個男孩吃吃竊笑，忽然發生了很怪異的事情。整個房間彌漫了濃濃的白霧，哈利什麼也看不見，只看見鄧不利多的臉，他就站在旁邊。然後史拉轟的聲音從霧中傳來，洪亮得很不自然：『——你早晚會走上歧途，孩子，記住我的話。』

濃霧倏忽消散，就和來時一樣突然，但卻沒有人提起這陣怪霧，也沒有人覺得發生過什麼不尋常的事。哈利一頭霧水，東張西望，這時史拉轟桌上的小金鐘敲了十一下。

『哎唷，這麼晚了嗎？』史拉轟說。『大家都該走了，否則就會惹上麻煩了。雷斯壯，明天我就要收到你的報告，否則就罰你勞動服務。你也一樣，艾福瑞。』

史拉轟把自己從椅子上撐起來，把空杯放到桌上，男學生魚貫而出。不過瑞斗卻殿後。哈利看出他是故意拖延，想要跟史拉轟單獨在房間裡。

史拉轟轉過身來發現瑞斗仍然沒走，就告誡他說：『小心點，湯姆，你可不能被捉到在就寢時間下床遊蕩，你是個級長……』

『教授，我有事要問你。』

『只管問，孩子，只管問……』

『教授，不知道你對……對「分靈體」知道多少？』

然後又一次，濃霧彌漫室內，哈利看不見史拉轟，也看不見瑞斗，只看見身旁的鄧不利多，平靜的朝他微笑。接著，史拉轟的聲音又轟隆隆傳來，就跟剛才一樣。

『我不知道什麼叫「分靈體」，就算知道也不會告訴你！立刻給我出去，別讓我逮到你又提起這東西！』

『到此爲止了。』鄧不利多在哈利旁邊平靜的說。『該走了。』

哈利的雙腳離開了地板，幾秒後，又降落回鄧不利多書桌前的地毯上。

『就這樣？』哈利茫然的問。

鄧不利多曾說這是他所蒐集到最重要的回憶，哈利卻看不出究竟有何重要性。沒錯，那陣濃霧，居然沒人注意到，是很奇怪，可是除此之外，似乎沒發生什麼事，只不過瑞斗問了個問題，卻沒有得到答案罷了。

『你或許注意到了，』鄧不利多說，重新坐回書桌後，『這段回憶遭到了篡改。』

『篡改？』哈利跟著說，也坐回椅子上。

『的確，』鄧不利多說，『史拉轟教授干涉了他自己的回憶。』

『他爲什麼要那麼做呢？』

『我想是因爲他對自己的記憶感到羞恥。』鄧不利多說。『他曾試過重組記憶，盡量掩蓋他自己的過錯，刪除掉他不想讓我看見的部分。不過，想必你也注意到了，手法非常粗糙，結果反而欲蓋彌彰，眞正的記憶仍然隱藏在這些變更之下。

『所以，這是第一次，我要出作業給你，哈利。你必須去說服史拉轟教授，要他透露眞正的記憶，那絕對是我們最關鍵的一個情報。』

哈利盯著他。

『可是，校長，』他說，盡量保持尊敬的口吻，『你不需要我——你可以用破心術……或是吐眞劑……』

『史拉轟教授是位絕頂聰明的巫師，早就預料到有人會用這兩種手段對付他。』鄧不利多說。『他在鎖心術方面的造詣要比可憐的魔份．剛特高深許多，自從我威脅利誘他，要他交出這份記憶之後，他要是沒有隨身攜帶吐眞劑的解藥的話，才會讓我大吃一驚呢。

『不，我認爲用蠻力硬逼史拉轟教授太不明智，結果也會適得其反，我不希望他離開霍格華茲。不過，他也像我們大家一樣有他的弱點，我相信你就是能夠穿透他心防的人。我們一定要得到眞正的回憶，哈利……那究竟有多重要，得等我們看到了眞正的東西後才知道。所以，祝你好運……還有，晚安。』

鄧不利多這麼突兀的遣退他，讓哈利愣了一下，但他很快站了起來。

『晚安，校長。』哈利關上了鄧不利多辦公室的門，很清楚聽見非尼呀．耐吉說：

『我看不出來那個孩子怎麼可能會做得比你好，鄧不利多。』

『我並不指望你能看出來，非尼呀。』鄧不利多答道。佛客使又發出低沉、音樂般的鳴叫。

18. 意外的生日禮

第二天，哈利把鄧不利多交代的作業告訴了榮恩與妙麗，當然是分別告訴他們，因爲妙麗依然拒絕和榮恩待在同一個地方，每次都是鄙夷的看他一眼，然後就立刻走人。

榮恩覺得要對付史拉轟，哈利應該一點問題都沒有。

『他愛死你了。』他邊吃早餐邊說，輕快的揮動滿滿一叉子炒蛋。『只要你開口，他都不會拒絕吧？你可是他的魔藥小王子呢。今天下午下課後故意留下來問他就是了。』

但是妙麗的看法卻沒有那麼樂觀。

『既然連鄧不利多都沒有辦法，那他必定是下定決心要把眞實的回憶給隱藏起

來，』她壓低聲音說，正值休息時間，兩人正站在無人的積雪庭院中。『分靈體……分靈體……我從來沒聽過……』

『妳沒聽過？』

哈利很失望，他本來希望妙麗或許可以給他線索，告訴他分靈體究竟是什麼。

『一定是非常高階的黑魔法，否則佛地魔爲什麼想知道？我看你要弄到情報沒那麼簡單，哈利，你得格外小心，仔細想想該怎麼接近史拉轟，有什麼好辦法……』

『榮恩說我只要在今天下午的魔藥學下課後，故意留下來就行了。』

『喔，既然榮榮這麼說，那你就試試看好了。』她說，火氣立刻就冒上來。『榮榮幾時判斷錯誤過呢？』

『妙麗，妳能不能——』

『不能！』她生氣的說，怒氣沖沖的走掉，留下哈利一個人站在深及腳踝的雪地裡。最近的魔藥學上得有夠不舒服的，因爲哈利、榮恩和妙麗得共用一張桌子。今天，妙麗又把大釜挪到桌子另一邊，很靠近阿尼・麥米蘭，不理會哈利和榮恩。

『你又做了什麼？』榮恩對哈利嘟囔，看著妙麗高傲的側影。

哈利還沒來得及回答，史拉轟就已經在教室前面要求大家安靜了。

『坐好，坐好，各位！動作快，今天下午我們要做的事可多了！郭波拉第三定律……誰能告訴我？——啊，格蘭傑小姐能，請說！』

妙麗用飛快的速度複誦道：『郭波拉第三定律說混合毒藥的解毒劑大於個別成分的解毒劑之總合。』

『完全正確！』史拉轟笑容滿面。『葛來分多加十分！好，假設郭波拉第三定律爲眞……』

哈利不得不聽信史拉轟的說法，相信郭波拉第三定律爲眞，因爲他一點也聽不懂。班上除了妙麗之外，似乎沒有一個人知道史拉轟在講什麼。

『……也就是說，假設我們用斯卡品的顯示咒，正確辨識出了魔藥的每一種成分，我們的主要目標不僅是找出每種成分對應的解毒劑而已，那太簡單了，而是要找出另外或額外的成分，這成分經過了幾乎算是煉金術的過程，會讓這些本質上不同的元素產生變化──』

榮恩坐在哈利旁邊，半張著嘴，心不在焉的在他的《進階魔藥調配學》新課本上塗鴉。榮恩老是忘記如果他不仔細聽教授講解，現在已經不能再依賴妙麗幫他解圍了。

『……所以，』史拉轟最後說，『我要你們每個人來我桌上拿一個小瓶子。你們要在下課之前，用毒藥本身的成分調製出解毒劑。祝各位好運了，別忘了要戴上防護手套！』

妙麗已經離開了板凳，走向史拉轟的書桌，她都走了一半，全班才如夢初醒，知道應該動起來了。等到榮恩、哈利和阿尼回到座位上，妙麗已經把小瓶裡的液體滴進她的大釜，點燃了大釜下的火。

『哈利，眞可惜你那位王子在這方面幫不上忙。』她挺直腰桿，愉快的說。『這次你得自己了解運用的原理，沒有捷徑，也不能作弊囉！』

氣惱之餘，哈利扭開瓶子的軟木塞，裡面的液體是很艷麗的粉紅色。他把液體倒進大釜裡，點燃了火，可是完全不曉得接下來要幹嘛。他瞧了瞧榮恩，只見他愣愣站著，看起來呆頭呆腦的，模仿哈利的每一個步驟。

『你確定混血王子沒有什麼訣竅嗎？』榮恩對哈利嘀咕。

哈利拿出他非常信任的《進階魔藥調配學》，翻到解毒劑那章。上面有郭波拉第三定律，跟妙麗說的一模一樣，可是卻連一條混血王子手寫的註釋都沒有。顯然混血王子也和妙麗一樣，輕而易舉了解了這條定律。

妙麗在大釜上方揮動魔杖，可惜他們沒辦法模仿她的咒語，因爲妙麗現在非常擅長無聲咒，根本不用把咒語大聲說出來。不過阿尼．麥米蘭卻對著大釜喃喃唸著：『怪事——快快現！』聽起來倒滿像一回事的，所以哈利和榮恩也急忙有樣學樣。

不出五分鐘，哈利就明白他在班上最佳魔藥調配師的名號就在他耳邊逐漸瓦解。史拉轟已經開始在地窖裡巡視，他興致勃勃的往哈利的大釜中探頭，準備要像平常一樣喜悅的驚呼，但這一次他非但沒有驚呼，反而馬上縮頭，咳嗽連連，臭雞蛋的味道直撲鼻孔。妙麗的表情沾沾自喜到了極點，她討厭透了在魔藥學這堂課裡被人比下去。現在她正把毒藥裡神祕分解出來的成分輕輕倒入十個小水晶瓶裡。看夠了這個惱人的畫面，哈利彎腰去看混血王子的書，猛力翻了幾頁。

誰知它就在那兒，就寫在一串解毒劑的清單上。

只要把一顆毛糞石塞進他們喉嚨就行了。

哈利瞪著這行字，瞪了好半晌。很久以前，他不是聽過毛糞石嗎？石內卜不是在第一堂的魔藥學說過嗎？『從山羊胃裡取出的石頭，用來解毒非常有效。』

這不是郭波拉第三定律的解答，如果他們的老師還是石內卜，哈利是絕對不敢這麼做的，但目前是非常時刻，需要非常的手段，所以他連忙走向儲物櫃，東翻西找，把獨角獸角和乾草藥推開，最後終於在最裡面找到了一個小紙盒，紙盒上草草寫著：『毛糞石』。

他打開盒子，正好史拉轟也大聲喊道：『還有兩分鐘！』盒子裡面有六個萎縮的褐色顆粒，看來比較像風乾的腎臟，而不像石頭。哈利抓了一個，把盒子放回櫃子裡，匆匆趕回大釜邊。

『時間到！』史拉轟確定的喊。『好，我們來看看你們成果如何！剎比……你這弄的是什麼玩意啊？』

史拉轟緩緩繞行教室，檢查不同的解毒劑。沒有人完成作業，倒是妙麗在史拉轟走近的時候還忙著把更多的材料倒入瓶子裡。榮恩乾脆放棄，只是盡量避開他大釜裡冒出的腐臭味。哈利站在旁邊等待，手裡緊緊捏著毛糞石，手心微微冒汗。

史拉轟最後才走到他們的桌子。他嗅了嗅阿尼的魔藥，再嗅嗅榮恩的，忍不住露出苦瓜臉，沒有多做停留，而是趕緊後退，微微作嘔。

『你呢，哈利？』他說。『你有什麼要給我看啊？』

哈利伸出手，毛糞石就在他的手掌心。

史拉轟低頭，整整看了十秒鐘。有一會兒，哈利不禁懷疑他是否會對他大吼大叫，結果史拉轟竟然仰頭哈哈大笑。

『好，有種，孩子！』他聲音洪亮的說，拿走毛糞石，高舉起來讓全班看見。『喔，有其母必有其子……唉，我也不能說你錯……對這些毒藥來說，毛糞石當然可以是很有效的解毒劑！』

而滿臉汗水、鼻子上有煤灰的妙麗卻臉色鐵青。她半完成的解毒劑包含了五十二種成分，其中還有一根她的頭髮，正在史拉轟後面咕嘟咕嘟的冒泡，但史拉轟的眼裡卻什麼也看不見，只有哈利一個人。

『你是自己一個人想出毛糞石的，是嗎，哈利？』她咬牙切齒的問。

『眞正的魔藥調配師需要的就是這種獨到的精神！』史拉轟在哈利回答以前，就先開心的說。『就像他母親，她對調配魔藥也有同樣的直覺。他顯然是從莉莉那裡繼承了這一點……沒錯，哈利，沒錯，如果你有毛糞石，當然可以解毒……只不過毛糞石並不是什麼毒藥都能解，也非常稀少，所以還是應該要了解如何混合解毒劑……』

教室內唯一一個比妙麗還要生氣的學生就是馬份，哈利很開心的看見他全身都濺上了類似貓的嘔吐物的東西。對於哈利什麼都沒做，卻能得到全班第一，妙麗和馬份都憋了一肚子悶氣，但在他們能夠表達憤怒之前，下課鐘響了。

『該收拾了！』史拉轟說。『葛來分多有膽識，再加十分！』

他咯咯笑個不停，搖搖擺擺走回地窖前面的講桌。

哈利故意磨蹭，花了比平常更多的時間來收拾書包。榮恩和妙麗離開教室的時候都沒有祝他好運，反倒都有點氣惱的樣子。最後整個地窖只剩下史拉轟和哈利兩個人。

『動作快點，哈利，不然下一堂課要遲到了。』史拉轟很慈祥的說，扣上了龍皮公事包上的金釦環。

『教授，』哈利說，滿腦子想著佛地魔，『我想問你一件事。』

『只管問，好孩子，只管問……』

『教授，你知不知道……什麼是分靈體？』

史拉轟僵住。一張圓臉似乎陷了進去。他舔舔唇，聲音粗嘎的說：『你說什麼？』

『我問你知不知道什麼是分靈體，教授。是這樣的——』

『鄧不利多派你來的。』史拉轟喃喃道。

他的口氣完全變了，不再和藹可親，反而是震驚恐懼。他摸著胸前口袋，掏出手帕，擦拭冒汗的額頭。

『鄧不利多讓你看了那個——那個回憶，』史拉轟說。『有沒有？』

『有。』哈利說，當下決定最好還是實話實說。

『當然了。』史拉轟靜靜的說，仍在擦拭蒼白的臉。『當然了……既然你看過，哈利，你應該知道我一點也不知道——**一點也不知道**——』他用力重複一次，『——什麼是分靈體。』

他抓起龍皮公事包，把手帕塞回口袋裡，大步走向地窖門。

『教授，』哈利情急之下說，『我只是覺得回憶應該不只那些——』

『是嗎？』史拉轟說。『那你就錯了，不是嗎？**錯了！**』

他大聲吼出最後兩個字，哈利還沒來得及開口，他就重重摜上了地窖門。

哈利告訴妙麗和榮恩這次的慘敗之後，兩人絲毫不感同情。妙麗仍在氣哈利不勞而獲，榮恩也在埋怨哈利沒有順便塞一顆毛糞石給他。

『要是我們兩個都拿毛糞石，不就露出馬腳了嘛！』哈利惱怒的說。『聽著，我得想辦法讓他軟化，才能問他佛地魔的事啊。喔，你幫幫忙好不好！』哈利忿忿補上一句，因爲榮恩聽見了那個名字又縮了縮。

氣憤自己失敗，也氣憤榮恩和妙麗的態度，接下來幾天哈利苦思該如何對付史拉轟。他決定暫時讓史拉轟以爲他已經忘了分靈體這件事，要攻擊之前當然是要先讓他誤以爲十分安全，攻擊才會奏效。

哈利不再追問史拉轟問題之後，這位魔藥學教授也再度恢復了親切的態度，而且好像把整件事拋諸腦後了。哈利等待史拉轟邀請他參加他的晚間小派對，決定這次要答應出席，就算要重排魁地奇的練習時間也無所謂。但不幸的是他一直沒收到邀請。哈利去問妙麗和金妮，她們兩人也都沒有收到邀請，據她們所知，也沒有任何人受邀。哈利不由得納悶，史拉轟是否並不如表面上那樣健忘，他只是不想讓哈利有機會能夠追問他。

在此同時，霍格華茲圖書館有史以來第一次讓妙麗失望了。她極度的震驚，甚至忘了自己還在氣哈利拿毛糞石蒙混過關的事情。

『我連一條關於分靈體的解釋都查不到！』妙麗跟哈利說。『一條也沒有！我翻遍了禁書區，甚至還找過了最恐怖的書，就是那種告訴你如何調配最讓人毛骨悚然的魔藥——什麼也沒有！只找到這個，在《極惡魔法》引言裡面——聽好——「分靈體，世上最邪惡的魔法，本書不會提到，也不會說明」……既然如此，那幹嘛提！』她不耐煩的說，並且用力闔上舊書，書本發出幽靈似的哭聲。『喔，閉嘴啦。』她厲聲說，把書

本塞回書包裡。

二月降臨，學校四周的雪逐漸融化，氣候變得潮濕寒冷。紫灰色的雲低懸在城堡上空，持續的冷雨把草坪弄得又滑溜又泥濘。六年級第一次的現影術課終於登場，上課時間是週六早晨，爲的是不干擾其他正常的課程，上課地點在餐廳，而不是校園。

哈利和妙麗進入餐廳（榮恩和文妲一起走），馬上發現餐桌都不見了。雨水敲打高高的窗戶，魔法天花板一片黑暗，不斷旋轉。他們在麥教授、石內卜、孚立維和芽菜教授四位學院導師面前集合，還有一名矮小的巫師，哈利猜他就是魔法部派來的現影術指導。他看起來很怪，好像沒有顏色，眼瞼是透明的，頭髮很少，一副弱不禁風的樣子，彷彿一陣風就能把他吹跑了。哈利猜想是否因爲不斷的消影現影，多多少少影響了體質，還是說這副虛弱的身體就是學習現影術最理想的體格。

等到所有學生都到齊，各學院導師要大家安靜之後，魔法部巫師才開口說，『早安。我是微奇．推克羅，未來十二週我就是各位的魔法部現影術指導。我希望能夠協助各位爲各位的現影術考試做好準備——』

『馬份，安靜，注意聽！』麥教授大喝一聲。

人人都轉過頭去看。馬份一張臉脹成暗粉紅色，怒氣騰騰從克拉旁邊走開，剛才他顯然在跟克拉咬耳朵起了爭執。哈利快速瞥了石內卜一眼，他也是滿臉惱怒，不過哈利強烈懷疑原因不是馬份的無禮，而是麥教授居然斥責他學院的學生。

『──到那時，你們有很多人可能就可以準備好去參加考試了。』推克羅繼續說，彷彿沒有受到打斷。

『你們可能知道，在霍格華茲通常是不可能施展現影術或消影術的。但校長解除了這個魔法，但只限於餐廳這裡，時間是一小時，好讓各位來做練習。我要特別強調一點，一旦離開餐廳，就絕對不可能現影，如果你們偏要嘗試，就太不明智了。

『現在請大家找好自己的位置，每人面前都需要有五呎的空間。』

所有學生都開始移動，餐廳內一陣腳步聲，有人相撞，有人命令別人讓開。各學院導師也跟著學生移動，指揮他們就位並排解紛爭。

『哈利，你要去哪兒？』妙麗質問道。

但哈利沒有回答，他正飛快穿過人群，走過孚立維教授面前，孚立維正尖聲喊叫，忙著分配雷文克勞學生位置，他們每一個人都想要站到最前面。接著他又走過芽菜教授面前，她也忙著催促赫夫帕夫的學生排好隊。最後，他繞過阿尼．麥米蘭，站到人群的最後面，就在馬份後面。馬份站在五呎外，一臉的叛逆，正趁著騷亂繼續和克拉講話。

『我不知道還要多久，可以了吧？』馬份對克拉大喊，渾然不知哈利就站在他後面。『比我預期的還費時。』

克拉張開嘴巴，但馬份似乎猜到了他想說什麼。

『我在做什麼跟你無關，克拉，你跟高爾只要乖乖聽話，提高警覺就行了！』

『我要是想叫朋友幫我留意什麼的話，我就會把我的打算告訴他們。』哈利說，音量剛好夠馬份聽見。

馬份猛然轉身，一手伸向魔杖，但就在這一刻，四位學院導師同時大喊：『安靜！』全場鴉雀無聲。馬份只好緩緩轉身，面對前方。

『謝謝。』推克羅說。『好，現在……』

他揮動魔杖，每個學生面前的地板上立刻出現老式的木圈。

『施展現影術的時候要牢記三要點！』推克羅說。『目的地，決心，謹慎！

『步驟一，全神貫注想著你的**目的地**，』推克羅說。『現在你的目的地是木圈裡面。現在專心的想木圈裡面。』

每個學生都偷偷的左顧右盼，看看別人是不是都盯著木圈看，然後才匆匆忙忙按照指示去做。哈利凝視著木圈所圈起來的地面，盡力什麼也不想。結果卻根本不可能，因爲他不斷思索馬份究竟在做什麼，爲什麼會需要提高警覺。

『步驟二，』推克羅說，『把決心集中在你想像的空間上！讓渴望進入的感覺從心底湧出，擴散到全身的每一個分子！』

哈利偷偷轉頭看，稍微左邊一點的阿尼·麥米蘭正用力的思索，臉都脹成了粉紅色，看起來倒像是拚命想要生出一顆快浮那麼大的蛋來。哈利忍住笑意，趕緊把視線轉回自己的木圈。

『步驟三，』推克羅大聲說，『注意聽我的號令……原地轉身，感覺進入虛無縹緲的世界，謹慎移動！聽我的命令……一──』

哈利再度環顧四周，有很多人聽見這麼快就要施展現影術，都是一臉驚嚇的模樣。

『──二──』

哈利再次把心思集中在木圈上，可是已經忘了該注意的三要點是什麼東西了。

『──三。』

哈利在原地旋轉，失去了平衡，差點跌倒。不過他不是唯一的一個。整個餐廳的人突然都像喝醉了一樣。奈威仰天摔在地上，阿尼．麥米蘭不知怎麼，竟一個軸轉跳入了木圈中，剎那間滿臉的興奮，直到看見丁．湯馬斯捧腹狂笑，才搞清楚並不是現影成功的緣故。

『沒關係，沒關係，』推克羅淡淡的說，似乎並沒有預期會有什麼傑出的表現。『麻煩請調整你們的木圈，回到原來的位置……』

第二次嘗試並沒有比第一次進步多少。第三次一樣糟糕。一直到第四次才出現了狀況。有人發出恐怖的痛苦尖叫聲，大家全都轉過去看，心驚膽跳，只見赫夫帕夫的蘇珊．波恩在圈子裡搖搖擺擺，但左腳仍然在五呎之外的原地。

學院導師全部衝了過去，然後接著很響亮的砰一聲，一陣紫煙瀰漫，煙散之後，只見蘇珊的人和腿又結合在一起，但她滿臉的驚駭，啜泣不已。

『「肢體異位」，也就是身體部位分離，』微奇・推克羅冷靜的說，『是因爲不夠有決心。你們必須持續的集中焦點在目的地上，然後移動，要不慌不忙，但必須謹慎……才行。』

推克羅向前跨步，在原地優雅的轉身，手臂打直，只見長袍一轉，他就消失了蹤影，又在餐廳後面出現。

『牢記三要點，』他說，『再試一次……一——二——三——』

但一個小時後，蘇珊的肢體異位仍然是這堂課最有趣的意外。推克羅似乎並不失望。他把斗篷繫緊在脖子上，很輕鬆的說：『下週六見，各位，別忘了：目的地，決心，謹慎。』

說完，他揮動魔杖，木圈消失，麥教授陪伴他走出餐廳。學生們開始朝入口大廳移動，大家立刻七嘴八舌聊了起來。

『你做得怎麼樣？』榮恩問，匆匆朝哈利走去。『我覺得最後一次我有點感覺——腳板有點刺痛。』

『榮榮，我看是你的運動鞋太緊了。』一個聲音在他後面說，然後妙麗大步走過，暗暗偷笑。

『我什麼感覺也沒有，』哈利說，不理會妙麗的打岔。『可是現在我關心的不是這個——』

『你是什麼意思，你不關心……你難道不想學現影術嗎？』榮恩難以置信的問。

『我的確是沒那麼興奮，我寧可用飛的。』哈利說，扭頭看後面馬份在哪裡，接近入口大廳時加快腳步。『喂，快點好不好，我還有事……』

一頭霧水的榮恩跟著哈利跑回到葛來分多塔，卻給皮皮鬼擋住了去路，他把四樓的一扇門給關死了，不讓任何人通過，除非他們放火燒自己的長褲，不過哈利和榮恩根本不理他，逕自轉身，改走一條他們最信任的捷徑。不到五分鐘，他們就通過畫像洞口了。

『你能不能告訴我我們到底在做什麼？』榮恩問，微微氣喘。

『先上來。』哈利說，穿過交誼廳，帶頭走向通往男生寢室的樓梯。

他們的寢室正如哈利所希望的一樣，空無一人。他打開行李箱，翻來找去，榮恩則不耐煩的在一邊看。

『哈利……』

『馬份利用克拉和高爾當眼線，他剛才正在和克拉爭辯。我想要知道……啊哈。』

他找到了，一張折起來的羊皮紙，看似空白的。他把羊皮紙攤開，用魔杖輕點。

『我在此鄭重發誓，我絕對不懷好意……至少馬份是絕對不懷好意。』

劫盜地圖立刻就出現在羊皮紙表面，城堡的每一個樓層都有詳盡的平面圖，而在上面移動的小黑點則代表城堡裡面目前在場的人。

『幫我找出馬份來。』哈利急迫的說。

他把地圖攤在床上，和榮恩一起彎腰尋找。

『在那裡！』一、兩分鐘後，榮恩說。『他在史萊哲林交誼廳裡，看……他跟帕金森、剎比、高爾和克拉在一起……』

哈利低頭看著地圖，頗為失望，但幾乎立刻又重振精神。

『好，從今天開始，我要盯牢他。』他堅定的說。『只要我看見他鬼鬼祟祟藏起來，克拉和高爾幫他把風，我就會披上隱形斗篷，去查明他在──』

他住口不說，因為奈威進來了，身上還散發出濃烈的燒焦味。他一進來就翻箱倒櫃，找新長褲。

儘管哈利下定決心要揪出馬份的狐狸尾巴，但接下來幾週他的運氣都不好。儘管他一有空閒時間就觀看劫盜地圖，有時還在下課時間跑到廁所去查地圖，但卻一次也沒發現馬份有可疑的地方。倒是更常看見克拉和高爾單獨在城堡走動，有時他們會在無人的走廊上靜止不動，但是馬份非但不在附近，就連要從劫盜地圖找到他的位置都不可能。這才是最神祕的地方。哈利不禁猜想馬份根本就不在學校裡，但又想不通他要如何離開霍格華茲，因為目前的安全措施十分的嚴密。所以他只能假設他是在地圖上幾百個小點裡面漏掉了馬份。馬份、克拉和高爾通常都像連體嬰，走到哪裡都是三個人，現在居然各自行動，也許人們長大了之後就一定會變這樣——哈利難過的想，榮恩和妙麗就是活生生的例子。

二月結束，步入三月，天氣仍舊一樣，只是現在除了多雨還多風。讓大家全都忿忿不平的是，各交誼廳的佈告欄上都貼了一張告示，宣布取消活米村之遊。榮恩氣極了。

『那天正好是我生日耶！』他說。『我期待好久了！』

『不過也不算意外了啊。』哈利說。『尤其是在凱娣出事之後。』

凱娣仍在聖蒙果醫院療養。雪上加霜的是《預言家日報》還報導了更多的失蹤事件，其中還包括了幾位霍格華茲學生的親屬。

『可是現在我可以期待的就只剩下討厭的現影術了！』榮恩悻悻的說。『什麼生日嘛……』

三堂課後，現影術還是跟第一堂課一樣困難，不過有更多人成功讓自己肢體異位。挫折感越來越大，有不少學生對微奇．推克羅和他的三要點越來越反感，所以替他取了一大堆的綽號，最客氣的要算是『微生物』和『推糞蟲』。

三月一日，西莫和丁吵吵鬧鬧走出寢室去吃早餐，把榮恩和哈利給吵醒了。『生日快樂，榮恩，』哈利說，『你的禮物。』

他把一個包裹丟到榮恩床上，落在一小堆禮物上，哈利推測必定是家庭小精靈昨天夜裡送來的。

『謝了。』榮恩睡眼惺忪的說，忙著撕掉包裝紙。哈利下床去，打開行李箱，在裡面翻找劫盜地圖，因為他每用完一次就藏一次。他翻出了行李箱裡半數的東西，才發現地圖藏在捲起的襪子下，在這雙襪子裡他仍藏了一小瓶的幸運魔藥『福來福喜』。

『有了。』他喃喃道，把地圖拿到床上，用魔杖輕點，喃喃說：『我在此鄭重發誓，我絕對不懷好意。』他壓低了音量，以免正從床尾走過的奈威聽見。

『好棒啊，哈利！』榮恩熱切的說，揮舞著哈利送他的魁地奇守門手手套。

『別客氣。』哈利心不在焉的說，緊盯著史萊哲林寢室搜尋馬份。『嘿……他好像不在床上耶……』

榮恩沒有回答，他太忙著拆禮物了，時不時就會發出喜悅的驚呼。

『哇，今年眞是大豐收！』他宣布道，高舉一只金錶，錶面周圍有奇怪的圖案，也沒有指針，反而是會移動的星星。『看爸和媽送我什麼？哇，我看明年我再成年一次好了……』

『酷。』哈利嘟囔著，瞄了金錶一眼，又急忙回頭搜尋地圖。馬份在哪裡？似乎也不在餐廳的史萊哲林餐桌上吃早餐……也不在石內卜身邊，而石內卜正在辦公室裡……廁所也沒有他的影子，醫院廂房也沒有……

『來一個吧?』榮恩嘴裡含著東西說,遞給他一大盒巧克力大釜。

『不用了,謝謝。』哈利說,抬起頭來。『馬份又不見了!』

『怎麼可能。』榮恩說,又把第二塊巧克力大釜塞進嘴裡,然後下床換衣服。

『哈利,你要是不趕快,就得空著肚子現影了……八成會比較容易吧……』

榮恩若有所思的看著那盒巧克力大釜,又聳聳肩,拿了第三個。

哈利用魔杖輕敲地圖,喃喃說:『惡作劇完成。』其實並沒有完成。他下床穿衣服,苦苦思索。馬份週期性的失蹤一定有個解釋,但他就是怎麼想也想不出來。最好的解決辦法就是跟蹤他,但就算有隱形斗篷,這個辦法也太不實際:他要上課,要練習魁地奇,要寫作業,還要上現影術。他沒辦法整天跟蹤馬份卻不引起別人注意。

『好了嗎?』他跟榮恩說。

他走向寢室門口,剛走了一半,才發現榮恩沒有動,他倚著床柱,瞪著雨水沖刷的窗戶,帶著一種怪異的茫然表情。

『榮恩?吃早餐啊。』

『我不餓。』

哈利瞪著他看。

『你剛才不是說?——』

『唉,好吧,我跟你下去,』榮恩嘆道,『可是我不想吃。』

哈利狐疑的打量他。

『你是不是吃掉了半盒巧克力大釜？』

『唉，不是那樣。』榮恩又嘆道。『你……你不懂的啦。』

『好吧。』哈利說，心裡其實迷惑不解。他轉身要去開門。

『哈利！』榮恩突然叫住他。

『怎樣？』

『哈利，我受不了了！』

『你受不了什麼？』哈利問，真的開始有點嚇到了。榮恩相當蒼白，看似要生病的模樣。

『我就是沒辦法不想她！』榮恩啞聲說。

哈利張口結舌瞪著他，壓根就沒料到他會冒出這一句話來，也不確定自己想不想聽。他們儘管是朋友，但榮恩要是開始叫文妲『小姮姮』，他非得要劃清界線不可。

『這樣就能讓你不想吃早餐了？』哈利問，盡量在談話中加入常識。

『我想她根本不知道我的存在。』榮恩說，絕望的揮了揮手。

『她絕對知道你的存在，』哈利說，滿頭霧水，『她不是一天到晚都在親你嗎？』

榮恩眨眨眼。

『你在說誰啊?』

『你又是在說誰啊?』哈利反問道,越來越覺得這番對話一點道理也沒有。

『羅咪·凡。』榮恩柔聲說,整張臉似乎都亮了起來,彷彿有一束陽光直接照耀在他臉上。

兩人瞪著彼此,幾乎有整整一分鐘,然後哈利才開口說:『你是在開我玩笑,對不對?』

『我覺得……哈利,我覺得我愛她。』榮恩說,聲音好像快要窒息了。

『好吧,』哈利說,走向榮恩,把他那雙發亮的眼睛和蒼白的臉色再看清楚一點,『來……正正經經的再說一次。』

『我愛她。』榮恩喘不過氣似的說。『你看過她的頭髮嗎?又黑又亮又柔軟……還有她的眼睛?她的黑色大眼睛?還有她的——』

『哈哈哈,太好笑了,』哈利不耐煩的說,『玩笑開夠了吧?別鬧了。』

他轉身要走,才朝門口跨了兩步,右耳就遭到重重一擊,打得他搖搖晃晃。他回頭,看見榮恩收回拳頭,五官因爲憤怒而扭曲,眼看他又再度出拳。

哈利直覺的反應,從口袋抽出魔杖,咒語不假思索脫口而出:『倒倒吊!』

榮恩大喊一聲,又給抓著腳跟吊了起來。他無助的懸在半空中,頭下腳上,長袍倒掛下來。

『你幹嘛打我？』哈利怒吼。

『哈利，你侮辱了她！你說我是在開玩笑！』榮恩也大吼，全身血液都衝到頭部，臉色漸漸轉紫。

『你簡直是瘋了！』哈利說。『你是哪根筋？——』說著，他看見了榮恩床上打開的盒子，就像給山怪踹了一腳一樣，恍然大悟。

『你那些巧克力大釜是哪兒來的？』

『是我的生日禮物！』榮恩大喊，拚命掙扎，結果只是在空中慢慢轉圈。『我不是還問你要不要吃嗎？』

『你是從地板上撿起來的，對不對？』

『因爲那是從我床上掉下去的，放我下去！』

『不是從你床上掉下去的，笨蛋，你還搞不清楚嗎？那是我的，剛才我找地圖，從行李箱裡拿出來的。那是羅咪聖誕節前給我的巧克力大釜，全都摻了愛情魔藥！』

但這番解釋只有一個名字聽進了榮恩的耳朵裡。

『羅咪？』他重複這個名字。『你是說羅咪嗎？哈利——你認識她嗎？能不能幫我介紹？』

哈利瞪著吊在空中的榮恩，看他滿臉的夢幻表情，實在很想捧腹大笑。有一部分的他——尤其是最靠近刺痛的右耳的那部分——很想把榮恩放下來，任由他毫無理智的迷戀羅咪，直到藥效消退為止……但換個角度想，他們是理應互相照應的好朋友，榮恩攻擊他完全也是不由自主，哈利覺得他要是任由榮恩對羅咪．凡宣示至死不渝的愛戀，那他就活該再讓榮恩打一拳。

『好，我幫你們介紹，』哈利說，腦筋動得飛快。『我現在要把你放下來了，好嗎？』

他讓榮恩重重跌在地板上（他的耳朵真的好痛），但榮恩只是笑嘻嘻的一躍而起。

『她會到史拉轟的辦公室。』哈利很有自信的說，帶頭走向門口。

『她為什麼會在那裡？』榮恩焦急的問，連忙趕上。

『喔，她還額外跟他上魔藥學。』哈利說，胡亂捏造藉口。

『也許我也可以問問看能不能跟她一起上？』榮恩急切的說。

『好主意。』哈利說。

文妲就等在畫像洞口，這倒是哈利沒料到的棘手問題。

『你遲到了，榮榮！』她嗲聲嗲氣的說。『我有生日禮物要送──』

『少煩我，』榮恩不耐煩的說，『哈利要介紹羅咪．凡給我。』

說完，榮恩理也不理她，逕自爬出了洞口。哈利想要向文妲表示歉意，結果可能反倒露出了一臉想笑的表情，因為胖女士在他們後面關閉洞口的時候，文妲看起來簡直氣瘋了。

哈利原本有些擔心史拉轟已經去吃早餐了，但他才一敲門，就有人來應門。他穿著綠色天鵝絨晨袍，配成一套的睡帽，睡眼惺忪。

『是哈利啊。』他口齒不清的說。『這麼早啊……星期六我通常睡得很晚……』

『教授，眞的很抱歉來打擾你，』哈利儘可能小聲說，而榮恩則踮著腳，拚命想越過史拉轟看他的房間，『可是我的朋友榮恩不小心吞下了愛情魔藥。你能不能幫他調配解藥？我本來是想帶他去找龐芮夫人的，可是，按照規定我們不應該有「衛氏巫師法寶」的東西，你知道……會引起一大堆問題……』

『我以爲像你這麼專業的魔藥家，應該隨手可以幫他調出解藥來才對啊，哈利。』史拉轟說。

『呃，』哈利說，一時不知如何回答，因爲榮恩一再用手肘頂他的肋骨，企圖擠進房間，『我從來沒有調配過愛情魔藥的解藥，教授，我怕等我找出了配方，榮恩已經做了什麼非常糟糕的事了——』

榮恩非常幫忙，還在這個時候呻吟道：『我沒看到她，哈利——是不是被他藏起來了？』

『他吃的魔藥過期了嗎？』史拉轟問，現在用純然專業的目光打量榮恩。『你知道，放得越久，藥效就越強。』

『這就難怪了。』哈利喘著氣說，現在正在和榮恩角力，以免他攻擊史拉轟。『今天是他的生日，教授。』他又懇求的加上一句。

『喔，好吧，進來吧，進來吧。』史拉轟寬容的說。『我的袋子裡正好有需要的材料，解藥不是很困難……』

榮恩闖入了史拉轟過熱過擠的書房，絆到了一張有流蘇的腳凳，直到抓住哈利的脖子才恢復平衡，還喃喃問道：『她沒看見吧？』

『她還沒來。』哈利說，看著史拉轟打開魔藥箱，把一點點這個，一點點那個加入一只小水晶瓶裡。

『太好了。』榮恩熱切的說。『我看起來如何？』

『英俊極了。』史拉轟圓滑的說，交給榮恩一杯清澄的液體。『把這杯喝掉，是緩和緊張的，免得她進來的時候你太過激動。』

『好極了。』榮恩心急的說，咕嘟咕嘟喝乾了解藥。

哈利和史拉轟密切觀察他。有一會兒，榮恩朝他們兩人燦爛微笑。接著，非常緩慢的，他的嘴角下垂，笑容消失，表情反而變成絕對的惶恐。

『恢復正常了吧？』哈利說，咧嘴而笑。史拉轟咯咯笑。『謝謝你，教授。』

『別客氣，好孩子，別客氣。』史拉轟說。榮恩癱倒在旁邊一張扶手椅上，一副慘相。『他現在需要的是打打氣。』史拉轟接著說，快步走向一張桌子，上面擺滿了飲料。『我有奶油啤酒、有葡萄酒，還有最後一瓶橡木熟成的蜂蜜酒……嗯……本來是要送鄧不利多的聖誕禮物……啊，管他呢……』他聳聳肩。『……沒嚐過也就不會遺憾！我們何不現在打開來，慶祝衛斯理先生的生日呢？要驅逐失戀的痛苦，沒有比舉杯消愁更好的辦法了……』

他又咯咯咯笑了起來，哈利也跟著笑。這是上一次他想從史拉轟那裡問出真實回憶卻慘敗以來，第一次和他獨處。也許，他可以趁著史拉轟心情好……也許等他們喝多了橡木熟成的蜂蜜酒……

『來。』史拉轟說，分別給了哈利和榮恩一杯酒，然後舉起自己的杯子。『祝你生日快樂，羅夫──』

『──是榮恩──』哈利低聲說。

但榮恩似乎沒聽見史拉轟的祝賀，早已一口氣喝乾了蜂蜜酒。

不到一秒鐘，甚至心跳才跳了一下，哈利就發現大大的不對勁，但史拉轟卻似乎毫無警覺。

『──祝你有更多更多的──』

『榮恩！』

榮恩丟掉了酒杯，從椅子上半立起來，突然癱倒在地上，四肢劇烈抽搐，嘴角冒出泡沫，眼睛凸了出來。

『教授！』哈利大吼。『快想辦法啊！』

但史拉轟似乎嚇呆了。榮恩又抽搐又呼吸困難，他的皮膚逐漸變成藍色。

『可是——怎麼——』史拉轟結結巴巴的說。

哈利跳過一張矮桌，衝向史拉轟打開的魔藥箱，抓出瓶瓶罐罐、大包小包來。整個房間充斥著榮恩咕嚕咕嚕的恐怖呼吸聲。最後，他終於找到了——皺縮的腎臟形石頭，史拉轟在魔藥學課從他手上拿走的毛糞石。

他衝回榮恩身邊，扳開他的下巴，把毛糞石塞進他口中。榮恩一陣劇烈的顫抖，嘎嘎的抽了口氣，身體癱軟了下來，不再動彈。

19. 小精靈的跟蹤

『所以，整體而言，榮恩沒過到一個好生日？』弗雷道。

已是黃昏時分，醫院廂房裡很安靜，窗簾拉了下來，燈也都點上了。榮恩是唯一的住院病人。哈利、妙麗和金妮圍繞他而坐，他們已經在對開門外守候了一整天，每當有人進出，他們就努力想看到裡頭的情形。龐芮夫人直到八點才放他們進來，弗雷和喬治過了十點才趕到。

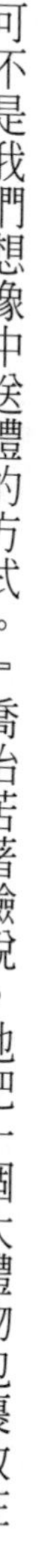

『這可不是我們想像中送禮的方式。』喬治苦著臉說，他把一個大禮物包裹放在榮恩床畔的矮櫃上，坐到金妮身旁。

『是啊，我們想像中的這一幕，他應該是清醒的。』弗雷道。

『我們守在活米村，等著要給他一個意外的驚喜——』喬治道。

『你們在活米村？』金妮抬頭問道。

『我們本來考慮要買下桑科的店。』弗雷沉重的說。『開一家活米村分店，妳知道，但如果校方再也不准你們這些人週末外出，來買我們的產品，那就沒什麼用處了……不過這件事暫且不管它吧。』

他拉過一把椅子，在哈利身旁坐下，注視著榮恩蒼白的臉。

『事情究竟怎麼發生的，哈利？』

哈利重述了一遍經過情形，感覺上，他對鄧不利多、麥教授、龐芮夫人、妙麗和金妮等人，好像已經敘述過上百遍了。

『……後來我把毛糞石塞進他喉嚨，他的呼吸開始緩和一點，史拉轟跑去求助，麥教授和龐芮夫人趕到，他們把榮恩送來這兒。他們認爲榮恩會康復。龐芮夫人說，他大概得在這兒住上一星期左右……不斷服食芸香液……』

『我的天，好在你想到毛糞石。』喬治低聲說。

『好在房裡就有一塊。』哈利道，一想到萬一自己沒能拿到那塊小石頭，會有什麼後果，他就全身冒冷汗。

妙麗用幾乎聽不見的聲音吸了吸鼻子。她一整天都特別安靜。自從她白著一張臉，衝到被擋在醫院外的哈利面前，質問他發生了什麼事以來，她幾乎沒加入哈利與金妮翻來覆去有關榮恩如何中毒的討論，只是站在一旁，咬緊牙關，滿臉驚恐，直到終於獲准入內探望他爲止。

『爸媽都知道了嗎？』弗雷問金妮。

『他們已經看過他了，他們是一小時前趕到的——現在他們在鄧不利多的辦公室，不過很快就得回去……』

一陣沉默，大家都看著榮恩在睡夢中咕噥了幾句。

『所以毒藥放在酒裡？』弗雷低聲說。

『是的。』哈利立刻答道，他想不出別種可能，也很高興又有機會討論這件事。『史拉轟倒出來的——』

『有沒有可能他在你沒看見的時候，把什麼東西放到榮恩的杯子裡？』

『有可能，但史拉轟爲什麼要毒死榮恩？』

『不知。』弗雷皺起眉頭說。『你會不會認爲他錯把杯子搞混了？本來想害你？』

『史拉轟爲什麼要毒死哈利？』金妮問道。

『我也不知道，』弗雷道，『但是想毒死哈利的人一定很多，不是嗎？「被選中的人」什麼的？』

『所以你認爲史拉轟也是食死人？』金妮道。

『任何事都有可能。』弗雷陰沉的說。

『他可能受蠻橫咒控制。』喬治道。

『或者他是無辜的。』金妮說。『毒藥可能在瓶子裡，這樣的話，要加害的對象可能是史拉轟本人。』

『誰會想殺史拉轟？』

『鄧不利多認爲，佛地魔可能想把史拉轟拉到他那邊。』哈利說。『史拉轟在來到霍格華茲前，東躲西藏了一年。而且……』他想到鄧不利多還沒有辦法從史拉轟取得的那段記憶。『也許佛地魔要除掉他，免得礙事，也許他以爲史拉轟對鄧不利多有用。』

『可是你說，史拉轟本來打算把酒送給鄧不利多當作聖誕禮物，』金妮提醒他。『所以很可能下毒的人是以鄧不利多爲目標。』

『那下毒的人就太不了解史拉轟了。』妙麗道。這是她好幾個小時來第一次說話，聲音聽起來好像得了重感冒。『所有認識史拉轟的人都知道，那麼美味的東西他很可能會留給自己。』

『喵―嗚―麗。』躺在他們中間的榮恩忽然怪叫一聲。

大家都沉默下來，焦慮的看著他，但他含混不清的咕噥了一會兒，又開始打鼾。

病房大門轟然打開，他們都跳了起來。海格大步向他們走來，頭髮上沾著雨水，熊皮大衣在身後飄拂，他手中有把石弓，一路踩得滿地都是海豚那麼大的泥濘腳印。

『在森林裡待了一整天！』他喘著氣說。『阿辣哥的情況更壞了，我還唸書給他聽——直到剛剛才有空吃晚飯，然後芽菜教授就告訴我榮恩出事！他怎麼樣？』

『還可以。』哈利說。『他們說他會沒事。』

『一次不准超過六個訪客！』龐芮夫人急急衝出她的辦公室說。

『加上海格剛好六個。』喬治告訴她。

『哦……是啊……』龐芮夫人說，她似乎把海格算成好幾個人，因爲他塊頭那麼大。爲了掩飾自己的迷糊，她趕緊去用魔杖清理地板上的泥腳印。

『我不相信。』海格低頭看著榮恩，啞著喉嚨，搖著他毛茸茸的大腦袋說。『眞不敢相信……你看他躺在那兒……誰會要傷害他呢，嗯？』

『我們也正在討論這問題。』哈利說。『我們不知道。』

『不會有人跟葛來分多魁地奇隊有仇吧？』海格擔心的說。『先是凱娣，現在又是榮恩……』

『我看不出什麼人會企圖消滅一支魁地奇隊。』喬治道。

『木透可能會做掉史萊哲林隊，如果他不被抓到的話。』弗雷很公正的說。

『呃，我認爲這跟魁地奇無關，但我認爲這兩次攻擊有關聯。』妙麗冷靜的說。

『怎麼說？』弗雷問。

『嗯，第一點，它們本來都應該會致命，卻都沒有成功，雖然完全是運氣好。第二點，不論毒酒或項鍊，都沒有命中它們眞正要殺的人。當然，』她若有所思的補充道，『由此可見，藏身幕後的人比想像中更危險，因爲他們根本不在乎達成目標之前，會連帶害死多少人。』

還沒有人來得及對妙麗研判的危機做出反應，病房大門又打開了，衛斯理夫婦匆忙走進病房。他們剛才來到病房時，只知道榮恩會完全康復，卻沒法接近他，這回衛斯理太太一把摟住哈利，把他抱得非常緊。

『鄧不利多告訴我們，你用毛糞石救了他。』她嗚咽道。『哦，哈利，我們該怎麼說？你救了金妮……你救了亞瑟……現在你又救了榮恩……』

『不需要……我沒有……』哈利笨拙的囁嚅道。

『現在仔細一想，我們家一半的人都欠你一條命呢。』衛斯理先生慢條斯理說道。『好吧，哈利，我只能說，第一次坐上霍格華茲列車那天，榮恩選擇跟你同一個車廂，是衛斯理一家人的福氣。』

哈利想不出該如何回答，所以當龐芮夫人再次提醒他們，榮恩病床周圍只許有六名訪客時，他簡直有點慶幸，他和妙麗立刻起身，海格也決定跟他們一起離開，讓榮恩跟他的家人共處。

『太可怕了，』海格在鬍子底下嘆道，他們三人沿著走廊，向大理石樓梯走去。

『有這麼多新防護，還是有孩子受傷……鄧不利多擔心死了……他不怎麼說，但我看得出……』

『海格，他難道沒什麼對策嗎？』妙麗沮喪的問。

『我看他有幾百種對策，像他那麼好的頭腦，』海格忠心耿耿的說。『但他不知道那條項鍊誰送的，也不知道誰在酒裡下毒，要不然就把那些人抓住了，不是嗎？我擔心的是，』海格壓低聲音，回頭張望（哈利也幫忙檢查天花板，防範皮皮鬼），『如果一再有學生遭受攻擊，就不知道霍格華茲還能開多久。密室事件又歷史重演，不是嗎？會引起恐慌，更多家長把小孩帶回家，接下來你就看到理事會上場了……』

一個長髮女人的幽靈悠然飄過時，海格停止說話，然後又繼續用沙啞的聲音低聲說：『……理事會一定會考慮永遠關閉這所學校。』

『不會吧？』妙麗說，一臉擔憂。

『得從他們的角度來看。』海格沉重的說。『我的意思是，送小孩來上霍格華茲一直都有點風險，不是嗎？意外是一定有的，不是嗎？幾百個未成年巫師關在一起，但蓄意謀殺又是另一回事了。難怪鄧不利多要罵石——』

海格忽然住口不說，他臉上沒被鬍子遮住的部分，又露出那種熟悉的做錯事表情。

『什麼？』哈利立刻追問。『鄧不利多罵石內卜？』

『我可沒那麼說。』海格說，然而他驚慌的表情早已洩漏了眞相。『看看時間，快午夜了，我得去——』

『海格，鄧不利多爲什麼要生石內卜的氣？』哈利大聲問。

『噓噓噓！』海格說，顯得既緊張又生氣。『這種事別大聲嚷嚷，哈利，你要我丟掉這份工作嗎？是啊，我看你也不在乎，對吧，你現在又不上奇獸飼——』

『別想給我製造罪惡感，這一招行不通！』哈利毫不讓步。『石內卜做了什麼？』

『我不知道，哈利，我根本就不該聽見這種事！我——好吧，前天傍晚，我走出森林的時候無意間聽見他們說話——呃，該說是爭吵。我不想引起注意，所以我就壓低身子，盡量不去聽，但他們——嗯，討論得很熱烈，想不聽也難。』

『然後呢？』哈利催促他，海格不安的挪動他那雙大腳。

『然後——我就聽石內卜說，鄧不利多把太多事都視爲理所當然，也許他——石內卜——不想再做那件事了——』

『做什麼事？』

『我不知道，哈利，聽起來就像石內卜覺得自己的工作太多，就這樣——反正，鄧不利多就直接告訴他，他曾經同意做那件事，就這麼回事。他對石內卜的態度很強硬。然後他又說什麼要石內卜調查他的學院，史萊哲林學院。嗯，那是沒什麼稀奇啦！』海格見哈利和妙麗意味深長的互望一眼，連忙補上一句。『所有學院的導師都被要求調查項鍊的事──』

『是啊，但鄧不利多可沒有跟他們其他人爭吵，不是嗎？』哈利說。

『聽著，』海格不安的扭轉手中的石弓，但一聲響亮的碎裂聲之後，它斷成了兩截，『我知道你們怎麼看石內卜，我不要你們把這件事想得太複雜。』

『小心。』妙麗簡短的警告。

他們轉過身，正好看見飛七的影子映在他們背後的牆上，接著他本人弓腰駝背從屋角轉彎過來，下顎不住抖動。

『啊哈！』飛七喘吁吁的說。『這麼晚還不上床，罰你們勞動服務！』

『不成，飛七。』海格駁斥道。『他們是跟我在一起，不是嗎？』

『有什麼不一樣？』飛七惹人厭的問道。

『我可是貨眞價實的老師，是不是，你這賊頭賊腦的爆竹！』海格發火了。

飛七也暴跳如雷，還有陣陣猙獰的嘶嘶怪叫，則是發自趕來助陣的拿樂絲太太，她藏身在飛七瘦削的腳踝邊。

『還不快走。』海格咬著牙說。

哈利和妙麗不需多說，便急忙乘機離開，海格與飛七對罵的聲音在他們身後迴盪。他們在快要轉進葛來分多塔時，遇到皮皮鬼，但他正興奮的向叫罵聲的來源飛奔過去，一路咯咯笑著，唱道：

看人吵架湊熱鬧，
皮皮鬼，來報到，
麻煩只多不會少。

胖女士正在打瞌睡，很不樂意被吵醒。她雖然滿口怨言，還是把身體向前微側，他們通過後，如釋重負的走進安靜而空無一人的交誼廳。榮恩的事似乎還沒有人知道，哈利不禁鬆了一口氣，一天下來他眞是被問夠了。妙麗跟他互道晚安，便回到女生宿舍。哈利獨自留下，在火爐旁找個位子坐下，深深望入即將熄滅的餘燼。

所以鄧不利多跟石內卜發生爭執。儘管他對哈利說了那麼多，儘管他堅持說他完全信任石內卜，但他還是對石內卜發了脾氣……他認爲石內卜沒有盡全力調查史萊哲林……或者，也許，是某一個史萊哲林的學生：馬份？

是否鄧不利多不希望哈利做傻事，自作主張，所以他才假裝認爲哈利的懷疑是空穴來風。甚至有可能，鄧不利多不希望哈利爲任何原因耽誤他們的課程，或從取得史拉轟回憶一事上分心。也有可能，鄧不利多不想在一個十六歲學生面前，透露他對教師的懷疑……

『你在這兒呀，波特！』

哈利嚇得跳起來，立刻抓好魔杖。他本以爲交誼廳裡沒有別人，完全沒想到，忽然有個高大粗壯的人影，從遠處一張椅子上站起來。仔細一看，才發現是寇馬·麥拉。

『我一直在等你回來，』麥拉說，他對哈利抽出的魔杖視若無睹。『我大概睡著了。是這樣的，不久前我看見他們把衛斯理送進醫院。看來下週的比賽他不可能參加了。』

哈利隔了一會兒才聽懂麥拉在說什麼。

『哦……對了……魁地奇。』他把魔杖插回牛仔褲的腰帶，用一隻手疲倦的摸摸頭髮。『是啊……他可能無法出賽。』

『那麼，就輪到我當守門手了，是吧？』麥拉道。

『是啊。』哈利說。『是的，我想是這樣……』

他想不出要怎麼反駁這句話，畢竟甄試的時候，麥拉是表現第二好的。

『好極了。』麥拉以滿意的口吻說。『那練習是什麼時候？』

『什麼？哦……明天晚上有一場。』

『很好，聽我說，波特，我們該在練習前談一談。我有幾個很好的戰略，你可能會覺得有用。』

『好啊。』哈利沒什麼興趣的答道。『好吧，我們明天來聽。我現在很累了……再見……』

第二天，榮恩中毒的消息很快就傳開了，但並沒有掀起像凱娣遭受攻擊那次那麼大的騷動。大家似乎覺得，這次不過是場意外，因爲事發當時，他是在魔藥學老師的房間裡，而且立刻服下解毒藥，沒有受到嚴重的傷害。事實上，葛來分多學生對即將與赫夫帕夫對抗的魁地奇比賽，興趣還大得多，因爲在葛來分多與史萊哲林對抗的開幕賽中，赫夫帕夫的追蹤手災來耶・史密曾經大放厥詞，許多人對此深感不滿，巴不得藉此機會，看他好好被修理一頓。

但哈利對魁地奇的興趣從來沒有這麼低落過，他所有的心思很快就全都放在跩哥・馬份身上。他仍然一有空就去察看劫盜地圖，有時他故意繞道到馬份所在的地點，但就是沒抓到他有什麼異常的舉動。有時，馬份仍然會沒來由的從地圖上消失……

但哈利可以用來考慮這些問題的時間不多，除了魁地奇練習、寫作業，他無論走到哪裡，寇馬・麥拉和文妲・布朗都死纏著他不放。

他不確定這兩個人究竟誰比較討厭。麥拉無時無刻都在暗示，他比榮恩更有資格擔任這個球隊的正式守門手，而且哈利現在常常看他打球，一定也會這麼覺得。他也喜歡批評其他隊員，還跟哈利提出詳盡的訓練計畫，以致哈利不得不一再的提醒他誰才是隊長。

同時，文妲千方百計挨到哈利身邊，跟他談論榮恩，哈利覺得這比麥拉嘮叨的滿嘴魁地奇經還煩人。起初，文妲很氣沒有人想到要告訴她榮恩在醫院廂房的事——『我是說，我是他女朋友耶！』——但不幸的是，她決定原諒哈利一時的疏失，迫不及待要跟他深入討論榮恩的感情，這是種非常不舒服的經驗，哈利眞的難以忍受。

有次特別冗長的諮詢，文妲從榮恩對她的幾套新禮袍究竟發表過什麼樣的評語，乃至哈利覺得榮恩是否『認眞』看待他倆的感情，無所不問，哈利忍不住說：『聽著，這種事妳爲何不去找榮恩談？』

『好啊，我會的，但每次我去看他，他都在睡覺！』文妲煩躁的說。

『是嗎？』哈利有點驚訝，因爲他每次去醫院廂房，榮恩都非常清醒，他對鄧不利多和石內卜爭吵的新聞非常感興趣，而且一有機會就把麥拉臭罵一頓。

『妙麗‧格蘭傑還去看他嗎？』文妲忽然問。

『是啊，我想是吧。嗯，他們是朋友，不是嗎？』哈利不安的說。

『朋友，說什麼笑話。』文妲輕蔑的說。『他開始約我之後，她好幾個星期不跟他說話！但我猜她想跟他重修舊好，又開始覺得他很有趣……』

『妳認爲中毒有趣嗎？』哈利問道。『不管怎麼說——抱歉，我得走了——麥拉要來找我談魁地奇。』他倉卒說道，往旁邊一扇僞裝成牆壁的門裡一閃，沿著通往魔藥學教室的捷徑，小跑步而去，謝天謝地，麥拉和文妲都無法跟來。

魁地奇跟赫夫帕夫比賽那天早晨，哈利在前往球池前，先到醫院廂房去了一趟。

榮恩很激動，龐芮夫人不准他去看比賽，唯恐他會過於興奮。

『麥拉進步得怎樣？』他緊張的問哈利，根本忘記同樣的問題他已經問過兩遍了。

『我告訴過你了，』哈利耐心的說，『就算他是世界頂級高手，我也不想留他。他不斷指點每個人該怎麼做，他以爲他打任何位置的表現都會比我們其他人高明。我簡直等不及要擺脫他。而且，說到擺脫人，』哈利站起身，拿起火閃電，補充了一句，『拜託你不要每次文妲來探病時都裝睡好嗎？她快把我逼瘋了。』

『哦。』榮恩有點不好意思的說。『是啊。好吧。』

『如果你不想再跟她交往，告訴她就是了。』哈利說。

『是啊……嗯……沒那麼簡單，好嗎？』榮恩說。他頓了一下，然後隨口問道，『妙麗會在比賽開始前順路過來嗎？』

『不會，她已經跟金妮到球池去了。』

『哦。』榮恩有點快快不樂的說。『好吧，嗯，祝你好運，痛宰麥拉——我是說，史密。』

『我盡量。』哈利把飛天掃帚扛到肩上。『比賽後見。』

他匆匆走下空無一人的走廊。全校的人都在外面，不是已經坐在球場裡，就是正向那兒走去。他從一路經過的窗戶往外看，試圖評估風勢有多強勁，忽然前方傳來一陣嘈雜聲，他抬頭一看，只見馬份由兩個面有怒色、表情很不悅的女孩陪同，向他走來。

馬份看到哈利便停下腳步，皮笑肉不笑的打個招呼，又繼續向前走。

『你要去哪裡？』哈利問道。

『是喔，我一定要告訴你，因爲這是關你家的事，波特。』馬份嘲諷道。『你趕快去吧，他們正在期待「被選中的隊長」——「得分的男孩」——或隨便什麼他們最近加給你的封號。』

其中一個女孩不由得噗哧笑出聲。哈利瞪她一眼，她立刻紅了臉。馬份從哈利身旁走過，她跟她的朋友加緊腳步跟在後面，轉個彎便消失不見了。

哈利站在原地像生根似的，眼睜睜看著他們走開。眞是氣死人了，他已經快要趕不上比賽，卻平空冒出來一個馬份，趁所有其他人不在場的時候，行動詭詐，這絕對是他查明馬份在搞什麼鬼的大好良機。時間悄無聲息一分一秒過去，哈利仍站著不動，彷彿凍結了，凝視著馬份剛消失的角落……

『你到哪裡去了？』哈利走進更衣室時，金妮問道。所有的隊員都已換好衣服，做好了準備。兩名打擊手庫特和皮克斯正緊張的用球棒拍打自己的腿。

『我碰到馬份。』哈利小聲對她說，同時把猩紅色球袍往頭上套。

『所以呢？』

『所以我想知道當所有人都在這兒的時候，他帶兩個女性朋友到城堡裡去做什麼……』

『這種事現在很重要嗎？』

『反正，我也沒辦法去調查，不是嗎？』哈利抓起火閃電，把眼鏡扶正說。『算了，來吧。』

他不再多說，大步走到球池，面對震耳欲聾的歡呼與噓聲。幾乎沒有風，雲很淡，不時有明亮刺眼的陽光閃爍。

『情況很棘手！』麥拉精神抖擻的對球隊說。『庫特和皮克斯，你們兩個要背光飛行，這樣敵隊才看不見你們過來——』

『我才是隊長，麥拉，你閉嘴，不必給他們指示。』哈利生氣的說。『到球門柱那兒集合就是了！』

一等麥拉走開，哈利就轉身面對庫特和皮克斯。

『千萬記得要背光飛行。』他不甘願的對他們說。

他跟赫夫帕夫的隊長握過手，然後，胡奇夫人的哨音一響，就開賽升空，他飛得比其他隊員都高，沿著球場飛馳，尋找金探子。如果他能及早抓到它，或許有機會趕回城堡，拿到劫盜地圖，查出馬份在搞什麼鬼……

『赫夫帕夫的史密拿到了快浮，』一個夢幻似的聲音，在球場中迴響。『他是上次的播報員，金妮・衛斯理向他飛去，我猜是故意的——看起來就很故意。史密上次對葛來分多很無禮，我想他現在跟他們比賽該後悔才對——哦，大家看啊，他失去了快浮，金妮從他手中奪走，我還滿喜歡她的，她人很好……』

哈利瞪著播報台。眞是的，哪個心智正常的人會讓露娜·羅古德擔任播報員呢？但即使從這麼高的地方，他也不會看錯那頭髒兮兮的金色長髮，還有奶油啤酒木塞串成的項鍊……坐在露娜身旁的麥教授看起來有點坐立不安，好像要重新考慮這次任命是否恰當。

『……但現在那個大塊頭的赫夫帕夫隊員又從她那兒把快浮搶走了。我不記得他的名字，好像是比波——不對，波格——』

『是卡哇拉！』麥教授在露娜身旁大聲說。觀眾都笑了。

哈利四下尋找金探子的蹤影，但完全沒有跡象。幾分鐘後，卡哇拉得分了。麥拉高聲批評金妮讓快浮脫手，結果一個不留神，大紅球便從他耳畔掠過。

『麥拉，你專心做你該做的事，不要去惹其他人！』哈利吼道，一個轉身，面對他的守門手。

『你也不是什麼好榜樣！』麥拉面紅耳赤，怒氣沖沖的吼回來。

『現在哈利波特在跟他的守門手吵架，』露娜冷靜的說，下方的觀眾中，赫夫帕夫和史萊哲林的成員不斷歡呼、嘲笑。『我不認爲這能幫助他找到金探子，但也許這是聲東擊西的妙計……』

哈利憤怒的咒罵著，轉過身，再次繞行賽場，仔細在空中搜索那顆長翅膀的金色小球。

金妮和狄梅莎各命中目標一次，讓下方穿金紅二色長袍的支持者有歡呼的理由。卡哇拉再次得分，拉平比數，但露娜好像沒注意到，她好像對分數這麼俗氣的事特別不感興趣，再三努力想把觀眾的注意力轉移到雲的形狀多奇怪啦，或截至目前始終無法持有快浮超過一分鐘的災來耶．史密，有沒有可能是得了所謂『失敗過敏症』之類的事情上。

『七十比四十，赫夫帕夫領先。』麥教授對著露娜的麥克風喊道。

『已經這麼多了嗎？』露娜含混的說。『哦，大家看啊！葛來分多的守門手抓住了一個打擊手的球棒。』

哈利在半空中急轉身。果然，麥拉基於只有他自己明白的理由，搶走了皮克斯的球棒，一副要示範如何把搏格打到直衝而來的卡哇拉身上的模樣。

『快把球棒還給他，回到球門柱的位置！』哈利高聲道，向麥拉衝過去，正好麥拉對著搏格猛力一擊，卻打歪了。

一陣盲目、噁心的劇痛……強光一閃……遠處的尖叫聲……跌落漫長隧道的感覺……

接下來哈利只知道，自己躺在一張溫暖而舒適無比的床上，正上方有盞燈，在黑暗的天花板上投射出一輪金光。他好不容易才抬起頭。在他左邊有個看起來很面熟，滿臉雀斑、紅頭髮的人。

『有你大駕光臨眞好。』榮恩咧嘴微笑。

哈利眨眨眼，四下張望。沒錯：他是在醫院廂房裡。外面的天空紅霞片片，天色已呈靛藍。比賽一定好幾個小時前就結束了……堵到馬份的希望也泡湯了。哈利的頭有種奇怪的沉重感，他伸手摸到包住了整個頭的硬邦邦繃帶。

『發生了什麼事？』

『頭顱破裂。』龐芮夫人說，她快步跑來，把他推回枕頭上。『沒什麼好擔心的，我馬上把它補好了，但我要留你過夜。你這幾小時內不可以過度用力。』

『我不想過夜。』哈利生氣的說，坐起身，掀掉被蓋，『我要去找麥拉，殺了他。』

『恐怕那得算是「過度用力」的活動，』龐芮夫人堅決的把他推回床上，舉起魔杖，以威脅的姿態說。『波特，你得留下，直到我准你出院爲止，否則我就叫校長來。』

她匆匆走回辦公室，哈利氣惱的倒回枕頭上。

『你知道我們一共輸了幾分嗎？』他咬牙切齒的問榮恩。

『嗯，是啊，我知道，』榮恩歉疚的說。『最後比數是三百二十比六十。』

『棒透了。』哈利恨得牙癢癢的說。『眞是棒透了！等我逮到麥拉——』

『你不需要逮他，他塊頭跟山怪一樣大。』榮恩很理性的說。『依我看，用王子那個腳趾頭什麼的惡咒對付他比較明智。何況，其他隊員可能在你出院前，已經把他好好修理過了，他們很不高興……』

榮恩的聲音裡有種壓抑不住的歡喜，哈利看得出，麥拉把事情搞砸到這種地步，令他十分興奮。哈利躺在那兒，瞪著天花板上一圈光線，老實說，剛補好的頭骨並不覺得痛，只是被那麼多繃帶勒得有點不舒服。

『我在這兒可以聽見露娜的播報。』榮恩說，他笑得上氣不接下氣。『我希望以後都由露娜播報……失敗過敏症……』

但哈利還太憤怒，一點也不覺得這情況有什麼好笑，過了一會兒，榮恩的笑聲也停了。

『你昏迷的時候，金妮來探望過。』他隔了很長一段時間才說。哈利的想像立刻開始飛馳，很快就建構出一個場景，金妮對著他一動也不動的軀體哭泣，坦承深深受他吸引，榮恩祝福他倆……『她說你差點趕不上比賽。怎麼會？你滿早離開的呀。』

『哦……』哈利說，他心目中的浪漫場景破滅了。『是啊……呃，我看見馬份帶著兩個看起來好像不怎麼想跟他在一起的女孩偷偷溜走，這是他第二次刻意不跟全校其他同學一起到魁地奇球池去。上次比賽他也開溜，記得嗎？』哈利嘆口氣。『但願我有去追蹤他，反正比賽也慘敗……』

『別蠢了，』榮恩反駁道。『你不可能爲了跟蹤馬份而錯過魁地奇比賽的，你是隊長啊！』

『我一定要知道他在搞什麼鬼，』哈利說。『千萬別告訴我這全是我的想像，自從我聽到他跟石內卜的對話——』

『我從來沒說過這全是你的想像，』榮恩說，他用一邊手肘撐起身體，對哈利皺著眉頭，『但是按照常理推斷，光憑一個人，要在這個地方圖謀不軌，不可能會成功！你滿腦子都是馬份，是有點過頭了，哈利。我是說，你竟然會考慮爲了跟蹤他而放棄比賽……』

『我想當場逮到他！』哈利垂頭喪氣說。『我的意思是，他從地圖上消失，會到什麼地方去？』

『我不知道……活米村嗎？』榮恩打個呵欠隨口說。

『我從沒在地圖上看過他走那些密道。我想再怎麼說，現在密道都在監視之下吧？』

『嗯，我不知道。』榮恩道。

兩人默然無語。哈利盯著頭頂燈光形成的光圈，思索著……

如果他有昆爵的權勢，就可以派人跟蹤馬份，不幸的是哈利沒有一整個辦公室的正氣師聽他發號施令……他東想西想，很希望召集ＤＡ成員，把他們組織起來，但問題是這麼一來就會有人缺課，況且他們大多數的課程表還是滿堂的……

榮恩的床上傳來輕微的鼾聲。過了一會兒，龐芮夫人走出辦公室，這次她穿了一件厚厚的睡袍。裝睡最容易不過，哈利翻身側臥，聽著她揮動魔杖把所有的簾幕拉攏。燈光轉暗，她回到辦公室，他聽見門在她身後喀嗟扣上，知道她上床就寢去了。

哈利躺在黑暗中想道，這是他第三次因爲魁地奇受傷進醫院了。上次他是因爲催狂魔出現在球池上而跌下掃帚，更早一次則是因爲低能得無可救藥的洛哈教授，除掉了他手臂裡的骨頭……那是他到目前爲止最痛苦的一次受傷……想到一夜之間讓整條手臂的骨頭都長回來的痛楚，那種不舒服的感覺，就連那天深夜出現的意外訪客都無法緩──

哈利忽然筆直坐起身，他的心怦怦跳，頭上的繃帶也歪了。他終於想出對策了，有一個辦法跟蹤馬份──他怎麼會忘記呢，爲什麼沒早點想到這一招呢？

問題在於，如何召喚他？該怎麼做？

哈利小聲、嘗試的對著黑暗發話。

『怪角？』

一陣響亮的啪，然後寂靜的室內充滿一陣腳步聲和吱吱叫聲，榮恩大叫一聲醒來。

『怎麼？──』

哈利連忙用魔杖一指龐芮夫人的辦公室，低聲道：『嗡嗡嗚！』免得她又十萬火急的跑出來。然後他翻滾到床邊，看看究竟發生了什麼事。

兩名家庭小精靈在病房中央的地板上扭打，一個穿著縮水的棗紅色連身褲，頭上戴了好幾頂毛線帽，另一個只在屁股上圍一條骯髒的舊抹布，充當丁字褲。接著又傳來一陣響亮的爆裂聲，愛吵鬧的皮皮鬼出現在打架小精靈的上空。

『我正在看呢，剝皮！』他理直氣壯的對哈利說，指指下方的鬥毆，發出一聲響亮的嘎嘎笑。『看這些討厭的生物爭吵不休，你咬我、我咬你，你打我、我打你——』

『怪角不准在多比面前罵哈利波特，喔，他絕對不可以，否則多比要替怪角封上他的嘴巴！』多比尖聲喊道。

『——踢呀，抓呀！』皮皮鬼歡呼道，他用粉筆頭丟擲兩個小精靈，故意激怒他們。『捏呀，戳呀！』

『怪角愛說主人什麼就說什麼，喔是的，他算什麼主人，麻種的骯髒朋友，噢，可憐怪角的女主人會怎麼說？——』

怪角的女主人到底會怎麼說，沒有人知道，因爲就在這一刻，多比瘦巴巴的小拳頭打進怪角的嘴巴，打掉了他半口牙齒。哈利和榮恩不約而同跳下床，把兩個小精靈拉開，雖然他們仍繼續在皮皮鬼鼓動下，設法踢打對方，皮皮鬼繞著燈飛舞，嘶聲尖叫：『挖他的鼻孔，拉他的頭髮，扯他的耳朵——』

哈利把魔杖指向皮皮鬼說：『噤噤言！』皮皮鬼捏著喉嚨，吞了口氣，便颼的一聲猝然離開這房間，臨去前他比了幾個下流的手勢，卻無法開口說話，因爲他的舌頭黏在上顎動彈不得。

『幹得好。』榮恩讚賞的說，他把多比舉到空中，不讓他胡亂揮舞的四肢再碰到怪角。『那也是王子的咒語，是嗎？』

『是的。』哈利說，扭住怪角皺巴巴的手臂，給他一記單手扼頸。『好了——我禁止你們打架！好，怪角，不准你跟多比打架。多比，我知道我不能對你下命令——』

『多比是自由的家庭小精靈，他可以隨心所欲服從任何人，隨便哈利波特要他做什麼，多比都會做到！』多比道，眼淚從他皺縮的小臉流到連身褲上。

『好的，那麼——』哈利說，他跟榮恩同時放開小精靈，他們一起落到地板上，沒有再繼續打架。

『主人叫我？』怪角嗄聲問，他俯身一鞠躬，但他看哈利的眼神卻彷彿恨不得他痛苦的死去。

『沒錯，我叫你。』哈利瞟一眼龐芮夫人的辦公室，以確定嗡嗡鳴咒語仍有效，沒有任何跡象顯示她有聽見外面的騷動。『我有個任務給你。』

『怪角會做主人交代的任何事，』怪角說，身體彎得更低，嘴唇幾乎碰到骨節突起的腳趾，『因爲怪角別無選擇，但怪角以這麼一位主人爲恥，是的——』

『多比來做，哈利波特！』多比尖聲道，他一雙網球大小的眼睛仍溢滿淚水。『多比能為哈利波特效力覺得很榮幸！』

『仔細想想，你們兩個一起來也不錯。』哈利說。『好吧，那麼……我要你們跟蹤跩哥・馬份。』

哈利無視榮恩臉上又驚又怒的表情，繼續說：『我要知道他去了哪裡，跟誰見面，做了什麼事，我要你們全天候跟蹤他。』

『遵命，哈利波特！』多比立刻說，他的大眼睛閃耀著興奮的光芒。『如果多比做錯，多比一定會從最高的塔跳下去，哈利波特！』

『沒有必要那麼做。』哈利連忙說。

『主人要我跟蹤馬份家族最年輕的那個？』怪角啞聲說。『主人要我監視老主人的純種姨孫？』

『就是他。』哈利說。

但哈利預見一個重大的危機，立刻加以防範。『你不准告訴他，怪角，不准讓他發現你在幹什麼，完全不准跟他交談，或用寫字的方式通知他，或……或以任何方式跟他接觸。明白了嗎？』

他看得出怪角努力想辦法從他剛給的指令中找出漏洞，便等候著。

過了一會兒，令哈利滿意的是，怪角深深一鞠躬，帶著無比嫌惡的語氣說：『主人考慮到了每件事，怪角必須服從他，雖然怪角寧可當馬份家那個男孩的僕人，哦，是的……』

『就這麼決定。』哈利說。『我要你們定期報告，但要確定在我四周沒有人的時候，你們才可以出現，不過榮恩和妙麗沒關係。不准告訴任何人你們在做什麼。就像兩片除疣貼布，貼在馬份身旁就對了。』

20. 佛地魔王的請求

星期一一大早，哈利和榮恩就出院了，經過龐芮夫人悉心照料，他們已經完全恢復健康，可以充分享受被打昏和中毒帶來的好處，其中最棒的就是妙麗跟榮恩和好了。妙麗甚至來接他們下樓吃早餐，並帶來金妮跟丁吵架的消息。哈利胸中沉睡的野獸一聽便悠悠甦醒，滿懷希望抬頭嗅著空氣。

『他們爲什麼吵？』他努力裝作不經意的問，這時他們已轉入幾乎空無一人的八樓走廊，只有一個很矮小的女孩在這兒觀看一幅穿芭蕾舞裙的侏儒掛氈。她看到六年級生走近，顯得很害怕，手中沉重的黃銅天秤也掉到地上。

『沒關係！』妙麗和藹的說，快步上前幫忙。『來……』她用魔杖敲敲摔壞的天

秤，說，『復復修！』

女孩沒說謝謝，只是兩腳像生根似的站在原地，看著他們經過，走出視線，榮恩回頭看她。

『我發誓，這些新生越來越矮了。』他說。

『別管她了。』哈利有點不耐煩的說。『妙麗，金妮和丁爲什麼事吵架？』

『哦，丁覺得麥拉把搏格打到你身上很好笑。』妙麗說。

『看起來一定很好笑。』榮恩很理性的說。

『看起來一點都不好笑！』妙麗不悅的說。『可怕得要命，要不是庫特和皮克斯接住哈利，他搞不好會受重傷！』

『是啊，好吧，但金妮和丁沒必要這樣就分手啊。』哈利說，仍然努力裝得不在乎。『還是他們沒分？』

『是啊，他們沒分——不過你何必這麼感興趣？』妙麗問，很犀利的看了哈利一眼。

『我只是不希望魁地奇隊再出紕漏！』他連忙說，但妙麗仍帶著懷疑的表情，好在這時後面有人喊：『哈利！』讓他鬆了一口氣，乘此機會轉身背對她。

『哦，嗨，露娜。』

『我到醫院去找你，』露娜一邊在書包裡翻尋，一邊說著，『但他們說你已經出院了……』

她翻出一根好像青蔥的植物、一顆大蘑菇和一大袋像是貓砂的東西，交給榮恩拿著，好不容易終於抽出一捲髒兮兮的羊皮紙，遞給哈利。

『……有人要我把這個給你。』

那是很小的一捲羊皮紙，哈利一眼便認出，這是鄧不利多個別課程的又一份邀請。

『是今晚。』他把紙捲打開後，告訴榮恩和妙麗。

『上次比賽妳播報得不錯喔！』榮恩對伸手要把青蔥、蘑菇和貓砂拿回去的露娜說。她露出淡淡的微笑。

『你在笑我，對不對？』她道。『每個人都說我好遜。』

『不，我是說眞的！』榮恩眞誠的說。『我聽播報從來沒這麼開心過！順便請教一下，這是什麼？』他把那根像青蔥的東西拿到眼前問。

『哦，這是鍋底根。』她說，把貓砂和蘑菇塞回書包。『你喜歡可以留著，我有好幾根。用它來防禦貪吃長腿魚效果非常好。』

她走開後，榮恩仍拿著那根鍋底根咯咯笑。

『哎呀，我眞是敗給她，這個露娜，』他們繼續往餐廳走去時，他說，『我知道她瘋了，但瘋得好——』

他忽然停止說話，文妲・布朗火冒三丈站在大理石樓梯盡頭。

『嗨。』榮恩緊張的說。

『走吧。』哈利低聲招呼妙麗，他們快步通過，但還是聽見文妲說：『你爲什麼不告訴我你今天要出院？爲什麼她會跟你在一起？』

榮恩半小時後才進餐廳吃早餐，顯得悶悶不樂，十分苦惱，雖然他跟文妲坐在一起，但哈利沒看見他們交談。妙麗表現得好像對這一切毫無所覺，但有一、兩次，哈利看到她臉上浮現不可解的冷笑。一整天，她的心情似乎特別好，傍晚在交誼廳裡，她甚至同意幫哈利看（換言之，就是替他完成）他的藥草學報告，這是截至目前爲止她一直堅拒不肯做的事，因爲她知道哈利接著就會讓榮恩抄他的功課。

『多謝了，妙麗。』哈利匆匆拍一下她的背，他看看錶，已經快八點了。『聽著，我得趕快走，否則鄧不利多的課會遲到……』

她沒答腔，只是以疲倦的姿勢刪掉他幾句比較空洞的句子。哈利咧嘴一笑，便急忙穿過畫像洞口，向校長室走去。守門的石像鬼一聽到他說太妃糖泡芙，就閃到兩旁，哈利一步跨兩級，跑上螺旋梯，剛好在裡面的鐘響八點時敲門。

『請進。』鄧不利多說，哈利正要推門，但是門卻從裡面開了。崔老妮教授站在那兒。

『啊哈！』她喊道，誇張的指著哈利，同時透過有放大效果的眼鏡片，對著他猛

眨眼睛。『原來這就是我被你無禮的從辦公室轟出去的原因，鄧不利多！』

『親愛的西碧，』鄧不利多聲音中微帶怒意，『我絕不會無禮的把妳從任何地方轟出去，但哈利跟我有約在先，而且我眞的不認爲還有什麼好說的——』

『很好，』崔老妮教授用很受傷的語氣說。『既然你不肯趕走那匹篡奪我位子的駑馬，那就算了……或許我另找一所更重視我才華的學校……』

她推開哈利，走下螺旋梯便不見了，他們聽見她在下樓途中跌了一跤，哈利猜她是被拖拖拉拉的披肩給絆倒的。

『哈利，請關上門，然後坐下。』鄧不利多說，聽起來很疲倦。

哈利照辦，他在鄧不利多桌前的老位子坐下時，看到儲思盆再次放在他倆中間，另外還有兩個小水晶瓶，裝滿了迴旋流動的記憶。

『所以崔老妮教授還是很不高興翡冷翠教課？』哈利問。

『就是呀，』鄧不利多說。『占卜學這門課比我當初所預期的要麻煩得多，誰叫我自己沒學過。我不能要求翡冷翠回森林去，因爲他已經被放逐了，我也不能要西碧．崔老妮離開。這話只跟你說，她完全不明白一旦走出城堡，她會面臨多大的危險。她根本不知道——我想，告訴她也非明智之舉——自己做過有關你和佛地魔的預言，這樣你懂了吧。』

鄧不利多長嘆一聲，然後說：『但別擔心我的教員問題了。我們要討論更要緊的事。首先——你完成了我上堂課結束時給你的任務了嗎？』

『啊，』哈利一時答不出來。現影術課程、魁地奇比賽、榮恩中毒、自己的頭殼被打裂，再加上他非查出馬份在搞什麼鬼不可的決心，一連串事件讓他把鄧不利多要他取得史拉轟教授的記憶一事，幾乎忘得一乾二淨……『呃，我在魔藥學下課的時候，問過史拉轟教授這件事，校長，但是，呃，他不肯給我。』

一小段沉默。

『我明白了，』最後鄧不利多說，他從半月形眼鏡上方打量哈利，哈利照例又有那種接受X光檢驗的感覺。『所以你認爲你在這件事上，已經盡了最大的努力？已經把你的才華與智慧發揮得淋漓盡致？你爲了找回那段記憶，已經毫無保留的用盡了一切計謀？』

『這個……』哈利遲疑著，想不出該如何作答。他唯一取得回憶的那次嘗試，忽然顯得薄弱得令他慚愧。『嗯……榮恩誤吞愛情靈藥那天，我帶他去史拉轟教授那兒。我以爲，如果能逗得史拉轟教授心情好——』

『結果有用嗎？』鄧不利多問。

『嗯，沒用，校長，因爲榮恩中毒——』

『——所以自然而然你就完全忘了取得記憶這件事，你最要好的朋友有難時，我當然不會期待有別種可能性。然而，一旦確知衛斯理先生會康復後，我以爲你就會繼續執行我交給你的任務。我以爲我已經對你表達得很清楚，那段記憶有多麼重要。事實上，我盡了全力向你說明，那是所有記憶當中最不可或缺的一段，少了它，我們不過是浪費時間而已。』

一股熱辣刺痛的愧疚，從哈利頭頂一直向下蔓延到他全身。鄧不利多沒有提高音量，甚至聲音裡也沒有怒意，但哈利寧可他大吼大叫，這種冷冷的失望比什麼都糟糕。

『校長，』他勉強鼓起勇氣說，『我也不是沒有其他的煩惱，我剛好還有其他──其他的……』

『你還有其他的心事。』鄧不利多替他把句子說完。『我明白了。』

他們之間又是一陣沉默，哈利跟鄧不利多共處以來最令他不安的沉默，它一直持續著，只有鄧不利多頭上那幅阿曼多．狄劈的畫像，不時傳出呼嚕嚕的輕微鼾聲將它打斷。哈利覺得自己出奇的渺小，好像進入這房間後他就縮小了。

等到他再也受不了時，他說：『鄧不利多校長，我眞的很抱歉，我應該更加努力……我應該知道，如果這件事不是眞的那麼重要，你就不會要我做。』

『謝謝你這麼說，哈利。』鄧不利多平靜的說，『那麼我可以期待，從現在開始，你會更優先考慮這件事囉？除非能取得那段記憶，否則今晚以後，我們再見面就沒有意義了。』

『我會的，校長，我一定會從他那兒拿到的。』哈利誠心誠意的說。

『那麼這件事暫時就不多說了，』鄧不利多以更親切的態度說。『我們繼續上次未完的故事。你還記得說到哪兒嗎？』

『記得，校長。』哈利趕緊說。『佛地魔殺了他父親和祖父母，再嫁禍給他舅舅魔份。然後他回到霍格華茲，然後他問……他問史拉轟教授有關分靈體的事。』他面帶愧色的喃喃道。

『很好，』鄧不利多說。『現在，我希望你還記得，我們第一次上課的時候，我告訴過你，很多事我們只能靠猜測與臆想。』

『是的，校長。』

『截至目前爲止，我希望你同意，關於我所有的推斷和佛地魔十七歲之前的所作所爲，我已經給你看過了相當可靠的事實根據。』

哈利點點頭。

『但現在，哈利。』鄧不利多說，『現在開始，情況變得更加含混而詭異。有關年少時期的瑞斗，證據已經不好找，但要找到願意回憶成年佛地魔的人，簡直更是不可能。事實上，我想除了他自己以外，任何能爲我們完整敘述他離開霍格華茲以後生活狀況的人，都已不在人世。不過，我最後還有兩段回憶要跟你分享。』鄧不利多指著儲思盆旁邊兩個閃閃發亮的小水晶瓶。『然後我很樂意聽聽，你對我根據這兩段記憶做出的結論，是否覺得合理。』

鄧不利多如此重視他的意見，令未能達成任務取得分靈體記憶的哈利，更覺得羞愧，就在他滿懷罪惡感，在椅子上如坐針氈的時候，鄧不利多拿起第一個瓶子，在光線下細看。

『我希望你對於進入別人的記憶，還沒有感到厭倦，因為這兩段東西都很特別。』他說。『第一段來自一個非常年老，名叫哈佳的家庭小精靈。在我們開始看哈佳目擊的經過之前，我先簡單說明一下佛地魔王離開霍格華茲的經過。

『他的學業邁入第七年時，你大概猜得到，每次考試都獲得最高分。他身邊的同學都在選擇離開霍格華茲後要從事的工作。幾乎每個人都期許湯姆・瑞斗這位級長、學生主席、學校特殊貢獻獎得主，會有不同凡響的表現。我知道有幾位老師，史拉轟教授也在其中，建議他加入魔法部，願意為他介紹工作，安排他認識有力人士。但他拒絕了所有這些好意。等教職員再聽說他的消息時，佛地魔已經在波金與伯克氏商店工作了。』

『波金與伯克氏？』哈利訝異的重複一遍。

『波金與伯克氏。』鄧不利多平靜的重複。『我想等我們進入哈佳的記憶後，你就會明白那個地方對他有什麼樣的吸引力。但這並非佛地魔最想做的工作。當時幾乎沒有人知道──當年的校長只對少數人私下透露過，我是其中之一──佛地魔最先是去找狄劈教授，詢問他是否能留在霍格華茲當老師。』

『他要留在這兒？爲什麼？』哈利更加驚訝的問。

『我相信有好幾個理由，雖然他一個也沒跟狄劈教授說，』鄧不利多說。『首先，很重要的，我相信佛地魔對學校的感情遠超過對任何人的感情。霍格華茲是他待過最快樂的地方，第一個也是唯一一個讓他覺得像家的地方。』

這些話讓哈利覺得有點不自在，因爲他對霍格華茲的感覺也正是如此。

『其次，這座城堡是古老魔法的大本營。無疑的，比起大多數在這地方生活過的學生，佛地魔挖掘到更多它的祕密，但他可能認爲，這兒還有更多未解開的祕密，大量可供開採的魔法。

『第三，成爲老師以後，他可以對年輕的女巫和巫師產生極大的影響力。或許這是他從史拉轟教授那兒得來的觀念，他是跟佛地魔處得最融洽的老師，也是顯示老師角色可以發揮多大影響力的最佳例子。我絕不相信佛地魔會把後半生都耗在霍格華茲，我認爲他把這兒當作一個招兵買馬的好地方，說不定在這兒建立一支自己的軍隊。』

『所以他並沒有得到教職囉，校長？』

『沒有。狄劈教授告訴他，他才十八歲，年紀還太輕，不過歡迎他過幾年再申請，如果他還想教書的話。』

『校長，你對這件事有什麼看法呢？』哈利遲疑的問。

『非常不安，』鄧不利多說。『我建議阿曼多不要雇用他——我沒有提出我剛告訴

你的理由，因爲狄劈教授非常喜歡佛地魔，而且對他的誠實深具信心——但事實上，我不希望佛地魔王回到學校，尤其不能給他有實權的位子。』

『他要的是什麼樣的工作，校長?他想教哪一門課?』

不知何故，哈利在鄧不利多回答前就知道答案了。

『黑魔法防禦術。當時負責這門課的是一位在霍格華茲任教將近五十年，名叫嘉拉堤·美思的老教授。

『所以佛地魔就去了波金與伯克氏，所有欣賞他的教職員都說那眞是浪費，像他這麼傑出的年輕巫師，竟然在商店裡工作。然而佛地魔不僅是助手而已。他聰明英俊又懂禮貌，不久就贏得只有波金與伯克氏那種地方才找得到的特殊工作機會，你知道，那家店專門經手不尋常而具有強大力量的物品。佛地魔被派去遊說擁有寶物的人委託這家店出售，各種資料顯示，他擁有從事這件工作的出眾天分。』

『我想也是呀。』哈利忍不住說。

『是啊，確實。』鄧不利多露出極淡的一抹笑容。『現在該聽聽家庭小精靈哈佳怎麼說了，她替一個非常老、非常富有、名叫花奇葩·史密的女巫工作。』

鄧不利多用魔杖輕敲一個瓶子，緊接著軟木塞飛出，他把迴旋流動的記憶倒進儲思盆，同時說：『你先請，哈利。』

哈利站起身，再次俯身在石盆裡漾動的銀色內容物上，直到他的臉碰觸到它爲止。他隨即被捲入，穿過一片黑暗的虛空，掉落到一間會客室裡，站在一個胖得不得了的老太太面前，她頭戴一頂做工精緻的薑黃色假髮，身穿搭配成套、色彩鮮豔的粉紅色長袍，衣裾拖曳在四周，使她看起來像一個融化的糖霜蛋糕。她正對著一面鑲珠寶的小鏡子，手拿一個大粉撲往已經紅通通的臉上猛塗胭脂，而哈利見過最矮小、最老的一個家庭小精靈，正在用蕾絲帶把她胖嘟嘟的腳固定在一雙很緊的緞質拖鞋裡。

『哈佳，快點！』花奇葩專橫的說，『他說他四點鐘到，只剩幾分鐘了，他從沒遲到過！』

她把粉撲收好，家庭小精靈也站起身。這個小精靈還沒有花奇葩椅子的椅面高，她鬆弛的皮膚垂掛在骨架上，就好像她以羅馬袍方式披搭在身上的那條縐巴巴的麻紗床單。

『我看起來怎樣？』花奇葩問，對著鏡子把頭扭來扭去，從不同角度欣賞自己的臉。

『很漂亮，夫人。』哈佳尖聲道。

哈利只能假設，哈佳的契約註明她每當回答這問題時都必須睜眼說瞎話，因爲在他看來，花奇葩．史密的容顏跟『很漂亮』可說是天差地遠。

門鈴聲叮叮響起，女主人和小精靈都跳了起來。

『哈佳，快，快，他來了！』花奇葩喊道，小精靈快步跑出房間，這兒塞滿了各種物品，簡直無法想像誰能從中穿過而不起碼撞倒十來樣東西：有好幾座裝滿小漆盒的櫃子、一箱箱燙金封面的書、一排排的圓球和天體球，還有很多用黃銅缽盛裝、枝葉十分茂盛的盆栽植物；事實上，整個房間看起來就像是魔法古董店和溫室的綜合體。

家庭小精靈出去沒多久就回來了，身後跟著一個高大的年輕人，哈利毫無困難的認出他就是佛地魔。他穿著簡單的黑色西裝，頭髮比學生時代略長一點，面頰比較瘦削，但這都很適合他：他看起來比以前更英俊。他小心翼翼穿過擁擠的房間，從那副神態看得出，他已經來訪過很多次，他迎著花奇葩肥嘟嘟的小手深深一弓腰，用嘴唇輕觸它一下。

『我帶了花給妳。』他溫文的說，不知從哪裡變出了一把玫瑰花。

『你這頑皮的孩子，你不該破費的！』老花奇葩尖聲道，不過哈利已經注意到，離她最近的小桌子上，早已擺好一個空花瓶，『你會把我這個老太婆寵壞的，湯姆……坐下，坐下……哈佳哪兒去了……啊……』

家庭小精靈飛奔著衝回房間，捧來一盤小蛋糕，放在女主人手邊。

『自己來，湯姆，』花奇葩說，『我知道你很喜歡我的蛋糕。怎麼樣，你好嗎？你看起來好蒼白。那家店把你累壞了，這話我說過上百遍……』

佛地魔露出一抹微笑，花奇葩發出吃吃傻笑。

『怎麼樣，你這次用什麼藉口來看我？』她問，並用力眨著眼睫毛。

『伯克先生想要出一個更好的價格買那付妖精打造的盔甲，』佛地魔道，『五百加隆，他認爲這樣很公道——』

『等等，等等，別這麼快，要不然我就要以爲你只是爲了我那些小玩意才來的了！』花奇葩嘟著嘴說。

『我確實是奉命爲它們而來，』佛地魔溫雅的說，『我不過是個小助手，夫人，只能聽人家使喚。伯克先生要我問——』

『哦，伯克先生，呸呸！』花奇葩揮著小手道。『我有件從來沒給伯克先生看過的東西要給你看！你能保密嗎，湯姆？你答應絕不告訴伯克先生我有這件東西？如果他知道我給你看，就一刻也不會讓我安寧了，何況我又不要賣，不賣給伯克，也不賣給任何人！只有你，湯姆，只有你會因爲它的歷史而欣賞它，不會只顧著算你能靠它賺幾個加隆……』

『花奇葩小姐給我看任何東西我都樂意看。』佛地魔靜靜的說，花奇葩又發出一陣小女孩似的咯咯傻笑。

『我叫哈佳替我把它拿來……哈佳，妳在哪兒？我要給瑞斗先生看我們最精美的寶物……這樣好了，既然要拿，就兩樣一起拿來……』

『來了，夫人。』家庭小精靈尖聲道，哈利看到兩個皮製的盒子疊在一起，好像自己長了腳似的，從房間另一頭走過來，不過他知道是那個矮小的精靈把它們頂在頭上，一路繞過桌子、墊子、腳凳而來。

『太好了，』花奇葩快樂的說，從小精靈手中接過盒子，放在腿上，準備打開上面那個，『我想你會喜歡這個，湯姆……哦，要是我家人知道我給你看這個……他們早就覬覦好久了！』

她掀開蓋子，哈利擠到前面一點，以便看得更清楚，他看到一個小金杯，有一對打造得非常精緻的把手。

『你知道這是什麼嗎，湯姆？拿起來，好好看個清楚！』花奇葩壓低聲音道，佛地魔伸出修長的手，捏住一側把手，把緊緊嵌在眞絲襯墊裡的金杯拿起來。哈利覺得好像看到他的黑眼睛裡閃過一道紅光。他滿臉的貪婪神色竟與花奇葩的表情奇怪的互相呼應，只不過她的小眼睛緊盯著不放的是佛地魔俊美的臉蛋。

『一隻獾，』佛地魔細看杯上的銘文喃喃道，『所以這是？……』

『海加·赫夫帕夫的杯子，你很內行嘛，聰明的孩子！』花奇葩把身體湊過去，緊身束腹發出很響的嘎吱聲，而且還眞的捏了一把他瘦削的面頰。『我有沒有告訴過你，我算是她的後代。這件東西在我們家族代代相傳好多年。眞美，不是嗎？據說它擁有多種力量，但我還沒有徹底測試過，只是把它好好收藏著……』

她把杯子從佛地魔修長的食指上取下，小心的收回盒內，因爲她太專注於把它照原狀放好，以至於沒看到她把杯子拿走時，佛地魔臉上閃過一抹陰影。

『好啦，』花奇葩愉快的說，『哈佳在哪兒？哦，對了，妳在這兒——哈佳，先把那個拿走——』

小精靈聽話的把收進盒子的杯子拿走，花奇葩的注意力轉到她膝上另一個較為扁平的盒子。

『我想你會更喜歡這個，湯姆。』她悄聲道。『靠過來一點，親愛的孩子，這樣才看得見……當然，伯克知道我有這個東西，這是跟他買的，我打賭我死了以後，他一定很樂意把它買回去……』

她把雕有花邊細工的精緻釦鎖往後一推，掀開盒蓋。深紅絲絨上有一個沉重的小金匣。

這次佛地魔不待邀請就伸手過去，將它拿起，對著光端詳。

『史萊哲林的記號。』他低聲說，光線在裝飾華麗的蛇形S圖案上舞動。

『答對了！』花奇葩說，對於佛地魔目不轉睛盯著她的金匣，一副著迷的樣子，顯然覺得很高興。『當初我可是付出很大的代價，不過我就是不能讓它溜走，這可是真正的寶物，一定要納入我的收藏。伯克是跟一個衣衫襤褸的女人買的，她很可能是從哪兒偷的，卻不知道它真正的價值——』

這次不會看錯，佛地魔聽了她的話，兩眼冒出紅光，哈利看見他拿小金匣鍊子的手指關節泛白。

『——我敢打賭伯克出給她的價碼一定少得可憐，不過話說回來……眞美，不是嗎？據說它也有很大的力量，不過我只是好好珍藏而已……』

她伸手把小金匣要回去。有一會兒工夫，哈利差點以爲佛地魔不會放手，但他隨即鬆開指縫，讓它躺回原來的紅絲絨墊上。

『就這樣啦，湯姆，親愛的，希望你喜歡囉！』

她抬頭正對他的臉看，頭一次，哈利看到她臉上愚蠢的笑容消退了。

『親愛的，你還好嗎？』

『哦，還好。』佛地魔平靜的說。『是的，我很好……』

『我還以爲——大概是燈光照花了眼吧——』花奇葩看起來嚇壞了，哈利猜她也看到了佛地魔眼睛裡一閃即逝的紅光。『來，哈佳，把這些都拿走，重新鎖好……照原來的咒語……』

『該走了，哈利。』鄧不利多低聲說，就在那個矮小的精靈捧著盒子蹣跚離去時，鄧不利多再度抓起哈利手臂，他們一同騰身飛起，穿過虛空，回到鄧不利多的辦公室。

『花奇葩・史密在這件事發生後兩天死亡。』鄧不利多坐回椅子上，示意哈利也坐下。『家庭小精靈哈佳因不小心在女主人晚間的熱可可中下毒，被魔法部定罪。』

『不可能！』哈利憤怒的說。

『顯然我們看法一致。』鄧不利多說。『當然，這件案子跟瑞斗命案有很多雷同之處。兩次都由別人承擔罪名，而且他們都清楚記得自己動手謀殺——』

『哈佳認罪了嗎？』

『她記得曾經把某種東西放進女主人的熱可可中，後來才知道那不是糖，而是一種幾乎沒人知道的致命毒藥。』鄧不利多說。『結論是她並非蓄意，無非是年紀大了，頭腦不清——』

『佛地魔修改了她的記憶，就像他對付魔份一樣！』

『是啊，我的結論也是如此。』鄧不利多說。『還有，跟魔份那次一樣，魔法部傾向於懷疑哈佳——』

『——因為她是家庭小精靈。』哈利說。他從來沒有像現在這麼認同妙麗創辦的『小精靈福利促進協會』過。

『一點也沒錯，』鄧不利多說。『她年紀大了，又親口承認在飲料上動了手腳，魔法部就沒有人進一步追究。也正如魔份的案例，我找到她並設法取得這段記憶時，她的人生也快到盡頭了——但她的記憶，除了證明佛地魔知道金杯和小金匣的存在，什麼也不能證明。

『哈佳被定罪的時候，花奇葩的親戚已經發現她最重要的兩件寶物失蹤。他們花了一段時間才確認這件事，因為她有好多藏東西的地方，總是把她的收藏品保護得十分嚴密。但就在他們百分之百確定金杯和小金匣雙雙失蹤時，波金與伯克氏那名店員，也就是那個經常拜訪花奇葩，把她迷得神魂顛倒的年輕人，卻辭去工作，消失了蹤影。他的雇主完全不知道他去了哪兒，對他的失蹤，他們跟其他人一樣驚訝。那以後，有很長一段時間，沒有人看到湯姆・瑞斗，也沒有聽到他的消息。

『現在，』鄧不利多說，『如果你不介意，哈利，我要再停一下，請你把注意轉移到我們故事的某一點上。佛地魔又犯了一件謀殺案，是不是他殺死瑞斗後第一次犯案，我不知道，但我猜有這個可能。這一次，正如你所看見的，他殺人不是為了復仇，而是為了奪寶。他想要那個可憐的糊塗女人展示給他看的兩件稀世珍品。就如同他從前在孤兒院搶其他小孩東西，就如同他偷魔份舅舅的戒指，這次他也拿了花奇葩的金杯和小金匣跑了。』

『但是，』哈利皺起眉頭說，『這好像很瘋狂……賭上所有的一切，拋棄了工作，只為那些……』

『也許你覺得瘋狂，但佛地魔不這樣想。』鄧不利多說。『我希望你有朝一日會明白這些東西對他的意義何等重大，哈利，但你必須承認，他認為那個小金匣本該是他的東西，至少這一點不難理解。』

『小金匣也許是吧，』哈利說，『但為什麼連金杯也拿走了？』

『它屬於另一位霍格華茲的創辦人，』鄧不利多說，『我想他覺得學校還是很有吸引力，他無法抗拒跟霍格華茲的歷史有那麼密切關係的東西。我想，還有別的原因……我希望有一天能展示給你看。

『現在輪到我必須給你看的最後一份記憶，除非之後你能成功爲我們取得史拉轟教授的記憶。這段記憶跟哈佳的記憶相距十年，這十年間，佛地魔王在做些什麼，我們只能猜測……』

哈利再次站起身，鄧不利多將記憶倒進儲思盆。

『這是誰的記憶？』他問。

『我的。』鄧不利多答。

哈利跟鄧不利多一起穿過飄忽的銀色物質，降落在他們剛離開的同一間辦公室裡。佛客使正滿足的在棲木上打瞌睡，鄧不利多坐在辦公桌後，看起來跟站在哈利身旁的鄧不利多非常相似，不過雙手是完好沒有受傷的，他臉上的皺紋好像也少了一些。今昔兩間辦公室唯一的差別就是，『昔日』那天正下著雪，泛藍的雪花在黑暗的窗前飄落，堆積在屋外的窗沿上。

年輕的鄧不利多似乎在等待什麼，果然，他們抵達沒多久，就聽到敲門聲，他說：『請進。』

哈利發出一聲輕呼，但馬上就壓抑下來。走進房間的是佛地魔。他跟哈利將近兩年前看到他從大石釜裡升起的樣子不一樣，他長得不像蛇，眼睛不是鮮紅色，臉也不像面具，但他也不再是英俊的湯姆・瑞斗。他的外表彷彿被火燒過、被塗污了，他的五官像蠟做的，而且扭曲得很奇怪，眼白總處於充血狀態，不過瞳孔還沒有轉變成哈利知道它們有一天會成為的那種細縫。他身穿一件很長的黑斗篷，臉色跟他肩膀上閃閃發亮的積雪一樣蒼白。

坐在桌後的鄧不利多絲毫不露驚訝的神色。顯然這次拜訪是事先約好的。

『晚安，湯姆，』鄧不利多親切的說，『請坐吧。』

『謝謝。』佛地魔道，他坐在鄧不利多示意的那張椅子上——看起來也就是哈利剛離開的那張椅子。『聽說你當了校長，』他說，他的聲音比以前略高，也更森冷一點，『眾望所歸。』

『我很高興得到你贊同，』鄧不利多微笑道，『可以請你喝點什麼嗎？』

『那太好了，』佛地魔說，『我走了很長的路。』

鄧不利多站起身，快步走到他現在擺儲思盆的櫃子那兒，櫃裡裝滿各種瓶子。他把一杯葡萄酒遞給佛地魔，自己也斟了一杯，然後回到辦公桌後的位子上。

『所以，湯姆……承蒙大駕光臨，我該何以為報呢？』

佛地魔沒有馬上答話，只啜飲著他的酒。

『人們已經不再叫我「湯姆」了，』他說。『現在我的稱號是——』

『我知道你的稱號，』鄧不利多愉快的微笑著說。『但在我心目中，恐怕你永遠都是湯姆．瑞斗。從前的老師就是這一點惹人討厭，他們永遠記得教過的學生最初那種少不更事的模樣。』

他舉杯，好像要對佛地魔敬酒，但佛地魔面無表情。儘管如此，哈利覺得房間裡的氣氛有微妙的改變，鄧不利多拒絕用佛地魔選擇的名字稱呼他，等於是拒絕讓佛地魔主導這次會晤，哈利看得出，佛地魔也是這麼解讀的。

『我很驚訝你在這兒待這麼久。』佛地魔頓了一下說。『我一直很好奇，像你這樣的巫師，爲什麼從來不想離開學校？』

『這麼說吧，』鄧不利多仍掛著笑容說，『像我這樣的巫師認爲，沒有比傳承古老技能、幫助鍛鍊年輕心靈更重要的事。如果我沒記錯，你也曾對教書的工作感興趣。』

『我現在還是很感興趣。』佛地魔說。『我只是好奇，你是爲了什麼——魔法部經常邀請你去提供建議，而且提名你當部長，兩次是嗎？——』

『事實上，最新的統計是三次，』鄧不利多說，『但我從來就沒興趣在魔法部工作。我想，這是我們另一個相似之處。』

佛地魔面無笑容的歪著頭，又再啜飲了一口酒。鄧不利多沒有打破橫亙在兩人之間的沉默，只是帶著愉快期待的表情，等著佛地魔先開口。

『我回來了，』他隔了一會兒才說，『或許比狄劈教授預期的晚……但我畢竟回來了，再次來申請那份當年他曾經嫌我太年輕，說我不足以勝任的工作。我來請你准許我回到這座城堡教書。我想你一定知道，我離開這裡以後，見了不少世面，也做了不少事。我能夠教導你的學生，一些他們從任何其他巫師那裡都學不到的知識。』

鄧不利多從他酒杯的上緣，對佛地魔打量了一會兒，然後才開口。

『是的，我當然知道你自從離開我們以後，眼界大開，也做了很多事。』他泰然自若的說。『有關你所作所爲的謠言，已經傳回了你的母校，湯姆。我連只相信其中的一半都會覺得很遺憾。』

佛地魔的表情毫無改變，他說：『偉大會招來妒忌，妒忌產生輕蔑，輕蔑導致謊言。你一定知道這情況，鄧不利多。』

『你把你做的事稱做「偉大」，是嗎？』鄧不利多巧妙的問。

『當然，』佛地魔說，他的眼睛紅得像要燃燒起來。『我做了實驗，我把魔法的界線推展到從來沒有人嘗試過的境界──』

『只限某些魔法，』鄧不利多冷靜的糾正他，『只是一部分。至於其他的魔法，你仍是……原諒我這麼說……無知得可憐。』

佛地魔第一次笑了。那是一種冷酷的睥睨，蘊含邪惡，比憤怒的表情更具威脅性。

『老掉牙的論調，』他滿不在乎的說道，『但我在世界上看到的一切，鄧不利多，都不支持你那套高論，說什麼愛比我這種魔法更強大有力。』

『也許你看錯了地方。』鄧不利多建議。

『好吧，那麼，還有什麼地方比霍格華茲更適合展開我的新研究呢？』佛地魔道。『你願意讓我回來嗎？你可以讓我跟你的學生分享我的知識嗎？我本人和我的才華願供你差遣。我聽你的使喚。』

鄧不利多挑起眉毛。

『那麼那些受你使喚的人怎麼辦？那些自稱——謠言這麼說的——食死人的，要怎麼辦？』

哈利看得出，佛地魔沒有預期鄧不利多會知道這名稱，他看到佛地魔的眼睛再次閃耀紅光，細縫似的鼻孔歙張著。

『我的那些朋友——』停頓了一會後，他說，『沒有我也可以過得下去，我很確定。』

『我很高興聽你說把他們當作朋友，』鄧不利多說，『我印象中，他們比較像僕人。』

『你弄錯了。』佛地魔道。

『所以如果我今晚去「豬頭酒吧」，理應不會看到他們那群人——諾特、羅西兒、莫賽博、杜魯哈——在等你回來囉？果然是忠實的朋友啊，下雪的晚上，陪你走這麼遠的路，只爲了在你爭取教職時祝你好運。』

毫無疑問，佛地魔更不樂見鄧不利多對於他跟哪些人一起出行，有如此周詳的情報，但他立刻還擊。

『你還是那麼無所不知，鄧不利多。』

『哦，不，只是跟本地的酒保有點交情罷了。』鄧不利多輕鬆的說。『現在，湯姆……』

鄧不利多放下空酒杯，在椅子上坐直，手指尖併攏，擺出他典型的姿勢。

『……讓我們打開天窗說亮話吧。你爲什麼今晚來此？帶了一群忠實的走狗，來跟我討一份我們兩個都很清楚你根本不想要的工作？』

佛地魔顯得有點意外。

『我根本不想要的工作？正好相反，鄧不利多，我非常想要這份工作。』

『是嗎，你想回霍格華茲，但你不會比你十八歲的時候更想要教書。你的目的到底是什麼，湯姆？爲何不直接說出你要什麼？』

佛地魔冷笑一聲。

『如果你不願意給我一份工作——』

『我當然不願意。』鄧不利多說。『我認爲你也從來沒期望我會願意。儘管如此，你還是來了，你還是要求了，你一定有個目的。』

佛地魔站起身。他從來沒有這麼不像湯姆・瑞斗過，他滿臉鼓脹著怒火。

『這是你最後的決定？』

『是的。』鄧不利多也站了起來。

『那我們之間沒什麼好談的了。』

『是的，沒有了，』鄧不利多說，他臉上滿是極度的哀傷，『已經過去很久了，當年我可以用燃燒的衣櫃嚇你，強迫你償還自己犯的罪。但我還是希望我能夠，湯姆……我但願我能夠……』

有一瞬間，哈利幾乎要高喊毫無意義的警告，他確信佛地魔的手已經伸向口袋，去摸索他的魔杖，但這瞬間轉眼即逝，佛地魔轉身離開，門關上，他已經走了。

哈利感覺到鄧不利多的手又抓起他的手臂，一會兒，他們又站在幾乎同一個位置，但窗沿上沒有積雪，鄧不利多的手也再次焦黑宛如已死。

『爲什麼？』哈利立刻抬頭望著鄧不利多的臉問。『他爲什麼回來？你後來有找出原因嗎？』

『我有些想法，』鄧不利多說，『但僅此而已。』

『什麼樣的想法，校長？』

『哈利，等你取得史拉轟教授的記憶之後，我會告訴你的。』鄧不利多說。『等你拿到那最後一片拼圖，我希望，所有的事都會明朗……對我們兩人而言。』

哈利仍然滿懷好奇，甚至儘管鄧不利多已走到門口，替他把門打開，等他出去，他還是沒有動作。

『他還是想要教黑魔法防禦術嗎，校長？他沒有說……』

『哦，他絕對是想教黑魔法防禦術，』鄧不利多說，『我們那次小會晤的後續事件，足以證明這一點。你知道，自從我拒絕給佛地魔王那個職位以後，我們的黑魔法防禦術老師沒有一個能待到超過一年的。』

21. 不可知的房間

接下來那星期，哈利絞盡腦汁，盼望能想出說服史拉轟交出眞實記憶的方法，但沒有什麼可以稱得上靈感的東西出現，他唯有做這幾天來每當他無計可施時就會做的事：埋頭研究魔藥學課本，希望在頁緣找到王子寫下的一些有用的東西，正如過去許多次一樣。

『你什麼也找不到的。』妙麗篤定的說，時值星期天晚上，時間已不早。

『別又來了，妙麗，』哈利說，『要不是多虧王子，榮恩現在就不會坐在這兒了。』

『只要你一年級的時候有好好聽石內卜上課，他一樣會的。』妙麗輕蔑的說。

哈利不理會她。他剛找到一句寫在頁緣的咒語，（撕淌三步殺！）下面還附註很引人興趣的『敵人專用』字樣，他迫不及待想試用一下，但他想最好不要在妙麗面前做這種事。轉念一想，他偷偷折起頁角，做了記號。

他們坐在交誼廳的火爐前，其他還沒睡的人全是六年級生。稍早他們從餐廳回來時，發現佈告欄上有張新公告，公佈了現影術測驗的日期，大家都相當興奮。凡是在舉行第一次考試的四月二十一日當天或之前，年滿十七歲的人，就有資格報名參加額外的練習課，上課地點（在嚴密監督之下）是在活米村。

榮恩一看到佈告就慌了起來，他還不會現影，很擔心無法通過測驗。已經成功現影兩次的妙麗則比較有信心，但還要再等四個月才滿十七歲的哈利，不論有把握與否，都沒有資格參加考試。

『但至少你會現影呀！』榮恩緊張的說。『七月你一定會通過的！』

『我只成功過一次。』哈利提醒他，上次上課的時候，他總算成功消失並在自己的木圈裡再出現。

榮恩浪費了太多時間大聲嚷嚷擔心現影術，現在他得加緊完成石內卜指定的一篇刁難的報告，妙麗和哈利都老早就寫完了。哈利對拿低分已有心理準備，因爲在對付催狂魔的最佳手段上，他不贊同石內卜的見解，不過他不在乎，現在他心頭最重要的事就是史拉轟的記憶。

『我告訴你，哈利，這件事那個蠢王子幫不上你！』妙麗提高音量說。『要強迫一個人照你的要求做，只有一個辦法，就是使用蠻橫咒，但那是違法的——』

『是啊，我知道，謝了，』哈利說，他連頭都沒有從書上抬起來，『所以我才要找些不一樣的。鄧不利多說吐眞劑也不會見效，但說不定還有別的東西，某種魔藥或咒語……』

『你搞錯了方向，』妙麗說。『鄧不利多校長說過，只有你能取得那段記憶。這一定代表你能以別人辦不到的方法說服史拉轟。問題不在於餵他吃什麼魔藥，那種事誰都會——』

『「好戰」怎麼寫？』榮恩用力甩動羽毛筆，同時瞪著他的羊皮紙。『應該不是耗子的耗吧？』

『不是，』妙麗把榮恩的報告拉過去看，『還有「占卜術」也不能寫成車站的站。到底你用的是什麼羽毛筆？』

『是弗雷和喬治的拼字校正筆……但我想法力一定已經消失了……』

『一定是吧，』妙麗指著他報告的題目說，『因爲我們要寫的是如何應付催狂魔，不是「醉鬼摸」，還有我不記得你什麼時候改名叫「溶泥・哇吱哩」了。』

『哦，糟了！』榮恩大驚失色瞪著羊皮紙，『不要告訴我全部都得重寫一遍！』

『沒關係，我們可以處理。』妙麗說，把報告拿到面前，取出魔杖。

『我愛妳，妙麗。』榮恩道，他往椅子裡一靠，疲倦的搓揉眼睛。

妙麗臉色微紅，但她只說：『可別讓文妲聽見你說這種話。』

『我才不會呢，』榮恩摀著臉說，『但是說不定我該說給她聽……這樣她就會甩了我……』

『如果你想分手，幹嘛不主動甩掉她？』哈利問。

『你從來沒有甩過人哦，對吧？』榮恩說。『你跟張秋——』

『莫名其妙就散了，是啊。』哈利說。

『但願這種事也能發生在我跟文妲身上，』榮恩愁眉苦臉說，看著妙麗默不作聲用魔杖尾端輕敲每一個他拼錯的字，它們就自動更正過來，『但我越是暗示我要分手，她就越不肯放手，感覺就像跟一隻大章魚約會。』

『好了。』大約過了二十分鐘，妙麗把報告還給榮恩說。

『一百萬個謝謝。』榮恩說。『我可以借妳的筆寫結論嗎？』

哈利仍然沒有在混血王子的筆記中找到有用的資料，他抬頭四望，現在交誼廳只剩他們三個，西莫剛上床去詛咒石內卜和他的報告去了。唯一的聲音就是爐火的嗶剝聲，和榮恩用妙麗的筆寫催狂魔對策最後一段的沙沙聲。哈利闔上混血王子的書，伸個懶腰，就在這時——

劈啪。

妙麗輕呼了一聲，榮恩則墨水濺得整份報告都是，哈利說：『怪角！』

這個家庭小精靈把腰彎得極低，對自己彎曲的腳趾頭說話。

『主人說他要定期知道馬份家的男孩在做什麼，所以怪角來——』

劈啪。

多比出現在怪角身旁，活像茶壺保溫套的帽子歪戴在頭上。

『多比也在幫忙，哈利波特！』他尖聲道，怨毒的瞪了怪角一眼。『怪角應該告訴多比他要來見哈利波特，這樣才能一起報告！』

『這是怎麼回事？』妙麗問，她對這突如其來的現影還是很震驚。『發生了什麼事，哈利？』

哈利遲疑了一下才回答，因爲他還沒有告訴妙麗他安排怪角和多比跟蹤馬份的事，家庭小精靈對她永遠是個特別敏感的話題。

『呃……他們替我跟蹤馬份。』他說。

『夜以繼日。』怪角嗄聲說。

『多比一整個星期沒有睡，哈利波特！』多比自豪的說，站著的身軀搖搖晃晃。

妙麗顯得很生氣。

『多比，你一直都沒睡？但是哈利，你該不會叫他不要——』

『不，不，我當然沒有。』哈利連忙說。『多比，你可以睡覺，好嗎？但你們有誰發現什麼嗎？』他倉卒趕在妙麗再介入之前發問。

『馬份少爺的每個動作都符合他高貴的純種血統，』怪角立刻用他沙啞的聲音說。『他的外貌跟我天生秀氣的女主人很像，他的儀態就像——』

『跩哥·馬份是個壞孩子！』多比憤怒的尖聲叫道。『他壞透了，他——』

從茶壺保溫套的帽子直到襪子尖，他從頭到腳都在顫抖，然後向火爐衝過去，好像要跳進火焰，好在這並非完全出乎哈利的意料，他把多比攔腰抓過來，緊緊抱住。多比掙扎了幾秒鐘，然後身體一軟，洩了氣。

『謝謝你，哈利波特，』他喘著氣說，『說過去主人的壞話，還是會讓多比很難過……』

哈利放開他，多比把帽子戴正，挑釁的對怪角說：『但怪角應該知道，跩哥·馬份不是家庭小精靈的好主人！』

『是啊，我們不需要知道你多麼愛馬份，』哈利對怪角說，『趕快說他去過什麼地方吧。』

怪角又鞠了個躬，看起來很生氣，然後說：『馬份少爺在餐廳裡吃飯，睡地窖裡的宿舍，他上很多不同的課——』

『多比，你來說吧。』哈利打斷怪角的話。『他有沒有到過他不該去的地方？』

『哈利波特，先生，』多比尖聲道，滴溜滾圓的眼睛在火光中閃閃發亮，『多比沒發現小馬份犯規，但他做事都很怕被人發現。他帶很多不同的學生固定到八樓去，他進去以後，那些人會替他把風──』

『萬應室！』哈利用《進階魔藥調配學》重重敲一下自己的前額。妙麗和榮恩瞪大眼看著他。『他就是溜到那兒去！他就在那兒搞他的……不管他搞什麼花樣！我打賭那就是他從地圖上消失的原因──仔細想想，我還從來沒看過那層樓的萬應室呢！』

『說不定劫盜地圖一直都不知道那兒有個萬應室。』榮恩說。

『我想這是那個房間的魔法的一部分，』妙麗說，『如果要它不出現在地圖上，它就不會出現。』

『多比，你有沒有試著進去看看馬份在做什麼？』哈利熱切的問。

『沒有，哈利波特，那是不可能的。』多比說。

『不對啊，不會不可能，』哈利馬上說。『去年馬份曾經闖入我們設在那兒的總部，所以我也應該可以進去偵查他，沒問題的。』

『但我想你做不到，哈利。』妙麗慢呑呑的說。『馬份已經很清楚我們怎麼使用那個房間，不是嗎，因爲那個蠢毛莉多嘴。他要那個房間變成ＤＡ總部，它就變成總部。但你不知道馬份進去以後，那個房間會變成什麼，所以你不知道該要求它變成什麼。』

『一定有別的法子可想。』哈利滿不在乎的說。『多比，你做得很棒。』

『怪角也做得不錯。』妙麗好心的說，但怪角非但沒有絲毫感激，還把他充血的大眼睛轉向天花板，用破鑼嗓子說：『麻種對怪角說話，怪角要假裝聽不見——』

『退下吧。』哈利打斷他，怪角最後一次深深一鞠躬，隨即消失。『你最好也去睡一下，多比。』

『謝謝你，哈利波特，先生！』多比快樂的叫道，然後也消失不見。

『多好啊！』房間裡一沒有小精靈在場之後，哈利就興奮的轉身對榮恩和妙麗說。『我們知道馬份到哪裡去了。這下他可跑不掉了！』

『是啊，很棒。』榮恩快快不樂的說，那份不久前還是一篇即將完成的報告，現在沾滿墨水慘不忍睹，他正設法擦拭。妙麗把它拿過去，開始用魔杖把墨水吸掉。

『可是他帶「很多不同的學生」去，這怎麼回事？』妙麗問。『這件事有多少人介入？很難想像他會信任那麼多人，讓他們知道他在做什麼……』

『是啊，這很奇怪，』哈利皺著眉頭說。『我曾經聽他對克拉說他幹什麼都不關克拉的事……所以他怎麼告訴那些……那些……』

哈利的聲音越來越小，他凝視著火焰。

『天啊，我好笨啊，』他低聲說。『很明顯，不是嗎？地牢裡有一大鍋……上課的時候他隨時都可以偷撈一點……』

『偷撈什麼？』榮恩問。

『變身水。他偷了一些史拉轟第一堂魔藥學給我們看的變身水……所以根本沒有什麼「很多不同的學生」替馬份把風……就只有克拉和高爾這兩個老班底……對啊，這就說得通了！』哈利跳起身說，開始在火爐前來回踱步。『他們蠢到即使他不告訴他們他要幹什麼，他們也會聽命行事……但是他不要別人看見他們在萬應室外面徘徊，所以他逼他們服用變身水，使他們看起來像別人……那次他錯過魁地奇，我看到兩個跟他同行的女孩子──哈，原來就是克拉與高爾！』

『你的意思是說，』妙麗很小聲的說，『我幫她修天秤的那個小女生？──』

『是啊，當然！』哈利盯著她大聲說。『當然！當時馬份一定在裡面，所以那女生──我在說什麼呀？──那傢伙把天秤摔到地上，警告馬份不要出來，因爲外面有人！還有那個掉了蟾蜍卵的女孩也是！我們每次都和他擦身而過，卻沒有發覺！』

『他讓克拉和高爾變身成女孩？』榮恩張口結舌。『我的天啊……難怪這陣子他們老是悶悶不樂……我很驚訝他們竟然沒叫他滾一邊涼快去……』

『嘿，他們沒這個膽，不是嗎，只要他亮出黑魔標記給他們看就夠了。』哈利說。

『嗯……我們並不確定是否眞的有黑魔標記。』妙麗懷疑的說，同時把榮恩已經乾透的報告捲起來交給他，免得它再遭任何劫難。

『等著看就是了。』哈利信心十足的說。

『是啊，等著看，』妙麗站起身，伸個懶腰，『不過，哈利，趁你興奮過頭之前，我還是要提醒你，你不知道萬應室變成什麼東西，就不可能進得去。還有，你可別忘了，』她把書包往肩頭一搭，非常嚴肅的注視著他，『你應該把全副心思用於取得史拉轟的那段記憶。晚安。』

哈利看著她離開，覺得有點不開心。通往女生宿舍的門一關上，他就轉頭看榮恩。

『你覺得如何？』

『但願我能像家庭小精靈一樣消影，』榮恩注視著多比消失的那個點說，『那我的現影術考試就可以輕鬆過關了。』

當天晚上，哈利睡得很不好。他清醒的躺了好像好幾個小時，想著馬份可能以什麼方式使用萬應室，而他，哈利，第二天進入時又會看到什麼，因爲不管妙麗怎麼說，哈利都一心一意認定，只要馬份有辦法進入ＤＡ總部，他也就應該可以進入馬份的……可能是什麼呢？聚會所？藏身處？儲藏室？工作室？哈利的心思狂熱的運作，他終於入睡後，夢境也支離破碎，不斷受各種影像干擾，先是馬份，然後變成史拉轟，又變成石內卜……

第二天早晨吃早餐時，哈利滿懷期待，他在上黑魔法防禦術之前有一節空堂，他決心用這段時間設法進入萬應室。對他壓低聲音描述的硬闖萬應室計畫，妙麗很明確的表示不感興趣，哈利有點不悅，因爲他覺得，妙麗若是願意，可以幫上很大的忙。

『聽著，』他小聲說，靠過去用一隻手壓住她剛從送信貓頭鷹身上取下的《預言家日報》，免得她打開報紙就躲在後面，對他不聞不問。『我並沒有忘記史拉轟的事，但我還不知道有什麼辦法可以從他那兒取得記憶，趁我想出點子之前，查查馬份在幹什麼，有什麼不對？』

『我已經告訴過你，你必須說服史拉轟。』妙麗說。『問題不在如何欺騙他或對他施法，要不然鄧不利多出馬，一下子就辦成了。所以你別再在萬應室外頭浪費時間，』她用力把《預言家日報》從哈利手掌底下抽出來，打開來看頭版，『你應該去找史拉轟，設法打動他善良的人性。』

『有我們認識的人？──』妙麗瀏覽頭條新聞時，榮恩問。

『有！』妙麗說，哈利和榮恩一聽，早餐差點沒嗆在喉嚨裡。『不過沒事，他沒死──是蒙當葛，他已經被捕，送往阿茲卡班！跟冒充行屍企圖行竊有關……還有個名叫歐塔．沛波的人失蹤了……哦，眞可怕，一個九歲男童因企圖殺死他的祖父母被捕，他們認爲他被蠻橫咒控制……』

他們在沉默中吃完早餐。妙麗飯後立刻趕去上古代神祕文字研究，榮恩回交誼廳，因爲他還得繼續寫完石內卜那篇催狂魔報告的結論，哈利則前往八樓走廊，研究呆子巴拿巴教侏儒跳芭蕾舞那幅掛氈對面的牆壁。

哈利一到空曠無人的走道，就把隱形斗篷披上，但他其實不用費這個心，來到目的地，他發現這兒根本沒有人。哈利不確定馬份在或不在，究竟是讓他更有機會或更沒機會進去，但起碼他的第一次嘗試，不會被假扮成十一歲女孩的克拉或高爾搞得更複雜。

他走近萬應室隱形的門口時，閉上眼睛。他知道該怎麼做，去年他已經非常精通這件事。他盡全力集中精神想道：我必須看到馬份在這裡做什麼……我必須看到馬份在這裡做什麼……

他從門前走過三次，心臟興奮無比的狂跳，然後他睜開眼睛，面對門口──但面前只是一片空白單調的牆壁。

他走向前，試著推推看。石壁堅固如昔，一點也沒有後退。

『好吧，』哈利大聲說，『好吧……我想的不對……』

他思索了一會兒，然後重新開始，閉上眼睛，盡力集中精神。

我要看馬份一再祕密前去的地方……我要看馬份一再祕密前去的地方……

走過三遍，他充滿期待的睜開眼睛。

還是沒有門。

『哼，去。』他惱怒的對牆說。『這指令夠明確了呀……好吧……』

他努力思考了幾分鐘，又開始來回走。

我要你變成你變給跩哥・馬份的地方……

來回踱完步，他沒有立刻睜開眼睛，他努力聆聽，好像以爲可以聽見門噗的一聲出現。然而他什麼也沒有聽見，只有窗外遠處傳來的鳥鳴。他張開眼睛。

還是沒有門。

哈利咒罵了幾句。有人尖叫。他回頭只見一群一年級生從轉角處逃竄而去，顯然誤以爲撞見了一個嘴巴特別不乾淨的鬼。

哈利花了一整個小時，試用他想得到的『我必須看見跩哥・馬份在你裡頭幹什麼』的每一種變化措辭，最後他不得不承認，妙麗說的可能有道理：這房間就是不肯爲他打開。他又沮喪又生氣的去上黑魔法防禦術，在路上脫下隱形斗篷，塞進書包裡。

『又遲到了，波特。』哈利匆匆進入燭光照耀的教室，石內卜冷冰冰的說。『葛來分多扣十分。』

哈利怒目瞪著石內卜，一屁股坐在榮恩旁邊的位子上，班上半數的人都還沒坐定，正把課本從書包裡拿出來或整理東西，他根本沒比他們任何人遲到多少。

『開始上課前，我要收你們的催狂魔報告。』石內卜說，魔杖隨意一揮，二十五捲羊皮紙就飛越空中，落在他書桌上，疊成整齊的一堆。『爲了你們自己好，我希望這次的報告會比我被迫忍受的那篇抵抗蠻橫咒的垃圾高明一點。現在請大家把書翻到——什麼事，斐尼干先生？』

『教授，』西莫說，『我很想知道如何分辨行屍和鬼？因爲《預言家》有篇報導提到一個行屍——』

『不對，報導裡沒有行屍。』石內卜用厭煩的聲音說。

『可是，教授，我聽人家談到——』

『如果你實際去讀你說的那篇報導，斐尼干先生，你就會知道所謂的行屍不過是一個渾身發臭的毛賊，名叫蒙當葛．弗列契。』

『我還以爲蒙當葛跟石內卜是一掛的。』哈利低聲對榮恩和妙麗說。『蒙當葛被捕，他不該難過嗎？——』

『波特似乎對這個話題有很多意見。』石內卜忽然指著教室後段說，他的黑眼睛盯著哈利。『我們來問問波特，行屍和鬼如何區別？』

全班都回頭看著哈利，他倉卒間努力回想他跟鄧不利多去拜訪史拉轟那晚，鄧不利多對他講了些什麼。

『呃——對了——鬼是透明的——』他說。

『哦，很好，』石內卜打斷他，嘴唇扭曲起來。『是的，不難看出，將近六年的魔法教育在你身上沒有白費，波特。鬼是透明的。』

潘西．帕金森發出一聲尖銳的咯咯笑。還有另外幾個人在冷笑。哈利深深吸入一口氣，雖然內心怒火已在沸騰，他還是冷靜的繼續說：『是的，鬼是透明的，但行屍是死人的身體，不是嗎？所以他們有實體——』

『五歲小孩也能告訴我們這麼多。』石內卜嗤之以鼻道。『行屍是靠黑巫師的咒語再次具有行動能力的死屍。它不是活的，只不過是用來執行巫師命令的傀儡。至於鬼，我相信你們現在都已經知道了，是已經消逝的靈魂留在世上的銘刻……當然，正如睿智的波特告訴我們的，是透明的。』

『那麼，哈利剛說的，就是我們區分它們最有用的原則囉！』榮恩說。『如果我們在暗巷裡撞見它們之中的一種，只要看一眼就會知道它是否具有實體，不是嗎？我們可不會問：「請教一下，你是已經消逝的靈魂留下的銘刻嗎？」』

班上傳出一陣陣輕微的笑聲，但立刻被石內卜掃視全班的眼光壓制下去。

『葛來分多再扣十分，』石內卜道，『我本來也不期望你說出什麼更有學問的話，榮恩．衛斯理，你那堅實的身體，即使在房間裡也無法靠現影術挪動半吋的距離。』

『不要！』妙麗小聲說，抓住怒氣填膺，正待開口的哈利的手臂。『這樣做沒有意義，你只會又落得勞動服務，算了。』

『現在請把課本翻到兩百一十三頁，』石內卜冷冷一笑說，『繼續讀討論酷刑咒的前兩段……』

整堂課榮恩都很安分。下課鈴響時，文妲追上榮恩和哈利（她接近時，妙麗就神

祕失蹤了），熱烈的痛罵石內卜嘲弄榮恩現影術的行徑，但她這麼做似乎只讓榮恩更不痛快，他藉口跟哈利繞進男生廁所，擺脫掉她。

『但石內卜說得對，不是嗎？』榮恩對著有裂縫的鏡子看了一、兩分鐘，然後說。『我不知道我是不是該去考這個試，我就是抓不到現影術的訣竅。』

『你可以到活米村上額外的練習課，看它們能給你什麼幫助。』哈利很理性的說。『不管怎麼說，那比設法挪進一個蠢圈子有趣多了。然後，如果你還是——你知道——不像你預期的那麼好，你還可以延後考試，跟我一起在暑假——麥朵，這是男生廁所耶！』

一個女孩的鬼魂從他們身後一間廁所的馬桶裡升起，正飄浮在空中，透過又厚又圓的透明鏡片盯著他們。

『哦，』她不大高興的說。『是你們兩個。』

『妳在等誰？』榮恩從鏡子裡看著她問。

『沒有誰。』麥朵說，悶悶不樂的摳著下巴上的一個黑點。『他說他會回來看我，但你也說過有空會來看我的……』她怨懟的望哈利一眼。『……我等了好多、好多個月，都沒見到你，我已經學會對男孩子不要期望太多。』

『我還以為妳住在女生廁所？』哈利說，這幾年來，他一直避那個地方遠遠的。

『是沒錯，』她鬱鬱的聳一下肩膀，『但那不代表我不能參觀一下別的地方呀。我曾經到你的浴室去看過你一次，記得嗎？』

『記得很清楚。』哈利說。

『但是我以爲他喜歡我，』她幽怨的說。『或許只要你們兩個離開，他就會回來……我們有好多共同點……我確信他感覺到了……』

她期待的望著門。

『妳說你們有很多共同點，』榮恩很感興趣的問，『意思是說他也住在水管裡嗎？』

『才不呢。』麥朵很不高興的駁斥，她的聲音在鋪了瓷磚的舊廁所裡產生很大的回音。『我的意思是說他很敏感，他也被人欺壓，他覺得好寂寞，沒有人可以談，而且他不怕表露他的感情，放聲哭出來！』

『有個男生跑到這裡來哭？』哈利好奇的說。『小男生嗎？』

『不要你管！』麥朵說，她淚汪汪的小眼睛瞪著很明顯在偷笑的榮恩。『我答應過不會告訴任何人，我會把他的祕密帶進──』

『──不會是墳墓吧？』榮恩爆笑出聲道。『下水道還比較有可能……』

麥朵氣得大吼一聲，衝回馬桶裡，攪得水花四濺，潑灑到地板上。激怒麥朵似乎帶給榮恩新的勇氣。

『你說得對，』他把書包搭在肩上說，『我會先到活米村上練習課，然後再決定是否參加考試。』

所以接下來那個週末，榮恩加入妙麗和其他考試前滿十七歲的六年級生，準備面對兩週後的考試。哈利看著他們準備到村裡去，覺得很羨慕，他想念在那兒度過的時光，這又是個特別美好的春日，是許多天來第一個放晴的日子。然而他已經決定利用這段時間，再次嘗試前進萬應室。

『我看哪，』他在入口大廳對妙麗和榮恩透露這計畫時，妙麗說，『你還不如直接到史拉轟辦公室去，設法從他那兒取得記憶。』

『我一直在努力呀！』哈利氣鼓鼓的說，這話也是事實。那個星期裡，他每次魔藥學下課都故意留在後面，希望能逮著史拉轟，但這位魔藥學老師離開地牢的速度總是那麼快，哈利追都追不上他。還有兩次，哈利到他辦公室去敲門，但沒有回應，雖然第二次的時候，他確信聽見了迅速關掉老留聲機的聲音。

『他不想跟我說話，妙麗！他看得出我在設法找尋跟他獨處的機會，他不會讓這種事發生的！』

『好吧，那你只有繼續嘗試，不是嗎？』

排隊從飛七面前通過的隊伍很短，他照例用祕密感應器刺戳每一個人，隊伍向前移動了幾步，哈利不想答話，以免被管理員聽見。他祝榮恩和妙麗好運，就轉回頭，再次爬上大理石樓梯，下定決心，不管妙麗怎麼說，都要花一、兩個小時尋找萬應室。

一走到看不見入口大廳的地方，哈利就從書包裡取出劫盜地圖和隱形斗篷。他藏好身形並輕敲地圖，小聲說：『我在此鄭重發誓，我絕對不懷好意。』然後仔細掃描整張地圖。

因爲是星期天早晨，幾乎所有學生都在各學院的交誼廳，葛來分多盤據一座塔，雷文克勞佔用另一座塔，史萊哲林在地牢裡，赫夫帕夫使用靠近廚房的地下室。少數幾個落單的人徘徊在圖書館附近或走廊裡……還有些人在室外……看到了，葛果里·高爾獨自一人在八樓走廊裡。雖然看不見萬應室的蹤跡，但哈利並不擔心，如果高爾在外面把風，房間就一定在使用中，不論地圖知不知道這件事。於是他快步跑上樓梯，直到轉彎進入走廊時，才放慢腳步，然後他開始非常緩慢的，一步一步，向同樣那個緊抓著兩星期前妙麗才好心替她修好笨重天秤的小女孩走去。他一直等到站在她正後方，然後把腰彎得極低，悄聲道：『哈囉……妳好漂亮，是不是？』

高爾嚇得驚聲尖叫，把天秤往空中一扔，就撒腿開溜，早在天秤砸地響徹走廊的回音靜止前，就跑得不見蹤影。哈利大笑著轉向空白的牆壁，他確定跩哥·馬份正站在牆後動也不敢動，因爲知道有不受歡迎的人在外面，不敢出來。哈利帶著大權在握的暢快感覺，努力回想什麼樣的字句組合他還沒試過。

但這種滿懷希望的心情並沒有維持多久。半小時後，試過更多種要求看馬份在幹什麼的措辭變化後，牆壁上依舊還是沒有門出現，哈利沮喪到難以置信的程度，縱使馬份離他只有幾呎，他在裡頭到底在幹些什麼，還是沒有一丁點證據。哈利耐心全失，衝到牆跟頭，踢了它一腳。

『哎唷！』

他覺得好像踢斷了腳趾，就在他抱著痛腳，單腳跳躍時，隱形斗篷從身上滑落。

『哈利？』

他用一條腿轉過身，向前撲倒在地。令他大吃一驚，來者竟是東施，她好像經常在這條走廊裡來去，熟門熟路的向他走來。

『妳在這兒做什麼？』他爬起身來問道，爲什麼每次他倒在地上都被她發現？

『我來找鄧不利多。』東施說。

哈利覺得她看起來眞糟，不但瘦得不得了，鼠灰色的頭髮也無神的下垂著。

『他的辦公室不在這裡，』哈利說，『是在城堡的另一頭，在石像鬼後面——』

『我知道，』東施說，『但他不在那裡，顯然他又出去了。』

『是嗎？』哈利小心翼翼把受傷的腳放回地上。『呃——妳也不知道他去了哪兒吧？』

『不知道。』

『妳有什麼事要見他？』

『沒什麼特別的。』東施說，她顯然有點心不在焉，用手撥弄著長袍的袖子。

『我只是想，他可能知道發生了什麼事……我聽到謠言……有人受傷……』

『是啊，我知道，報上都寫了，』哈利說，『那個小孩企圖殺死他的——』

『《預言家》的消息都過時了。』東施好像沒在聽他說話。『你最近沒收到鳳凰會的人寫來的信吧？』

『會裡現在沒有人會寫信給我了。』哈利說。『自從天狼星——』

他看到她眼睛裡盈滿淚水。

『對不起，』他不知所措的喃喃道。『我是說，我也很想念他……』

『什麼？』東施茫然道，好像沒聽見他說話。『好吧……我們再見囉，哈利……』

她忽然轉個身，丟下哈利，就沿著走廊往回走。哈利凝視著東施的背影，經過大約一分鐘，他再次把隱形斗篷拉好，繼續設法進入萬應室，但他心思已經不在這上頭。終於，腹部一陣空虛感襲來，又想到榮恩和妙麗不久就要回來吃午餐，他決定放棄努力，把走廊留給但願會因過度害怕，還要再等幾個小時才敢出來的馬份。

他在餐廳裡找到榮恩和妙麗，他們提前吃午餐，已經吃得半飽了。

『我做到了——嗯，可以這麼說啦！』榮恩一看到哈利就起勁的報告。『我本來應該在「泥腳夫人的喫茶店」門外現影，但我瞄準過了頭，結果跑到「寫字人羽毛筆店」附近，但起碼我移動了！』

『幹得好。』哈利說。『妳怎麼樣，妙麗？』

『哦，她太完美了，這還用說。』榮恩搶在妙麗之前回答。『完美的謹愼、目標物、奮不顧身，或是管他的什麼要點——下課後我們都到「三根掃帚」去，以最快的速度喝杯飲料，你該聽聽推克羅是怎麼稱讚她的——如果他短期內沒向她求婚，我才意外呢——』

『那麼你呢？』妙麗不理會榮恩，問道。『你這段時間都在研究萬應室嗎？』

『對呀，』哈利說，『你們猜我在那兒碰到誰？東施！』

『東施？』榮恩和妙麗異口同聲說，顯得很驚訝。

『是啊，她說她來找鄧不利多……』

『如果你問我，』榮恩聽哈利敘述完他跟東施的對話，『我看她有點不正常。自從魔法部事件後，她就失了神。』

『有點奇怪，』不知何故顯得很擔心的妙麗說，『她應該要守護學校的，爲什麼她會離開崗位，在鄧不利多根本不在學校的時候來找他呢？』

『我有個念頭，』哈利試探的說，他覺得這想法說出來有點奇怪，這比較像是妙麗的領域。『妳想她該不會……妳知道……愛上了天狼星？』

妙麗盯著他看。

『你怎麼會說這種話？』

『我不知道，』哈利聳聳肩膀說，『但我提起他名字的時候，她差點就哭了……還有她現在的護法是個四條腿的大傢伙……我不知道它是否會變成……妳知道……他。』

『這是一種可能，』妙麗緩緩說，『但我還是不明白她爲什麼要突然闖進城堡找鄧不利多，假設那眞是她來此的動機的話……』

『又回到我剛說的，不是嗎？』往嘴裡塞了滿口洋芋泥的榮恩說，『她有點怪怪的。失魂落魄的。女人嘛，』他自鳴得意的對哈利說，『她們最會鬧情緒了。』

『不過，』妙麗忽然從空想的狀態回過神來，『我不認爲你能找到一個女人，光是因爲羅梅塔夫人聽了她們講的那些老巫婆、治療師和惡人掌的笑話之後沒有笑，就生上半小時悶氣的。』

榮恩氣得直瞪眼。

22. 葬禮之後

城堡尖塔上方開始出現明亮的藍空，但這夏日即將來臨的跡象，並未讓哈利心情振奮起來。他的兩項任務目前都陷入僵局，他既沒有查出馬份在從事什麼勾當，也無法讓史拉轟跟他多說一句話，更別說是誘使這位教授交出他顯然隱藏數十年之久的記憶了。

『這是我最後一次勸你，別再管馬份的事了。』妙麗堅定的告訴哈利。

吃過午餐後，他們兩人跟榮恩一起走到庭院，坐在一個陽光燦爛的角落。妙麗和榮恩手裡都拿著一份魔法部的傳單『現影術常見疑難排解』，因爲他們當天下午就要進行測驗了，但看來這份傳單並不能讓他們心情放鬆一些。一個女孩繞過轉角，榮恩立刻嚇得跳起來，想要躲到妙麗背後。

『不是文姮啦。』妙麗厭煩的說。

『喔，還好。』榮恩鬆了一口氣。

『哈利波特嗎？』那個女孩說，『有人要我把這個交給你。』

『謝了……』

哈利看到那個小小捲的羊皮紙，他的心就沉了下來。等那個女孩一走出聽力範圍，他就說：『鄧不利多說過，在我拿到那個記憶前，他不會再給我上課！』

『也許他只是想知道你目前的進展？』妙麗說，哈利則把羊皮紙攤平，但他看到的並不是鄧不利多那又瘦又長的傾斜字跡，而是一堆亂七八糟的鬼畫符，上面還到處都是墨水暈開的污痕，簡直沒辦法閱讀。

親愛的哈利、榮恩和妙麗：

阿辣哥昨天晚上死了。哈利和榮恩，你們倆見過他，你們知道他有多特別。妙麗，我曉得妳要是早點認識他，也一定會很喜歡他。我希望你們可以在今天傍晚溜過來參加他的葬禮，我會很感激的。我打算在黃昏左右舉行，他一天最愛的就是這個時候。我曉得你們晚上不能出來，不過你們可以用隱形斗篷。本來是不應該叫你們過來的，可是我一個人真的受不了啊。

海格

『妳看這個。』哈利說，把信遞給妙麗。

『喔，我的天啊。』她說，她很快就把信看完，再交給榮恩，榮恩讀著信，臉上漸漸露出難以置信的神情。

『他眞是瘋了！』他狂怒的說，『那個東西叫牠的夥伴把我和哈利吃掉欸！還叫牠們不用客氣！現在海格居然還要我們參加葬禮，對著牠那毛茸茸的可怕屍體痛哭哩！』

『不只是這樣，』妙麗說，『他還要我們在晚上離開城堡，他明明知道，現在的安全措施比以前嚴格千萬倍，我們要是被逮到的話就慘了。』

『我們以前也在晚上去找過他啊。』哈利說。

『沒錯，但爲了這種事情跑去？』妙麗說，『我們是常常冒險去幫助海格沒錯，但畢竟——阿辣哥都已經死了。如果是要叫我們去救牠，那還——』

『——那我就更不想去了，』榮恩堅決表示，『妳沒見過牠，妙麗。相信我，牠死了絕對比活著的時候要好上百倍。』

哈利把信拿回來，望著那佈滿整張羊皮紙的墨水污痕。根本就是大滴淚珠落到羊皮紙上留下的痕跡……

『哈利，你可絕對不能去啊，』妙麗說，『你要是爲這種事情被罰勞動服務，那實在太不值得了。』

哈利嘆了一口氣。

『是啊，我知道，』他說，『我看海格只好一個人爲阿辣哥舉行葬禮了。』

『沒錯，就是這樣，』妙麗顯然鬆了一口氣，『聽我說，今天下午的魔藥學幾乎沒人會去上課，我們大家全都要去參加測驗……你可以乘這個機會，設法讓史拉轟態度軟化一點兒。』

『妳以爲少幾個人，我就會變得比較幸運嗎？』哈利怨恨的說。

『幸運？』榮恩突然說，『哈利，就是這個——讓自己變幸運！』

『你的意思是？』

『用你的幸運魔藥啊！』

『榮恩，就是它！』妙麗似乎驚得呆住了，『當然了！我怎麼沒有早點兒想到呢？』

哈利望著他們兩人。『福來福喜嗎？』他說，『我不曉得……我本來想把它留起來……』

『做什麼？』榮恩懷疑的問。

『哈利，還有什麼事情會比那段記憶更重要？』妙麗問。

哈利並沒有回答。這些日子以來，那個金色小瓶子給了他許多不著邊際的幻想，一些關於金妮和丁分手，而榮恩居然很高興看到她交新男朋友之類的模糊計畫，在他內心深處暗暗醞釀發酵，但他只有在睡夢中，或是半夢半醒的黎明時分才敢對自己承認……

『哈利？你在發什麼愣啊？』妙麗問。

『什？——喔，當然好，』他說，趕緊振作起來，『嗯，這個嘛……好吧。我今天下午要是沒辦法讓史拉轟跟我說話，我就喝一些福來福喜，晚上再去找他試試看。』

『那就這麼決定囉，』妙麗輕快的說，站起身來，做了一個優美的趾尖旋轉，『目的地……決心……謹慎……』她喃喃唸道。

『喔，拜託妳別再唸了好嗎？』榮恩哀求她，『這我聽得都想要吐了——快，快擋住我！』

『那不是文妲啦！』妙麗不耐煩的說，剛才又有兩個女生踏入庭院，榮恩立刻撲躲到她背後。

『太好了，』榮恩說，躲在妙麗背後凝神細看，『哎呀呀，她們看起來怎麼會這麼愁眉苦臉啊？』

『她們是孟格利姊妹，她們當然有理由愁眉苦臉，難道你沒聽說她們弟弟的事情嗎？』

『我哪記得住每個人的親戚們發生了什麼事啊。』榮恩說。

『嗯，她們的弟弟被狼人攻擊。謠傳是因爲她們的母親拒絕幫助食死人。不管怎樣，那個小男孩才五歲，他死在聖蒙果醫院，他們救不了他。』

『他死了？』哈利震驚的重複道，『但狼人應該不會殺人啊，他們不是只會把人變得跟他們一樣嗎？』

『他們有的時候會殺人，』榮恩說，他此刻的神情顯得異常嚴肅，『我聽說他們失控的時候會下毒手。』

『那個狼人叫什麼名字？』哈利立刻追問。

『嗯，聽說就是那個焚銳．灰背。』妙麗說。

『我就知道──這個瘋子專門喜歡攻擊小孩，路平跟我提過這個人！』

妙麗神情陰鬱的望著他。

『哈利，你一定要拿到那段記憶，』她說，『它會告訴你對付佛地魔的方法，不是嗎？佛地魔是造成這一切可怕事情的罪魁禍首……』

城堡響起一陣鐘聲，妙麗和榮恩兩人都跳了起來，嚇得臉色發白。

『你們不會有問題的啦，』哈利對他們說，三人一起走向入口大廳，跟其他那些準備參加現影術測驗的學生會合，『祝你們好運囉。』

『你也一樣！』妙麗意味深長的表示，哈利轉身走向地窖。

當天下午的魔藥學總共就只有三名學生：哈利、阿尼和踄哥．馬份。

『你們全都不到可以使用現影術的年紀嗎？』史拉轟和藹的問，『還沒滿十七歲嗎？』

他們搖搖頭。

『啊，那就這樣吧，』史拉轟快活的說，『既然人這麼少，我們就來點兒好玩的。我希望你們熬一些有趣的東西！』

『聽起來很棒，教授。』阿尼搓著手諂媚的說。

但馬份臉上卻沒有一絲笑意。

『你所謂「有趣的東西」是指什麼？』他沒好氣的問。

『喔，都好，給我一點驚喜吧！』史拉轟喜孜孜的答道。

馬份滿臉不高興的打開他的《進階魔藥調配學》課本。他顯然是覺得這堂課根本就是在浪費時間。哈利把臉藏在課本後偷看馬份，猜想他現在一定恨不得能把這段時間花在萬應室裡。

是哈利的想像嗎？還是馬份眞的突然瘦了許多，跟東施一樣？他變得比以前更加蒼白，皮膚還是像先前那般灰灰暗暗的，大概是因爲他最近太少曬到太陽了。但馬份現在看起來完全沒有一絲自鳴得意、興奮激動，或是自以爲高人一等的飛揚神采，當初他在霍格華茲特快車上，大肆吹噓說佛地魔交給他一項任務時，那副神氣活現、不可一世的模樣，此刻已消失無蹤……在哈利看來，這就只有一個原因：不論馬份接到的是什麼樣的任務，顯然都進行得很不順利。

這個念頭讓哈利大受鼓舞，他快速翻閱他的《進階魔藥調配學》課本，找到了一個經混血王子大幅修正過的『歡樂靈藥』配方，看來十分符合史拉轟的要求，而且，要是哈利能夠（一想到這個念頭，哈利的心就立刻怦怦狂跳）說服他嚐嚐看的話，說不定就可以讓他心情大好，高高興興的交出那段記憶……

『哎呀，這看起實在太美妙了，』史拉轟在一個半鐘頭後，看到哈利大釜中那如陽光般金黃燦爛的液體時，不禁快活的拍手喊道，『我猜這是歡樂靈藥對吧？我聞到了什麼？㖼㖼㖼……你加了一小枝薄荷，是不是？雖不是正統做法，但可眞是神來之筆呀，哈利。當然啦，這可以緩和這種魔藥常見的副作用，像是唱個不停和老愛擰人鼻子……我眞不曉得你哪來這樣的靈感，我的孩子……想必是——』

哈利趕緊用腳把混血王子的課本踢到包包最下面。

『——你遺傳了你母親的天分！』

『喔……大概是吧。』哈利鬆了一口氣。

阿尼好像在生悶氣，他原本下定決心，這次一定要勝過哈利，並魯莽的自己發明了一種新魔藥，結果調出來的藥汁又濃又稠，在大釜底部凝固成一團活像是紫色麵疙瘩的怪玩意兒。馬份已臭著一張臉開始收拾書包，史拉轟剛才表示，他熬的『止嗝液』只不過是『還可以』。

鐘聲響起，阿尼和馬份兩人立刻離開教室。

『教授。』哈利開口說，但史拉轟立刻回頭瞄了一眼，他發現教室裡就只剩下他和哈利兩個人時，連忙用最快的速度匆匆離去。

『教授——教授，你要不要嚐嚐我的魔？——』哈利拚命的喊。

但史拉轟早就走遠了。哈利失望的把大釜清乾淨，收拾好書包，走出地窖，慢慢爬上樓回到交誼廳。

榮恩和妙麗快到傍晚時才回來。

『哈利！』妙麗一爬出畫像洞口就喊道，『哈利，我通過了！』

『幹得好！』哈利說，『那榮恩呢？』

『他——他差一點就通過了，』妙麗小聲說，這時榮恩帶著滿臉鬱悶的神情，垂頭喪氣的踏入交誼廳，『他真的是很倒楣，只不過出了點兒小狀況，考官發現他留下了半條眉毛沒變走……你跟史拉轟的情況怎麼樣？』

『沒成功，』哈利說，榮恩走到他們身邊，『你運氣真背，但下次你一定會通過的——我們可以一起參加測驗。』

『我想是吧，』榮恩一臉惱怒的說，『但只不過是半條眉毛欸！有啥大不了的！』

『我知道，』妙麗安撫他，『好像真的是太嚴格了……』

他們吃晚餐的時候，大部分的時間都是在盡情的辱罵現影術的考官，等到他們吃完，返回交誼廳的時候，榮恩的臉色終於稍稍好轉了一些，這時他們開始討論關於史拉轟記憶的棘手難題。

『所以說，哈利——這下你總該用福來福喜了吧？』榮恩問。

『是啊，我看最好是這樣，』哈利說，『我想不用全都喝光，沒必要用到十二個鐘頭的效力，這不可能會花上一整夜的時間……我只要喝一小口。兩、三個鐘頭應該就夠用了。』

『喝下它的感覺實在太美妙了，』榮恩用懷念的語氣說，『就好像你不管做什麼事，都絕不會出錯似的。』

『你到底在講什麼鬼呀？』妙麗哈哈大笑，『你根本從來沒喝過！』

『是呀，但我以爲我喝過了，不是嗎？』榮恩一副理所當然的說，『這又有什麼差別……』

他們剛剛才看到史拉轟走進餐廳，他們曉得他一向都吃得很慢，因此決定在交誼廳裡多待一會兒。他們計畫等史拉轟一回到辦公室，哈利就直接去那兒找他。當太陽落到禁忌森林的樹梢時，他們認爲時候到了，於是先仔細檢查，確定奈威、丁和西莫全都待在交誼廳裡，接著三人就偷偷溜到樓上的男生宿舍。

哈利從行李箱底部抽出一雙捲起來的襪子，從裡面掏出一個閃爍發光的小瓶子。

『好，來吧。』哈利說，他舉起小瓶子，小心算好份量吞了一口。

『你感覺怎麼樣？』妙麗輕聲問。

哈利沉默了半晌沒有答話。然後，一種充滿無限機會的興奮感，開始緩慢清晰的竄遍他的全身，他感到自己好像任何事都辦得到……任何事都難不倒他……突然之間，取得史拉轟記憶這件事，似乎不只是可能會成功，甚至可說是輕而易舉……

他笑咪咪的站起來，渾身散發出自信的光芒。

『感覺好極了，』他說，『好得不得了。嗯……我要去海格家了。』

『什麼？』榮恩和妙麗驚愕的齊聲問。

『不，哈利——你必須去找史拉轟，你沒忘記吧？』妙麗說。

『不對，』哈利充滿自信的說，『我要去找海格，我的直覺叫我去找海格。』

『你的直覺叫你去參加一隻大蜘蛛的葬禮？』榮恩目瞪口呆的問道。

『是呀，』哈利說，把他的隱形斗篷從書包裡掏出來，『我的直覺告訴我，今晚就該去那個地方，你們懂我的意思吧？』

『不懂。』榮恩和妙麗齊聲答道，這下他們兩人開始感到害怕了。

『這眞的是福來福喜嗎？』妙麗不安的問道，把瓶子舉起來湊到光線下，『你該不會另外還有一個小瓶子，裡面裝滿了——我不曉得——』

『瘋癲液嗎？』榮恩說，這時哈利已將隱形斗篷披到了肩膀上。

哈利哈哈大笑，榮恩和妙麗的表情變得更加驚恐。

『相信我，』他說，『我知道我在做什麼……或者該說是，至少……』他自信滿滿的邁步晃到門前，『福來福喜知道該怎麼做。』

他把隱形斗篷蓋到頭頂上，開始走下樓梯，榮恩和妙麗連忙跟在他背後。哈利一走到樓梯底下，就從敞開的門溜了出去。

『你跟她在上面做什麼？』文妲．布朗尖叫，目光從哈利身上穿過去，盯著才剛一起從男生宿舍走出來的榮恩和妙麗。哈利趕緊逃開，他快步奔過房間時，聽到背後傳來榮恩慌亂急促的嗓音。

穿越畫像洞口更是簡單得要命，哈利走到洞口前的時候，金妮和丁爬了進來，正好讓他可以從他倆中間穿過去。他這麼做的時候，不小心碰到了金妮。

『不要推我好不好，丁，』金妮氣沖沖的說，『你老是這樣，我明明自己就可以爬過去……』

畫像在哈利背後關上，但他還來得及聽到丁在生氣的回嘴……哈利大搖大擺的穿越城堡，心中那股興奮的感覺變得越來越強烈。他一路上沒遇到半個人，完全不用躡手躡腳怕人發現，但他對此一點兒也不感到驚訝，今天晚上，他就是全霍格華茲最幸運的人。

他爲何會知道現在應該去海格家，連他自己也摸不著頭緒。這就好像是，魔藥每次只會爲他照亮一小段道路，他看不到最後的終點，他不曉得史拉轟會在何時出場，但他確定他現在已踏上了取得那段記憶的正確路途。他走到入口大廳，發現飛七居然忘了鎖上大門。哈利笑吟吟的推開門，先吸了幾口帶著青草香的新鮮空氣，然後才步下門階，踏入黃昏的暮色。

他在走到最後一級階梯時，突然間心血來潮，想要在前往海格家途中，順便去菜圃散散步舒暢身心。嚴格說來，到菜圃其實不算順路，但哈利似乎清楚感覺到，他應該照這個一時興起的念頭去做，於是他立刻邁開步伐朝菜圃走去。哈利一走到菜圃，就看到史拉轟教授正在跟芽菜教授說話，他心裡很高興，但並不覺得訝異。哈利躲到一堵矮石牆後面，偷聽他們兩人說話，心中感到這世界實在是太美好了。

『……我真的很感謝妳特地選在這個時候，帕莫娜，』史拉轟教授客氣的說，『大部分專家都認爲，這種植物在黃昏的時候採摘，藥效最爲靈驗。』

『喔，這我同意，』芽菜教授熱心的說，『這些夠不夠你用？』

『夠，夠，綽綽有餘呢，』史拉轟說，哈利看到他懷裡抱了一大把多葉植物，『夠讓我那些三年級學生每人分到好幾片，還可以留一些備用，免得有人把它們煮過頭……好，那就祝妳晚安，多謝妳了。』

芽菜教授踏入越來越深的夜色，走向她的溫室，史拉轟朝著隱形的哈利走過來。

哈利突然非常渴望能立刻現身，他用表演般的誇張動作一把扯掉斗篷。

『晚安，教授。』

『梅林的鬍子啊，哈利，你把我嚇得都跳起來了，』史拉轟猛然收住腳步，露出機警的神情，『你是怎麼出城堡的？』

『飛七忘了把大門鎖上。』哈利快活的說，看到史拉轟皺起眉頭，他心裡就更樂了。

『我要去檢舉那個人，在我看來，他好像覺得垃圾比安全更重要似的……但你為什麼要到這兒來，哈利？』

『嗯，教授，是為了海格，』哈利說，他知道自己現在應該說實話，『他心情很不好……但你不會告訴別人吧，教授？我不想替他惹麻煩……』

史拉轟顯然被激起了好奇心。

『這我可不能隨便答應，』他粗聲說，『但我知道，鄧不利多非常信任海格，所以我想他是不會做出什麼可怕的事情來……』

『嗯，他有一隻養了很多年的大蜘蛛……牠住在森林裡……牠會說話還會——』

『我是聽說森林裡有蜘蛛精，』史拉轟柔聲說，眺望那片黑漆漆的樹林，『所以這是真的囉？』

『是的，』哈利說，『不過這個阿辣哥，也就是海格養的第一隻蜘蛛精，昨天晚上死掉了。海格傷心得要命。他希望他在替阿辣哥下葬的時候，能有人在身邊陪著他，我跟他說我會過去。』

『真感人，真感人，』史拉轟心不在焉的說，他那對無神的大眼珠，定定的望著遠方海格小木屋所散發出的燈光，『但蜘蛛精的毒液非常珍貴……要是這頭野獸死了沒多久，毒液應該還沒乾掉……當然啦，海格這麼傷心，我是不該做任何不夠體貼的舉動……但要是有辦法可以取得一些──我是說，要想從活著的蜘蛛精身上取得毒液，幾乎是不可能的任務……』

史拉轟似乎不是在對哈利說話，而是在自言自語。

『……不去蒐集實在是太可惜了……一品脫大概可以賣到一百加隆……老實說，我的薪水並不多……』

現在哈利已清楚看出自己該怎麼做了。

『呃，』他煞有介事的裝出一臉猶豫的神情，『呃，你要是想來參加的話，教授，海格應該會非常高興……你知道，這會讓阿辣哥的葬禮風光一點……』

『好啊，我當然要去，』史拉轟說，他的雙眼現在閃爍著熱情的光芒，『我跟你說，哈利，我待會再過去找你們，我會帶一、兩瓶……我們可以舉杯祝這個可憐的野獸──嗯──不能祝牠身體健康──反正等牠下葬後，我們來替牠舉行一個很有品味的追悼會。我得先回去換個領結，現在這個穿著對那種場合來說，好像太花稍了點兒……』

他匆匆走回城堡，哈利則加緊腳步走向海格家，心裡得意極了。

『你來啦。』海格啞著嗓子說，他推開大門，看到哈利突然從隱形斗篷下冒出來，出現在他面前。

『是啊——但榮恩和妙麗不能過來，』哈利說，『他們眞的很抱歉。』

『不——不要緊……他要是曉得你特地過來看他，一定會很感動，哈利……』

海格抽抽噎噎的大聲哭泣。他用一塊沾滿鞋油的破布，替自己做了一個黑臂章，眼睛哭得又紅又腫。哈利安慰的拍拍海格的手肘，他最高就只能碰到海格這個部位。

『你打算把他葬在哪裡？』他問道，『森林裡嗎？』

『哎呀，才不要咧，』海格說，抓起襯衫下襬，擦拭他淚流不止的雙眼，『阿辣哥死了以後，其他蜘蛛根本就不讓我靠近牠們的巢穴。原來牠們以前完全是因爲阿辣哥不准，才沒把我吞進肚子裡去！這你相信嗎，哈利？』

誠實的答案自然是『相信』，哈利很不舒服的回想起當初他和榮恩碰到蜘蛛精時的恐怖畫面：他百分之百相信，要不是阿辣哥的話，牠們早就把海格給吃掉了。

『以前林子裡從來就沒有我不能去的地方！』海格搖著頭說，『我可以告訴你，要把阿辣哥的屍體從那兒運過來，可眞是不容易啊——牠們向來都是把死掉的同類吃掉，你懂吧……可是我想替他辦一個像樣的葬禮……好好替他送行……』

他又哭了起來，哈利輕拍著他的手說（他感到魔藥似乎在指示他這麼做）：『我在路上碰到了史拉轟教授，海格。』

『你沒惹上麻煩吧？』海格驚恐的抬起頭來，『你不該在晚上離開城堡，我明明曉得，這都是我的錯——』

『別急，別急，他聽完我溜出來的原因後，就說他也想過來悼念阿辣哥，』哈利說，『他先回去換件適合的衣服……他還說他會帶幾瓶酒過來，這樣我們就可以喝酒紀念阿辣哥……』

『眞的嗎？』海格露出既驚訝又感動的神情，『那——那他人眞的是太好啦，而且他也沒去打你的小報告。我跟赫瑞司．史拉轟向來沒什麼交情……但他卻特地趕來送老阿辣哥一程？唉……他會喜歡這樣的，阿辣哥會喜歡的……』

哈利暗暗心想，史拉轟唯一會讓阿辣哥喜歡的地方，大概就只有那身胖嘟嘟的肥肉，但他什麼也沒說，只是轉身走向海格小木屋的後窗。他看到一幅駭人的景象，一隻死掉的大蜘蛛八隻腳朝天躺在地上，長腳蜷縮起來糾纏在一起。

『我們要把他葬在這兒嗎，海格，在你的院子裡？』

『我打算把他葬在南瓜田後面，』海格哽咽的說，『我已經挖好——就是那個——那個墳墓了。我打算再說幾句好聽的話紀念他——就說些快樂的回憶，你懂吧——』

他的聲音顫抖，最後終於泣不成聲。這時門外傳來一陣敲門聲，海格邊走去開門，邊用一條髒兮兮的大手帕擤鼻涕。史拉轟趕緊跨過門檻走進來，他懷裡捧了幾個瓶子，脖子上繫著一個樸素的黑領結。

『海格，』他用低沉而嚴肅的嗓音說，『聽說你失去摯友，我感到非常遺憾。』

『你人眞是太好啦，』海格說，『太感謝你了。另外還得謝謝你沒罰哈利勞動服務……』

『這我連想都沒有想過呢，』史拉轟說，『這眞是一個悲傷的夜晚，悲傷的夜晚……那個可憐的生物在哪兒？』

『就在外面，』海格用顫抖的聲音說，『那我們——那我們就開始吧？』

他們三人走到後院。淡淡的月光透過樹叢灑落下來，跟海格家窗口流洩出的燈光交織在一起，照亮了阿辣哥的屍身，牠躺在一個大坑邊緣，掘出的泥土在旁邊堆成一個十呎高的大土丘。

『太壯觀了。』史拉轟說，向前走到蜘蛛頭旁邊。八顆乳白色的眼珠茫然的瞪視天空，兩根彎彎的大鉗角一動也不動的在月光下閃閃發亮。史拉轟彎身俯向鉗角，外表看來好像是在檢視那顆毛茸茸的大頭，但哈利似乎聽到叮叮咚咚的瓶子碰撞聲。

『不是每個人都能懂得牠們有多美，』海格對著史拉轟的背影說，眼淚從他那滿是皺紋的眼角滲出來，『我不曉得你也對阿辣哥這種動物有興趣，赫瑞司。』

『有興趣？我親愛的海格，我是敬佩他們啊。』史拉轟說，轉身離開屍體，哈利看到有個瓶子一閃而過，消失在他的斗篷下，但海格正忙著擦眼淚，什麼也沒注意到，『好了……我們可以進行葬禮了嗎？』

海格點點頭，走向前方。他把大蜘蛛抱起來，重重的悶哼一聲，把牠推進黑暗的土坑。牠落到坑底，發出一聲嘎嘎扎扎的恐怖碎裂聲。海格又哭了起來。

『當然啦，你心裡一定不好過，畢竟你跟他感情最深，』史拉轟輕拍著海格說，他也跟哈利一樣，最高只能碰到海格的手肘，『我來說幾句悼詞好嗎？』

看來他一定是從阿辣哥身上取到了許多品質絕佳的毒液，哈利心想，因為史拉轟臉上露出得意洋洋的滿意笑容。史拉轟走到土坑邊緣，用低沉而感人的嗓音說：『別了，阿辣哥，八腳節肢動物之王，所有認識你的人，都不會忘記你那長久而忠貞的友誼！雖然你的肉體將會腐朽，但你的靈魂卻長存於森林中，與你那結滿蛛網的寧靜家鄉永遠同在。但願你的多眼子孫們代代生生不息，而你的人類朋友們，也能從失去你的傷痛中復元。』

『實在是……實在是……太美了！』海格哭哭啼啼的說，頹然撲倒在泥土堆上，哭得比先前更加傷心。

『好了，別哭了，』史拉轟說，他揮了一下魔杖，巨大的土堆立刻升到空中，然後伴隨著一陣悶悶的撞擊聲，落到死蜘蛛身上，形成一座平滑的土丘。『我們回屋裡去喝一杯吧。哈利，你扶住他另一邊……就是這樣……海格，起來……很好……』

他們把海格扶到餐桌邊的椅子上。剛才在舉行葬禮時，牙牙一直躲在牠的狗窩裡偷懶，現在牠慢吞吞的走到他們中間，像往常一樣把頭擱在哈利的腿上。史拉轟抓起一瓶他帶來的酒，拔掉瓶塞。

『這些我全部都測試過，不會有毒的，』他對哈利保證，幾乎把整瓶酒全都倒入海格那水桶般大的馬克杯裡，然後再把杯子遞給海格，『在你那可憐的朋友「榮波」出事後，我就找了個家庭小精靈，把所有酒全都試過一遍。』

哈利忍不住在心中想像，妙麗要是聽到這種虐待家庭小精靈的惡劣暴行，臉上不知道會出現什麼樣的神情，他決定最好永遠不要把這件事告訴她。

『一杯給哈利……』史拉轟說，把第二瓶酒平均倒入兩個馬克杯，『……一杯給我自己。好了，』他高高舉起杯子，『敬阿辣哥。』

『敬阿辣哥。』哈利和海格齊聲說。

史拉轟和海格各喝了一大口。但福來福喜這時又爲哈利照亮路途，告訴他現在絕對不能喝酒，所以他只假裝喝了一口，就把杯子放回他前方的餐桌上。

『他是我從蛋開始養起的，』海格悶悶不樂的說，『他剛從蛋裡孵出來的時候，可眞是個小不點兒。只不過跟哈巴狗差不多大……』

『眞可愛。』史拉轟說。

『以前我是把他養在學校的櫃子裡，但後來……呃，這個……』

海格的臉色暗了下來，哈利知道這是爲了什麼，湯姆．瑞斗設下陰謀，想害海格被趕出校門，因此誣賴他打開了密室的門。但史拉轟好像根本沒在聽海格說話，他抬頭望著天花板，那兒掛了一些銅罐，另外還有一束如絲緞般的銀白色長毛。

『那該不會是獨角獸毛吧，海格？』

林子裡常被樹枝之類的東西纏住……』

『喔，是啊，』海格漫不經心的說，『從牠們尾巴上拔下來的，你知道，牠們在林子裡常被樹枝之類的東西纏住……』

『但我親愛的老兄，你曉得那值多少錢嗎？』

『要是有生物受傷的話，我就用它來當綳帶，』海格聳聳肩說，『好用得很……非常強韌。』

史拉轟又舉杯喝了一大口酒，他的目光仔細掃過小木屋的每個角落，而哈利知道他是在找尋更多的寶藏，好讓他拿來換取橡木熟成的蜂蜜酒、糖霜鳳梨和天鵝絨短袍。他往海格和他自己杯子裡多添了些酒，殷殷詢問海格，森林裡近來住了些什麼樣的生物，海格怎麼有辦法把牠們全都照顧得那麼好。海格喝了幾杯酒，再加上史拉轟在一旁刻意奉承討好，他的心情變得開朗多了，不再拚命擦眼淚，反倒高高興興、長篇大論的開始解說小樹精的養殖問題。

這時福來福喜又輕推了哈利一把，他注意到史拉轟帶來的酒一下子就全喝光了。哈利目前還沒學會在不唸出咒文的情況下成功施展『續杯咒』，但今晚他要是還以為自己辦不到的話，那就實在是太可笑了。想到這裡，哈利不禁暗自竊笑，趁海格和史拉轟不注意的時候（現在他們正在熱烈談論關於龍蛋非法買賣的故事），偷偷在桌子下用魔杖指著空酒瓶，瓶子立刻就重新裝滿了酒。

大約一個鐘頭後，海格和史拉轟開始胡亂敬酒：敬霍格華茲，敬鄧不利多，敬家庭小精靈釀的酒和敬——

『哈利波特！』海格吼道，一口氣灌下他的第十四桶酒，還灑了些在他的下巴上。

『對啊，是該敬他，』史拉轟喊道，他的口音變得有些濃濁，『敬波狸阿特，那個被選中的男孩，他——呃，怎麼說咧——反正就是那麼回事。』他喃喃的說，同樣也舉杯一飲而盡。

沒過多久，海格又開始眼淚汪汪，硬要把整束獨角獸毛塞進史拉轟懷裡，史拉轟順勢把它收進口袋，嘴裡喊著：『敬友情！敬慷慨！敬一根值十加隆的獸毛！』

過了一會兒，海格和史拉轟就肩並肩的坐在一塊兒，用手環抱住對方，開始唱起一首緩慢而哀傷的歌，內容是關於一名叫做歐多的垂死巫師。

『唉，好人偏偏都不長命，』海格喃喃的說，趴到餐桌上，斜睨著醉眼，史拉轟仍在一旁顫聲高唱副歌，『哈利啊，我老爸很早就死了……你爸媽也是一樣……』

海格那對皺紋遍佈的雙眼，又再次滲出斗大的淚珠，他抓住哈利的手臂用力搖晃。

『……我見過最優秀的巫師和女巫啊，年紀輕輕就……太可怕了……眞是太可怕了……』

史拉轟哀傷的吟唱：

英雄歐多，他們帶他返回家鄉，
返回他從小生長的地方，
他們讓他在此長眠，伴隨著他那反過來的巫帽，
和斷成兩截的魔杖，這景象何等淒涼。

『……太可怕了。』海格咕嚕一聲，蓬亂的大頭往旁一歪，靠到他的臂彎上沉沉睡去，發出響亮的鼾聲。

『不好意思，』史拉轟打了個酒嗝，『我可不是靠嗓子吃飯的。』

『海格不是在說你的歌聲，』哈利平靜的說，『他是在說我爸媽臨死前的情形。』

『喔，』史拉轟努力忍住一個酒嗝，『喔，天哪。是的，那眞的是——眞的是非常可怕。可怕……太可怕了……』

他好像一時間不知道該說什麼，只好再往杯子裡添了些酒。

『我想——我想你應該不記得吧，哈利？』他笨拙的問道。

『不記得了——他們死的時候我只有一歲，』哈利說，凝視著那朵在海格粗重氣息下搖曳不定的燭火，『但後來我發現了不少事情。是我爸爸先死。你知道嗎？』

『我——我不知道。』史拉轟低聲說。

『沒錯……佛地魔先殺了他，然後跨過他的屍體去找我媽。』哈利說。

史拉轟打了一個大寒顫，但他驚駭的目光卻無法從哈利的臉上移開。

『他叫她讓開，』哈利冷酷的說，『他告訴我說她其實不必死的。他只想殺我。她原本可以逃走的。』

『喔，天啊，』史拉轟輕聲說，『她原本可以……她原本可以活命……那實在太恐怖了……』

『很恐怖是吧？』哈利用一種輕如耳語的聲音說，『但她沒有讓開。我爸已經死了，她不想讓我也跟著死去。她設法懇求佛地魔……但他只是放聲大笑……』

『夠了！』史拉轟突然說，舉起一隻顫抖的手，要他別再說下去，『說眞的，我親愛的孩子，夠了……我年紀大了……我不需要聽……我不想聽……』

『喔，我忘了，』哈利撒謊道，在福來福喜的引領下節節進逼，『你很喜歡她對不對？』

『喜歡她？』史拉轟說，眼中再次盈滿了淚水，『她是個人見人愛的好女孩兒……非常勇敢……非常風趣……那眞是天底下最恐怖的……』

『但你卻不肯幫助她的兒子，』哈利說，『她爲了我犧牲性命，而你卻連一段記憶也不肯交給我。』

海格的鼾聲轟隆隆的在屋中迴盪。哈利堅定的注視著史拉轟淚汪汪的雙眼，這位魔藥學老師似乎無法移開視線。

『別這麼說，』他悄聲說，『不是這個問題……要是真能幫助你的話，我當然可以……但這一點兒用也沒有……』

『當然有用，』哈利清晰的說，『鄧不利多需要情報，我需要情報。』

他知道自己很安全，福來福喜告訴他，史拉轟明天早上就會把這一切全都忘光。哈利盯著史拉轟的眼睛，身子微微俯向前方。

『我是「被選中的人」，我必須殺了他，我需要那段記憶。』

史拉轟變得比先前更加蒼白，額上閃爍著晶瑩的汗珠。

『你是被選中的人？』

『當然是。』哈利平靜的說。

『可是……我親愛的孩子……你實在要求太多了……事實上，你這等於要我幫助你消滅——』

『難道你不想除掉殺死莉莉·伊凡的巫師嗎？』

『哈利，哈利，我當然想啊，可是——』

『你怕他發現你幫助我嗎？』

史拉轟悶不吭聲，他看起來非常害怕。

『請你像我的母親一樣勇敢，教授……』

史拉轟舉起一隻肥嘟嘟的手，用顫抖的手指按住嘴巴，在那一瞬間，他看起來活像是個超級大巨嬰。

『我覺得很不光采……』他透過指縫悄聲說，『我覺得非常可恥——我是說這段記憶的內容……我想我那天可能造成了非常嚴重的傷害……』

『你只要把記憶交給我，你以前的過錯就會全部一筆勾消，』哈利說，『因爲這是一項非常勇敢高貴的舉動。』

海格在睡夢中抽動了一下，但接著就繼續呼呼大睡。史拉轟和哈利兩人的目光，越過淌著燭淚的蠟燭互相對望。他們沉默了許久、許久，但福來福喜要哈利別開口，只要靜靜等待就行了。

然後，非常緩慢的，史拉轟把手伸進口袋，掏出他的魔杖。他把另一手探入斗篷，取出一個小空瓶。史拉轟定定的望著哈利的雙眼，用魔杖尖端頂住自己的太陽穴，再往後抽，一根長長的銀白色記憶線，就這樣黏在魔杖尖端上被抽了出來。記憶線越拉越長，最後終於斷裂，銀亮亮的懸掛在魔杖上。史拉轟把它裝進瓶中，銀線先是盤繞在一起，然後舒展開來，像煙霧似的打著漩渦。他用顫抖的手塞上瓶蓋，然後把瓶子遞給餐桌對面的哈利。

『非常感謝你，教授。』

『哈利，你是個好孩子，』史拉轟教授說，淚水沿著他圓滾滾的面頰滑下來，落入他的海象鬍鬚，『你的眼睛跟她一模一樣……等你看過這段記憶以後，千萬不要瞧不起我……』

他把頭埋入臂彎，發出一聲深深的嘆息，然後沉沉睡去。

23. 分靈體

哈利躡手躡腳的溜回城堡，一路上他可以感覺到福來福喜的效力在逐漸消退。大門仍然沒上鎖，但他在爬到四樓時卻遇到了皮皮鬼，幸虧他趕緊閃入一條祕密捷徑，才沒被發現。等他走到胖女士畫像前，拉掉隱形斗篷後，卻發現她心情惡劣故意刁難，不過他心裡並不感到訝異。

『你自己說，現在是幾點啦？』

『我眞的很抱歉——我得出去辦件非常重要的——』

『很好，通關密碼在半夜改變了，所以你只好睡在走廊上囉，知道吧？』

『妳開什麼玩笑！』哈利說，『通關密碼幹嘛在半夜突然改變啊？』

『這也沒辦法，』胖女士說，『你要是生氣的話，可以去找校長理論啊，是他說要加強安全措施的。』

『算妳狠，』哈利怨恨的說，轉頭望向堅硬的地板，『算妳厲害。好啊，要是鄧不利多在的話，我就要去找他理論，因爲就是他要我去——』

『他在啊，』哈利背後響起一個嗓音，『鄧不利多校長在一個鐘頭前已經回到學校了。』

差點沒頭的尼克朝哈利飄過來，而他的頭就像往常一樣，在白色縐領上顫巍巍的晃動。

『我是聽血腥男爵說的，他看到鄧不利多回來，』尼克說，『血腥男爵還說他看起來心情不錯，就是有點兒累，這也難怪。』

『他在哪裡？』哈利問道，他的心怦怦狂跳。

『喔，他在天文塔哼哼唧唧的呻吟著，還把鐵鍊晃得噹噹響，這是他最喜愛的消遣活動——』

『我不是問血腥男爵，是鄧不利多！』

『喔——在他的辦公室裡吧，』尼克說，『依照男爵的說法，我想他在就寢前還得處理一些事情——』

『沒錯，應該是。』哈利說，一想到可以把他取得記憶的事告訴鄧不利多，他就興奮得胸中熱血沸騰。他掉過頭來，又開始全力往前衝刺，毫不理會在他背後大聲呼喚的胖女士。

『回來！好吧，我是騙你的啦！我氣你把我給吵醒！通關密語還是「條蟲」啦！』

但哈利已沿著走廊往前飛奔，才不過短短幾分鐘，他已經跑到鄧不利多的石像鬼面前，說了聲：『太妃糖泡芙。』石像鬼立刻跳到一旁，讓哈利踏上一道螺旋梯。

『請進。』哈利敲門時鄧不利多說。他的聲音聽起來非常疲累。

哈利推開門。鄧不利多的辦公室出現在眼前，看起來就跟平常完全一樣，但窗外卻是一片繁星閃爍的漆黑夜空。

『哎呀，哈利，』鄧不利多驚訝的說，『你這麼晚大駕光臨，請問有什麼事嗎？』

『校長——我拿到了。我拿到史拉轟的記憶了。』

哈利掏出小瓶子，拿給鄧不利多看。有那麼一、兩秒鐘，這位校長似乎呆愣住了。然後他臉上綻出開心的笑容。

『哈利，這眞是個天大的好消息！你做得非常好！我就知道你一定辦得到！』

現在他顯然已完全忘了時間有多晚，他連忙繞過書桌，用他那隻沒受傷的手接過裝著史拉轟記憶的瓶子，再大步走向他放置儲思盆的櫥櫃。

『好，』鄧不利多說，把石盆放在書桌上，再將瓶子裡的東西全都倒進去，『現在，我們終於可以看到了。哈利，快點……』

哈利聽話的彎身俯向儲思盆，感到他的雙腳離開了辦公室地面……他再次墜入黑暗，落到赫瑞司．史拉轟多年前的辦公室裡。

眼前的赫瑞司．史拉轟有著濃密閃亮的稻草色頭髮和薑黃金色的鬍鬚，顯然比現在年輕許多，他坐在辦公室裡一張舒適的扶手椅中，兩腳擱在一個天鵝絨軟墊上，一手握著一小杯酒，另一手忙著在一盒糖霜鳳梨中翻揀。六名少年圍坐在史拉轟身邊，而湯姆．瑞斗也在其中，魔佛羅的黑寶石金戒指在他手指上閃閃發亮。

鄧不利多落到哈利身邊，這時湯姆．瑞斗正好開口問道：『教授，美思教授眞的要退休了嗎？』

『湯姆啊、湯姆啊，就算我知道也不能告訴你呀，』史拉轟說，朝瑞斗搖了搖沾滿糖霜的手指，卻又眨眨眼，以減輕責罵的味道。『我倒想問問你的消息是打哪兒來的，孩子。比半數的教職員還要消息靈通啊。』

瑞斗微笑，其他男生也跟著笑，朝他拋去羨慕的眼神。

『知道不該知道的事，還懂得討重要人士的歡心，你就是有這種神奇的能力——對了，謝謝你送的糖霜鳳梨，你猜對了，這是我最愛吃的——』

有幾個男孩又在吃吃竊笑。

『——我相信你絕對可以在二十年之內當上魔法部長。要是你繼續送我糖霜鳳梨的話，那只要十五年就成了，我跟魔法部的關係可好得很呢。』

其他男孩又放聲大笑，但湯姆．瑞斗只是微微一笑。哈利注意到，他在這群男孩中年紀絕不是最大的，但他們好像全都把他看做是他們的領袖。

『我好像不太適合從政，教授，』他等笑聲停止後表示，『首先，我並沒有雄厚的家世背景。』

他身邊有兩個男孩竊笑著互望了一眼。哈利知道這是只有他們自己才懂的私密笑話，他們想必已經知道或是猜到，他們的領袖有一位名聞遐邇的祖先。

『胡說，』史拉轟輕快的說，『像你這樣才華洋溢的學生，想必是出身於體面的巫師世家。不，你一定會成功的，湯姆，我可從來沒看錯過任何一個學生。』

史拉轟書桌上的小金鐘，在他背後嗚響了十一下鐘聲，他回過頭來。

『哎唷，這麼晚了嗎？大家都該走了，否則就會惹上麻煩了。雷斯壯，明天我要收到你的報告，否則罰你勞動服務。你也一樣，艾福瑞。』

男孩一個接一個的走出房間。史拉轟撐起身子，從扶手椅上站起來，把空酒杯擱在書桌上。他聽到背後出現了一些動靜，於是他轉過身來，瑞斗仍站在那兒沒走。

『小心點，湯姆，你可不能被捉到在就寢時間下床遊蕩，你是個級長……』

『教授，我有事要問你。』

『只管問，孩子，只管問……』

『教授，不知道你對……對「分靈體」知道多少？』

史拉轟凝視著他，肥短的手指漫不經心的撫摸他的玻璃杯腳。

『你要寫黑魔法防禦術的研究報告是吧？』

但哈利可以看出，史拉轟心裡明白這絕對跟學校作業無關。

『不算是，教授，』瑞斗說，『我讀書的時候無意中看到這個名詞，我不太懂那到底是什麼東西。』

『不……嗯，這個嘛……不管你多努力尋找，都不可能在霍格華茲的藏書裡找到分靈體的詳細資料，湯姆。那是非常邪惡的黑魔法，非常非常邪惡。』史拉轟說。

『但你全都瞭若指掌對不對，教授？我是說，像你這樣的巫師——抱歉，我是說，你當然知道啦，只是不能告訴我而已——我只曉得，世上要是真有人能替我解開疑問，那就只有你才辦得到，所以我想問問看——』

眞是太厲害了，哈利心想，那種猶豫不決的神情，輕鬆隨意的語氣，和那小心翼翼的奉承，全都做得不慍不火，恰到好處。要從口風極緊的人嘴裡套出情報並不容易，哈利現在在這方面可說是經驗豐富，因此他可以立刻看出，眼前這位絕對是個大行家。哈利可以感覺到，瑞斗心裡非常希望能獲得這項情報，也許他已經爲了這一刻籌劃了好幾個星期了。

『好吧，』史拉轟說，他並沒有看著瑞斗，只是低頭撥弄著糖霜鳳梨盒上的緞帶，『好吧，對你概略解說一下應該無妨。只是讓你了解這個名詞的意義罷了。分靈體這個字眼，是指一個人存放他部分靈魂的物品。』

『但我還是不太明白它的功用，教授。』瑞斗說。

他小心控制自己的嗓音，但哈利可以感覺到他非常興奮。

『這麼說好了，就是把靈魂分裂，』史拉轟說，『再把一部分靈魂藏在某個你身體之外的物品中。如此一來，就算你的身體受傷或是毀損，你也不會死亡，因爲你有一部分的靈魂，仍然安安穩穩的留在這世上。不過，用這種形式活著……』

史拉轟的臉皺了起來，哈利回想起他在兩年前聽到的話語。

『我被迫脫離我的身體，我變得比靈魂還不如，比最卑下的幽靈還不如……但是我仍然活著。』

『……很少人願意這樣活著，湯姆，非常少。死亡還比較好些。』

但此刻瑞斗臉上滿是期盼，他露出貪婪的神情，再也無法隱藏內心的渴望。

『要怎樣才能讓靈魂分裂？』

『這個嘛，』史拉轟不太自在的說，『你必須了解，靈魂本應保持完整無缺。把靈魂分裂是一種褻瀆的舉動，這違反自然。』

『但到底要怎麼做？』

『用一種邪惡的行爲——最令人髮指的惡行——謀殺，殺戮會撕裂靈魂。想要製造分靈體的巫師，就可以利用這次傷害來達到目的，他可以將分裂的部分裝進——』

『裝進？但怎樣才能——』

『有一個咒語，不要再問我了，我不知道！』史拉轟說，他連連搖頭，活像是一頭忙著趕蒼蠅的老大象，『難道我看起來像是曾經——我看起來像是個殺人犯嗎？』

『不，教授，當然不是，』瑞斗連忙說，『眞對不起……我無意惹你生氣……』

『不要緊，不要緊，你沒惹我生氣。』史拉轟粗聲說，『你自然會對這些事情感到好奇……能力強的巫師總是會受到那類魔法的吸引……』

『是的，教授，』瑞斗說，『但我想不通的是——這純粹是出於好奇——我是說，難道一個分靈體就夠用了嗎？靈魂就只能分裂一次嗎？要是把靈魂分成更多的碎片，不是可以讓你力量變得更強嗎？我的意思是，比方說，七是力量最強的魔法數字，爲什麼不乾脆製造七個？——』

『梅林的鬍子啊，湯姆！』史拉轟急得尖叫，『七個！殺死一個人難道還不夠可怕嗎？不管怎樣……把靈魂分開就已經夠糟糕了……還把它分成七片……』

史拉轟現在看起來非常不安，他凝視著瑞斗，彷彿他直到現在才看清這個人似的，哈利看得出來，他非常後悔跟瑞斗討論這個話題。

『當然，』他喃喃的說，『你說的這些全都是假設性的問題對吧？只不過是學術性的討論……』

『是的，教授，當然。』瑞斗立刻說。

『但還是一樣，湯姆……口風緊一點兒，千萬別把我告訴你的——也就是說，我們剛才討論的事情——洩漏出去。他們要是知道我們談到分靈體的事情，一定會很不高興的。這在霍格華茲是個禁忌的話題，你懂了吧……鄧不利多在這方面特別嚴格……』

『我一個字都不會說的，教授。』瑞斗說完就離開了，但哈利瞥見了他臨去時的神情，他的臉上充滿狂喜，就跟當初他剛發現自己是一名巫師時的表情完全相同，然而這種喜悅非但沒讓他那英俊的面容變得更富魅力，反而使他看起來不太像是人類……

『謝謝你，哈利，』鄧不利多平靜的說，『我們走吧……』

哈利落到辦公室的地板上時，鄧不利多已在書桌後方安坐下來。哈利也同樣坐了下來，靜靜等鄧不利多開口說話。

『我很久以前就希望能取得這個證據，』鄧不利多終於開口說，『它證實了我長久以來的理論，它告訴我，我的想法是正確的，但也讓我知道，我還有很長的路要走……』

哈利突然注意到，懸掛在四周牆面上的年老男女校長畫像，現在全都醒過來聽他們說話。一個紅鼻子的胖巫師，甚至還取出了一個老式助聽器。

『聽我說，哈利，』鄧不利多說，『我相信你該了解，剛才那些情報所代表的意義。湯姆·瑞斗在跟你現在一樣的年紀，頂多跟你前後相差幾個月，就已經開始全力搜尋可以讓他長生不死的方法。』

『你認爲他成功了嗎，教授？』哈利問道，『他製造了一個分靈體？所以他在攻擊我之後才沒有死？他在某個地方藏了一個分靈體？好保護一小片靈魂不受到傷害？』

『一小片……也許很多片，』鄧不利多說，『你聽到了佛地魔自己說的話，他最想從赫瑞司口中套出的情報就是，一名巫師若是製造出一個以上的分靈體，會遇到什麼樣的狀況；一名巫師若是下定決心要逃過死亡，不惜犯下多次殺戮罪行，讓他的靈魂不斷分裂，好把它們分別存放在許多分靈體裡面，各放置在不同地方，那他會發生什麼樣的事情。沒有任何書籍能提供他這方面的資料。據我所知——我確定佛地魔也知道——過去巫師最多也只能做到把靈魂分成兩半而已。』

鄧不利多先停頓了一會兒，整理好思緒才再開口說：『四年前，我收到了一個東西，而我認爲那就是佛地魔分裂靈魂的證據。』

『在哪兒？』哈利問，『是什麼？』

『是你交給我的，哈利，』鄧不利多說，『那本日記。瑞斗的日記，那本指示該如何重新打開密室的日記簿。』

『我不懂，校長。』哈利說。

『這麼說吧，雖然我並未親眼目睹那個從日記裡冒出來的瑞斗，但根據你的描述，我認爲那是一種我前所未聞的奇特現象。區區一段記憶，居然可以獨立行動獨立思考？區區一段記憶，居然就可以控制住那個女孩，並榨取她的生命力？不，有某個更邪惡的東西住在那本日記裡……我幾乎可以確定，那是一個靈魂碎片。那本日記是一個分靈體。但這也引發了許多問題。最令我感到好奇並驚訝的是，那本日記不僅是一種保護措施，它同時也是一種攻擊性武器。』

『我還是不懂。』哈利說。

『它發揮了分靈體應有的作用——換句話說，它保護藏在裡面的靈魂碎片不受傷害，並幫助它的主人逃過一死。但瑞斗很明顯是想要讓這本日記被人閱讀，讓他的靈魂碎片能附在某個人身上，或甚至是控制住這個人，這樣他才能把史萊哲林的怪獸重新放出來。』

『是呀，他不希望自己多年的心血泡湯，』哈利說，『他想要讓大家知道他是史萊哲林的傳人，因爲他那時候沒辦法讓人相信他。』

『可以這麼說，』鄧不利多點頭說，『但難道你沒注意到，他要是打算把這本日記傳給，或者該說是偷偷塞給某個未來的霍格華茲學生，那他未免也太不重視他藏在裡面的寶貴靈魂碎片了。就像史拉轟教授剛才所說的，分靈體的目的是隱藏部分自我並維護它的安全，而不是要冒著被摧毀的風險，隨隨便便把它扔到某個人面前——結果它眞的被摧毀了：那個靈魂碎片已不復存在，是你親自下的手。

『佛地魔對這個分靈體的輕忽態度，讓我感到格外不祥。這個情形代表他必然已經製造——或是計畫要製造——更多的分靈體，所以損失第一個分靈體，也不至於對他造成太大的傷害。儘管我不願意相信，但看來這是唯一合理的解釋。

『接著在兩年後，你告訴我，在佛地魔重新獲得身體的那個夜晚，他對他的食死人發表了一場非常具有啓發性的驚人宣言：「在通往永生不朽的道路上，我向來就走得比其他任何人更長更遠。」這就是你對我轉述的話語。「比其他任何人更長更遠」，那些食死人並不明白他的意思，但我很清楚他是在說什麼。他指的是他的分靈體，而且不只一個，哈利，我相信從來沒有任何巫師曾擁有一個以上的分靈體。但所有情況全都吻合了，在過去這些年來，佛地魔王似乎變得越來越不像人類，而在我看來，他的轉變就只有一個理由才說得通，那就是他的靈魂已殘缺不全，所以他才會變得那般殘酷邪惡、泯滅人性……』

『所以他謀殺這麼多人，是爲了要確保他自己不被殺害？』哈利說，『但他要是眞想永生不朽，爲什麼不去製造一個魔法石，或乾脆去偷一個呢？』

『嗯，我們知道，他在五年前是想要這麼做，』鄧不利多說，『但由於幾種原因，我認爲魔法石對佛地魔王來說，遠不如分靈體那麼有吸引力。

『雖然長生不死藥的確可以延長壽命，但長遠看來，飲用的人若是想要讓自己永生不朽，就必須持續定期服用。這樣的話，佛地魔就必須完全依賴長生不死藥，若是藥水喝完或受到污染，甚至是魔法石失竊的話，他就會像其他人一樣死去。你別忘了，佛地魔向來喜歡獨立掌控一切。我相信，他絕對不肯讓自己完全仰賴其他任何事物，即使只是服用靈藥，也會讓他感到難以忍受。當然，他在攻擊你之後苟延殘喘的活著，那時只要能讓他脫離那恐怖的處境，他絕對樂於服用靈藥，但也只是爲了重新獲得一個軀體罷了。我相信，在那之後，他就打算繼續仰賴他的分靈體，只要他能重新恢復人類形體，他就不需要再用到其他任何事物。他已經永生不朽了，你懂了吧……或至少是比任何人都接近不朽。

『但現在注意聽我說，哈利，靠著這份情報，靠著這段你替我們取得的重要記憶，我們此刻已達到過去無人能及的成就，成功探查到除去佛地魔王的關鍵性祕密。哈利，你剛才聽到他說：「要是把靈魂分成更多的碎片，不是可以讓你力量變得更強嗎？……七是力量最強的魔法數字……」七是最強的魔法數字。是的，我相信把靈魂分成七部分的想法，對佛地魔王有著莫大的吸引力。』

『他做了七個分靈體？』哈利驚駭的問道，牆上的幾幅畫像也同樣發出又驚又怒的聲音，『但是它們可能會被放在世上任何地方——藏起來——埋在土裡，或是根本看不見——』

『我很高興你明白這問題的嚴重性，』鄧不利多平靜的說，『但首先我要告訴你，哈利，不是七個分靈體，而是六個。他靈魂的第七個部分，雖然已殘破不全，但目前是居住在他重生的軀體內。在他漫長的流亡期間，他就是靠這部分靈魂，以怪誕的方式活了下來，若是沒有這部分靈魂，他就不復存在了。第七個靈魂碎片，將會是所有想要殺死佛地魔王的人，最後必須去攻擊的目標——也就是那個活在他軀體內的碎片。』

『但其他六個分靈體，』哈利說，他的語氣有些自暴自棄。『我們怎麼可能找得到？』

『你忘了……你已經毀掉了一個分靈體，而我也毀掉了一個。』

『眞的嗎？』哈利急切的問道。

『當然是眞的，』鄧不利多說，舉起他那隻又黑又枯，像是被燒焦似的手掌，『戒指，哈利。魔佛羅的戒指，上面附著一個非常可怕的詛咒。要不是——原諒我不夠謙虛——靠我一身驚人的本領，再加上在我身負重傷返回霍格華茲時，石內卜教授的及時援助，我現在恐怕就沒辦法坐在這兒跟你說故事了。但話說回來，用一隻枯手換取佛地魔七分之一的靈魂，這筆交易其實還挺划算的，現在這枚戒指已經不再是分靈體了。』

『但你是怎麼找到它的？』

『你現在已經知道，多年來我一直努力調查佛地魔過去的生活。我四處奔波，到那些他曾經待過的地方去打探消息。我無意間在剛特家的廢墟中找到了這枚戒指。佛地魔在成功的把他一部分靈魂封進戒指之後，他似乎就不想再戴它了。他把它藏在他祖先住過的小木屋（那時魔份自然已被送進了阿茲卡班），另外還施了許多強大的魔法來保護它，但他從來沒想到，我有朝一日竟然會不辭勞苦的造訪這座廢墟，而且還特別留意那裡是否有隱匿的魔法跡象。

『但我們也不該太過沾沾自喜。你毀了日記，而我毀了戒指，但要是我們推測得沒錯，他確實是把靈魂分爲七個部分，那就還有另外四個分靈體。』

『而它們可能是任何東西對不對？』哈利說，『它們可能是舊鐵罐，或是，我不曉得，空魔藥瓶？……』

『哈利，你想到的是港口鑰，因爲它們是很平凡的物品，很容易被人忽視。但佛地魔王會用鐵罐或是舊魔藥瓶來守護他珍貴的靈魂嗎？你忘了我給你看過的記憶。佛地魔王喜歡蒐集戰利品，他偏愛具有重要魔法歷史價值的物品。他很驕傲，相信自己高人一等，他決心要在魔法史上立下顯赫的威名，由於這些特質，我認爲佛地魔在挑選分靈體時會相當用心，特別偏愛那些能配得上這份榮耀的珍貴物品。』

『那本日記可沒什麼特別的。』

『那本日記，就像你剛才所說的，可以證明他就是史萊哲林的傳人，我確定在佛地魔眼中，它極爲重要。』

『那其他分靈體呢？』哈利說，『你知道它們在哪兒嗎，校長？』

『我只能猜測，』鄧不利多說，『基於我剛才說過的原因，我相信佛地魔王會想要使用一些本身就夠出色耀眼的奇珍異玩。因此我仔細檢視佛地魔的過去，看是否有這類物品在他身邊突然消失不見。』

『那個小金匣！』哈利大聲說，『還有赫夫帕夫的杯子！』

『是的，』鄧不利多微笑著回答說，『我可以拿我的——我看還是別賭一整隻手好了——但至少拿我的兩、三根手指打賭，它們現在已經變成了第三和第四個分靈體。據我推測，他總共製造了六個分靈體，而剩下另外兩個，顯然就比較難以確定。但我可以大膽斷定，他在獲得赫夫帕夫和史萊哲林的物品後，就會開始著手尋找葛來分多或是雷文克勞的遺物。我相信佛地魔必然十分渴望能擁有四名創辦人的四件遺物。我不知道他是否已成功取得雷文克勞的任何物品。但我非常確定，葛來分多留下來的唯一遺物依舊安然無恙。』

鄧不利多用焦黑的手指著後方的牆壁，那裡有一把鑲著紅寶石的劍，安安穩穩的放置在玻璃盒中。

『校長，這會不會就是他想回到霍格華茲的原因？』哈利說，『設法找到其他創辦人的遺物？』

『我也是這麼想，』鄧不利多說，『但不幸的是，這並不能給我們更多的線索，因爲他沒有任何機會搜索學校就離開了，至少我是這麼認爲。因此我只好推斷，他想要蒐集到四位創辦人遺物的野心並沒有實現。他確實拿到了兩樣遺物——他或許也找到了第三樣——但我們目前知道的就只有這些。』

『就算他拿到了雷文克勞或是葛來分多的某個東西，那還剩下第六個分靈體，』哈利數著手指說，『難道他兩樣都到手了？』

『我認爲沒有，』鄧不利多說，『我想我知道第六個分靈體是什麼東西。要是我告訴你，我一直覺得那隻叫做娜吉妮的蛇行爲怪異，你會怎麼想？』

『那隻蛇？』哈利震驚的說，『可以用動物來當分靈體？』

『嗯，這麼做其實相當不智，』鄧不利多校長說，『把部分靈魂交付給某個可以獨立思考與行動的東西，是一種非常冒險的行爲。不過，要是我的推測沒錯的話，在佛地魔踏入你父母家中，打算殺了你的時候，他預定製造的六個分靈體，至少還差一個尚未完成。

『他似乎是打算用某些具有特殊意義的死亡，來做爲他製造分靈體的必經程序。而你自然就是他的目標。他相信只要殺了你，他就可以摧毀預言所宣示的威脅。他相信他可以讓自己變得所向無敵。我很確定，他是打算用你的死亡，來製造他最後一個分靈體。

『而我們知道，他失敗了。但在多年之後，他利用娜吉妮殺了一名麻瓜老男人，而他很可能就是在那時想到，要把她變成他最後一個分靈體。她突顯出他和史萊哲林的關係，從而加深佛地魔王的神祕色彩。我想他在這世上也許最喜愛的就是她了，他總是喜歡把她帶在身邊，而且他似乎可以完全掌控她的行動，即使是對一名爬說嘴而言，這也是非常罕見的現象。』

『所以說，』哈利說，『日記毀了，戒指毀了，杯子、小金匣與蛇依然完好無缺，而你認爲有一個分靈體可能是雷文克勞或是葛來分多的遺物？』

『非常簡潔又精確的總結，沒錯，就是這樣。』鄧不利多頷首。

『那麼……校長，你還在繼續尋找它們嗎？你離開學校就是去找它們對吧？』

『完全正確，』鄧不利多說，『我已經找很久了。我想……也許……我也許就快要找到另一個分靈體。我發現一些樂觀的跡象。』

『你要去的時候，』哈利立刻說，『我可不可以跟你一起去，幫助你除掉它？』

鄧不利多非常專注的盯著哈利，過了一會兒才說：『是的，我想可以。』

『我可以去？』哈利說，這下他是眞的大吃一驚。

『喔，是的，』鄧不利多微微一笑，『我想你已爭取到這份權利。』

哈利感到心情爲之一振。這次他總算不用聽到什麼要小心，好好保護自己之類的話，而這感覺實在是太棒了。四周牆面上的男女校長似乎不太欣賞鄧不利多的決定，哈利看到有幾位校長在搖頭，而非尼呀．耐吉甚至還哼了一聲。

『校長，在分靈體被摧毀的時候，佛地魔會知道嗎？他可以感覺得到嗎？』哈利問道，根本不理會那些畫像。

『這是一個非常有趣的問題，哈利。我相信他並不知道。我認爲佛地魔現在已太過邪惡，而他那些重要的部分也已經跟他分開太久，他沒辦法像我們一樣感覺。也許，在他死亡的那一刹那，他可能會意識到自己的損失……但舉例來說，他在強迫魯休思·馬份吐露實情之前，他就完全沒察覺到日記已經被摧毀了。當佛地魔發現日記變得殘破不全，並失去所有魔力時，我聽說他的怒火恐怖得令人膽寒。』

『但不是他自己要魯休思·馬份把日記偷帶進霍格華茲的嗎？』

『沒錯，那是多年以前的事了，當時他確信自己還可以再創造出更多的分靈體。不過，魯休思·馬份應該要等佛地魔下令才能展開行動，他卻一直沒有接到這項命令，因爲佛地魔在把日記交給他不久之後就失蹤了。他顯然是認爲，魯休思除了小心守護這個分靈體之外，絕對不敢輕舉妄動，但他高估了魯休思對他的恐懼。多年來毫無音訊，魯休思相信他的主人早就死了。當然，魯休思並不知道這本日記的眞正功能。據我所知，佛地魔告訴他，這本日記可以讓「密室」重新開啓，因爲上面施了很巧妙的魔法。魯休思要是知道，他保管的是他主人的一部分靈魂，他必然會對它多一份敬意——但他卻爲了達到自己的目的，而將這項舊計畫付諸行動：他把日記偷偷塞給亞瑟·衛斯理的女兒，希望能一舉完成一石三鳥的理想計畫，既可以使亞瑟顏面掃地，把我趕出霍格華茲，另外還能擺脫掉這個明顯的罪證。啊，可憐的魯休思……他爲了一己的私利而任意丟棄分靈體，再加上在魔法部的行動慘敗收場，佛地魔必然是憤怒至極，而魯休思此刻若是暗暗慶幸自己能安全待在阿茲卡班，我也不會感到訝異。』

哈利默默思索了一會兒，然後問道：『要是摧毀他所有的分靈體，就可以殺死佛地魔了嗎？』

『沒錯，我想應該是這樣，』鄧不利多說，『失去了分靈體，佛地魔就只是個難逃一死的凡人，靈魂殘缺而衰弱。但千萬別忘了，他的靈魂或許已受到難以復元的損害，但他的頭腦和他的法力仍然完好無缺。就算他沒有分靈體，你也必須擁有非凡的本領和力量，才能殺死像佛地魔這麼厲害的巫師。』

『但我並沒有什麼非凡的本領和力量。』哈利不假思索的衝口而出。

『你有，』鄧不利多堅定的說，『你擁有一種佛地魔從不曾擁有的力量。你有能力去——』

『我知道！』哈利不耐煩的說，『我有能力去愛！』他努力忍住沒再補上一句：『那有什麼了不起』！

『是的，哈利，你有能力去愛，』鄧不利多說，看來他似乎很清楚哈利心裡在想什麼，『你過去所經歷過的一切足以證明，這是一種非常偉大且不同凡響的能力。你現在還太年輕，無法理解你自己是多麼不平凡，哈利。』

『所以說，預言說我擁有「黑魔王所未知之力量」，就只不過是愛嗎？』哈利有些失望的問道。

『是的，就只是愛，』鄧不利多說，『但是哈利，你千萬別忘了，預言的內容之所以會成眞，完全是由佛地魔自己一手造成的。我在去年底曾跟你解釋過這件事。佛地魔選擇你做爲最有可能威脅到他的人——而正因爲他選擇了你，他才使你變成最可能會威脅到他的人。』

『但結果還不是一樣——』

『不，不一樣！』鄧不利多說，現在他語氣顯得有些不耐煩，並用他那焦黑的手指著哈利，『你太在意那個預言了！』

『可是，』哈利焦急的說，『你說過預言代表——』

『要是佛地魔從來沒有聽到這個預言，你想這預言會成眞嗎？它會具有任何意義嗎？當然不會。難道你以爲預言廳裡所有的預言全都成眞了嗎？』

『可是，』哈利困惑的說，『可是在去年，你說過我們兩者無法同存於世——』

『哈利啊，哈利，這只是因爲佛地魔犯了一個嚴重的錯誤，他完全按照崔老妮教授的話去做！要是佛地魔沒有殺害你的父親，他會讓你心中燃起一股強烈的復仇欲望嗎？當然不會！要是他沒有逼迫你的母親爲你犧牲性命，他會給予你一種他無法侵入的魔法保護屏障嗎？當然不會，哈利！你還不明白嗎？佛地魔自己一手創造出他最可怕的敵人，就跟世上所有的暴君一樣！你知道暴君有多畏懼那些受他壓迫的人民嗎？他們全都心知肚明，有朝一日，在他們眾多的受害者之中，必然會有某個人挺身而出展開反擊！佛地魔也是一樣！他總是在四處留意，是否有人會對他產生威脅。他聽到了預言，立刻展開行動，結果卻是，他不僅親自挑選出最可能毀掉他的人，另外他還賦予這個人獨一無二的致命武器！』

『可是——』

『你必須了解，這點非常重要！』鄧不利多說，他站起來，開始在房中大步徘徊，耀眼的長袍在背後沙沙作響，哈利從來沒看到他這麼激動過，『佛地魔企圖殺害你的行為，就等於他親自挑選出現在坐在我對面這位不同凡響的對手，並賦予你完成使命的工具。完全是因為佛地魔自己犯下錯誤，才讓你可以看清他的想法、他的野心，甚至了解他下達命令時所用的爬說語。但話說回來，哈利，儘管你擁有透視佛地魔內心世界的特殊能力（順帶一提，這可是所有食死人夢寐以求的才能），你卻從來不曾受到黑魔法誘惑，也從來不曾有一絲想要成為佛地魔追隨者的慾望！』

『我當然不會！』哈利憤慨的說，『他殺了我爸媽！』

『簡單說，就是你愛的能力使你受到保護！』鄧不利多大聲說，『只有靠這珍貴的保護屏障，才能有效抵擋住佛地魔這類強大力量的誘惑！儘管你經歷過那麼多的誘惑，那麼多的苦難，你的心靈依然能保持純潔，就像你十一歲時那般純潔無瑕。那時當你望著那面反映出你內心欲望的鏡子時，你看到的只是阻撓佛地魔王的方法，而不是永生不朽或金銀財富。哈利，你難道不曉得，很少巫師能在那面鏡中看到你所見過的景象？佛地魔那時就該知道他面對的是什麼樣的對手，但他卻一無所知！

『但他現在已經知道了。你可以毫髮無傷的飛掠過佛地魔王的心靈，但他若是附在你身上，就會遭受到死亡般的痛苦折磨，他已在魔法部中發現到這一點。我想他並不了解原因何在，哈利，他太急著去分裂他自己的靈魂，他並沒有機會停下來細細體會，一個未受到玷污的完整靈魂，具有何等無法匹敵的力量。』

『可是，校長，』哈利說，努力讓自己的語氣不帶有任何爭辯的意味，『結果還不是一樣，對不對？我必須要殺了他，否則——』

『必須？』鄧不利多說，『你當然一定要殺了他！但並不是因為那個預言！而是為了你自己，你要是不這麼做的話，你永遠也不會感到心安！我們兩個都明白這一點！請你想像一下，只要一下就好，想像你從來沒聽過那個預言！那麼你現在對佛地魔會有什麼樣的感覺？你自己想想看！』

哈利望著在他面前來回踱步的鄧不利多，心裡默默思索。他想到了他的母親、他的父親，還有天狼星。他想到了西追．迪哥里。他想到了佛地魔王所有令人髮指的恐怖罪行。他胸中似乎燃起了一股熊熊怒火，燒得他喉嚨灼痛。

『我想要他死，』哈利平靜的說，『我想要親自動手。』

『你當然會想要這麼做！』鄧不利多喊道，『你明白了吧，預言並不代表你必須去做任何事！但預言卻促使佛地魔王選擇你做為他的對手……換句話說，你可以自由選擇你要走的路，你大可完全不理會這個預言！但佛地魔卻一直過於重視這個預言。他會繼續追捕你……而這必然會導致一個不可避免的結果，那就是──』

『我們總有一人會殺了對方，』哈利說，『是的。』

但他此刻終於了解鄧不利多想要讓他明白的道理。

那就好像是──他暗暗心想──被硬拖到競技場去進行生死搏鬥，和昂首闊步踏入競技場，畢竟還是有差別的。

或許有人會說，這兩種選擇好像沒多大不同，但鄧不利多知道，我也知道──哈利心想，突然感到一股強烈的驕傲，還有我的父母也知道──就在這一念之間，整個世界都變得不同了。

24. 撕淌三步殺

昨晚的事情雖然讓哈利感到疲憊至極，但他心裡卻十分開心。第二天早上符咒學的時候，他興匆匆的把所有事情全都告訴榮恩和妙麗（自然不忘先對附近的人施了一個嗡嗡鳴咒語）。他描述他從史拉轟嘴裡套出話來的經過，讓他們聽得既滿意又讚嘆，而當他對他們解釋佛地魔的分靈體，並表示鄧不利多已答應下次會帶他一起去時，他們更是肅然起敬。

『哇，』榮恩在哈利終於說完之後，忍不住發出驚嘆，他手裡的魔杖微微朝天花板揮了一下，但他卻完全沒注意，『哇。你眞的要跟鄧不利多一起去……去摧毀……哇。』

『榮恩，你讓這兒下雪了啦。』妙麗捺住性子說，抓住他的手腕調整方向，讓他別再用魔杖指著天花板，大片的白色雪花確實正從天花板飄落下來。哈利注意到，坐在隔壁桌的文妲·布朗，正在用她那對又紅又腫的雙眼惡狠狠的瞪著妙麗，妙麗趕緊放開榮恩的手。

『喔，眞的耶，』榮恩說，詫異的低頭望著自己的肩膀，『對不起啊……我們簡直就像是掉了一堆恐怖的頭皮屑……』

他替妙麗把肩膀上的假雪花拍掉。文妲突然哭了出來。榮恩顯得非常內疚，轉過身背對著她。

『我們吹了，』他微微從嘴角告訴哈利，『就在昨天晚上。她看到我和妙麗從男生宿舍裡走出來。她自然是看不到你，所以她以爲就只有我和妙麗兩個人。』

『啊，』哈利說，『這樣啊——但反正你也無所謂是吧？』

『沒錯，』榮恩承認，『她對我大吼大叫的時候還滿恐怖的，但這樣我至少不用主動提分手。』

『懦夫，』妙麗說，但她看起來似乎高興得很，『不過，昨天晚上大家的戀情好像都不太順利。金妮和丁也分手了，哈利。』

哈利覺得她在說話的時候，故意用一種心照不宣的眼神盯著他瞧，但她絕對不可能會知道，現在他心裡樂得跳起了康加舞，他臉上盡量不動聲色，裝出一副漫不經心的口吻問道：『怎麼回事？』

『喔，原因其實很可笑……她說他每次都想要在她穿越畫像洞口時伸手幫她，她明明就可以自己爬過去……但他們其實已經鬧彆扭很久了。』

哈利回頭望著坐在教室另一端的丁，他的心情看起來的確很不好。

『當然啦，這讓你的處境變得有點爲難，不是嗎？』妙麗說。

『妳這話是什麼意思？』哈利連忙問。

『我是說魁地奇球隊，』妙麗說，『要是金妮和丁兩個不講話……』

『喔——喔，是啊。』哈利說。

『孚立維來了。』榮恩用警告的語氣說。那位矮小的符咒學老師正蹦蹦跳跳的朝他們走過來，而他們三個中只有妙麗已成功把醋變成了酒，她的玻璃瓶中裝滿了深紅色的液體，而哈利和榮恩瓶子裡仍是一片污濁的褐色。

『喂，喂，男生們，』孚立維教授譴責的尖聲叫道，『少說點兒話，多做點兒事……你們現在試給我看看……』

他們兩人一起舉起魔杖，盡全力集中心思，再指向他們的玻璃瓶。哈利的醋變成冰塊，榮恩的玻璃瓶立刻爆炸。

『好……你們回去的功課就是……』孚立維教授說，從桌子底下爬出來，拔掉嵌在他帽頂上的玻璃碎片，『練習。』

符咒學下課後，他們有一段難得三人都沒課的空堂，於是他們一起走回交誼廳。榮恩在跟文妲分手後心情似乎特別輕鬆愉快，妙麗好像也非常快活，但要是問她什麼事笑得這麼開心，她只是簡單回答一句：『今天天氣很好啊。』他們兩人好像都沒注意到，哈利的內心正在進行一場激烈的戰爭：

她是榮恩的妹妹。

但她已經把丁甩了！

她還是榮恩的妹妹。

我是他最好的朋友！

那只會讓事情變得更糟。

要是我先跟他說——

他會揍你。

要是我不在乎呢？

他是你最好的朋友！

當他們三人爬過畫像洞口，進入陽光燦爛的交誼廳時，哈利仍專注想著心事，因此他並未多注意那群聚集在一塊兒的七年級女生，但接著他就聽到妙麗喊道：『凱娣！妳回來啦！妳都好了嗎？』

哈利凝神一看，那果真是凱娣．貝爾，她看來已完全恢復健康，她的朋友歡喜雀躍的簇擁在她身邊。

『我真的全都好了，』她愉快的說，『聖蒙果醫院的人禮拜一就讓我出院了，我先回家跟我爸媽住了一、兩天，今天早上才回到學校。琳妮正在跟我說麥拉和上次比賽的事，哈利……』

『喔，』哈利說，『好了，反正現在妳回來了，榮恩身體也已經復元，我們絕對有機會把雷文克勞打得落花流水，這表示我們還是有機會贏得獎盃。聽我說，凱娣……』

他必須立刻問她這個問題，他的好奇心甚至讓他暫時忘了金妮。凱娣的朋友們已開始收拾東西準備去上下一堂的變形學，她們顯然已經遲到了。哈利壓低聲音說。

『……那條項鍊……妳記得那是誰交給妳的嗎？』

『不記得了，』凱娣難過的搖著頭說，『每個人都在問我，但我真的一點兒都想不起來。我記得的最後一件事，就是我走進了「三根掃帚」的女生廁所。』

『所以妳確定妳走進了廁所？』妙麗問道。

『嗯，我知道我推開了廁所的門，』凱娣說，『所以我想，那個對我施蠻橫咒的人，應該就站在門後面。在那之後，我的記憶就一片空白，然後就直接跳到兩個禮拜前，我住在聖蒙果醫院時的情形。抱歉，我真的必須走了，雖然我才第一天回來上課，但我想麥教授還是可能會罵我……』

她抓起她的包包和課本，急匆匆的趕去找她的朋友，而哈利、榮恩和妙麗坐到窗邊的書桌前，思索她剛才告訴他們的事情。

『所以說，把項鍊交給凱娣的人，一定是一個女孩或是女人，』妙麗說，『這樣她才能待在女生廁所裡面。』

『或是某個看起來像是女孩或是女人的人，』哈利說，『別忘了，霍格華茲有一大釜的變身水。我們曉得有人偷了一些……』

他彷彿看到，變成女孩的克拉和高爾，大搖大擺的經過他的面前。

『我想再喝一些福來福喜，到萬應室去試試看。』

『你這完全是在浪費魔藥，』妙麗斷然表示，放下她剛從書包裡掏出來的《符咒家的字音表寶典》，『好運能幫你的並不多，哈利，史拉轟的情況跟這不太一樣，你本來就有能力說服他，你只是需要稍微扭轉一下情勢罷了。但光只靠運氣，並不能讓你破解強大的魔法。千萬別把剩下的魔藥白白浪費掉！你絕對會需要用到的，等鄧不利多帶你去……』她的聲音越來越小，幾乎細不可聞。

『我們不能自己來做一些嗎？』榮恩不理妙麗，直接詢問哈利，『存起來隨時備用，這聽起來很棒吧……趕快查書……』

哈利從書包裡掏出他的《進階魔藥調配學》課本，開始查『福來福喜』。

『天呀，這實在太複雜了，』他說，目光掃過那一大長串的藥材，『而且還要花六個月的時間……必須慢慢熬……』

『老套。』榮恩說。

哈利正準備放下書本，卻注意到有一頁的書角摺了起來，他翻到那一頁，原來是他在幾個星期前做下的記號，上頭是撕淌三步殺咒語，旁邊寫著『敵人專用』。他直到現在還不明白它的功用，主要是因爲，他並不想讓妙麗看到他在試這個咒語。不過哈利暗暗考慮，下次要是在沒人發現的情況下走在麥拉背後，就偷偷拿他來當實驗品。

凱娣．貝爾重新回到學校，唯一不高興的人就只有丁．湯馬斯，因爲這樣他就不能再代替她擔任追蹤手了。當哈利告訴他這個消息時，他的反應還算冷靜，只不過哼了一聲，再聳聳肩，但哈利在轉身離開時卻很明顯的感覺到，丁和西莫兩人在背後低聲說他壞話。

接下來的兩個禮拜，魁地奇練習進行得異常順利，是哈利自擔任魁地奇隊長以來狀況最佳的時候。能擺脫掉麥拉這個討厭鬼，讓球員們全都感到心情大好，而凱娣終於歸隊更使他們士氣大振，每個人都飛得漂亮極了。

金妮好像並沒有爲她跟丁分手的事感到難過，相反的，她成了整個球隊的開心果。她模仿榮恩一看到快浮衝過來，就焦急得在球門柱前跳上跳下的糗相，要不就是表演哈利兇巴巴的對麥拉大發怒火、接著就被突然打昏的鬧劇，把大家全都逗得呵呵大笑。哈利表面上跟著大家一起笑，很高興能藉這個機會好好多看金妮幾眼，他就是因爲

在練習時沒專心搜尋金探子，又被搏格撞出了好些新傷。

他的心裡依然在天人交戰：金妮還是榮恩？有時他會覺得，榮恩在經歷過跟文姐的感情糾葛後，對於他要追求金妮這件事，也許並不會太過介意，但接著他又回想起榮恩在發現金妮和丁接吻時那副可怕的表情，哈利非常確定，就算他只是牽一下金妮的手，榮恩也會把它視爲一種卑劣的背叛……

但哈利還是忍不住要找金妮聊天，和她一起說笑，練完球後跟她一起走回城堡，不論他的良心有多麼不安，他還是想找機會跟她單獨相處：最理想的狀況就是，史拉轟再舉辦一次小派對，因爲榮恩是絕對不會去參加的——但不幸的是，史拉轟似乎不再舉辦派對了。哈利曾考慮過要開口請妙麗幫忙，但一想到她臉上那種得意的神情，他就完全打消念頭，哈利有好幾次看到，當妙麗發現他在偷瞄金妮，或是被金妮的笑話逗得大笑時，她就會露出那副表情。而更糟的是，他還忍不住擔心，要是他再不快點展開行動的話，金妮就要被其他人追走了；至少他在這方面跟榮恩想法一致，那就是，金妮這麼受歡迎，對她自己可沒什麼好處。

總而言之，再喝一口福來福喜的誘惑，一天比一天變得更加強烈，而且這應該符合妙麗所說的需要『扭轉一下情勢』吧？五月柔和的春日悄悄流逝，每次哈利看見金妮的時候，榮恩總是陰魂不散的跟在他身邊。哈利開始深深渴望能有一些好運，讓榮恩明白他最好的朋友和他的妹妹互相愛慕，可是全天下最棒的一件事，所以最好讓他們兩個單獨相處久一些，不要老是沒幾秒就跑過來當電燈泡。但隨著魁地奇決賽逐漸逼近，哈利的願望顯然越來越不可能實現，榮恩現在一天到晚纏著哈利討論戰術，腦袋裡根本裝不進別的事情。

榮恩並不是唯一染上魁地奇狂熱的人，葛來分多對雷文克勞的決賽，在校園裡掀起一股熱潮，因爲這場冠軍爭霸賽，目前看來仍是充滿變數。

要是葛來分多以三百分以上的差距（這是一項艱鉅的任務，但哈利認爲他的球員們目前狀況絕佳，很有勝算）大勝雷文克勞，那他們就可以贏得冠軍獎盃。要是他們以少於三百分的差距獲勝，那他們總分就會輸給雷文克勞而屈居第二。要是他們以低於一百分的差距落敗，他們就會落到赫夫帕夫後面變成第三名。而他們若是輸了超過一百分的話，就會變成最後一名。

哈利心想，要是在他擔任魁地奇隊長期間，讓葛來分多嘗到兩百年來第一次在球賽中墊底的慘敗滋味，那他可眞是一輩子都抬不起頭來了。

在這場關鍵性的球賽之前，校園中又展開了跟往年一樣的賽前熱身活動，兩個敵對陣營的學生們，在走廊上互相恐嚇對方的球員，爲每位球員各編一首嘲諷歌曲，趁他們經過時大聲演唱，球員們本身不是洋洋得意的享受引人注目的滋味，就是在下課時緊張的衝進廁所去大吐特吐。

由於某種難以解釋的原因，哈利心裡暗暗感到，這場球賽跟他追求金妮的成敗息息相關。他忍不住幻想，要是他們能以超過三百分的差距大獲全勝的話，那種歡樂興奮的勝利場景，再加上一場盡情喧鬧的慶功宴，說不定跟喝下一大口福來福喜有相同的效果。

哈利現在雖然有這麼多事情要操心，但他並沒有忘了他的另一項野心計畫：查出馬份到底在萬應室裡搞什麼鬼。他仍然維持隨時查看劫盜地圖的習慣，但他常常找不到代表馬份的記號，由此他推斷，馬份大半時間還是待在萬應室裡。

雖然哈利現在對進入萬應室這項任務，早已不再抱任何希望，但他每次走到那附近時，還是忍不住再碰碰運氣，只可惜不論他如何修正指令用辭，牆壁上還是不曾出現房門。

與雷文克勞決賽的幾天前，哈利獨自一人從交誼廳走下樓去吃晚餐。榮恩剛才又快步奔進最近的廁所去嘔吐，而妙麗突然想到她的算命學報告好像有地方出了錯，急得趕緊衝去找薇朵教授。

哈利依照他的老習慣，像平常一樣彎到八樓的走廊，邊走邊忙著查看他的劫盜地圖。剛開始他沒找到馬份，所以他猜想馬份一定是又跑進萬應室裡去了，但接著他就看到，那個標示著馬份姓名的小黑點，出現在他樓下的男生廁所裡，陪伴在馬份身邊的人並不是克拉或高爾，而是愛哭鬼麥朵。

哈利只顧盯著這對最不可能會湊在一起的人，不小心一頭撞上了走廊上的盔甲。

鏗啷哐啷的撞擊聲把他嚇得回過神來，他擔心被飛七逮個正著，趕緊離開闖禍現場，快步衝下大理石階梯，沿著樓下的通道往前狂奔。他跑到男生廁所前，把耳朵貼在門上。他什麼也聽不見。他非常小心的輕輕把門推開。

跩哥．馬份背對著門，雙手緊抓住洗臉檯兩側，低著那顆白金色的頭。

『不要這樣嘛，』愛哭鬼麥朵輕柔的嗓音從一間廁所飄送過來，『不要這樣……告訴我出了什麼事……我可以幫助你啊……』

『沒有人可以幫助我，』馬份說，他整個身體都在劇烈顫抖，『我做不到……真的做不到……沒有用的……我要是再不成功……他說他會殺了我……』

哈利這才明白過來，而這個事實讓他太過震驚，整個人像是生根了似的完全無法動彈。原來馬份是在哭——哭得非常慘——淚水沿著他蒼白的面頰淌下來，落到髒兮兮的洗臉槽中。馬份哽咽著吞了幾口氣，打了一個大哆嗦，抬起頭來望著破裂的鏡子，看到哈利正站在背後盯著他瞧。

馬份猛然回過身來，掏出魔杖。哈利也出於本能的立刻掏出魔杖。馬份施的魔法從哈利身邊幾吋擦過去，把他旁邊牆壁上的燈打得粉碎，哈利側過身來，心裡想著：倒倒吊！並接著輕彈了一下魔杖，但馬份及時擋住這個魔咒，舉起魔杖再發動另一波攻擊——

『不要！不要！快住手啊！』愛哭鬼麥朵尖叫，她的嗓音在鋪滿瓷磚的廁所中響亮迴盪，『住手！住手！』

砰的一聲，哈利背後的儲物箱應聲爆炸，哈利施了一個『鎖腿咒』，但咒語從馬份耳邊擦過去，擊中後方的牆壁，再反彈回來，砸破了愛哭鬼麥朵下方的貯水槽，把她嚇得大聲尖叫，水也流了滿地，哈利不小心滑了一跤，而馬份則扭曲著臉喊道：『咒咒──』

『撕淌三步殺！』哈利躺在地板上怒吼道，慌亂的揮舞魔杖。

鮮血從馬份的臉和胸膛噴湧出來，好像被一把無形的劍劃了好幾刀。他踉踉蹌蹌的退向後方，啪啦一聲，摔倒在地板上的積水中，魔杖從他無力的右手中掉落下來。

『不──』哈利驚得倒抽了一口氣。

哈利掙扎著站起來，跌跌撞撞的衝倒馬份身邊，他臉上沾滿了觸目驚心的鮮血，慘白的雙手狂亂的摸索自己沾滿鮮血的胸膛。

『不──我不是要──』

哈利根本不曉得自己在說什麼，他跪在馬份身邊，而馬份躺在一大攤鮮血中，無法控制的全身顫抖。愛哭鬼麥朵發出一陣震耳欲聾的尖叫。

『殺人啦！廁所裡殺人啦！殺人啦！』

哈利背後的門砰的一聲敞開，他驚恐的抬起頭來，石內卜衝進廁所，臉色鐵青。他粗魯的推開哈利，在馬份身邊跪下來，掏出魔杖，輕輕撫過那些被哈利的惡咒劃過的深深傷口，嘴裡喃喃唸誦一種像是在唱歌似的咒文。噴湧的鮮血似乎漸漸止住。石內卜把馬份臉上的血跡擦乾淨，再重新施了一次相同的魔法。傷口似乎逐漸癒合了。

哈利被自己做的事給嚇壞了，他呆呆的站在一旁觀看，完全沒意識到他自己同樣也是渾身濕透，沾滿了鮮血。愛哭鬼麥朵仍在他們上方哭泣哀號。石內卜再施了第三次解咒術，然後他攙著馬份站了起來。

『我得把你送去醫院廂房。說不定會留下不少疤痕，但要是立刻服用白鮮的話，也許可以連疤都不會留下……來吧……』

他扶著馬份穿越廁所走向門口，他在門前回過頭來，用冰冷憤怒的語氣說：『至於你呢，波特……你待在這兒等我。』

哈利完全沒想到要反抗。他顫抖著慢慢站起來，低頭望著地上的積水。水面上漂浮著一片片的血跡，看起來就像是猩紅色的花朵。哈利甚至開不了口叫愛哭的麥朵閉嘴，而她就這樣繼續哭泣尖叫，顯然越來越樂在其中。

石內卜在十分鐘之後回來。他踏進廁所，把門關上。

『走開。』他對麥朵說，她嚇得趕緊鑽進她的馬桶，室內突然變得安靜異常。

『我不是故意的，』哈利立刻說，他的聲音在這滿是積水的冰冷空間中幽幽迴盪，『我不曉得那個咒語的功用。』

但石內卜根本懶得聽他解釋。

『我顯然是太小看你了，波特，』他平靜的說，『誰想得到你居然會使用這種黑魔法？這個咒語是誰教你的？』

『我——我是在書上看到的。』

『哪本書？』

『那是——圖書館裡的書，』哈利信口胡謅，『我忘記書名叫什麼了——』

『騙子。』石內卜說。哈利感到喉嚨發乾。他知道石內卜接下來要做什麼，而他從來就抵擋不了……

整間廁所彷彿在他眼前閃爍晃動，他設法讓腦中變得一片空白，但不論他多麼努力，混血王子的《進階魔藥調配學》課本，卻依然朦朦朧朧的浮現在他的腦海中……

他站在這淹水的殘破廁所中，再次抬起頭來望著石內卜。他注視著石內卜的黑眼睛，心中抱著萬一的希望，但願石內卜沒看到他最怕被發現的景象，但是——

『把你的書包拿來，』石內卜柔聲說，『還有你全部的課本。全部都拿過來。拿到這兒來給我。快！』

現在說什麼都沒用了。哈利立刻轉過身去，劈哩啪啦的踩著水走出廁所。他一踏進走廊，就開始全速衝向葛來分多塔。這時候大部分的人都是跟他反方向，他們目瞪口呆的望著渾身濕透、沾滿鮮血的哈利，從他們身邊狂奔過去，忍不住七嘴八舌的紛紛詢問，但他一個字也不回答。

他心裡一片茫然，就好像是一隻他鍾愛的寵物，突然間獸性大發。混血王子心裡到底在想什麼，竟把這種咒語抄在他的課本上？要是被石內卜看到這個咒語，他會有什麼反應？他會不會告訴史拉轟──哈利的胃一陣翻攪──這學期哈利成績優異的真正原因？他會不會把這本教導哈利許多事情的書……這本已經變得像是導師和朋友的書沒收，或是毀掉？哈利絕不能讓這種事情發生……絕對不行……

『你跑去哪？──你怎麼變成落湯雞啦？──那是血嗎？』

榮恩站在樓梯頂端，一臉迷惑的望著哈利的慘狀。

『我需要你的課本，』哈利氣喘吁吁的說，『你的魔藥學課本。快點……快給我……』

『但那本混血王子的？──』

『我等一下再跟你說！』

榮恩從書包裡掏出他的《進階魔藥調配學》課本，遞給哈利，哈利快步衝過他身邊，跑回交誼廳。他一踏進交誼廳，就連忙抓起書包，幾名已吃完晚餐的學生驚愕的望著他，但他無視於他們的目光，匆匆爬出畫像洞口，沿著八樓走廊往前狂奔。

他慢慢收住腳步，停在一幅跳舞的侏儒掛氈旁邊，閉上眼睛，開始往前走去。

『我需要一個藏書的地方……我需要一個藏書的地方……我需要一個藏書的地方……』

他在那片光禿禿的牆壁前來回走了三趟。當他張開眼睛時，事情終於發生了：萬應室的門出現在他的眼前。哈利趕緊打開門跳進去，砰的一聲關上房門。

哈利倒抽了一口氣。儘管他此刻心裡又急又慌，爲他回到廁所後必須面臨的厄運擔心受怕，但他仍不由自主的被眼前的景象深深震懾。他站在一個有如大教堂般的巨大房間中，一束束陽光透過高窗灑落下來，照亮了一幅壯觀的畫面，看起來就像是一座牆高聳的城市，而哈利知道，這座城市完全是由數代霍格華茲居民隱藏的物品所建構而成。

一排排破裂毀損，堆得搖搖欲墜的家具，區隔出許多巷弄與道路，也許是想要湮滅魔法使用不當證據的學生，或是愛惜城堡形象的家庭小精靈，把它們偷偷運過來藏置在此的。這裡還有著成千上萬的書籍，顯然不是禁書就是畫滿塗鴉，或甚至是偷來的贓物。

幾個還殘留著一絲生命力的飛翅彈弓和獠牙飛盤，有氣無力的在其他堆積如山的違禁物上空盤旋，還有不少帽子、珠寶、斗篷，和殘破的藥瓶，而裡面的藥水早已乾涸凝固，另外還有一些看起來像是龍蛋蛋殼的東西，幾個瓶中仍閃爍著邪惡光芒的藥瓶，幾把鏽痕斑斑的長劍，和一柄沾滿血跡的沉重斧頭。

哈利快步踏入其中一條巷道，走進這堆隱匿的寶藏中。他經過一個巨大的山怪塡充玩具，轉向右方，往前跑了一小段路，看到蒙塔去年在裡頭迷失的『消失櫥櫃』，接著再彎向左方，最後終於在一個大櫥櫃旁邊停下腳步，櫃子表面似乎曾被強酸潑到似的，起了許多疙哩疙瘩的小泡泡。他打開一扇唧嘎作響的櫥門：已經有人在這裡藏了一個籠子，裡面的生物早已死去多時，但仍可以看出它遺留下來的骨骸有五隻腳。

他把混血王子的課本塞到籠子後面，砰的一聲關上櫥門。他猶豫了一會兒，凝神打量周遭這堆亂七八糟的雜物，而他的心在怦怦狂跳……

他下次有辦法在這一大堆破銅爛鐵中重新找到這個地方嗎？他從旁邊的大板條箱上，抓起一個醜老巫師的殘破半身像，放在他藏課本的櫥櫃上，再拿了一頂滿是灰塵的舊假髮，和一個生鏽褪色的寶石王冠，戴在那個雕像頭上，好讓它變得醒目一些。

接著他就掉過頭來，用最快的速度衝過這堆隱匿廢物之間的巷道，回到房門前，踏到外面的走廊，用力甩上房門，門立刻變回堅硬的石牆。

哈利筋疲力竭的奔向樓下的廁所，邊跑邊把榮恩的《進階魔藥調配學》課本塞進他的書包。才短短一分鐘，他就回到石內卜面前，而石內卜一言不發的伸出手來，要哈利把書包交給他。哈利氣喘吁吁的交出書包，胸中感到一陣灼痛，開始靜靜等待。

石內卜一本接一本的把哈利的書抽出來檢查。最後書包裡就只剩下魔藥學課本，他非常仔細的查看了一遍，才開口說話。

『這就是你的《進階魔藥調配學》課本嗎，波特？』

『是的。』哈利說，仍喘個不停。

『你眞的確定嗎，波特？』

『是的。』哈利的語氣多了一絲反抗的意味。

『這是你從「華麗與污痕」買來的《進階魔藥調配學》課本？』

『是的。』哈利堅定的表示。

『那麼爲什麼，』石內卜問，『封面內頁上的名字是「溶泥．哇吱哩」呢？』

哈利的心跳暫時停了一下。

『那是我的綽號。』他說。

『你的綽號？』石內卜重複道。

『是啊……我朋友都是這麼叫我的。』哈利說。

『我知道什麼是綽號。』石內卜說。那對冰冷的黑眼睛又再次深深望進哈利的眼底，他盡量避開那道目光。關閉你的心靈……關閉你的心靈……但他從來沒有眞的成功過……

『你知道我怎麼想嗎，波特？』石內卜非常平靜的說，『我認爲你是個撒謊的騙子，應該罰你從現在到學期末爲止的每個禮拜六，到我那兒勞動服務，你覺得怎麼樣，波特？』

『我——我不同意，教授。』哈利說，仍然不肯注視石內卜的眼睛。

『好吧，那就等你的勞動服務結束後，再來問你的感想好了，』石內卜說，『禮拜六早上十點鐘，波特。我的辦公室。』

『可是，教授……』哈利絕望的抬起頭來，『魁地奇……總決賽——』

『十點，』石內卜悄聲說，笑著露出一排黃牙，『可憐的葛來分多……恐怕今年要落到最後一名囉……』

說完他就轉身走出廁所，只留下哈利一個人呆呆的望著破裂的鏡子，感到胃中劇烈作嘔，而他非常確定，榮恩先前就算吐得再厲害，也不會像他此刻這麼難受。

『算了，我不想再說「我早就告訴你了」。』一個鐘頭後，坐在交誼廳裡，妙麗表示。

『夠了，妙麗。』榮恩氣沖沖的說。

哈利沒趕上吃晚餐，反正他一點胃口也沒有。他剛把事情的經過告訴榮恩、妙麗和金妮，但看來好像沒什麼必要。消息已經迅速傳遍了整個校園，愛哭鬼麥朵顯然認爲自己有義務負起責任，早就跑遍了城堡裡的每間廁所，忙著冒出來向大家報號外。潘西．帕金森已經到醫院廂房去看過馬份，並毫不浪費時間的大肆詆毀哈利，石內卜也已經把整件事鉅細靡遺的轉述給他的同事聽，剛才麥教授已經把哈利從交誼廳叫到她的辦公室，狠狠訓了十五分鐘，而她表示，他應該慶幸自己沒被開除，她百分之百支持石內卜的決定，罰他在學期結束前每個禮拜六都得進行勞動服務。

『我早就告訴過你，那個自稱王子的人有問題，』妙麗說，顯然完全管不住自己，『眞的被我說中了吧，是不是？』

『不，我不這麼想。』哈利固執的表示。

就算沒有妙麗在旁邊說教，他心情也已經夠糟的了，當他告訴葛來分多球員們，他沒辦法參加禮拜六的總決賽時，他們臉上的神情，對他來說就等於是最嚴厲的懲罰。他可以感覺到金妮在盯著他，但他並沒有迎上她的目光，他不想看到她失望或是生氣的表情。他只是告訴她，她必須在禮拜六的決賽中承擔起搜捕手的責任，而丁也會重新歸隊，代替她擔任追蹤手。也許，要是他們獲勝的話，金妮和丁就會在接下來的狂歡慶功宴中重修舊好……這個念頭就像一把冰冷的利刃，狠狠刺進哈利的心……

『哈利，』妙麗說，『你怎麼到現在還護衛著那本書啊，那個咒語可是——』

『妳能不能別再囉唆那本書啦？』哈利忿忿的打斷她，『王子只是把它抄下來！他又沒叫任何人去使用它！我們只知道，他是把某個別人拿來對付他的方法記下來而已。』

『哼，我才不信呢，』妙麗說，『你根本就是在替自己辯護——』

『我並不是在為我做的事情辯護！』哈利接口，『我眞希望我什麼也沒做，不是因爲這害我被罰十幾次勞動服務，我才這麼說。妳該知道，我絕對不會使用這種咒語，就算是對付馬份也不會，但妳不能把所有的錯全都怪到王子頭上，他又沒有寫什麼「試試看，棒得很」——他只是自己做個紀錄，不是嗎？又不是要給別人看的……』

『難道你是說，』妙麗說，『你還要回去把——』

『把書拿回來嗎?是啊,我當然要去,』哈利堅決的表示說,『聽我說,要不是王子,我是絕對不可能拿到福來福喜。我也絕不可能知道該怎樣替榮恩解毒,我絕不可能——』

『——贏得你根本不配的魔藥學天才美名。』妙麗惡毒的說。

『不要再說了,妙麗!』金妮說,哈利抬起頭來,他實在是太驚訝,太感激了,『聽起來馬份是要對哈利施不赦咒欸,哈利留了這一手錦囊妙計來應急,妳應該感到高興才對!』

『我當然很高興哈利沒中惡咒啦!』妙麗說,顯然是被這句話刺傷了,『但撕淌三步殺咒語可不能算是錦囊妙計,金妮,妳看看這害他落到什麼樣的下場!而且我還在想,這對你們球賽的勝算造成多大的影響——』

『喔,拜託妳別裝出一副很懂魁地奇的模樣好嗎,』金妮猛然打斷她,『妳只會讓妳自己丟臉而已。』

哈利和榮恩面面相覷:妙麗和金妮感情一直都很好,但現在她們兩人卻雙手抱胸,怒目瞪視著相反的方向,誰也不理誰。榮恩緊張的望著哈利,接著就胡亂從桌上抓起一本書,躲在書後假裝閱讀。哈利雖然知道他沒資格高興,但他卻突然感到一股難以置信的喜悅,即使那天晚上沒人再開口說過話,他心裡還是甜滋滋的。

他的好心情只是曇花一現。到了第二天,他就必須忍受史萊哲林學生的冷嘲熱諷，更別說是他葛來分多同學們的怒火了，他們的球隊隊長居然讓自己被禁止參加這一季的總決賽，大家心裡全都很不是滋味。

到了禮拜六早上，儘管哈利在妙麗面前大概還是會死鴨子嘴硬，但此刻只要能讓他跟榮恩、金妮，和其他球員們一起走向魁地奇球池，他願意拿全世界的福來福喜來交換。看到大批學生川流不息的湧向戶外的陽光，所有人全都佩戴著胸徽、帽子、圍巾，手裡拿著揮舞的旗幟。哈利心裡感到難過極了，他黯然轉身離開，沿著石階走下地窖，再繼續往前走去，直到遠方的群眾喧鬧聲幾乎完全隱沒，而他知道，他將完全無法聽到一句球評，一聲歡呼或是一陣呻吟了。

『啊，波特。』石內卜說，這時哈利已敲過門，踏入了那間令人不快的熟悉辦公室。雖然石內卜已經換到樓上上課，但他並未搬離這間辦公室，這裡還是像以往一樣燈光黯淡，四周依然放著一罐罐五顏六色的藥水，裡面漂浮著同樣的黏答答噁心屍體。在一張顯然是要給哈利用的書桌上，堆著許多佈滿蜘蛛網的盒子，讓他感到格外不祥，一看就知道是一種沉悶、辛苦，且毫無意義的工作。

『飛七先生一直想找人替他整理一下舊資料，』石內卜柔聲說，『這些資料是記錄其他霍格華茲的犯規學生，和他們所受的處分。只要有墨水變得模糊，或是卡片被老鼠咬壞的部分，我們希望你能把上面的罪行和處分重新抄一份，再按照字母排列順序放回盒子裡去。不能使用魔法。』

『是，教授。』哈利說，儘可能用最輕蔑的語氣唸出後面兩個字。

『我想你可以從這裡開始，』石內卜說，嘴邊掛著一個惡意的微笑，『第一千零一十二盒到第一千零五十六盒。你會看到一些熟悉的名字，或許可以替這份工作增加一點趣味。這兒，你瞧瞧……』

他用誇張的動作從最上面的盒子裡取出一張卡片唸道：『詹姆．波特和天狼星．布萊克。被逮到對波川．歐剎雷施非法魔咒。歐剎雷的頭變得比正常人大兩倍。罰兩次勞動服務。』石內卜冷笑道，『一想到他們雖然已經離開，但他們的光榮紀錄卻依然存在，眞是令人感到安慰啊……』

哈利的胃又出現那種熟悉的沸騰感覺。他咬住舌頭，以免自己忍不住反唇相譏，乖乖在那堆盒子前坐下來，把其中一個盒子拉到面前。

果然不出哈利所料，這的確是一份毫無用處的無聊工作，而每隔一段時間，他就會看到他父親或是天狼星的名字（這顯然是經過石內卜的精心設計），胃裡一陣痙攣。他們兩人常結伴犯下各式各樣的輕微罪行，而雷木思．路平和彼得．佩迪魯偶爾也會跟他們一起犯案。哈利在抄寫他們五花八門的罪行和所受的處分時，心裡一直惦記著外面的情形，不曉得球賽到底開始了沒有……還有金妮擔任搜捕手對抗張秋……

哈利的目光不時瞄向牆上那面滴滴答答響的大鐘。感覺上它好像比正常的時鐘慢一倍，或是石內卜故意施魔法讓它變得特別慢？他不可能只在這兒待了半個鐘頭……一

個鐘頭……一個半鐘頭……

當時鐘指向十二點半時，哈利的肚子開始咕嚕咕嚕響。石內卜對哈利交代過工作之後，就再也沒開口說過一句話，直到一點十分，他才終於抬起頭來。

『我想就到此爲止吧，』他冷冷的說，『你在完成的部分做個記號，下禮拜六十點再過來繼續做。』

哈利把一張卡片折起來，胡亂塞進盒子裡，趁石內卜反悔之前趕緊走出房門，快步衝上石階，並豎起耳朵，想要聽到一絲從球池傳來的聲響，但周遭卻是一片寧靜……所以，球賽已經結束了……

他在擁擠的餐廳外遲疑了一會兒，然後就直接衝上大理石階梯，葛來分多球隊不論是輸是贏，球員們向來都會回到他們自己的交誼廳裡大肆慶祝或是互相安慰。

『魁地阿奇斯？』（譯註：此處是拉丁文Quid agis的音譯，即英文的『戰況如何How's it going之意）他試探的對胖女士說，暗暗揣測他待會兒會看到什麼樣的景象。

她臉上不帶一絲表情的答道：『你自己看囉。』

接著她就往前敞開。她背後的洞口爆出一陣歡樂的喧鬧聲，哈利目瞪口呆的望著眼前的情景，裡面的人一看到他就開始尖叫，好幾隻手伸出來把他拉進交誼廳。

『我們贏了！』榮恩大喊，猛然跳到哈利面前，朝他揮舞著手中的銀色獎盃，『我們贏了！四百五十分對一百四十分大獲全勝。我們贏了！』

哈利回頭張望，金妮正朝他奔過來，她帶著一種倔強而炙烈的神情伸手抱住他。哈利根本來不及思索，也不管身邊有五十個人正盯著他們瞧，連想都沒想就低頭吻了她。

過了非常長的一段時間——說不定有半個鐘頭——甚至是好幾個陽光燦爛的美好晴天——他們終於分開了。房中變得一片死寂。接著有幾個人開始尖聲吹口哨，室內爆出一陣緊張的吃吃竊笑聲。

哈利越過金妮的頭頂，看到丁·湯馬斯手裡緊握著一個破裂的玻璃杯，而羅咪·凡看起來似乎想拿東西扔他們。妙麗笑得非常開心，但哈利的目光卻忙著搜尋榮恩。最後他終於看到了榮恩，手裡仍緊抓著魁地奇獎盃，臉上的表情活像是頭上被敲了一記悶棍似的。在那一剎那，他們兩人四目交接，接著榮恩的頭微微動了一下，哈利立刻明白他的意思是：『好吧，隨你了。』

哈利胸膛中的生物發出勝利的吼叫，他笑吟吟的低頭望著金妮，一言不發的朝畫像洞口比了個邀請的手勢。看來他們是有必要到校園去散步長談，到時候——要是他們有時間的話——他們或許會好好討論一下這場球賽。

25. 竊聽預言

哈利波特和金妮．衛斯理開始交往的消息，似乎引起許多人的興趣，尤其是女孩子，但哈利波特卻欣慰的發現，雖然他又成爲接下來好幾個禮拜的八卦素材，他卻一點也不放在心上。不管怎樣，爲了某件長久以來最令他開心的事情而被人說長道短，總比因捲入恐怖的黑魔法事件而受人指指點點，感覺要好得太多了。

『我眞想不通，這些人明明有很多別的事情可以討論，』金妮說，她坐在交誼廳地板上，靠著哈利的腿閱讀《預言家日報》，『這個禮拜發生了三件催狂魔攻擊事件，但羅咪．凡整天卻只會纏著我追問，你的胸口是不是眞的有一個鷹馬刺青。』

榮恩和妙麗兩人呵呵大笑。哈利不理他們。

『那妳是怎麼回答的?』

『我告訴她,你刺的是匈牙利角尾龍,』金妮說,漫不經心的把報紙翻到下一頁,『這樣比較有男子氣概。』

『謝了,』哈利咧嘴笑道,『那妳告訴她榮恩刺了什麼圖案?』

『一個迷你毛毛球,但我沒說是刺在哪兒。』

榮恩皺眉怒視,妙麗則笑得簡直要翻過去了。

『給我當心一點,』他警告的指著哈利和金妮說,『不要以為我允許你們在一起,我就永遠不會收回——』

『你允許,』金妮嘲諷道,『我什麼時候做事情得先經過你允許啦?而且,你自己也說過,哈利總比丁或麥可好些。』

『沒錯,我是這麼說的,』榮恩勉強承認,『只要你們兩個別在公共場合親嘴——』

『少來,你這個虛偽的傢伙!那你自己和文妲呢?還不是像鰻魚似的纏在一起到處打滾。』金妮質問道。

但到了六月以後,榮恩的忍耐力倒也不用再受到太多考驗,因為哈利和金妮的約會時間變得越來越有限了。金妮就快要參加『普等巫測』,每天晚上都得花好幾個鐘頭復習功課。一天晚上,金妮回到圖書館去繼續奮戰,哈利則坐在交誼廳窗邊,表面上看來是在潤飾他的藥草學作業,心裡其實在暗暗回味他和金妮午餐時在湖邊度過的美好時光，這時妙麗突然帶著一臉惹人厭的果決神情，重重坐到他和榮恩中間。

『我有話要跟你說，哈利。』

『什麼事？』哈利狐疑的問。就在昨天晚上，妙麗才狠狠數落了他一頓，罵他不該老是惹金妮分心，害她不能專心準備考試。

『就是那個所謂的「混血王子」。』

『喔，別又來了，』他呻吟著說，『拜託妳別再提這件事了好不好？』

他到現在還不敢回萬應室去拿回他的課本，以至於他在魔藥學課堂上的表現一落千丈（但史拉轟向來就很欣賞金妮，因此他戲謔的一口咬定，這完全是因爲哈利害了相思病）。哈利十分確定，石內卜仍在一旁虎視眈眈，想要找出混血王子的課本，因此他認爲在石內卜放鬆警戒之前，還是先讓課本留在那兒比較好。

『我偏要提，』妙麗堅定的表示，『除非你聽我把話說完。聽著，我一直在設法找資料，看到底是誰會有這種發明黑魔法咒語的嗜好——』

『他才沒把這個當嗜好——』

『他，他——誰說「他」是個男生？』

『我們不是早就討論過了，』哈利沒好氣的說，『王子，妙麗，王子欸！』

『是啊！』妙麗說，氣得雙頰脹紅，從袋中掏出一張非常舊的報紙，重重摔在哈利面前的桌子上，『你看這個！你看這張照片！』

哈利抓起那張縐巴巴的報紙，望著上面那張會動的照片，紙張已因歲月而微微泛黃，榮恩也湊過來一起看。照片中的人是一個骨瘦如柴，約莫十五歲左右的女孩。她長得並不漂亮，看起來脾氣乖戾且性格陰沉，有一對粗粗的濃眉和一張蒼白憔悴的長臉。照片下的標題寫著：愛凌．普林斯（Eileen Prince），霍格華茲多多石校隊隊長。

『怎樣？』哈利說，目光掃過照片旁邊那則簡短的新聞，這是一篇關於校際比賽的報導，內容還挺無聊的。

『她的名字叫愛凌．普林斯。普林斯（Prince）就是王子欸，哈利。』

他們互相對望，而哈利終於明白妙麗的意思。他突然放聲大笑。

『不可能的啦。』

『什麼？』

『妳認爲她就是混血？……喔，拜託。』

『爲什麼不可能？哈利，魔法界根本就沒有眞正的王子！這顯然只是個綽號，或是某人替自己冠上的封號，要不然就是，那人眞正的名字就叫王子，對不對？不，聽我說！要是她父親是一個姓「普林斯」的巫師，而她母親是一個麻瓜，那她當然可以自稱是「混血王子」啦！』

『是啊，眞的非常有創意，妙麗……』

『但這眞的有可能啊！說不定她以身爲半個王子爲榮呢！』

『聽我說，妙麗，我可以感覺得到他不是女生，我就是有這種感覺。』

『你只是不相信女生會那麼聰明罷了。』妙麗氣沖沖的說。

『我跟妳在一起混了五年，怎麼可能會覺得女生不夠聰明？』哈利說，妙麗的指控刺傷了他，『是因爲他寫東西的語氣。我知道王子這傢伙一定是個男的，我就是看得出來。這個女孩跟這件事毫無關係。不過，妳這東西是從哪兒找出來的？』

『圖書館啊，』妙麗不出所料的答道，『那裡可以找到過去所有的《預言家》。好了，我要再去找找看，說不定能再多查到一些愛凌．普林斯的資料。』

『祝妳玩得愉快。』哈利沒好氣的說。

『那當然，』妙麗說，『而我第一個要查的部分，』她走到畫像洞口前，回過頭來拋下一句，『就是以前的魔藥學獲獎紀錄！』

哈利皺眉瞪了她好一會兒，才回過頭來，繼續望著越來越暗的天空沉思。

『她只是還在爲你魔藥學勝過她的事情不高興罷了。』榮恩說，重新開始閱讀他的《一千種神奇藥草與蕈類》。

『你會不會覺得我眞是瘋了，竟然還想去把那本書拿回來？』

『當然不會，』榮恩堅定的表示，『他是個天才啊，我是說那個王子。不管怎樣……要是沒有他的毛糞石偏方……』他用手指往自己咽喉前劃了一下，『我就沒辦法坐在這兒跟你說話了，是不是？我是說，我並不認爲你對馬份施的咒語有多棒——』

『我也不認爲。』哈利立刻說。

『但反正他都好了，是不是？他一下子就又變得生龍活虎了。』

『沒錯，』哈利說。雖然事實的確如此，但他還是感到有些良心不安，『多虧石內卜……』

『你這個禮拜六還得去石內卜那兒勞動服務嗎？』榮恩問。

『是啊，還有下個禮拜六、下下個禮拜六，』哈利嘆了一口氣，『而且他還暗示我，要是我到學期末還沒把所有資料盒整理完，我下學期還得再繼續做苦工。』

他現在覺得，這些勞動服務最討厭的地方，就是讓他和金妮原本就很有限的約會時間變得更少了。事實上，他最近常感到石內卜好像知道他在談戀愛。因爲石內卜每次都把他越留越晚，還故意在他身邊喃喃叨唸，說什麼外面天氣這麼好，大可去從事一些多采多姿的活動，但哈利卻只能待在這兒，哪兒都不能去。

這時吉米．皮克斯出現在哈利身邊，遞給他一捲羊皮紙，讓他暫時拋開這些令他滿腹怨恨的心事。

『謝了，吉米……嘿，是鄧不利多給我的！』哈利興奮的說，攤開羊皮紙卷，迅速讀了一遍，『他要我盡快到他的辦公室去！』

他們看著彼此。

『天哪，』榮恩悄聲說，『你想會不會是……他該不會已經找到？……』

『我最好立刻趕過去看看。』哈利連忙跳了起來。

他快步衝出交誼廳，沿著八樓走廊全速向前衝刺，他一路上沒看到半個人影，只遇見了皮皮鬼。皮皮鬼從對面朝哈利俯衝過來，向哈利扔了幾個粉筆頭，接著就俐落的閃過哈利反擊的惡咒，咯咯怪笑的揚長而去。皮皮鬼離開後，走廊上就再也聽不到任何聲響，現在距離宵禁時間只剩下十五分鐘，大多數學生都已經回到他們的交誼廳。然後哈利聽到一聲尖叫和一陣碎裂聲。他陡然停下腳步，凝神傾聽。

『你——竟敢——啊啊啊啊！』

聲音是從附近的走廊傳過來，哈利趕緊衝過去，握好魔杖擺出備戰姿勢，猛然繞過另一個轉角，只見崔老妮教授四肢攤平的趴倒在地板上，身上那堆披披掛掛的圍巾有一條翻起來蓋住她的頭，身邊還散置著幾個雪利酒瓶，其中有個瓶子摔碎了。

『教授——』

哈利趕緊跑過去，把崔老妮教授扶起來。她的眼鏡被她那些閃亮的珠鍊給纏住了。她大聲打了一個嗝，整理了一下頭髮，再抓住哈利的手站起來。

『怎麼回事，教授？』

『問得好！』她尖聲說，『我正在走廊上閒晃，思索我所瞥見的黑暗跡象……』

但哈利並沒有專心傾聽。他注意到他們目前所在的位置，右邊是那幅織著侏儒跳舞圖案的掛氈，而左邊就是那片無法穿透的平坦石牆，後面隱藏著——

『教授，妳是想要進萬應室對不對？』

『……我所感應到的預兆──什麼？』

她的神情突然變得非常鬼祟。

『萬應室，』哈利重複道，『妳剛才是想要進裡面去嗎？』

『我──呃──我不曉得學生也知道──』

『知道的人並不多，』哈利說，『但到底發生了什麼事？妳在尖叫……聽起來好像是受傷了……』

『我──呃，』崔老妮教授說，防備的裹緊披肩，用那對被眼鏡放大的眼睛低頭望著哈利，『我想要──嗯，這個嘛──去放一些──呃──私人物品到萬應室裡……』接著她又低聲咕噥了一句，聽起來好像是什麼『卑劣的指控』之類的。

『這樣啊，』哈利低頭朝地上的雪利酒瓶瞥了一眼，『但妳沒辦法進去藏東西嗎？』

他覺得這非常奇怪，畢竟，當他想找地方藏混血王子的課本時，萬應室立刻就放他進去。

『喔，進去是不成問題，』崔老妮教授惡狠狠的瞪著牆壁說，『但已經有某個人在那裡面了。』

『某個人在？──是誰？』哈利問道，『是誰在裡面？』

『我不曉得，』崔老妮教授說，似乎被哈利急切的語氣嚇了一跳，『我走進萬應室，卻聽到有人發出聲音，我以前從來沒碰過這種事，多年來我一向都把東西藏在那裡面——我是說，我有使用那裡面。』

『有人發出聲音？說了什麼？』

『我想那不算是在說話，』崔老妮教授說，『那是在……呼呼叫。』

『呼呼叫？』

『叫得很開心哩。』她點頭說。

哈利凝視著她。

『是男的還是女的？』

『我猜是男的吧。』崔老妮教授說。

『那聲音聽起來很高興？』

『高興得不得了呢。』崔老妮教授不屑的說。

『是不是好像是在歡呼？』

『一點兒也沒錯。』

『那然後？——』

『然後我就大喊：「是誰？」』

『難道妳沒辦法不問就看到是誰嗎？』哈利問她，心裡有些氣餒。

『心靈之眼，』崔老妮教授整理了一下她的披肩和多串閃閃發亮的珠鍊，端起架子神氣十足的說，『可不是用來觀看呼呼叫這類世俗瑣事的。』

『好，好，』哈利連忙說，崔老妮教授的心靈之眼他以前聽都聽怕了，『那聲音有回答他是誰嗎？』

『不，並沒有，』她說，『四周突然變得黑漆漆的，接著我就被扔出萬應室，摔了個狗吃屎！』

『難道妳沒事先看到會出事嗎？』哈利忍不住衝口而出。

『不，我沒看到，我不是告訴你，四周變得黑漆漆的——』她突然閉上嘴，疑心的怒目瞪視哈利。

『我想妳最好去向鄧不利多校長報告這件事，』哈利說，『必須讓他知道馬份在歡呼——我是說，讓他知道有人把妳丟出萬應室。』

他驚訝的發現，崔老妮教授聽到他的建議，居然挺起身軀，露出高傲的神情。

『鄧不利多校長已經暗示過，他不喜歡我常去找他，』她冷淡的說，『別人懶得理我，我也不會硬要去纏著人家，我可沒那麼不識相。如果鄧不利多不想理會紙牌顯示的警兆——』

她突然用瘦削的手一把抓住哈利的手腕。

『一次又一次，不論我怎麼算——』

她戲劇性的從披肩底下掏出了一張紙牌。

『──閃電擊中的高塔，』她悄聲說，『慘禍，災難，越來越逼近……』

『好，好，』哈利再次應道，『不過……我還是覺得妳應該去向鄧不利多報告，說妳聽到有人發出聲音，然後四周突然變得黑漆漆的，接著妳就被扔出萬應室……』

『你真的這麼認爲嗎？』崔老妮教授似乎考慮了一會兒，哈利看得出來，她很想再重新述說一次她經歷的小冒險。

『我現在正要去找他，』哈利說，『我跟他約好了。我們可以一起過去。』

『喔，既然這樣的話，那就聽你的吧。』崔老妮教授露出微笑說。她彎下身，撈起她的雪利酒瓶，毫不客氣的扔進旁邊壁龕中的一個藍白色大花瓶裡面。

『我眞懷念以前教你的那段日子，哈利，』兩人一起往前走時，她感性的說，『你是沒什麼當「先知」的天分……但你是個非常棒的「觀察對象」……』

哈利什麼也沒說，他恨透了當崔老妮教授的觀察對象，她老是愛預言他會慘遭不測。

『我擔心，』她繼續說下去，『那頭駑馬──抱歉，我是說人馬──根本對紙牌占卜學一無所知。我問他──純粹是基於先知之間的交流──有沒有感覺到，遠方出現一種災難逼近的波動？結果他好像覺得我這人很滑稽。沒錯，他居然覺得我滑稽！』

她的聲音越來越高亢，變得有些歇斯底里，雖然她已經把雪利酒瓶扔掉了，但哈利仍然可以聞到一股強烈的酒氣。

『也許那匹馬是聽到別人說，我根本就沒遺傳到我曾曾祖母的天分。那些對我眼紅的人，早在多年前就開始散播這些謠言。你知道我對這些人是怎麼說的嗎，哈利？鄧不利多要是不認同我的實力，他會讓我在這麼優秀的學校任教，而且多年來一直對我深信不疑嗎？』

哈利囁嚅的說了些模糊不清的話。

『我到現在還記得，我當初跟鄧不利多面談時的情形，』崔老妮教授用沙啞的聲音繼續說下去，『他對我印象深刻，當然，印象非常深刻……我那時住在豬頭酒吧，順便告訴你，我可不推薦你住那個地方──到處都是臭蟲，我的媽呀──但我身上沒什麼錢。鄧不利多對我非常禮遇，特地到酒館房間來拜訪我。他問了我一些問題……我必須承認，我一開始還以為他對占卜學好像有些反感……我記得我那時突然感到有點兒怪怪的，我那天沒吃什麼東西……但接著……』

現在哈利終於開始專心傾聽，因為他知道接下來會發生什麼事，崔老妮教授將會做出那個改變他一生命運的預言，那個關於他和佛地魔的預言。

『……但接著那個沒禮貌的賽佛勒斯．石內卜就闖了進來！』

『什麼？』

『是的，我們聽到門外有些騷動，接著房門就被推開，那個有點兒粗魯的酒保和

石內卜兩人站在門外，石內卜胡扯了一些什麼他走錯樓梯的鬼話，但在我看來，他是被逮到在偷聽我和鄧不利多談話——你知道，那個時候他自己也在找工作，他根本就是想要來刺探情報！不過，在那之後，鄧不利多好像就比較想要給我這份工作了，哈利，我忍不住猜想，這完全是因爲，他察覺到我和石內卜之間的鮮明對比，我爲人謙虛，不刻意炫耀自己的才華，而那個愛出風頭的急躁年輕人，卻企圖要貼在鑰匙孔偷聽……哈利，親愛的？』

她回過頭來，這才發現哈利已不在她的身邊，他早已停下腳步，現在他們兩人相距有整整十呎遠。

『哈利？』她遲疑的再喊了一聲。

也許他的臉色已變得一片慘白，所以她看起來才會那麼擔心害怕。哈利一動也不動的站在那兒，感到一波波震驚的狂潮朝他陣陣襲來，淹沒了他腦中所有思緒，只剩下那個瞞了他那麼久的訊息……

是石內卜偷聽到那個預言。是石內卜把預言的消息告訴佛地魔。是石內卜和彼得·佩迪魯共同促使佛地魔去追殺莉莉、詹姆，和他們的兒子……

哈利現在什麼都不在乎了。

『哈利？』崔老妮教授又喊道，『哈利——我們不是要一起去找校長嗎？』

『妳待在這兒。』哈利從麻木的嘴唇蹦出一句。

『但是，親愛的……我要去跟他說我在萬應室被攻擊的事呀——』

『妳待在這兒！』哈利氣沖沖的重複道。

她滿臉驚恐的望著他跑過她身邊，繞過轉角，踏入鄧不利多辦公室所在的走廊，一個石像鬼孤零零的佇立守候。哈利對石像鬼吼出通關密語，再一步跨三級的衝上移動的螺旋梯。他沒耐心敲門，急得用力搥了幾下，而在那平靜的語聲回答『請進』之前，哈利已經迫不及待的衝了進去。

鳳凰佛客使轉過頭來，在窗外夕陽餘暉的映照下，晶亮的黑眼珠閃爍出金色的光芒。鄧不利多正站在窗前俯瞰校園，手裡拿著一件黑色長旅行斗篷。

『哈利，我答應過要帶你跟我一起去。』

哈利一時間沒聽懂他的意思，他剛才跟崔老妮的談話，讓他把一切全拋到了九霄雲外，他的腦筋好像變得非常遲鈍。

『跟你……一起去？……』

『要是你想去的話。』

『要是我……』

這時哈利才回想起，他一開始急著跑到鄧不利多辦公室的原因。

『你找到了？你找到分靈體了？』

『我想是的。』

憤怒憎恨和驚訝興奮這兩種情緒在哈利心中天人交戰，他有好長一段時間說不出話來。

『害怕是很自然的。』鄧不利多說。

『我才不怕呢！』哈利立刻說，而他並沒有說謊，他現在心中完全沒有一絲恐懼，『是哪一個分靈體？放在哪裡？』

『我不確定是哪一個──我想可以先把那隻蛇排除在外──但我相信它是藏在遠方海岸邊一個洞窟裡面，而這個洞窟我已經找很久了，就是湯姆．瑞斗在他們孤兒院年度旅行的時候，把院裡兩個孩子嚇得半死的那個洞窟，你還記得嗎？』

『記得，』哈利說，『那裡有什麼防禦措施？』

『我不清楚，我只能做些猜測，但很可能全都是錯的。』鄧不利多遲疑了一會兒，然後說，『哈利，我答應過你，要帶你跟我一起去，我也會遵守這項承諾，但我必須事先警告你，這是一次極端危險的行動。』

『我要去。』哈利甚至在鄧不利多話還沒說完前就急急表示。他胸中燃燒著對石內卜的熊熊怒火，才短短幾分鐘之內，他那股想要奮不顧身去冒險犯難的渴望，變得比先前強烈十倍。哈利心中的念頭似乎清楚顯示在他的臉上，因爲鄧不利多從窗邊走過來，仔細盯著哈利，微微皺起銀白色的眉毛。

『發生了什麼事？』

『沒什麼。』哈利立刻回答。

『什麼事讓你不高興？』

『我沒有不高興。』

『哈利，你從來就不是個成功的鎖心者——』

這個字眼就像火引似的，點燃了哈利胸中的怒火。

『石內卜！』他非常大聲的說，佛客使在他們背後發出一聲輕柔的嘎嘎叫聲，『就是石內卜讓我不高興！是他把預言的事情告訴佛地魔，就是他，他站在門外偷聽，崔老妮已經告訴我了！』

鄧不利多仍然維持同樣的表情，但哈利覺得他那張被夕陽染紅的臉龐，似乎在瞬間變得蒼白。過了非常久的時間，鄧不利多都沒有開口說話。

『你是什麼時候發現這件事的？』他最後終於開口問。

『剛才！』哈利說，他費了很大的勁，才克制住沒有大吼大叫。但接著，他突然再也管不住自己了。**『是他告訴佛地魔去害我的爸媽，但你還讓他在這裡教書！』**

哈利像剛打完架似的重重喘著氣，轉身離開仍然不動聲色的鄧不利多，開始在書房中來回踱步，他用手揉搓著指關節，用最後一絲自制力，遏止自己別去胡亂砸東西出氣。

他要對鄧不利多大發雷霆，但他同時也很想跟這位校長一起去摧毀分靈體；他想要罵鄧不利多是愚蠢的老人，才會笨到去信任石內卜，但他害怕要是他不控制住自己的脾氣，鄧不利多就不肯帶他一起去了……

『哈利，』鄧不利多平靜的說，『請你聽我說。』

要他停止踱步，簡直就跟要他控制住不大吼大叫一樣困難。哈利咬著嘴唇停下來，望著鄧不利多佈滿皺紋的面龐。

『石內卜教授犯下一個嚴重的──』

『不要告訴我這只是個錯誤，他站在門外偷聽！』

『請你先聽我說完。』鄧不利多等哈利簡短的點了一下頭之後，才繼續說下去，『石內卜教授犯下一個嚴重的錯誤。在他聽到崔老妮教授前半段預言的那個夜晚，他仍然在替佛地魔王辦事。他自然立刻把他聽到的消息告訴他的主人，因為這跟他的主人有非常大的關係。但他並不知道──他絕對不可能會知道──佛地魔聽到預言後會想要搜捕哪一個男孩，也不曉得在這殘酷的獵捕過程中不幸慘死的那對父母，竟然會是石內卜教授自己認識的人，也就是你的父親和母親──』

哈利發出一聲陰沉的狂笑。

『他恨死我爸了，就像他恨天狼星一樣！校長，難道你沒注意到，石內卜恨的人最後都難逃一死嗎？』

『你不了解，當石內卜教授明白佛地魔王是如何詮釋這個預言時，他內心是多麼後悔莫及。我想這是他這輩子最大的遺憾，這也是他爲什麼會回到——』

『但他是一個非常厲害的鎖心者，不是嗎，校長？』哈利說，他盡量用平靜的語氣說，然而他的聲音仍忍不住顫抖，『佛地魔不是相信石內卜是站在他那一邊，甚至到現在還是深信不疑嗎？校長……你怎麼能確定石內卜是站在我們這一邊？』

鄧不利多沉默了半晌，看來他似乎是正在下定決心要做某件事。最後他終於開口說：『我很確定，我完完全全信任石內卜。』

哈利用力深呼吸好幾次，努力讓自己平靜下來。但沒有用。

『很好，但我可不信任他！』他說，他的嗓門還是跟先前一樣大，『他現在正在跟馬份進行某項陰謀，就在你的鼻子底下，而你卻仍然——』

『我們已經討論過這個問題，哈利，』鄧不利多說，而現在他的語氣又變得相當嚴厲，『我已經告訴你我的看法。』

『你今晚就要離開學校，我敢說你根本沒考慮到石內卜和馬份可能決定要——』

『要怎麼樣？』鄧不利多抬起眉毛問道，『你可以仔細說明，你到底懷疑他們在做什麼嗎？』

『我……他們正在進行某項陰謀！』哈利說，雙手握成拳頭，『崔老妮教授剛才走進萬應室裡，打算藏她的雪利酒瓶，她卻聽到馬份在裡面大聲歡呼！他一直想要修好某

個非常危險的東西，我認爲他現在終於修好了，而你竟然就打算這樣離開學校，完全不顧——』

『夠了。』鄧不利多說。他的語氣相當平靜，但哈利立刻乖乖閉上嘴，他知道自己終於踰越了某條隱形的界線，『你眞以爲，我今年在離開學校期間，有任何一次沒事先安排好保護措施，就拋下學生不管嗎？我當然不會。今晚，在我離開後，這個地方同樣也會再增加額外的保護措施。請你不要說，我完全沒把學生們的安全放在心上，哈利。』

『我沒有——』哈利囁嚅的說，他感到有些慚愧，但鄧不利多打斷他的話。

『我不想再討論這個話題。』

哈利努力忍住沒回嘴，他擔心自己這次實在說得太過分，已經沒機會再跟鄧不利多一起去冒險了，但鄧不利多繼續說下去：『你今晚想跟我一起去嗎？』

『想。』哈利馬上接口。

『很好，那你注意聽。』

鄧不利多挺起身軀，看起來更高了。

『在我帶你去之前，你得先答應我一個條件，你必須當場服從我給你的任何命令，而且不能提出問題。』

『當然。』

『你必須確定你眞的明白我的意思，哈利。我是說，甚至連「跑」、「躲起來」或是「回去」這類的命令，你都必須遵守。你能答應我嗎？』

『我──是的，當然。』

『要是我叫你躲起來，你會照做嗎？』

『是的。』

『要是我叫你逃跑，你會服從嗎？』

『是的。』

『要是我叫你拋下我自己逃命，你會照我的話去做嗎？』

『我──』

『哈利？』

他們互相對望了一會兒。

『是的，校長。』

『非常好。我希望你現在回去拿你的隱形斗篷，五分鐘後跟我在入口大廳會合。』

鄧不利多回過頭去，眺望窗外火紅的風景，此刻夕陽已沉落到地平線上，看起來就像是一枚閃爍著紅寶石光芒的大火球。哈利飛快踏出辦公室，走下螺旋梯。他的心思出乎意料的一片清明。他知道他該怎麼做。

他回到交誼廳，看到榮恩和妙麗兩人一起坐在那裡。『鄧不利多找你做什麼？』妙麗一看到他就問道，『哈利，你還好吧？』她又擔心的補上一句。

『我沒事。』哈利簡短的應了一聲，就從他們身邊跑過去。他衝上樓梯踏入寢室，打開他的行李箱，取出劫盜地圖和一雙捲起來的襪子。然後他快步奔下樓梯，衝進交誼廳，跑到榮恩和妙麗面前，他們兩人目瞪口呆的望著他。

『我沒多少時間，』哈利氣喘吁吁的說，『鄧不利多以爲我只是回來拿隱形斗篷。聽著……』

他急促的把他要去的地方和原因告訴他們。他說得很快，妙麗害怕的倒抽了好幾口氣，榮恩性急的連連發問，但他從頭到尾都沒有停下來，他們可以待會兒再自己去思索細節。

『……所以你們知道這代表什麼嗎？』哈利像連珠炮似的急急把話說完，『鄧不利多今晚不會在學校，所以不管馬份打算進行什麼陰謀，他都可以毫不顧忌的展開行動了。不，先聽我說完！』他氣沖沖的叱責，因爲榮恩和妙麗兩人都明顯想要打岔，『我知道在萬應室裡歡呼的人絕對就是馬份。拿著──』他把劫盜地圖塞進妙麗手裡，『你們得好好盯住他，另外你們還得盯住石內卜。趕緊召集ＤＡ成員來幫忙，來幾個算幾個。妙麗，那些聯絡用的加隆應該還沒失效吧，是不是？鄧不利多會替學校安排額外的保護措施，但這件事要是跟石內卜有關的話，他就會知道鄧不利多設下了什麼保護措施，所以他可以設法避開——但他絕對想不到你們這些人會在小心戒備，對不對？』

『哈利——』妙麗開口喊道，她害怕的瞪大眼睛。

『我可沒時間吵架，』哈利簡潔的說，『把這也拿去——』他把襪子硬塞進榮恩手裡。

『謝了，』榮恩說，『呃——我爲什麼會需要用到襪子？』

『你需要的是包在裡面的東西，就是福來福喜。你們兩個跟金妮一起分著喝。代我跟她說聲再見。我得走了，鄧不利多在等——』

『不！』妙麗說，而榮恩滿臉敬畏的取出裝著金色魔藥的小瓶子，『我們用不到，你自己帶在身上，誰知道你會遭遇什麼樣的事情？』

『我不會有事的，我跟鄧不利多在一起，』哈利說，『我只希望你們沒事就好……拜託妳別露出那種表情，妙麗，我們待會兒見了……』

他轉身就走，匆匆爬出畫像洞口，奔向入口大廳。

鄧不利多正站在橡木大門邊等待。他轉過頭來，只見哈利收住腳步，停在最上面一級石階上，他重重喘氣，感到腹側一陣燒灼般的刺痛。

『麻煩請你穿上隱形斗篷，』鄧不利多說，而他等哈利披上斗篷後才開口說，『很好。我們可以走了嗎？』

鄧不利多立刻走下石階，在沉滯的夏日空氣中，他的旅行長斗篷幾乎一絲不動。

哈利躲在隱形斗篷下快步趕到鄧不利多身邊，他渾身是汗，仍在吁吁喘個不停。

『要是別人看到你離開的話，他們會怎麼想，校長？』哈利問道，他心裡想到的是馬份和石內卜。

『他們會以爲我是要去活米村喝一杯，』鄧不利多輕鬆的答道，『我有時候會去光顧羅梅塔的生意，要不然就是去「豬頭酒吧」……至少表面上是這樣。這是個掩飾你眞正目的地的好方法。』

他們在越來越深的暮色中走向大道。空氣中充滿了青草、湖水以及海格家炊煙的溫暖氣味。眼前這般景象，實在很難讓人相信，他們此刻正要出發去面對任何危險或駭人的事物。

『校長，』哈利平靜的問，此時大道盡頭處的大門已出現在他們眼前，『我們要施現影術嗎？』

『是的，』鄧不利多說，『我相信你現在已經學會現影術了吧？』

『是的，』哈利說，『但我還沒拿到執照。』

他覺得他最好是說實話，要是他到達的地方離目的地有數百哩遠，那不是把一切全都搞砸了嗎？

『不要緊，』鄧不利多說，『我可以再次協助你。』

他們走出大門，彎進通往活米村那條暮色朦朧、杳無人跡的巷道。天色暗得很快，當他們踏上活米村大街時，天已經全黑了。商店上方的窗口閃爍著燈光，而在他們快走到『三根掃帚』的時候，他們聽到一陣喧鬧的喊叫聲。

『——不許再進來！』羅梅塔夫人喊道，硬把一個看起來髒兮兮的巫師趕出店門，『喔，嗨，阿不思……你這麼晚出來……』

『晚安，羅梅塔，晚安……原諒我，我正打算去「豬頭酒吧」……不好意思，但我今晚想待在氣氛比較安靜的地方……』

一分鐘後，他們繞過轉角，踏入一條小巷，雖然四周沒有一絲微風，但『豬頭酒吧』的招牌仍發出輕微的唧嘎聲。這裡跟『三根掃帚』完全相反，酒吧裡看來一個人也沒有。

『我們沒必要進去，』鄧不利多往周遭瞥了一眼，壓低聲音說，『反正也沒人會看到……現在抓住我的手臂，哈利。不用抓太緊，我只是在引導你罷了。數到三——一……二……三……』

哈利轉過身來，他立刻感到那種好像硬生生擠過一根粗橡皮管似的恐怖感覺，他完全無法呼吸，身體的每一個部位都受到嚴重擠壓，幾乎到達難以忍受的程度，然後，就在他覺得自己快要窒息的時候，那隱形的束縛彷彿在瞬間突然綳裂，現在他站在涼爽的黑夜中，吸入滿腔帶著海水鹹味的新鮮空氣。

26. 洞窟

哈利可以嗅到海水的氣味，聽到陣陣浪濤聲；他眺望那片月光蕩漾的海洋和繁星閃爍的天空，一陣輕柔而冰寒的微風吹動他的頭髮。他此刻站立在一塊黑色巨岩頂端，海水在他下方滾滾翻騰。他回頭瞥向後方。那裡有一面巍峨聳立的險峻峭壁，看起來黑黝黝的，沒有任何明顯的特徵。另外還有幾座巨大的岩塊，就跟哈利和鄧不利多此刻站立的巨岩相差無幾，看來似乎都是在過往的悠悠歲月中，從峭壁表面上斷裂墜落下來的。這是一幅淒涼而嚴酷的景象，目光所及只有單調的海洋與岩石，看不見一棵樹木、一片草地或是沙灘。

『你覺得怎麼樣？』鄧不利多問道。他的語氣彷彿只是在問哈利這地方適不適合

郊遊似的。

『他們帶孤兒院的小孩到這裡來玩？』哈利問道，他從來沒看過這麼難玩的旅遊地點。

『嚴格說來，不是在這裡，』鄧不利多說，『後面懸崖上方的道路中間有個小村落。我想他們是把孤兒帶到那個地方，讓他們呼吸一點海洋的氣息，欣賞一下海浪的景象。我想就只有湯姆．瑞斗，和他那兩個可憐的小受害者到過這個地方。一般麻瓜沒辦法爬上這塊岩石，只有極少數的登山高手才辦得到；船隻也無法接近這座懸崖，因為周圍的海域實在太危險了。我猜想，瑞斗當初不是用繩索，而是靠魔法幫忙，才能爬到下面來。而他把那兩個小孩帶在身邊，大概是覺得嚇唬他們很有趣吧。我想光是這段旅程，就足以把他們嚇得半死，你說是不是？』

哈利再次抬頭望著那座懸崖，雞皮疙瘩都冒出來了。

『但是他最後的目的地——也是我們要去的地方——跟這裡還有一小段距離。來吧。』

鄧不利多示意哈利走到岩石最邊緣，這裡有一排參差不齊的凹洞，可以讓人走到下方那些半浸在水中，更靠近懸崖的大圓石。這條下坡路非常危險，而鄧不利多焦枯的手讓他行動有些不便，因此他走得相當緩慢。下面的岩石被海水濺得又濕又滑。哈利感到鹹鹹的冰冷水花打到了他的臉上。

『路摸思！』鄧不利多說，他已走到最靠近懸崖表面的大圓石上。他蹲伏在圓石上，無數金色的光芒，在下方數呎處的漆黑水面上跳躍閃動，同時照亮了他身邊的黑暗岩壁。

『你看到了嗎？』鄧不利多平靜的問道，把魔杖抬高了一些。哈利看到懸崖表面上有個縫隙，黑暗的海水在裡面打著漩渦。

『你不介意稍微弄濕吧？』

『不會。』哈利說。

『那就把隱形斗篷脫掉——現在已經不需要了——我們來跳水吧。』

鄧不利多突然展現出如年輕人般的矯捷身手，從圓石上溜下去，跳入海裡，再將發光的魔杖銜在口中，用優美俐落的蛙式游向岩壁上的黑暗裂縫。哈利脫掉隱形斗篷，塞進口袋，也跟著跳了下去。

海水冰寒刺骨。哈利的衣服被水浸濕，在他身邊鼓脹起來，拖得他直往下沉。他做了幾次深呼吸，一股強烈的海水與海藻氣味竄進他的鼻孔，他開始用手腳划著水，朝著裂縫深處那團幽微閃爍、越來越遠的光亮游去。

裂隙越來越寬，沒多久就形成了一條漆黑的隧道，哈利可以看出，這裡在漲潮時必然會灌滿海水。兩邊黏答答的岩壁大約只相隔三呎，在鄧不利多魔杖光芒照耀下隱隱發光，看起來就像塗了一層濕滑的焦油。再往前游了一會兒之後，通道開始彎向左方，哈利看到它一路延伸到遙遠的懸崖深處。他繼續跟在鄧不利多後面往前游，他的手指凍得發僵，指尖不斷擦過粗糙潮濕的岩石。

然後哈利看到鄧不利多在前方爬出水面，他的銀髮和黑袍在黑暗中微微發光。哈利游過去，看到那裡有階梯通往一個巨大的洞窟。他爬上階梯，水從他濕透的衣服不停流淌下來，而他暴露在沉滯而冰冷的空氣中，無法控制的連連顫抖。

鄧不利多站在洞窟正中央，他高舉魔杖，站在原地緩緩旋轉，檢查周遭的牆壁和天花板。

『沒錯，就是這個地方。』鄧不利多說。

『你怎麼看得出來？』哈利悄聲問。

『這裡有著明顯的魔法。』鄧不利多簡單答道。

哈利無法分辨出，自己現在會這樣抖個不停，到底是因爲那股冷入骨髓的寒意，還是他也同樣感應到此處的魔法。他看到鄧不利多仍在四處打量，顯然是在專心搜尋某些哈利看不見的事物。

『這裡只是前廳，只是入口大廳，』鄧不利多過了一會兒說，『我們必須穿過這裡到裡面去……現在擋在我們面前的並不是天然屏障，而是佛地魔王設下的阻礙……』

鄧不利多走到洞窟的石牆前，用他焦黑的指尖輕輕撫過岩壁，嘴裡低聲唸誦一種哈利沒聽過的奇怪語言。鄧不利多沿著洞窟壁繞了兩圈，儘可能撫摸他所能碰到的所有粗糙岩壁，偶爾停下腳步，用手指來回撫摸同一個特定的地方，最後他終於停住，用手掌平貼著壁面。

『這裡，』他說，『我們得從這兒穿過去。入口就隱藏在這裡。』

哈利這次並沒有問鄧不利多是怎麼知道的。他過去從來沒看過有哪個巫師能像這樣只看一看、摸一摸，就可以得到答案，但哈利早就了解，那些砰砰響和煙霧彌漫的華麗花招，通常並不代表道行高深，而是掩飾法力低微的障眼法。

鄧不利多從洞窟岩壁退向後方，用魔杖指著岩壁。在那一瞬間，岩壁上出現一道拱門的輪廓，散發出耀眼的白色光芒，彷彿裂縫後有著非常強烈的光源。

『你辦──辦到了！』哈利冷得牙關連連打顫，但他話還沒說完，拱門的輪廓就已消失不見，眼前仍是先前那片光禿禿的堅實岩壁。鄧不利多回過頭來。

『哈利，眞抱歉，我忘了。』他說，然後用魔杖指著哈利，哈利的衣服立刻變得又乾又暖，就好像剛掛在炙熱的爐火邊烘過似的。

『謝謝。』哈利感激的說，但鄧不利多已重新把注意力轉回那片堅固的牆壁上。他沒有再使用魔法，只是站在那兒專注的盯著牆面，好像牆上寫了些非常有趣的事情似的。哈利安靜的站在一旁；他不想打斷鄧不利多的注意力。

過了整整兩分鐘之後，鄧不利多才平靜的開口說：『喔，眞想不到。實在是太卑劣了。』

『你說什麼，校長？』

『我想，』鄧不利多說，他用未受傷的手探進長袍，取出一柄哈利用來切魔藥藥材用的那種銀色短刀，『我們得付出一點代價才能通過。』

『代價？』哈利說，『你必須給這扇門什麼東西嗎？』

『是的，』鄧不利多說，『要是我沒弄錯的話，應該是鮮血。』

『鮮血？』

『所以我才會說它太卑劣了，』鄧不利多說，他的語氣充滿了輕蔑，甚至帶有失望的意味，似乎是認爲佛地魔比他原先預期的還要沒有格調，『你應該已經想到，這種做法是爲了先削弱敵人的體力，才能放他們進去。這又再次顯示出，佛地魔王仍不明白世上有些事情比純粹的肉體傷害要恐怖得多。』

『沒錯，但要是能避免的話……』哈利說，他經歷過太多的肉體痛苦，並不想再多痛一次。

『只不過，有時這是無法避免的。』鄧不利多說，他將長袍袖子甩向後方，露出他那隻沒受傷的手臂。

『校長！』哈利抗議的喊道，看到鄧不利多舉起刀子，他連忙衝向前去，『讓我來，我——』

他不曉得接下來該怎麼說——比較年輕，比較健壯嗎？但鄧不利多只是微微一笑。

一道銀光閃過，噴出一股猩紅色的血泉；岩壁上濺滿了密密麻麻的閃亮黑色血點。

『你眞好心，哈利。』鄧不利多說，現在他用魔杖頂端，撫過他在自己手臂上割出的深深傷口，傷口立刻癒合，就跟石內卜治癒馬份傷口時的情形一樣。『但你的血可比我的珍貴多了。啊，看來好像成功了，是不是？』

那道閃亮的銀色拱門輪廓立刻重新出現，而這次它並沒有失去蹤影；拱門內那片濺滿血跡的岩壁已完全消失，露出敞開的入口，通往一片全然的漆黑。

『跟在我後面吧。』鄧不利多說，他踏入拱門，哈利也緊跟上去，邊走邊忙著點亮自己的魔杖。

他們眼前出現一幅詭異的景象，他們此刻站在一個巨大的黑色湖泊岸邊，湖面一望無際，大得讓哈利完全看不到對岸；湖泊是位於一個高聳的洞窟裡面，而這個洞窟也同樣高得完全看不見盡頭。在遠處那頭似乎是湖泊中央的地方，閃爍著一團霧濛濛的淡綠光暈；平靜的湖水清楚的映照出綠光的倒影。四周是一片如天鵝絨般的漆黑，只看得見那團綠光和兩根魔杖所發出的光芒，但它們的光芒並不如哈利預期中那般明亮。此處的黑暗似乎比一般的黑暗更爲濃重。

『我們往前走吧，』鄧不利多平靜的說，『小心別踩到水。跟緊我。』

他開始繞著湖岸往前走去，哈利也緊跟在他身後。他們踏過湖畔狹窄的岩岸，啪噠啪噠的腳步聲在四周幽幽迴盪。他們不斷往前走去，但眼前的景象並沒有任何改變，一邊是粗糙的洞窟岩壁；另一邊則是無邊無際且平滑如鏡的黝黑湖水，中央有一團神祕的淡綠光暈。這個地方和周遭的死寂，讓哈利感到相當大的壓迫感，心裡有些毛毛的。

『校長？』他終於忍不住開口說，『你覺得分靈體是放在這兒嗎？』

『喔，是的，』鄧不利多說，『我確定是在這裡。問題是，我們要怎樣才能拿到它？』

『難道我們不能……我們不能用「召喚咒」試試看嗎？』哈利說，他也知道這個建議很蠢，但總比要他承認他想趕快離開這裡要好得多。

『當然可以，』鄧不利多說，突然停下腳步，哈利差點撞到他身上，『你怎麼不試試看呢？』

『我？喔……好吧……』

哈利完全沒料到鄧不利多會是這種反應，但他還是清了清喉嚨，舉起魔杖大聲說：『速速前，分靈體！』

突然響起一陣如爆炸般的聲響，在約莫二十呎遠的黑色湖水中，蹦出了某個非常巨大、非常蒼白的東西；哈利還來不及看清，它就噗通一聲落入水中不見了，在平滑如鏡的水面上留下一圈圈又大又深的漣漪。哈利嚇得往後跳，撞到了後面的岩壁；他轉頭望著鄧不利多，心臟仍在怦怦狂跳。

『那是什麼？』

『我想，是某種負責守護分靈體的東西吧，我們只要一企圖奪取，那東西就會來對付我們。』

哈利回頭望著湖水。湖面又重新變成一片閃亮的黑色玻璃……漣漪消失得異常快速，但哈利的心仍跳個不停。

『你早就料到它會出現嗎，校長？』

『我只知道，只要我們做出想去拿分靈體的明顯舉動，就一定會發生什麼事。你這主意眞的很不錯，哈利，用最簡單的方法，來探測出我們此刻所面對的是什麼。』

『但我們還是不曉得它是什麼東西。』哈利說，低頭望著那邪惡不祥的平靜湖水。

『你應該說它們，』鄧不利多說，『我看恐怕不可能只有一個。我們繼續往前走吧。』

『校長？』

『什麼事，哈利？』

『你想我們會需要跳進湖裡嗎？』

『湖裡？我們不至於那麼倒楣吧。』

『難道你不認爲分靈體會在湖底嗎？』

『喔，不……我認爲分靈體在湖中央。』

鄧不利多指著湖中心那團霧濛濛的綠光。

『所以我們得越過湖面才能拿到它？』

『對，我想是的。』

哈利沒再吭聲。他心裡想到了水怪，想到了巨蛇，想到了惡魔、水鬼和妖怪……

『啊哈！』鄧不利多說，又突然停下腳步，這次哈利是真的一頭撞到他身上；在那一剎那，哈利搖搖晃晃差點栽進黑暗的湖水裡，幸好鄧不利多及時用沒受傷的手緊抓住他的手臂，才把他給拉了回來。『真抱歉，哈利，我該先警告你一聲。請你退後靠著牆壁，我想我已經找到那個地方了。』

鄧不利多的話讓哈利聽得一頭霧水，放眼望去，這片漆黑的湖畔，看起來就跟別的地方沒有兩樣，但鄧不利多似乎看出這裡有異狀。這次他並沒有伸手撫摸岩壁，而是在空中摸索，彷彿是想找到並抓住某個看不見的東西。

『喲呼！』幾秒鐘後，鄧不利多高興的喊道。他用手握住半空中某個哈利看不見的東西。鄧不利多踏到湖水邊，哈利緊張的望著鄧不利多，看到他腳上那雙環釦皮鞋的鞋尖，踩到了湖邊岩石的最邊緣。鄧不利多仍一手握拳舉在半空中，再舉起另一隻手揮動魔杖，用尖端在他的拳頭上輕敲了一下。

從湖水深處到鄧不利多緊握的拳頭之間，突然平空冒出了一條粗重的綠色銅鍊。鄧不利多往銅鍊上敲了一下，鎖鍊立刻像蛇一般的在他拳頭中扭動，再鏗啷哐啷的摔落到地上，在岩窟中激起響亮的回音，接著銅鍊就在地上自動收束盤繞，從黑暗的湖水深處拉出某個東西。哈利屏住氣息，望著那如鬼影般的小船船首冒出水面，發出跟銅鍊一樣的綠色幽光，朝哈利和鄧不利多所在的湖畔輕輕飄過來，幾乎沒有激起半點漣漪。

『你怎麼會曉得它在那裡？』哈利驚愕的問道。

『魔法總是會留下痕跡，』鄧不利多說，這時小船已經輕撞到岸邊，『有時這些痕跡還會帶有明顯的個人特徵。我教過湯姆．瑞斗。我了解他的風格。』

『這——這艘船安全嗎？』

『喔，應該很安全。佛地魔需要準備一種安全途徑，讓他在想要來看或是取用分靈體的時候使用，這樣他在越過湖泊的時候，才不會激怒那些他放在水中的生物。』

『所以我們要是坐佛地魔的船，水裡那些怪物就不會來對付我們囉？』

『我們得先做最壞打算，相信它們遲早會發現我們並不是佛地魔王。但話說回來，到目前爲止，我們還進行得挺順利的。它們都已經允許我們把船拉上來了。』

『但它們爲什麼要讓我們上船？』哈利問道，他還是感到心裡發毛，忍不住幻想，等他們坐船駛到看不見岸邊的湖中心時，就會有許多恐怖的觸手從黑色的湖水裡冒出來。

『佛地魔相當有自信，他認爲只有非常偉大的巫師，才有可能會發現這艘船，』鄧不利多說，『我想他會願意冒險讓人登船，是因爲在他看來，根本不可能會有任何人能找到這艘船，而且他還在前面設了一些他認爲只有他才能通過的障礙。我們待會就能知道他這麼做到底對不對。』

哈利低頭望著船身。這艘船眞的是非常小。

『這看起來不像是給兩個人坐的。它載得動我們嗎？我們兩個一起坐會不會太重了？』

鄧不利多輕輕笑了。

『佛地魔在意的不是重量，而是越過他湖泊的魔法能量。我想這艘船必然已施過魔法，一次只能坐一名巫師。』

『那麼——』

『哈利，我想你應該不算在內，你尚未成年，並不具備巫師的資格。佛地魔絕對想不到，竟然有個十六歲的少年能到達這個地方。我想跟我的魔法能量相比，你的法力不可能會被計算在內。』

這些話完全無法提升哈利的士氣，鄧不利多大概也明白，因爲他又立刻補充說明：『佛地魔錯了，哈利，佛地魔錯了……他不該低估年輕人，太過在意年齡實在是既愚蠢又大意……好了，這次你先上船，小心別碰到水。』

鄧不利多讓出路來，哈利便小心翼翼的踏到船上。鄧不利多也跟著踏上來，並捲起鎖鍊擱在船板上。他們兩人擠在小船上；哈利根本沒辦法舒舒服服的坐好，只能縮起身子用蹲的，膝蓋還從船緣冒了出來。他們才剛坐好，船就立刻開始移動。四周靜悄悄的，只聽得見船首劃破湖面的絲滑水聲；他們無須動手，船就自動往前行駛，彷彿有條隱形的繩索，將它拉向湖中心的光源。才一會兒，他們就再也看不到洞窟的岩壁了；他們感覺就像置身茫茫大海，唯一不同的就是這裡完全沒有波浪。

哈利低下頭來，看到他魔杖光芒反映出的點點金光，在他們經過的黑暗水面上閃爍蕩漾。船身在玻璃般的水面上劃出深深的漣漪，在黑暗的鏡面上留下細細的刻痕……

然後哈利就看到了它，在水面下數吋深的地方，漂浮著一個像大理石一樣白的東西。

『校長！』他喊道，他驚駭的嗓音在寧靜的水面上激起響亮的回音。

『哈利，什麼事？』

『我好像在水裡看到一隻手——一隻人手！』

『是的，你沒看錯。』鄧不利多平靜的說。

哈利凝視著湖水，搜尋那隻消失的人手，一股作嘔的感覺直衝上他的喉頭。

『所以剛才從水裡跳出來的那個東西？——』

但鄧不利多還來不及回答，哈利就已經知道答案了；魔杖的光芒滑過另一片水面，而這次他看到，在水面下數吋深的地方，出現一張面朝上的死人臉孔：他張開的雙眼顯得霧濛濛的，彷彿結滿了蜘蛛網，他的頭髮和長袍像煙霧般在他身邊幽幽漂動。

『這裡面有屍體！』哈利說，他的嗓音異常高亢，簡直不像是他的聲音。

『是的，』鄧不利多寧靜的說，『但我們目前還不用擔心它們。』

『目前？』哈利重複道，硬生生把眼光從水面移開，望著鄧不利多。

『目前它們只是平靜安詳的在我們下方漂流，』鄧不利多說，『屍體並不可怕，哈利，就跟黑暗並不可怕是同樣的道理。佛地魔王不會同意我的看法，因爲他私底下對這兩者都心存恐懼。但這又再次顯現出他缺乏智慧。當我們看到死亡或是黑暗時，我們眞正恐懼的是那種未知的感覺，就只是這樣而已。』

哈利什麼也沒說；他並不想爭辯，但他還是覺得，有許多屍體在他們周圍和下方漂浮，想起來實在是非常恐怖，更糟的是，他並不相信它們不具危險性。

『但剛才就有一個要跳出水面呀，』他說，努力讓自己的語氣聽起來跟鄧不利多一樣冷靜沉穩，『在我召喚分靈體的時候，有個屍體蹦出了湖面。』

『是的，』鄧不利多說，『我確定等我們一拿到分靈體，它們就不會像現在這麼安分了。不過，就像許多居住在寒冷黑暗地帶的生物一樣，它們同樣也畏懼光亮和溫暖，所以若是有需要的話，我們就可以找我們的幫手出面了。我是指火，哈利。』鄧不利多看到哈利困惑的表情，立刻微笑著補上一句。

『喔……好吧……』哈利立刻答道。他轉頭望著那團淡綠色的光暈，船仍然冷酷的繼續朝那裡駛去。現在他再也沒辦法假裝不害怕了。巨大的黑色湖泊，裡面充滿死屍……感覺上他遇到崔老妮教授，把福來福喜交給榮恩和妙麗，似乎都已經是好久好久以前的事了……他突然希望他那時能跟他們好好道別……而且他甚至沒見到金妮……

『就快到了。』鄧不利多愉快的說。

果然沒錯，那團綠光似乎終於開始漸漸變大，才不過短短幾分鐘，船就停下來，輕輕撞上了某個東西，哈利剛開始還看不清那是什麼地方，但接著他舉起發光的魔杖，看到他們已到達湖中央一個由平坦岩石形成的小島。

『小心別碰到水。』鄧不利多在哈利爬下船時又叮嚀了一次。

這個島跟鄧不利多的辦公室差不多大，一片平坦的黑色岩石，除了綠光的來源之外，其他什麼都沒有，站在近處觀看，綠光顯得比先前明亮多了。哈利瞇眼盯著綠光，剛開始他還以爲那是一盞燈，但接著他就看到光源來自一個跟儲思盆十分相像的石盆，放置在一個基座上。

鄧不利多走到石盆旁邊，哈利也跟了過去。他們兩人並肩站在一起，低頭往盆裡看。石盆裡面裝滿了翡翠綠色的液體，散發出如鬼火般的幽光。

『這是什麼？』哈利輕聲問道。

『我不確定，』鄧不利多說，『但想必比鮮血和屍體還要難纏。』

鄧不利多捲起長袍袖口，露出他那隻發黑的手，再伸出他那燒焦的手指，去碰觸魔藥表面。

『校長，不，不要碰！——』

『我碰不到，』鄧不利多略帶微笑說，『看到了嗎？我最多也只能伸到這裡。你來試試看。』

哈利低頭凝視，把手探進石盆，試著去碰觸魔藥。他在距離魔藥表面一吋遠的地方，碰到了一道隱形的障礙物。不論他怎麼用力，他的手指就是無法穿透那層彷彿是固體空氣似的屏障，碰觸不到任何東西。

『請讓開，哈利。』鄧不利多說。

他舉起魔杖，在魔藥表面上方做了一些複雜的動作，嘴裡無聲的唸誦。沒有任何事情發生，只是魔藥的光暈好像稍稍變亮了一些。在鄧不利多施法的時候，哈利一直保持安靜，過了一陣子，鄧不利多收回魔杖，這時哈利才敢再開口講話。

『你覺得分靈體就在這裡面嗎，校長？』

『喔，是的。』鄧不利多更仔細的凝視著盆中的液體。哈利看到在魔藥平滑的綠色表面上，清楚的倒映出他上下顛倒的面孔。『但要怎樣才能拿到它？這魔藥無法用手碰觸，也不能讓它消失，分開，把它舀出來倒掉，或是把它吸乾，同時也無法用變形術、符咒，或其他任何方法來改變它的性質。』

鄧不利多漫不經心的再次舉起魔杖，在空中畫了一個圈，再伸手接住他用魔法變出的水晶杯。

『我只能得到一個結論，得把魔藥喝下去。』

『什麼？』哈利說，『不行！』

『沒錯，我想應該是這樣，只有把它喝下去，我才能讓石盆變空，看到裡面的東西。』

『但要是──要是它害死你怎麼辦？』

『喔，我想它不至於害死人，』鄧不利多輕鬆的說，『佛地魔王不會想要殺死踏上這個小島的人。』

哈利可沒辦法相信這一點。難道鄧不利多又犯了他那瘋狂的老毛病，硬是要相信每個人都有善良的一面？

『校長，』哈利說，努力讓自己的語氣保持平靜，『校長，我們現在面對的可是佛地魔──』

『抱歉，哈利，我應該說，他不會想要立刻殺死踏上這個小島的人，』鄧不利多糾正自己的說法，『他會想要讓他們再多活一段時間，好查出他們之前為何能成功穿越他的防禦設施，最重要的是，找出他們急於把石盆清空的眞正原因。別忘了，佛地魔王認為除了他自己之外，世上沒有任何人知道他擁有分靈體。』

哈利又想要開口，但這次鄧不利多卻舉起一隻手示意他安靜，微微皺起眉頭，望著那翡翠綠的液體，努力思索。

『毫無疑問，』他最後終於開口說，『這魔藥必然會有某種作用，來阻止我取得分靈體。它也許會讓我癱瘓無力，讓我忘了來到這裡的目的，造成劇烈的疼痛讓我分心，或是用其他某種方法使我喪失能力。現在一切都靠你了，哈利，你必須負責逼我不停的喝下魔藥，我若是抗拒，你就算是用灌的，也要讓我繼續喝下去。你明白嗎？』

他們兩人的視線在石盆上空交會，石盆詭異的綠光照亮了他們蒼白的面龐。哈利沒有答話。莫非這就是鄧不利多邀他一起來的原因——這樣他就可以強迫鄧不利多灌下可能會引起劇烈痛苦的魔藥？

『你還記得，』鄧不利多說，『我在帶你來之前，我要你答應我的條件嗎？』

哈利遲疑了一會兒，深深望進那對被石盆光暈染綠的藍眼睛。

『但要是？——』

『你不是答應過我，要聽從我給你的所有命令嗎？』

『沒錯，但是——』

『我不是警告過你，我們可能會遇到危險嗎？』

『沒錯，』哈利說，『但是——』

『那好，』鄧不利多說，再次把袖口甩向後方，舉起空無一物的水晶杯，『你聽到我的命令了。』

『爲什麼不能讓我代你喝？』哈利氣急敗壞的說。

『因爲我比較老，比較精明，也比較不那麼重要，』鄧不利多說，『就這麼一次，哈利，你可以答應我，盡你所有的力量，讓我不停喝下去嗎？』

『難道不能？——』

『可以嗎？』

『但是——』

『答應我，哈利。』

『我——好吧，但是——』

哈利還來不及再多做抗議，鄧不利多已經把水晶杯湊向魔藥。在那一剎那，哈利心裡暗暗希望杯子千萬不要碰到魔藥，但水晶杯卻順利穿透其他方法無法通過的阻礙，浸入魔藥之中，等杯中裝滿魔藥，鄧不利多就舉杯湊到唇邊。

『祝你身體健康，哈利。』

他舉起酒杯一飲而盡。哈利望著他，恐懼萬分，他雙手使勁攀住石盆邊緣，抓得指尖微微發麻。

『校長？』等鄧不利多一放下空杯，他就擔心的喊道，『你覺得怎麼樣？』

鄧不利多閉著眼睛搖搖頭。哈利猜想他大概正在忍受疼痛。鄧不利多摸索著把水晶杯放入石盆，重新裝滿魔藥，再次一飲而盡。

鄧不利多就這樣默默喝光三大杯魔藥。然後，他在第四杯喝到一半的時候，突然身子一晃往前撲倒，靠在石盆邊。他仍然閉著眼睛，呼吸變得異常濁重。

『鄧不利多校長？』哈利緊張的喊道，『你聽得到我的聲音嗎？』

鄧不利多沒有回答。他的面孔不停抽搐，彷彿是在熟睡中作著恐怖的惡夢。他握著酒杯的手慢慢鬆開，裡面的魔藥眼看就快要潑出來了。哈利趕緊伸手抓住水晶杯，把它扶正握緊。

『校長，你聽得到我的聲音嗎？』他大聲重複問道，他的聲音在洞窟中悠悠迴盪。

鄧不利多重重喘著氣，而當他再次開口時，哈利幾乎認不出他的聲音，因爲他從來沒聽過鄧不利多用這麼害怕的語氣說話。

『我不要……別逼我……』

哈利凝視著那張他無比熟悉的慘白面孔，望著那扭曲的鼻梁和半月形眼鏡，完全不曉得該怎麼辦。

『……不喜歡……想停下來……』鄧不利多呻吟道。

『你……你不能停下來，校長，』哈利說，『你必須一直喝下去，記得嗎？你告訴過我，你必須一直喝下去。來……』

哈利心裡非常痛恨自己，對他現在做的事情感到厭惡至極，但他還是硬起心腸，用力把酒杯湊到鄧不利多唇邊，再微微一傾，讓鄧不利多把剩下的魔藥全都喝光。

『不……』他痛苦的哼了一聲，這時哈利又把水晶杯放入石盆，替他舀了滿滿一杯魔藥，『我不要……我不要……放過我……』

『沒事的，校長，』哈利說，他的手在顫抖，『沒事的，我在這裡——』

『讓它停下來，讓它停下來。』鄧不利多呻吟著說。

『好……好，這可以讓它停下來。』哈利撒謊。他把杯中的液體灌入鄧不利多張開的嘴巴。

鄧不利多大聲尖叫，聲音越過死寂的黑水，迴盪在整個巨大的岩窟裡。

『不，不，不……不……我不能……我不能，別逼我，我不想……』

『沒事的，校長，沒事的！』哈利大聲說，而他的手實在抖得太厲害，幾乎無法順利舀起第六杯魔藥，現在石盆已經空了一半了。『你不會有事的，你很安全，那不是眞的，我發誓那絕不是眞的——把這喝下去，來，喝下去……』

鄧不利多順從的把魔藥喝下去，就好像那是哈利給他的解藥似的，但他一喝完，就雙腿一軟跪倒在地上，無法控制的劇烈顫抖。

『這全都是我的錯，全都是我的錯，』他哭泣著說，『求求你讓它停下來，我知道我做錯了，噢，求求你讓它停下來，我再也不會……』

『這可以讓它停下來，校長。』哈利的聲音變得沙啞，他把第七杯魔藥倒入鄧不利多口中。

鄧不利多開始畏懼的縮起身子，彷彿四周正在進行著看不見的殘暴酷刑；哈利用顫抖的雙手捧著重新裝滿的水晶杯，但差點就被鄧不利多狂亂揮舞的手給打翻，鄧不利多呻吟著說：『別傷害他們，別傷害他們，求求你，求求你，全都是我的錯，讓我來代替他們受苦……』

『來，把它喝下去，把它喝下去，你就沒事了。』哈利氣急敗壞的說，鄧不利多又再次乖乖張開嘴巴，但他仍然緊閉著雙眼，從頭到腳劇烈抖個不停。

然後他再次大聲尖叫，撲倒在地上，用拳頭重重搥著地面，這時哈利又裝滿了第九杯魔藥。

『求求你，求求你，求求你，不……不要這樣，不要這樣，我什麼都願意做……』

『只要把它喝下去，校長，把它喝下去……』

鄧不利多像個口渴的孩子似的，咕嚕咕嚕的把魔藥喝光，但他一喝完，就又開始大聲嘶吼，就好像肚子裡著火似的。

『不要了，求求你，不要了……』

哈利舀起第十杯魔藥，感到水晶杯擦到了石盆底部。

『我們就快成功了，校長，把這喝下去，喝下去……』

他扶起鄧不利多的肩膀，鄧不利多也再次把魔藥全都喝光；哈利又站起身來去舀魔藥，但這時鄧不利多開始發出比先前更加痛苦的淒厲尖叫：『我想死！我想死！讓它停下來，停下來，我想死！』

『把它喝下去，校長，把它喝下去……』

鄧不利多喝下魔藥，而他一喝完就立刻大聲吼道：『**殺了我吧！**』

『這——這可以殺了你！』哈利喘著氣說，『只要把這些喝下去……就會結束了……一切都結束了！』

鄧不利多狼吞虎嚥的就著酒杯，把魔藥喝得一滴不剩，接著他就發出一聲響亮而顫抖的喘氣聲，往旁一滾，臉朝下的趴倒在地上。

『不！』哈利大喊，他原本已站起來去舀魔藥，但他此刻連忙把酒杯扔進石盆，撲到鄧不利多身邊，把鄧不利多翻過來平躺在地上；鄧不利多的眼鏡歪向一旁，嘴巴大大張開，雙眼緊緊閉上。『不，』哈利說，他抓住鄧不利多用力搖晃，『不，你不能死，你說過這不是毒藥，醒來，快醒來——力力復！』他喊道，用魔杖指著鄧不利多的胸口；一道紅光閃過，但沒有任何事情發生，『力力復——校長——求求你——』

鄧不利多的眼瞼輕輕眨動，哈利的心情爲之一振。

『校長，你——』

『水。』鄧不利多嘶聲說。

『水，』哈利喘著氣說，『——好——』

他跳起來，從石盆中抓起水晶杯。盆底躺著一條用鍊子鍊住的小金匣，但他甚至連看都沒多看一眼。

『水水噴！』他喊道，用魔杖猛戳水晶杯。

杯中立刻裝滿清水，哈利跪在鄧不利多身邊，扶起他的頭，把酒杯湊到他唇邊——但酒杯是空的。鄧不利多發出呻吟，開始重重喘氣。

『但我剛才——等等——水水噴！』哈利又用魔杖指著酒杯喊了一次。在那一瞬間，杯中重新裝滿閃爍發光的清水，但一把它湊到鄧不利多唇邊，清水就再次消失不見。

『校長，我再試試看，我再試試看！』哈利氣急敗壞的說，但他知道鄧不利多根本聽不到他在說什麼；鄧不利多側躺在地上，發出顫抖而響亮的吸氣聲，聽起來十分痛苦。『水水噴——水水噴——水水噴！』

水晶杯再次裝滿水又立刻消失。而現在鄧不利多的呼吸聲變得越來越微弱。哈利驚惶得感到一陣頭暈目眩，而他的直覺告訴他，現在只有一個方法可以取到水，而這正是佛地魔精心策畫的計謀……

他衝到岩石岸邊，把水晶杯浸入湖中，盛了滿滿一杯冰寒的湖水，這次水並沒有消失。

『校長——這裡！』哈利大喊著猛衝過去，笨拙的把水全都倒在鄧不利多臉上。

他已經盡力了，因爲他沒拿杯子的那隻手臂，突然感到一陣冰冷，而這並不是湖水殘留下來的寒氣。一隻黏答答的白手抓住他的手腕，而這隻手的主人，現在正拉著他越過岩石慢慢往後退。湖面已不再平滑如鏡；湖水洶湧翻滾，不論哈利望向何方，都可以看到一隻隻白手從黑暗的湖水中冒出來，無數男人、女人和孩童，睜著凹陷盲目的雙眼，朝岩石蜂擁過來，一支從黑暗湖水中升起的死屍軍隊。

『整整──石化！』哈利大喊道，他努力攀住平坦潮濕的岩島地面，用魔杖指著那個抓住他手臂的行屍，它立刻放開他，噗通一聲往後落入湖水中。他掙扎著站起來，但其他許多行屍已爬上了岩石，它們乾巴巴的手像爪子般攀住濕滑的地面，它們霧白空洞的眼睛緊盯著他，拖著被湖水浸濕的破爛衣裳，塌陷的面孔不懷好意的向前斜睨。

『整整──石化！』哈利再次吼道，一邊後退，一邊舉起魔杖在空中猛揮，六、七具行屍倒下來，但卻有更多行屍繼續向他逼近，『噴噴障！繩繩禁！』

幾具行屍被絆倒，另外一、兩具被繩子綑住，但那些在它們後面爬上岩石的行屍，卻只是跨過或踩過這些倒下的屍體繼續前進。哈利舉起魔杖在空中狂劈亂砍，大聲喊道：『撕淌三步殺！撕淌三步殺！』

它們濕透的破衣和冰冷的皮膚上雖然出現了又深又長的裂痕，但並沒有鮮血湧出，它們只是毫無知覺的伸出皺縮的雙手，繼續朝哈利走來，哈利只好再退向後方，而他突然感覺到有手臂從背後抱住他，一雙雙如死屍般冰冷的枯乾手臂，緊緊箍住他的身體，將他抬了起來，他的雙腳離開地面，而它們開始抬著他，緩慢而穩定的退回湖水，他知道他這次是逃不掉了，他會溺死在湖水中，變成另一名看守佛地魔靈魂碎片的死屍護衛……

但接著黑暗中突然爆出一陣火光，金紅色的燦爛火圈環繞住整片岩石，那些緊抓著哈利的行屍開始搖搖晃晃的躊躇不前；它們不敢穿過火焰回到水中。它們拋下哈利，把他摔在地上，哈利在岩石上滑了一跤，感到自己手臂擦傷了，但他立刻爬起來，舉起魔杖環顧四周。

鄧不利多已重新站立起來，他的臉色就跟周圍的行屍一樣慘白，但他比它們任何一個都要高大，火光在他的雙眼中跳躍舞動，他像握著火炬似的將魔杖高高舉起，魔杖尖端冒出燦爛的火焰，就像一條巨大的繩索般，用溫暖的火光圍繞住它們。

行屍互相碰撞推擠，盲目的想要逃脫那圈環繞住它們的火焰……

鄧不利多撈起石盆底部的小金匣，塞進長袍放好。他無聲的比了個手勢，要哈利走到他身邊。行屍被火焰嚇得慌亂不安，似乎沒注意到它們的獵物正準備離開。鄧不利多領著哈利走回小船，火圈環繞在他們兩人身邊，隨著他們一起移動，而驚慌失措的行屍也跟著他們一起走到水邊，感激的重新滑入它們黑暗的湖水中。

哈利嚇得渾身顫抖，在那一瞬間，他還以爲鄧不利多無法爬上小船。鄧不利多在踏上船的時候，微微踉蹌了一下；他所有的力氣，似乎全都用來努力維持那圈包圍住他們的防護火焰。哈利抓住他，扶他上船坐好。等他們兩人重新擠上船，船就立刻開始離開岩島，越過黑色的湖水往回駛去。火圈依然環繞在他們身邊，而那些聚集在他們下方的眾多行屍，似乎根本不敢冒出水面。

『校長，』哈利喘著氣說，『校長，我忘了──忘了用火──它們一朝我過來，我就慌了──』

『可以理解。』鄧不利多低聲說。他的聲音虛弱得讓哈利大吃一驚。

他們輕輕撞到岸邊，哈利跳上岸，再立刻轉過身來扶鄧不利多。鄧不利多一踏到岸上，他握著魔杖的手就垂了下來；火圈消失不見，但行屍已不敢再冒出水面。小船重新沉入水裡，船的銅鍊也鏗啷哐啷、叮叮噹噹的滑入湖中。鄧不利多發出一聲重重的嘆息，頹然靠到洞窟牆壁上。

『我沒力氣了……』他說。

『別擔心，校長，』哈利立刻說，鄧不利多那異常慘白的臉色和筋疲力竭的模樣，讓他感到非常不安，『別擔心，我們一起回去……靠著我，校長……』

他抓起鄧不利多沒受傷的手臂，環繞在自己的肩膀上。哈利就這樣帶著校長繞過湖泊往回走去，幾乎負載著鄧不利多全身的重量。

『這裡的防護設施……的確是……設計得非常巧妙，』鄧不利多虛弱的說，『一個人絕對辦不到……你做得很好，非常好，哈利……』

『現在別說話，』哈利說，鄧不利多含糊不清的語聲和癱軟無力的雙腿，讓他感到暗暗心驚，『保留你的體力，校長……我們馬上就要離開這裡了……』

『拱門應該已經封上了……我的刀……』

『不需要，我在岩島上擦傷了，』哈利堅定的說，『只要告訴我在哪裡……』

『這裡……』

哈利舉起他受傷的前臂，往石頭上擦了幾下，拱門在收到鮮血貢品後立刻重新敞開。他們走到外面的洞窟，鄧不利多在哈利的協助下，滑入懸崖裂隙中的冰寒海水。

『沒問題的，校長，』哈利一次又一次不停的說，鄧不利多的沉默比他虛弱的嗓音更讓哈利感到擔心，『我們就快到了……我可以施現影術帶我們兩個一起回去……別擔心……』

『我不擔心，哈利，』鄧不利多說，雖然泡在冰水中，但他的嗓音卻比剛才清晰了一些，『我跟你在一起。』

27. 閃電擊中的高塔

一回到燦爛的星空下，哈利就用力把鄧不利多拉到最近的一塊大石上，然後扶他站起。哈利扛著鄧不利多，全身濕透，不住的發抖，他用盡力氣集中精神，想著他的目的地：活米村。他閉上眼睛，盡可能緊緊抓住鄧不利多的手臂，進入那種可怕的壓縮感。

他還沒睜開眼睛就知道成功了，海風和鹹味都消失了。他和鄧不利多站在活米村黝暗的大街上，身上滴著水，發著抖。在可怕的一瞬間，哈利的幻想讓他以爲有更多行屍從店鋪四周向他們爬來，但他眨眨眼，就發現四下寂然，一切都是靜止的，除了幾盞路燈和樓上窗戶裡的燈光，周圍一片黑暗。

『我們辦到了，校長！』哈利有點艱難的小聲說；他這才感覺到胸口一陣陣火辣辣的痛楚。『我們辦到了！我們拿到分靈體了！』

鄧不利多搖搖欲墜的依靠著他。有一會兒工夫，哈利還以爲是自己的現影術不夠熟練，害鄧不利多失去平衡，但緊接著他看到鄧不利多的臉，在遠處街燈的光線下，顯得從未有過的蒼白與濕潤。

『校長，你還好嗎？』

『我曾經比現在更好，』鄧不利多有氣無力的說，不過他的嘴角輕輕抽動了一下，『那個魔藥……不是什麼健康飲料……』

哈利大驚失色，因爲鄧不利多說著，就癱倒在地上。

『校長——沒事的，校長，你會好起來的，別擔心——』

他絕望的四處張望，尋求支援，但看不見任何人，他唯一的念頭就是必須盡快把鄧不利多送到學校的醫院去。

『我們必須把你送到學校，校長……龐芮夫人……』

『不，』鄧不利多說，『我需要的是……石內卜教授……但我不認爲……我能走那麼遠……』

『好的——校長，聽著——我要去敲人家的門，找個地方安頓你——然後我就可以跑回去找龐——』

『賽佛勒斯，』鄧不利多很明確的說，『我需要賽佛勒斯……』

『好吧，那麼就石內卜吧——但我必須把你留下一段時間，這樣我才能——』

但哈利還沒開始動作，就聽見奔跑的腳步聲。他的心裡猛的一跳，有人看見了，有人知道他們需要幫助——回頭張望，他看見羅梅塔夫人穿著一雙絨毛高跟拖鞋，披了一件繡有龍紋圖案的眞絲睡袍，沿著黑暗的街道，匆匆向他們跑來。

『我正要把臥室窗簾拉上的時候，就看見你們現影！謝天謝地，謝天謝地，我不知道該怎——阿不思怎麼啦？』

她氣喘吁吁的站定，睜大眼睛低頭看著鄧不利多。

『他受傷了，』哈利說，『羅梅塔夫人，他可不可以到「三根掃帚」坐一下，等我回學校去找人來幫忙？』

『你不能一個人回去！你難道沒發現——你沒看見嗎？——』

『如果妳幫我一把，』哈利自顧自說，根本沒聽她講話，『我想我們可以把他扶進去——』

『發生了什麼事？』鄧不利多問，『羅梅塔，出了什麼事？』

『黑——黑魔標記，阿不思。』

她指向天空，霍格華茲的方向。哈利光聽見那幾個字就覺得被恐懼淹沒……他回頭一看。

它果眞在那兒，高掛在學校上方的天空中；燃燒的綠色骷髏頭吐出蛇信，那是食死人所留下的記號，每當他們進入一棟建築物……每當他們殺人……

『什麼時候出現的？』鄧不利多問道，他的手痛苦的緊握住哈利的肩膀，奮力站起身來。

『有好幾分鐘了吧，我把貓放出去的時候還沒有看見，但等我上樓時——』

『我們必須立刻回城堡去，』鄧不利多說，『羅梅塔，』雖然步履還有點蹣跚，但他似乎已完全能掌握情況，『我們需要交通工具——掃帚——』

『在我的酒吧後面有幾支，』她很害怕的說，『要我跑回去拿？——』

『不用，讓哈利來。』

哈利立刻舉起魔杖。

『速速前，羅梅塔的掃帚。』

一秒鐘後，他們聽見酒吧的前門砰的一聲迸開；兩支掃帚飛射到街上，爭先恐後衝到哈利身旁，然後停止下來，飄浮在及腰的高度，微微的顫動。

『羅梅塔，請妳送個消息給魔法部，』鄧不利多爬上距他較近的掃帚，『很可能霍格華茲的人都還沒有發現什麼不對勁……哈利，穿上你的隱形斗篷。』

哈利從口袋裡取出隱形斗篷，披在身上，然後才爬上掃帚。羅梅塔夫人連忙小跑步回到她的酒吧，哈利和鄧不利多也立刻離地升空。他們快速飛往城堡途中，哈利不時望向一旁的鄧不利多，準備萬一他跌落時抓住他，但目睹黑魔標記在鄧不利多身上產生的效果就跟興奮劑無異，他趴在掃帚上，眼睛盯著黑魔標記，銀白色的長髮與長鬚被晚風吹拂到身後。哈利也看著前方的骷髏頭，恐懼在他心裡不斷湧起，像劇毒的泡沫，壓迫著他的肺，將他心中所有其他的不安統統驅逐到一旁……

他們離開了多久？榮恩、妙麗和金妮的運氣已經用光了嗎？黑魔標記之所以會懸掛在學校上空，是否與他們其中一人有關？或者是奈威，還是露娜，或其他ＤＡ的成員？如果眞是如此……是他交代他們在走廊裡巡邏的，是他要求他們離開安全的床鋪的……是否又有一個朋友的死，該由他負責？

他們飛越稍早他們步行經過的黑暗、曲折的巷道，雖然晚風在耳畔呼嘯，哈利仍聽見鄧不利多喃喃用奇怪的語言唸了幾句話。當他們越過圍牆，進入城堡地界時，掃帚顚了幾下，他想他知道爲什麼了，鄧不利多解除了他親自設在城堡四周的咒語，這樣他們才能快速入內。黑魔標記在天文塔正上方閃爍，那是城堡最高的一座塔。這是否代表那裡已有人死亡？

鄧不利多先翻過鋸齒形城牆，爬下掃帚，幾秒鐘後，哈利也降落在他身旁，四下張望。

城牆上不見人影，可經由螺旋梯進入城堡內部的門關著。沒有打鬥、浴血奮戰或屍體的跡象。

『這代表什麼意義？』哈利抬頭望著那個毒蛇吐信，散發邪光的綠色骷髏頭，向鄧不利多問，『這是眞的標記嗎？確實已經有人被——校長？』

在黑魔標記黯淡的光線中，哈利看見鄧不利多用那隻黑手抓緊自己的胸口。

『去把賽佛勒斯叫醒，』鄧不利多用微弱但很清晰的聲音說，『告訴他發生了什麼事，把他帶到我這兒來。不要做別的事，不要跟任何人交談，也不要脫下你的斗篷。我會等在這裡。』

『但是——』

『你發誓要服從我的，哈利——去吧！』

哈利急忙跑向通往螺旋梯的門，但他的手才碰到門上的鐵環，就聽見門的另一頭傳來奔跑的腳步聲。他回頭看鄧不利多，他示意哈利退後。哈利一邊依命後退，一邊抽出魔杖。

門轟然打開，有人從門裡衝出來，高聲喊道：『去去，武器走！』

哈利的身體立刻變得僵硬，無法動彈，他覺得自己的背頂著高塔的牆壁，像一座傾斜的雕像，不能動也不能說話。他不明白怎麼會這樣——『去去，武器走！』並非石化的咒語呀——

然後，在黑魔標記的微光中，他看到鄧不利多的魔杖畫出一道弧線，飛出了城牆外，他忽然明白了……鄧不利多用無聲咒語使哈利不能動彈，然而他卻也在施咒的那一剎那，喪失了自衛的先機。

鄧不利多依靠在城牆上，臉色極爲蒼白，但仍然沒有絲毫驚慌或沮喪的神色。他只遠遠看著解除他武裝的人，說：『晚安，跩哥。』

馬份上前幾步，很快的看看四周，確定只有他跟鄧不利多。他的眼光落在第二根掃帚上。

『還有誰在這兒？』

『我倒想問你這問題，還是你是單獨行動？』

在黑魔標記的熒熒綠光中，哈利看到馬份的灰眼睛回到鄧不利多身上。

『不，』他道，『我有後援，今晚你的學校裡有食死人。』

『很好，很好，』鄧不利多說，好像馬份是拿一份野心勃勃的家庭作業計畫給他看。『眞的非常好。你找到一個放他們進來的方法，不是嗎？』

『是啊，』馬份喘著氣說，『就在你眼皮底下，可是你一直都沒發現！』

『太厲害了，』鄧不利多說，『但是……請原諒我……他們現在在哪兒？你好像沒有人支援嘛。』

『他們遇到了幾個你的守衛。樓下正在打鬥。不會拖太久的……我先上來。我有工作要做。』

『好啊，那麼你儘管去做吧，親愛的孩子。』鄧不利多柔聲說。

一陣沉默。哈利被囚禁在他隱形而癱瘓的身體裡，站在那兒看著他們兩人，他豎起耳朵，希望聽見遠處食死人的戰鬥聲，同時在他面前，跩哥．馬份只是瞪著鄧不利多看，毫無動作，鄧不利多卻不可思議的還在微笑。

『跩哥啊，跩哥，你不是個殺人兇手。』

『你怎麼知道？』馬份立刻說。

他似乎也察覺到這種話問得多麼幼稚。哈利在黑魔記號的綠光中看到他脹紅了臉。

『你不知道我能做出什麼事，』馬份更強硬的說，『你不知道我已經做了什麼事！』

『哦，我都知道的。』鄧不利多溫和的說，『你差點殺死了凱娣和榮恩。你一整年都在設法殺死我，而且一次比一次不計後果。原諒我，跩哥，但你的計畫都不見效……老實說，效果糟到我都懷疑你是否眞的有用心要殺我……』

『我當然有用心！』馬份意氣昂揚的說，『我下了一整年工夫，今晚——』

哈利聽見下面的城堡深處傳來一聲隱約的叫喊。馬份呆了一下，隨即回頭看。

『有些人正在激戰，』鄧不利多像聊天似的說，『不過你剛說到……對了，你設法把食死人帶進我的學校，這我得承認，我本來以爲是不可能的……你怎麼做到的？』

但馬份沒說話，他還在聆聽樓下的情況，好像跟哈利一樣癱瘓了不能動。

『或許你該一個人獨力完成這份工作，』鄧不利多建議，『萬一你的後援被我的守衛擋住了怎麼辦。你可能也已經發現，今晚這兒有鳳凰會的成員。而且再說，你也不需要幫手……我目前沒有魔杖……我不能自衛。』

馬份只是瞪著他看。

『我明白了，』鄧不利多見馬份不動也不說話，和藹的說，『沒有他們陪伴，你會害怕，不敢行動。』

『我才不害怕，』馬份咆哮道，但仍沒有做出傷害鄧不利多的動作，『應該害怕的是你！』

『但是為什麼呢？我不認為你會殺我呀，跩哥。殺人並不像一般人以為的那麼容易……所以，趁我們等你朋友的時候……告訴我，你怎麼把他們偷渡進來的？你似乎花了很長的時間才想出辦法。』

馬份的表情看起來好像努力壓抑住喊叫或嘔吐的衝動。他吞下一口口水，又深呼吸幾次，怒目瞪著鄧不利多，手中魔杖指著後者的心臟。然後他好像再也無法克制的說：『我必須把那個壞掉了好多年都沒人用的消失櫥櫃修好，就是去年老蒙塔在裡頭迷路的那個。』

『啊。』

鄧不利多的嘆息一半是呻吟。他把眼睛閉上一會兒。

『眞聰明……一共有兩個囉，我猜？』

『另外那個在波金與伯克氏店裡，』馬份道，『它們之間形成一個通路。蒙塔告訴我，當初他困在霍格華茲那個櫃子裡的時候，好像陷入一種迷離幻境，有時他可以聽見學校這邊的事，有時他聽見店裡的事，就好像櫃子在兩地之間來來去去，但他沒辦法讓任何人聽見他……最後他靠現影術脫身，雖然他這門課的考試始終沒過關。他施展現影術差點送命。每個人都認爲這故事很棒，但只有我發現其中的意義──就連波金也不知道──只有我想到，只要把損壞的櫃子修好，就會有一條經由櫥櫃進出霍格華茲的通道。』

『很好，』鄧不利多低聲道，『所以食死人就可以從波金與伯克氏的店進到學校來幫你忙……妙計，眞是妙計……而且，正如你說的，就在我眼皮底下……』

『是啊，』馬份的反應很奇怪，似乎他能從鄧不利多的讚美中獲得勇氣與安慰，『是啊，就是這樣！』

『但有的時候，』鄧不利多繼續道，『不是嗎，有時候你也不確定是否能修好櫥櫃？所以你就採用粗糙而缺乏判斷的手段，像是送我一條注定會落到別人手中的詛咒項鍊……或我只有微乎其微的機會喝得到的毒蜂蜜酒……』

『對啊，不過，你還是不知道這些詭計幕後是誰安排的，不是嗎？』馬份嘿嘿笑道，鄧不利多沿著牆垣往下滑落了一點，他的雙腿顯然越來越無力，哈利徒勞無功的掙扎著，無聲的抵抗著束縛他的魔法。

『其實，我都知道的，』鄧不利多說，『我知道是你做的。』

『那你為什麼不設法阻止我？』馬份問道。

『我試過，跩哥，石內卜教授奉我的命令一直在監視你——』

『他根本不會執行你的命令，他答應過我母親——』

『他當然會這麼告訴你的，跩哥，但是——』

『他是雙面間諜，你這個笨老頭，他根本不是替你工作，你還以為他是！』

『這一點恐怕我們意見相左，跩哥。剛好我非常信任石內卜教授——』

『哼，那你就是失算了！』馬份冷笑道，『他提供我相當多的協助——卻想把功勞歸他自己——「你在幹什麼呀？項鍊是你幹的嗎，那真蠢，可能搞砸全盤計畫——」但我可沒告訴他我在萬應室裡幹什麼，他明天早上醒來，事情已經結束了，他就再也不是黑魔王的寵兒了，他跟我比起來什麼也不是，什麼也不是！』

『非常令人滿意，』鄧不利多溫和的說，『我們都希望努力工作的成績有人賞識，當然……但你一定還是需要同謀吧……某個活米村的人，可以給凱娣那——那啊……』

鄧不利多再次閉上眼睛，點點頭，好像快要睡著了。

『……當然……羅梅塔。她被蠻橫咒控制多久了？』

『終於想通了，是嗎？』馬份嘲弄道。

樓下又傳來一聲叫喊，比上次響亮得多。

馬份緊張的再次回頭看，然後才注視著鄧不利多，聽他繼續說：『所以可憐的羅梅塔被迫埋伏在她自家的廁所裡，把項鍊交給任何單獨進入廁所的霍格華茲學生？還有那瓶下毒的蜂蜜酒……對啊，當然囉，羅梅塔可以先替你下毒，然後把酒送給史拉轟，還以爲那會成爲我的聖誕禮物……是了，安排得眞好……可憐的飛七先生當然不會檢查羅梅塔的酒……告訴我，你如何跟羅梅塔通信呢？我還以爲所有出入學校的通訊方式都受到監視了呢。』

『魔法錢幣，』馬份好像非得繼續說話不可，雖然他執魔杖的手抖得很厲害，『我拿一個，她拿另一個，我就可以送信給她——』

『這不就是去年那個自稱鄧不利多的軍隊的社團使用的聯絡方式嗎？』鄧不利多問。他的聲音輕快，好像在聊天，但哈利看見他說話的時候又沿著牆壁往下滑落了一吋。

『是啊，我是從他們那兒得來的點子，』馬份擠出一個扭曲的笑容說，『在蜂蜜酒裡下毒的點子，則是來自那個麻種格蘭傑，我聽見她在圖書館裡談到飛七不會分辨魔藥……』

『請不要在我面前用那種令人不愉快的字眼。』鄧不利多說。

馬份發出刺耳的笑聲。

『我馬上就要把你殺了，你還在乎我說「麻種」？』

『是的，我在乎，』鄧不利多說，哈利眼看著他的腳又往下滑了一點，但他努力保持身體挺直，『但說到你馬上就要殺我，跩哥，你已經等了很長一段時間了。這裡只有我們兩個。我完全沒有自衛能力，這是你作夢也得不到的好機會，但你還是沒有行動……』

馬份的嘴唇不由自主的扭曲著，好像他剛嚐到某種苦澀的東西。

『再說，關於今晚，』鄧不利多繼續道，『我很困惑這一切是怎麼發生的……你知道我離開學校嗎？啊，當然了，』他回答了自己的疑問，『羅梅塔看到我離開，一定是她用你的聰明錢幣給你情報……』

『沒錯，』馬份說，『但她說你只是去喝一杯，你馬上就會回來……』

『是呀，我可喝了不止一杯……而且我也回來了……以某種方式。』鄧不利多喃喃道，『所以你決定替我設個陷阱？』

『我們決定在塔頂放一個黑魔標記，逼你急著趕回這裡，調查有誰被殺，』馬份道，『效果還眞好！』

『嗯……效果好，也未必……』鄧不利多說，『所以這麼說來，並沒有人眞的遭到殺害了？』

『有人死了，』馬份說，這麼說的時候，他的聲音忽然升高了八度。『你手下的一個人……我不知道是誰，太暗了……我踩到一具屍體……我本來應該在這兒等你回來，偏偏你那個鳳凰會來攪局……』

『是啊，他們會做這種事。』鄧不利多道。

下面傳來比前幾次更響亮的敲打聲和叫喊聲；好像戰鬥已蔓延到通往鄧不利多、馬份和哈利所在的螺旋梯上，哈利的心在他隱形的胸腔裡跳動如雷，外界卻聽不見……有人死了……馬份踩到一具屍體……會是誰呢？

『不管怎麼說，時間不多了，』鄧不利多說，『所以，跩哥，我們來談談你的選擇。』

『我的選擇！』馬份大聲的說。『我可是站在這兒，手裡拿著魔杖——我即將要殺死你——』

『親愛的孩子，這件事我們不要再假裝了。如果你會殺我，剛才解除我武裝的時候就該下手了，你不會停下來跟我愉快的交談，說明你用的各種方法與手段！』

『我沒有選擇！』馬份說，他忽然變得跟鄧不利多一樣蒼白。『我非做不可！他會殺了我！他會殺死我全家！』

『我很同情你處境的艱難，』鄧不利多說，『不然你想我爲什麼一直沒找你對質？因爲我知道佛地魔王若是發現我懷疑你，你就會被殺害。』

馬份聽到那個名字，整個人瑟縮了一下。

『雖然我都知情，但我一直不敢跟你談你的那個任務，以免他用破心術對付你。』鄧不利多繼續道，『但現在我們終於可以開誠佈公……沒有造成真正的損害，你還沒有傷害任何人，雖說意外被你波及的人能撿回一命，該算是你走運……我可以幫助你，跩哥。』

『不，你辦不到，』馬份說，他的魔杖顫抖得非常劇烈，『沒有人辦得到。他叫我一定要做到，否則他就會殺我。我毫無機會。』

『跩哥，投向正義的一方吧，我們可以把你藏得比你所能想像的更嚴密。不僅如此，我還可以派鳳凰會成員今晚就去找你母親，把她也同樣藏好。別人會以為你在企圖殺我的過程中慘遭不測，他們不會意外──原諒我這麼說，但佛地魔王當初大概也是這麼預期。食死人也不會太驚訝，我們竟抓了你的母親，並殺死她──反正他們自己也會這麼做。你父親在阿茲卡班暫時是安全的……等時機成熟，我們也可以保護他……投向正義的一方吧，跩哥……你不是個殺手……』

馬份瞪著鄧不利多。

『但我都已經走了這麼遠，不是嗎？』他慢慢的說，『他們以為我會在這次行動中送命，但我都到了這兒……你任憑我宰割……魔杖在我手裡……我要把你怎麼樣都可以……』

『不，踋哥，』鄧不利多平靜的說，『現在重要的是我要怎麼樣，而不是你要怎麼樣。』

馬份沒說話。他的嘴巴張開，魔杖仍在顫抖。

哈利以爲有那麼一瞬間自己看到它掉落——

但忽然間，樓梯上響起轟雷似的腳步聲，一秒鐘後，馬份就被推到一旁，四個身穿黑袍的人從門內衝出，來到城牆上。哈利不能動，瞪著眼睛連眨都不能眨，他恐懼的看著四個陌生人，顯然食死人在樓下的戰鬥中佔到上風。

一個身形笨重的斜眼男人氣喘吁吁的咯咯怪笑。

『鄧不利多被困住了！』他道，他轉向一個矮小粗壯、堆滿一臉熱切笑容、看來像是他妹妹的女人說：『鄧不利多沒有魔杖，鄧不利多一個人！幹得好，踋哥，幹得好！』

『晚安，艾米克，』鄧不利多泰然自若的說，好像歡迎這個人來參加茶會一般。『你把艾朵也帶來了……幸會……』

那女人怒笑一聲。

『你死到臨頭，還以爲講笑話可以幫你忙？』她譏諷的說。

『講笑話？不，不，這是禮貌。』鄧不利多答道。

『動手吧。』最靠近哈利的一個陌生人說，他四肢瘦長，有蓬亂的灰色頭髮和鬍鬚，黑色的食死人長袍在他身上顯得太緊，很不合身。哈利從來沒聽過像他那樣的聲音，非常刺耳，好像是狗的叫聲。哈利嗅到他身上傳出濃烈的混合了灰塵、汗水和毫無疑問是血腥氣的味道。他骯髒的手上長著黃色的爪子。

『是你嗎，焚銳？』鄧不利多問道。

『對啦，』那人嗄聲答道，『高興見到我嗎，鄧不利多？』

『不，我無法這麼說……』

焚銳．灰背咧嘴一笑，露出尖利的牙齒。鮮血沿著他的下顎流下來，他慢條斯理舔舔嘴唇，姿態令人作嘔。

『可是你知道我有多麼喜歡小孩子，鄧不利多。』

『這麼說的意思是告訴我，你現在甚至不等月圓也攻擊人了？這很不尋常……你吃人肉上了癮，一個月一次已經不能滿足了嗎？』

『對啦，』灰背道，『嚇到你了，是不是呀，鄧不利多？讓你害怕了嗎？』

『嗯，該說我覺得有點噁心吧，』鄧不利多道，『的確，我是有點吃驚，世上人這麼多，跩哥竟然選擇邀請你到學校裡來，這兒住了這麼多他的朋友……』

『我才沒有，』馬份喘著氣道。他眼睛沒看著灰背，他好像連看都不想看他一眼，『我根本不知道他要來──』

『我可不想錯過到霍格華茲來的機會，鄧不利多。』灰背用刺耳的聲音說。『才不想錯過撕裂喉嚨的大好時機……美味啊，美味啊……』

他用黃色的指甲剔著門牙，斜眼看著鄧不利多。

『我可以拿你當飯後點心，鄧不利多……』

『不行。』第四個食死人立刻反對。他有一張看起來殘酷無情、肥厚多肉的臉。『我們接到命令。必須由跩哥下手。跩哥，上，動作快點。』

馬份從來沒有這麼猶豫過。他看著鄧不利多的臉，顯得好害怕，但鄧不利多的臉比他更蒼白，而且比平常低了許多，因爲他不斷沿著城牆往下滑。

『看來他也活不久了，依我看！』斜眼男人在他妹妹的咯咯怪笑聲中說。『看看他——你到底怎麼了，鄧呆子？』

『哦，抵抗力變差、反應變慢，艾米克，』鄧不利多說。『總而言之就是上了年紀……有朝一日，說不定也會發生在你身上……如果你運氣夠好……』

『那是什麼意思，什麼意思？』食死人艾米克吼道，忽然暴怒起來。『老是唸那一套，鄧呆子，淨說些廢話，什麼也不做，什麼也不做，眞不懂黑魔王幹嘛費力氣來殺你！快啦，跩哥，動手！』

但就在這一刻，樓下傳來新的腳步聲，一個聲音喊道：『他們封鎖了樓梯——嚗嚗消！嚗嚗消！』

哈利的心雀躍起來，所以這四個傢伙並沒有消滅所有的反對勢力，只不過是衝出戰場，跑到塔頂，而且聽起來，還在身後製造了一重障礙——

『上，踋哥，快點！』面容殘暴的男人生氣的說。

但馬份的手抖得太厲害，他根本無法瞄準。

『我來。』灰背咆哮道，伸出爪子，露出獠牙，向鄧不利多走去。

『我說不行！』面容殘暴的男人高喊。一陣閃光，狼人便被轟到一旁；他撞上城牆，搖晃了幾下，露出一臉憤怒。哈利雖然被囚禁在鄧不利多的咒語裡，但他的心跳得那麼劇烈，若說周圍的人聽不見他站在那兒，簡直是不可能——只要他能動彈一下，他就可以在斗篷底下瞄準，發出咒語。

『踋哥，快動手，不然就讓開，讓我們之中的誰——』女人尖聲道，但就在這一刻，城牆上的門再次轟的一聲敞開，石內卜站在門口，他手中緊握著魔杖，黑色的眼睛掃視全場，從軟弱無力靠在牆上的鄧不利多，到包括憤怒的狼人在內的四個食死人，以及馬份。

『我們有麻煩，石內卜，』矮胖的艾米克說，他的眼睛和魔杖都對準了鄧不利多。『這孩子似乎沒辦法——』

但還有另一個人在呼喚石內卜的名字，聲音很微弱。

『賽佛勒斯……』

這聲音比整個晚上發生的任何一件事都更讓哈利心驚膽戰。破天荒第一次，鄧不利多在哀求。

石內卜什麼也沒說，只走上前，粗暴的把馬份推到一旁。三個食死人一言不發往後退，就連狼人也似乎嚇住了。

石內卜盯著鄧不利多看了一會兒，厭惡與憎恨鐫刻在他臉上每一根無情的線條裡。

『賽佛勒斯……求你……』

石內卜舉起魔杖，直指鄧不利多。

『啊哇呾喀呾啦！』

一道綠光從石內卜魔杖尖端射出，正中鄧不利多胸口。哈利恐懼的尖叫聲未能出口；沉默而無法動彈的他，被迫眼睜睜看著鄧不利多被轟入半空中。

有一瞬間，鄧不利多彷彿懸掛在閃閃發光的骷髏頭下方，然後慢慢向後墜落，像一個大型的破布娃娃，落到城牆下，消失不見。

28. 王子的逃亡

哈利覺得自己好像也被摔了出去，天旋地轉，頭重腳輕；不是真的……不可能是眞的……

『趕快出去。』石內卜說。

他抓住馬份的領口，硬把他推出了門；灰背跟他那矮胖的兄妹同黨尾隨在後，那一對兄妹非常興奮，喘得很厲害。他們走出門消失了之後，哈利才發現自己又能動了；現在讓他抵著牆動彈不得的不是魔法，而是恐懼和震驚。那個面容殘暴的食死人最後離開塔頂，正當他走出門口時，哈利把隱形斗篷拋開。

『整整──石化！』

食死人向前仆倒，彷彿背後遭到什麼結實的東西重擊，然後有如蠟像般僵硬，往地上跌去，才剛碰到地面，哈利就已經手腳並用爬過去，從陰暗的樓梯往下跑。

恐懼撕扯著哈利的內心……他必須要趕到鄧不利多身邊，他必須要抓住石內卜……這兩件事隱約彼此相關……如果他能把兩件事併在一起，就可以扭轉發生過的事……鄧不利多可以不死的……

他一步躍過螺旋梯的最後十級，一跳下來後他立刻原地不動，舉起魔杖，燈光微弱的走廊滿佈灰塵；半個天花板似乎都掉了下來，他的面前有一場大混戰，儘管他分不清是誰在打誰，卻聽見了可恨的聲音大吼：『得手了，該走了！』然後他看見石內卜繞過了走廊另一頭的轉角，他和馬份似乎毫髮無傷的穿過了混戰的人群。哈利緊追上去，打鬥的人群中有人暫時拋下對手，朝哈利撲來，是狼人灰背。哈利還沒能舉高魔杖，他就已逼近到哈利面前，臭汗味和血腥味直衝他的口鼻，他的喉嚨發出熾熱貪婪的呼吸──

『整整──石化！』

灰背應聲倒下，哈利感到他往自己身上壓來，費了九牛二虎之力，才把狼人給推開；說時遲那時快，一道綠光激射而來，他閃過攻擊，一頭衝入戰鬥。他的腳踩到黏黏滑溜的東西，踉蹌了一下：地板上躺了兩具屍體，臉部朝下，血流成河，但目前不是調查死者身分的時候。哈利看見面前有紅髮如火焰般飛舞，是金妮正和那個動作慢的矮胖食死人艾米克交戰，他不斷用咒語攻擊金妮，金妮只能連連閃躲。艾米克還咯咯笑個不停，極享受凌遲敵人的快感。『咒咒虐──咒咒虐──看妳能跳到幾時，漂亮小──』

『噴噴障！』哈利大喝一聲。

他的魔咒擊中了艾米克的胸膛，他發出豬一樣的痛苦尖叫，雙腳舉離地面，猛然摔到對面牆壁上，軟軟的滑下來，落在榮恩、麥教授和路平身後。他們每個人都分別和一個食死人對打；哈利看見在他們後方，東施正和一個體格魁梧的金髮食死人戰鬥，他發出的咒語飛向四面八方，擊毀了四面的牆壁，劈開了石頭，粉碎了最近的窗戶——

『哈利，你從哪兒冒出來的？』金妮高聲喊，哈利此時沒空回答她，他低下頭，全速向前衝刺，在千鈞一髮之際躲過了在他頭上爆破的攻擊，他和金妮身上落滿了牆壁碎片，但他滿腦子只有一個念頭，不能讓石內卜逃了，他必須要趕上石內卜——

『看招！』麥教授吼道，哈利眼珠一轉，瞥見那個女食死人艾朵雙手抱頭，全力竄向走廊，她的同黨緊跟在後。哈利立刻向前衝，腳卻絆到了什麼，下一分鐘他已經躺在某人雙腿上；他左看右看，發現奈威蒼白的圓臉平貼著地板。

『奈威，你沒？——』

『我沒事，』奈威口齒不清的說，緊抓著胃部，『哈利……石內卜和馬份……跑過去了……』

『我知道，我正在追他們！』哈利說，就趴在地上瞄準那個造成絕大混亂的魁梧金髮食死人，咒語一出便立即擊中他的臉，他慘呼一聲，馬上掉頭轉身，接著便步履蹣跚的追隨艾米克兄妹逃竄而去。

哈利手腳並用爬起來，沿著走廊全力奔跑，不理會身後發出的撞擊聲、大聲吆喝別人回來的叫聲，橫陳在地上的軀體無聲的呼喚，但他無暇探詢他們是死是活……

他繞過轉角，運動鞋因爲鮮血而打滑；石內卜領先了相當一段時間——會不會已經逃入了萬應室的櫥櫃？還是鳳凰會已捷足先登，先一步截斷了食死人的退路？他沿著下一條空盪的走廊快跑，除了自己的腳步聲、心跳聲之外，什麼也沒聽見，但卻看見帶血的腳印，所以至少有一個食死人想要從前門逃走——也許萬應室眞的已經封鎖了——

他又繞過一個轉角，冷不防遭到攻擊，他趕緊躲在一套盔甲後面，盔甲給炸得粉碎；他看見那對兄妹食死人跑下大理石樓梯，立刻瞄準他們，發動攻擊，但只擊中了樓梯平台上掛的畫像，畫像裡頭幾名戴假髮的女巫尖叫著逃到鄰近的畫像去。哈利跳過盔甲的殘骸，聽見更多喊叫聲尖叫聲；城堡裡的人似乎也驚醒了……

他急忙抄捷徑，希望能趕在食死人之前，追上石內卜和馬份，他們兩個現在必定是快跑進校園了。他及時想起半路上有一級消失的階梯，並且安全跳過，從樓梯底層的掛幔後衝出來。走廊上站滿了穿著睡衣、滿頭霧水的赫夫帕夫學生。

『哈利！我們聽到怪聲，有人說了什麼黑魔標記的事——』阿尼·麥米蘭開口說。

『讓開！』哈利大喝，推開兩個男生，衝向階頂平台，又一口氣跑下大理石階梯。橡木大門早已炸開，地面石板上有血跡，好幾個驚慌害怕的學生緊緊貼著牆壁，互相擁抱著，有一、兩名仍然用手捂著臉。巨大的葛來分多沙漏被咒語擊中，沙漏裡的紅寶石不斷掉落在石板地上，哐啷啷響……

哈利飛奔過入口大廳，衝入黑暗的校園，只能隱約看出有三個影子疾奔過草坪，趕往他們可以消影的校門外——從外表判斷，那三人分別是那個魁梧的金髮食死人，而稍微在他前面一點的是石內卜和馬份……

哈利全速追趕，寒冷的晚風撕扯著他的肺；遠處閃過一束光芒，暫時照亮了他追逐的對象。他不知道那是什麼光線，但還是繼續跑，距離還不夠近，無法用咒語瞄準攻擊——

又一道光芒，吆喝聲，反擊的光線激射，哈利這才恍然大悟，是海格從小木屋裡出來，想要阻止食死人逃逸。儘管每一次呼吸都像是又割了肺部一刀，胸膛針刺的感覺好像著火，哈利還是再加速，腦子裡管不住的聲音不停的說：不要是海格……不要連海格也……

有東西打中了哈利的後腰，使得他向前仆倒，臉撞上地面，兩個鼻孔都噴出血了，但他趕緊翻身，準備好魔杖，心裡很清楚他抄捷徑越過的那對食死人兄妹現在就在他後面……

『噴噴障！』他大喝，立刻翻身，蹲伏在地上。他的咒語奇蹟似的擊中了其中一個，那人踉蹌跌倒，把同伴也給絆倒了。哈利跳起來就跑，全速追趕石內卜……

此時一鉤彎月忽然從雲堆後露出頭來，哈利可以藉著月光看清海格龐大的輪廓，而那名金髮食死人正對他施出一波又一波的咒語攻擊，但海格的驚人體力以及他從巨人母親那裡繼承來的粗厚皮膚似乎能夠保護得了他。不過石內卜和馬份仍在逃跑，他們很快就要逃出校門外，就要消影了——

哈利飛奔過海格跟他的對手面前，瞄準石內卜的背，大喝：『咄咄失！』沒有擊中，紅色光束從石內卜頭頂擦過，石內卜大吼：『快跑，跩哥！』轉過身來，兩人隔著二十碼對峙，同時舉起魔杖。

『咒咒——』

但石內卜閃躲開來，在哈利還沒說完咒語之前，就把他打得仰天跌倒。哈利就地翻滾，手忙腳亂爬起來，剛好發現那個魁梧的食死人在他身後大喊：『吼吼燒！』哈利聽見一聲爆炸巨響，橘色光束灑落眾人身上，海格的小屋著火了。

『牙牙在裡面，你這個惡毒的！——』海格咆哮道。

『咒咒——』哈利又喊了一次，想要瞄準眼前熊熊起火的東西，但石內卜再度把咒語擋住，哈利看到他冷笑著。

『你的不赦咒打不到我的，波特！』石內卜從熊熊火焰後面提高嗓門大喊，壓過海格的吼叫和困在小屋裡的牙牙的慘叫聲。『你是沒種，還是沒學會——』

『繩繩——』哈利怒吼，但石內卜只不過是手臂懶洋洋的一揮，就讓他的咒語偏離了目標。

『還手啊！』哈利對他尖叫。『還手啊，你這個懦夫——』

『你說我是懦夫嗎，波特？』石內卜大喊。『你父親從來就不敢攻擊我，除非是四個打我一個，你說他又算什麼東西？』

『咄咄——』

『又被我擋掉了，一而再再而三的被擋掉，除非你學會了閉上嘴巴，鎖住內心，波特！』石內卜嗤之以鼻道，又一次讓哈利的咒語射歪。『走了！』他對哈利身後魁梧的食死人高喊。『該走了，魔法部就快趕到了——』

『噴噴——』

咒語還沒說完，哈利就冷不防給巨大的痛苦擊中，他在草地上跪了下來，有人在尖叫，他一定會痛得死掉，石內卜會把他折磨到死，起碼也會折磨到發瘋——

『不行！』石內卜大喝一聲，痛苦立刻消失，就如來時一般突然。哈利蜷縮著身體，躺在漆黑的草地上，抓緊魔杖，喘息不已。在他頭上某處只聽石內卜大喊：『你忘了我們的命令了？波特是黑魔王的——我們不能碰他！快走！快走！』

哈利感覺地面在他臉下顫動，那對兄妹和魁梧的食死人乖乖聽令，拔腿跑向校門。哈利發出憤怒的吼聲，此刻不在乎自己是死是活，掙扎著站起來，盲目追向石內卜，腳步踉蹌。此時此刻，他痛恨石內卜就像他恨透了佛地魔一樣——

『撕淌——』

石內卜輕點魔杖，咒語就又偏離了目標，但哈利距離他只有幾呎遠，終於可以清楚的看見石內卜的臉：他不再冷嘲熱諷，也不再滿臉不屑，熊熊火焰照亮的是一張殺氣騰騰的臉。凝聚起所有的注意力，哈利心裡想著：倒倒——

『別想，波特！』石內卜尖聲叫道。很響的一聲砰，哈利向後飛去，重重撞在地上，這一次連魔杖都握不住，飛了出去。他可以聽見海格大吼，牙牙嚎叫。石內卜走過來，俯視躺在地上的哈利，就像鄧不利多一樣，沒有魔杖，無法保護自己。石內卜臉色蒼白，燃燒的木屋照亮了他的臉，就跟他剛才攻擊鄧不利多時一樣寫滿了仇恨。

『你膽敢用我自己的咒語來對付我，波特？是我發明的——我就是混血王子！你卻用我的發明來對付我，就跟你下流的父親一樣，是不是？我可不會讓你這麼做……絕不！』

哈利俯衝過去抓魔杖，石內卜卻對魔杖發射咒語，魔杖飛向幾呎外的夜空，失去了蹤影。

『那你就殺了我啊，』哈利喘著氣說，一點也不害怕，只感覺滿懷的怒氣和鄙視，『殺了我，就跟你殺了他一樣，你這個懦夫——』

『**不准**——』石內卜尖聲說，臉上表情好似突然間發了狂，殘忍無情，彷彿和陷入火海、慘叫不休的牙牙一樣的痛苦，『——**說我是懦夫！**』

石內卜朝空中揮臂，哈利立刻感覺有種白熱、鞭子似的東西打過他的臉，他又一次仰天摔倒，眼前金星亂冒，剎那間，肺裡的空氣似乎全都給榨乾了。接著他聽見頭頂有拍翅聲，龐大的東西遮蔽了星辰，巴嘴撲向石內卜，刀鋒般銳利的爪子劃向他，他連連後退，腳步蹣跚。哈利把自己撐起來，坐在地上，仍然因爲剛才撞到地面而昏昏沉沉，他看見石內卜使出渾身解數逃命，龐然巨獸在後追擊，發出刺耳尖銳的叫聲，哈利從沒聽過他發出這種叫聲——

哈利使勁站了起來，步履艱難的四下搜尋他的魔杖。他很想要再追上去，但就在他在草地上摸索，丟掉無數誤以爲是魔杖的樹枝的時候，他就知道已經來不及了。果不其然，等他找到了魔杖，轉頭只見鷹馬在校門盤旋；石內卜已經在校地外消影了。

『海格，』哈利喃喃道，不顧頭暈目眩，東張西望，『**海格？**』

他朝燃燒的木屋跌跌撞撞前進，忽然一條巨大的人影從火焰中出現，背上背著牙牙。哈利發出感激的叫聲，跪了下來。四肢沒有一處不發抖，全身沒有一處不痠痛，而且一呼吸就會感覺刺痛。

『你沒事吧，哈利？沒事吧？說話啊，哈利……』

海格龐大又毛茸茸的臉孔在哈利眼前浮動，擋住了天上的星星。哈利嗅到燃燒的木頭和狗毛味道，趕緊伸出手，感受到牙牙的體溫和活生生的身體在他身旁顫抖。

『我沒事，』哈利喘著氣說，『你呢？』

『我當然沒事……我可不是那麼容易收拾的。』

海格把手放到哈利兩臂下，用力把他給舉了起來，哈利覺得雙腳有片刻離地，然後海格才讓他站直。他看見海格的臉頰有鮮血，是從一隻眼睛上方的傷口流下來的，而傷口也快速的紅腫。

『我們應該幫你的房子滅火，』哈利說，『咒語是水水噴……』

『就知道跟這個差不多，』海格嘟囔著，舉起了還在冒煙的粉紅色花傘，說：『水水噴！』

花傘尖端射出一道水柱。哈利也舉起握著魔杖的手，感覺好像有千斤重，跟著喃喃說道：『水水噴！』他和海格一起向木屋灌水，一直到最後一條火舌撲滅爲止。

『還不算太糟糕，』海格過了一陣子後滿懷希望的說，看著冒煙的廢墟，『沒有什麼是鄧不利多修不好的……』

聽見了鄧不利多的名字，哈利的胃頓時有種燒燙的痛苦。在沉默寂靜中，恐怖漸漸在心底升起。

『海格……』

『我剛才正在綁幾個小樹精的腿，忽然聽見他們闖進來，』海格難過的說，仍凝視著燒毀的木屋，『結果他們全都燒成了小樹枝了，可憐的小傢伙……』

『海格……』

『究竟是怎麼一回事，哈利？我只看到食死人從城堡裡跑出來，可是石內卜幹嘛跟他們混在一起？他是要上哪兒——是去追他們嗎？』

『他……』哈利清了清喉嚨，因爲驚慌和火場的煙塵弄得他喉嚨乾燥，『海格，他殺了……』

『殺了？』海格大聲說，低頭瞪著哈利，『石內卜殺了人？你在胡說什麼啊，哈利？』

『鄧不利多，』哈利說，『石內卜殺了……鄧不利多。』

海格只是瞪著他，臉上沒有被鬍子遮掩到的部分一片茫然，完全沒聽懂。

『你說鄧不利多怎樣，哈利？』

『他死了，石內卜殺了他……』

『不准你這麼說，』海格粗聲粗氣的說，『石內卜殺了鄧不利多——別傻了，哈利。你是吃錯了什麼藥了？』

『我親眼看見的。』

『不可能。』

『我看見了，海格。』

海格搖搖頭，一臉的不相信，但也一臉的憐憫，哈利知道海格以爲他的腦袋受到了重擊，所以才胡言亂語，也許是咒語的後遺症……

『事情一定是這樣的，一定是鄧不利多要石內卜跟著食死人一塊走，』海格很有自信的說。『我看是因爲他還得繼續臥底。來吧，哈利，我們把你送回學校去。來呀，哈利……』

哈利並不想爭辯，也不想解釋。他仍無法克制的發抖。反正海格很快、太快就會發現事實眞相……他們朝城堡的方向走，哈利看見許多扇窗戶都亮了起來，他很容易就能夠想像出城堡內的情景：學生從這個房間跑到那個房間，告訴大家食死人闖進來了，黑魔標記就在霍格華茲上方閃閃發亮，一定有人遇害了……

橡木大門在他們眼前敞開，光線由室內湧到車道和草坪上。穿著睡衣的人緩緩又猶豫的從樓梯上往下爬，緊張的東張西望，怕會有食死人突然出現。不過哈利的眼睛卻緊盯著最高塔樓的塔底。在心裡，他可以看見一團黑色的東西躺在草地上，其實他的距離太遠，不可能看到那種畫面。雖然他仍一逕盯著他認爲是鄧不利多陳屍的地方，但已經有人朝那裡移動了。

『他們都在看什麼啊？』海格說，跟哈利走近城堡入口，牙牙緊緊跟在他們的腳踝邊。『那邊草地上的是什麼？』海格又尖銳的問道，急忙朝天文塔過去，那裡正聚集了一小群人。『看見了嗎，哈利？就在塔底？黑魔標記下面……我的天……不會是有人給扔了出──』

海格不再出聲，顯然這個想法太恐怖，不適合大聲說出來。哈利走在他旁邊，感覺到臉上和腳上痛得要命，那都是半個小時來各種惡咒擊中他的結果，然而，他又似乎不在自己的身體裡，彷彿受苦的人不是他自己，而是他旁邊的某個人。但最眞實不過的，最逃避不了的，卻是他胸膛那種可怕的壓迫感……

他和海格向前移動，作夢一樣，穿過竊竊低語的人群，走到最前面，在這裡呆若木雞的學生和老師留出了一個空隙。

哈利聽見海格痛苦震驚的呻吟聲，但他沒有停下腳步，緩緩向前走，一直走到鄧不利多躺著的地方，才蹲在他旁邊。

打從鄧不利多施加在他身上的全身鎖咒解除開始，哈利就知道完全沒有希望了，他知道咒語會自動解除只有一個可能，那就是施咒者已經死亡；可是他並沒有心理準備會親眼看見他躺在這裡，成大字形，遍體鱗傷。這位哈利所遇過、也不會再遇到的最偉大的巫師！

鄧不利多閉著眼睛，要不是手腳彎成怪異的角度，別人還以為他是睡著了。哈利伸出手，扶正他扭曲鼻梁上的半月形眼鏡，用自己的衣袖擦去他嘴角的血跡。然後他低頭凝視那張睿智蒼老的臉孔，試著接受他完全無法理解的事實：鄧不利多再也不會跟他說話了，再也幫不了他了……

哈利身後的人群竊竊私語。似乎過了很久，他才發現自己跪在什麼堅硬的東西上，於是低頭去看。

好幾個小時前，他們歷經了千辛萬苦才偷到的小金匣從鄧不利多口袋裡掉了出來。小金匣是打開的，也許是摔到地面的力道太猛的緣故。雖然哈利知道他不會再經歷到更震驚、更恐怖、更哀傷的感覺，但在他把小金匣拿起來的時候，還是覺得有什麼不對勁……

他翻看掌中的小金匣。這比他在儲思盆裡看見的要小，上面也沒有記號，沒有代表史萊哲林的S裝飾。此外，小金匣裡面沒有東西，只有一小片摺疊起來的羊皮紙，緊緊嵌入原本應該放照片的地方。

哈利並沒有認真思索自己在做什麼，只是自然而然的抽出那張羊皮紙，打開來，藉著身後眾多魔杖的光芒閱讀：

致黑魔王：

我知道你看到這封信時，我早已死了，但我要你知道是我發現了你的祕密。

我偷了眞正的分靈體，打算盡快摧毀它。

我面對自己的死亡，只有一個願望，但願將來你遇上了對手，會再一次的發現你並非不死之軀。

R・A・B・

哈利不懂這封短箋的意思，也不在乎。他只在乎一件事：這不是分靈體。鄧不利多喝了讓自己變得虛弱的可怕魔藥，卻徒勞無功。哈利把羊皮紙揉成一團，眼中熱淚滾滾，在他身後的牙牙放聲嚎叫了起來。

29. 鳳凰悲歌

『來吧，哈利……』

『不要。』

『你不能待在這裡，哈利……來吧，走……』

『不要。』

他不想離開鄧不利多的身邊，他不想離開。海格扶著他肩膀的手在顫抖。另一個聲音說：『哈利，走吧。』

一隻更小、更溫暖的手握住他的手，拉他站起來。他沒有多做考慮就順從了，只有在他盲目的穿過人群時，從空氣中飄動的一絲花香，他才明白是金妮在牽著他走回城堡。四周充滿疑問的聲音重重敲擊著他，嗚咽、呼叫與哭泣劃破黑夜，但哈利與金妮往前走，踏上通往入口大廳的石階：哈利眼角視線所及之處擠滿了人，大家都在偷偷看

他、竊竊私語、猜疑，他們繼續走向大理石階梯，葛來分多沙漏內的紅寶石撒了一地，點點鮮血似的閃爍。

『我們去醫院廂房。』金妮說。

『我沒受傷。』哈利說。

『這是麥教授的命令，』金妮說，『大家都在那裡，榮恩、妙麗，還有路平，大家都——』

哈利的心又不安起來：他都忘了剛才被他匆匆拋在身後的人了。

『金妮，還有誰死了？』

『別擔心，沒有我們的人。』

『可是那個黑魔標記——馬份說他踩到一具屍體——』

『他踩到比爾，不過他還好，他沒死。』

但她的聲音怪怪的，哈利知道這是個不祥的預兆。

『妳確定嗎？』

『我當然確定……他只是——有點慘而已。灰背攻擊他。龐芮夫人說他不能——不能恢復以前的模樣……』金妮的聲音有一點顫抖。『我們都不知道以後會有什麼後遺症——我是說，灰背是個狼人，但他當時並沒有變形。』

『可是其他人……地上還有其他屍體……』

『奈威在醫院廂房，但龐芮夫人認爲他可以痊癒。孚立維教授被擊昏，但他沒事，只是有點站不穩，他還堅持去照顧雷文克勞的學生。還有一個食死人死了，被那個高大的金髮食死人胡亂發射索命咒擊中的——哈利，要是我們沒喝你的福來福喜魔藥，我想我們都會沒命，但一切似乎都只是有驚無險——』

他們到了醫院廂房，推門進去，哈利看見奈威躺在門口附近的一張病床上，顯然睡著了。榮恩、妙麗、露娜、東施和路平都圍在病房裡面的另一張病床四周。聽到開門聲，他們都抬頭看。妙麗立刻奔向哈利抱住他，路平也走過來，面有憂色。

『你還好嗎，哈利？』

『我還好……比爾怎麼樣？』

沒有人回答。哈利從妙麗肩上望過去，見枕頭上躺著一張難以辨認的臉，嚴重的割傷與撕裂傷使他的臉顯得很怪異。龐芮夫人正在用一種氣味強烈的綠色藥膏敷在他的傷口上。哈利想起石內卜曾經用他的魔杖輕易就補好馬份的撕淌三步殺傷口。

『妳不能用符咒什麼的醫好它嗎？』他問護士長。

『沒有符咒可以醫好這些傷口，』龐芮夫人說，『我已經把我所知道的都試過了，但是沒有一種方法可以醫好狼人的咬傷。』

『但他不是在月圓時被咬的，』榮恩凝視著他哥哥的臉，彷彿用眼睛看便能醫好他，『灰背沒有變形，所以比爾一定不會變成一個——一個眞的——』

他沒有把握的看著路平。

『不會，我想比爾不會變成眞的狼人，』路平說，『但那不表示不會有感染，這種被詛咒的傷，不大可能完全痊癒，而且——而且比爾今後說不定會有一些狼的特性。』

『不過，鄧不利多或許知道什麼有效的方法，』榮恩說，『他在哪裡？比爾是奉鄧不利多的命令對抗那些瘋子，鄧不利多欠他這個人情，他不能就讓他這樣子——』

『榮恩——鄧不利多死了。』金妮說。

『不！』路平慌亂的看看金妮又看看哈利，似乎希望哈利會反駁她，然而哈利並沒有。路平癱倒在比爾床邊的一張椅子上，雙手蒙著臉。哈利從未見過路平情緒失控的模樣，他有種貿然撞見別人隱私的感覺。他把頭別開，遇上榮恩的眼光，兩人默默交換了眼色，證實金妮的話。

『他是怎麼死的？』東施輕聲說。『事情是如何發生的？』

『石內卜殺了他，』哈利說，『我在場，我親眼看見。我們回到天文塔，因爲那裡有黑魔標記……鄧不利多生病了，他當時很虛弱，但是當我們聽到上樓的跑步聲時，我想他立即明白這是一個陷阱。他用符咒使我動彈不得，我沒辦法，那時我藏在隱形斗篷底下——然後馬份衝出來，解除了他的武器——』

妙麗雙手捂著自己的嘴，榮恩發出呻吟，露娜的嘴唇在顫抖。

『——後來又來了好幾個食死人——然後石內卜——然後石內卜用「啊哇呾喀呾啦」殺了他。』哈利說不下去了。

龐芮夫人哭了起來，沒有人注意到她，只有金妮小聲說：『噓！聽他說！』

龐芮夫人低低飲泣，手指捂著嘴唇，瞪大兩隻眼睛。黑暗中，有隻鳳凰用一種哈利從未聽過的聲音在吟唱，一種淒美的悲歌。與他以前聽到的鳳凰之歌一樣，哈利覺得這是發自他心靈深處的哀樂，是他自己的悲傷幻化成爲一首歌，穿透城堡的窗戶，在校園裡迴盪。

他不知道他們站在那裡聽了多久，也不知道爲什麼聽了這哀歌後，好像痛苦稍稍減輕了。但感覺上似乎過了很久，醫院廂房的門又打開，麥教授走進來。和其他人一樣，她身上也有剛打鬥過的跡象，她的臉上有擦傷，長袍也撕破了。

『茉莉和亞瑟在路上了，』麥教授說，打破了音樂的魔咒。每個人彷彿都從恍惚狀態驚醒過來，又回頭去看比爾，或揉眼睛、搖頭。『哈利，出了什麼事？海格說鄧不利多教授——說事情發生時你和他在一起——他說石內卜涉及——』

『石內卜殺了鄧不利多。』哈利說。

麥教授瞪著他，搖搖欲墜。龐芮夫人似乎已經打起精神，立刻衝上去，平空變出一張椅子推到麥教授身體底下。

『石內卜，』麥教授跌坐在椅子上，微弱的說，『我們都在懷疑……可是他一直……很信任……石內卜……我不敢相信……』

『石內卜是個非常高段的鎖心者，』路平不慍不火的說，『我們早就知道。』

『可是鄧不利多卻保證說他是站在我們這邊的！』東施輕聲說，『我一直以為鄧不利多一定知道石內卜一些我們不知道的底細……』

『他始終暗示他有無可爭議的理由相信石內卜，』麥教授喃喃的說，用一條格子布滾邊的手帕擦拭眼角的淚水，『我是說……以石內卜的過去……當然免不了大家會懷疑……可是鄧不利多斬釘截鐵告訴我，說石內卜是真的悔改……聽不進任何不利於他的忠言！』

『我倒想知道石內卜對他說了什麼，使他這麼相信。』東施說。

『我知道，』哈利說，在場的每一個人都注視著他，『石內卜把消息告訴佛地魔，使佛地魔殺害了我媽和我爸，然後石內卜又對鄧不利多說他沒想到會這樣，他很後悔，說他們死了他很難過。』

『鄧不利多就這樣相信了？』路平難以置信的說。『鄧不利多相信石內卜為詹姆的死感到難過？石內卜恨透了詹姆……』

『而且他也看不起我的母親，』哈利說，『因為她是麻瓜出身的……他喊她「麻種」……』

沒人問哈利是怎麼知道的。他們似乎都迷失在恐怖的震驚當中，試著在消化剛剛

發生的可怕事實。

『這都是我的錯，』麥教授忽然說。她看起來有點不知所措，兩手扭著她手上濕透的手帕，『我的錯。今天晚上是我派孚立維去找石內卜，是我請他來幫忙的！假如我不通知石內卜這件事，他或許也就不會加入食死人和他們一起戰鬥。我想，在孚立維通知他以前他並不知道食死人在校園內，我不認爲他知道他們要來。』

『這不是妳的錯，米奈娃，』路平斷然說，『大家都想找更多助手來，我們得知石內卜正趕來時，都感到欣慰……』

『所以當他趕到打鬥現場時，他便加入食死人那一邊？』哈利問，他想知道所有的細節，關於石內卜的表裡不一與罪大惡極，急著蒐集更多理由好憎恨他、報復他。

『我也不是很清楚事情的經過，』麥教授困惑的說，『一切都很混亂……鄧不利多告訴我們，他要離開學校幾個小時，叫我們要在走廊巡邏以防萬一……路平、比爾和小仙女會來支援我們……所以我們就巡邏了。一切似乎都很平靜，通往校外的每一條密道都封鎖了。我們知道任誰也飛不進來。進入城堡的每一扇門都施了強有力的魔咒。我還是不明白這些食死人如何能進來……』

『我知道，』哈利說。於是他簡單解說那兩座消失的櫥櫃和它們所形成的魔法通道。『所以他們是從萬應室進來的。』

他不由自主的瞄了一眼榮恩和妙麗，兩人一副狼狽的樣子。

『是我搞砸了，哈利，』榮恩垂頭喪氣的說，『我們都按照你的吩咐去做：我們查看劫盜地圖，看不出有馬份的行蹤，所以我們認爲他一定在萬應室裡面，因此我、金妮還有奈威都去守著……但馬份還是偷偷進去了。』

『我們開始監視之後大約一個鐘頭他出來了，』金妮說，『他自己一個人，手上抓著那隻噁心的萎縮的人手——』

『他的「光榮之手」，』榮恩說，『那個東西只有握住它的人才能看見它發出的亮光，記得嗎？』

『總之，』金妮接著說，『他一定在檢查周圍是否已經安全，可以讓那些食死人出去，因爲他一看到我們立刻把什麼東西往空中一撒，結果一片黑暗——』

『——祕魯瞬間黑暗粉，』榮恩難過的說，『弗雷與喬治店裡的。我得和他們討論討論他們的銷售對象了。』

『我們什麼都試了——路摸思、吼吼燒，』金妮說。『但是都沒有辦法穿透黑暗；我們只好摸索著離開走廊，同時我們聽到有人從我們旁邊跑過去，顯然馬份因爲拿著那隻手所以看得見路，他在爲他們帶路，但我們不敢使用任何詛咒，怕會打到自己人，等我們來到有燈光的走廊時，他們已經走遠了。』

『幸好，』路平粗聲說，『榮恩、金妮和奈威馬上就遇到我們，並把經過情形告訴我們。我們在幾分鐘後發現食死人朝著天文塔的方向過去，馬份顯然沒料到有這麼多人在守衛；總之，他的瞬間黑暗粉似乎用光了。戰鬥爆發後，他們分散各處，我們在後面追。其中一個叫吉朋的乘隙脫逃，跑上天文塔樓梯——』

『去放出黑魔標記？』哈利問。

『想必是，他們一定在離開萬應室前便安排好了，』路平說，『不過我想吉朋不願意一個人待在那裡等鄧不利多，因爲他又下樓來加入戰鬥，結果被我剛剛好閃過的一道索命咒擊中。』

『所以，榮恩、金妮和奈威在監視萬應室，』哈利邊說著邊轉向妙麗，『那妳呢？——』

『我在石內卜的辦公室外面，是的，』妙麗輕聲說，眼中閃著淚光，『還有露娜。我們在外面等了好久，一點動靜也沒有……我們不知道樓上發生的事，劫盜地圖在榮恩手上……當孚立維教授衝進地窖時已將近午夜。他大聲嚷著食死人進了城堡，我想他完全沒看到露娜和我，他只是一路衝進石內卜辦公室，我們聽到他說石內卜必須跟他一起回去支援他們，接著我們聽到砰的好大一聲，石內卜從他的房間匆匆出來，看到我們，然後——然後——』

『怎樣？』哈利催她。

『我好笨，哈利！』妙麗拉高音調輕聲說。『他說孚立維教授昏倒了，叫我們進去照顧他，他要——他要去幫忙對抗食死人——』

她慚愧的蒙著臉繼續說，以至於她的聲音有點模糊不清。

『我們進入他的辦公室，看能不能幫忙孚立維教授，結果發現他躺在地上不省人事……喔，現在一切都明白了，石內卜一定是用失神咒把孚立維擊昏了，但是我們那時候不知道，哈利，我們不知道，我們就這樣讓石內卜走了！』

『這不是妳們的錯，』路平斷然說，『妙麗，假如妳們沒有服從石內卜的話反而阻擋他，他有可能把妳和露娜殺了。』

『所以他就跑上樓了，』哈利說，他在心裡面彷彿見到石內卜奔上大理石樓梯，黑色的長袍一如往昔在他身後飄動，他一面上樓一面從斗篷底下抽出他的魔杖，『然後他找到你們在打鬥的地方……』

『我們艱苦纏鬥，節節敗退，』東施低聲說，『吉朋倒下來了，但其他食死人似乎準備一決死戰。奈威受了傷，比爾又遭到灰背的毒手……四周黑漆漆的……咒語到處亂飛……馬份那小子不見了，一定是偷偷溜過去跑到天文塔上……後來又有更多人跟在他後面上去，但其中有人用了某種咒語把樓梯封住了……奈威一頭撞上去，被拋到半空中──』

『我們沒有一個人能破解它，』榮恩說，『那個大塊頭食死人還在胡亂發射惡咒，惡咒到處亂竄，差點射中我們……』

『然後石內卜出現，』東施說，『忽然一下又不見了──』

『我看見他向著我們跑來，可是接著那個高大的食死人又亂發惡咒，我彎腰一閃躲過去，就沒見到他的蹤影了。』金妮說。

『我看見他對著被惡咒封住的樓梯筆直衝過去，彷彿那兒沒有障礙似的，』路平說。

『我想跟在他後面，但是和奈威一樣被彈回來……』

『他一定知道我們不懂的符咒，』麥教授輕聲說，『畢竟──他是黑魔法防禦術的教授……我當時以爲他是在急著追趕逃往天文塔的食死人……』

『他是啊，』哈利惡狠狠的說，『不過是去幫助他們，而不是去制止他們……我敢說一定是要有黑魔標記的人才能通過那道障礙──那他下樓時發生了什麼事？』

『那時候那個高大的食死人剛好發射一個魔咒，打下半邊天花板，同時也破解了樓梯的障礙，』路平說，『我們全都跑過去──至少還能站的人都跑了過去──然後石內卜和那個小子從灰塵中出現──但我們都沒有攻擊他們──』

『我們就這樣讓他們過去，』東施用空洞的語調說，『我們都以爲他們被食死人追趕──不久，其他的食死人和灰背又回來了，我們又打起來──我好像聽到石內卜大喊什麼，但我不知道──』

『他說，「得手了」，』哈利說，『他已經完成他的任務。』

在場的人都沉默下來，佛客使的悲歌依舊在外面黝黑的校園中迴盪。哈利的心不由得一沉……他們把鄧不利多的遺體從塔底運走了嗎？接下來呢？他會在何處安息？他在口袋中緊緊握著拳頭，感覺到那個假分靈體冰冷的貼著他的右手指節。

醫院廂房的門砰的一聲打開，他們全都嚇一大跳，衛斯理夫婦邁著大步走進病房，花兒緊隨在後，美麗的臉龐充滿驚駭。

『茉莉——亞瑟——』麥教授立即站起來迎上去。『我很難過——』

『比爾，』衛斯理太太輕聲說，見到比爾慘不忍睹的臉，一個箭步從麥教授身邊衝過去，『喔，比爾！』

路平與東施忙起身後退，好讓衛斯理夫婦更接近病床。衛斯理太太彎腰親吻兒子血淋淋的額頭。

『妳說灰背攻擊他？』衛斯理先生心慌意亂的問麥教授。『可是他沒有變形，意思是什麼？比爾以後會怎樣？』

『我們還不知道。』麥教授說，無助的望著路平。

『或許會有一些感染，亞瑟。』路平說。『這是一個奇怪的病例，也許會比較特殊……我們不知道他醒來以後可能會有什麼行爲……』

衛斯理太太從龐芮夫人手中接過那個難聞的藥膏，開始點在比爾的傷口上。

『還有鄧不利多……』衛斯理先生說，『米奈娃，這是眞的嗎……他眞的……』

麥教授點頭，哈利感覺到金妮移到他身邊。她微瞇著眼睛，焦點落在花兒身上，花兒正定定的凝視著比爾。

『鄧不利多死了。』衛斯理先生輕聲說，但衛斯理太太的眼光一直停留在她長子身上，她開始啜泣，淚水不斷滑落在比爾傷痕累累的臉上。

『當然，他的臉以後會怎樣都無所謂……這都不是眞——眞的很重要——可是他以前是個非常漂亮的小男——男孩……一直都很帥……而且他本來打——打算要結婚了！』

『妳這話是什麼意思？』花兒忽然大聲說，『妳說「塔本來打算要結婚」是什麼意思？』

衛斯理太太抬起一張淚漣漣的臉，表情吃驚。

『這——只是——』

『妳是說比爾不想要娶窩了嗎？』花兒質問，『妳是說，因爲這些傷痕，塔就不愛窩了嗎？』

『不，我不是這個意——』

『塔會的！』花兒說，直起身子，將一頭銀色的長髮往後一甩。『區區一個狼人絕不可能使比爾停止愛窩！』

『呃，是的，我相信，』衛斯理太太說，『不過我以爲妳或許——既然他——他——』

『妳是說窩會不願意嫁給塔嗎？還是，妳反對？』花兒說，張大了鼻翼。『窩在乎塔什麼外表？窩覺得，窩們兩個有窩一個人好看就夠了！這些咬傷證明窩的丈夫很勇敢！而且應該讓needed: 窩來才對！』她厲聲說，一把將衛斯理太太推開，又從她手上搶過藥膏。

衛斯理太太退到丈夫身邊，看著花兒在比爾的傷口上塗藥膏。她的臉上有種奇特的表情。在場的人都沒開口，哈利更是不敢動，他和其他人一樣，在等候下一次爆發。

『我們的牡丹姑婆，』沉默良久，衛斯理太太說，『有一件非常漂亮的婚紗——妖精織的——我相信我可以說服她借給妳在婚禮上穿。她非常疼愛比爾，妳知道，它配妳的頭髮會很好看。』

『謝謝妳，』花兒僵硬的說，『窩相信會很好看。』

然後——哈利也不怎麼清楚到底是怎麼發生的——只見兩個女人相擁哭成一團。他一臉困惑，懷疑這個世界到底是不是失控了。哈利轉頭看了看身邊，榮恩和他一樣目瞪口呆，金妮則和妙麗互相交換吃驚的眼神。

『你看吧！』一個壓抑的聲音說，東施正注視著路平。『她還是要嫁給他，即使他被咬過，她也不在乎！』

『這不一樣，』路平說，他的嘴唇幾乎不動，整個人緊繃了起來，『比爾不會完全變成狼人，這個例子完全——』

『可是我也不在乎，我不在乎！』東施抓住路平長袍的前襟，搖著他說，『我對你說過一百萬遍……』

東施的護法和她的鼠灰色頭髮，以及當她聽到有人遭灰背攻擊的謠言時，立刻飛奔去找鄧不利多，這一切都使哈利恍然大悟：原來東施愛的不是天狼星……

『我也對妳說過一百萬遍，』路平不願接觸她的眼光，只望著地上，『我配不上妳，我太老、太窮、太危險……』

『我一直都跟你說這是無稽之談，路平。』衛斯理太太邊拍著花兒的肩膀邊說。

『這不是無稽之談，』路平鎮定的說，『東施應該找一個更年輕、更健全的對象。』

『可是她要的是你，』衛斯理先生微微含笑說，『路平，畢竟，年輕、健全的男人不一定永遠年輕、健全。』他哀傷的暗示躺在他們中間病床上的兒子。

『現在……不是談這件事的時候，』路平迴避大家的眼光，心煩意亂的說。『鄧不利多死了……』

『鄧不利多如果知道這個世界多了幾分愛，他會比誰都快樂。』麥教授簡潔的說。醫院廂房的門這時候又打開，海格走進來。他臉上沒有被頭髮或鬍鬚遮住的地方變得又濕又腫，他在揩眼淚，手上抓著一條巨大的圓點手帕。

『我辦……辦好了，教授，』他哽咽的說，『把他移——移走了。芽菜教授叫孩子們回去睡覺。孚立維教授躺著休息，但他說他很快就會好，還有史拉轟教授已經通知魔法部。』

『謝謝你，海格，』麥教授立即站起來轉身看著圍在比爾床邊的人說，『我得去見魔法部派來的代表。海格，請你通知各學院導師——史拉轟可以代表史萊哲林——請他們立刻到我辦公室來，請你也來參加。』

海格點頭，轉身拖著沉重的步伐離去。麥教授望著哈利。

『在我們開會之前，我要先和你說句話，哈利。請你跟我來……』

哈利站起來，喃喃的對榮恩、妙麗和金妮說：『待會兒見。』然後跟隨麥教授離開病房。走廊外一個人影也沒有，只聽到遠處的鳳凰之歌。幾分鐘後哈利才明白他們不是要去麥教授的辦公室，而是去鄧不利多的辦公室。又過了幾秒，他才想起她是副校長……現在她理當是校長了……那麼石像鬼後面的辦公室今後就是她的……

他們默默的走上移動的螺旋梯，進入圓形辦公室。他不知道眼前會看見什麼，辦公室內會不會掛上黑幔，或者鄧不利多的遺體會不會躺在裡面。結果，它看起來幾乎和幾個鐘頭前他與鄧不利多離開時一模一樣：銀色儀器端坐在細腿桌上旋轉噴著煙，玻璃匣內的葛來分多寶劍在月光下閃閃發亮，分類帽在書桌後面的櫃子上。但佛客使的棲枝空盪盪的；牠還在校園內哀鳴。在那一排已故的霍格華茲男女校長的畫像中，多了一幅新的畫像，鄧不利多正在書桌上方一個金色畫框內打盹，他的半月形眼鏡架在他扭曲的鼻梁上，神態安詳，沒有煩憂。

麥教授瞥一眼這幅畫像後做了一個奇怪的動作，彷彿把心一橫，然後繞過書桌面對哈利。她的臉緊繃著，臉上滿是皺紋。『哈利，』她說，『我想知道你和鄧不利多校長，今天晚上離開學校去做了什麼？』

『教授，我不能告訴妳。』哈利說。他早料到有此一問，因此早就準備好答案。鄧不利多就是在這裡，在這個房間裡，告訴他除了榮恩與妙麗之外，不可對任何人透露他們上課的內容。

『哈利，這件事可能很重要。』麥教授說。

『是的，』哈利說，『很重要，但他叫我不要告訴任何人。』

麥教對他怒目而視。

『波特，（哈利注意到她直呼他的姓）鄧不利多校長死了，我想你一定看出情勢有點改變——』

『我不認爲，』哈利聳聳肩說，『鄧不利多校長從未告訴我，萬一他死了，我可以不再遵從他的命令。』

『可是——』

『不過在魔法部的人抵達之前，有件事妳應該知道。羅梅塔夫人被下了蠻橫咒，她從旁協助馬份和食死人，所以項鍊和有毒的蜂蜜酒才——』

『羅梅塔？』麥教授懷疑的說，但她還來不及說下去，背後便傳來敲門聲，芽菜教授、孚立維教授，以及史拉轟教授蹣跚走進來，後面跟著海格，他還在哀哀哭泣，巨大的身形因哀傷而顫抖。

『石內卜！』史拉轟突然大聲說，幾個人中他顯得最震驚、最蒼白而且汗流浹背。『石內卜！我教過他哩！我還以為我了解他！』

但是他們還來不及回答，牆上有個尖銳的聲音開口了，那是一個氣色很差、蓄著黑色短劉海的巫師，他剛剛走進他的空畫布。

『米奈娃，部長馬上到，他剛剛從魔法部消影。』

『謝謝你，埃拉。』麥教授說，立刻轉身面向其他幾位教授。

『在他抵達之前，我要先談談霍格華茲的未來，』她很快的說，『依我個人之見，我不認為學校明年應該重新開學，校長死於我們一位同仁之手，這在霍格華茲歷史上是個重大的污點。太恐怖了。』

『我相信鄧不利多會希望學校繼續辦下去，』芽菜教授說，『我覺得只要有一個學生想來，學校就應該為學生而開。』

『可是經過這件事，還會有學生想來嗎？』史拉轟用一條絲手帕擦拭他滿是汗水的眉毛。『家長應該會希望他們的孩子留在家裡，這我也不怪他們。依我個人之見，我不覺得我們在霍格華茲會比在其他地方更危險，可是你不能期待做母親的有這種想法。她們會想把家人全都留在身邊，這是天性。』

『我同意，』麥教授說，『再說，鄧不利多也不是沒有想過要關閉霍格華茲。當

「消失的密室」再度被打開時，他就曾考慮關閉學校——我必須說，鄧不利多校長遇害比起史萊哲林的怪物仍在城堡內蠢蠢欲動更令我不安……』

『我們必須和理事會商議，』孚立維教授用他尖細的嗓音說；雖然在石內卜辦公室內，他額頭被撞出一大塊瘀青，但除此之外，他毫髮無傷。『我們必須遵從既定的程序，不該倉卒做決定。』

『海格，你都沒說話，』麥教授說，『你的看法呢，霍格華茲應該繼續開辦嗎？』

海格在幾位教授談話中一直默默的用他的大手帕在擦眼淚，此刻抬起紅腫的雙眼，哽咽的說：『我不知道，教授……應該由各學院導師和校長作主……』

『鄧不利多校長一向尊重你的意見，』麥教授溫和的說，『我也是。』

『啊，我要留下來，』海格說，大顆大顆的眼淚仍然不斷從他的眼角滲出，流到雜亂虬結的鬍子裡。『這裡是我的家，我從十三歲起一直住到現在的家，要是有孩子願意讓我教，我會教。不過……我不知道……霍格華茲少了鄧不利多……』

他飲泣吞聲，又一次把臉埋進他的手帕裡，沉默不語。

『很好，』麥教授瞥一眼窗外的校園，看部長來了沒有，『那我不得不同意孚立維的提議，最好和理事會商量，由他們來做最後的決定。

『至於把學生送回家……有人說晚送不如早送。必要時我們可以安排霍格華茲特快車明天來——』

『那鄧不利多校長的葬禮呢？』哈利總算開口。

『這……』麥教授說，她的聲音在顫抖，說話的語氣少了幾分輕快，『我──我知道鄧不利多希望在這裡安息，在霍格華茲──』

『所以他會葬在這裡，是吧？』哈利的口氣很重。

『假如魔法部認爲合適的話，』麥教授說，『過去沒有任何男女校長曾經──』

『過去沒有任何男女校長曾經爲這所學校貢獻這麼多。』海格粗聲說。

『霍格華茲應該是鄧不利多最後的安息之處。』孚立維教授說。

『確實。』芽菜教授也說。

『既然如此，』哈利說，『妳就不應該在葬禮結束之前把學生送回家。他們也會想要向他──』他的話哽在喉頭，但芽菜教授替他把話說完。

『道別。』

『說得好，』孚立維教授尖著嗓子說。『說得好！我們的學生應該去祭弔，這是應該的。我們可以結束後再派車送他們回家。』

『附議。』芽菜教授大聲說。

『我想……可以……』史拉轟也略帶焦躁的說，海格也嗚咽的表示同意。

『他來了，』麥教授忽然凝視著窗外說，『部長……看樣子他還帶了一支代表團……』

『我可以先離開嗎，教授？』哈利立刻說。

他今晚一點也不想見到盧夫．昆爵，或被他當面質問。

『可以，』麥教授說，『動作要快。』

她大步走到門邊，把門打開。他快速衝下螺旋梯，跑到空無一人的走廊上；他把他的隱形斗篷遺忘在天文塔頂，但是無所謂；沒有人看見他在走廊上，連飛七、拿樂絲太太或皮皮鬼都沒看見。他沒遇見任何人，一路回到通往葛來分多交誼廳的走道。

『是真的嗎？』當他來到胖女士面前時，她悄聲問，『是真的嗎？鄧不利多——死了？』

『是的。』哈利說。

她發出一聲哀泣，也不問他通關密語，便把門打開讓他通過。

正如哈利所料，交誼廳內坐滿了人，當他從畫像洞口爬進去時，一屋子人霎時安靜下來。他看見丁和西莫坐在附近的一群人當中，這表示宿舍房間內是空的，或者幾乎是空的。哈利沒有和任何人說話，也沒看任何人一眼，直接穿過交誼廳回到男生宿舍。

如他所盼，榮恩正在等他，還是那一身衣服，坐在他的床上。哈利在他自己的四柱床上坐下，兩人就這樣互相對視。

『他們在討論要關閉學校。』過了一會兒，哈利說。

『路平說會關。』榮恩說。

一陣停頓。

『結果呢？』榮恩把聲音壓得很低，彷彿怕被家具聽見。『你找到沒？拿到了嗎？分——分靈體？』

哈利搖頭。在那個漆黑的湖邊所發生的一切此刻看來彷彿是個昔日的夢魘；眞的只是幾個小時前才發生的嗎？

『你沒拿到？』榮恩一副洩氣的樣子。『不在那裡？』

『不在，』哈利說，『有人早就拿走了，留下一個假的在那裡。』

『早就拿走？——』

哈利默默的從他口袋掏出那個假的小金匣，打開遞給榮恩。故事以後再說……今晚無所謂了……除了這個結局，這段毫無意義的冒險的結局，鄧不利多的生命結束，其他一切都無所謂了。

『R.A.B.，』榮恩輕聲說，『這會是誰？』

『不知道。』哈利說著，和衣躺在床上，呆滯的瞪著天花板。他對R.A.B.一點也不感到好奇，他甚至懷疑自己以後會不會再有好奇的感覺了。他躺在床上，忽然察覺校園內一片寂靜，佛客使的歌聲停止了。

他不明白他爲什麼會知道，但他很清楚，那隻鳳凰走了，永遠離開霍格華茲了，就像鄧不利多永遠離開學校，離開這個世界……離開哈利一樣。

30. 白色陵墓

所有的課都停了，所有的考試也都延期。接下來幾天，部分學生被他們的家長從霍格華茲匆匆接走——巴提雙胞胎在鄧不利多死後的第二天上午，還來不及吃早餐就被帶走。災來耶．史密被他傲慢的父親直接從城堡接走。相對的，西莫．斐尼干卻是直截了當拒絕跟他母親回家；母子倆在入口大廳大聲爭執，最後她才同意他留下來參加葬禮。西莫告訴哈利與榮恩，說他母親費了一番工夫才在活米村找到一張床位，因爲女巫和巫師都紛紛湧進活米村，準備向鄧不利多致最後的敬意。

葬禮前一天傍晚，一輛與房屋一般大的粉藍色馬車，由十二隻巨大的長著翅膀的巴洛米諾馬拉著，從天而降停在森林邊上，一些低年級的學生非常興奮，他們以前從沒

見過。哈利從窗口遠眺，看見一位高大漂亮、一身橄欖膚色的黑髮婦人步下馬車，立即投入正在等候迎接的海格的懷抱。同時一支由魔法部官員組成的代表團，包括魔法部長本人，也住進城堡內。哈利刻意避免與其中任何人接觸；他相信，早晚他都會被叫去說明鄧不利多最後一次離開霍格華茲的情形。

哈利、榮恩、妙麗與金妮一直守在一起。晴朗的天氣似乎在嘲笑他們；哈利可以想像，假如鄧不利多沒有死，他們會多麼快樂。在每年學期結束的這個時刻，金妮考完試了，作業的壓力解除了……但哈利一個小時又拖過一個小時，他知道有些話他必須說，他知道有件事他必須做，但卻說不出口也做不出來，因爲要放棄他的最大安慰來源實在太難。

他們每天去醫院廂房兩次，奈威出院了，但比爾仍在接受龐芮夫人的照料，他的傷疤仍不見好轉，事實上，他現在幾乎就是瘋眼穆敵的翻版，幸好他的雙眼和雙腳都是完好的。他的個性似乎也和以前一樣，沒有改變，唯一的明顯改變是他現在非常愛吃生牛排。

『……幸好塔要娶的是窩，』花兒快樂的把比爾的枕頭拍拍鬆說，『因爲就像窩常說的，英國人都把肉煎得太老。』

『我想我們只好接受他眞的要娶她的事實。』那天晚上金妮嘆口氣說。她、哈利、榮恩與妙麗坐在葛來分多交誼廳打開的窗口邊，看著外面微暗的校園。

『她沒有那麼糟呀，』哈利說。看見金妮眉毛一抬，哈利忙著又補一句：『就是長得醜。』她不情願的笑笑。

『好吧，如果媽可以忍受，我想我也可以。』

『還有哪個我們認識的人死了嗎？』榮恩問正在看《預言家晚報》的妙麗。

妙麗聽到他強裝鎮定的這句話不禁皺了一下眉頭。

『沒有，』她用責怪的口氣說，折好報紙，『他們還在尋找石內卜，但是毫無線索……』

『當然沒有。』哈利說，每次提到這個話題，他便勃然大怒，『他們不先找到佛地魔就不會找到石內卜，他們反正從來都找不到……』

『我要去睡了，』金妮打哈欠說，『我一直都沒睡好，自從……呃……我想去睡一下。』

她親吻哈利（榮恩故意把頭別開），向其他兩人揮揮手，走向女生宿舍。門剛關上，妙麗便靠近哈利，一臉『非常妙麗』的表情。

『哈利，我今天早上發現一件事，在圖書館……』

『R. A. B.？』哈利說，立刻坐直了。

然而，他並不是像從前常有的那樣，興奮、好奇、急著想揭開祕密。他只知道，他必須先找出真的分靈體的眞相，才能在眼前黑暗、崎嶇不平的道路——他與鄧不利多一起走出來的道路上——繼續前進，他知道這條道路他現在必須一個人獨行了。或許還有多達四個分靈體藏在某些地方，他必須把它們一個個找出來，這樣或許才比較有可能殺掉佛地魔。他不斷的在心底唸著它們，彷彿一一唸出它們便能使它們出現在眼前：『小金匣……金杯……蛇……某個屬於葛來分多或雷文克勞的東西……小金匣……金杯……蛇……某個屬於葛來分多或雷文克勞的東西……』

這樣反覆的唸誦似乎穿透了哈利在睡夢中的心智，他的夢裡到處是金杯、小金匣和許多他拿不到的神祕物品，儘管鄧不利多從旁協助，給他一條繩梯，但是等他一爬上去，繩梯立刻變成蛇……

鄧不利多死後第二天早上，他便給妙麗看小金匣裡面的紙條，她雖然當下並沒有印象，有哪個從前讀過的巫師是以這個做爲名字的縮寫，但從那天起，她便天天跑圖書館，對於一個沒有功課的人來說，她的確跑得勤快了點。

『不是，』她難過的說，『我找過了，哈利，但是沒有任何發現……確實有兩位非常有名的巫師有相同的姓名縮寫——羅莎琳・安提剛・邦司……魯貝・「執斧者」・布魯斯頓……但是好像都不像。從字條來判斷，偷走分靈體的人認識佛地魔，但我找不出一絲證據，證明這位邦司或執斧者和他有關……不是，我實際上要講的是……石內卜。』

她連說出這個名字的時候都顯得很緊張。

『他怎樣？』哈利重重的坐回椅子上。

『呃，有關這個混血王子的事好像被我說對了。』她試探的說。

『妳一定要嘮叨個不停嗎，妙麗？妳以爲我現在還有心情談這個？』

『不──不──哈利，我不是這個意思！』她急急說，看了一下四周，確定沒有人在偷聽。『我只是確定這本書曾經屬於愛凌・普林斯所有。你知道……她是石內卜的母親！』

『我就說她長得不怎麼好看。』榮恩說。妙麗沒理他。

『我去查以前的《預言家》，看到一條有關愛凌・普林斯的簡短新聞，說她嫁給一個叫托比亞・石內卜的男人，後來又有一條新聞說她生了一個──』

『──殺人兇手。』哈利啐道。

『呃……是的，』妙麗說。『所以……我猜對了。石內卜一定很得意他是「半個普林斯（王子）」，你明白了吧？從《預言家》的報導來看，托比亞・石內卜是個麻瓜。』

『嗯，有道理，』哈利說，『他一直假裝他是純種，好跟魯休思・馬份一干人打成一片……他跟佛地魔一樣，純種母親、麻瓜父親……對他的出身感到羞恥，於是利用黑魔法來嚇唬人，又幫自己取一個令人難忘的新名字──佛地魔王──混血王子──鄧不利多怎麼會沒想到這一點？──』

他沒再繼續說下去，轉頭望著窗外。他實在忍不住要反覆思索鄧不利多相信石內卜的這個不可原諒的錯誤……但正如妙麗並非有意的提醒，他，哈利，也一樣被矇騙了……儘管那些手寫的符咒越來越兇險，他仍不願相信這個曾經如此聰明、曾經幫他許多忙的男孩是個壞蛋……

幫過他忙……這幾乎是個令人無法忍受的想法……現在……

『我還是不明白他爲什麼不揭發你利用那本書，』榮恩說，『他一定知道你是從它那裡學來的。』

『他知道，』哈利難堪的說，『我用撕淌三步殺時他就知道了，他根本用不著使出破心術……說不定在那之前他早就知道了，因爲史拉轟說過我的魔藥學有多棒……怪他自己不該把他的舊書遺忘在櫃子裡，對不對？』

『可是他爲什麼不揭發你？』

『我想他不願意和那本書扯上任何關係，』妙麗說，『鄧不利多如果知道了一定會很不高興。而且就算石內卜謊稱不是他的書，史拉轟也會馬上認出他的筆跡。無論如何，這本書是在石內卜以前的教室找到的，而且我敢說鄧不利多一定知道他的母親姓「普林斯」。』

『我應該把這本書拿給鄧不利多看才對，』哈利說，『他一直要讓我了解佛地魔在求學時代就多麼邪惡，我有證據證明石內卜也一樣——』

『「邪惡」是很重的字眼。』妙麗平靜的說。

『是妳一直告訴我那本書危險！』

『哈利，我想說的是，你太責怪自己了。我覺得這個王子似乎有一種兇險的幽默感，但我沒想過他有一天會成為殺人兇手……』

『我們都沒想到石內卜會……你們知道。』榮恩說。

三個人都默默無語，各懷各的心事，但哈利知道他們和他一樣，在想明天早上鄧不利多的遺體下葬的事。哈利從未參加過葬禮；天狼星去世時沒有遺體可以安葬，他不知道他要期待什麼，因而對他所可能看到的、可能感受的，不免會產生些許憂慮。他不知道葬禮過後，他會不會更真實的感受到鄧不利多的死亡。

這個可怕的事實有時雖然會重重的打擊他，但他也有茫然麻木的時刻。整座城堡上上下下雖然只談論這件事，他還是很難相信鄧不利多真的已經走了。他承認他不像對天狼星那樣，迫切的尋找漏洞盼望鄧不利多回來……

他伸手到他的口袋，摸到假的分靈體冰冷的鍊子。他現在都隨身攜帶，不是把它當護身符，而是為了提醒自己它所代表的代價以及他未完成的任務。

次日一早哈利便起床打包；霍格華茲特快車會在葬禮結束後一個小時出發。下樓後他發現餐廳的氣氛低迷，人人都穿上他們的禮袍，而且似乎都沒什麼胃口。麥教授讓教職員餐桌那張寶座似的椅子空著，海格的椅子也是空的，哈利心想他可能沒胃口吃早餐。

但石內卜的位子卻被盧夫．昆爵佔用。當他那兩隻黃眼睛橫掃全場時，哈利都盡量避開；他有種不舒服的感覺，覺得昆爵在尋找他。哈利又在昆爵的隨行人員當中發現一頭紅髮、戴著角質框架眼鏡的派西．衛斯理。榮恩除了恨恨的叉著燻鮭魚，顯得有些不尋常外，看不出他有看到派西的跡象。

在史萊哲林的餐桌上，克拉與高爾在竊竊私語。他們兩個雖然都是大個子，但是少了高瘦蒼白的馬份對他們呼來喚去，卻顯得有些寂寞。

哈利沒有多餘的心思去想馬份，他的滿腹怨恨都放在石內卜身上，但他沒有忘記馬份在天文塔頂上顯現的恐懼口氣，也沒忘記他在其他食死人抵達以前曾經垂下他的魔杖。

他不相信馬份會真的殺了鄧不利多。他還是不齒馬份崇拜黑魔法，但現在他在厭惡中還摻雜著些許同情。哈利不禁猜想馬份現在人在何處，佛地魔在威脅殺他與他父母之下又會逼他去做什麼？

金妮在哈利的肋骨上頂了一下，打斷他的思緒。麥教授已經站起來，餐廳內哀傷的竊竊私語立即停止。

『差不多是時候了，』她說，『請跟著各學院導師進入校園。葛來分多的學生請跟著我。』

大家都默默起立出發。哈利瞥見史拉轟穿著華麗的滾銀邊翠綠長袍，帶領史萊哲林的學生。他也沒見過赫夫帕夫的導師芽菜教授像今天這樣乾淨：她的帽子一塊補釘也沒有。還有當他們走到入口大廳的時候，他們看見平斯夫人站在飛七身邊，她頭上披著一塊長及膝蓋的厚黑紗，飛七則穿著一套古早的黑西裝，打了一條飄著樟腦丸味道的領帶。

哈利從前門出來踏上石階時，發現他們正朝著湖畔的方向前進。當他們尾隨麥教授來到已經擺好數百張排列整齊的椅子的會場時，暖風拂在他臉上。椅子的中央有一條走道，走道的最前方有張大理石台，所有的椅子都面向它。這是最美麗的一個夏日。

形形色色的來賓已經坐滿半數的椅子：有寒酸也有光鮮、有老也有少。

大部分的人，哈利都不認得，但也有少數他認識的，其中包括『鳳凰會』的成員：金利・俠鉤帽、瘋眼穆敵、東施——她的頭髮奇蹟似的恢復為鮮麗的粉紅色——雷木思・路平，她好像和他手牽手，衛斯理先生和衛斯理太太，比爾在花兒的攙扶下跟在弗雷與喬治後面，雙胞胎身上都穿著黑色的龍皮外套，還有美心夫人，她一個人就佔用了兩張半椅子，破釜酒吧的老闆湯姆，哈利的爆竹鄰居費太太，巫界的合唱團『怪姊妹』中渾身是毛的貝斯手，『騎士公車』的司機爾尼・普爾，斜角巷的長袍店老闆摩金夫人，還有一些人哈利僅有數面之緣，如豬頭酒吧的酒保，以及霍格華茲特快車上推手推車的女巫。城堡內的幽靈也到齊了，在亮燦的陽光下幾乎難以辨識，只有當他們移動時才依稀可見，在空中若有似無的閃爍。

哈利、榮恩、妙麗與金妮坐在湖畔一排椅子的最後幾個座位。眾人都在竊竊私語；聽起來像草上的微風，但遠不如鳥鳴的聲音大。

群眾越聚越多，哈利看見奈威在露娜的扶持下就座，心中大為感動。在ＤＡ團體中，唯獨他們兩人在鄧不利多遇害當天晚上回應了妙麗的召喚，哈利明白為什麼：因為他們兩人最懷念ＤＡ……或許也是最勤於察看他們的金幣的人，盼望還有機會再一次集合……

康尼留斯．夫子從他們旁邊經過走向前排，他的表情哀戚，頭上依舊戴著他綠色的圓頂禮帽；接著哈利看見麗塔．史譏，立刻怒火中生，她塗著深紅色指甲的手抓著一本筆記。

然後是最令哈利火冒三丈的桃樂絲．恩不里居，她的蟾蜍臉上裝出令人難以信服的哀傷表情，鼠灰色的鬈髮頂上別著一個黑色的天鵝絨蝴蝶結。當她看見人馬翡冷翠像哨兵似的站在湖畔時，她大吃一驚，慌忙逃到遠遠的一個座位上。

教職員終於就座完畢。哈利看見昆爵一臉莊嚴肅穆和麥教授坐在最前排，他懷疑昆爵或這些重要人物是否真心為鄧不利多的死而傷心。然後他聽到音樂聲，奇特的、超脫世俗的歌聲，他暫時忘卻對魔法部的怨恨，轉頭去尋找聲音的來源。他不是唯一的一個，許多人都略帶吃驚的轉頭去看。

『在那邊。』金妮在哈利的耳邊悄聲說。

於是他看見了，在陽光照耀下清澈的綠色湖水中，距離水面只有幾吋的地方，這使哈利驚駭的想起那些行屍。水面下有一支人魚合唱團正以一種他聽不懂的特殊語言在唱歌，他們蒼白的臉激起陣陣漣漪，紫色的頭髮在他們身旁漂蕩。歌聲使哈利的後頸毛髮直豎，但它不會令人感到不愉快。它清晰的訴說失落與哀傷。當他低頭注視這些歌者忘情的臉龐時，他覺得至少他們是在爲鄧不利多的去世而難過。這時金妮又輕碰他一下，他回頭去看。

海格正緩緩走上座椅中央的走道，他在無聲的哭泣，臉上閃動著淚水。他的雙手抱著一個纏裹紫色天鵝絨、上面有金星在閃耀的物體，哈利知道那是鄧不利多的遺體。哈利一見到這個景象，一股尖銳的痛楚感從他的喉嚨竄上來：這奇特的歌聲，以及意識到鄧不利多的遺體與他如此接近，似乎在剎那間奪走了這一天的所有溫暖。榮恩臉色發白，表情震驚。金妮與妙麗的淚珠則大顆大顆落在她們腿上。

他們看不清前面的狀況，海格似乎已經把遺體小心翼翼的放在石台上。現在他退回中央走道，大聲擤著鼻涕，引來一部分人鄙夷的眼光，哈利發現其中包括桃樂絲・恩不里居……但哈利知道鄧不利多不會在意。

海格從旁邊走過時，哈利友善的對他招招手，但海格的雙眼腫到不行，他是不是看得見眼前的路都令人懷疑。哈利瞥一眼海格走去的方向，這才明白什麼東西在後排等他，原來那裡有個人，身上穿的外套和長褲有如小型帳篷，他就是巨人呱啦。他那如圓石般醜陋的頭顱低垂，態度溫馴，幾乎像個人了。海格在他的同母異父弟弟身邊坐下，呱啦重重的拍著海格的頭，以至於他的椅子腳往下陷。哈利忽然很想笑。但這時樂聲停了，他又轉頭面對前方。

一名頭髮一簇簇、身穿素面黑袍的矮個子男人站起來，站到鄧不利多的遺體前。哈利聽不見他在說些什麼。

一些奇怪的話從數百個人頭上飄過來。

『心靈高潔』……『智慧的貢獻』……『心胸寬大』……都不是很有意義的話。和哈利所了解的鄧不利多毫無關係。他忽然想起鄧不利多對幾個字的詮釋，如『蠢蛋』、『渣渣』、『哭』和『扭』，他又一次強忍著笑……他今天是怎麼了？

他聽到左邊有微微的潑水聲，發現人魚也浮出水面在聆聽。他想起兩年前鄧不利多曾經蹲在湖邊，離哈利現在坐的地方很近，用人魚語和女人魚首領交談。哈利不知道鄧不利多是在哪裡學的人魚語。有好多事他都還沒問他，好多事他都還來不及說……

毫無預警的，他猛然想起這個痛苦的事實，直到這一刻他才徹底而真確的明白，鄧不利多死了，走了……

他緊緊捏著冰冷的小金匣，緊到手都發疼，但他止不住滾燙的淚水從他眼中源源湧出：黑衣人叨叨唸著，他將視線從金妮與其他人身上移到湖面，投向禁忌森林……

樹林間有東西在動，人馬也來致最後的敬意。他們沒有走出來，但哈利看見他們安靜的站著，半隱藏在樹影下注視著巫師們，他們的弓斜揹在身上。哈利想起他第一次進入森林的恐怖之旅，第一次遇上那個東西，也就是當時的佛地魔，以及他如何面對他，還有不久之後他與鄧不利多談到要如何打一場眼看就要失敗的戰爭。

鄧不利多說過，重要的是對抗他，一戰再戰，不斷戰鬥，只有這樣才能將邪惡勢力逼到絕境，雖然無法徹底剷除……

哈利坐在豔陽下，清楚的看到那些關心他的人一個個出現在他眼前，他的母親，他的父親，他的教父，最後是鄧不利多，他們都毅然決然保護他，但如今這些都過去了。

他不能讓其他任何人擋在他與佛地魔中間；他必須永遠拋開早在他一歲時就該消逝的幻象：享受父母懷裡的庇蔭，任何東西都傷不了他。他永遠不可能從惡夢中醒來，在黑暗聽到溫柔的低語告訴他，一切都是他的想像，實際上他是安全的。而現在他最後一位、也是最偉大的保護者已經死了，他比以前更加孤單。

矮個子黑衣人終於結束演說，回到他的座位。哈利等候下一個上台的人站起來。他以為還會有演說，或許是部長，然而沒有動靜。

接著群眾裡有人發出尖叫聲。突然，從鄧不利多的遺體和他躺臥的石台四周冒出明亮的白色火焰，火焰越升越高，終於將遺體完全掩蓋。白煙成螺旋狀升上天空，形成奇特的形狀。哈利一時心跳停止，他覺得他好像看到一隻鳳凰喜悅的飛上藍天，但下一秒鐘火焰就熄滅了，原先的位置上出現一座白色大理石陵墓，將鄧不利多的遺體和他躺臥的石台一併包覆在裡面。

一陣箭雨紛紛劃向空中，少數人驚嚇得大叫，但它們都在遠離群眾的地方著地。哈利知道這是人馬的致敬，他看見他們轉身消失在蔭涼的樹林間。人魚也緩緩沉入綠色的湖水中不見蹤影。

哈利望著金妮、榮恩與妙麗，榮恩的臉皺成一團，彷彿陽光照得他睜不開眼睛。妙麗淚流滿面，但金妮已經停止哭泣。她以專注、熾熱的眼光迎接哈利的凝視，他見過這個眼光，那次他們在哈利缺席的情況下贏得魁地奇比賽時她緊緊擁抱他，她當時的眼光就和此刻一樣。這一刻他知道他們深深了解彼此，如果他告訴她他想做什麼，她一定不會說『要小心』，或『不要去』，而會接受他的決定，因爲她全心全意支持他。因此他鼓起勇氣，說出自從鄧不利多死後他便知道他應該說的話。

『金妮，聽我說……』他非常平靜的說。這時四周的談話越來越大聲，群眾紛紛起立。『我不能再和妳交往了，我們不能再相見了，我們不能在一起。』

她笑得很勉強的說：『爲了某個無聊、高貴的理由，是嗎？』

『它就像……這幾個禮拜和妳相處，就好像從別人的生命得到一些東西，』哈利說。『可是我不能……我們不能……我還有事必須獨自完成。』

她沒哭，只是望著他。

『佛地魔會利用他敵人身邊的人。他曾經利用妳做爲誘餌，因爲妳是我最要好的朋友的妹妹。假如我們繼續這樣下去，想想看妳將會有多麼危險。他會知道，他會發現，他會利用妳來牽制我。』

『如果我不在乎呢？』金妮堅定的說。

『我在乎，』哈利說。『假如這是妳的葬禮，妳想我會有什麼感受……而且還是我的錯……』

她轉頭望著湖面。

『我始終沒有眞的放棄你，』她說，『沒有眞的放棄。我總是抱著一線希望……妙麗叫我要放輕鬆，也許和別人出去約約會，不要老是盯著你，因爲如果你在房間內，我就說不出話來，記得嗎？她認爲你也許會多注意我一些，如果我多一點──自我。』

『聰明的女孩，這個妙麗，』哈利微微一笑說，『眞希望我能早一點約妳，這樣我們就可以有更多時間……幾個月……說不定幾年……』

『可是你一直在忙著拯救魔法界，』金妮半笑著說，『啊……我不能說我很驚訝，我早知道這種事終究還是會發生。我知道除非你找到佛地魔，否則你不會快樂，或許這正是我這麼喜歡你的原因。』

哈利無法忍受這些話，他覺得如果他繼續坐在她身邊，他可能無法貫徹他的決心。他看見榮恩正握著妙麗的手，一面輕撫她的頭髮。她正倚在他肩膀上啜泣，他的眼淚也不停的從他的長鼻尖端滴下來。哈利帶著悲悽的表情站起來，轉身背向金妮與鄧不利多的陵墓，走到湖畔。站起來走動比靜靜坐著好受些，正如盡快著手追查分靈體的下落並殺死佛地魔，感覺上會比守株待兔要好得多……

『哈利！』

他回頭一望，盧夫・昆爵拄著枴杖，正一跛一跛的快速繞過湖畔朝他走來。

『我一直想找你說句話……你不介意我和你一起走吧？』

『不會。』哈利冷淡的說，又移動腳步。

『哈利，這是個可怕的悲劇，』昆爵小聲的對他說，『我聽到這個消息十分震驚。鄧不利多是位非常偉大的巫師。我們過去有些歧見，你是知道的，但是沒有人比我更了解——』

『你想要什麼？』哈利直截了當的問。

昆爵有點生氣，但一如以往，他很快調整爲哀傷理解的表情。

『當然，你很難過，』他說，『我知道你和鄧不利多非常親近，我在想你或許是他歷來最喜愛的學生。你們兩人之間的關係——』

『你想要什麼？』哈利又問，停下腳步。

昆爵也停下腳步，拄著枴杖注視哈利，表情變得很嚴酷。

『聽說他遇害當天晚上離開學校時，你和他在一起。』

『誰說的？』哈利說。

『鄧不利多死後，有人在天文塔頂上對一個食死人下了失神咒。上面還有兩支飛天掃帚。魔法部會根據事實做推論，哈利。』

『很好，』哈利說，『不過，我和鄧不利多去什麼地方、做了什麼事，那是我的事。他不想讓人家知道。』

『你這麼忠心耿耿當然很令人欽佩，』昆爵似乎很努力在克制他的怒氣，『不過鄧不利多已經走了，哈利。他已經離開了。』

『只有這裡不再有人對他忠心了，他才算是眞正離開學校。』哈利不由自主含笑說。

『我親愛的孩子……即便是鄧不利多也不能死而復生──』

『我沒說他能。你不會懂的。我也不會告訴你。』

昆爵猶豫了一下，用顯然經過深思熟慮的語氣說：『你知道，哈利，魔法部可以提供你各式各樣的保護。我很樂意派兩位我的正氣師供你差遣──』

哈利笑了。

『佛地魔要親手殺我，正氣師擋不住他的。所以謝謝你的好意，我心領了。』

『那麼，』昆爵的口氣變冷了，『我在聖誕節對你提出的請求──』

『什麼請求？喔，對了……叫我把你的豐功偉業告訴全世界，來換——』

『——來換取大家振奮的士氣！』昆爵粗聲說。

哈利考慮了一下。

『史坦・桑派被釋放了沒？』

昆爵的一張臉脹成了紫色，像極了威農姨丈。

『我看得出你——』

『從頭到腳都是鄧不利多的人了。』哈利說。『答對了。』

昆爵又怒目瞪他一眼，轉身一跛一跛的走了，不再多說。

哈利看見派西與魔法部代表團其餘成員都在等他，又見他們緊張的瞄著仍在座位上啜泣的海格和呱啦。榮恩與妙麗朝著和昆爵相反的方向，往哈利這邊匆匆跑來；哈利轉身放慢腳步，等他們兩人跟上來。最後他們總算在曾經一起度過快樂時光的山毛櫸樹蔭下追上他。

『昆爵想幹嘛？』妙麗小聲問。

『還是跟聖誕節那時候一樣，』哈利聳聳肩，『叫我給他有關鄧不利多的內幕消息，還有成為魔法部的新廣告代言人。』

榮恩似乎捺不住了，大聲對妙麗說：『哎，讓我回去揍派西一頓！』

『不行。』她斷然說，抓著他的手臂。

『這樣我才會舒服些！』

哈利笑了，連妙麗也微微一笑，但她望著城堡，笑容消失了。

『一想到我們也許永遠不能回來了，我就受不了。』她柔聲說，『霍格華茲怎能關閉？』

『說不定不會，』榮恩說，『這裡不會比我們在家更危險，不是嗎？現在到處都一樣。我甚至覺得霍格華茲比較安全，現在有更多巫師在守護校園。你覺得呢，哈利？』

『即使它重新開學我也不回來了。』哈利說。

榮恩吃驚的望著他，但妙麗傷心的說：『我早知道你會這麼說。可是，那你要做什麼？』

『我會再回德思禮家一次，因爲鄧不利多要我回去，』哈利說，『不過只做短暫的拜訪，然後我就永遠離開了。』

『可是，如果你不回學校，你要去哪裡？』

『我想我可能會去高錐客洞，』哈利喃喃說。打從鄧不利多遇害那天晚上起，這個念頭就一直在他腦子裡轉。『對我而言，它是個起始點，一切的起點。我有個直覺說我必須去那裡。而且我可以去探視我爸媽的墳墓，我很想去。』

『然後呢？』

『然後我就必須追查其他分靈體的下落了，不是嗎？』哈利說，兩眼注視著在湖的另一邊，鄧不利多的白色陵墓投下的倒影。『他要我這樣做，這就是爲什麼他要告訴我這些事的原因。如果鄧不利多是對的——我相信他一定是對的——那麼還有四個分靈體。我必須找到它們，將它們摧毀，接著我就要去找佛地魔的第七個靈魂，那個仍然附在他身上的那一小片靈魂，我就是那個殺他的人。假如遇上賽佛勒斯．石內卜，我也會殺了他。』他又說，『此乃我之幸，此乃他之不幸。』

三個人都久久沉默無語。群眾現在都幾乎散開了，剩下的寥寥幾人使摟著海格的呱啦顯得軀體格外龐大。海格的哀泣聲仍在湖面迴盪。

『哈利，我們也會去的。』榮恩說。

『什麼？』

『去你阿姨和姨丈家。』榮恩說，『然後我們會陪著你，不管你去天涯海角。』

『不行——』哈利立刻說。他沒指望這個，他只是要讓他們了解，他要獨力承擔這趟最危險的任務。

『你以前曾經告訴我們，』妙麗平靜的說，『如果我們願意，有得是回頭的機會。我們有過機會，不是嗎？』

『無論如何我們都挺你到底。』榮恩說，『不過，老弟，在我們採取任何行動之前，甚至去高錐客洞之前，你都要先到我爸媽家走一趟。』

『爲什麼？』

『比爾和花兒的婚禮呀，忘啦？』

哈利望著他，有點吃驚；天底下仍有婚禮這種尋常生活的事存在，似乎是件不可思議又令人驚嘆的事。最後他說：『是啊，我們不該錯過。』

哈利的手不由自主捏緊了那個假的分靈體，儘管這一切，儘管他看見眼前的道路多麼黑暗崎嶇，儘管他知道他與佛地魔的最後一次決鬥終將來臨，無論是一個月、一年，或是十年，想到他還能與榮恩和妙麗共享最後一個寧靜的夏日，哈利的心不禁爲之雀躍。

——第六集完——

國家圖書館出版品預行編目資料

哈利波特：混血王子的背叛 / J. K. Rowling 作；
皇冠編譯組譯. -- 初版. -- 臺北市：皇冠, 2005[民94]
面；公分. --（皇冠叢書；第3493種 Choice；119）
譯自：Harry Potter and the Half-Blood Prince

ISBN 957-33-2174-2(平裝)

873.57 94016118

皇冠叢書第3493種
CHOICE 119

哈利波特——混血王子的背叛

Harry Potter and the Half-Blood Prince

作　者—J. K. ROWLING　譯　者—皇冠編譯組
發 行 人—平雲
出版發行—皇冠文化出版有限公司
台北市敦化北路120巷50號　電話◎02-27168888
郵撥帳號◎15261516號
香港星馬—皇冠出版社(香港)有限公司
總 代 理　香港灣仔告士打道88號19樓
電話◎2529-1778　傳真◎2527-0904
出版統籌—盧春旭　版權負責—莊靜君
編務統籌—孟繁珍　英文編輯—皇冠編輯群
美術設計—王瓊瑤　印　務—林莉莉・林佳燕
校　對—鮑秀珍・余素維・黃素芬・孟繁珍
行銷企劃—江孟穎
著作完成日期—2005年
初版一刷日期—2005年10月

讀者服務傳真專線◎02-27150507
皇冠文化集團網址◎www.crown.com.tw
電腦編號◎375119-10　ISBN◎957-33-2174-2
Printed in Taiwan
哈利波特中文官方網站〔九又四分之三月台〕
www.crown.com.tw/harrypotter
本書特價◎新台幣529元/港幣176元